HEYNE
BÜCHER

Fantasy

Herausgegeben von Wolfgang Jeschke

Von Henry Rider Haggard erschienen in der Reihe
HEYNE SCIENCE FICTION & FANTASY:

Sie · 06/4130
Allan Quatermain · 06/4131
Ayesha – Sie kehrt zurück · 06/4133
Sie und Allan · 06/4133
König Salomons Diamanten · 06/4134
Die heilige Blume · 06/4135
Das Halsband des Wanderers · 06/4136
Tochter der Weisheit · 06/4137
Das Sehnen der Welt · 06/4138
Morgenstern · 06/4146
Als die Welt erbebte · 06/4147
Das Nebelvolk · 06/4148
Das Herz der Welt · 06/4149
Kleopatra · 06/4310
Der Geist von Bambatse · 06/4311

Weitere Ausgaben sind in Vorbereitung.

HENRY RIDER HAGGARD

Das Nebelvolk

Fantasy Roman

12. Band der Haggard-Ausgabe

Mit einem Nachwort
von Bernhard Heere

WILHELM HEYNE VERLAG
MÜNCHEN

HEYNE SCIENCE FICTION & FANTASY
Band 06/4148

Titel der englischen Originalausgabe
THE PEOPLE OF THE MIST
Deutsche Übersetzung von Hans Maeter
Das Umschlagbild schuf Vicente Segrelles/Norma

Redaktion: Wolfgang Jeschke
Die Erstausgabe des Romans erschien als Fortsetzung in der Zeitschrift »Tit-Bits Weekly« zwischen Dezember 1893 und August 1894 (Bd. XXV–XXVI, Nr. 636-670); im Oktober 1894 als Buch im Verlag Longmans, Green, London, und im November 1894 im Verlag Longmans, Green, New York

Printed in Germany 1986
Umschlaggestaltung: Atelier Ingrid Schütz, München
Satz: Schaber, Wels
Druck und Bindung: Elsnerdruck, Berlin

ISBN 3-453-31265-1

Inhalt

Ich widme diese Arbeit über ›Primevale und Troglodytische Vorstellungswelt‹, diese Aufzeichnung eines schamlosen und vorbehaltlosen

Abenteuers
meinen Patensöhnen

in der Hoffnung, daß sie darin eine Quelle gesunder Belustigung finden mögen.

H. R. H.

Ditchingham, 1894

1

Die Sünden der Väter werden heimgesucht an ihren Kindern

Der Januarnachmittag ging in die Nacht über, die Luft war kühl und still, so still, daß nicht ein einziger Zweig der kahlen Buchen sich rührte; auf dem Gras der Wiesen lag eine dünne, weiße Schicht, halb Rauhreif, halb Schnee. Die Fichten hoben sich schwarz gegen den stahlfarbenen Himmel ab, und über der höchsten von ihnen hing ein einsamer Stern. Zwischen diesen Fichtenreihen verlief eine Straße, auf welcher an dem Abend, an dem unsere Geschichte beginnt, ein junger Mann stand, der unschlüssig einmal nach rechts und dann nach links blickte.

Zu seiner Rechten befand sich ein Tor, dessen zwei Flügel aus wunderbar gearbeitetem Schmiedeeisen bestanden, die an Steinpfeilern angeschlagen waren, auf deren Spitzen Greife aus schwarzem Marmor standen, die Wappenschilder umklammerten und Banner mit der Devise: *Per ardua ad astra.* Jenseits dieses Tores verlief ein breiter Zufahrtsweg, der zu beiden Seiten von solchen Eichen gesäumt war, wie sie nur in England und unter besten Bodenbedingungen wachsen, unterstützt von der pflegenden Hand des Menschen über einen Zeitraum von drei oder vier Generationen. Am anderen Ende dieser Allee, etwa eine halbe Meile von der Straße entfernt, obwohl es wegen der Erhebung, auf der es errichtet war, näher wirkte, stand ein Landhaus jener Klasse, die in den Inseraten von Auktionatoren gewöhnlich als ›vornehm‹ bezeichnet wird. Sein allgemeiner Eindruck war elisabethanisch, da irgendein vergessener Outram es in jenen Tagen praktisch neu erbaut hatte; doch war ein großer Teil der Bausubstanz erheblich älter als die Tudors und stammte, wie behauptet wurde, aus der Zeit von König John. Da wir keine Auktionatoren sind, ist es nicht nötig, seine vielen Schönheiten anzuführen; einige Mitglieder dieser Sippe haben letztlich ihre ganze Sprachgewandtheit dazu aufgewendet, diese Reize in aller Genauigkeit und in allen Details anzuführen, als Outram Hall, zum erstenmal mit sechshundert Jahren, zum Verkauf gestanden hatte.

Lassen wir es dabei bewenden festzustellen, daß, genau wie die Eichen an seiner Zufahrt, Outram ein Haus war, wie man es nur in England finden kann; nicht nur eine Masse von Ziegeln und Mörtel, sondern etwas, das ein eigenes Leben und eine eigene Individualität erworben zu haben schien, oder, falls das zu weit hergeholt oder zu poetisch sein sollte, so trug dieses ehrwürdige Haus doch zumindest den Stempel und die Spuren von Leben und Individualität vieler Generationen von Menschen, die durch die Bande des Blutes miteinander verbunden waren.

Der junge Mann, der auf der Straße stand, blickte lange und ernst auf die eng beieinanderstehenden Gebäude auf jener Erhebung, und als er das tat, trat ein bekümmerter Ausdruck auf sein Gesicht, ein Ausdruck jenes Leides, das nur die Jungen angesichts eines schweren und unwiderruflichen Verlustes spüren können. Das Gesicht, das einen solchen verstörten Ausdruck zeigte, war recht gutaussehend, obwohl jetzt aller Charme der Jugend aus ihm gewichen zu sein schien. Es war dunkel und charaktervoll, und man konnte unschwer erkennen, daß es im späteren Leben vielleicht streng werden mochte. Seine Gestalt war schlank und athletisch, wenn auch nicht besonders groß, was auf mehr als nur durchschnittliche Kraft schließen ließ, und seine Haltung war die eines Gentleman, der sich noch nicht zu der Einsicht durchgerungen hatte, daß altes Blut die modernen Mängel von Geist und Benehmen überlagern konnte. So war die äußere Erscheinung von Leonard Outram damals, als er in seinem dreiundzwanzigsten Jahre stand.

Während Leonard so beobachtend und zögernd auf der Straße stand, anscheinend unfähig, sich dazu entschließen zu können, dieses eiserne Tor zu durchschreiten, und doch aus ganzem Herzen danach begehrend, begannen Wagen und Kaleschen die Zufahrt herab und an ihm vorbeizufahren.

»Anscheinend ist die Versteigerung vorbei«, murmelte er im Selbstgespräch. »Nun, genau wie der Tod ist das eine Sache, die man besser hinter sich hat.«

Dann wandte er sich ab, um fortzugehen, doch als er das Knirschen von Rädern in seiner unmittelbaren Nähe hörte, trat er in den Schatten eines Torpfeilers, da er fürchtete, auf der offenen Straße erkannt zu werden. Eine Kalesche fuhr durch das Tor heraus, und da anscheinend mit den Zügeln etwas nicht in Ordnung war, stieg ein Lakai vom Kutschbock, um sich darum zu kümmern. Von seinem Standpunkt aus konnte Leonard ihre Insassen erkennen, die Frau und Tochter eines benachbarten Grundherrn, und hören, was sie sprachen. Er kannte sie gut; die jüngere der beiden Damen war oft seine Partnerin bei County-Bällen gewesen.

»Wie billig alles verkauft worden ist, Ida. Wenn man sich vorstellt, daß wir das alte Sideboard aus Eiche für nur zehn Pfund bekommen haben, und auch noch mit dem gesamten Inhalt! Es ist doch fast ein historisches Dokument, und ich bin sicher, daß es wenigstens fünfzig wert ist. Ich werde das unsere verkaufen und es ins Speisezimmer stellen. Dieses Sideboard habe ich seit Jahren haben wollen.«

Ihre Tochter seufzte und antwortete ein wenig schroff: »Mir tun die Outrams so leid, daß es mir egal wäre, wenn du das Sideboard für zwei Pence gekauft hättest. Was für eine Tragödie! Und wenn man daran denkt, daß dieser alte Besitz von einem Juden gekauft wurde! Tom und Leonard sind völlig ruiniert, wird behauptet. Ich sage dir, daß ich beinahe geweint hätte, als ich sah, wie dieser Mann Leonards Gewehre versteigerte.«

»Ja, sehr traurig«, antwortete ihre Mutter zerstreut, »aber was macht es schon, wenn er Jude ist? Er hat einen Titel, und man sagt, daß er unermeßlich reich sei. Ich bin sicher, daß bald sehr viel los sein wird auf Outram. Übrigens, liebe Ida, möchte ich dich sehr bitten, deine Gewohnheit abzulegen, junge Männer bei ihren Vornamen zu nennen, nicht daß es bei diesen beiden noch darauf ankäme, da wir sie nicht mehr sehen werden.«

»Das hoffe ich doch«, sagte Ida trotzig, »und wenn, so werde ich sie bei ihren Vornamen nennen, wie immer. Es hat dich vor dem Bankrott nicht gestört, und ich *liebe* sie beide. So! Warum hast du mich überhaupt zu dieser grauenhaften Versteigerung mitgenommen? Du wußtest doch, daß ich nicht gehen wollte. Ich werde eine ganze Woche lang nicht schlafen können, ich werde ...« Die Kalesche fuhr an, und die Damen waren außer Hörweite.

Leonard trat aus dem Schatten des Tors und schritt rasch zur anderen Straßenseite. Dort blieb er stehen, blickte dem davonfahrenden Wagen nach und sagte halblaut: »Gott segne dich und dein gutes Herz, Ida Hatherley. Das Glück sei mit dir! Und jetzt zu der anderen Angelegenheit.«

Etwa hundert Yards weiter befand sich ein zweites Tor, längst nicht so imposant wie das von Outram Hall. Leonard trat hindurch und ging zur Tür eines Ziegelhauses, das nicht beeindrucken sollte, sondern allein im Hinblick auf Wohnlichkeit erbaut worden war. Dies war das Pfarrhaus, derzeitig bewohnt von Reverend James Beach, dem dieses Haus vor vielen Jahren von Leonards Vater, Mr. Beachs altem Studienfreund, geschenkt worden war.

Leonard klingelte, und als er das Schrillen der Glocke hörte, wurde er von einer neuen Furcht ergriffen. Wie würde er hier empfangen werden? Bisher hatte man ihn immer mit großer Herzlichkeit begrüßt, doch jetzt waren andere Umstände eingetreten. Er war nicht mehr in der Position des zweiten Sohnes von Sir Thomas Outram von Outram Hall. Er war ein Bettler und Ausgestoßener, ein Heimatloser, der Sohn eines Bankerotteurs und Selbstmörders. Die leichtfertig hingesprochenen Worte der Frau in der Kalesche hatten eine Flut von Licht in sein Gehirn einströmen lassen, und er konnte jetzt vieles sehen, das er vorher nicht gesehen hatte. Jetzt erinnerte er sich eines kleinen Sinnspruchs, welchen er zwar oft gehört hatte, dessen ganze Tragweite ihm jedoch erst jetzt klar geworden war. ›Freunde folgen dem Glück‹, lautete der Spruch. Und noch ein anderer fiel ihm ein, den er oft in der Kirche und anderenorts gehört hatte: ›Jeder, der etwas besitzt, bekommt noch mehr dazu, doch dem, der nichts besitzt, wird auch noch das Wenige genommen, das er haben mag‹.

Nun besaß Leonard, so arm er auch war, noch immer etwas, das ihm weggenommen werden konnte, und dieses Etwas war das wertvollste Gut, welches das Schicksal einem jungen Manne geben konnte: die Liebe einer Frau, die er ebenfalls liebte. Der Reverend James Beach war mit einer Tochter gesegnet, die Jane hieß und – nicht unverdient – den Ruf hatte, das schönste und liebenswerteste Mädchen des ganzen County zu sein. Da Leonard und Jane nun von Kindheit an zusammen gewesen waren, hatten sie sich – wie es bei den Gesetzen der Natur nicht anders zu erwarten war – mit immer stärker werdender Intensität zueinander hingezogen gefühlt, seit sie die Möglichkeiten der Institution der Ehe erkannt hatten. Diese gegenseitige Anziehung hatte schließlich zu einem Schock und einiger Verwirrung geführt, denen es jedoch nicht an Charme ermangelte; oder, um es klarer auszudrücken: Leonard hatte Jane einen Heiratsantrag gemacht, und Jane hatte ihm unter Erröten und einigen Tränen ihr Jawort gegeben.

Es war eine recht alltägliche, kleine Romanze, doch wie alles andere, bei dem Jugend und Liebe eine Rolle spielen, besaß sie Elemente von Schönheit. Eine solche Affäre hat einen besonderen Reiz, wenn sie die erste der Reihe ist. Wer unter uns erinnert sich nicht nostalgisch an seine erste Liebe, an sein erstes Gedicht? Und doch, wenn wir beide zwanzig Jahre später wiedersehen!

Die Tür des Pfarrhauses wurde geöffnet, und Leonard trat hinein. In diesem Augenblick erkannte er, daß er eigentlich nicht wußte, warum er hergekommen war. Wenn er ehrlich war, wußte er es natürlich genau. Er war hier, um Jane zu treffen und um ein Übereinkommen mit ihrem Vater zu erreichen. Vielleicht sollte an dieser Stelle erklärt werden, daß seine Verlobung mit der jungen Dame eine der heimlichen Art war. Ihre Eltern hatten nicht gewünscht, sie geheim zu halten, denn obwohl Leonard ein jüngerer Sohn war, war doch bekannt, daß er das Vermögen seiner Mutter erben würde, das rund fünfzigtausend Pfund betrug, und außerdem hatte das Schicksal seinem älteren und einzigen Bruder Thomas eine recht anfällige Gesundheit beschieden. Doch Sir Thomas, ihr Vater, war als berechnender und ehrgeiziger Mann bekannt, der darauf bestand, daß seine Söhne sich gut verheirateten, und diese Heirat konnte man kaum als eine gute Partie bezeichnen, wie der Anwalt der Familie ihm klar gemacht hatte.

Aus diesem Grunde versagten Janes Eltern es sich, als die Sache ihnen zu Ohren kam, ihren Stolz und ihre Freude über die Beute, die sie dem Bogen und dem Pfeil der Schönheit ihrer Tochter zu verdanken hatten, nach außen hin kundzutun, zumindestens vorläufig, bis Leonard sein Studium abgeschlossen hatte. Immer wieder fanden sie in späteren Jahren Gelegenheit, sich zu ihrer Vorsicht zu gratulieren. Nichtsdestoweniger anerkannten sie jedoch Leonards Position als Verlobten ihrer Tochter; und genaugenommen war ihre Verbindung für niemanden ein Geheimnis, mit Ausnahme von Sir Thomas. Was Leonard betraf, so gab er sich keinerlei Mühe, sie selbst vor ihm zu verbergen, doch Vater und Sohn sahen sich nur noch selten, und die Entfremdung zwischen ihnen war so vollständig, daß Leonard keinerlei Interesse daran hatte, über diese ihm so überaus wichtige Angelegenheit zu sprechen, bevor es einen praktischen Sinn haben würde, das zu tun.

Reverend James Beach war ein rundlicher Mann von mildem, einnehmendem Wesen, und noch nie hatte er rundlicher, milder und einnehmender gewirkt als an diesem Abend, als Leonard ins Wohnzimmer trat. Er stand vor dem Kamin, einen riesigen, alten Silberbecher in beiden Händen, den er auf eine Weise hielt, welche dem Beobachter den Eindruck vermittelte, als ob er gerade seinen ganzen Inhalt geleert hätte. In Wirklichkeit, das sollte hier festgestellt werden, versuchte er jedoch gerade, den Prägestempel auf dem Boden des Bechers zu entziffern, während er seiner Frau und den Kindern – Jane hatte einen Bruder – seinen Wert und seine Schönheit erklärte. Das Glänzen des Silbers fiel Leonard ins Auge, als er in das Zimmer trat, und er erkannte den Becher als eins der alten Erbstücke seiner Familie.

Leonards plötzliche und unerwartete Ankunft rief unterschiedliche Reaktionen hervor. Es waren vier Menschen um das wärmende Kaminfeuer versammelt: Mr. Beach, seine Frau, sein Sohn, und schließlich Jane. Mr. Beach ließ den Becher ein wenig sinken, so daß er seinen Besucher an ihm entlang anstarren konnte, was den Eindruck erweckte, als ob er ihn mit einer silbernen Muskete bedrohte. Seine Frau, eine sehr lebhafte, kleine Person, fuhr herum, wie an Drähten gezogen, und rief: »Mein Gott, wer hätte das gedacht?«, während der Sohn, ein kräftiger, junger Mann, etwa von gleichem Alter wie Leonard, und sein Studienfreund, sagte: »Hallo, alter Junge, ehrlich gesagt, hatte ich nicht erwartet, dich heute hier zu sehen!« – eine Bemerkung, die, so natürlich sie auch sein mochte, nicht gerade dazu angetan war, seinen Freund zu beruhigen.

Jane, ein hochgewachsenes, schönes Mädchen mit kastanienfarbenem Haar, die auf einer Fußbank vor dem Feuer saß und ihre Knie wärmte, hatte kaum auf den Vortrag ihres Vaters über altes Silber geachtet und sprang jetzt freudig überrascht auf, ihr hübsches Gesicht gerötet von dem Feuer, oder aus einem anderen Grunde, und lief auf ihn zu mit dem Ruf: »Oh, Leonard, lieber Leonard!«

Mr. Beach richtete die silberne Muskete auf seine Tochter und feuerte einen einzigen, doch sehr wirkungsvollen Schuß ab.

»Jane!« sagte er mit einer Stimme, in der väterliche Zurechtweisung und eine freundliche Warnung auf unnachahmliche Weise miteinander vermischt waren.

Jane blieb auf der Stelle stehen, wie irgendeiner Lektion gehorchend, die sie momentan vergessen hatte. Dann setzte Mr. Beach den Becher ab und trat auf Leonard zu, mit einem sehr mitleidigen Lächeln und ausgestreckter Hand.

»Guten Abend, mein lieber Junge, guten Abend«, sagte er. »Wir haben nicht erwartet ...«

»Mich unter diesen Umständen zu sehen«, brachte Leonard den Satz verbittert zu Ende. »Und das hätten Sie auch nicht, doch haben Tom und ich es so verstanden, daß die Versteigerung nur drei Tage dauern sollte.«

»So war es auch geplant, Leonard. Wie zuvor bekanntgegeben, sollte die Versteigerung drei Tage dauern, doch dann stellte der Auktionator fest, daß er es in dieser Zeit nicht schaffen würde. Die Anzahl der Gegenstände, die in einem so alten Hause wie Outram Hall im Laufe vieler Generationen zusammengetragen werden, ist natürlicherweise *gewaltig*.« Er machte eine umfassende Geste mit der Hand.

»Ja«, sagte Leonard.

»Hmmm«, machte Mr. Beach nach einer Pause, die drükkend zu werden begann. »Wahrscheinlich bereitet es Ihnen eine gewisse Genugtuung, daß sich die Sachen, alles in allem genommen, gut verkauft haben. Das ist durchaus nicht immer der Fall, denn solche Kollektionen, wie die von Outram Hall, so interessant und wertvoll sie auch für die Familie gewesen sein mögen, erzielen bei ländlichen Auktionen sehr oft nicht einen angemessenen Preis. Ja, sie haben sich wirklich gut verkauft, hauptsächlich dank des großen Interesses, das der neue Eigentümer des Besitzes dafür zeigte. Dieser Becher zum Beispiel, den ich ... hm ... als eine kleine Erinnerung an Ihre Familie erstanden habe, hat mich zehn Schillinge pro Unze gekostet.«

»So?« antwortete Leonard kalt, »ich hatte immer angenommen, daß er fünfzig pro Unze wert sei.«

Es trat wieder eine Pause ein, während der alle Anwesenden, mit Ausnahme von Mr. Beach und Leonard, aufstanden und den Raum verließen. Jane ging als letzte, und Leonard sah, als sie an ihm vorbeiging, daß Tränen in ihren Augen standen.

»Jane«, sagte ihr Vater mit Nachdruck, als sie ihre Hand auf den Türdrücker legte, »du wirst nicht vergessen, dich rechtzeitig zum Abendessen umzuziehen, nicht wahr? Du weißt doch, daß der junge Mr. Cohen kommt, und ich möchte, daß jemand da ist, um ihn zu empfangen.«

Janes einzige Antwort darauf war, hinauszugehen und die Tür heftig hinter sich zu schließen. Offensichtlich war ihr das Erscheinen dieses Gastes alles andere als angenehm.

»Ja, Leonard«, fuhr Mr. Beach fort, als sie allein waren, in einem Ton, der mitfühlend klingen sollte, jedoch schmerzhaft an den Nerven seines Zuhörers zerrte. »Dies ist wirklich eine traurige Geschichte, eine überaus traurige. Aber warum setzen Sie sich denn nicht?«

»Weil man mich bisher noch nicht dazu aufgefordert hat«, sagte Leonard und nahm auf einem Stuhl Platz.

»Hmmm«, fuhr Mr. Beach fort, »ach, übrigens, ich glaube, daß Mr. Cohen ein Freund von Ihnen ist, stimmt das?«

»Ein Bekannter, nicht ein Freund«, sagte Leonard.

»So? Ich dachte, Sie wären zusammen auf dem College gewesen.«

»Das stimmt. Aber ich mag ihn nicht.«

»Vorurteil, mein lieber Junge, Vorurteil. Zwar nur eine kleine Sünde, aber doch eine, gegen die man ankämpfen muß. Aber ich kann Sie verstehen. Es ist nur natürlich, daß Sie keine besonders herzlichen Gefühle gegenüber dem Manne hegen, in dessen Besitz Outram Hall übergegangen ist. Ah! Wie ich bereits sagte, ist dies alles sehr, sehr traurig, doch muß es für Sie ein großer Trost sein, zu wissen, daß jetzt genügend Kapital da ist, wie mir versichert wurde, um die Schulden Ihres unglücklichen Vaters abgelten zu können. Und nun: Gibt es irgend etwas, das ich für Sie oder Ihren Bruder tun kann?«

Leonard überlegte, daß, was immer die Missetaten seines Vaters gewesen sein mochten, und es gab deren viele und schwere, Reverend James Beach der letzte war, der sie in seinem Munde führen durfte, da er fast alles, was dieser auf der Welt besaß, seinem Großmut zu verdanken hatte. Doch konnte er die Erinnerung seines Vaters nicht verteidigen, sie war jenseits jeder Verteidigungsmöglichkeit, und außerdem mußte er jetzt für seine eigene Sache kämpfen.

»Ja, Mr. Beach«, sagte er ernst, »Sie können mir sogar sehr helfen. Sie kennen die schlimme Lage, in die mein Bruder und ich ohne eigenes Verschulden geraten sind; unser altes Heim ist verkauft, unser Vermögen dahin, unser ehrlicher Name besudelt. Im Augenblick besitze ich nichts anderes als die Summe von zweihundert Pfund, die ich aus bestimmten Gründen von meiner monatlichen Zuwendung erspart habe. Ich habe keinen Beruf und kann nicht einmal mein Studium abschließen, weil ich nicht in der Lage bin, weiter an der Universität zu bleiben.«

»Schlimm, muß ich gestehen, sehr schlimm«, murmelte Mr. Beach und rieb sich das Kinn. »Doch was könnte ich unter diesen Umständen schon tun, um Ihnen zu helfen? Sie müssen auf die Vorsehung vertrauen, mein Junge, sie läßt die Verdienstvollen niemals im Stich.«

»Dieses«, sagte Leonard nervös; »Sie können Ihr Vertrauen in mich zeigen, indem Sie mir erlauben, meine Verlobung mit

Jane öffentlich bekanntzugeben.« Mr. Beach wedelte mit beiden Händen, wie um einen unsichtbaren Feind abzuwehren.

»Einen Moment«, fuhr Leonard fort. »Ich weiß, daß dies eine sehr große Bitte ist, doch hören Sie mir zu. Obwohl alles so finster aussieht, habe ich großes Selbstvertrauen. Mit dem Auftrieb, den mein Gefühl für Ihre Tochter mir geben wird, und in dem Wissen, daß ich mir zuerst eine Position schaffen muß, durch die ich in die Lage versetzt werde, sie so zu ernähren, wie sie es gewohnt ist, bin ich überzeugt, alle Schwierigkeiten aus eigener Kraft überwinden zu können.«

»Wirklich, ich kann mir diesen Unsinn nicht länger anhören«, sagte Mr. Beach aufgebracht. »Leonard, diese Worte sind eine glatte Unverschämtheit. Selbstverständlich ist jede Übereinkunft, die zwischen Ihnen und Jane bestanden haben mag, jetzt null und nichtig. Verlobung! Ich weiß von keiner Verlobung. Ich habe gespürt, daß zwischen euch eine Art kindlicher Schwärmerei bestand, doch was mich betrifft, so habe ich die niemals ernst genommen.«

»Sie scheinen zu vergessen, Sir«, sagte Leonard, dem es sehr schwer fiel, seine Ruhe zu bewahren, »daß Sie und ich vor noch nicht einmal sechs Monaten ein sehr eingehendes Gespräch über eben dieses Thema hatten und dabei übereinkamen, daß nichts darüber meinem Vater gesagt werden sollte, bis ich meinen Studienabschluß gemacht hätte.«

»Ich wiederhole, daß ich es als eine Unverschämtheit betrachte«, antwortete Mr. Beach mit Nachdruck, jedoch offensichtlich bestrebt, dem eigentlichen Thema aus dem Wege zu gehen. »Was! Sie, der nichts mehr besitzt als einen Namen, den sein Vater – nun – besudelt hat, um Ihre eigene Bezeichnung dafür zu gebrauchen, wagen es, mich um die Hand meiner Tochter zu bitten? Sie sind so selbstsüchtig, daß Sie nicht nur alle ihre Lebenschancen zerstören wollen, sondern sie sogar in die Tiefe Ihrer Armut hinabziehen wollen. Leonard, das hätte ich nie von Ihnen erwartet!«

Jetzt konnte Leonard nicht länger an sich halten.

»Sie sprechen nicht die Wahrheit. Ich habe Sie nicht um die Hand Ihrer Tochter gebeten. Ich habe Sie ersucht, sie mir zu versprechen, bis ich mich ihrer würdig gezeigt haben werde. Doch damit ist es jetzt zu Ende. Ich werde gehen, wie Sie es mir befohlen haben, doch bevor ich gehe, werde ich Ihnen die Wahrheit sagen. Sie wollen Janes Schönheit dazu benutzen, diesen Juden einzufangen. Ihr Glück ist Ihnen völlig egal. Sie sind nur daran interessiert, sich sein Geld zu sichern. Sie ist kein sehr starker Charakter, und es wäre durchaus möglich, daß Sie Ihr Vorhaben durchsetzen können, doch sage ich Ihnen, daß es Ihnen kein Glück bringen wird. Sie, der Sie alles, was Sie besitzen, unserer Familie verdanken, wenden sich jetzt, wo wir vom Unglück betroffen sind, gegen mich und rauben mir das einzig Gute, das mir verblieben ist. Durch die Beendigung einer Verbindung, von der alle wußten, stoßen Sie mich noch tiefer in den Sumpf. Aber sei es so, doch bin ich sicher, daß so ein Verhalten seinen gerechten Lohn finden und die Zeit kommen wird, wo Sie es bitterlich bereuen werden, wie Sie Ihre Tochter behandelt haben, und wie Sie mich behandelt haben, als ich vom Unglück ereilt wurde. Leben Sie wohl!«

Leonard wandte sich um und verließ den Raum und das Pfarrhaus.

2

Der Schwur

Arthur Beach, Janes Bruder, wartete in der Diele, um mit Leonard zu sprechen, doch der ging ohne ein Wort an ihm vorbei und drückte die Haustür hinter sich ins Schloß. Draußen schneite es, wenn auch nicht so stark, um das Licht des Mondes zu verdunkeln, das durch die Reihe der Fichten fiel.

Leonard ging die Zufahrt entlang und näherte sich dem Tor, als er plötzlich hinter sich das gedämpfte Geräusch eiliger Schritte im Schnee hörte. Er wandte sich mit einem unwilligen Ausruf um, da er glaubte, Arthur Beach sei es, der ihm nachlief, und er jetzt nicht in der Stimmung für ein weiteres Gespräch mit einem männlichen Mitglied dieser Familie war. Zu seiner Überraschung sah er sich jedoch nicht Arthur gegenüber, sondern Jane, die ihm niemals schöner erschienen war, als in diesem Moment, im Schnee und im Mondlicht. Wenn immer er in späteren Jahren an sie dachte, und das geschah sehr oft, erstand in seinem Gehirn die Vision eines hochgewachsenen, schlanken Mädchens, dessen Haar leicht von den fallenden Schneeflocken bestäubt war, mit vor Erregung wogendem Busen, und großen Augen, die ihn flehend ansahen.

»O Leonard!« sagte sie nervös. »Warum gehst du, ohne mir auf Wiedersehen zu sagen?«

Er sah sie lange an, bevor er antwortete, denn irgend etwas in seinem Herzen sagte ihm, daß dies für viele Jahre das letzte Mal war, wo ihm der Anblick seiner Liebe vergönnt war, und deshalb hielten seine Augen dieses Bild fest, so wie man einen Menschen anblicken mochte, den das Grab einem gleich für immer entziehen wird.

Schließlich sprach er, und seine Worte waren nüchtern und sachlich.

»Du hättest mit diesen dünnen Schuhen nicht in den Schnee herauskommen sollen, Jane. Du wirst dich erkälten.«

»Das wünschte ich mir«, sagte sie trotzig. »Ich wünschte, ich würde mir eine solche Erkältung holen, daß ich daran sterbe: dann hätte ich alles Leid überstanden. Laß uns zum Sommerhaus gehen, Leonard, es wird ihnen niemals einfallen, dort nach mir zu suchen.«

»Wie willst du dort hin kommen?« fragte Leonard. »Es liegt hundert Yards entfernt, und der Weg ist von Schneewehen bedeckt.«

»Oh! Was kümmert mich der Schnee«, sagte sie.

Doch Leonard kümmerte er, und dann fiel ihm eine Lösung des Dilemmas ein. Nachdem er zuerst den Zufahrtsweg entlanggeblickt hatte, um sich zu versichern, daß niemand kam, nahm er Jane ohne ein Wort der Erklärung in die Arme, hob sie auf, als ob sie ein Kind wäre, und trug sie den Pfad entlang, der zum Sommerhaus führte. Sie war nicht gerade leicht, doch hätte er sie liebend gern noch viel weiter auf seinen Armen getragen. Schließlich erreichten sie ihr Ziel, und er stellte sie sehr sanft wieder auf ihre Füße, und küßte sie, als er dies tat. Dann zog er seinen Mantel aus und hüllte sie darin ein.

Während all dieser Zeit hatte Jane nicht ein Wort gesprochen. Das arme Mädchen hatte sich in den Armen des Geliebten so glücklich und so sicher gefühlt, daß sie sich wünschte, nie mehr sprechen und nie mehr etwas allein tun zu müssen. Es war Leonard, der das Schweigen brach.

»Du hast mich gefragt, warum ich gegangen sei, ohne dir auf Wiedersehen zu sagen, Jane. Es war, weil dein Vater mich aus dem Haus gewiesen und mir verboten hat, dich jemals wiederzusehen.«

»Warum denn, warum?« fragte sie und hob verzweifelt die Hände.

»Kannst du dir das nicht denken?« sagte er mit einem bitteren Lachen.

»Ja, Leonard«, antwortete sie und ergriff mitfühlend seine Hände.

»Vielleicht sollte ich es klar und deutlich sagen, um Mißverständnisse zu vermeiden«, sagte Leonard. »Dein Vater hat mich hinausgewiesen, weil *mein* Vater all mein Geld verspielt hat. Die Sünden der Väter werden heimgesucht an ihren Kindern, weißt du. Und das hat er mit mehr als seiner üblichen Deutlichkeit und Nachdrücklichkeit getan, weil er wünscht, daß du den jungen Mr. Cohen heiratest, den Goldmakler und neuen Besitzer von Outram Hall.«

Jane erschauerte.

»Ich weiß, ich weiß«, sagte sie. »Oh! Leonard, ich hasse ihn.«

»Dann mag es vielleicht gut sein, ihn nicht zu heiraten«, meinte er.

»Eher würde ich sterben«, sagte sie mit Nachdruck.

»Unglücklicherweise kann man sich dazu nicht den Zeitpunkt aussuchen, an dem es einem wünschenswert erscheint, Jane.«

»Oh! Leonard, sei nicht so zynisch«, sagte sie und begann zu weinen. »Wohin wirst du gehen, und was soll ich tun?«

»Wahrscheinlich in mein Unglück«, sagte er. »Doch das alles hängt von dir ab. Hör zu, Jane! Wenn du zu mir hältst, werde auch ich zu dir halten. Das Glück hat sich im Moment gegen mich gestellt, aber ich habe es in mir, dieses Tief durchzustehen. Ich liebe dich und würde mich für dich zu

Tode arbeiten, doch ist das alles eine Frage der Zeit, von einigen Jahren wahrscheinlich.«

»Oh! Leonard, natürlich werde ich zu dir halten, wenn ich das kann. Ich bin sicher, daß du mich nicht stärker liebst, als ich dich liebe, doch ich kann dir nicht beschreiben, wie häßlich sie alle zu mir über dich reden, besonders Papa.«

»Gott verdamme ihn!« sagte Leonard leise; und falls Jane ihn gehört haben sollte, so waren ihre Gefühle für ihren Vater in diesem Moment nicht stark genug, um ihn zurechtzuweisen.

»Also, Jane«, fuhr er fort, »die Dinge liegen so: Entweder mußt du dich mit ihrer Behandlung abfinden und sie ertragen, oder du mußt mir Lebewohl sagen. Hör zu! In sechs Monaten wirst du einundzwanzig, und dann können sämtliche deiner Verwandten zusammengenommen dich nicht mehr zwingen, einen Mann zu heiraten, den du nicht heiraten willst. Du kennst die Adresse meines Clubs in der Stadt; Briefe, die dort eintreffen, werden mich immer erreichen, und es dürfte sowohl deinem Vater, als auch jedem anderen Menschen unmöglich sein, dich daran zu hindern, einen Brief zu schreiben und aufzugeben. Falls du meine Hilfe brauchen solltest oder dich aus irgendeinem Grund mit mir in Verbindung setzen willst, werde ich also von dir hören, und dich, wenn es nötig sein sollte, auf der Stelle heiraten, sobald du mündig bist. Falls ich jedoch nichts von dir hören sollte, werde ich wissen, daß du kein Interesse hast, mir zu schreiben, oder daß das, was du mir schreiben müßtest, für mich zu schmerzlich zu lesen wäre. Hast du mich verstanden, Jane?«

»O ja, Leonard, aber du sagst das alles so hart.«

»Mir ist einiges auch sehr hart beigebracht worden, Liebste, und ich muß jetzt alles klar und deutlich sagen, denn dies ist meine letzte Gelegenheit, mit dir zu sprechen.«

In diesem Moment hörten sie einen unheilverkündenden Laut aus dem Dunkel der Nacht; es war die Stimme Mr. Beachs, der von der Schwelle der Haustür rief: »Jane! Bist du dort draußen, Jane?«

»Gott im Himmel!« sagte sie. »Mein Vater ruft mich. Ich bin durch die Hintertür entschlüpft, aber wahrscheinlich ist Mutter in meinem Zimmer gewesen und hat entdeckt, daß ich fort bin. Sie beobachtet mich jetzt den ganzen Tag. Was soll ich nur tun?«

»Geh zurück zu deiner Familie und sage, daß du dich von mir verabschiedet hast. Das ist schließlich kein Verbrechen, und sie können dich dafür nicht töten.«

»Das können sie sehr wohl, sie haben es doch bereits getan«, sagte Jane. Dann schlang sie plötzlich die Arme um seinen Hals, barg ihr Gesicht an seiner Brust und begann haltlos zu schluchzen. Und sie murmelte: »Oh, mein Liebling, mein Liebling, was soll ich nur tun ohne dich?«

Über die kurze, bedrückende Szene, die nun folgte, wollen wir lieber einen Schleier breiten. Leonards Verbitterung verrauchte, und er küßte und tröstete sie, so gut es ihm möglich war, ja, und seine Tränen vermischten sich mit den ihren, Tränen, derer er sich nicht zu schämen brauchte. Schließlich riß er sich von ihr los, da die Rufe immer lauter und beharrlicher wurden.

»Ich vergaß«, schluchzte sie, »daß ich dir ein Abschiedsgeschenk mitgebracht habe: bewahr es zum Gedenken an mich, Leonard!« Sie schob die Hand in den Ausschnitt ihres Kleides und zog ein kleines Päckchen heraus, das sie ihm reichte.

Dann küßten sie sich wieder und klammerten sich aneinander, und im nächsten Augenblick lief sie in den rieselnden Schnee und in das Dunkel zurück und verschwand aus Leonards Blicken – und aus seinem Leben, wenngleich sie aus seinen Gedanken niemals verschwinden sollte.

›Ein Abschiedsgeschenk, bewahre es zum Gedenken an mich.‹ Die Worte hallten in ihm nach, und sie erschienen ihm schicksalhaft – eine Prophezeiung von Verlust. Er seufzte schwer, öffnete das kleine Päckchen und betrachtete seinen Inhalt im matten Licht des Mondes. Es war ein kleines Gebetbuch, in Saffianleder gebunden, ihr eigenes, auf dessen erster Seite ihr Name stand, und in der Umschlagklappe fand er eine Locke ihres kastanienfarbenen Haares, die von einer Seidenschleife zusammengehalten wurde.

»Ein unheilvolles Geschenk«, murmelte Leonard. Dann zog er seinen Mantel enger um sich, der noch von Janes Körper warm war, und ging ebenfalls in den Schnee und die Nacht davon, auf den Gasthof des Dorfes zu.

Als er ihn kurze Zeit später erreichte, trat er in den kleinen Raum neben der Bar. Er war einigermaßen ansprechend, wenn man von dem Wandschmuck aus schlecht ausgestopften Vögeln und Fischen absah, und wurde von einem breiten, altmodischen Kamin beherrscht. Es brannte keine Lampe im Raum, als Leonard ihn betrat, doch das Holzfeuer des Kamins loderte hell, und in seinem Licht sah er seinen Bruder in einem hochlehnigen Stuhl davor sitzen und in die Flammen starren.

Thomas Outram war zwei Jahre älter als er und aus weicherem Holz geschnitzt. Sein Gesicht war das Gesicht eines Träumers, seine braunen Augen waren groß und nachdenklich, sein Mund sensibel wie der eines Kindes. Er war ein Gelehrter und Philosoph, ein besessener, wahlloser Leser, ein Mann kultivierten Geschmacks und ein wirklicher Kenner griechischer Gemmen.

»Bist du es, Leonard?« fragte er und blickte zerstreut auf. »Wo bist du gewesen?«

»Im Pfarrhaus«, antwortete sein Bruder.

»Was hast du dort gemacht?«

»Willst du das wirklich wissen?«

»Ja, natürlich. Hast du mit Jane gesprochen?«

Nun berichtete Leonard ihm, was geschehen war.

»Was, meinst du, wird sie tun?« fragte Thomas, als sein Bruder zu Ende gesprochen hatte. »Angesichts der gegebenen Situation und dieser Frau ist es ein recht spannendes Problem.«

»Möglich«, antwortete Leonard, »aber da ich keine algebraische Gleichung bin, die verlangt, gelöst zu werden, kann ich daran nichts Belustigendes finden. Doch wenn du mich fragst, was sie meiner Ansicht nach tun wird, möchte ich sagen, daß sie dem Beispiel aller anderen folgen und mich verlassen wird.«

»Du scheinst eine recht schlechte Meinung von den Frauen zu haben, mein Junge. Ich weiß nur wenig von ihnen und will auch nicht mehr wissen. Doch glaube ich verstanden zu haben, daß es ein besonderer Stolz ihres Geschlechts ist, sich in außergewöhnlichen Umständen, wie diesem, durchzusetzen. ›Frauen in der Stunde der Not‹, und so weiter.«

»Nun, wir werden ja sehen. Aber meiner Meinung nach ist es Frauen wichtiger, daß sie selbst keine Not leiden, als anderen in der ihren beizustehen. Gott sei Dank, da kommt unser Abendessen.«

So sprach Leonard, ein wenig zynisch und vielleicht nicht sehr geschmackvoll. Aber trotz seines Jubels über das Abendessen, tat er ihm nicht viel Ehre an, als es serviert worden war. Doch wäre es nur gerecht, dem jungen Mann in dieser Lebenssituation einiges nachzusehen. Er hatte einen furchtbaren Schicksalsschlag erlitten und würde, ganz egal, was er auch tun mochte, dem Schatten der Schande seines Vaters niemals ganz entrinnen können, oder den Flecken vergessen, mit dem sein Vater die Ehre seiner Familie beschmutzt hatte. Und jetzt hing ein neues Unglück über ihm. Er war gerade für immer aus jenem Hause gewiesen worden, wo er bis dahin ein sehr willkommener Gast gewesen war; er hatte sich von der Frau, die er mit ganzem Herzen liebte, verabschiedet, und unter Umständen, die es sehr zweifelhaft erscheinen ließen, daß es nicht ein Abschied für immer war.

Leonard besaß eine recht gute Menschenkenntnis, und mehr Vernunft, als man von einem verliebten jungen Mann erwartet. Ihm war sehr wohl bewußt, daß es eine der hervorstechendsten Charaktereigenschaften Janes war, dem Druck der jeweiligen Umstände nachzugeben, und obwohl er gegen jede bessere Einsicht darauf hoffte, gab es nicht den geringsten Grund zu der Annahme, daß sie sich bei der Frage ihrer Verlobung standhafter zeigen würde, als ihr allgemeiner Mangel an Widerstandskraft es erwarten ließ. Außerdem fragte er sich – und hier trat seine Vernunft zu Tage –, ob es überhaupt klug sein würde, wenn sie es täte. Was, schließlich, hatte er ihr zu bieten? Waren alle seine Hoffnungen auf ein zukünftiges Vorwärtskommen nicht nur Träume? So hart und schroff Mr. Beach es auch formuliert haben mochte, hatte er doch recht, wenn er sagte, daß er, Leonard, selbstsüchtig und unverschämt sei, denn war es nicht eine selbstsüchtige Unverschämtheit, irgendeine Frau zu bitten, unter den gegebenen Umständen ihr Schicksal mit dem seinen zu verbinden?

Laßt uns deshalb Nachsicht üben wegen seiner Worte und

seines Verhaltens, denn es gab vieles, das das Herz Leonards bedrückte.

Als der Tisch abgeräumt worden war und sie wieder allein waren, begann Tom mit seinem Bruder zu sprechen, der finster vor sich hinbrütend seine Pfeife stopfte.

»Was sollen wir heute abend tun?« fragte er.

»Zu Bett gehen, denke ich«, antwortete er.

»Hör zu, Leonard!« sagte sein Bruder. »Was hältst du davon, wenn wir uns das alte Haus noch einmal, zum letzten Mal, ansehen?«

»Wenn du willst, Tom, aber es dürfte ein schmerzliches Erlebnis werden.«

»Ein bißchen Schmerz mehr oder weniger wird uns sicher nicht weh tun, mein Junge«, sagte Tom und legte seine schmale Hand auf die Schulter seines Bruders.

Dann brachen sie auf. Ein Fußmarsch von einer Viertelstunde brachte sie zu Outrams Hall. Das Schneien hatte inzwischen aufgehört, und die Nacht war wunderbar klar, doch bevor es so weit gekommen war, hatte der Schnee wohltuenderweise alle Spuren überdeckt, die den Ort der kürzlich stattgefundenen Versteigerung in einen trostlosen Anblick verwandelt hatten. Noch nie zuvor hatte das alte Haus großartiger und imposanter gewirkt als in dieser Nacht, so wie es den beiden um ihr Erbe gebrachten Brüdern erschien. Schweigend wanderten sie umher, blickten jeden ihnen seit ihrer Kindheit bekannten Baum an, und jedes Fenster, bis sie schließlich zur Tür der Waffenkammer gelangten. Mehr aus Gewohnheit als aus irgendeinem anderen Grund drückte Leonard auf die Klinke. Zu seiner Überraschung war die Tür offen: Nach dem Durcheinander der Versteigerung hatte niemand daran gedacht, sie wieder zu verschließen.

»Laß uns hineingehen!« sagte er.

Sie gingen hinein und wanderten von einem Raum zum anderen, bis sie die große Halle erreichten, einen riesigen, mit einer Eichendecke geschmückten Raum, der nach der Form eines Kirchenschiffes gebaut war und durch ein großes Bleifensterglas erhellt wurde. Dieses Fenster zeigte die Wappen vieler Generationen der Outrams, und zwar paarweise, denn neben jedem von ihnen befand sich das Wappen der dazugehörigen Ehefrau. Das Fenster war jedoch nicht ganz ausgefüllt; es verblieben zwei leere Schilde, die dafür vorgesehen waren, die Embleme von Thomas Outram und seiner Ehefrau aufzunehmen.

»Jetzt werden sie nie gefüllt werden, Leonard«, sagte Tom und deutete darauf. »Komisches Gefühl, nicht wahr?«

»Oh, ich weiß nicht«, antwortete sein Bruder. »Wahrscheinlich haben die Cohens auch eine Art Wappen, und wenn nicht, werden sie sich eins kaufen.«

»Ich hoffe, daß sie so viel Geschmack haben, mit einem neuen, eigenen Fenster zu beginnen«, sagte Thomas.

Dann schwiegen sie eine Weile, und sie blickten auf das Mondlicht, das durch das vielfarbige Fenster strömte, dieses Memento an so viel vergangene Größe, und die Porträts so vieler vergangener Outrams beleuchtete, die von den getäfelten Wänden auf sie herabblickten.

»Per ardua ad astra«, murmelte Tom, das Familienmotto ablesend, das sich regelmäßig mit dem zweiten ablöste, das von einigen Mitgliedern der Familie angenommen worden war: *Für Herz, Heimat und Ehre.*

»Per ardua ad astra – durch Kampf zu den Sternen – und *Für Herz, Heimat und Ehre«*, wiederholte Tom, »nun, meiner Ansicht nach brauchte unsere Familie solche Worte niemals mehr als jetzt, falls so etwas überhaupt in irgendeinem Motto gefunden werden könnte. Unsere Herzen sind gebrochen, unser Herd verlassen, und unsere Ehre ist ein Schimpfwort geworden, doch es bleibt uns ›durch Kampf zu den Sternen‹ zu gelangen.«

Während er sprach, nahm sein Gesicht das Feuer einer neuen Begeisterung an. »Leonard«, sagte er, »warum sollen wir nicht die Vergangenheit zurückerobern? Laß uns das Motto – das alte – als Omen verstehen, und es uns erfüllen! Ich denke, daß es ein gutes Omen ist, und ich glaube, daß einer von uns es erfüllen kann.«

»Wir könnten es versuchen«, antwortete Leonard. »Wenn es uns nicht gelingen sollte, bleiben uns zumindest die Sterne, wie für die ganze übrige Menschheit.«

»Leonard«, sagte sein Bruder fast flüsternd, »wirst du mit mir einen Eid schwören? Es klingt vielleicht kindisch, aber ich glaube, daß unter den gegebenen Umständen selbst im Kindischen Weisheit liegt.«

»Was für einen Eid?« fragte Leonard.

»Diesen: Daß wir England verlassen werden, um in einem fremden Lande unser Glück zu suchen – so reich zu werden, daß wir unsere verlorene Heimat zurückkaufen können; daß wir nicht eher zurückkehren werden, bis wir diesen Reichtum erworben haben, und daß der Tod allein uns von diesem Ziel abzubringen vermag.«

Leonard zögerte für einen Moment, dann sagte er: »Wenn Jane mich verlassen sollte, bin ich bereit, das zu schwören.« Tom blickte umher, als ob er nach irgendeinem vertrauten Gegenstand suchte, und schließlich entdeckte er das, wonach er gesucht hatte. Ein großer Teil der Einrichtung des Hauses, einschließlich der Familienporträts, war von dem neuen Eigentümer erworben worden. Unter diesen Gegenständen, die zurückgeblieben waren, befand sich auch eine sehr alte, sehr wertvolle Bibel, eine der ersten, die jemals gedruckt wurden, die auf einem Eichenpult in der Mitte der Halle lag, an welchem sie mit einer Kette befestigt war. Tom führte seinen Bruder zu dieser Bibel. Dann legten sie beide ihre Rechte darauf, und der ältere von ihnen sprach mit einer Stimme, die keinerlei Zweifel an seiner Ernsthaftigkeit und seinem Glauben an dieses Vorhaben ließ:

»Wir schwören«, sagte er, »auf dieses Buch und vor Gott, der uns geschaffen hat, daß wir dieses Heim verlassen werden, das einst das unsere war, um es niemals wiederzusehen, bevor wir es nicht erneut unser eigen nennen können. Wir schwören, daß wir diesen Vorsatz zum Sinn unseres Lebens erheben werden, bis der Tod uns und ihn ereilt; und mögen Schande und absolutes Verderben auf uns kommen, wenn wir, solange noch Kraft und Vernunft in uns sind, diesen Eid brechen. So wahr uns Gott helfe.«

»So wahr uns Gott helfe«, wiederholte Leonard.

Auf diese Weise schworen Thomas und Leonard Outram, in Gegenwart ihres Schöpfers und der Bilder ihrer Ahnen, die vor ihnen gewesen waren, ihr Leben diesem großen Ziel zu widmen. Vielleicht war es, wie es einer von ihnen genannt hatte, kindisch, doch wenn dem so sein sollte, so war es zumindest ernsthaft und ehrlich. Ihr Vorhaben schien in der Tat hoffnungslos zu sein, doch wenn der Glaube Berge versetzen kann, wieviel mehr kann das ehrliches Bemühen tun. Ja, sie glaubten, daß sie dieses Ziel schließlich erreichen würden, obwohl sie nicht ahnen konnten, was für ein Kampf zwischen ihnen und dem Stern lag, den sie zu erreichen hofften, und auf was für eine seltsame Art sie zu ihm getragen werden sollten.

Am nächsten Morgen fuhren sie nach London und blieben dort für mehrere Tage, doch erreichte sie keine Nachricht von Jane Beach, und dadurch – ob zum Guten oder zum Schlechten – schloß sich die Kette des Eides, den Leonard geschworen hatte, um seinen Hals.

Drei Monate nach jener Nacht näherten sich die beiden Brüder der Küste Afrikas – und dem Land des Nebelvolks.

3

Nach sieben Jahren

»Wie spät ist es, Leonard?«

»Elf Uhr, Tom.«

»Elf – schon? Ich werde bei Tagesanbruch fortgehen, Leonard. Du erinnerst dich doch, daß auch Johnson bei Tagesanbruch gestorben ist, genau wie Askew.«

»Mein Gott, sage doch nicht so etwas, Tom! Wenn du dir einredest, sterben zu müssen, wirst du auch sterben.«

Der kranke Mann lachte ein hohles Lachen.

»Es hat keinen Sinn, sich etwas vorzumachen, Leonard. Ich fühle mein Leben aufflackern und zusammensinken wie ein ersterbendes Feuer. Mein Kopf ist jetzt völlig klar, doch ich weiß, daß ich bei Anbruch der Dämmerung sterben werde. Das Fieber hat mich ausgebrannt. Hab ich phantasiert, Leonard?«

»Ein wenig, mein Junge.«

»Worüber?«

»Hauptsächlich über zu Hause, Tom.«

»Zu Hause! Wir haben kein Zuhause mehr, Leonard, es ist verkauft worden. Wie lange sind wir jetzt fort?«

»Sieben Jahre.«

»Sieben Jahre! Erinnerst du dich daran, wie wir von dem alten Haus Abschied genommen haben, in der Nacht nach der Auktion? Und erinnerst du dich daran, was wir uns vornahmen?«

»Ja.«

»Wiederhole es.«

»Wir schworen, daß wir viel Geld verdienen würden, um Outram zurückkaufen zu können, so lange, bis wir es geschafft haben oder sterben würden, und daß wir nicht nach England zurückkehren wollten, bevor wir es geschafft hätten. Dann sind wir nach Afrika gefahren. Sieben Jahre lang haben wir kaum unseren Lebensunterhalt verdient, und es war nicht daran zu denken, zweihunderttausend Pfund oder so zusammenzubringen.«

»Leonard.«

»Ja, Tom?«

»Du bist jetzt der einzige Erbe unseres Eides, und unseres alten Namens, oder wirst es zumindest in ein paar Stunden sein. Ich habe meinen Eid erfüllt. Ich habe versucht, es zu schaffen, bis ich starb. Jetzt ist es an dir, weiterzumachen, bis du Erfolg hast oder stirbst. Mein Kampf ist zu Ende, mögest du leben, um den Stern zu erreichen. Du wirst doch durchhalten, nicht wahr, Leonard?«

»Ja, Tom, das werde ich.«

»Gib mir die Hand darauf, mein Junge!«

Leonard Outram kniete sich neben seinen sterbenden Bruder, und sie reichten einander die Hände.

»Laß mich jetzt eine Weile schlafen, ich bin sehr müde. Hab keine Angst. Ich werde aufwachen, bevor ... vor dem Ende.«

Kaum hatte er diese Worte gesprochen, als seine Augen sich schlossen und er das Bewußtsein verlor oder einschlief.

Sein Bruder Leonard setzte sich auf einen rohen Hocker,

der aus einer Gin-Kiste gezimmert war. Draußen heulte der Sturm und schüttelte die Kaffern-Hütte aus Gras und Lehm, fuhr zu hundert Ritzen herein und brachte das Licht in der Laterne zum Flackern. Von Zeit zu Zeit prasselten harte Regenschauer herab, und das hereindringende Wasser rann über den aus festgetretener Erde bestehenden Boden. Leonard kroch auf Händen und Füßen zur Türöffnung der Hütte, einem niedrigen, halbrunden Loch, zog das Brett zur Seite, mit der sie verdeckt war, und blickte in die Nacht hinaus. Ihre Hütte stand auf der Kuppe eines großen Berges; unterhalb davon lag ein Meer von Gebüsch, und ringsum erhoben sich die phantastischen Formen weiterer Berge. Schwarze Wolken segelten vor dem sinkenden Mond, aber hin und wieder lugte er zwischen ihnen hervor und erleuchtete die Szene in all ihrer großen Feierlichkeit und bedrückenden Einsamkeit.

Leonard schloß die Öffnung wieder, ging zu seinem Bruder zurück und sah ihn ernst an. Die vielen Jahre der Arbeit und Entbehrung hatten Thomas Outrams Gesicht nicht seiner außergewöhnlichen Schönheit berauben können. Doch das Siegel des Todes war ihm nun aufgeprägt.

Leonard seufzte, dann, einem plötzlichen Einfall folgend, suchte er nach einer Scherbe Spiegelglas. Er hielt sie in den Schein der Laterne und prüfte sein eigenes Gesicht. Der Spiegel zeigt einen gut aussehenden, bärtigen Mann, mit dunklen Haaren und wachsamen Augen, den Augen eines Mannes, der ständig auf der Hut vor Gefahren ist; nicht besonders groß, doch breitschulterig und muskulös, und eine Figur, deren jede Bewegung Kraft verriet. Obwohl noch immer jung, war kaum etwas von dem Aussehen eines jungen Mannes übrig geblieben; offensichtlich hatten Arbeit und Kampf ihren Tribut gefordert, seinen Geist gealtert, und die Kraft und Energie seines Körpers gestählt. Das Gesicht war gut geschnitten, doch hätten die meisten Menschen es vorgezogen, Freundlichkeit aus den scharfen, schwarzen Augen leuchten zu sehen und nicht Mißtrauen und Feindseligkeit. Leonard war ein harter Feind, und sein langer Kampf mit der Welt brachte ihn manchmal dazu, Feinde zu sehen, wo es gar keine gab.

»Er stirbt«, sagte er jetzt und legte die Spiegelscherbe mit der Sorgfalt eines Mannes ab, der es sich nicht leisten kann, auch nur das winzigste Stück seiner geringen Habe zu verlieren, »und dennoch ist sein Gesicht nicht so verändert wie das meine. Mein Gott, er stirbt! Mein Bruder – der einzige Mensch – das einzige Wesen auf der Welt, das ich liebe, mit Ausnahme von einer, vielleicht, falls ich sie tatsächlich noch lieben sollte. Alles ist gegen uns – gegen mich, sollte ich jetzt wohl sagen, denn ihn kann ich nicht mehr zählen. Unser Vater war mein erster Feind; er hat uns in die Welt gesetzt, uns vernachlässigt, unser Erbe vergeudet, unseren Namen entehrt und sich erschossen. Und was ist das Leben seither anderes gewesen als ein ständiger Kampf gegen die Menschen und gegen die Natur? Selbst die Felsen, in denen ich nach Gold grabe, sind Feinde – siegreiche Feinde ...« Er blickte auf seine Hände, die von der harten Arbeit schwielig und vernarbt waren. »Und das Fieber, das ist auch ein Feind. Der Tod ist ein alter Freund, doch der will mir nicht die Hand schütteln. Er nimmt mir meinen Bruder, den ich liebe, so wie er die anderen genommen hat, doch mich läßt er zurück.«

So murmelte Leonard, während er niedergeschlagen auf der roten Kiste saß, die Ellbogen auf die Knie gestützt, seine rauhen Hände unter dem Kinn und den dichten Bart nach vorn drückend, bis er einen riesigen Schatten, kantig und unnatürlich, gegen die Wand der Hütte warf. Und draußen tobte der Sturm, ließ zeitweise ein wenig nach, wurde wieder zum Orkan. Eine Stunde – oder zwei – vergingen, und er saß noch immer reglos, beobachtete das Gesicht des vom Fieber niedergeworfenen Mannes, das sich von Zeit zu Zeit rötete und wie im Schmerz verzog, dann wieder blaß und ruhig wurde. Es schien ihm, als ob durch eine seltsame Harmonie der Natur das todgeweihte Blut versuchte, im gleichen Takt mit dem Sturm zu pulsieren, in dem Wissen, daß sowohl das Leben als auch der Sturm sich bald in das Reich der Stille zurückziehen würden.

Schließlich öffnete Tom Outram die Augen und blickte ihn an, doch wußte Leonard, daß er ihn nicht so sah, wie er war. Die sterbenden Augen studierten ihn zwar und wirkten wach, doch konnte Leonard erkennen, daß sie etwas in seinem Gesicht sahen, das ihm selbst unbekannt war und auch von keinem anderen Menschen erkannt werden konnte – es lasen, als ob es dort geschrieben stünde.

So seltsam war dieser prüfende Blick, so bedeutungslos und doch voll von einer Bedeutung, die Leonard nicht begreifen konnte, daß er davor zurückwich. Er sprach seinen Bruder an, es kam aber keine Antwort – doch die großen eingesunkenen Augen lasen das Buch, das auf Leonards Gesicht gedruckt war: jenes Buch, das ihm verschlossen war, für den sterbenden Mann jedoch offen lag.

Der Anblick des Sterbens eines Menschen ist immer schrecklich; es ist schrecklich, dem Auf- und Abflackern des letzten Lebensfunkens zuzusehen, und mit dem Wissen, daß dieses Flackern, dieses Kommen und Gehen, dieses Absinken und dieses letzte Aufbäumen den Kampf zwischen dem Prinzip des Lebens und dem der Ewigkeit darstellen – nennen Sie es die Seele, wenn Sie so wollen –, bevor es sich dem Jenseits anvertraut. Doch noch schrecklicher war es unter diesen Umständen physischer und seelischer Einsamkeit, in denen Leonard Outram sich zu der Zeit befand.

Er hatte den Tod schon früher gesehen, Tod in vielen furchtbaren Formen, aber noch nie hatte er sich so sehr vor ihm gefürchtet. Was war es, das sein Bruder, oder der Geist seines Bruders, in seinem Gesicht las? Welches Wissen hatte er während seines Schlafes erworben, dem letzten vor dem allerletzten? Er wußte es nicht – jetzt verlangte ihn danach, es zu wissen, jetzt war er glücklich, es nicht zu wissen, jetzt kämpfte er darum, seine Furcht zu überwinden.

»Meine Nerven sind am Ende«, murmelte er. »Er stirbt. Wie kann ich es ertragen, ihn sterben zu sehen?«

Ein Windstoß ließ die Hütte erzittern, riß ihr Geflecht auf, so daß ein kleiner Regenschwall auf die Stirn seines Bruders fiel und über seine bleichen Wangen rann wie Tränen. Dann wich der seltsame, verstehende Ausdruck aus seinen weit geöffneten Augen, und sie wurden wieder menschlich, und seine Lippen öffneten sich.

»Wasser«, flüsterten sie.

Leonard gab ihm zu trinken, wobei er mit der einen Hand den Becher an den Mund seines Bruders hielt, und mit der anderen den Kopf des Sterbenden stützte. Tom nahm zwei gierige Schlucke, dann stieß er den Becher mit seinem abgezehrten Arm beiseite und verschüttete das Wasser auf dem irdenen Boden.

»Leonard«, murmelte er, »du wirst es schaffen.«

»Was werde ich schaffen, Tom?«

»Du wirst das Vermögen erringen und auch Outram – und die Familie neu begründen – doch wirst du es nicht alleine tun. *Eine Frau wird dir dabei helfen.*«

Dann schweiften seine Gedanken ab, und er murmelte: »Was macht Jane? Hast du von Jane gehört?« oder etwas ähnliches.

Bei der Erwähnung dieses Namens wurden die Züge von Leonards Gesicht weicher, dann jedoch wieder hart und verschlossen.

»Ich habe seit Jahren nichts mehr von Jane gehört, mein Junge«, sagte er. »Wahrscheinlich ist sie tot oder verheiratet. Aber ich verstehe dich nicht.«

»Verschwende jetzt keine Zeit«, sagte Tom und löste sich aus seiner Lethargie. »Hör mich an! Ich vergehe sehr schnell. Du weißt, daß sterbende Menschen in die Zukunft blicken können – manchmal. Ich habe etwas geträumt, oder es auf deinem Gesicht gelesen. Ich sage dir: *Du* wirst auf Outram sterben. Doch bleibe noch hier, nachdem ich tot bin. Bleib noch eine Weile, Leonard!«

Er sank erschöpft zurück, und in diesem Moment heulte ein Windstoß, stärker als jeder vorherige, durch die Bergschluchten, der mit all den Stimmen des Sturmes schrie. Er packte die zerbrechliche Hütte und schüttelte sie. Eine Kobra, die sich in dem dichten Geflecht verkrochen hatte, erwachte aus ihrer Lethargie und fiel, kaum einen Fuß vom Gesicht des Sterbenden entfernt, zu Boden – richtete sich auf und zischte laut, wobei ihre Zunge erregt ein und aus fuhr, und ihr Kopf bösartig anschwoll. Leonard sprang zurück und packte eine Brechstange, die in der Nähe stand, doch bevor er zuschlagen konnte, sank das glänzende Reptil in sich zusammen, kroch über die Stirn seines Bruders und verschwand wieder im Geflecht der Wand.

Toms Augen schlossen sich nicht einmal dabei, obwohl Leonard eine momentane Spiegelung der hellen Schuppen in seinen weit geöffneten Pupillen sah und vor dem neuen Schrecken erschauerte, zitterte, als ob sein eigenes Fleisch sich unter der Berührung jener tödlichen Ringe zusammengezogen hätte. Es war entsetzlich, daß die Schlange über das Gesicht seines Bruders gekrochen war, und noch entsetzlicher war es, daß sein Bruder, obwohl er noch lebte, diesen Schrecken gar nicht zu begreifen schien. Er mußte an unseren unsichtbaren Begleiter denken, von dem dieses Reptil ein Vertreter war; es ließ ihn an jenen langen Schlaf denken, den zu stören die Berührung eines wie dieses nicht die Kraft hat.

Ah! Jetzt ging er hinüber – es war unmöglich, diese Veränderung zu mißdeuten, jenes letzte Aufwallen des Blutes, gefolgt von einem jähen Erbleichen, und den zitternden Atemzug, der allmählich zu Stille verebbte. So war der Tag gestern gestorben, mit einer leichten Rötung des Himmels, einem leisen Seufzen des Windes, und dann aschfarbenes Nichts und Stille. Doch dann war die Stille zerrissen worden, war die Nacht lebendig geworden, sehr lebendig – und von einem entsetzlichen Leben erfüllt. Höre! Wie der Sturm heult, wie seine Böen vor Qualen schreien, wie der Regen herabprasselt wie Tränen. Was war, wenn sein Bruder ... Er wagte nicht, den Gedanken zu Ende zu denken.

Höre! Wie der Sturm heulte – selbst die Hütte zerrte an ihren Pfählen, als ob die Hände von hundert Feinden an ihr rissen. Sie wurde emporgehoben und – gütiger Himmel! Sie war fort! – fortgewirbelt und stürzte krachend den Felshang hinab, gepackt vom letzten Stoß des Orkans, und über ihnen hing das dunkle Blau der vergehenden Nacht, gesprenkelt mit rasch ziehenden Wolken, und dort, vor ihnen, im Osten und zwischen den Bergen, stieg die erste Morgenröte empor.

Irgend etwas hatte Leonard so hart getroffen, daß Blut über sein Gesicht rann.

Der Sterbende blickte auf. Er sah das Rot des neuen Tages im Osten. Jetzt lief das Licht über die Bergflanken, jetzt, jetzt brannte es auf ihren Gipfeln, verwandelte jeden Gipfel in eine Flammensäule, eine individuelle Pracht unterschiedlicher Gestalt: und jetzt sprangen die Flammen von der Erde zum Himmel empor, belebten ihn mit Licht. Die dunklen Wolken packten das Licht, konnten es jedoch nicht festhalten;

es fiel wieder auf die Erde zurück, und die Bäume streckten ihm ihre Arme entgegen, um es willkommen zu heißen, und es schien auf das Angesicht der Bäche und Seen.

Thomas Outram sah es – taumelte auf die Knie, streckte seine Arme der aufgehenden Sonne entgegen und flüsterte unhörbare Worte.

Dann sank er an Leonards Brust, und die Geschichte seines Lebens war zu Ende erzählt.

4

Die letzte Wache

Leonard saß eine Weile neben dem Leichnam seines Bruders. Das Tageslicht wurde heller und heller, der runde Ball der Sonne erschien über den Bergen.

Der Sturm war vorüber. Wenn nicht ein paar Trümmer der fortgewehten Hütte umhergelegen hätten, wäre es schwer zu sagen gewesen, daß er jemals hier gewütet hatte. Insekten begannen zu zirpen, Eidechsen kamen aus Felsspalten gekrochen, und die Blüte einer regengewaschenen Berglilie öffnete sich vor seinen Augen. Leonard blieb sitzen, das Gesicht versteinert vor Gram, bis schließlich ein Schatten auf ihn herabfiel. Er blickte auf – der Schatten wurde von den Schwingen eines Geiers geworfen, eines dieser Kostgänger des Todes, die, auf geheimnisvolle Weise angelockt, sich um jeden Ort des Sterbens sammeln.

Leonard sprang auf und packte sein geladenes Gewehr. Näher und näher kreiste der Vogel, in immer enger werdenden Runden; in seiner Gier auf den Toten schien er die Anwesenheit des Lebenden vergessen zu haben. Leonard hob sein Gewehr, zielte und drückte ab. Der Schuß hallte scharf durch die stille Luft und wurde von Berghängen und Schluchten zurückgeworfen, und von oben hörte er den dumpfen Einschlag der Kugel. Einen Augenblick schwankte der getroffene Vogel auf seinen ausladenden Flügeln, dann schienen sie unter seinem Gewicht zusammenzuknicken, und er stürzte herab, lag flatternd am Boden und hackte mit seinem kräftigen Schnabel nach den Felsen.

»Ich kann auch töten«, murmelte Leonard im Selbstgespräch, als er den Geier sterben sah. »Töte, bis du selbst getötet wirst – das ist das Gesetz des Lebens.« Dann trat er zu der Leiche seines Bruders und bereitete sie für das Begräbnis vor, so gut ihm das möglich war; er drückte die Augen zu, band das Kinn mit einem Seil aus zusammengedrehtem Gras hoch und faltete die abgearbeiteten Hände über dem schweigenden Herzen.

Als dies alles getan war, unterbrach er seine schreckliche Tätigkeit, und ihm fiel etwas ein.

»Wo sind diese Kaffern?« fragte er laut – der Klang seiner Stimme schien die Einsamkeit ein wenig zu entschärfen – »diese faulen Hunde, sie hätten schon vor einer Stunde auf sein sollen. He! Otter, Otter!«

Die Berge warfen seinen Ruf zurück. »Otter, Otter!« doch sonst kam keine Antwort. Wieder rief er, und wieder ohne Resultat. »Ich lasse die Leiche nicht gern allein, aber ich muß nachsehen, was los ist.« Und nachdem er den Toten mit einer roten Decke zugedeckt hatte, um die Geier abzuschrecken, lief er auf ein paar Felsen zu, die am Rand des kleinen Plateaus aus dem Boden wuchsen, auf dem ihre Hütte gestanden hatte. Etwa fünfzig Schritte hinter diesen Felsen befand sich eine Höhlung in der Bergflanke, wo eine weichere Gesteinsschicht im Laufe vieler Jahrhunderte verwittert war.

Hier schliefen die Kaffern – es waren vier – und vor dieser Höhle oder Grotte pflegten sie ihr Kochfeuer zu machen. Doch an diesem Morgen brannte kein Feuer, und kein Kaffer war zu sehen.

»Schlafen noch«, murmelte Leonard, als er auf die Höhle zuschritt. Und kurz darauf war er in der Höhle, schrie wieder »Otter! Otter!« und versetzte einer am Boden liegenden Gestalt, von der er gerade die Umrisse erkennen konnte, einen harten Tritt. Die Gestalt rührte sich nicht, was seltsam war, denn so ein Tritt hätte selbst den faulsten Basuto aus tiefstem Schlaf reißen müssen. Leonard beugte sich über ihn und blickte ihn an, und fuhr im nächsten Moment zurück.

»Mein Gott, es ist Cheat, und er ist tot!«

In diesem Augenblick meldete sich eine Stimme aus der hintersten Ecke der Höhle und sagte in kehligem Holländisch: »Hier bin ich, Baas, aber ich bin gefesselt. Der Baas muß mich losschneiden; ich kann mich nicht rühren.«

Leonard trat auf ihn zu und riß ein Streichholz an. Als es aufflammte, sah er den Mann Otter auf dem Rücken liegen, Arme und Beine mit Streifen aus Rohleder gebunden, Gesicht und Körper von Blutergüssen und Platzwunden bedeckt. Leonard zog sein Jagdmesser aus dem Gürtel, zerschnitt die Lederstreifen und schleppte den Mann aus der Höhle, wobei er ihn mehr trug als stützte.

Otter war ein knollennasiger Kaffer, das heißt, von Bastard-Zulu-Abstammung. Die beiden Brüder hatten ihn gefunden, als er halb verhungert durch das Land gestrichen war, und er hatte ihnen seit mehreren Jahren treu gedient. Sie hatten ihm den Namen Otter gegeben – sein wirklicher Eingeborenenname war unaussprechbar –, weil er ein außerordentlich guter Schwimmer war und sich im Wasser so sicher bewegte wie das Tier, nach dem sie ihn benannt hatten.

Das Gesicht dieses Mannes war von ausgesuchter Häßlichkeit, doch war diese Häßlichkeit nicht abstoßend und hauptsächlich auf die übergroße Entwicklung seines Stammesmerkmals, der Nase, zurückzuführen; auch sein Körper war so mißgestaltet, daß er fast monströs wirkte. Otter war nämlich ein Zwerg und nur etwas über vier Fuß groß. Doch was ihm an Größe fehlte, machte er an Breite wett; es schien fast, als ob er, von der Natur eigentlich als ein Mann von erheblicher Größe vorgesehen, durch Zauberei zusammengepreßt worden wäre. Sein gewaltiger Brustkasten und die kräftigen Glieder, die auf fast übermenschliche Kräfte schließen ließen, die langen, muskelbepackten Arme und der massive Kopf verstärkten diesen Eindruck noch. Otter besaß jedoch etwas, das einen gewissen Ausgleich schuf: seine Augen, die, wenn sie sichtbar waren, was jetzt nicht der Fall war, groß und ruhig waren, und, wie seine Haut, von einem glänzenden Schwarz.

»Was ist geschehen?« fragte Leonard, ebenfalls holländisch sprechend.

»Dieses, Baas: Gestern abend hatten diese drei Basuto-

Strolche, deine Diener, beschlossen, wegzulaufen. Sie haben mir nichts davon gesagt und waren so gerissen, daß ich auch nichts davon merkte, obwohl ich selbst ihre Gedanken beobachtete. Sie wußten natürlich, daß es nicht ratsam war, mir etwas davon zu sagen, denn ich hätte sie verprügelt – ja, alle drei! Also warteten sie, bis ich fest eingeschlafen war, und dann fielen sie über mich her, alle drei, und banden mich, damit ich sie nicht an ihrer Flucht hindern konnte, und damit sie Baas Toms Gewehr stehlen konnten, das du mir geliehen hattest, und einige andere Dinge. Bald war ich mir über ihre Pläne im klaren, und wenn ich ihnen auch ins Gesicht lachte, war mein Herz doch schwarz vor Wut.

Als die Basuto-Hunde mich gefesselt hatten, verhöhnten sie mich und beschimpften mich und sagten, ich solle ruhig hierbleiben und zusammen mit den weißen Narren, meinen Herren, verhungern, welche ständig nach gelbem Eisen grüben und nur so wenig davon fänden, weil sie Narren seien. Dann rafften sie alles von Wert zusammen, ja, bis auf den Kochkessel, und machten sich bereit zum Aufbruch, und jeder von ihnen schlug mir ins Gesicht, und einer verbrannte mir mit einem glühenden Scheit die Nase.

All dieses ertrug ich, wie ein Mann Kummer ertragen muß, der vom Himmel auf ihn herabkommt, doch als Cheat sich Baas Toms Gewehr nahm und die anderen mit einem Riemen auf mich zukamen, um mich damit an die Felswand zu binden, konnte ich es nicht länger aushalten. Ich stieß einen lauten Schrei aus und warf mich auf Cheat, der das Gewehr in den Händen hielt. Ah! Sie hatten vergessen, daß mein Kopf noch kräftiger ist als meine Arme es sind. Ich rammte ihn wie ein Bulle in seinen Bauch und stieß ihn gegen die Wand. Er gab keinen Ton von sich, als er zusammensank; er wird nie mehr einen Ton von sich geben, denn mein Kopf zermalmte sein Inneres, und ich spürte durch seinen Körper hindurch die harte Felswand. Dann begannen die beiden anderen mit ihren Kerries auf mich einzuschlagen, und da meine Arme gebunden waren, konnte ich mich nicht verteidigen, obwohl ich wußte, daß sie mich töten würden. Also stöhnte ich laut auf und ließ mich zu Boden fallen, als ob ich tot wäre – wie eine Stink-Katze.

Die Basutos glaubten, mich erledigt zu haben und liefen eilig davon, da sie befürchteten, ihr hättet das Schreien gehört und würdet sie mit euren Gewehren verfolgen. Sie hatten eine solche Angst, daß sie das Gewehr und die meisten der anderen Sachen zurückließen. Danach wurde ich bewußtlos; es war albern, doch ihre Kerries waren aus Rhinozeroshorn – es hätte mir nicht so viel ausgemacht, wenn sie aus Holz gewesen wären, aber das Horn beißt tief. Das ist die ganze Geschichte. Es wird Baas Tom freuen, daß ich sein Gewehr gerettet habe. Wenn er das hört, wird er seine Krankheit vergessen und sagen: ›Gut gemacht, Otter, dein Kopf ist hart.‹«

»Mache dein Herz auch hart«, sagte Leonard mit einem traurigen Lächeln, »Baas Tom ist tot. Er ist bei Tagesanbruch in meinen Armen gestorben. Das Fieber hat ihn getötet, so wie es die anderen *Ikoosis** tötete.«

Otter ließ seinen zerschlagenen Kopf auf die mächtige Brust sinken und stand eine Weile schweigend. Als er ihn schließlich wieder hob, sah Leonard zwei Tränen über das blutverkrustete Gesicht rinnen. »*Wow!*« sagte er dann, »ist das wahr? Oh! Mein Vater, bist du tot, der du so tapfer warst wie ein Löwe, und so sanft wie ein Mädchen? Ja, du bist tot, meine Ohren haben es gehört, und wenn es nicht um deinen Bruder wäre, den Baas Leonard, würde ich mich am liebsten auch töten und dir folgen. *Wow!* Mein Vater, bist du wahrlich tot, der du mich noch gestern angelächelt hast?«

»Komm!« sagte Leonard, »ich darf ihn nicht zu lange allein lassen.«

Und er ging, und Otter folgte ihm mit torkelnden, unsicheren Schritten, denn er war schwach von seinen Verletzungen. Kurz darauf erreichten sie die Stelle, und Otter sah, daß die Hütte fort war.

»Bestimmt«, sagte er, »waren unsere bösen Geister in dieser Nacht unterwegs. Nun, das nächste Mal sind die guten an der Reihe.« Dann trat er zu der Leiche und grüßte sie mit erhobener Hand und lauter Stimme.

»Häuptling und Vater«, sagte er in Zulu, denn Otter war lange und weit umhergezogen und kannte viele Sprachen,

---

* Häuptlinge – *Anm. d. Übers.*

mochte jedoch Zulu am liebsten. »Solange du auf Erden lebtest, warst du ein guter und tapferer Mann, wenn auch etwas jähzornig und so streitsüchtig wie eine Frau. Jetzt bist du dieser Welt müde geworden und wie ein Adler zur Sonne emporgeflogen, und dort, wo du im Licht der Sonne lebst, wirst du noch tapferer und noch besser sein, und auch geduldiger, und du wirst dich nicht mehr mit jenen streiten, die weniger klug sind als du. Häuptling und Vater, ich grüße dich! Möge der, welchen ihr den Otter genannt habt, dir und dem *Inkoosi*, deinem Bruder, im Hause des Groß-Großen wieder dienen dürfen, falls jemand, der so häßlich und mißgestaltet ist, wie ich, dort eintreten darf. Was den Basuto-Hund betrifft, den ich tötete, und der dein Gewehr stehlen wollte, so erkenne ich jetzt, daß ich ihn zu einer glücklichen Stunde getötet habe, damit er im Hause des Groß-Großen ein Sklave unter deinen Füßen sei. Ah! Wenn ich das gewußt hätte, ich hätte dir einen besseren Mann geschickt, denn dort wie hier wird Cheat immer Cheat bleiben. Heil, mein Vater! Heil und lebe wohl! Laß deinen Geist über uns wachen und freundlich zu uns sein, die wir dich noch immer lieben.«

Dann wandte Otter sich ab, und nachdem er seine Wunden ausgewaschen hatte, machte er sich daran, von den einfachen Dingen, die sie besaßen, ein Essen zu kochen.

Als es fertig war, aß Leonard ein wenig davon, und dann trugen sie die Leiche zu der kleinen Höhle, wo sie geschützt war. Leonard hatte vor, seinen Bruder bei Sonnenuntergang zu begraben; länger konnte er es nicht hinausschieben, doch bis dahin wollte er bei ihm Wache halten, die letzte von vielen Wachen. Das, was von Cheat übriggeblieben war, wurde von Otter hinausgeschleppt und in das Loch eines Ameisenbären geworfen, und der ließ sich bei dieser Tätigkeit nicht die Gelegenheit entgehen, den Geist seines verräterischen Feindes zu verhöhnen; danach wurde der Leichnam von Thomas Outram hineingebracht und auf den Boden gelegt, und Leonard setzte sich im Halbdunkel der Höhle an seine Seite.

Gegen Mittag trat Otter, der inzwischen seine körperlichen und seelischen Schmerzen durch einen tiefen Schlaf gemildert hatte, in die Höhle. Sie hätten kaum noch Fleisch, erklärte er, und mit Erlaubnis des Baas wolle er das Gewehr des toten Baas nehmen und versuchen, eine Antilope zu schießen.

Leonard ließ ihn gehen, befahl ihm jedoch, bei Sonnenuntergang zurück zu sein, da er dann seine Hilfe brauchen würde.

»Wo wollen wir das Loch graben?« fragte der Zwerg.

»Es ist schon gegraben«, antwortete Leonard. »Er, der tot ist, hat es selbst ausgehoben, so wie die anderen. Wir werden ihn in der letzten Grube bestatten, die er auf der Suche nach Gold gegraben hat, ein Stück rechts von dem Platz, auf dem die Hütte stand. Sie ist tief und breit genug.«

»Ja, Baas, ein guter Platz – obwohl Baas Tom sicher nicht so hart daran gearbeitet haben würde, wenn er es gewußt hätte ... *Wow!* Wer weiß schon, für welchen Zweck er arbeitet? Aber vielleicht liegt es ein bißchen zu nahe bei der Ablaufrinne. Zweimal ist das Loch vollgelaufen, als Baas Tom es aushob. Damals hatte er herausspringen können, aber jetzt ...«

»Ich habe es so beschlossen«, sagte Leonard knapp; »geh jetzt und sei mindestens eine halbe Stunde vor Sonnenuntergang zurück! Halt! Bring ein paar von diesen Berglilien mit, wenn du welche findest. Der Baas hat sie sehr gemocht.«

Der Zwerg salutierte und ging. »Ah!« murmelte er, als er den Hang hinabwatschelte. »Ah! Du fürchtest dich nicht vor Menschen, weder vor lebenden, noch vor toten – jedenfalls nicht zu sehr; und doch, Otter, ist es schöner, hier draußen in der Sonne zu sein, auch wenn sie heiß ist, als in jener Höhle. Sag, Otter, warum sieht der Baas Tom so bedrohlich aus, jetzt, da er tot ist – er, der immer so freundlich war, als er lebte? Cheat sah nicht bedrohlich aus, nur noch häßlicher. Aber dann: Cheat hast du getötet, und Baas Tom ist vom Himmel getötet worden, der ihm sein Siegel aufgedrückt hat. Und was wird Baas Leonard jetzt tun, wo sein Bruder tot ist und die Basutos weggelaufen sind? Wird er weiter nach dem gelben Eisen graben, das so schwer zu finden ist, und aus dem, wenn es gefunden wird, ein Mann nicht einmal eine Speerspitze machen kann? Aber warum sollst du dir darüber den Kopf zerbrechen, Otter? Was der Baas tun wird, wirst auch du – und hier ist die Fährte eines Impala.«

Otter hatte recht. Der Tag war entsetzlich heiß. Es war jetzt Sommer in Ostafrika, oder vielmehr Herbst, die Jahreszeit von Fieber, Gewitter und Regen, eine Zeit, die niemand, der sein Leben schätzte, in diesen Breiten verbringen wollte, um bei unzureichender Nahrung und kargem Obdach nach Gold zu suchen. Aber Männer, die ihr Glück machen wollen, schrecken nicht davor zurück, ihr Leben zu riskieren, und auch nicht das Leben anderer. Sie werden zu Fatalisten, nicht zu erklärten, aber doch zu bewußten. Solche, denen zu sterben bestimmt ist, müssen sterben, denken sie, während die anderen am Leben bleiben. Und schließlich spielte es keine große Rolle, ob sie lebten oder starben, da sie sehr wohl wußten, daß die Welt sie nicht vermissen würde.

Als Leonard Outram, sein Bruder Thomas und zwei gleich abenteuerlich veranlagte Männer von Eingeborenen gehört hatten, daß an einer bestimmten Stelle in den Bergen, das nominell portugiesisches Gebiet war und nahe dem untersten Mündungsarm des Sambesi lag, Gold gegraben werden könne wie Eisenerz, und nachdem sie für den Preis von zwei Tower-Musketen und einem Windhund-Bastard von dem Häuptling jenes Gebietes die Konzession erhalten hatten, unbehindert nach Gold zu graben und es mit sich zu nehmen, verwarfen sie diese Gelegenheit nicht, weil das Land fieberverseucht war und die ungesunde Jahreszeit sich näherte. Einmal waren ihre finanziellen Reserven nicht sonderlich groß, und zweitens befürchteten sie, daß irgendein unternehmungslustiger Bursche, der drei Tower-Musketen und zwei Windhunde besaß, den Häuptling dazu bewegen mochte, ihre Konzession zu widerrufen und sie ihm zu erteilen.

Also waren sie mühsam zu diesem Ort verborgener Schätze gezogen und hatten, mit Hilfe einiger Eingeborener, die sie unterwegs aufgelesen hatten, mit ihrer Suche begonnen. Zu Anfang sogar mit einigem Erfolg; wo immer sie gruben, fanden sie ›Farbe‹, und ein paarmal stießen sie auf Taschen von Nuggets. Ihre Hoffnung wuchs, doch dann wurde einer von ihnen – er hieß Askew – vom Fieber gepackt und starb. Sie begruben ihn und machten mit wechselvollem Glück weiter. Dann erkrankte ein zweites Mitglied ihrer Gruppe, Johnson. Er kämpfte einen Monat gegen das Fieber an und starb dann ebenfalls. Danach war Leonard dafür, das Unternehmen abzubrechen, doch wie das Schicksal es wollte, fanden sie an dem Tage nach Johnsons Tod eine sehr vielversprechende Menge Gold, und sein Bruder, dessen Vorsatz, den für ihren Zweck notwendigen Reichtum zu erwerben, von den vielen Enttäuschungen, die sie erlebt hatten, eher noch verstärkt worden war, weigerte sich, auf einen solchen Rat zu hören.

Also hatten sie ihre Hütte an einer höheren und gesünderen Stelle errichtet. Doch eines unglücklichen Tages ging Thomas Outram auf die Jagd, verirrte sich im Dschungel und war gezwungen, die Nacht im Fieberdunst zu verbringen. Eine Woche später klagte er über Übelkeit und Schmerzen im Rücken und im Kopf – und drei Wochen später war er tot, wie wir gesehen haben.

Alle diese Geschehnisse und viele andere, die ihnen vorausgegangen waren, gingen Leonard während der langen Stunden, die er neben seinem toten Bruder saß, durch den Kopf. Noch nie zuvor hatte er sich so einsam gefühlt, so völlig verlassen, so bar aller Liebe und jeder Hoffnung. Er besaß nicht einen einzigen Freund auf der ganzen Welt, falls er nicht den knollennasigen Otter als Freund bezeichnen wollte. Er war seit vielen Jahren von England fort, seine wenigen entfernten Verwandten machten sich keine Gedanken mehr um ihn und seinen Bruder, Ausgestoßene, Wanderer in fremden Ländern, und seine Schul- und Studienfreunde hatten sicher vergessen, daß es ihn überhaupt noch gab.

Eine aber mochte es noch geben, Jane Beach. Doch seit dem Abend ihres Abschieds vor sieben Jahren hatte er nichts von ihr gehört. Zweimal hatte er geschrieben, doch nie eine Antwort auf seine Briefe bekommen. Da hatte er nicht mehr geschrieben, denn Leonard war ein stolzer Mann; außerdem ahnte er, daß sie nicht geantwortet hatte, weil es ihr unmöglich war. Wie er zu seinem Bruder gesagt hatte, mochte Jane inzwischen verstorben sein, oder, was wahrscheinlicher war, Mr. Cohen geheiratet haben. Und doch hatten sie sich einmal geliebt, und er liebte sie noch immer, oder glaubte es jedenfalls. Zumindest waren während all dieser schweren Jahre des Exils, der Arbeit und der unaufhörlichen Suche nach dem Unauffindbaren ihr Bild und ihre Erinnerung immer bei ihm gewesen, ein ferner Traum von Liebreiz, Sanftmut und

Schönheit, und sie waren noch immer bei ihm, obwohl ihm nichts von ihr verblieben war, als ihr Abschiedsgeschenk: das Gebetbuch, und die Haarlocke, die darin lag. Die Wildnis ist nicht der geeignete Ort für Männer, die ihre erste Liebe vergessen wollen. Nein, er war allein, absolut und völlig allein, ein Wanderer in wildem Land, ein Verweilender unter rohen, unkultivierten Männern und Wilden.

Und jetzt? Was sollte er jetzt tun? Hier war nichts mehr zu holen. Es gab zwar allzuvieles Gold an diesem Ort, doch wußte Leonard, daß es sich nicht in der Erde befand, sondern daß die wirklichen Schätze in den Quarzadern gesucht werden mußten, die sich durch das Gestein der Berge zogen, und wie sollte er es aus dem Quarz herausholen, ohne Maschinen und ohne Kapital? Außerdem waren ihm seine Kaffern weggelaufen, ausgelaugt von harter Arbeit und vom Fieber, und zu dieser Jahreszeit war es unmöglich, neue zu beschaffen. Doch was sollte es, das war eben nur eine Enttäuschung mehr. Er mußte nach Natal zurückgehen und dort sein Glück versuchen. Schlimmstenfalls konnte er sein Brot als Transportführer verdienen, und bestenfalls würde er dieser Jagd nach Reichtum müde werden, mit dem ihre Familie neu gegründet werden sollte.

Dann erinnerte Leonard sich plötzlich dessen, was er versprochen hatte: So lange zu suchen, bis er sterben würde. Gut, er würde dieses Versprechen halten – bis er starb. Und er erinnerte sich auch an die seltsame Prophezeiung, die Thomas in der vergangenen Nacht gemacht hatte, jener Prophezeiung von Reichtum, den er finden würde.

Natürlich war das nichts anderes gewesen als die verwirrte Phantasie eines Sterbenden. Viele Jahre lang hatte sein Bruder über die Möglichkeit gebrütet, zu Reichtum zu gelangen, nicht für sich selbst, sondern um sie in die Lage zu versetzen, ihre alte Familie neu zu begründen, die ihr Vater in Schande und Bankerott gebracht hatte. Es war wahrlich kein Wunder, daß ein Mann seines leicht erregbaren Temperaments in der Stunde seines Todes nach irgendeiner Vision der Erfüllung seines Lebenstraums gegriffen hatte, wenn auch durch einen anderen. Und doch: wie seltsam er ihn dabei angesehen hatte! Mit welcher Überzeugung er gesprochen hatte! Doch all dies war unwesentlich; er, Leonard, hatte vor vielen Jahren einen Eid geschworen, und erst in der vergangenen Nacht sein Versprechen gegeben, diesen Eid zu halten. Deshalb mußte er, komme, was da wolle, weitermachen, bis zum Ende.

Diese Gedanken gingen ihm durch den Kopf, als er Stunde um Stunde neben dem erstarrenden Leichnam saß, der einmal sein Spielgefährte, sein Bruder und sein Freund gewesen war. Von Zeit zu Zeit stand er auf und schritt in der Höhle auf und ab. Als der Nachmittag sich seinem Ende zuneigte, wurde die Luft noch heißer und stiller, und große, dunkle Wolken schoben sich über den Horizont.

»Es wird bei Sonnenuntergang ein Gewitter geben«, murmelte Leonard. »Ich wünschte, Otter würde zurückkommen, damit wir die Beerdigung hinter uns bringen können; denn sonst müssen wir sie bis morgen aufschieben.«

Schließlich, etwa eine halbe Stunde vor Dunkelwerden, tauchte der Zwerg im Eingang der Höhle auf, und er sah mehr wie ein Gnom als ein Mensch aus vor diesem gespenstischen Hintergrund des düsteren Himmels. Ein Impala war über seine gewaltigen Schultern geschnürt, und in seiner Hand hielt er einen großen Strauß duftender Berglilien.

Dann begruben die beiden Thomas Outram in seinem einsamen Grab, das er selbst ausgehoben hatte, und das erste Donnergrollen war sein Requiem. Es schien ein passender Abgesang für sein stürmisches und arbeitsreiches Leben.

5

Otter erteilt Rat

Als die Beerdigung vorüber war und Thomas Outram seinen letzten Schlaf unter sechs Fuß Erde und Steinen schlief, zog Leonard das Gebetbuch hervor, das Jane Beach ihm gegeben hatte und das seine ganze Bibliothek darstellte, und las im Licht von Blitzen das Totengebet über dem Grab. Dann gingen er und Otter zur Höhle zurück und aßen, ohne ein Wort zu reden. Nachdem sie gegessen hatten, rief Leonard den Zwerg zu sich, der sein Mahl ein Stück von ihm entfernt zu sich genommen hatte.

»Otter«, sagte er und stellte die Laterne zwischen sie auf den Boden, »du bist ein treuer Mann und auf deine Art recht klug. Ich möchte dir jetzt eine Geschichte erzählen, und dich dann etwas fragen. Zumindest«, setzte er, auf englisch murmelnd, hinzu, »ist dein Urteil genausogut wie das meine.«

»Sprich, Baas!« sagte der Zwerg. »Meine Ohren sind geöffnet.« Er hockte sich zur anderen Seite der Laterne auf den Boden wie eine riesige Kröte, und blickte seinen Herrn mit seinen schwarzen Augen an.

»Otter, der Baas, der tot ist, und ich sind vor sieben Jahren in dieses Land gekommen. Bevor wir hierher kamen, waren wir reiche Männer, Häuptlinge in unserem Dorf, doch haben wir unsere Kraals, unsere Rinder und unser Land verloren; sie wurden verkauft, andere nahmen sie sich, und wir wurden arm. Ja, wir, die wir fett gewesen waren, wurden mager wie Treck-Ochsen zu Ende des Winters. Da sagten wir zueinander: ›Hier haben wir kein Heim mehr, Schande und Armut sind über uns gekommen, wir sind zerbrochene Gefäße, leere Menschen ohne Bedeutung; und da wir vom Blute her Häuptlinge sind, können wir uns hier nicht verdingen und gemeine Arbeiten verrichten wie gewöhnliche Menschen, damit diese und die Edlen unser nicht spotten. Unser großer Stein-Kraal, der uns seit vielen Generationen gehört hat, ist uns genommen, andere wohnen jetzt darin, fremde Frauen halten ihn in Ordnung, und ihre Kinder werden über das Land laufen. Wir wollen fortgehen!‹«

»Blut ist Blut«, unterbrach Otter, »Reichtum ist nichts, der kommt und geht, doch das Blut bleibt immer das Blut. Warum hast du nicht ein *Impi** gesammelt, diese Fremden dem Speer übergeben und dir deinen Kraal zurückgenommen, mein Vater?«

»In unserem Land ist das nicht erlaubt, Otter, denn dort

* Bei den Zulu eine militärische Einheit, etwa einem Regiment entsprechend – *Anm. d. Übers.*

gilt Reichtum mehr als gutes Blut. Dadurch hätten wir uns nur in noch größere Schande gestürzt. Nur durch Reichtum konnten wir unser Heim zurückgewinnen,und den besaßen wir nicht mehr. Deshalb haben wir einander geschworen, der tote Baas und ich, in ferne Länder zu ziehen und dort Reichtum zu suchen, damit wir unser Land und unseren Kraal zurückkaufen und darüber herrschen könnten, wie in vergangenen Zeiten, und unsere Kinder nach uns.«

»Ein guter Eid«, sagte Otter, »doch hätten wir ihn hier anders geschworen, und man hätte um den Kraal das Klirren von Stahl gehört, und nicht das Klingeln von gelbem Eisen.«

»Wir sind hergekommen, Otter, und haben sieben Jahre lang härter gearbeitet als der geringste unserer Diener; wir sind hin und her gereist, unter vielen Völkern, und haben viele Sprachen gelernt, doch was haben wir gefunden? Der andere Baas ein Grab in der Wildnis – und ich nur die Nahrung, welche die Wildnis hergibt, nicht mehr.«

»Ein magerer Lohn bis jetzt«, sagte Otter. »Ah! Die Wege meines Volkes sind einfacher und besser. Ein roter Speer ist heller als rotes Gold, ja, und ehrlicher.«

»Der Reichtum ist nicht errungen, Otter, doch ich habe geschworen, ihn zu erringen oder zu sterben. Erst in der vergangenen Nacht habe ich es erneut jenem geschworen, der jetzt in seinem Grabe liegt.«

»Es ist gut, Baas, ein Eid ist ein Eid, und ein echter Mann muß ihn halten. Doch hier kann man keinen Reichtum gewinnen, denn das Gold, das meiste davon, ist in jenen Felsen verborgen, und die sind viel zu schwer, als daß man sie bewegen könnte, und wer vermag Gold durch Zaubersprüche aus dem Fels zu locken? – selbst alle Hexer vom Zululand könnten das nicht. Zumindest können du und ich es nicht allein schaffen, selbst wenn das Fieber uns verschonen sollte. Wir müssen trecken, Baas, und uns anderweitig umsehen.«

»Höre, Otter! Die Geschichte ist noch nicht zu Ende erzählt. Der Baas, welcher tot ist, träumte, bevor er starb; er träumte, daß ich das Gold finden würde, und daß ich es mit Hilfe einer Frau finden würde, und er befahl mir, nach seinem Tode noch eine Weile hier zu bleiben. Sage mir nun, Otter, der du von einem Volke stammst, das in Träumen erfahren ist, und der Sohn eines Traumdeuters bist, war dies ein wahrer Traum oder nur die Phantasie eines Kranken?«

»Wer kann das mit Sicherheit sagen, Baas?« antwortete der Zwerg, dachte eine Weile nach und begann dann mit seinem Finger Linien in den Staub des Bodens zu ziehen. »Trotzdem würde ich sagen«, fuhr er fort, »daß die Worte des Toten, welche dieser am Rande des Todes sprach, sich erfüllen werden. Er hat dir versprochen, daß du den Reichtum erlangen wirst, also wirst du ihn auf diese oder jene Weise erlangen, und der große Kraal auf der anderen Seite des Wassers wird wieder dir gehören, und die Kinder der Fremden werden nicht mehr dort einhergehen. Laß uns den Worten des Toten gehorchen und eine Weile hier bleiben, wie er es befohlen hat.«

Sieben Tage waren vergangen, und am Abend des siebten Tages saßen Leonard Outram und Otter wieder in der kleinen Höhle des Grabesberges, denn so hatten sie ihn benannt. Sie sprachen nicht, doch jeder von ihnen dachte auf seine Art nach, und beide hatten sie Gründe zum Nachdenken. Sie waren den ganzen Tag auf der Jagd gewesen, hatten jedoch lediglich eine Schwanengans erlegen können, deren größten Teil sie gerade gegessen hatten; und andere Nahrung hatten sie nicht. Das Wild schien das Gebiet verlassen zu haben, zumindest hatten sie keines finden können.

Seit dem Tode seines Bruders hatte Leonard alle Versuche, nach Gold zu graben, aufgegeben: es war sinnlos. Die Zeit lastete schwer auf ihm, denn ein Mann kann nicht den ganzen Tag über nach Wild suchen, das nicht da ist. Und auch sein Gemüt hatte sich verdüstert; er fühlte den Verlust seines Bruders jetzt schmerzlicher als an dem Tage, an dem er ihn begraben hatte. Außerdem litt er zum erstenmal an Symptomen jenes tödlichen Fiebers, dem seine drei Gefährten zum Opfer gefallen waren. Ja, ihm waren diese Symptome von Gleichgültigkeit und Übelkeit und der stechenden Schmerzen, die von Zeit zu Zeit durch seinen Kopf und seine Glieder schossen, nur zu vertraut. Genauso hatte die letzte Krankheit seines Bruders begonnen.

Sollte sein Leben auf die gleiche Weise enden? Es kümmerte ihn nicht besonders, er stand seinem Schicksal gleichgültig gegenüber, da der harte Lebenskampf ihm wenig Zeit und Lust gelassen hatte, sich mit spirituellen Zweifeln abzuplagen. Und doch war es überwältigend, daran zu denken. Er ließ den Vorgang immer wieder vor seinem geistigen Auge ablaufen, bis er für ihn zur Realität wurde. Er sah seinen letzten Lebenskampf, und er sah Otter, der ihn beobachtete. Er sah, wie der Zwerg ihn auf seinen mächtigen Armen zu seinem einsamen Grab trug, ihn mit Erde bedeckte, und dann, mit einem erleichterten Seufzen, diesem unheimlichen Ort für immer entfloh. Warum war er hiergeblieben, um am Fieber zu sterben? Weil sein Bruder es ihm mit seinem letzten Atemzug so befohlen hatte; wegen eines Aberglaubens, einer Torheit, die bei jedem zivilisierten Menschen nur Verachtung hervorrufen würde.

Ah! Das war es: Er war kein zivilisierter Mensch mehr; er hatte so lange in der Wildnis und unter Wilden gelebt, daß er so geworden war, wie die Wildnis den Wilden formt. Seine auf Bildung beruhende Vernunft sagte ihm, daß dies eine Torheit war, doch sein Instinkt – jene Eigenschaft, welche begonnen hatte, in ihm den Platz der auf Bildung beruhenden Vernunft einzunehmen – sprach mit einer anderen Stimme. Er hatte sich auf der Entwicklungsleiter zurückbewegt, er war primitiv geworden; sein Verstand war wie der eines Wikingers oder eines Azteken. Es wunderte ihn nicht, daß sein Bruder auf seinem Sterbebett eine Prophezeiung gemacht hatte; es kam ihm nicht einmal seltsam vor, daß er an diese Prophezeiung glaubte und nach ihr handelte. Und doch wußte er, daß dieser Gehorsam höchstwahrscheinlich zu seinem Tode führen würde.

Menschen, die lange in der freien Natur gelebt haben, werden zu einem gewissen Grad mit solchen Empfindungen vertraut sein, denn Mensch und Natur stehen einander immer als Feinde gegenüber, und jeder versucht, den anderen seinen Zwecken entsprechend zu formen. Dabei bleibt die Natur immer Sieger. Der Mensch rühmt sich ständig seiner Siege über sie, über ihre Instinkte, über ihre Schrecken. Doch laßt ihn einmal seinen Städten und der Gemeinschaft seiner Art entfliehen, laßt ihn einmal für eine Weile mit ihr allein sein, wo ist dann seine Überlegenheit? Er sinkt an ihre Brust zurück und ist an ihr verloren, so wie eines Tages alle seine Werke verloren sein werden. Das Gras auf dem Felde und der Sand der Wüste sind mächtiger als Babylon; sie waren vor ihm, und sie sind nach ihm, und genauso ist es mit allem Physikalischen und Moralischen in entsprechenden Graden, denn hier herrscht eine Amme, der wir Menschenkinder schließlich gehorchen müssen, so sehr wir uns ihr auch anfangs glauben widersetzen zu können.

So brütete Leonard, während er auf dem Boden der Höhle saß, die Hände in den Taschen, und eine leere Pfeife zwischen seinen Zähnen. Der Tabak war ihm ausgegangen, und dennoch zog er von Zeit zu Zeit daran, vielleicht aus Gewohnheit. Und Otter beobachtete ihn die ganze Zeit über.

»Baas«, sagte er schließlich, »du bist krank, Baas.«

»Nein«, antwortete er, »das heißt, vielleicht ein bißchen.«

»Ja, Baas, ein bißchen. Du hast nichts gesagt, aber ich weiß es, ich, der ich beobachte. Das Fieber hat dich mit seinem Finger angerührt, und nach und nach wird es dich mit der ganzen Hand packen, und dann, Baas ...«

»Und dann, Otter, gute Nacht.«

»Ja, Baas, für dich gute Nacht, und für mich, was? Baas, du denkst zu viel und hast nichts zu tun, das ist der Grund dafür, daß du krank wirst. Es wäre besser, wenn wir wieder graben würden.«

»Wozu, Otter? Ameisenbären-Höhlen sind auch gute Gräber.«

»Schlechte Worte, Baas. Es wäre besser, fortzugehen und nicht länger zu warten, als daß du solche Worte gebrauchst, welche der Anfang vom Tode sind.«

Dann herrschte eine Weile Stille.

»Die Wahrheit ist, Otter«, sagte Leonard dann, »daß wir beide Narren sind. Es ist sinnlos, daß wir hierbleiben, ohne etwas zu essen, ohne etwas zu trinken, ohne etwas zu rauchen, allein mit dem Fieber als Zukunft, und auf etwas zu warten, von dem wir nicht einmal wissen, was es ist. Doch was kommt es darauf an? Narren und Weise sterben denselben Tod. Mein Gott! Wie mir der Kopf schmerzt, und wie heiß es ist! Ich wünschte, wir hätten noch etwas Chinin übrigbehalten. Ich gehe jetzt hinaus.« Er sprang auf und verließ die Höhle.

Otter folgte ihm. Er wußte, wohin Leonard gehen würde: zum Grab seines Bruders. Kurz darauf standen sie davor, am diesseitigen Rand einer kleinen Schlucht. Eine Wolke hatte das Angesicht des Mondes verhüllt, und sie konnten nichts sehen, also standen sie dort und warteten darauf, daß sie vorüberziehen würde.

Und während sie so standen, vernahmen sie plötzlich ein Stöhnen oder vielmehr einen Laut, der mit einem Stöhnen begann und in einem leisen Wimmern endete.

»Was ist das?« fragte Leonard und starrte in die Schatten auf der anderen Seite der Schlucht, von wo es zu kommen schien.

»Ich weiß es nicht«, antwortete Otter, »falls es nicht ein Geist ist, oder die Stimme einer, die ihre Toten beklagt.«

»Wir sind hier die einzigen, die um einen Toten klagen könnten«, sagte Leonard, und während er so sprach, schallte wieder das leise, wimmernde Klagen zu ihnen herüber. In diesem Augenblick zog die Wolke vorüber, das Mondlicht fiel hell auf das Land herab, und jetzt sahen sie, wer es war, der an diesem verlassenen Ort so laut gejammert hatte. Denn dort, keine zwanzig Schritte von ihnen entfernt, auf der anderen Seite der Schlucht, hockte eine alte, hagere Frau auf einem Stein und wiegte sich hin und her, wie in einer Agonie von Verzweiflung und Trauer.

Mit einem Ausruf der Überraschung ging Leonard auf sie zu, gefolgt von dem Zwerg. So versunken war die Frau in ihren Gram, daß sie die beiden weder sah noch hörte. Selbst als sie vor ihr standen, bemerkte sie sie nicht, denn sie hatte das Gesicht in ihre knochigen Hände gepreßt. Leonard blickte sie neugierig an. Sie war über ihre mittleren Jahre hinaus, doch konnte er sehen, daß sie einmal sehr hübsch gewesen sein mußte, und, für eine Eingeborene, ziemlich hellhäutig war. Ihr Haar war grau und gelockt, und nicht wollig, und ihre Hände und Füße waren schlank und wohlgeformt. Im Augenblick konnte er nicht mehr von ihrer persönlichen Erscheinung wahrnehmen, denn ihr Gesicht war, wie gesagt, von ihren Händen verdeckt, und ihr Körper in eine zerfetzte Decke gewickelt.

»Mutter«, sagte er, im Sisutu-Dialekt sprechend, »was ist mit dir, daß du hier alleine sitzt und weinst?«

Die Fremde riß ihre Hände vom Gesicht und sprang mit einem Angstschrei auf. Der Zufall wollte es, daß ihr erster Blick auf den Zwerg Otter fiel, der vor ihr stand, und bei seinem Anblick erstarb der Schrei auf ihren Lippen, und ihre eingefallenen Wangen, die klar geschnittenen Gesichtszüge und schwarzen Augen wurden wie die einer, die von Schrecken gelähmt ist. So seltsam war dieser Anblick, daß weder der Zwerg noch sein Herr sprachen oder sich bewegten; sie standen schweigend und abwartend. Es war die Frau, die das Schweigen schließlich brach, mit einer leisen, von Ehrfurcht und Anbetung erfüllten Stimme zu sprechen begann und dabei auf die Knie sank.

»Bist du endlich gekommen, um mich zu holen«, sagte sie, an Otter gewandt, »o du, dessen Name Dunkelheit ist, dem ich anvermählt wurde, und dem ich entflohen bin, als ich jung war? Sehe ich dich selbst vor mir, Herr der Nacht, König von Blut und Schrecken, oder bist du sein Priester? Oder träume ich nur? Nein, ich träume nicht, töte mich, o Priester, auf daß meine Sünde gesühnt werde!«

»Es scheint«, sagte Otter, »daß wir eine Verrückte vor uns haben.«

»Nein, Jâl«, antwortete die Frau, »ich bin nicht verrückt, obgleich ich letztlich dem Irrsinn sehr nahe war.«

»Ich heiße weder Dunkelheit, noch Jâl«, antwortete der Zwerg gereizt, »also hör jetzt auf, Unsinn zu reden, und sag dem weißen Herrn, woher du kommst, da ich deines Geredes müde werde.«

»Wenn du nicht Jâl bist, Schwarzer, so ist das sehr seltsam, denn so wie Jâl aussieht, siehst auch du aus. Aber vielleicht ist es dir nicht genehm, da du im Fleische erschienen bist, dich mir erkennen zu geben. Es sei, wie du es willst. Wenn du nicht Jâl bist, so bin ich vor deiner Rache sicher, und wenn du Jâl bist, so bitte ich dich, mir die Sünden meiner Jugend zu vergeben und mich zu verschonen.«

»Wer ist Jâl?« fragte Leonard neugierig.

»Das weiß ich nicht«, antwortete die Frau, deren Haltung sich plötzlich veränderte. »Hunger und Erschöpfung haben meinen Verstand durcheinandergebracht, und ich habe wirre Worte gesprochen. Vergiß sie und gib mir zu essen, weißer Mann«, setzte sie bittend hinzu, »gib mir zu essen, denn ich bin am Verhungern.«

»Es ist kaum noch etwas da«, antwortete Leonard, »doch es sei dir gegönnt. Folge mir, Mutter!« Er führte sie durch die Ablaufrinne zur Höhle, und die alte Frau folgte ihm mühselig humpelnd.

Otter gab ihr Fleisch, und sie aß wie jemand, der lange ohne Nahrung gewesen ist, gierig und dennoch mühsam. Als sie gegessen hatte, blickte sie Leonard mit ihren wachen, dunklen Augen an und fragte: »Sag mir, weißer Herr, bist du auch ein Sklavenhändler?«

»Nein«, antwortete Leonard finster, »ich bin ein Sklave.«

»Wer ist dann dein Herr? Dieser Schwarze hier?«

»Nein, der ist nur der Sklave eines Sklaven. Ich habe keinen Herrn, Mutter; ich habe eine Herrin, und ihr Name ist Glück.«

»Die schlechteste aller Herrinnen«, sagte die alte Frau, »oder die beste, denn sie lacht hinter jedem Stirnrunzeln, und vermischt ihre Schläge mit ihren Küssen.«

»Ihre Schläge sind mir wohlbekannt, doch nicht ihre Küsse«, antwortete Leonard düster; dann setzte er in einem anderen Tonfall hinzu: »Was hat dich hierhergetrieben, Mutter? Wie heißt du, und was suchst du allein in diesen Bergen?«

»Ich heiße Soa, und ich suche Rettung für eine, die ich liebe, und die in größter Not ist. Will der weiße Herr meine Geschichte anhören?«

»Sprich!« sagte Leonard.

Die Frau hockte sich vor ihm auf den Boden und erzählte ihre Geschichte.

6
Die Erzählung Soas

»Herr, ich, Soa, bin die Dienerin eines weißen Mannes, eines Händlers, der am Ufer des Sambesi lebt, etwa vier Tagesmärsche von hier, in einem Haus, das er sich vor vielen Jahren selbst erbaute.«

»Wie heißt dieser weiße Mann?« fragte Leonard.

»Die schwarzen Leute nennen ihn Mavoom, doch sein weißer Name ist Rodd. Er ist ein guter Herr und kein gewöhnlicher Mann, doch hat er den Fehler, daß er von Zeit zu Zeit betrunken ist. Vor etwa zwanzig Jahren oder mehr heiratete Mavoom, mein Herr, eine weiße Frau, eine Portugiesin, deren Vater in Delagoa Bay lebte, und die sehr schön war, ah! Wie schön sie war. Danach ließ er sich am Ufer des Sambesi nieder und wurde Händler, erbaute das Haus dort, wo es jetzt steht, oder vielmehr, wo jetzt seine Ruinen stehen. Hier starb seine Frau im Kindbett; ja, in meinen Armen starb sie, und ich war es, die ihre Tochter Juanna aufzog, sie von der Wiege bis zum heutigen Tage umsorgte.

Nach dem Tode seiner Frau trank Mavoom noch mehr als zuvor. Doch wenn er nicht unter Alkohol steht, ist er ein sehr kluger Mann, und ein guter Händler, und mehrmals hat er Elfenbein und Federn und Gold zusammengetragen, die viel Geld wert waren, und außerdem hat er Rinder gezüchtet, zu Hunderten. Wenn er betrunken war, sagte er häufig, daß er die Wildnis verlassen und zu einem anderen Lande jenseits des Wassers gehen müsse; ich weiß nicht, wo dieses Land liegt, aber es ist das Land, aus dem die Engländer kommen.

Zweimal ist er aufgebrochen, und ich mit ihm, und seine Tochter Juanna, meine Herrin, die von den schwarzen Leuten die Schäferin des Himmels genannt wird, weil sie glauben, daß sie die Gabe besitzt, Regen voraussagen zu können. Doch beim ersten Mal blieb Mavoom in einer Stadt hängen, die Durban heißt, in Natal, betrank sich und verspielte in einem Monat all sein Geld, und beim zweiten Mal verlor er es im Fluß, als das Boot von einem Flußpferd umgeworfen wurde und alles Elfenbein und alles Gold im Wasser versank. Trotzdem brach er zum dritten Mal auf und ließ die Schäferin, seine Tochter, in Durban zurück, wo sie drei Jahre blieb und alle die Dinge lernte, die weiße Frauen wissen müssen, denn sie ist sehr klug, so klug, wie sie schön und gut ist. Jetzt ist sie seit fast zwei Jahren wieder in der Niederlassung, denn sie fuhr mit einem Schiff nach Delagoa Bay, und ich mit ihr, und Mavoom holte uns dort ab.

Doch vor einem Monat sprach meine Herrin, die Schäferin, mit ihrem Vater, Mavoom, und sagte, daß sie ihres einsamen Lebens in der Wildnis müde sei und über das Wasser zu dem Land reisen wolle, das ›die Heimat‹ genannt wird. Er hörte ihr zu, denn Mavoom liebte seine Tochter, und sagte, daß es so sein solle. Doch sagte er ihr auch, daß er vorher noch einmal den Fluß hinauffahren müsse, um einen Posten Elfenbein zu kaufen, von dem er wüßte. Sie war dagegen und sagte: ›Laß uns sofort aufbrechen, wir haben das Glück zu lange herausgefordert, und wir sind wieder reich. Laß uns nach Natal gehen und über das Meer reisen.‹

Doch wollte er nicht auf sie hören, da er ein sehr eigenwilliger Mann ist. Also brach er am folgenden Morgen auf, um den Posten Elfenbein zu kaufen, und Juanna, seine Tochter, weinte, denn obwohl sie keine Furcht kennt, war es nicht richtig, daß sie so allein gelassen wurde; außerdem wollte sie nicht von ihrem Vater getrennt sein, denn es ist so, daß er sich, wenn sie nicht bei ihm ist, um aufzupassen, schrecklich betrinkt.

Mavoom fuhr fort, und zwölf Tage vergingen, während ich und meine Herrin, die Schäferin, in der Niederlassung saßen und auf seine Rückkehr warteten. Nun ist es die Gewohnheit meiner Herrin, an jedem Morgen, nachdem sie sich angekleidet hat, in einem gewissen Buch zu lesen, in welchem die Gesetze des Groß-Großen niedergeschrieben sind, den sie anbetet. An jenem dreizehnten Morgen saß sie also auf der Veranda des Hauses und las in jenem Buch, wie sie es gewohnt war, und ich war dabei, das Morgenmahl zuzubereiten. Plötzlich hörte ich einen Tumult, und als ich über die Mauer des Gartens blickte, der links vom Haus liegt, sah ich eine große Zahl von Männern, einige von ihnen Weiße, andere

Araber, und der Rest Mulatten, einer von ihnen auf einem Maultier, und die anderen zu Fuß, gefolgt von einer langen Karawane von Sklaven, mit dem Sklavenjoch auf ihren Schultern.

Als sie näherkamen, feuerten diese Männer mit Gewehren auf die Menschen der Niederlassung, daß sie nach allen Seiten auseinanderstoben. Einige von ihnen wurden getötet, andere eingefangen, doch viele konnten entkommen, da sie auf den Feldern gearbeitet und die Sklavenhändler hatten kommen sehen.

Nun, als ich verängstigt hinüberstarrte, sah ich meine Herrin, die Schäferin, auf die Mauer zulaufen, hinter der ich stand, das Buch, in dem sie gelesen hatte, noch in der Hand. Doch als sie sie erreichte, war der Mann, der auf einem Maultier saß, bei ihr, und sie fuhr herum und starrte ihn an, ihren Rücken an die Mauer gepreßt. Da hockte ich mich auf den Boden, zwischen ein paar Bananenstauden, und beobachtete, was weiter geschah, durch einen Mauerspalt.

Der Mann auf dem Maultier war alt und fett, sein Haar war weiß, und sein Gesicht gelb und faltig. Ich erkannte ihn sofort, denn ich hatte oft von ihm gehört, der seit vielen Jahren der Schrecken jenes Landes gewesen war. Er wird von den schwarzen Menschen der Gelbe Teufel genannt, doch sein portugiesischer Name ist Pereira, und er wohnt an einem geheimen Ort an einem der Mündungsarme des Sambesi. Dorthin bringt er die Sklaven, und dorthin kommen zweimal pro Jahr die Händler mit ihren Dhaus und bringen sie zum Markt.

Dieser Mann blickte jetzt meine Herrin an, die wie versteinert vor Angst mit dem Rücken an die Mauer gepreßt vor ihm stand, dann lachte er und rief laut auf portugiesisch: ›Hier haben wir eine hübsche Beute. Dies muß jene Juanna sein, von deren Schönheit wir so viel gehört haben. Wo ist denn dein Vater, mein Täubchen? Zum Einkauf den Fluß hinaufgefahren, nicht wahr? Ah! Ich wußte es, denn sonst hätte ich mich vielleicht nicht hierhergetraut. Es war sehr leichtsinnig von ihm, eine, die so hübsch ist, allein hierzulassen. Ja nun, er muß sich um seine Geschäfte kümmern, und ich mich um die meinen, denn auch ich bin ein Händler, mein Täubchen, ein Händler, der mit Raben handelt. Ein weißer Rabe läuft einem nicht alle Tage über den Weg, und deshalb muß ich die Gelegenheit beim Schopfe packen. Es gibt viele junge Männer in unserem Teil der Welt, die für Augen wie die deinen sehr viel bieten werden. Keine Angst, mein Täubchen, wir werden sehr bald einen Ehemann für dich finden.‹

So sprach der Gelbe Teufel, weißer Mann, während die Schäferin, meine Herrin, sich gegen die Mauer preßte und ihn mit angstvollen Augen anstarrte, und die Sklavenhändler, seine Diener, laut über seine bösen Worte lachten. Schließlich schien sie ihre Bedeutung zu verstehen, und ich sah, wie sie langsam ihre Hand an den Kopf hob, und ich wußte, was sie vorhatte.

Nun gibt es ein bestimmtes, tödliches Gift, weißer Mann, dessen Geheimnis ich kenne, und das ich vor vielen Jahren meine Herrin gelehrt hatte. Es ist so tödlich, daß ein winziges Stück davon, nicht größer als die kleine Ameise, einen Menschen töten kann, ja, in dem Moment, wo es seine Zunge berührt, ist er tot. Da sie allein in der Wildnis lebte, hatte meine Herrin es sich zur Gewohnheit werden lassen, stets eine Portion dieses Gifts in ihrem Haar verborgen bei sich zu tragen, da ja jederzeit ein Umstand eintreten mochte, wo sie sich vor einem Schicksal retten mußte, das schlimmer war als der Tod. Jetzt schien ihr ein solcher Umstand gekommen zu sein, und ich wußte, daß sie das Gift nehmen wollte. Da flüsterte ich in meiner Angst durch den Mauerspalt, in einer alten Sprache, die ich sie gelehrt hatte, der Sprache meines Volkes: ›Tu es nicht, Schäferin; solange du lebst, magst du entkommen, doch vom Tod gibt es kein Entrinnen. Es ist immer noch Zeit, das Gift zu nehmen, wenn es zum Schlimmsten kommen sollte.‹

Sie hörte mich und verstand, denn ich sah, wie sie fast unmerklich nickte und ihre Hand sinken ließ.

Dann sprach Pareira wieder. ›Wenn du bereit bist, wollen wir aufbrechen, denn es sind acht Tage bis zu meinem kleinen Nest an der Küste, und wer kann wissen, wann die Dhaus kommen werden, um meine Raben abzuholen? Hast du noch irgend etwas zu sagen, bevor wir aufbrechen, mein Täubchen?‹

Nun sprach meine Herrin zum erstenmal, und sie antwortete ihm: ›Ich bin in Ihrer Gewalt, aber ich habe keine Furcht vor Ihnen, denn wenn es nötig werden sollte, kann ich Ihnen entkommen. Doch sage ich Ihnen dieses: Ihre Schlechtigkeit wird Ihnen den Tod bringen.‹ Sie blickte umher, auf die Leichen jener, welche die Sklavenhändler ermordet hatten, auf die Gefangenen, die sie jetzt mit Ketten und den Holzgabeln des Sklavenjochs fesselten, und auf die Rauchsäulen, die aus ihrem Heim aufstiegen, denn sein Dach war in Brand gesetzt worden.

Einen Augenblick lang wirkte der Portugiese ein wenig verängstigt, doch dann lachte er laut, stieß einen Fluch aus und machte ein Kreuz über seiner Brust, wie es die Art dieser Menschen ist, wenn sie sich gegen einen Fluch schützen wollen. ›Was! Du bist auch eine Prophetin, meine kleine Taube, und du kannst mir entkommen, wenn du es willst? Nun, wir werden sehen. Bringt das andere Maultier für diese Dame, ihr faulen Hunde!‹

Das Maultier wurde gebracht, und meine Herrin, Juanna, daraufgesetzt. Dann erschossen die Sklavenhändler alle die Gefangenen, die sie für wertlos hielten, die Treiber schlugen die Sklaven mit ihrem *Sjambocks,** und die Karawane zog am Ufer flußabwärts.

Als alle fort waren, kroch ich aus meinem Versteck und suchte jene Männer zusammen, die dem Blutbad entkommen waren, flehte sie an, sich zu bewaffnen und der Fährte des Gelben Teufels zu folgen, bis sich ihnen eine Gelegenheit böte, die Schäferin zu befreien, die sie liebten. Doch sie weigerten sich, dies zu tun, da ihnen das Herz genommen worden war und sie unter der Geißel der Furcht standen und die meisten der Vormänner gefangengenommen worden waren. Nein, sie wollten nichts tun, außer über ihre Toten zu weinen und über ihre verbrannten Kraals zu jammern. ›Ihr Feiglinge‹, sagte ich, ›wenn ihr nicht mitkommt, muß ich eben alleine gehen. Doch zumindest sollten einige von euch den Fluß hinauffahren und nach Mavoom suchen, um ihm zu berichten, was seinem Hause geschehen ist.‹

---

* Holländisch: Peitschen, gewöhnlich aus Nilpferdhaut – *Anm. d. Übers.*

Die Männer sagten, daß sie dies tun würden, und ich nahm mir eine Decke und ein wenig Nahrung und folgte den Spuren der Sklavenkarawane. Vier Tage lang folgte ich ihr, bekam sie einige Male sogar zu Gesicht, bis schließlich mein Fleisch aufgebraucht war und meine Kräfte mich verließen. Am Morgen des fünften Tages konnte ich nicht weitergehen, also kroch ich auf den Gipfel eines Hügels und sah der langen Schlange der Sklavenkarawane nach, die sich über die Ebene wand. In ihrer Mitte befanden sich zwei Maultiere, und auf einem dieser Maultiere saß eine Frau. Da wußte ich, daß meiner Herrin noch kein Unheil zugestoßen war und daß sie noch lebte.

Von diesem Hügel aus sah ich nun weit entfernt zu meiner Rechten einen Kraal, und zu jenem Kraal kroch ich am Nachmittag dieses Tages mit meiner letzten Kraft. Ich sagte den Menschen, die dort wohnten, daß ich den Sklavenhändlern entkommen sei, und sie behandelten mich mit großer Freundlichkeit. Hier war es auch, wo ich hörte, daß einige weiße Männer aus Natal in diesen Bergen nach Gold grüben, und am nächsten Tag ging ich weiter, um nach ihnen zu suchen, da ich hoffte, daß sie mir vielleicht helfen würden, denn ich weiß, daß die Engländer die Sklavenhändler hassen. So, Herr, bin ich schließlich mit letzter Kraft hierhergekommen, und jetzt flehe ich dich an, meine Herrin, die Schäferin, aus den Klauen des Gelben Teufels zu erretten. Oh! Herr, ich mag dir armselig und jammervoll erscheinen, doch sage ich dir, daß du reichen Lohn erhalten sollst, wenn du sie mir zurückbringst. Ja, ich werde dir zeigen, was ich mein ganzes Leben lang verborgen gehalten habe, ja, selbst vor Mavoom, meinem Herrn; *ich werde dir die geheimen Schätze meines Volkes enthüllen, den Kindern des Nebels.*«

Als nun Leonard, der während der ganzen Zeit der Erzählung Soas aufmerksam und schweigend gelauscht hatte, diese letzten Worte hörte, hob er den Kopf und starrte sie an, in dem Glauben, daß ihr Gram ihr vielleicht den Verstand verwirrt haben mochte. Doch war kein Zeichen von Irrsinn auf ihrem Gesicht, sondern nur ein Ausdruck ernsten, sogar leidenschaftlichen Flehens. Nachdem er eine Weile geschwiegen hatte, sagte er: »Bist du von Sinnen, Mutter? Du siehst doch, daß ich allein hier bin, mit nur einem Diener, denn meine drei Freunde, von denen die Menschen im Kraal dir erzählt haben mögen, sind am Fieber gestorben, und ich bin selbst daran erkrankt. Und dennoch bittest du mich, allein, wie ich bin, zu diesem Lager der Sklavenhändler zu reisen, obwohl du nicht einmal weißt, wo es sich befindet, um dort, ganz allein, deine Herrin zu erretten, falls du wirklich eine Herrin haben solltest und deine Geschichte wahr ist. Bist du also von Sinnen, Mutter?«

»Nein, Herr, ich bin nicht von Sinnen, und das, was ich dir erzählt habe, ist wahr, jedes Wort davon. Ich weiß, daß es sehr viel verlangt ist, doch weiß ich auch, daß ihr Engländer große Dinge tun könnt, wenn ihr dafür gut bezahlt werdet. Versuche mir zu helfen, und du sollst deinen Lohn erhalten; nicht viel, vielleicht, doch weitaus mehr, als du jemals verdient hast.«

»Den Lohn können wir getrost vergessen, Mutter«, sagte Leonard scharf, denn der kaum verhüllte Sarkasmus von Soas Worten hatte ihn ins Mark getroffen, »wenn du nicht imstande bist, mich von diesem Fieber zu kurieren.«

»Das kann ich«, antwortete sie ruhig. »Morgen früh werde ich dich heilen.«

»Um so besser«, sagte er mit einem ungläubigen Lächeln; »und jetzt enthülle mir aus deiner Weisheit, wie ich deine Herrin finden soll, ganz davon zu schweigen, sie zu retten, wenn ich nicht weiß, wohin sie verschleppt worden ist. Wahrscheinlich ist dieses Nest, von dem der Portugiese sprach, an einem geheimen Ort. Wann ist sie entführt worden?«

»Dies ist der zwölfte Tag, Herr. Und was das Nest betrifft, so ist es wirklich geheim. Ich verlasse mich auf deine Weisheit, es zu finden.«

Leonard überlegte eine Weile, dann kam ihm ein Gedanke. Er wandte sich an den Zwerg, der neben ihm saß und allem, was gesprochen worden war, in tiefem Schweigen zugehört hatte, den großen Kopf auf die Knie gestützt.

»Otter«, sagte er zu ihm auf holländisch, »bist du nicht einmal als Sklave gefangen worden?«

»Ja, Baas, vor zehn Jahren.«

»Wie ist das passiert?«

»Auf diese Weise, Baas: Ich jagte am Ufer des Sambesi mit den Kriegern eines dortigen Stammes – das war, nachdem meine eigenen Leute mich fortgejagt hatten, weil sie fanden, daß ich zu häßlich sei, um ihr Häuptling zu werden, wozu ich geboren worden war. Der Gelbe Teufel, derselbe, von dem diese Frau spricht, fiel mit einigen Arabern über uns her und verschleppte uns zu seinem Dorf, wo wir die Ankunft der Sklaven-Dhaus erwarten sollten. Er war ein dicker Mann, furchtbar anzusehen, und ziemlich alt. An dem Tage, an dem die Dhaus eintrafen, entkam ich, indem ich ins Wasser sprang und fortschwamm. Alle anderen, die am Leben geblieben waren, wurden auf die Schiffe geladen und nach Sansibar gebracht.«

»Könntest du dieses Dorf wiederfinden, Otter?«

»Ja, Baas. Es ist schwer, dorthin zu gelangen, denn der Weg führt durch Sümpfe, und das Dorf ist von Wasser umgeben. Während des letzten Tages unseres Marsches wurden uns Sklaven die Augen verbunden. Aber ich habe die Binde mit meiner Nase gelockert – ah! Meine dicke Nase hat mir an jenem Tage gute Dienste geleistet – und unter ihrem Rand den Weg verfolgt, und Otter vergißt niemals einen Weg, über den seine Füße gegangen sind. Außerdem bin ich ja diesen Weg wieder zurückgegangen.«

»Könntest du den Ort von hier aus finden?«

»Ja, Baas. Ich würde jenen Bergrücken entlanggehen. Es ist ein Weg von zehn Tagen oder mehr, bis wir den südlichsten Mündungsarm des Sambesi unterhalb von Luabo erreichen. Dann würde ich jenem Arm etwa einen Tagesmarsch stromabwärts folgen. Danach zwei Tage durch die Sümpfe, und wir sind da. Aber es ist ein starker Kraal, Baas, in dem viele Männer mit Gewehren sind, und außerdem haben sie dort eine große Kanone!«

Wieder dachte Leonard einen Moment lang nach, dann wandte er sich an Soa und fragte: »Verstehst du Holländisch? Nein? Nun, ich habe von meinem Diener etwas über dieses Nest erfahren. Pereira sagte, daß es von der Niederlassung deiner Herrin ein Marsch von acht Tagen sei, also müßte deine Herrin seit drei oder vier Tagen dort sein, falls sie sie erreicht haben sollte. Nach allem, was wir von den Gewohnheiten der Sklavenhändler dieser Küste wissen, werden die Dhaus wegen des Monsuns erst in einem Monat eintreffen, um ihre Fracht zu übernehmen. Deshalb haben wir, falls ich damit recht haben sollte, reichlich Zeit. Aber merke dir, Mutter: Ich habe damit nicht gesagt, daß wir irgend etwas mit dieser Sache zu tun haben wollen. Ich muß erst in Ruhe darüber nachdenken.«

»Ja, du wirst etwas damit zu tun haben, weißer Mann«, antwortete sie, »wenn du die Belohnung kennst. Doch von der will ich dir erst morgen erzählen, nachdem ich dich vom Fieber geheilt habe. Und jetzt, Schwarzer, zeig mir einen Platz, an dem ich schlafen kann, denn ich bin sehr müde.«

7

Leonard schwört beim Blute Acas

Am nächsten Morgen erwachte Leonard früh aus einem unruhigen Schlaf, da sein Fieber ihm kaum Ruhe gönnte. Doch so früh es auch sein mochte, die Frau Soa war schon vorher auf den Beinen, und als er aus der Höhle trat, war das erste, was er sah, ihre hochgewachsene Gestalt, die über ein kleines Feuer gebeugt stand, auf dem sich eine Kalebasse befand, deren Inhalt sie von Zeit zu Zeit umrührte.

»Guten Morgen, weißer Mann«, begrüßte sie ihn, »hier ist das, was dich von deiner Krankheit heilen wird, wie ich es dir versprochen habe.« Damit hob sie die Kalebasse vom Feuer.

Leonard nahm sie ihr aus den Händen und roch daran; ein übler Gestank stieg ihm in die Nase.

»Das kommt mir eher wie Gift vor, Mutter«, sagte er.

»Nein, nein«, antwortete sie lächelnd. »Trink nun die Hälfte davon, und die andere Hälfte zur Mitte des Tages, dann wird das Fieber dich nicht mehr plagen.«

Sobald das Zeug genügend abgekühlt war, tat Leonard,

was sie ihm gesagt hatte, wenn auch mit sehr zweifelndem Herzen.

»Nun, Mutter«, sagte er und setzte die Kalebasse mit einem erstickten Laut ab, »wenn Grausamkeit der Beweis für Tugend ist, muß deine Medizin gut sein.«

»Sie ist gut«, antwortete sie ernst. »Schon viele sind durch sie vom Rand des Grabes zurückgerissen worden.«

Und hier sollte festgestellt werden, daß es mit Leonard, ob es nun auf Soas Medizin zurückzuführen war oder auf andere Ursachen, von Stunde an aufwärts ging. Am Abend fühlte er sich wie ein anderer Mensch, und bevor drei Tage vergangen waren, war er so kräftig wie jemals in seinem Leben. Doch fand er nie den Mut, nach den Zutaten jenes Trankes zu fragen, und das mochte so gut sein.

Kurz nachdem er seine Morgendosis davon geschluckt hatte, sah er Otter den Hang heraufkommen, einen kräftigen Bock auf den Schultern.

»Die alte Frau hat uns Glück gebracht«, sagte der Zwerg, als er seine Last zu Boden fallen ließ. »Der Busch ist wieder voller Wild; ich hatte kaum seinen Rand erreicht, als mir auch schon ein junger Kudu vor die Flinte lief; fett, ah!, fett, und da sind noch viele andere.«

Dann machten sie Frühstück und aßen, und als sie gegessen hatten, sprachen sie wieder miteinander.

»Mutter«, sagte Lonard, »gestern abend hast du mich gebeten, ein großes Wagnis einzugehen und mir dafür eine Belohnung versprochen. Wie du sehr richtig gesagt hast, tun wir Engländer viel für Gold, und ich bin ein armer Mann, der Reichtum sucht. Du verlangst von mir, daß ich mein Leben riskieren soll, nun nenn mir den Lohn dafür.«

Die Frau blickte ihn eine ganze Weile an, dann sagte sie: »Weißer Mann, hast du schon jemals vom Nebelvolk gehört?«

»Nein«, sagte er, »das heißt, außer du meinst die Londoner. Ich will sagen, daß ich nichts von einem solchen Volk weiß. Was ist mit ihm?«

»Dieses: Ich, Soa, bin von diesem Volke. Ich war die Tochter ihres Hohepriesters und bin ihnen vor vielen Jahren entflohen, weil ich dazu verdammt war, dem Gotte Jâl geopfert zu werden, ihm, der aussieht wie jener Schwarze.« Und sie deutete auf Otter.

»Das klingt sehr interessant«, sagte Leonard. »Sprich weiter!«

»Weißer Mann, jenes Volk ist ein großes Volk. Es lebt in einer Region ewigen Nebels, in einem hohen Lande im Schatten der Gipfel schneebedeckter Berge. Diese Menschen sind größer als andere, und sehr grausam, doch ihre Frauen sind schön. Von dem Ursprung meines Volkes weiß ich nichts, da er im Dunkel der Vergangenheit verloren ist. Doch beten seine Menschen eine uralte Statue aus Stein an, die wie ein Zwerg geformt ist, und ihm opfern sie das Blut von Menschen. Unter den Füßen dieser Statue befindet sich ein Wasserbecken, und hinter diesem Becken ist eine Höhle. In jener Höhle, weißer Mann, wohnt er, dessen Nachbildung sie oben anbeten, er, Jâl, dessen Name Entsetzen ist.«

»Willst du damit sagen, daß ein Zwerg in jener Höhle lebt?« fragte Leonard.

»Nein, weißer Mann, kein Zwerg, sondern ein heiliges Krokodil, das größte Krokodil der ganzen Welt, und das älteste, da es von ihrem Anbeginn an dort lebt. Dieses ist es, das die Körper jener verschlingt, dem die Schwarzen als Opfer dargebracht werden.«

»Wie ich bereits sagte«, antwortete Leonard, »ist dies alles sehr romantisch und interessant, doch kann ich nicht sehen, wie ich davon einen Gewinn haben soll.«

»Weißer Mann, die Leben von Menschen sind nicht das einzige, das die Priester der Kinder des Nebels ihrem Gotte opfern; sie opfern auch Spielzeuge wie dieses, weißer Mann.« Sie öffnete plötzlich ihre Hand und enthüllte Leonards erstauntem Blick einen Rubin, oder etwas, das wie ein Rubin aussah, von einer solchen Größe und von so wunderbarer Farbe, daß ihm die Augen übergingen, als er ihn ansah. Das Juwel war zwar grob bearbeitet, doch nicht poliert, und es hatte die Größe eines Vogeleis; es war von reinster Färbung, ohne die geringste Unreinheit, und fast rund geschliffen, wahrscheinlich durch die Reibung im Wasser. Nun wußte Leonard zufällig einiges über Edelsteine, obwohl er unglücklicherweise gerade mit Rubinen weniger vertraut war als mit den meisten anderen Steinen. Deshalb war es ihm unmöglich, zu erkennen, ob dieser wunderbare Stein, der wirklich ein Rubin sein mochte, wie es schien, nicht nur ein Spinel oder ein Granat war, und er besaß leider nicht die Möglichkeiten, seine Zweifel daran zu beseitigen.

»Finden deine Leute viele von diesen Kieseln, Soa?« fragte er. »Und wenn, wo finden sie sie?«

»Ja, weißer Mann, sie finden viele, wenn auch nur wenige von dieser Größe. Sie graben sie aus einem trockenen Flußbett aus, an einer Stelle, welche nur den Priestern bekannt ist, und mit ihnen noch weitere Steine, die von blauer Farbe sind.«

»Saphire, wahrscheinlich«, murmelte Leonard, »die beiden findet man gewöhnlich an einer Stelle.«

»Jedes Jahr graben sie nach ihnen«, fuhr sie fort, »und die größten Steine, die sie finden, binden sie auf die Stirn jener, die dem Gott Jâl als Gemahlin dargeboten werden. Später, bevor sie stirbt, nehmen sie ihr das Juwel wieder von der Stirn und heben es an einem geheimen Ort auf, und an diesem geheimen Ort sind alle die Steine verwahrt, die jemals, seit unzähligen Jahren, von den Opfern getragen wurden. Außerdem sind die Augen Jâls aus solchen Steinen gemacht, und es gibt viele weitere.

Dieses ist die Legende meines Volkes, weißer Mann, daß Jâl, der Gott des Todes und des Bösen, in der lange zurückliegenden Vergangenheit Aca, seine Mutter, erschlug. Es wurden Edelsteine an der Stelle entdeckt, an der er sie erschlug, und die roten sind ihr Blut, und die blauen die Tränen, die sie vergoß, als sie ihn um Gnade anflehte. Deshalb wird das Blut Acas Jâl geopfert, und es wird so lange Jâl geopfert werden, bis Aca zurückkehrt, um seine Anbeter aus diesem Lande zu vertreiben.«

»Eine recht hübsche Legende, muß ich sagen«, antwortete Leonard. »Unsere alten Freunde, das Dunkel und die Morgendämmerung, ins Afrikanische umgesetzt, wie ich vermute. Doch hör mir zu, Mutter! Dieser Stein ist, wenn er echt sein sollte, viele Unzen Gold wert, doch gibt es andere Steine, die ihm so ähnlich sind, so daß niemand, der nicht auf diesem Gebiete gelehrt ist, den Unterschied feststellen kann, und wenn er einer von jenen ist, besitzt er nur sehr geringen Wert. Trotzdem wäre es möglich, daß dieser, und auch die anderen, von denen du sprichst, echte Rubine sind. Auf jeden Fall bin ich bereit, das Risiko einzugehen. Doch jetzt sage mir: was ist dein Plan? Dies ist eine sehr schöne Geschichte, und die Rubine mögen tatsächlich vorhanden sein, aber wie kann ich an sie herankommen?«

»Ich habe einen Plan, weißer Mann«, antwortete sie. »Wenn du mir hilfst, werde ich dir den Stein geben, den du jetzt in deinen Händen hältst und den ich viele Jahre lang an meinem Körper verborgen getragen habe, ohne irgendeinem Menschen etwas davon zu sagen, nein, nicht einmal Mavoom. Ich werde ihn dir schon jetzt geben, wenn du mir versprichst, daß du versuchen wirst, meine Herrin zu retten, denn ich erkenne an deinen Augen, daß du, wenn du es versprichst, die Suche nicht aufgeben wirst.«

»Gut«, sagte Leonard, »doch angesichts der damit verbundenen Risiken erscheint mir der Preis unzureichend. Wie ich dir bereits sagte, mag dieser Stein nichts wert sein; also mußt du schon einen höheren Einsatz bringen, Mutter.«

»Wahrlich, weißer Mann, ich habe dich richtig eingeschätzt«, antwortete Soa mit einem verächtlichen Lächeln, »doch bist du auch weise. Geringe Arbeit für geringen Lohn. Höre jetzt, dieses ist die Bezahlung, die ich dir biete:

Wenn du Erfolg haben solltest und die Schäferin lebend aus den Fängen des Gelben Teufels befreit wird, verspreche ich dir in ihrem Namen und dem meinen, daß ich dich in das Land des Nebelvolks führen und dir den Weg zeigen werden, wie du zu diesen zahllosen anderen Steinen kommen kannst, welche dort verborgen liegen.«

»Gut«, sagte Leonard, »doch warum gibst du dieses Versprechen im Namen deiner Herrin und deiner selbst ab? Was hat sie damit zu tun?«

»Ohne sie kann nichts getan werden, weißer Mann. Dieses Volk ist groß und stark, und wir haben nicht die Macht, es in einem Kriege zu besiegen. Hier muß die Kunst den Speer bezwingen.«

»Du mußt dich schon genauer ausdrücken, Soa, ich habe keine Zeit, Rätsel zu lösen. Wie willst du dieses Volk durch

Kunst besiegen, und was hat Miß Rodd, welche du die Schäferin zu nennen beliebst, damit zu tun?«

»Das, was du nach und nach lernen wirst, nachdem du sie errettet hast, weißer Mann. Bis dahin sind meine Lippen versiegelt. Ich habe dir gesagt, daß ich einen Plan habe, und das ist genug, denn mehr werde ich nicht sagen. Falls du damit nicht zufrieden sein solltest, laß mich gehen, damit ich anderweitig Hilfe suchen mag.«

Leonard dachte einen Moment lang nach, und da er entschlossen war, nicht deutlicher zu werden, sagte er: »Also gut. Doch woher soll ich wissen, daß deine Herrin sich mit diesem Plan einverstanden erklärt?«

»Ich werde für sie antworten«, sagte Soa. »Sie wird niemals ein von mir gegebenes Wort brechen. Hör zu, weißer Mann, es ist nicht für eine geringe Sache, daß ich dir diese Geschichte erzählt habe. Wenn du in das Land des Nebelvolks reisen willst, muß ich dich begleiten, und wenn man mich dort entdecken sollte, ist mir der Tod sicher. Ich habe dir die Geschichte erzählt, oder zumindest einiges davon, und ich biete dir eine Belohnung an, weil ich sehe, daß du Geld brauchst, und ich sicher bin, daß du ohne die Möglichkeit, zu Geld zu kommen, nicht dein Leben für eine verzweifelte Suche einsetzen würdest. Doch ich liebe meine Herrin so sehr, daß ich bereit bin, das meine dafür einzusetzen, ja, ich würde sechs Leben für sie hergeben, wenn ich sie hätte, um ihr die Schande der Sklaverei zu ersparen. Und nun, weißer Mann, haben wir genug gesprochen. Willst du mein Angebot annehmen?«

»Was meinst du dazu, Otter?« fragte Leonard und zupfte nachdenklich an seinem Bart. »Du hast die ganze, wundersame Geschichte gehört, und du bist sehr klug.«

»Ja, Baas«, sagte der Zwerg, der zum erstenmal sprach, »ich habe die Geschichte gehört, doch was meine Klugheit betrifft, kann ich nur sagen, vielleicht bin ich klug, vielleicht auch nicht. Mein Volk sagte, daß ich klug sei, und das war einer der Gründe dafür, daß man mich nicht als Häuptling haben wollte. Wenn ich nur klug wäre, sagten sie, würden sie sich damit abgefunden haben, und auch, wenn ich nur häßlich wäre, doch da ich sowohl klug als auch häßlich bin, sei ich nicht der richtige Häuptling für sie. Sie befürchteten, daß ich zu gut herrschen könnte und alle anderen Menschen auch häßlich geboren werden würden. Ah! Sie waren Narren, sie begriffen nicht, daß es eines Klügeren bedarf, als ich es bin, um Menschen so häßlich zu machen.«

»Das gehört doch nicht zur Sache«, sagte Leonard, der jedoch begriff, daß der Zwerg nur so sprach, um Zeit zum Nachdenken zu gewinnen, bevor er antwortete. »Zeig mir deine Gedanken, Otter.«

»Baas, was kann ich sagen? Ich weiß nichts über den Wert jenes roten Steins. Ich weiß nicht, ob diese Frau, von der mein Herz mir nichts Gutes sagt, die Wahrheit spricht oder lügt, wenn sie von einem weit entfernt lebenden Volke spricht, das in einem Nebel lebt und einen Gott anbetet, der so gestaltet ist wie ich. Niemand hat mich jemals angebetet, doch mag es ein Land geben, wo man mich der Anbetung für wert hält, und wenn es das geben sollte, so möchte ich gerne in jenes Land reisen. Doch was die Rettung der Schäferin aus dem Nest des Gelben Teufels betrifft, so weiß ich nicht, wie die zuwege gebracht werden kann. Sag, Mutter, wie viele der Männer Mavooms sind zusammen mit deiner Herrin fortgeschleppt worden?«

»Etwa fünfzig, würde ich sagen.«

»Nun denn«, fuhr der Zwerg fort, »wenn wir diese Männer befreien könnten, und wenn sie tapfer sind, könnten wir etwas erreichen; aber es sind zu viele *Wenns* dabei, Baas. Trotzdem: Wenn du glaubst, daß die Bezahlung gut genug ist, können wir es versuchen. Es ist jedenfalls besser, als hier herumzusitzen, und es spielt schließlich keine Rolle, was geschieht. Jeder Mensch hat sein Schicksal, Baas, und jedes Schicksal seinen Menschen.«

»Ein gutes Motto«, sagte Leonard. »Soa, ich nehme dein Angebot an, obwohl ich ein Narr bin. Und jetzt will ich, mit deiner Erlaubnis, die Angelegenheit schriftlich festhalten, damit es später keine Unstimmigkeiten gibt. Hol etwas Blut von dem Bock, den du erlegt hast, Otter, und vermische es mit Schießpulver, das sollte eine Art Tinte ergeben, wenn wir etwas heißes Wasser dazugießen.«

Während der Zwerg diese seltsame Mixtur zubereitete,

suchte Leonard nach Papier. Er konnte keins finden, das letzte war während der Nacht, in der sein Bruder gestorben war, fortgeweht worden. Dann fiel ihm das Gebetbuch ein, das Jane Beach ihm gegeben hatte. Er wollte nicht die Innenseite des Einbandes benutzen, da ihr Name darauf stand, also mußte er auf dem Vorsatzblatt schreiben. Er schrieb mit kleinen, sauberen Buchstaben mit seiner Mixtur aus Blut und Schießpulver, durch die *Anweisungen für das gemeinsame Gebet:*

VERTRAG ZWISCHEN LEONARD OUTRAM UND SOA, DER EINGEBORENEN.

1) Besagter Leonard Outram erklärt sich bereit, alles in seiner Macht Stehende zu tun, um Juanna, die Tochter von Mr. Rodd, die verschleppt worden ist und sich vermutlich in der Gewalt eines Pereira, Sklavenhändler, befindet, zu befreien.

2) Als Anerkennung der Leistung des besagten Leonard Outram übergibt besagte Soa diesem einen gewissen Stein, welcher vermutlich ein Rubin ist, und dessen Erhalt besagter Leonard Outram hiermit bestätigt.

3) Sollte die Rettungsaktion erfolgreich sein, erklärt sich besagte Soa in ihrem Namen und der besagten Juanna Rodd bereit, besagten Leonard Outram zu einem bestimmten Gebiet im zentralen Südostafrika zu führen, das von Menschen bewohnt wird, die sich das ›Nebelvolk‹ nennen, und ihm dort den Hort von Rubinen zu zeigen, welche bei religiösen Riten jenes Stammes verwendet wurden, und ihm zu helfen, sie in seinen Besitz zu bringen. Außerdem erklärt besagte Soa, im Namen besagter Juanna Rodd, daß sie, besagte Juanna, sie auf der Reise begleiten und bei dem Nebelvolk jede Rolle spielen wird, die erforderlich sein mag, um den Erfolg dieses Unternehmens sicherzustellen.

4) Es wird im gegenseitigen Einvernehmen erklärt, daß diese Unternehmen so lange durchgeführt werden sollen, bis besagter Leonard Outram erkennt und ausdrücklich erklärt, daß sie fruchtlos sind.

Unterzeichnet in den Manica-Bergen, Ostafrika,
am neunten Mai des Jahres …

Als Leonard dieses Dokument aufgesetzt hatte, vielleicht das bemerkenswerteste, das jemals geschrieben wurde, seit

Pizarro seinen berühmten Vertrag über die Aufteilung der zu erwartenden Beute in Peru verfaßte, las er es laut durch und lachte herzlich darüber. Es war dies das erste Mal seit vielen Monaten, daß er lachte. Dann übersetzte er es für Soa und Otter, nicht ohne einen gewissen Stolz, da es den richtigen juristischen Stil aufwies, und jeder Laie Spaß daran hat, den Rechtsanwalt zu spielen.

»Was hältst du davon, Otter?« fragte er, als er es zu Ende gelesen hatte.

»Es ist gut, Baas«, antwortete der Zwerg, »sehr gut. Wunderlich sind die Wege des weißen Mannes! Aber, Baas, wie kann die alte Frau etwas im Namen einer anderen versprechen?«

Leonard zupfte nachdenklich an seinem Bart. Der Zwerg hatte zielsicher seinen Finger auf die schwache Stelle des Dokuments gelegt. Doch wurde er der Notwendigkeit einer Antwort durch Soa selbst enthoben, die mit ruhiger Stimme sagte: »Habt keine Furcht, weißer Mann; das, was ich im Namen meiner Herrin verspreche, wird sie bestimmt halten, wenn es dir gelingt, sie zu retten. Gib mir die Feder, damit ich mein Zeichen auf das Papier setzen kann. Aber vorher schwöre auf den roten Stein, daß du tun wirst, was du in dieser Schrift versprichst.«

Leonard lachte, schwor und unterzeichnete, und Soa setzte ihr Zeichen auf das Papier. Dann machte auch Otter sein Zeichen als Zeuge, und damit war alles getan. Leonard lachte wieder über die Komik dieser Transaktion, die er, ehrlich gesagt, mehr zum Scherz durchgeführt hatte denn aus irgendeinem anderen Grund, als er das Gebetbuch in seine Tasche schob, und den großen Rubin in einen Schlitz seines Gürtels. Ein triumphierender Ausdruck trat auf das harte Gesicht der alten Frau, als sie den Stein verschwinden sah, und sie rief frohlockend: »Ah! Weißer Mann, du hast meine Bezahlung angenommen und stehst jetzt bis zum Ende in meinen Diensten. Er, welcher auf das Blut Acas schwört, schwört wirklich einen Eid, und wehe ihm, wenn er ihn brechen sollte.«

»Sehr richtig«, murmelte Leonard. »Ich habe deine Bezahlung entgegengenommen und bin entschlossen, sie mir zu verdienen, also brauchen wir uns nicht lange über das Blut

Accas zu verbreiten. Ich habe eher den Eindruck, daß dein Blut zur Debatte stehen mag, bevor alles gesagt und getan ist. Und nun sollten wir uns lieber zum Aufbruch bereit machen.«

8

Der Aufbruch

Proviant war ihre vordringlichste Sorge, und um da einen gewissen Vorrat zu schaffen, befahl Leonard Otter, das rohe Fleisch ihrer Jagdbeute in Streifen zu schneiden und diese in der glühendheißen Sonne auf den Felsen zum Trocknen auszulegen. Dann trugen sie ihre Habseligkeiten zusammen und suchten so viele von ihnen heraus, wie sie tragen konnten. Es waren nur wenige. Für jeden eine Decke, ein Paar Reservestiefel, ein paar Dinge aus der Medizinkiste, eine Schrotflinte, die beiden besten Gewehre und Munition, ein Kompaß, eine Wasserflasche und drei Messer, ein Kamm und ein kleiner eiserner Kochtopf, das war alles – und doch ein erhebliches Gewicht für zwei Männer und eine Frau, um es über Berge, über unbekannte Ebenen und durch Sümpfe schleppen zu müssen. Das Gepäck wurde in drei Traglasten aufgeteilt, von denen die Soas die leichteste war und die Otters soviel wog wie die beiden anderen zusammen.

Doch das sei nichts, versicherte er, er könne alle drei tragen, wenn es nötig sein sollte; und die Kraft des Zwerges war in der Tat so gewaltig, daß Leonard wußte, dies waren keine leeren Worte.

Schließlich war alles bereit, und das, was zurückgelassen wurde, in der Höhle vergraben, zusammen mit den Goldgräberwerkzeugen. Es war zwar nicht anzunehmen, daß sie jemals an diesen Ort zurückkehren würden, um sie auszugraben – wahrscheinlich würden sie dort bleiben, bis sie, vielleicht in Tausenden von Jahren, entdeckt und zu kostbaren Relikten des anglo-afrikanischen Zeitalters erklärt werden würden – trotzdem hielten sie es für besser, sie zu verstecken

– für alle Fälle. Leonard hatte die Früchte ihrer Goldsuche zu kleinen Barren verschmolzen. Alles in allem waren es etwa hundert Unzen fast reinen Goldes – der Lohn für das Leben von drei Männern! Die Hälfte dieser Barren schob er zu dem Rubin in seinen Gürtel, die anderen gab er Otter, der sie in sein Bündel steckte. Anfangs hatte Leonard vorgehabt, das Gold zurückzulassen, da es das Gewicht vermehrte, das sie zu tragen hatten, doch dann erinnerte er sich, daß Gold immer von Nutzen war, und nirgends mehr, als unter portugiesischen und arabischen Sklavenhändlern.

Bei Dunkelwerden war alles bereit, und als der Rand des aufgehenden Mondes sich über den Horizont schob, stand Leonard auf, lud sich seine Traglast auf die Schultern und befestigte sie mit Schlingen aus Rohleder, die sie dafür vorbereitet hatten. Otter und Soa folgten seinem Beispiel. Sie hatten vor, bei Nacht zu marschieren, so lange das Licht des Mondes dafür ausreichend war, da sie dadurch der Tageshitze entgehen konnten und sich die Gefahr verringerte, beobachtet zu werden.

»Folgt mir in ein paar Minuten!« sagte Leonard zu Otter. »Ihr findet mich bei der Ablaufrinne.«

Der Zwerg nickte. Eine Viertelstunde später brachen er und Soa auf und fanden Leonard barhäuptig am Grabe seines Bruders stehen und schweigend von dem Abschied nehmen, der dort ruhte, bevor er ihn seinem langen Schlaf in der einsamen Wildnis überließ. Es war ein melancholischer Abschied, doch gab es deren viele im afrikanischen Fiebergürtel.

Nach einem letzten Blick wandte Leonard sich ab und trat zu den anderen. Dann, nachdem er sich mit ihnen und mit seinem Kompaß beraten hatte, wandte er sein Gesicht den Bergen zu und sein Herz dem neuen Abenteuer, den neuen Hoffnungen und Ängsten, die hinter diesen Bergen liegen mochten. Die Vergangenheit war erledigt, sie lag in jener Grube begraben, doch durch die Gnade Gottes war er noch immer ein Mensch, der unter der Sonne weilte, und die Zukunft erstreckte sich weit vor ihm. Was mochte sie ihm bringen? Es kümmerte ihn wenig, die Erfahrung hatte ihn gelehrt, daß es sinnlos war, sich Gedanken um die Zukunft zu machen. Vielleicht ein Grab wie jenes, das er eben verlassen hatte, vielleicht Reichtum, Liebe und Ehre. Doch was immer es sein mochte, er würde alles daran setzen, ihm mit Geduld, Würde und Ergebung gegenüberzutreten. Nicht ihm stand es zu, Fragen zu stellen oder nach dem Warum zu forschen; seine Aufgabe war es, zu kämpfen, und solchen Lohn entgegenzunehmen, den es dem Schicksal gefallen mochte, ihm zukommen zu lassen.

So dachte Leonard, und dies ist die richtige Einstellung für einen Abenteurer. Es ist die richtige Einstellung, um dem Guten und dem Schlechten des Lebens zu begegnen – jenem größten aller Abenteuer, das ein jeder von uns wagen muß. Er, der ihm auf diese Weise begegnet, und der sein Herz rein und seine Hände sauber hält, kann sich ohne einen Seufzer des Bedauerns zum Schlafe niederlegen, wenn alle Berge, Sümpfe, Flüsse und Wälder überwunden worden sind und der unbekannte, unermeßliche Schatz, der seit uralter Zeit, weit jenseits der Reichweite menschlichen Wissens und Erkennens begraben liegt, endlich seinen Blicken freigegeben wird.

So brach Leonard auf, mit großen Hoffnungen, ungeachtet des verzweifelten Charakters ihres Vorhabens. Denn hier muß eingestanden werden, daß das unerwünschte Element des Aberglaubens nach wie vor fest in seinem Bewußtsein verankert war, und jetzt sogar mit einem gewissen Recht. Hatte sein Bruder nicht von einem Reichtum gesprochen, den er durch die Hilfe einer Frau erlangen sollte? Und war diese Frau nicht zu ihm gekommen, mit einem Juwel in der Hand, das, wenn es sich als echt erweisen sollte, allein ein kleines Vermögen darstellte, und die versprochen hatte, mit der Hilfe einer anderen Frau, ihn in ein Land zu führen, wo viele von solchen gefunden werden konnten? Ja, all dem war so, und es mag Leonard vergeben werden, wenn er – die Zufallstheorie beiseiteschiebend – zu glauben begann, daß das Ende so sein würde, wie es der Anfang gewesen war, daß das große Abenteuer erfolgreich sein und der Reichtum errungen werden würde.

Es ist nicht nötig, den Schritten Leonard Outrams und seiner Gefährten Tag für Tag zu folgen. Eine Woche lang zogen sie durch das Land, zumeist bei Nacht, wie sie es sich vorgenommen hatten. Sie erstiegen Berge, sie kämpften sich durch Sümpfe und durch Wälder, sie schwammen durch Flüsse. Einer von diesen führte sogar Hochwasser, und sie hätten ihn nie durchqueren können, wenn nicht Otters Schwimmkünste gewesen wären. Sechsmal warf der Zwerg sich in die reißende Strömung, wobei er ihre Lasten und ihre Gewehre mit einer Hand über Wasser hielt. Und beim siebenten Mal war er sogar noch schwerer beladen, als er, unter einiger Mithilfe Leonards, Soa zum anderen Ufer hinüberbringen mußte, da diese kaum schwimmen konnte. Doch schaffte er alles, ohne sehr zu ermüden. Erst wenn man Otter sah, wie er sich gegen die reißende Strömung stemmte, konnte man seine gewaltige Kraft ermessen. Und hier war ihm seine Kleinwüchsigkeit zum Vorteil, denn sie bot dem Wasser wenig Fläche, auf die es einwirken konnte.

Sie zogen weiter und weiter, manchmal hungrig, manchmal vollgefüllt mit Fleisch, oder, was noch besser war, mit Milch und Mais. Denn das Land war nicht völlig unbewohnt; gelegentlich stießen sie auf isolierte Kraals und konnten von deren friedlichen Bewohnern Proviant gegen solche Dinge wie leere Patronenhülsen aus Messing eintauschen. Anfangs machte Leonard sich Sorgen darum, daß Soa rasch ermüden würde, doch zeigte sie, ungeachtet ihres Alters und des Leides, das sie erduldet hatte, eine bewundernswerte Ausdauer – eine so erstaunliche Ausdauer, daß er zu der Schlußfolgerung gelangte, es müsse ihr Geist sein, der ihren schwachen Körper aufrechterhielt, und ihr beherrschendes Verlangen, jene zu retten, die sie liebte, so hingegeben, wie manchmal ein Hund seinen Herrn liebt. Doch wie immer dem auch sein mochte, sie hielt genauso durch wie die beiden Männer, und wenn sie sprach, so nur, um sie anzutreiben.

In der achten Nacht ihres Marsches rasteten sie auf dem Gipfel eines hohen Berges. Der Mond war untergegangen, und es war unmöglich, weiterzugehen; außerdem waren sie müde von dem langen Marsch. Sie wickelten sich in ihre Decken – denn hier war die Luft schneidend kalt –, legten sich unter Büschen nieder und schliefen bis zum Morgengrauen. Es war Otter, der sie weckte. »Sieh, Baas«, sagte er zu Leonard, »wir sind auf geradem Wege marschiert. Dort unter uns liegt der große Fluß, und da, weit zur Rechten, ist das Meer.«

Sie blickten hinab. Einige Meilen entfernt, jenseits einer breiten Ebene von Buschland, das allmählich in Sumpf überging, lag jener Mündungsarm des Sambesi, der ihr Ziel war. Sie konnten ihn nicht sehen, denn seine Oberfläche lag unter einer dicken Schicht weichen, weißen Nebels, die sie verdeckte wie eine Wolke. Aber dort lag er, endlich erreicht, und weit entfernt, im Osten, schimmerte die unendliche Fläche des Meeres, gesprenkelt mit unregelmäßigen Linien goldener Flecken, Lichtreflexen der aufgehenden Sonne.

»Sieh, Baas«, sagte Otter, als sie sich an dem wunderbaren Anblick sattgesehen hatten, »dort drüben, etwa fünf Stunden Fußmarsch von hier, krümmen die Berge sich um das Flußufer. Dorthin müssen wir gehen, denn auf der anderen Seite dieser Berge liegt der große Sumpf, wo der Gelbe Teufel seinen Schlupfwinkel hat. Ich kenne die Stelle gut, ich habe sie zweimal passiert.«

Sie rasteten bis zum Mittag, doch an jenem Abend, noch bevor der Mond aufging, standen sie an der Flanke jener Berge, dicht oberhalb des Flußufers. Schließlich stieg der Mond über den Horizont und zeigte ihnen eine wunderbare Szene der Einsamkeit. Jenseits der Biegung erstreckten die Berge sich weiter nach Süden und wurden zunehmend niedriger, bis sie schließlich mit dem Horizont verschmolzen. In dem gewaltigen Halbkreis, den sie bildeten, strömte der Fluß, mit grünen Inseln gesprenkelt, während zwischen ihm und dem höher gelegenen Grund, auf einer Fläche, die eine Meile an der schmalsten Stelle der Biegung, und zwanzig Meilen an ihrer breitesten maß, ein riesiges, ödes Sumpfgebiet lag, mit Tümpeln schwarzen, stehenden Wassers, mit Schilf bewachsen, das die Höhe von kleinen Bäumen erreichte, und aus dem ein Gestank emporstieg, der einem übel werden lassen konnte. Die Einsamkeit dieser Landschaft war furchtbar, ihre Verlassenheit und Leere unheimlich. Und doch besaß sie ihr Eigenleben. Wildenten flogen in Keilformation von der See herein, um hier nach Nahrung zu suchen, Krokodile und Flußpferde platschten durch das Wasser, Rohrdommeln sangen zwischen dem Schilf, und aus jedem Tümpel und Morast ertönte das Quaken Tausender Frösche.

»Dort drüben verläuft die Sklavenstraße, oder jedenfalls ist sie früher dort verlaufen«, sagte Otter und deutete auf den Fuß des Berges.

»Wir wollen nachsehen«, antwortete Leonard, »wir können ihr eine Weile folgen und dann lagern.«

Sie stiegen den Berghang vollends hinab. An seinem Fuß lief Otter in dem dichten Gestrüpp hin und her wie ein schnüffelnder Hund. Dann hob er die Hand und stieß einen leisen Pfiff aus.

»Ich dachte es mir«, sagte er, als die anderen beiden herankamen, »der Pfad ist noch immer der gleiche. Sieh her, Baas!«

Während er sprach, trat er die Zweige eines Busches mit seinem kräftigen Fuß nieder. Zwischen ihnen lag die halbverweste Leiche einer Frau, und neben ihr die eines Kindes.

»Noch nicht sehr lange tot«, sagte Otter sachlich, »vielleicht zwei Wochen. Ah! Der Gelbe Teufel hinterläßt eine breite Fährte, der wir folgen können.«

Soa beugte sich über die Leiche und betrachtete sie. »Eine Frau aus Mavooms Niederlassung«, sagte sie. »Ich kenne die Form ihrer Fußreifen.«

Sie gingen weiter, zwei Stunden lang oder mehr, bis sie schließlich zu einer Stelle gelangten, wo die Fährte das Wasser erreichte und dort aufhörte.

»Was jetzt, Otter?« fragte Leonard.

»Hier werden die Sklaven in Boote geladen, Bass«, antwortete der Zwerg. »Die Boote sollten dort drüben versteckt sein.« Er deutete auf ein Rohrdickicht. »Dort wird noch einmal ›aussortiert‹, das heißt, die Schwachen werden getötet, damit man keine Last mit ihnen hat. Laß uns gehen und nachsehen!«

Sie gingen, unter Führung von Otter. Nach einer Weile blieb er stehen. »Die Boote sind fort«, sagte er, »bis auf ein Kanu. Aber die ›Aussortierten‹ liegen auf einem Haufen, genauso wie früher.«

Er hatte recht. Auf einer kleinen, offenen Stelle lagen die

übereinandergeworfenen Leichen von etwa dreißig Männern, Frauen und Kindern, die kürzlich getötet worden waren. An anderen Stellen sahen sie ähnliche Haufen, doch bestanden diese aus gebleichten Knochen, die im Mondlicht weiß schimmerten – Mementos früherer Opferungen. Ganz in der Nähe des ersten Haufens von Toten befand sich eine Anlegestelle, an der mindestens ein Dutzend flachbordiger Boote gelegen hatten, deren Eindrücke sich noch im Sand abzeichneten. Jetzt jedoch waren sie fort, mit Ausnahme eines Kanus, das offenbar dazu diente, das Beladen der großen Boote zu erleichtern.

Niemand sprach ein Wort. Der schauerliche Anblick war jenseits aller sprachlichen Äußerung, doch in Leonards Herzen erhob sich ein wildes Verlangen, diesem Gelben Teufel Angesicht zu Angesicht gegenüberzustehen, der sich an dem Blut und dem Leiden hilfloser menschlicher Wesen mästete, und sie zu rächen, wenn ihm das möglich war. »Das Licht schwindet, wir müssen bis zum Morgen hier lagern«, sagte er nach einer Weile.

Und so lagerten sie an diesem Golgatha, dieser Schädelstätte, wo jeder Knochen nach Rache schrie.

Der Nachtwind wehte über sie hinweg, wisperte in den riesigen Schilfhalmen, formte die Nebelschwaden zu phantastischen Formen, die seltsame Schatten auf die dunkle Oberfläche des Wassers warfen. Von Zeit zu Zeit brachen die Frösche in ein plötzliches Quakkonzert aus, verfielen dann wieder in Stille, in der Ferne hörte man den Schrei eines Reihers, den ein Flußpferd oder Krokodil aufgescheucht hatte, und hoch über ihnen war das Rauschen von Vogelschwingen, als die Wildvögel wieder zum Meer zurückflogen. Doch in Leonards Vorstellung verschmolzen alle diese verschiedenen Stimmen der Natur zu einer, die von den Skeletthaufen, die weiß im unsicheren Licht der Sterne schimmerten, aufstieg und schrie:

»O Gott, wie lange noch soll das Unrecht Macht auf Erden haben? O Gott, wie lange noch soll deine Hand zurückgehalten werden?«

Die Nacht verging, die Sonne stieg über den Horizont, und die Reisenden erhoben sich, schüttelten den Nachttau aus ihren Haaren und aßen ein kärgliches Mahl, da sie den wenigen Proviant, den sie mit sich führten, sorgfältig einteilen mußten. Dann, wie in schweigendem Übereinkommen, gingen sie zu dem Kanu, schöpften es aus und fuhren los; Leonard und Otter paddelten.

Jetzt bewährte sich die phantastische Ortskenntnis des Zwerges. Ohne ihn hätten sie keine Meile weit kommen können, denn ihr Weg führte durch unzählige Tümpel und Kanäle, die von der Natur und durch Strömungen in das dicht mit Schilf überwucherte Land gegraben worden waren. Es gab nichts, das sie in die Lage versetzte, einen Kanal von dem anderen unterscheiden zu können, und genaugenommen waren sie alle Teile dieses Mündungsarmes. Es gab keinerlei Anhaltspunkte, an denen sie sich hätten orientieren können, nach allen Seiten dehnte sich ein Meer von Sumpf, gesprenkelt mit schilfbedeckten Inseln, die für das unerfahrene Auge keinerlei Unterschiede aufwiesen. Dieses war der Weg, den Otter sie führte, ohne auch nur ein einziges Mal unsicher innezuhalten; zehn Jahre waren vergangen, seit er ihn benutzt hatte, und doch war er sich seiner so sicher, daß er nie zögerte. Immer wieder kamen sie zu mehreren Öffnungen im Schilfgestrüpp, die hierhin und dorthin führten. Dann dachte der Zwerg einen Moment lang nach, hob dann die Hand und deutete auf den Kanal, dem sie folgen sollten, und sie folgten ihm.

So fuhren sie fast den ganzen Tag lang, bis sie gegen Abend eine Stelle erreichten, an der der Kanal, dem sie gerade folgten, sich plötzlich in zwei Arme teilte, deren einer nach Norden führte, der andere in eine südliche Richtung.

»Wo entlang, Otter?« fragte Leonard.

»Baas, das weiß ich nicht. Das Wasser hat sich hier verändert. Früher war kein Land hier; der Kanal lief geradeaus weiter.«

Dies war eine ernste Angelegenheit, denn ein falscher Schritt in einem solchen Labyrinth bedeutete, daß sie sich hoffnungslos verirren würden. Eine ganze Weile debattierten sie darüber, welchen Kanalarm sie nehmen sollten, und entschieden sich schließlich, den linken zu versuchen, der nach Otters Meinung eher in die richtige Richtung verlief. Sie waren bereits losgepaddelt, als Soa, die bisher kein Wort gesprochen hatte, plötzlich vorschlug, daß sie zuerst ein Stück in den rechten Kanal hineinfahren sollten, in der Hoffnung, dort vielleicht einen Hinweis zu finden. Leonard war dagegen, doch da die Frau darauf bestand, gab er schließlich nach, wendete das Boot und paddelte es etwa dreihundert Yards weit in die andere Richtung. Da dort jedoch nichts zu sehen war, begann Otter, es wieder zu drehen.

»Warte, weißer Mann«, sagte Soa plötzlich, die die Oberfläche des dunklen Wassers mit ihren scharfen Augen abgesucht hatte. »Was ist das dort hinten?« Sie deutete auf ein Schilfgestrüpp, etwa vierzig Yards entfernt, an dem etwas Weißes zu erkennen war.

»Vogelfedern, würde ich sagen«, antwortete Leonard, »aber wir wollen es uns ansehen.« Kurz darauf waren sie dort.

»Es ist Papier, Baas«, sagte Otter leise, »ein Papier, das auf einen Schilfhalm gespießt ist.«

»Nimm es vorsichtig herunter!« antwortete Leonard, im gleichen Tonfall, auf das höchste gespannt. Wie kam ein Stück Papier an einen Ort wie diesen?

Otter tat, wie ihm geheißen, und legte das durchweichte Papier vorsichtig auf die Bordkante des Kanus. Leonard und Soa betrachteten es eingehend.

»Es ist ein Blatt aus jenem heiligen Buch, das meine Herrin liest«, sagte die Frau überzeugt. »Ich kenne das Format sehr gut. Sie hat das Blatt herausgerissen und hier auf einen Schilfhalm gespießt, als Zeichen für irgendwen, der hier entlangkommen mag.«

»Ja, es sieht ganz so aus«, sagte Leonard. »Es war ein guter Gedanke von dir, in diesen Kanal einzubiegen, alte Frau.« Dann beugte er sich tiefer über das Blatt und las die Verse, die noch entzifferbar waren.

»Das Stöhnen des Gefangenen zu hören«, las er laut, »jene zu befreien, die zum Tode verdammt sind;

Werden die Kinder deiner Diener weiterhin tun, und ihr Same soll vor dich hintreten.« Er hob den Kopf.

»Hmmmm«, sagte er, »dieses Zitat scheint der Gelegenheit angepaßt. Wenn jemand an Omen glaubt, könnte er sagen, daß dies ein gutes ist.« Und in seinem Herzen glaubte er auch, daß es eines war.

Nach einer weiteren Stunde erreichten sie die Spitze der Insel, die sie entlanggepaddelt waren.

»Ah«, sagte Otter, »jetzt kenne ich den Weg wieder. Dies ist der richtige Kanal, der linke muß ein neuer sein. Wenn wir ihn genommen hätten, würden wir den Weg verloren und ihn vielleicht erst nach Tagen wiedergefunden haben, wenn überhaupt.«

»Sag Otter«, fragte Leonard, »du bist aus diesem Sklavenlager entkommen. Auf welche Weise? Mit einem Boot?«

»Nein, Baas. Der Baas weiß, daß ich große Kraft besitze. Mein Geist, der mir Häßlichkeit gegeben hat, gab mir auch Kraft, um das auszugleichen, und das ist gut so, denn wenn ich so hübsch wäre wie du, Baas, und nicht sehr stark, würde ich jetzt ein Sklave sein, oder tot. Mit meinen geketteten Händen habe ich den erwürgt, der mich bewachen sollte, und nahm sein Messer. Dann habe ich mit meiner Kraft das Eisen zerbrochen – sieh, Baas, die Narben davon trage ich noch heute. Als ich die Eisen zerbrach, haben sie in mein Fleisch geschnitten, aber es waren alte Eisen, die schon viele Sklaven getragen hatten, also habe ich sie besiegt. Als die anderen kamen, um mich zu töten, habe ich mich ins Wasser geworfen und bin getaucht, und sie sahen mich nie mehr. Ich bin diesen ganzen Weg geschwommen, habe mich von Zeit zu Zeit auf einer der Inseln ausgeruht und bin auch am Ufer entlanggelaufen, wo das Schilf nicht zu dicht stand, bis ich schließlich das offene Land erreichte. Ich habe vier Tage gebraucht, um es zu erreichen, und bin den größten Teil der Strecke geschwommen.«

»Und wovon hast du dich ernährt?«

»Von Wurzeln und Vogeleiern.«

»Und haben nicht die Krokodile versucht, dich zu fressen?«

»Ja, eines, Baas, aber ich bin sehr schnell im Wasser. Ich bin dieser Wasserbestie auf den Rücken gesprungen – ah! Mein Geist war da mit mir – und habe ihr mein Messer durchs Auge ins Gehirn gestoßen. Dann habe ich mich von Kopf bis Fuß mit ihrem Blut eingeschmiert, und danach hat mich kein

Krokodil mehr belästigt, da sie den Geruch kennen und dachten, ich sei ihr Bruder.«

»Sag, Otter, hast du keine Furcht, dorthin zurückzugehen?«

»Etwas, Baas, denn dort ist die Hölle, von der ihr weißen Menschen sprecht. Doch wohin der Baas gehen kann, dorthin kann auch ich gehen; Otter wird nicht zurückbleiben, wenn du läufst. Außerdem, Baas, bin ich zwar nicht mutig, nein, nein, doch möchte ich diesen Gelben Teufel wiedersehen, ja, und wenn ich dabei sterben müßte, und ihn mit diesen Händen töten.«

Und der Zwerg ließ das Paddel fallen und schrie: »Ja, ihn töten! Ihn töten! Töten!« so laut, daß die Vögel erschrocken aus dem Schilf aufstoben.

»Sei still!« sagte Leonard verärgert. »Willst du uns die Araber auf den Hals bringen?«

Doch insgeheim sagte er sich, daß Pareira, alias der Gelbe Teufel, ihm eigentlich leid tun müßte, falls Otter eine Gelegenheit finden sollte, ihm an die Gurgel zu springen.

9

Das Nest des Gelben Teufels

Die Sonne versank, und wie in der vergangenen Nacht lagerten die drei Reisenden auf einer Insel und warteten auf den Mondaufgang. Sie hatten zwei Enten in einem Schilfdickicht fangen können und berieten, ob sie ein Feuer machen sollten, um sie darauf zu braten. Doch Leonard sprach sich schließlich dagegen aus. »Zu gefährlich«, sagte er, »denn Feuer sind aus großer Entfernung zu sehen.« Also begnügten sie sich mit einem kargen Mahl aus etwas getrocknetem Fleisch und ein paar rohen Enteneiern.

Es war ein Glück, daß seine Vorsicht obsiegt hatte, denn als aus dem Dämmerlicht Dunkelheit wurde, hörten sie das Geräusch von Paddeln und sahen Kanus vorbeigleiten. Es waren mehrere Kanus, und jedes schleppte irgend etwas hinter sich her, und die Männer, die darin saßen, riefen einander von Zeit zu Zeit etwas zu, mal auf portugiesisch, mal auf arabisch.

»Nicht rühren, nicht rühren!« flüsterte Otter. »Das sind die Sklavenhändler, die ihre großen Boote zurückbringen.«

Leonard und Soa folgten Otters Anweisung aufs Wort, und das vorderste Kanu der Sklavenhändler, von seiner Besatzung angestrengt gegen die Strömung gepaddelt, fuhr in einem Abstand von kaum dreißig Fuß an der Stelle vorbei, wo sie im Schilf hockten.

»Schneller, Leute, schneller!« rief einer der Männer denen des zweiten Kanus zu. »Der Landeplatz ist nahe, und dort gibt es Rum für jeden, der ihn verdient hat.«

»Ich hoffe, daß sie nicht ausgerechnet hier lagern«, flüsterte Leonard.

»Psst!« machte Otter. »Ich höre, daß sie landen.«

Er hatte recht. Etwa zweihundert Yards von ihnen entfernt, machten sie die Boote fest und stiegen an Land. Kurz darauf hörten sie, wie sie trockenes Schilf sammelten, und dann zeigten ihnen zwei lodernde Flammenzungen, daß sie Feuer gemacht hatten.

»Wir sollten von hier verschwinden«, sagte Leonard. »Wenn sie uns entdecken ...«

»Sie werden uns nicht entdecken, Baas, wenn wir still sind«, antwortete Otter. »Laß uns eine Weile hierbleiben, ich habe einen Plan. Hör zu, Baas!« Und er flüsterte ihm etwas ins Ohr.

Also warteten sie. Von den Feuern waren die Geräusche des Essens und Trinkens zu hören – besonders des Trinkens. Eine Stunde verstrich. Leonard erhob sich, Otter ebenfalls.

»Ich werde mit dir gehen, Baas. Ich kann schleichen wie eine Katze.«

»Wohin gehst du, weißer Mann?« fragte Soa.

»Ich will jene Männer belauschen. Ich verstehe Portugiesisch und will hören, was sie reden. Otter, nimm dein Messer und den Revolver mit, aber kein Gewehr!«

»Gut«, sagte die Frau, »aber seid vorsichtig. Sie sind sehr schlau.«

»Ja, ja«, sagte Otter ungeduldig, »aber der Baas ist auch

sehr schlau, und ich – ich ebenfalls. Habe keine Sorge um uns, Mutter!«

Sie krochen vorsichtig durch das Schilf. Als sie etwa zwanzig Yards von den Feuern entfernt waren, verlor Leonard den Halt und fiel mit einem lauten Platschen in einen Wassertümpel. Ein paar der Sklavenhändler sprangen auf die Füße. Im gleichen Moment grunzte Otter, die täuschende Imitation des Rufs eines Flußpferdfohlens.

»Ein Flußpferd«, sagte ein Mann auf portugiesisch. »Das tut uns nichts. Das Feuer schreckt es ab.«

Leonard und Otter warteten eine Weile, dann krochen sie in ein Schilfdickicht, von wo aus sie jedes Wort hören konnten, das gesprochen wurde. Es waren zweiundzwanzig Männer, die um das Feuer saßen. Einer, anscheinend ihr Anführer, schien ein reinblütiger Portugiese zu sein, einige der anderen waren Mulatten, der Rest Araber. Sie tranken mit Wasser verdünnten Rum aus Metallbechern – sehr viel Rum mit sehr wenig Wasser. Einige von ihnen schienen schon betrunken zu sein, auf jeden Fall hatte der Alkohol ihnen die Zunge gelöst.

»Möge ein Fluch auf das Haupt unseres Vaters, des Teufels, fallen«, sagte einer von ihnen, ein Mulatte. »Warum ist es ihm eingefallen, uns gerade jetzt mit den Booten wegzuschicken? Da verpassen wir den ganzen Spaß.«

»Was für einen Spaß?« antwortete der Anführer der Gruppe. »Sie werden die Vögel frühestens in drei oder vier Tagen in ihre Käfige sperren. Die Dhaus sind noch nicht gekommen, und es geht das Gerücht von einem englischen Kreuzer – möge er in die Hölle absaufen –, der sich vor der Flußmündung herumtreibt.«

»Nein, das meine ich nicht«, sagte der Mann, der zuerst gesprochen hatte. »Es ist wirklich kein Spaß, eine Horde stinkender Nigger auf eine Dhau zu treiben. Ich meine die Auktion des weißen Mädchens, der Tochter des englischen Händlers, die wir flußaufwärts gefangen haben. Das ist eine echte Schönheit für irgendeinen glücklichen Hund – ich habe noch nie eine so schöne Frau gesehen. Was für Augen sie hat, und was für eine Haltung. Die meisten anderen würden sich inzwischen halb blind geheult haben.«

»An die brauchst du wirklich nicht zu denken«, sagte der Anführer höhnisch, »die kommt zu teuer für einen von deiner Sorte; außerdem ist es dumm, so viel für ein Mädchen auszugeben, sei es weiß oder schwarz. Wann ist die Auktion?«

»Eigentlich war sie für den Abend vor dem Auslaufen der Dhaus angesetzt, doch jetzt sagt der Teufel, daß sie schon morgen abend sein soll. Und ich weiß auch, warum: er hat Angst vor ihr. Er denkt, daß sie ihm Unglück bringen wird, und will sie los sein. Ah! Er ist ein Spaßvogel, der alte Mann, immer zu Scherzen aufgelegt. ›Alle Männer sind Brüder‹, hat er gestern gesagt, ›weiße und schwarze, und deshalb sind alle Frauen Schwestern.‹ Also wird er sie verkaufen wie ein Nigger-Mädchen. Was für die gut genug ist, ist auch gut genug für sie. Ha-ha! Gib den Rum rüber, Bruder, gib den Rum rüber!«

»Vielleicht schiebt er es auf, und wir kommen doch noch zurecht«, sagte der Anführer. »Jedenfalls trinke ich jetzt auf sie. – Übrigens, hat einer von euch daran gedacht, sich die Parole geben zu lassen, als wir heute früh losfuhren? Ich habe es vergessen.«

»Ja«, sagte ein Mulatte, »es ist die alte: ›Der Teufel.‹«

»Es gibt keine bess ... keine bessere«, sagte der Anführer mit einem Rülpsen.

Länger als eine Stunde sprachen sie so, teils über Juanna, teils über andere Dinge. Und je betrunkener sie wurden, desto ekelhafter wurden ihre Gespräche, bis Leonard sie nicht mehr mit anhören konnte und seinen Kopf auf die Arme legte. Schließlich erstarb das Gespräch, und einer nach dem anderen versank in plötzlichem tiefen Schlaf. Sie hatten keine Wache aufgestellt, denn hier auf der Insel brauchten sie keine Feinde zu fürchten.

Otter richtete sich auf Hände und Knie auf, und sein Gesicht wirkte grimmig in dem schwachen Licht.

»Baas«, flüsterte er, »sollen wir ...« Er zog die Handkante über die Kehle.

Leonard überlegte einen Moment. Seine Wut war groß, und doch schreckte er davor zurück, Männer im Schlaf zu töten, auch wenn sie noch so bösartig waren. Außerdem: konnten sie das lautlos schaffen? Einige von ihnen mochten aufwachen – die Furcht würde sie nüchtern machen, und es waren viele.

»Nein«, flüsterte er zurück. »Komm mit, wir werden die Boote losschneiden!«

»Gut, gut«, sagte Otter.

Lautlos wie Schlangen krochen sie etwa dreißig Yards weit, bis zu der Stelle, wo die Boote an einem niedrigen Baum festgemacht waren: drei Kanus und fünf große flachbordige Punten, in welchen der Proviant und die Waffen der Sklavenhändler lagen. Sie zogen ihre Messer und schnitten sie los. Ein leichter Stoß setzte sie in Bewegung, dann wurden sie von der Strömung erfaßt und glitten ins Dunkel.

Als das getan war, krochen sie zurück. Ihr Weg führte sie in einem Abstand von fünf Schritten an dem Mulatten vorbei, der das Gespräch begonnen hatte, das sie belauscht hatten. Leonard blickte zu dem schlafenden Mann hinüber und wollte weiterkriechen – Otter war bereits fünf Yars voraus – als plötzlich der Mond zwischen den Wolken hervorbrach und sein Licht auf das Gesicht des Mannes fiel. Er erwachte, setzte sich auf und sah sie.

Leonard wußte, daß er nicht zögern durfte, sonst waren sie verloren. Wie ein Tiger schnellte er sich auf den Mann los und packte ihn bei der Gurgel, bevor er Zeit hatte, einen Schrei auszustoßen. Ein kurzer Kampf, das Aufblitzen eines Messers. Bevor Otter ihm zu Hilfe kommen konnte, war es vorbei – so schnell und so lautlos, daß keiner der anderen erwachte, obwohl einer oder zwei von ihnen sich in ihrem schweren Schlaf bewegten und stöhnten.

Leonard sprang auf, unverletzt, und zusammen liefen sie zu der Stelle zurück, wo sie Soa zurückgelassen hatten.

Sie hatte ihnen entgegengeblickt, deutete auf Leonards blutbespritzte Jacke und fragte: »Wie viele?«

»Einer«, antwortete Otter.

»Alle wäre besser gewesen«, murmelte Soa finster. »Doch ihr seid nur zwei.«

»Rasch«, sagte Leonard, »ins Kanu mit dir! Sie werden bald hinter uns her sein.«

Eine Minute später lag die Insel hinter ihnen, die nicht länger war als eine Viertelmeile. Sie paddelten zur anderen Seite des Flusses, der hier eine recht starke Strömung aufwies und eine Breite von etwa achthundert Yards hatte, um in den Schatten des anderen Ufers zu gelangen. Als sie es erreicht hatten, stützte Otter sich auf sein Paddel und begann leise zu kichern.

»Warum lachst du, Schwarzer?« fragte Soa.

»Sieh dort!« antwortete er und deutete auf mehrere dunkle Schatten auf der Oberfläche des Flusses, die rasch in der Ferne entschwanden. »Dort treiben die Boote der Sklavenhändler, mit ihren Waffen und ihrem Essen. Wir haben sie losgeschnitten, der Baas und ich. Dort auf der Insel schlafen zweiundzwanzig Männer – einer davon für immer – und wenn sie erwachen, was werden sie finden? Sie werden sich auf einer kleinen Insel in der Mitte von viel Wasser finden, in dem sie, selbst wenn sie es könnten, nicht zu schwimmen wagen, wegen der Krokodile. Sie können sich auf jener Insel keine Nahrung beschaffen, weil sie kein Gewehr haben, und Enten bleiben nicht sitzen, um sich fangen zu lassen, doch um die Insel herum lauern Hunderte von Krokodilen, um *sie* zu fangen. Mit der Zeit werden sie hungrig werden – sie werden rufen und schreien, doch wird niemand sie hören – und dann werden sie, vom Wahnsinn gepackt, übereinander herfallen, und einander auffressen und elend umkommen, einer nach dem anderen. Ein paar werden ins Wasser springen; sie werden ertrinken oder von den Krokodilen gefressen werden, und so weiter, und so weiter, bis sie alle tot sind, jeder einzelne von ihnen, tot, tot, tot!« und wieder kicherte er.

Leonard wies ihn nicht zurecht; mit ihren Worten noch in seinen Ohren verspürte er wenig Mitleid mit dem furchtbaren Ende, das sie sicherlich finden würden.

Horch! Leises Rufen klang über das Wasser des Flusses, ein Rufen, aus dem bald ein Schreien von Wut und Angst wurde. Die Sklavenhändler waren erwacht, sie hatten den Toten in ihrer Mitte entdeckt, der auf eine unerklärliche Weise von einem unsichtbaren Feind umgebracht worden war. Und nun wurde aus dem Schreien ein Gebrüll. Sie sahen, daß ihre Boote fort waren und sie in der Falle saßen.

Aus der Deckung des tiefen Schattens auf der anderen Seite des Flusses, in dem sie gemächlich stromabwärts trieben, erhaschten Leonard und Otter hin und wieder einen Blick auf wild hin und her laufende Männer, die im Mondlicht nach ihren Booten suchten. Doch die Boote waren längst davongefahren, um nie wieder zurückzukommen. Nach und nach verebbte das Lärmen hinter ihnen, bis es schließlich in der Stille der Nacht völlig erstarb.

Leonard berichtete Soa, was er im Feuer der Sklavenhändler gehört hatte.

»Wie weit ist es noch, Schwarzer?« fragte sie, als er mit seiner Erzählung fertig war.

»Morgen, bei Sonnenuntergang sind wir bei den Toren des Gelben Teufels«, antwortete Otter.

Zwei Stunden später hatten sie die Boote eingeholt, die sie in die Strömung gestoßen hatten. Sie waren miteinander vertäut und glitten gemeinsam den Fluß hinab.

»Wir sollten sie lieber versenken«, sagte Leonard.

»Nein, Baas«, widersprach Otter. »Wenn wir fliehen müssen, könnten wir sie vielleicht brauchen. Dort drüben müssen wir an Land gehen.« Er deutete auf eine ein gutes Stück voraus liegende, morastige Landzunge. »Laß uns zu den Booten fahren und an ihnen festmachen. Vielleicht finden wir Nahrung, und wir brauchen Nahrung.«

Der Rat war gut, und sie befolgten ihn. Sie hielten sich längsseits einer der Punten, die sie, wenn es nötig war, mit einem Stoß der Paddel dirigierten, und erreichten die Halbinsel in dem Moment, als das erste Rot der Morgendämmerung den Horizont färbte. Hier lenkten sie die Boote in eine geschützte Bucht und vertäuten sie mit Stricken, die reichlich vorhanden waren. Dann durchsuchten sie die Kisten und entdeckten zu ihrer Freude eine reiche Auswahl an Proviant, darunter gebratenes Fleisch, Alkohol, Brot, und sogar Orangen und Bananen. Nur Menschen, die tage- oder wochenlang von dem leben mußten, was die Wildnis hergab, können verstehen, was dieser Reichtum für sie bedeutete. Leonard glaubte, noch nie ein so köstliches Mahl genossen oder etwas so Gutes getrunken zu haben, wie mit Wasser verdünnten Rum.

Sie fanden noch weitere Dinge: Gewehre, Munition und Säbel, und, noch besser, eine Seekiste voll Kleidung, die offenbar dem Anführer der Bande gehört hatte. Sie fanden darin eine Art Uniform mit sehr viel Goldlitzen, Stiefel, und einen breitrandigen Filzhut mit einer Straußenfeder. Außerdem befanden sich darin auch ein paar lange arabische Gewänder und Turbane, die Galakleidung der Sklavenhändler, die diese mit sich genommen hatten, um sich bei ihrer Rückkehr elegant herausputzen zu können.

Der wertvollste Fund war jedoch ein Lederbeutel, der in der Hosentasche der Uniform steckte und das ehrlich erworbene Kapital des Anführers dieser Gruppe enthielt, das er anscheinend sicherheitshalber immer mit sich führte, selbst bei solchen Reisen. Als Leonard den Inhalt des Beutels überprüfte, fand er darin etwa hundert englische Sovereigns* und mehr als ein Dutzend portugiesischer Goldstücke.

»Nun, Baas«, sagte Otter, »ist es mein Rat, daß wir diese Kleidung anziehen.«

»Warum?« fragte Leonard.

»Aus diesem Grund: Daß wir, wenn wir von den Sklavenhändlern entdeckt werden sollten, von ihnen für Brüder gehalten werden.«

Die Vorteile einer solchen Maßnahme waren so offensichtlich, daß sie sofort durchgeführt wurde. So verkleidet, mit einer seidenen Schärpe um die Taille, in der ein Revolver steckte, hätte man Leonard mit dem schlimmsten aller Sklavenhändler verwechseln können.

Otter wirkte hinreichend exotisch in einer arabischen Robe und mit einem Turban. Da er ein Zwerg war, gab es natürlich einige Schwierigkeiten, weil sich alle Gewänder als viel zu lang erwiesen. Das Problem wurde schließlich dann dadurch gelöst, indem man eins davon auf einen Holzblock legte und es mit einem Säbelhieb auf die richtige Länge brachte.

Nachdem dieser Garderobenwechsel durchgeführt worden war und sie ihre eigene Kleidung, zusammen mit den nicht benötigten Waffen, im Schilf versteckt hatten, für den nicht

* Ehemalige Zwanzig-Schilling-Münze – *Anm. d. Übers.*

sehr wahrscheinlichen Fall, daß sie sie später brauchen könnten, machten sie sich bereit, zu Fuß durch das Marschland zu ziehen. Leonard fiel jetzt ein, den Beutel mit dem Gold aus der Kiste zu holen und ihn in die Tasche zu stecken. Er hatte so gut wie keine Skrupel, sich mit dem Geld eines Sklavenhändlers zu bedienen, außerdem wollte er es nicht für sich haben, sondern glaubte, daß es vielleicht bei diesem Unternehmen nützlich sein könnte.

Ihr Weg führte durch die Marschen, auf geheimen Wegen, die nur von jemand gefunden werden konnten, der sie schon einmal gegangen war. Und Otter hatte sie nicht vergessen. Weiter und immer weiter gingen sie durch die glühende Hitze des Tages, da sie nicht wagten, eine Rast einzulegen. Sie begegneten keinem lebenden Menschen auf ihrem Wege, fanden jedoch hie und da das Gerippe eines armen Sklaven, dessen Leiche kurzerhand ins Schilf neben dem Pfad geworfen worden war. Aber der Pfad war begangen worden, und kürzlich sogar von vielen Füßen, und zwischen ihren Spuren entdeckten sie die von zwei Maultieren oder Eseln.

Schließlich, etwa eine Stunde vor Sonnenuntergang, erreichten sie das Heim des Gelben Teufels. Dieses Nest war so gelegen: Es befand sich auf einer Insel, die eine Größe von zehn oder zwölf Acres* aufwies. Von diesen waren jedoch nur viereinhalb brauchbar, alles andere war Morast, der von einem dichten Gebüsch hohen Schilfes verdeckt wurde, und dieser Morast, der an einer großen Lagune an den nördlichen und östlichen Seiten der Insel begann, erstreckte sich bis zu einer niedrigen Umfassungsmauer der Gebäude, die man offenbar durch die Sümpfe und das jenseits davon gelegene offene Wasser als genügend gesichert betrachtete. Auf der südlichen und der westlichen Seite der Anlage sah es anders aus, denn dort war sie von Menschenhand und von der Natur wie eine Festung angelegt. Zum einen verlief ein Kanal entlang diesen beiden Fronten, zwar nicht sehr breit und nicht sehr tief, doch nur mit Booten zu passieren wegen des tiefen Schlammes an seinem Boden. Auf der anderen Seite dieses Kanals erhob sich ein Erdwall, auf dessen Krone ein Palisa-

* 1 Acre = 4047 Quadratmeter (ca. 40 Ar) – *Anm. d. Übers.*

denzaun errichtet worden war, und dessen steile Böschung man mit einer natürlichen Abwehrzone aus Aloen und Feigenkakteen versehen hatte.

So viel zum äußeren Bild dieses Ortes. Sein Inneres war in drei Zonen aufgeteilt. Die östliche davon war das eigentliche Nest, ein langgestrecktes, niedriges, strohgedecktes Holzgebäude, zu dessen Front und dessen Westseite sich ein freier Platz befand, dessen Boden festgestampft worden war. Auf diesem Platz standen zwei Gebäude: ein Schuppen, der auf Pfählen stand und vom Dach bis zum Boden offen war, in dem die Sklavenversteigerungen abgehalten wurden, und, etwas nördlich davon, fast in einer Linie mit dem Nest, jedoch von ihm getrennt, ein kleines Gemäuer aus Ziegeln und Steinen, mit einem Dach aus den Blechauskleidungen von Munitionskisten und anderen Behältern. Dies war das Arsenal. Um die Umfassungsmauer herum standen Reihen von Hütten der Eingeborenenart, offensichtlich die Wohnstätten der Araber und von Mulatten der besseren Sorte.

Die zweite Zone, welche sich westlich von dem Nest befand, enthielt das Sklavenlager. Es mag eine Fläche von einem Acre bedeckt haben, und die einzigen Gebäude darauf waren vier niedrige Schuppen, ähnlich dem, in welchen die Sklaven versteigert wurden, nur viel länger. In ihnen lagen die Gefangenen in langen Reihen nebeneinander, mit Ketten an Eisenstangen geschlossen, die durch die ganze Länge dieser Schuppen verliefen und an beiden Enden durch Vorhängeschlösser gesichert waren. Diese Zone war von dem Nest durch einen tiefen Kanal getrennt, der dreißig Fuß breit war und an einer Stelle von einer schmalen, primitiven Zugbrücke überspannt wurde, die zum Tor führte. An der Nestseite war das Tor außerdem durch eine niedrige Mauer gesichert, und auf der Seite des Sklavenlagers durch einen Erdwall, der, wie hier üblich, mit stacheligen Kakteen bepflanzt war. Auf diesem Erdwall, in der Nähe des Tores und des Wachhauses, stand eine Sechspfünderkanone, deren Mündung auf das Sklavenlager gerichtet war, eine unübersehbare Warnung an seine Insassen, welches Schicksal jede Aufsässigkeit nach sich ziehen würde. In der Tat waren alle Verteidigungsanlagen auf diesem Teil der Insel dazu ausgelegt, eine mögliche *émeute** der Sklaven zu verhindern und außerdem eine zweite Verteidigungslinie zu bilden, falls das Nest selbst von einem Feind genommen werden sollte.

Jenseits des Sklavenlagers lag der Garten, der nur von diesem aus betreten werden konnte. Auch der Garten war durch Wassergräben und Erdwälle gesichert, doch nicht so stark.

Dies ist eine kurze Beschreibung dessen, was in jenen Tagen das größte Sklavenlager Afrikas war.

10

Leonard macht einen Plan

Der Weg, dem Leonard und seine Begleiter folgten, brachte sie zu dem Ufer des südlichsten Kanals und führte direkt auf das Tor zu, durch das man ins Nest gelangen konnte. Doch Otter hatte nicht vor, diesen Weg zu nehmen, da sie dort von den Posten gesehen werden würden und man ihnen, ungeachtet ihrer Maskerade, unangenehme Fragen stellen mochte, auf die sie keine Antwort wußten. Deshalb bog er, als sie sich dem Tor auf etwa fünfhundert Yards genähert hatten, ins dichte Unterholz ab, das das diesseitige Ufer des Kanals bedeckte. Durch dieses krochen sie wie Ameisen, bis sie schließlich das Wasser vor sich sahen, fast genau gegenüber der Südwestecke des Sklavenlagers, im Schatten einer Gruppe von Weiden.

»Sieh, Baas«, sagte der Zwerg leise, »die Reise ist getan, und ich habe dich an dein Ziel gebracht. Dort drüben ist das Haus des Gelben Teufels – nun brauchen wir es nur noch zu erstürmen – oder die Jungfrau aus ihm zu befreien.«

Leonard blickte bestürzt auf die befestigte Anlage. Wie sollte es ihnen möglich sein – zwei Männern und einer Frau – dieses Fort einzunehmen, das mit Hunderten der schlimm-

---

* Franz.: Meuterei – *Anm. d. Übers.*

sten Desperados ganz Afrikas bevölkert war? Aus der Ferne betrachtet war ihm das gering erschienen, irgendwie zu schaffen. Aber jetzt? Und doch mußte es irgendeinen Weg geben, oder alle ihre Mühen waren vergebens gewesen, und das arme Mädchen, das zu erretten sie hergekommen waren, mußte seinem schmachvollen Schicksal überlassen werden, oder, falls sie es vorzog und den Mut dazu aufbrachte: dem Selbstmord.

»Aber wie, um alles in der Welt?« dachte Leonard laut, und dann setzte er hinzu: »Nun, Otter, eines kann ich dir sagen, ich habe in dieser Sache einen langen Weg hinter mich gebracht, und ich denke nicht daran, jetzt aufzugeben. Ich habe noch nie etwas aufgegeben, und ich werde nicht jetzt damit beginnen, obwohl ich sagen möchte, daß mein Tod darin liegt.«

»Es liegt alles in der Hand des Morgen«, antwortete Otter, »doch ist es jetzt an der Zeit, einen Plan zu machen, denn die Nacht nähert sich. Sieh, Baas, hier ist ein großer Baum, der von anderen Bäumen gedeckt ist. Wollen wir hinaufklettern und uns umsehen?«

Leonard nickte, und nachdem sie den Baum ohne Schwierigkeit erstiegen hatten, blickten sie durch das dichte Laubwerk eines seiner Äste zum Lager hinüber. Es lag jetzt unter ihnen wie eine Landkarte, und Otter, der sich wie ein Affe an einen Ast klammerte, erklärte Leonard die Einzelheiten. Er war als Gefangener hier gewesen, und das Gedächtnis von Gefangenen ist lang.

Das Lager war von Männern in seltsamen Aufmachungen bevölkert, und von verschiedener Nationalität, alles Händler in ›schwarzem Elfenbein‹ in unterschiedlicher Funktion. Es mochten mehr als hundert sein. Einige von ihnen schlenderten in kleineren Gruppen umher, rauchend und sich unterhaltend, andere würfelten, ein paar gingen ihren Geschäften nach. Eine Gruppe – führende Männer dieses Gewerbes, ihrer kostbaren Kleidung nach zu urteilen – standen bei dem Arsenal und blickten durch seine Lüftungsöffnungen, was sie dadurch erreichten, daß sie sich auf die Schultern von anderen stemmten. Diese Vergnügung beschäftigte sie einige Zeit, bis schließlich ein Mann, von dem sie auf diese Entfernung nur erkennen konnten, daß er alt und dick war, auf sie zutrat und sie verjagte, worauf sie lachend davonliefen.

»Das ist der Gelbe Teufel«, sagte Otter, »und diese Männer haben die Jungfrau angestarrt, welche die Schäferin genannt wird. Sie ist dort eingeschlossen, bis die Stunde kommt, wo sie verkauft wird. Diese Männer dürften jene sein, die für sie bieten wollen.«

Leonard antwortete nicht, er studierte die Anlage des Nestes. Kurz darauf wurde eine Trommel geschlagen, und mehrere Männer traten aus einem Gebäude, die große, dampfende Blecheimer trugen.

»Das ist das Essen für die Sklaven«, sagte Otter. »Sieh, sie werden abgefüttert!«

Die Männer mit den Eimern, begleitet von anderen, die Nilpferdpeitschen in den Händen hielten, schritten über den offenen Platz, bis sie zu dem Graben gelangten, welcher das Sklavenlager von dem Nest trennte, wo sie dem Posten auf dem Erdwall zuriefen, die Zugbrücke herabzulassen. Er tat es, und sie gingen hinüber. Jedem Mann mit einem Eimer folgte einer, der eine Schöpfkelle aus Holz trug, und hinter dem kam ein dritter, der eine große Kalebasse mit Wasser schleppte. Als sie den ersten der offenen Schuppen erreichten, begannen sie ihre Runde. Der Mann mit dem Holzlöffel schöpfte Batzen eines steifen Maisbreis aus dem Eimer und klatschte sie vor jedem der Sklaven auf den Boden, so wie man einem Hund sein Futter hinwerfen mag. Dann goß der Araber mit der Kalebasse ihnen Wasser in Holznäpfe, damit sie trinken konnten.

Plötzlich gab es eine Unterbrechung, und die Männer traten zusammen, um etwas zu besprechen.

»Ein Sklave ist krank«, sagte Otter.

Die Männer traten auseinander, und ein großer weißer Mann begann mit einer Nilpferdpeitsche auf eine dunkle Gestalt einzuschlagen, die am Boden lag und sich nicht rührte.

Der Mann hörte auf zu prügeln und rief etwas. Darauf gingen zwei der Araber zu dem kleinen Wachhaus, das sich vor der Zugbrücke befand, und brachten Werkzeuge, mit denen sie die Ketten von den Armen der bedauernswerten Kreatur – allem Anschein nach eine Frau – lösten, und sie so von der langen Eisenstange befreiten. Nachdem dies getan war, schleppten sie den Körper den Erdwall hinauf, und von dort über eine Leiter zu einer Plattform, die über dem tiefen Kanal hing.

»Dies ist die Art des Gelben Teufels, seine Toten zu begraben und seine Kranken zu heilen«, sagte Otter.

»Ich habe genug gesehen«, erklärte Leonard und begann eilig von dem Baum herabzuklettern, ein Beispiel, dem Otter mit mehr Würde folgte.

»Ah! Baas«, sagte er, als sie wieder auf dem Boden standen, »du bist nicht mehr als ein Huhn. Die Herzen jener, die in einem Sklavenlager gelebt haben, sind stark, und schließlich ist es besser, im Magen eines Fisches zu enden, als über dem Kiel einer Sklaven-Dhau. *Wow!* Wer tut so etwas? Sind es nicht die weißen Männer, deine Brüder, und sprechen sie nicht viele Gebete für den Großen Mann oben im Himmel, während sie das tun?«

»Sei still!« sagte Leonard. »Und gib mir einen Schluck Brandy.« Er hatte jetzt keine Lust, über die Segnungen der Zivilisation zu diskutieren, wie sie häufig in Afrika diskutiert wurden. Oder daran zu denken, daß dieses Schicksal bald das seine werden mochte!

Leonard trank den Brandy und saß eine Weile schweigend, drückte seinen Bart mit einer Hand nach vorn und starrte mit seinen Habichtsaugen in das tiefer werdende Dunkel. So hatte er auch an dem Bett seines sterbenden Bruders gesessen; es war eine Haltung, die er unwillkürlich einnahm, wenn er sich in Gedanken verlor.

»Höre, Soa«, sagte er schließlich, »wir sind hierhergereist, um dir einen Gefallen zu tun, nun gewähre uns einen Rat: wie sollen wir deine Herrin aus diesem Lager holen?«

»Indem ihr die Sklaven befreit und sie ihre Peiniger töten laßt«, sagte sie lakonisch.

»Ich bezweifle, daß in Sklaven noch viel Schneid übriggeblieben ist«, sagte Leonard.

»Es sollten fünfzig von Mavooms Männern dabei sein«, antwortete sie, »und die werden kämpfen, wenn sie Waffen haben.«

Leonard blickte Otter an, um weitere Ideen zu erhalten.

»Meine Schlange setzt es mir in den Kopf«, sagte der Zwerg, »daß Feuer ein guter Freund ist, wenn der Männer wenige sind, und der Feinde viele; und sie sagt mir auch, daß das Schilf dort drüben sehr trocken ist, und daß abends ein Seewind aufkommt, der gegen Mitternacht sehr stark wehen wird. Außerdem sind alle jene Häuser strohgedeckt, und wenn ein Wind weht, springt das Feuer. Aber kann ein *Impi* zwei Führer haben? Du bist unser Häuptling, Baas; sprich, und wir werden deinem Befehl gehorchen! Hier ist ein Rat so gut wie der andere. Laß das Schicksal durch deinen Mund sprechen.«

»Gut«, sagte Leonard. »Dies ist mein Plan: Er geht ein wenig weiter als der deine, das ist alles. Wir müssen uns den Eingang in das Nest erzwingen, solange es noch dunkel ist, bevor der Mond aufgeht. Ich kenne die Parole, ›Teufel‹, und verkleidet, wie wir sind, mögen die Wachen uns passieren lassen, ohne Fragen zu stellen. Wenn nicht, müssen wir sie töten. Lautlos.«

»Gut«, sagte Otter, »aber was ist mit dieser Frau?«

»Wir werden sie hier im Gebüsch versteckt zurücklassen, da sie uns im Lager keine Hilfe ist und uns nur behindern würde.«

»Nein, weißer Mann«, sagte Soa. »Wohin du gehst, dorthin gehe ich auch. Außerdem ist meine Herrin dort drüben, und zu der will ich.«

»Das soll mir auch recht sein«, antwortete Leonard, und fuhr dann fort: »Wir müssen zwischen die Hütte – es gibt nur eine – und die niedrige Mauer gelangen, welche das Nest von dem Sklavenlager trennt, und falls die Zugbrücken hochgezogen sein und es keine andere Möglichkeit geben sollte, müssen wir eben durch den Graben schwimmen, die Wache am anderen Ufer erledigen und ins Sklavenlager eindringen. Dann müssen wir versuchen, eine Anzahl der Sklaven zu befreien und sie durch den Garten in den Morast schicken, um das Schilf in Brand zu setzen, wenn der Wind stark genug sein sollte. Währenddessen werde ich offen das Lager betreten, Pereira höflich grüßen, mich als Sklavenhändler vorstellen, dessen Dhau in der Flußmündung liegt, und ihm erklären, daß ich gekommen sei, um Sklaven zu kaufen, vor allem jedoch, weil ich das weiße Mädchen ersteigern wolle. Das ist mein Plan bis zu diesem Punkt, alles weitere müssen wir unserem Glück überlassen. Falls es mir gelingen sollte, die Schäferin zu kaufen, werde ich das tun, wenn nicht, so muß ich eine andere Möglichkeit finden, sie zu befreien.«

»So soll es sein, Baas. Und jetzt laßt uns essen, denn wir werden heute nacht all unsere Kraft brauchen. Dann gehen wir zu dem Landeplatz hinab und lassen es darauf ankommen.«

Sie aßen von dem Proviant, den sie mitgebracht hatten, und tranken ein wenig von dem Rum der Sklavenhändler. Sie sprachen nur sehr wenig, denn der Schatten der Dinge, die vor ihnen lagen, lastete schwer auf ihnen. Selbst der phlegmatische und fatalistische Otter war bedrückt, vielleicht wegen seiner Erinnerungen an diesen Ort, die für ihn schmerzlich waren, vielleicht wegen der Größe des vor ihnen liegenden Unternehmens. Noch nie zuvor hatte er eine solche Geschichte gehört, noch nie war er in ein solches Abenteuer wie dieses verwickelt gewesen: daß zwei Männer und eine alte Frau ein bewaffnetes Lager angreifen sollten. Otters Gefühle mochten am besten mit dem bekannten Ausspruch wiedergegeben werden: *C'est magnifique, mais ce n'est pas la guerre,* obwohl er diesen natürlich nicht kannte.

Noch war die Nacht stockdunkel, und die Finsternis war nicht dazu angetan, ihre Stimmung zu heben. Außerdem hatte jetzt der Wind eingesetzt, der von Otter vorausgesagt worden war, und er flüsterte und seufzte mit melancholischen Tönen durch das Schilf und durch das Gezweig der Weiden.

So verging die Zeit bis neun Uhr.

»Wir müssen zum Landeplatz hinab«, sagte Lonard, »es wird bald hell sein, hell genug, daß wir etwas unternehmen können.«

Otter übernahm die Führung, und sie krochen langsam zur Straße zurück und folgten ihr bis zum Kanalufer gegenüber dem Tor. Hier befand sich eine Stelle, an der Boote und Kanus vertäut lagen, die sowohl für das Übersetzen zum anderen Ufer des Kanals dienten, als auch für den Transport von Sklaven zu dem sechs Meilen entfernt liegenden geheimen Hafen, wo die Dhaus ihre Fracht an Bord nahmen.

Sie warteten. Vom Nest tönte das Stimmengewirr fröhlicher, zechender Männer; aus dem Sklavenlager kamen andere Laute: lautes Stöhnen, unterbrochen von dem Jammern einer der verlorenen, gequälten Kreaturen, die dort lagen. Allmählich wurde der Himmel ein wenig hell.

»Vielleicht sollten wir jetzt anfangen«, schlug Leonard vor. »Dort liegt ein Kanu, das unseren Zwecken dienlich sein könnte.«

Bevor er zu Ende gesprochen hatte, hörten sie das Geräusch von Rudern, und ein Boot glitt an ihrem Versteck vorbei zu dem zwanzig Yards entfernten Tor am anderen Ufer.

»Halt! Wer da?« rief eine Wache auf portugiesisch. »Gib Antwort, oder ich schieße!«

»Sei nicht so voreilig mit deinem Schießeisen, du Narr«, antwortete eine rauhe Stimme. »Hier ist einer eurer besten Freunde. Ein ehrlicher Händler namens Xavier, der von seiner Plantage an der Küste gekommen ist, um euch alle guten Neuigkeiten zu bringen.«

»Entschuldige, Senhor«, sagte der Mann, »aber wie soll ich dich im Dunkel erkennen, auch wenn du noch so groß bist? Was also gibt es Neues? Sind die Dhaus in Sicht?«

»Komm herunter und hilf mir, dieses verdammte Boot festzumachen, dann werde ich es dir sagen. Du weißt, wo der Pfosten ist; wir können ihn im Dunkeln nicht finden.«

Der Posten kam eilig herbei, und der Mann, der Xavier hieß, fuhr fort: »Ja, die Dhaus sind in Sicht, doch glaube ich nicht, daß sie noch heute nacht eintreffen werden, wegen des Windes, also werdet ihr erst morgen die Raben verladen können. Eine Dhau ist übrigens schon eingelaufen, ein kleiner Kahn aus Madagaskar. Gehört einem Franzosen namens Pierre, oder vielleicht ist er auch Engländer, woher soll ich das wissen. Ich habe ihn angerufen und festgestellt, daß an Bord alles in Ordnung ist, habe ihn jedoch nicht gesehen. Ich habe ihm aber eine Nachricht geschickt, um ihm mitzuteilen, daß er herkommen soll, weil wir heute abend ein bißchen Spaß haben würden, was recht großzügig von mir war, finde ich, da er doch bei der Versteigerung mein Rivale sein wird.«

»Kommt er, Senhor? Ich frage, weil ich dann nach ihm ausschauen muß.«

»Das weiß ich nicht. Er sagte, er würde kommen, wenn es ihm möglich sei. Aber was ist mit dem englischen Mädchen? Wird sie nicht heute nacht verkauft?«

»O ja, Senhor, um punkt Mitternacht, wenn der Mond am höchsten steht. Und sobald sie gekauft worden ist, wird der Priester Francisco sie mit dem Glücklichen verheiraten, an Ort und Stelle. Der alte Knabe besteht darauf; er ist abergläubisch wegen dieses Mädchens und will, daß sie richtig verheiratet wird.«

Xavier lachte laut auf. »Will er das? Er scheint etwas senil zu werden. Aber, was soll's? Wir haben ein gutes Scheidungsrecht in diesem Teil der Welt, Freund. Ich werde um dieses Mädchen bieten. Wenn ich hundert Unzen auf sie setze, kriege ich sie, und ich habe das Gold bei mir.«

»Hundert Unzen Gold für ein einziges Mädchen? Das ist eine große Summe, Senhor, aber Sie sind ja reich, im Gegensatz zu uns armen Teufeln, die alle Risiken zugeschoben kriegen, aber wenig Profit.«

Währenddessen hatten die Männer das Boot festgemacht und hoben ein paar Bündel aus ihm heraus. Dann schritten Xavier und der Posten gemeinsam die Stufen hinauf, gefolgt von den zwei Bootsmännern, und das Tor wurde hinter ihnen geschlossen.

»Gut«, flüsterte Leonard, »auf jeden Fall haben wir etwas gelernt. Also, Otter, ich bin Pierre, der französische Sklavenhändler von Madagaskar, und du bist mein Diener; was Soa betrifft, so mag sie meine Dolmetscherin sein, oder sonst etwas, wie es ihr paßt. Wir müssen durch das Tor, doch der echte Pierre darf es nicht passieren. Es darf kein Posten mehr da sein, um ihn hindurchzulassen. Glaubst du, daß du das schaffen kannst, Otter, oder muß ich es tun?«

»Mir fällt ein, daß wir vielleicht noch etwas von diesem Xavier gelernt haben, Baas. Ich könnte etwas in dem Kanu vergessen, und der Posten könnte mir helfen, es zu suchen, nachdem ihr beiden durch das Tor seid. Was den Rest betrifft: ich bin stark, und schnell, und lautlos.«

»Stark und schnell und lautlos mußt du auch sein. Das geringste Geräusch, und alles ist verloren.«

Dann krochen sie zu dem Kanu, das sie entdeckt hatten,

und banden es los. Sie stiegen hinein, und Otter ergriff das Paddel. Zunächst ließen sie sich im Schatten des Ufers ein Stück abtreiben, bis sie etwa fünfzig Yards vom Tor entfernt waren. Dann wendeten sie, und das Spiel begann.

»Wohin paddelst du uns, du Idiot?« schrie Leonard Otter an, wobei er das Bastard-Arabisch verwendete, das an der Küste gebräuchlich ist. »Du wirst noch das Ufer rammen. Gott verdamme den Wind und die Dunkelheit! Geradeaus jetzt, du häßlicher, schwarzer Hund! Das muß das Tor sein, das in dem Brief beschrieben wurde, meinst du nicht auch, Frau? Halte das Kanu mit dem Bootshaken fest, wenn du das kannst!«

Eine Klappe in dem Wachhaus am oberen Ende der Treppe öffnete sich, und der Posten rief sie an.

»Ein Freund – ein Freund!« antwortete Leonard auf portugiesisch; »einer, der hier fremd ist und eurem Herrn, Dom Antonio Pereira, seine Aufwartung machen und mit ihm über Geschäfte reden möchte.«

»Wie heißt du?« fragte der Posten mißtrauisch.

»Pierre ist mein Name. Und Hund ist der Name jenes Zwerges, der mein Diener ist, und was die alte Frau angeht, so kannst du sie nennen, wie du willst.«

»Die Parole«, sagte der Posten. »Niemand darf herein, der nicht die Parole kennt.«

»Die Parole – Ah! Wie hatte Dom Xavier doch in seiner Nachricht geschrieben? ›Freund!‹ Nein, jetzt habe ich's. ›Teufel‹ ist das Wort.«

»Woher kommst du?«

»Von Madagaskar, wo für Waren, wie ihr sie anbietet, gerade große Nachfrage besteht. Komm, laß uns hinein, wir wollen nicht den ganzen Abend hier sitzen und den Spaß versäumen!«

Der Mann begann das Tor zu entriegeln, hielt jedoch plötzlich inne, als neue Zweifel in ihm aufstiegen.

»Du bist keiner von unseren Leuten«, sagte er. »Du sprichst Portugiesisch wie ein verdammter Engländer.«

»Das will ich nicht hoffen. Ich bin zwar ein ›verdammter Engländer‹, das heißt, der Sohn eines englischen Lords und einer französischen Kreolin, geboren auf Mauritius, zu Diensten; aber ich möchte dir raten, dir einen etwas höflicheren Ton anzugewöhnen, denn gekreuzte Hunde sind bissig.«

Jetzt endlich schob der Mann knurrend einen Flügel des Tores auf, und Leonard stieg in arroganter Haltung die Stufen hinauf, gefolgt von den anderen beiden. Sie hatten es fast passiert, als er plötzlich herumfuhr und Otter mit der flachen Hand ins Gesicht schlug.

»Hund«, sagte er wütend, »du hast vergessen, das Fäßchen Brandy mitzubringen, mein kleines Geschenk für den Dom. Geh und hol es! Aber schnell!«

»Vergebung, Herr«, antwortete Otter, »aber ich bin ein kleiner Mann, und das Faß ist zu schwer für mich allein – würdest du dich herablassen, mir zu helfen? Die alte Frau ist zu schwach dazu.«

»Hältst du mich für einen Träger, daß ich Brandyfässer die Treppe heraufschleppen soll? Hör zu, mein Freund«, wandte er sich an den Posten, »wenn du dir ein wenig extra verdienen willst, und einen guten Schluck, könntest du diesem Burschen rasch helfen. Es ist ein Hahn in dem Faß, und du kannst dich hinterher überzeugen, ob der Brandy von guter Qualität ist.«

»Gut, Senhor«, sagte der Mann bereitwillig und ging vor Otter die Stufen hinab.

Ein Blick schrecklichen Wissens wurde zwischen dem Zwerg und seinem Herrn ausgetauscht, als Otter an diesem vorbeischritt, die rechte Hand auf dem Knauf des arabischen Säbels, den er trug. Leonard und Soa blickte den beiden nach. Sie hörten die schweren Schritte des Mannes, der kniehohe Stiefel trug, und die fast lautlosen von Otters nackten Füßen.

»Wo ist euer Faß? Ich kann es nicht finden«, sagte der Posten.

»Beug dich vor, Senhor!« antwortete Otter. »Beug dich nur vor! Es liegt im Heck des Kanus. Warte, ich werde dir helfen.«

Es entstand eine kleine Pause, die den Lauschenden wie eine Ewigkeit erschien. Dann hörten sie das dumpfe Geräusch eines Säbelhiebs und ein lautes Platschen. Sie lauschten weiter, doch es war nichts mehr zu hören, außer dem erregten Schlagen ihrer Herzen und den entfernten Geräuschen des Feierns aus dem Lager.

Wenige Sekunden später stand Otter neben ihnen. Im matten Licht des Mondes konnte Leonard sehen, daß seine Augen geweitet waren, und seine Nasenflügel bebten.

»Schnell war der Hieb, kräftig war der Hieb, und lautlos ist der Mann für immer«, flüsterte Otter. »So hat der Baas es befohlen, und so hat Otter es getan.«

11

Der Held Otter

»Hilf mir, das Tor zu versperren«, sagte Leonard.

Wenig später waren die schweren Eisenriegel in ihre Klampen geschoben, Leonard drehte den Schlüssel herum, zog ihn ab und steckte ihn in die Tasche.

»Warum hast du die Tür gesichert?« fragte Otter flüsternd.

»Damit der echte Pierre nicht hereinkann, falls er hier auftauchen sollte. Zwei Pierres wären einer zuviel bei diesem Spiel. Und jetzt müssen wir siegen oder untergehen.«

Sie krochen am Ufer entlang, bis sie in den Schatten der Hütte oder Baracke gelangten, die mit ihrer Rückfront zu dem Erdwall stand, welcher das Nest vom Sklavenlager trennte. Zu ihrem Glück wurden sie von niemandem entdeckt, und Hunde gab es hier nicht. Hunde neigen dazu, zur ungelegensten Zeit Lärm zu machen, deshalb sind sie bei Sklavenhändlern nicht beliebt.

Das Ende der Baracke, hinter der sie kauerten, war etwa acht oder zehn Schritte von der Zugbrücke entfernt, die den einzigen Zugang zum Sklavenlager bildete.

»Baas«, sagte Otter, »laß mich vorausschleichen und nachsehen. Meine Augen sind wie die einer Katze; ich kann im Dunkeln sehen. Vielleicht ist die Brücke herabgelassen.«

Ohne auf eine Antwort zu warten, kroch er auf Händen und Knien los, so leise, daß sie kaum etwas hörten. Trotz seines weißen Gewandes bestand kaum Gefahr, daß er gesehen wurde, denn die Dunkelheit hinter der Baracke war tief, und entlang dem Kanalufer befand sich ein schmaler Schilfstreifen.

Fünf Minuten vergingen – zehn Minuten vergingen, und Otter kam nicht zurück. Leonards Unruhe wurde unerträglich.

»Laß uns nachsehen, was passiert ist, Mutter«, flüsterte er Soa zu.

Sie krochen zum Ende des Schuppens. Dort fanden sie die Waffen und die Kleidung Otters. Aber Otter, wo war er?

»Der Schwarze hat uns im Stich gelassen«, sagte Soa flüsternd.

»Niemals!« antwortete Leonard.

Jetzt wurde die Wolkendecke vom Wind aufgerissen, der ständig stärker wurde, und einige Sterne waren zu sehen. Der Kanal schimmerte zwischen seinen Ufern, und da er nicht mehr als zwanzig Fuß breit war, wurde sein Wasser vom Wind nicht bewegt. Außerdem – das wird schon jeder Naturbeobachter festgestellt haben – ist die Oberfläche eines ruhigen Gewässers niemals völlig dunkel, selbst in einer viel schwärzeren Nacht wie dieser.

Warum hatte Otter seine Kleidung ausgezogen? fragte sich Leonard. Offensichtlich, um ins Wasser zu steigen. Und warum hätte er ins Wasser steigen sollen? Hatte ihn doch der Mut verlassen? Hatte er, wie Soa meinte, sie verlassen? Doch dies war unmöglich; er wußte, daß der Zwerg eher sterben würde. Verwirrt starrte Leonard in den Kanal. Jetzt erst bemerkte er, daß auf der anderen Seite eine Holzstufe die Uferböschung hinaufführte, deren oberes Ende durch eine Tür gesichert war, und daß auf der untersten Stufe ein Mann hockte, ein Gewehr auf den Knien, die Füße fast im Wasser hängend. Das mußte der Posten sein.

Und im nächsten Moment sah Leonard etwas anderes. Unter den Füßen des Mannes geriet das Wasser in Bewegung, und in dem aufgestörten Wasser sah er sekundenlang das Aufblitzen von Stahl. Und dann schnellte sich etwas Schwarzes aus dem Wasser und packte die Beine des Postens, der vor sich hindöste. Er sah, wie dieser Mann plötzlich von der

Stufe ins Wasser glitt. Er gab keinen Laut von sich, machte nur den vergeblichen Versuch, sich an den Schilfrohren festzuklammern, dann versank er in der Tiefe. Für eine Weile konnte Leonard eine gewisse Unruhe im Wasser entdecken, doch das war alles.

Nun ahnte er, was geschehen war. Otter war getaucht, hatte die Beine des Mannes gepackt, ihn in die Tiefe gerissen und ertränkt. Entweder das, oder ein Krokodil hatte ihn gefressen, und das Aufblitzen, das er gesehen hatte, war das von Zähnen gewesen.

Während Leonard dies überlegte, tauchte am Fuße der Treppe lautlos eine dunkle Gestalt aus dem Wasser auf, zog sich herauf und stieg nach oben. Es war Otter, und er hielt ein Messer in der Hand. Dann verschwand der Zwerg durch die Tür und trat in das kleine Postenhaus auf dem Erdwall. Kurz darauf begannen Seile zu knarren, und die lange Zugbrücke, die wie ein Schaffott aufrecht gestanden hatte, senkte sich langsam herab. Das Sklavenlager stand ihnen offen. Wieder tauchte die schwarze Gestalt auf, dieses Mal auf der Brücke.

»Komm!« flüsterte Leonard seiner Begleiterin zu, »unser Held Otter hat den Posten ertränkt und die Brücke erobert. Warte, nimm seine Kleider und Waffen mit!«

In diesem Augenblick war Otter bei ihnen. »Rasch«, sagte er, »kommt herüber, Baas, bevor jemand sieht, daß die Brücke heruntergelassen ist! Gib mir die Sachen und den Revolver!«

»Hier sind sie«, antwortete Leonard, und eine Minute später waren sie über die Brücke und standen am Rand des Sklavenlagers.

»Ins Postenhaus, Baas; die Winde ist noch da, aber kein Posten.«

Sie traten hinein; eine Lampe brannte. Otter ergriff die Kurbel der Winde und begann sie zu drehen. Er war nackt, und es war ein herrlicher Anblick, seine Muskelstränge unter der Haut seines massigen, zwergenhaften Körpers arbeiten zu sehen, als er die Zugbrücke emporwuchtete.

Als es geschafft war, lehnte Otter sich auf die Kurbel und kicherte.

»Jetzt sind wir für eine Weile sicher«, sagte er, »und ich werde mich wieder anziehen. Der Baas möge entschuldigen, daß ich mich so vor ihm gezeigt habe, ich, der ich so häßlich bin.«

»Erzähl uns, was geschehen ist, Otter!«

»Da gibt es nicht viel zu erzählen, Baas«, antwortete der Zwerg, während er sein arabisches Gewand anzog und seinen Turban aufsetzte. »Als ich dich verlassen hatte, beobachtete ich eine Weile, ich, der ich im Dunkeln sehen kann, und kurz darauf sah ich den Posten die Stufen herabkommen und sich ans Wasser setzen. Er war schläfrig, denn er gähnte und zündete eine Papierrolle an, um sie zu rauchen. Kurz darauf ging sie aus, und er hatte keine Streichhölzer mehr. Er blickte zu dieser Bude hinauf, war jedoch zu faul, sich Streichhölzer zu holen. Daran erkannte ich, daß er allein war, denn sonst hätte er seinem Gefährten zugerufen, ihm Feuer zu bringen. Er wurde jetzt noch schläfriger, und ich sagte mir: ›Otter, Otter, wie kannst du diesen Mann lautlos töten? Du darfst nicht schießen, wegen des Lärms, und wenn du ein Messer oder einen Speer nach ihm wirfst, könntest du ihn verfehlen oder ihn nur verwunden.‹ Und meine Schlange sprach in meinem Herzen, und sie sagte: ›Otter, Otter, du mußt tauchen, seine Füße packen und ihn rasch in die Tiefe hinabziehen, du, der du ein halber Fisch bist und schwimmen kannst wie kein anderer Mann. Tue es gleich, Otter, bevor das Licht kommt und die Leute sehen, wenn die Zugbrücke heruntergelassen wird.‹

Ja, und so habe ich es getan, Baas. *Wow!* Ich habe ihn tief in den Schlamm getrampelt, so wie ein Ochse den Mais auf dem Dreschboden trampelt, und er wird nie wieder heraufkommen. Danach tauchte ich auf und lief zu dieser Hütte hinauf, und ich fürchtete, daß noch ein weiterer Posten da sein könnte, den ich ebenfalls zum Schweigen bringen müßte, denn während ich als Sklave hier war, hielten da immer zwei Männer Wache. Doch es war niemand hier, also ließ ich die Brücke herab. Ah! Ich erinnerte mich, wie das getan wird. Und das ist die ganze Geschichte, Baas.«

»Eine große Geschichte, Otter, doch ist sie noch nicht zu Ende. Laßt uns jetzt zu den Sklaven gehen. Komm, nimm die Lampe und geh voraus! Hier sind wir sicher, nicht wahr?«

»Ja, Baas, hier sind wir sicher, denn diesen Ort kann niemand betreten, es sei denn, daß er ihn stürmt, und dort steht die große Kanone, die man um sich selbst drehen kann. Wir wollen sie gleich umdrehen, damit wir, wenn es nötig werden sollte, damit ins Nest schießen können.«

»Ich verstehe nicht viel von Kanonen«, sagte Leonard zweifelnd.

»Aber ich verstehe etwas davon, weißer Mann«, sagte Soa, die jetzt zum ersten Mal sprach. »Mavoom, mein Herr, besaß eine kleine Kanone in der Niederlassung, und ich habe ihm oft geholfen, wenn er zur Übung damit feuerte, oder wenn er damit Booten auf dem Fluß signalisierte, und das haben auch viele der Männer getan, die weggeschleppt wurden, und die wir vielleicht dort drüben finden können.«

»Gut«, sagte Leonard.

Entlang der Krone des Erdwalls verlief ein Pfad zu der Plattform, auf welcher die Kanone montiert war. Sie war ein sechspfündiger Vorderlader. Leonard löste den Ladestock und stieß ihn ins Rohr.

»Sie ist geladen«, sagte er. »Also wollen wir sie jetzt herumschwenken.«

Es war keine große Mühe, die Mündung auf die Nest-Zone zu richten, und anschließend traten sie in die kleine Hütte, die neben der Kanone stand. In ihr waren für einen Notfall ein halbes Dutzend Schrapnellkugeln und ein kleines Faß Pulver gelagert.

»Reichlich Munition, falls wir welche brauchen sollten«, erklärte Leonard. »Diesen Herren ist anscheinend nie der Gedanke gekommen, daß eine Kanone auch in die andere Richtung schießen kann. Und jetzt, Otter, führ uns zu den Sklaven! Schnell!«

»Hier entlang, Baas; aber wir müssen vorher die Werkzeuge suchen; sie sind in der Wachhütte, nehme ich an.«

Also krochen sie zu der Hütte zurück, die Köpfe gesenkt, da das Licht heller wurde, obwohl der Mond noch nicht aufgegangen war, und sie fürchteten, daß man sie gegen den Horizont ausmachen könnte. Hier fanden sie Kisten mit

Beißzangen, Meißeln und anderen Werkzeugen, die dazu gebraucht werden, die Eisenfesseln von Sklaven zu lösen. Und sie fanden auch die Schlüssel zu den Vorhängeschlössern, mit denen die Eisenstangen gesichert waren, an welche die Sklaven angekettet waren. Sie nahmen eine Laterne mit, ließen jedoch eine zweite brennend vor der Hütte zurück, da sie schon vorher dort gestanden hatte, damit ihr Fehlen keinen Verdacht erregte, als sie durch zwei schwere Gittertore traten und dann die Stufen auf der anderen Seite des Erdwalls hinabstiegen. Ein paar Schritte davon entfernt stand der erste Sklavenschuppen, ein rohes Bauwerk ohne Seitenwände.

Sie traten in den Schuppen, Otter mit der Laterne in Führung. Entlang seiner Mitte verlief ein Pfad, und links und rechts davon befanden sich die langen Eisenstangen, an die die Gefangenen angekettet waren. Es mochten etwa zweihundertfünfzig von ihnen in dem Schuppen liegen. Der Anblick war so niederdrückend, daß man ihn nicht beschreiben muß. Manche der Unglücklichen lagen auf dem feuchten Boden, Männer und Frauen nebeneinander, und versuchten, ihr Elend im Schlaf zu vergessen; doch die meisten von ihnen waren wach, und ihr Stöhnen lief die langen Reihen hinauf und hinab, wie das Seufzen von Bäumen im Wind.

Als sie den Lichtschein sahen, hörten sie auf zu stöhnen und kauerten sich auf dem Boden zusammen wie Hunde, die die Peitsche erwarten, da sie glaubten, daß dies ein Besuch ihrer Aufseher sei. Einige von ihnen streckten sogar ihre mit Ketten gefesselten Hände aus, ein Flehen um Mitleid, doch waren das Ausnahmen; die meisten hatten jede Hoffnung aufgegeben und waren in dumpfe Verzweiflung versunken. Es war entsetzlich, die Blicke ihrer angsterfüllten Augen zu sehen, und das Erzittern ihrer von Striemen gezeichneten Körper, wenn immer jemand den Arm hob oder eine plötzliche Bewegung machte.

Soa schritt rasch die Reihen entlang und blickte in die Gesichter der Sklaven.

»Sind welche von Mavooms Leuten dabei?« fragte Leonard gespannt.

»Nicht hier, weißer Mann; laß uns zum nächsten Schuppen gehen, falls du nicht diese befreien willst.«

»Das wäre nicht gut, Mutter«, antwortete Otter, »sie würden uns nur verraten.«

Also gingen sie zum nächsten Schuppen – es waren vier im ganzen –, und hier blieb Soa vor dem zweiten Mann in der Reihe, der mit auf seine gefesselten Hände gestütztem Kopf schlief, plötzlich stehen, wie ein Vorstehhund, der den Geruch von Wild wittert.

»Peter, Peter«, sagte sie.

Der Mann wachte auf – er war ein kräftiger Bursche von etwa dreißig Jahren – und blickte wild umher.

»Wer hat mich bei meinem alten Namen gerufen?« sagte er heiser. »Nein, ich träume. Peter ist tot.«

»Peter«, sagte die Frau wieder, »wach auf, Kind, Mavooms! Ich bin es, Soa, die gekommen ist, um dich zu befreien.«

Der Mann stieß einen lauten Schrei aus und begann zu zittern, doch die anderen Sklaven kümmerten sich nicht darum, da sie glaubten, daß er mit der Peitsche geschlagen würde.

»Sei still«, sagte Soa, »oder wir sind verloren! Lös die Eisenstange, Schwarzer, dies ist ein Vormann der Niederlassung, ein tapferer Bursche.«

Also wurde die Stange aus ihrer Halterung gelöst, und dann befahl Otter ihm, seine Hände auszustrecken, damit er die Fesseln lostrennen konnte. Als dies getan war, sprang der Mann in der Ekstase der wiedergewonnenen Freiheit hoch in die Luft, und dann fiel er Otter zu Füßen, als ob er diese umarmen wollte.

»Steh auf, du Narr!« sagte der Zwerg grob. »Und wenn noch mehr Männer Mavooms hier sein sollten, so zeig sie uns; und zwar schnell, oder du hängst wieder am Eisen.«

»Es sollten vierzig oder mehr hier sein«, antwortete Peter, der sich wieder gefangen hatte, »und außerdem ein paar Frauen und Kinder. Alle anderen sind tot, bis auf die Schäferin, aber die ist an einem anderen Ort.«

Sie gingen die Reihen entlang und zerbrachen die Ketten der Gefangenen aus der Niederlassung. Bald hatten sie zehn oder mehr von ihnen befreit, die von Soa ausgewählt worden waren, weitere standen mit noch gefesselten Händen um sie herum. Während sie auch diese von ihren Ketten erlösten, erklärte Soa ihre Situation Peter, der glücklicherweise ein intelligenter Eingeborener war. Er begriff sofort und half Leonard in seinem Bemühen, Ruhe zu bewahren und Verwirrung zu verhindern.

»Komm!« sagte Leonard zu Soa. »Für den Anfang haben wir genug. Ich muß los. Der Mond wird gleich aufgehen. Es ist Viertel vor zwölf, und wir haben keine Sekunde mehr zu verlieren. Also, Otter, bevor wir losgehen: Welchen Weg können die Männer nehmen, die das Schilf in Brand setzen sollen? Durch den Garten?«

»Nein, Baas, ich habe mir längst einen besseren Weg überlegt, den ich auch bei meiner Flucht benutzt habe, das heißt, wenn diese Männer schwimmen können.«

»Sie können alle schwimmen«, sagte Soa. »Sie sind am Flußufer aufgewachsen.«

»Gut. Dann sollen vier von ihnen den Kanal hinabschwimmen, an dem ich den Posten getötet habe. Sein Ende ist mit Holzbalken verschlossen, doch zu meiner Zeit waren sie verfault. Im schlimmsten Fall müssen sie darüberklettern. Dahinter liegt der Morast, mit dichtem Schilf überwuchert. Doch sie dürfen es nicht in Brand setzen, bevor sie auf die Seite des Sonnenaufgangs vorgedrungen sind, von welcher Richtung der Wind weht. Dann müssen sie von einer Stelle zur anderen gehen, die trockensten Schilfbüsche herunterbiegen und sie anzünden. Danach können sie im Rücken des Feuers warten, bis alles vorüber ist, so oder so. Wenn wir siegen, werden sie uns hier finden, wenn wir getötet werden, können sie versuchen, zu fliehen. Aber werden die Männer es tun?«

Soa trat vor und wählte vier von ihnen aus; Peter war nicht darunter, denn er verstand auch etwas vom Umgang mit einer Kanone.

»Hört zu!« sagte sie. »Ihr habt vernommen, was der Schwarze gesagt hat. Also gehorcht! Und wenn ihr auch nur einen Fingerbreit davon abweicht, dann ...« Und sie drohte ihnen einen so entsetzlichen Fluch an, daß Leonard sie erstaunt anblickte.

»Ja«, setzte Otter hinzu, »und wenn ich dies überlebe, werde ich euch zusätzlich die Gurgel durchschneiden.«

»Es ist nicht nötig, uns zu drohen«, sagte einer der Männer.

»Wir werden unser Bestes tun, schon um unserer selbst willen, und auch um euretwillen, und um der Schäferin willen. Wir haben den Plan verstanden, aber wenn wir Schilf in Brand setzen sollen, brauchen wir Feuer.«

»Hier sind Streichhölzer«, sagte Otter.

»Nasse Streichhölzer zünden nicht, und wir müssen schwimmen«, sagte der Mann.

»Narr, schwimmst du denn mit dem Kopf unter Wasser? Binde sie dir in dein Haar!«

»Ah! Er ist schlau«, sagte der Mann. »Nun, wenn wir das Schilf lebend erreichen, wann sollen wir es in Brand setzen?«

»Sobald ihr dort seid«, antwortete Otter. »Es ist nicht einfach, auf die andere Seite des Schilfs zu gelangen. Nun geht, meine Kinder! Und falls ihr es wagen solltet, zu versagen, so betet darum, daß ihr eher sterbt, als mein Gesicht wiederzusehen.«

»*Du!* Wir haben es einmal gesehen, ist das nicht genug?« antwortete der Mann und starrte Otters gewaltige Nase an.

Zwei Minuten später schwammen die vier Männer rasch den Kanal hinab und hofften, daß gerade keine Krokodile in der Nähe waren.

»Laß die Brücke herunter!« sagte Leonard. »Wir müssen anfangen.«

Otter senkte die Brücke und erklärte dabei ihren einfachen Mechanismus Soa, Peter und einigen anderen Männern aus der Niederlassung.

»Und jetzt, Mutter, auf Wiedersehen«, sagte Leonard. »Befrei so viele der Männer, wie es dir möglich ist und halte scharf Ausschau, damit du sofort die Brücke herablassen kannst, wenn du uns oder deine Herrin auf sie zukommen siehst. Falls wir bis zum Morgengrauen nicht zurücksein sollten, sind wir wahrscheinlich tot oder gefangen, und du mußt allein für dich sorgen.«

»Ich habe gehört, weißer Herr«, antwortete Soa, »und ich sage dir, daß du ein tapferer Mann bist. Ob du siegen oder verlieren wirst, den roten Stein hast du schon jetzt redlich verdient.«

Kurz darauf waren sie fort.

Nachdem Leonard und Otter die Brücke überquert hatten, die hinter ihnen sofort wieder hochgezogen wurde, krochen sie, um nicht entdeckt zu werden, auf dem gleichen Weg zum Tor zurück, den sie gekommen waren, das heißt, in der Dekkung des langen Schuppens. Als sie hinter ihm hervorkamen, liefen sie die kurze Strecke bis zum Tor und gingen dann gelassenen Schritts über den freien Raum, eine Strecke von knapp fünfzig Yards, zu der strohgedeckten Hütte, in der die Sklavenversteigerungen abgehalten wurden.

Es war niemand in dieser Hütte, doch als sie zwischen ihren Stützpfosten hindurchblickten, sahen sie im Licht des Mondes, das jetzt von Minute zu Minute heller wurde, daß jenseits von ihr, vor der Veranda des Nestes selbst, eine große und lärmende Menge von Männern versammelt war.

»Komm, Otter!« flüsterte Leonard. »Wir müssen uns unter diese Leute mischen. Behalte mich ständig im Auge, tu, was ich tue, halte deine Waffen bereit, und halte mir, falls es zum Kampf kommen sollte, den Rücken frei und wüte wie ein Teufel. Vor allem aber laß dich nicht gefangennehmen.«

Leonard sprach sehr ruhig, doch sein Herz schlug ihm im Halse, und er fühlte sich, wie Daniel sich gefühlt haben mußte, als er in die Löwengrube ging, denn genau wie einst jener Prophet hatte er das Gefühl, daß nichts außer einem Eingreifen des Schicksals sie retten konnte. Sie hatten inzwischen den Schuppen umrundet, und unmittelbar vor ihnen stand eine gemischte Gesellschaft von Desperados – Portugiesen, Araber, Mulatten und Schwarze verschiedener Stämme – wie sie Leonard noch nie in seinem Leben gesehen hatte.

Bösartigkeit und Gier waren in jedes Gesicht geprägt; es war eine Versammlung menschlicher Dämonen, und eine recht umfangreiche. Diese Schurken, von denen die meisten bereits zu viel getrunken hatten und noch weiter tranken, standen mit den Rücken zu ihnen und blickten zur Veranda des Nestes hinüber. Auf dieser Veranda, umgeben von einer ausgewählten Gruppe von Freunden, die alle sehr auffällig gekleidet waren, stand ein Mann, den Leonard sofort als Dom Pereira erkannte, auch ohne Otters warnendes Flüstern: »Sieh! Der Gelbe Teufel!«

Diese bemerkenswerte Persönlichkeit verlangt einige Beschreibung. Er stand in stolzer Haltung auf der Veranda, auf dem Höhepunkt, und – obwohl er das noch nicht wußte – am Abschluß seiner langen Karriere des Verbrechens. Er war alt, vielleicht siebzig, sein Haar schlohweiß, sein Körper fett. Seine Augen waren klein, verschlagen, kalt, und sie vermieden es stets, das Gesicht des Menschen anzublicken, mit dem er gerade sprach, zumindest dann, wenn dieser Mensch ihn ansah. Der Blick seiner Augen ging über jenen hinweg, an ihm vorbei, um ihn herum, fiel jedoch niemals auf sein Gesicht.

Wie sein Spitzname andeutete, war Pereiras Hautfarbe gelb, und sie hing in losen Falten von seinen Wangen herab. Sein Mund war breit und gewöhnlich, und seine Hände zuckten und grapschten unaufhörlich, als ob sie nach Geld greifen wollten. Er war an diesem Abend prächtig gekleidet, und, wie die anderen, leicht betrunken.

Dieses war die äußere Erscheinung von Pereira, dem König des Sklavenhandels an diesem Teil der Küste, den man zu seiner Zeit als den allerschlimmsten Mann in ganz Afrika hielt, ein Ruf, den nur wenige hoffen erreichen zu können. Bis er dieses Gesicht gesehen hatte, das von den Spuren unzähliger und unbeschreiblicher Sünden gezeichnet war, konnte sich ein ehrlicher Mann kaum eine Vorstellung davon machen, wie tief ein Mensch sinken kann. Einige haben sogar erklärt, daß sein Anblick einen den Bösen und all seine Werke verstehen ließe.

12

Eine feine Gesellschaft

In dem Augenblick, als Leonard und Otter sich in seine Gesellschaft einführten, war der Gelbe Teufel gerade im Begriff eine Rede zu halten, und aller Augen waren auf ihn gerichtet, so konzentriert, daß niemand die beiden herankommen sah oder hörte.

»Macht mir ein wenig, Platz, meine Freunde!« sagte Leonard mit lauter Stimme und auf portugiesisch. »Ich möchte eurem Herrn meine Aufwartung machen.«

Ein Dutzend Männer fuhren herum.

»Wer bist du?« riefen sie, als sie einen Fremden vor sich sahen.

»Wenn ihr so freundlich wärt, mich durchzulassen, will ich euch das gerne sagen«, erwiderte Leonard und drängte sich zwischen ihnen hindurch.

»Wer ist das?« rief Pereira mit rauher, schroffer Stimme. »Bringt ihn her!«

»Ihr habt gehört, laßt uns durch, Freunde!« sagte Leonard. »Laßt uns durch!«

So ermahnt, öffnete die Menge einen Pfad, und Leonard und Otter schritten ihn entlang, von vielen mißtrauischen Blicken gemustert.

»Sei gegrüßt, Senhor«, sagte Leonard, als sie vor der Veranda standen.

»Dein Gruß sei verflucht! Wer, im Namen Satans, bist du?«

»Ein bescheidenes Mitglied deines ehrenwerten Berufsstandes«, sagte Leonard kühl, »gekommen, um dir meine Ehrerbietung zu erweisen und ein wenig Geschäfte zu machen.«

»So, bist du das? Du siehst nicht so aus. Du siehst aus wie ein Engländer. Und wer ist diese Mißgeburt?« Er deutete auf Otter. »Ich glaube, daß ihr Spione seid, und wenn das stimmt, beim Satan, bin ich der richtige Mann, um mit euch fertig zu werden.«

»Du glaubst doch wohl selbst nicht«, sagte Leonard lachend, »daß ein Mann und ein schwarzer Hund sich in das Hauptquartier von Gentlemen wie euch trauen würden, wenn sie nicht zur Gilde gehörten. Doch ich denke, daß ein Gentleman unter euch ist – ich meine Senhor Xavier –, der für mich bürgen kann. Hat er nicht eine Nachricht an einen gewissen Kapitän Pierre geschickt, dessen Dhau von Madagaskar hierhergesegelt ist und unten im Hafen liegt? Nun, Kapitän Pierre hat sich die Ehre gegeben, seine Einladung anzunehmen und ist nun hier. Doch beginnt er allmählich zu glauben, daß er besser daran getan hätte, auf seinem Schiff zu bleiben.«

»Der ist schon in Ordnung, Pereira«, sagte Xavier, ein riesiger Portugiese mit einem Schuß Negerblut und einer Verbrechervisage. Er war der Mann, dem sie durch das Tor gefolgt waren. »Ich habe dem Senhor eine Notiz geschickt. Ich habe es dir doch erzählt.«

»Dann wünschte ich, du hättest es gelassen«, knurrte Pereira zur Antwort. »Mir gefällt dein Freund nicht. Er könnte der Kapitän eines englischen Kriegsschiffes sein, der sich als einer der Unseren verkleidet hat.«

Bei den Worten ›englisches Kriegsschiff‹ lief ein Raunen von Angst und Wut durch die Gruppe der Männer. Mancher von ihnen hatte schon Erfahrungen mit diesen verhaßten Schiffen und ihren bigotten Mannschaften gesammelt, die etwas gegen sein ehrliches Gewerbe hatten, und für alle waren sie Namen bösen Omens. Die Situation sah ernst aus, und Leonard wußte, daß er etwas unternehmen mußte und zwar rasch. Also tat er so, als ob er die Beherrschung verlöre.

»Der Satan verdamme euch alle, euch Rudel mißtrauischer Köter«, sagte er. »Ich sage euch, daß meine Dhau unten im Hafen liegt. Ich bin zur Hälfte Engländer und zur Hälfte Kreole und genausogut wie ein jeder von euch. Hör mal her, Dom Pereira! Falls du oder irgendeiner deiner Leute es wagen sollte, mein Wort anzuzweifeln, dann möge er vortreten, damit ich ihm das hier in seine verlogene Kehle rammen kann.« Er legte seine Hand auf den Säbelknauf, trat einen Schritt vor und blickte drohend umher.

Die Wirkung war durchschlagend. Pereira wurde ein wenig blaß unter seiner gelben Haut, denn wie die meisten grausamen Männer war er ein großer Feigling.

»Laß deine Saufeder stecken!« sagte er. »Ich sehe, daß du einer von der rechten Sorte bist. Ich wollte dich nur mal prüfen. Wie du weißt, müssen wir in diesem Geschäft sehr vorsichtig sein. Komm und schüttele mir die Hand, Bruder, und sei willkommen! Ich traue dir jetzt, und der alte Antonio macht niemals halbe Sachen.«

»Vielleicht solltest du ihn noch ein wenig mehr prüfen«, sagte ein junger Mann, der in der Nähe Pereiras stand, als Leonard im Begriff war, dessen Einladung anzunehmen. »Schick nach einem Sklaven und laß uns den alten Test durchführen, es gibt keinen besseren.«

Pereira zögerte, und Leonards Blut kam in Wallung.

»Hör zu, junger Mann!« sagte er noch wütender als zuvor. »Ich habe schon mehr Männern den Hals durchgeschnitten, als du ausgepeitscht hast, doch wenn du einen Test haben willst, kann ich ihn dir gerne geben. Komm herunter, mein junger Hahn, komm herunter, hier ist genügend Licht, um dir den Kamm aufzuhacken.«

Der Mann erbleichte vor Wut, doch sein Blick war kühl, mit dem er Leonards athletischen Körper musterte. Offenbar sah er da etwas, das ihn zögern ließ, denn anstatt ihn anzuspringen, begnügte er sich mit einer Flut von Drohungen und wüsten Beschimpfungen.

Wie diese Geschichte ausgegangen wäre, ist schwer zu sagen, doch in diesem Moment hielt Pereira es für richtig, ein Machtwort zu sprechen.

»Ruhe!« donnerte er, und sein weißes Haar sträubte sich vor Wut. »Ich habe diesen Mann willkommen geheißen, also ist er willkommen! Soll mein Wort von einem betrunkenen, jungen Streithammel wie dir beiseitegeschoben werden? Halt deinen ungewaschenen Mund, oder, bei allen Heiligen, ich lasse dich in Eisen legen!«

Der junge Kerl gehorchte; vielleicht war er nicht einmal böse wegen dieses Vorwandes, den Streit beenden zu können; auf jeden Fall zog er sich mit einem letzten drohenden Blick auf Leonard zurück und war still.

Nachdem der Friede auf diese Weise wiederhergestellt war, wandte Pereira sich wieder dem Programm dieses Abends zu. Vorher jedoch rief er Leonard zu sich, schüttelte ihm die Hand und befahl einem Sklavenmädchen, ihm etwas zu trinken zu bringen. Dann sprach er zu den Versammelten wie folgt:

»Meine Lämmer, meine lieben Gefährten, meine wahren und ehrlichen Freunde, dies ist ein trauriger Augenblick für mich, euren alten Führer, denn ich stehe hier vor euch, um euch Lebewohl zu sagen. Ab morgen wird das Nest den Gelben Teufel nicht mehr sehen, und ihr müßt euch einen anderen Kapitän suchen. Ja, ich werde alt, ich bin der Arbeit nicht länger gewachsen, und das Gewerbe ist nicht mehr das, was es einmal war, dank der infernalischen Engländer und ihrer

Kreuzer, die in unseren Gewässern hin und her schleichen, um ehrlichen Männern die Früchte ihrer schweren Arbeit abzujagen. Fast fünfzig Jahre lang bin ich in diesem Geschäft tätig gewesen und ich denke, daß die Eingeborenen dieses Landstriches mich noch lange in Erinnerung behalten werden – nicht in böser – o nein! – sondern als ihren Wohltäter. Denn sind nicht einige zwanzigtausend ihrer jungen Leute durch meine Hände gegangen, von mir vom Fluch der Barbarei errettet und ausgesandt worden, um den Segnungen der Zivilisation teilhaftig zu werden, und der Künste des Friedens in den Heimen freundlicher und nachsichtiger Herren?

Manchmal, nicht oft, jedoch hin und wieder, hat es im Verlauf unserer kleinen Expeditionen zwar ein wenig Blutvergießen gegeben. Ich bedaure das. Doch was soll's? Manche Menschen sind so eigensinnig, daß sie nicht einsehen können, wie gut es für sie ist, unter meine Fittiche zu kommen. Und wenn sie uns bei der Durchführung unserer guten Werke verletzen wollen, sind wir eben gezwungen, uns zu wehren. Wir alle kennen die Bitterkeit der Undankbarkeit, doch müssen wir uns damit abfinden. Es ist dies eine Prüfung, die uns vom Himmel auferlegt wird, meine Lämmer, haltet euch das immer vor Augen! Also werde ich mich nun in den wohlverdienten Ruhestand zurückziehen, mit dem bescheidenen Gewinn, welchen ein Leben der Arbeit mir gebracht hat – das heißt, er ist bereits vor mir zurückgezogen worden, damit nicht einige von euch in Versuchung geführt werden –, um meinen Lebensabend in Frieden und im Gebet zu verbringen.

Und nun noch eine Kleinigkeit. Während unserer letzten Reise ist uns zufällig die Tochter eines verfluchten Engländers in die Hände gefallen. Ich habe sie mitgenommen und sie hierhergebracht, und als ihr Vormund habe ich euch an dem heutigen Abend hergebeten, damit ich ihr einen Ehemann aussuchen kann, wie es mir die Pflicht gebietet. Ich kann sie nicht bei mir behalten, da ihre Anwesenheit bei den braven Leuten von Mozambique, wo ich mich niederzulassen gedenke, zu peinlichen Fragen führen könnte. Also werde ich großzügig sein und sie einem anderen überlassen.

Wem aber soll ich dieses Juwel geben, diese Perle, diese

liebreizende und schöne Jungfrau? Wie kann ich unter so vielen edlen Gentlemen einen über alle anderen setzen und erklären, daß er dieses Mädchen mehr verdient als die anderen? Ich kann es nicht, also müssen wir es dem Schicksal überlassen, denn ich weiß, daß der Himmel eine bessere Wahl treffen wird, als ich es könnte. Darum will ich diese Jungfrau dem Manne geben, welcher bereit ist, mir das größte Geschenk dafür zu machen, daß sie ihn mit ihrer Liebe umgeben mag; ein Geschenk soll es sein, wohlgemerkt, keine Bezahlung. Trotzdem aber wird es vielleicht am besten sein, wenn der Wert jenes Geschenkes auf die übliche Weise festgelegt wird, durch Gebot – in Goldunzen, wenn ich bitten darf!

Noch eine weitere Bedingung, meine Freunde: Damit auch nicht der Anflug des Unrechten in dieser Sache sei, wird die Kirche ihren Segen dazu geben, und jener, den ich erwählen werde, muß diese Jungfrau heiraten, hier, vor unser aller Augen. Haben wir denn nicht einen Priester bei der Hand, und sollen wir keine Arbeit für ihn finden? Doch nun, meine Kinder, ans Werk. He du, hol das englische Mädchen her!«

Die Ansprache wurde nicht so kontinuierlich gehalten, wie sie hier wiedergegeben wird. Im Gegenteil, sie war häufigen Unterbrechungen ausgesetzt, zumeist von der ironischen Art, und die Anspielung auf ›ein Geschenk‹, das für das Mädchen gegeben werden sollte, und der Vorschlag einer Heiratszeremonie wurden mit grölendem Gelächter quittiert.

Jetzt aber erstarb ihr Lärmen, da alles gespannt auf den Auftritt Juannas warteten.

Wenig später näherte sich eine in Weiß gekleidete und von mehreren Männern bewachte Gestalt aus der Richtung des Arsenals. Diese Gestalt schritt mit raschen, festen Schritten durch das Mondlicht, ohne nach links oder rechts zu blicken, auf sie zu, bis sie die Veranda erreicht hatte und vor ihr stehen blieb. So sah Leonard zum erstenmal Juanna Rodd. Sie war sehr groß und schlank, ihr dunkles Haar war in ihrem Nacken zu einem Knoten gewunden, ihr Gesicht war weiß und ein wenig gerundet. Soviel sah er auf den ersten Blick, doch erst als sie den Kopf hob und umherblickte, sah Leonard ihre besondere Schönheit, die Schönheit ihrer Augen.

Dort und in jenem Licht war es ihm unmöglich, ihre Farbe zu erkennen, was unter jeden Umständen schwierig war, denn sie wechselte von grau zu blau, je nach den Schatten, die auf sie fielen, doch konnte er sehen, daß sie groß und ausdrucksvoll waren, furchtlos und doch sanft. Sie trug eine arabische Robe, die reich bestickt war, und an ihren Füßen Sandalen.

»Was wollen Sie von mir, Dom Antonio Pereira?« sagte sie.

»Mein Täubchen«, antwortete er in einem rohen, spöttischen Tonfall, »sei nicht böse auf deinen Sklaven. Ich habe dir versprochen, mein Täubchen, dir einen guten Ehemann zu suchen, und heute haben sich alle diese edlen Gentlemen hier versammelt, damit ich den würdigsten von ihnen erwähle. Dies ist die Stunde deiner Hochzeit, mein Täubchen.«

»Dom Antonio Pereira«, antwortete das Mädchen, »zum letzten Mal flehe ich Sie an. Ich bin hilflos hier unter euch, und ich habe Ihnen nichts Böses getan. Lassen Sie mich unbeschadet gehen, ich bitte Sie!«

»Dich unbeschadet gehen lassen? Aber wer will dir denn Schaden zufügen, mein Täubchen?« antwortete der alte Satyr. »Ja, dies ist es, wozu ich mich entschlossen habe. Ich werde dich gehen lassen – zu einem Ehemann.«

»Ich werde niemals zu einem Ehemann Ihrer Wahl gehen, Dom Antonio«, sagte Juanna mit leiser, ruhiger Stimme. »Seien Sie dessen versichert, sie alle. Ich habe keine Furcht vor Ihnen, denn Gott wird mir in meiner Not beistehen. Und jetzt, nachdem ich Sie zum letzten Mal angefleht habe, will ich Sie auch zum letzten Mal warnen, Dom Antonio, und Ihre sündhaften Freunde ebenfalls. Fahren Sie ruhig fort, dieses Unrecht zu begehen, doch wisset, daß Sie Ihrer Strafe nicht entgehen werden. Der Tod vom Himmel ist Ihnen nahe, Sie Mörder, und nach dem Tode die Rache des Himmels.«

So sprach sie, nicht laut, doch mit einer Überzeugung, mit einer Kraft, und mit einer Würde, die einen Schrecken in die Herzen dieser verhärteten Schurken jagte. Es war bei den letzten Worten ihrer Rede, daß ihr Blick zum erstenmal dem Leonard Outrams begegnete. Er hatte sich vorgebeugt, um ihr zuzuhören, und in seiner Trauer und Wut hatte er vergessen, den grimmigen Ausdruck beizubehalten, der zu seiner Verkleidung gehörte. Leonards Gesicht war wieder das eines englischen Gentleman, edel und offen, wenn auch ein wenig streng.

Ihre Blicke trafen sich, und in seinen Augen lag ein Ausdruck, der Juanna dazu zwang, innezuhalten. Sie sah ihn an, als ob sie in seiner Seele lesen wollte, und in Beantwortung dieses Blickes legte er all seinen Willen und all seinen Herzenswunsch in den seinen, den Willen und den Herzenswunsch, sie verstehen zu lassen, daß er ihr Freund war. Sie waren sich nie zuvor begegnet, Juanna hatte nicht einmal von seiner Existenz gewußt, und es gab wenig in Leonards äußerer Erscheinung, das ihn von den Rohlingen unterschied, von denen er umgeben war. Doch ihr rascher Blick, von Verzweiflung geschärft, las das, was in seinen Augen geschrieben stand, und las es richtig. Von diesem Moment an spürte Juanna, daß sie nicht allein war unter diesen Wölfen, daß zumindest einer hier war, der sie retten würde, wenn es ihm möglich war.

Innerhalb einer Sekunde hatte sie sein Gesicht erforscht und ihren Blick wieder gesenkt, aus Furcht, sonst Mißtrauen zu erwecken. Nun entstand eine Pause, denn die Männer waren verstört; sie hatte die verbliebenen Reste von Gewissen in ihnen erweckt, sie hatte in ihnen die Angst vor zukünftiger Rache wachgerufen, vor einer Rache, die bereits vor der Tür stand. Es betraf mehr oder weniger sie alle, doch am meisten betraf es jenen, an den sie ihre Worte gerichtet hatte. Der Gelbe Teufel sank auf den Sessel zurück, von dem er sich erhoben hatte, um zu den anderen zu sprechen, einen wunderbaren Sessel, der aus Ebenholz und Elfenbein gefertigt war, mit einem Sitz aus Rohrgeflecht und einer Fußbank. Abergläubische Angst packte ihn, und er begann am ganzen Leibe zu zittern.

Es war dies ein Anblick, den Leonard niemals vergessen sollte. Über ihm schien der helle Mond vom Himmel, vor ihm waren Reihen und Reihen widerlicher Gesichter, von denen jedes von einem neuen Empfinden geprägt war, und vor jenen die Gestalt des wunderschönen Mädchens, stolz selbst auf dem Tiefpunkt ihres Schicksals, herausfordernd selbst in den Händen von Feinden, die sich versammelt hatten, um sie zu demütigen.

Für einen Moment war der Wind ein wenig eingeschlafen, und die Stille war tief, so tief, daß Leonard das Miauen eines Kätzchens hören konnte, das von der Veranda herabgeklettert war und sich an Juannas Beinen rieb. Sie hörte es ebenfalls, beugte sich hinab, hob das kleine Wesen auf und barg es an ihrer Brust.

»Laß sie laufen!« rief eine Stimme aus der Menge. »Sie ist eine Hexe und wird Unheil auf uns herabbeschwören!«

Bei diesen Worten schien Pereira zu erwachen. Mit einem entsetzlichen Fluch sprang er von seinem Sessel auf und watschelte die Stufen hinab auf sein Opfer zu.

»Verflucht sollst du sein, du Schlampe!« schrie er, »glaubst du etwa, daß du Männer mit Drohungen einschüchtern könntest? Soll Gott dir doch helfen, wenn er es kann. Hier ist der Gelbe Teufel der Gott. Du bist genauso in meiner Gewalt wie dieses Vieh.« Dabei riß er ihr das Kätzchen aus den Armen und schleuderte es auf den Boden. »Siehst du, Gott hat der kleinen Katze nicht geholfen, und Er wird auch dir nicht helfen! Hier, laß meine Männer sehen, wofür sie bezahlen sollen.« Er griff in den Ausschnitt ihrer Robe und riß sie weit auf.

Mit einer Hand hielt Juanna die zerfetzte Robe zusammen, mit der anderen griff sie in ihr Haar. Eine entsetzliche Furcht ergriff von Leonard Besitz. Er wußte von dem Gift, das sie bei sich trug. Wollte sie es jetzt benutzen?

Wieder trafen sich ihre Blicke, und es stand eine Warnung in dem seinen. Juanna löste den Knoten in ihrem Nacken und ließ ihr dunkles Haar herabfallen, das ihre zerrissene Robe bis zur Hüfte verdeckte, doch sonst tat sie nichts. Erst später bemerkte Leonard, daß sie ihre rechte Hand zur Faust geballt hatte, und er wußte, daß der Tod darin verborgen war. Dann wandte sie sich erneut an Pereira.

»In Ihrer letzten Stunde mögen Sie sich an zwei Untaten erinnern«, sagte sie und deutete auf das im Todeskampf zuckende Kätzchen und auf ihre zerfetzte Robe.

Jetzt kamen Sklaven herbeigestürzt und warteten auf den Befehl ihres Herrn, ihr die Kleider vollends herunterzureißen, doch die anderen wollten das nicht dulden.

»Laßt sie in Ruhe!« riefen sie. »Wir können auch so sehen, daß sie schön ist und von perfekter Figur.«

Die Sklaven zogen sich zurück, und Pereira wiederholte seinen Befehl nicht.

Er stieg wieder auf die Veranda, trat neben seinen Sessel und nahm ein leeres Glas in die Hand, wie den Hammer eines Auktionators.

»Gentlemen«, sagte er dann, »ich stelle euch einen ausgesuchten Posten zum Gebot, so ausgesucht, daß er eine eigene Auktion wert ist. Der Posten ist ein weißes Mädchen, halb englischen und halb portugiesischen Geblüts. Sie ist gut erzogen und fromm; was ihre Botmäßigkeit anbetrifft, so kann ich nichts dazu sagen, die ist eine Angelegenheit, um die sich ihr Ehemann kümmern muß. Von ihrer Schönheit brauche ich nicht zu sprechen, die habt ihr alle selbst vor Augen. Seht euch diese Figur an, dieses Haar, diese Augen; habt ihr jemals ihresgleichen gesehen?

Nun, dieser Posten soll jenem gehören, welcher bereit ist, mir zur Entschädigung das größte Geschenk zu machen; ja, er mag sie noch zu dieser Stunde mit sich nehmen, und mit meinen besten Segenswünschen. Doch gibt es da einige Bedingungen: Er, dem ich meine Zustimmung gebe, muß diesem Mädchen nach dem Gesetz anvermählt werden; darum wird sich unser lieber Priester Francisco kümmern.« Er deutete auf einen kleinen, melancholisch wirkenden Mann mit einem weichen weibischen Gesicht, der in eine ziemlich zerfetzte Soutane gekleidet war. »Dann habe ich meine Pflicht hier erfüllt. Und noch etwas, Gentlemen: Wir wollen hier keine Zeit mit lächerlichen Geboten verlieren. Also beginnen wir bei dreißig Unzen.«

»Silber?« fragte eine Stimme.

»Silber? Nein, natürlich nicht. Glaubst du etwa, daß du für ein Niggermädchen bietest? Gold, Mann, Gold! Dreißig Unzen Gold, und sofort zahlbar.«

Ein Stöhnen der Enttäuschung stieg aus der Menge auf, und einer der Rohlinge schrie: »Was sollen wir armen Leute dann tun? Dreißig Unzen als Einstieg? Wo haben wir da noch eine Chance?«

»Was ihr tun sollt? Hart arbeiten und Geld zusammenraffen, natürlich! Glaubt ihr etwa, daß ein solcher Leckerbissen für die Armen da ist? Also: ich höre! Wer bietet für das weiße Mädchen Juanna? Dreißig Unzen sind geboten. Wer bietet mehr? Wer bietet mehr?«

»Fündunddreißig«, sagte ein kleiner, alter Mann hustend, der mehr für eine Beerdigung als für eine Hochzeit geeignet schien.

»Vierzig!« rief ein anderer, ein reinrassiger Araber von stattlichem Aussehen, der sich etwas Neues für seinen Harem wünschte.

»Fünfundvierzig«, antwortete der Greis.

Der Araber bot fünfzig, und für eine Weile schien es, als ob die beiden die einzigen Konkurrenten wären. Doch als das Gebot auf siebzig Unzen angestiegen war, murmelte der Araber »Allah!« und gab auf. Er zog es vor, auf die Houris des Paradieses zu warten.

»Mach den Zuschlag!« sagte der Alte. »Sie gehört mir.«

»Warte noch ein wenig, mein kleiner Freund«, sagte der große Portugiese, Xavier, der vor Leonard und seinen Begleitern das Tor passiert hatte. »Ich fange gerade erst an. Fünfundsiebzig.«

»Achtzig«, sagte der kleine Mann.

»Fünfundachtzig«, erwiderte Xavier.

»Neunzig!« schrie der Alte.

»Fünfundneunzig«, sagte Xavier.

»Hundert!« schrie der Alte und schnippte mit den Fingern.

»Einhundertfünf«, sagte Xavier ruhig.

Jetzt gab sein Gegner mit einem Fluch auf, und der Mob begann zu grölen, im Glauben, daß Xavier gewonnen hätte.

»Mach den Zuschlag, Pereira!« sagte jetzt Xavier und betrachtete seinen Kauf mit gespielter Gleichgültigkeit.

»Einen Moment«, sagte Leonard, der zum erstenmal sprach. »Jetzt werde *ich* anfangen. Einhundertundzehn!«

Die Menge grölte wieder, es wurde spannend. Xavier starrte Leonard wütend an und begann an seinen Fingernägeln zu kauen. Er hatte fast das Ende seiner Zahlungsfähigkeit erreicht.

»Also!« rief Pereira und leckte sich begeistert die Lippen, da der Preis bereits um zwanzig Unzen höher gestiegen war, als er es erwartet hatte. »Also, Freund Xavier, muß ich diese Schönheit wirklich dem fremden Kapitän Pierre zuschlagen?

Es klingt nach viel, doch ist sie billig um diesen Preis, spottbillig. Sieh sie dir an und erhöhe dein Gebot! Doch denke daran: in bar, bitte, kein Kredit, nicht einmal für eine Unze.«

»Einhundertfünfzehn«, sagte Xavier in dem Tonfall eines Mannes, der zum letzten Mal nach dem Glück zu greifen versucht.

»Einhundertzwanzig«, sagte Leonard ruhig.

Er hatte damit die letzte Unze, die er besaß, gesetzt, und falls Xavier weiterbieten sollte, mußte er aufgeben, wenn er nicht auch Soas Rubin in Zahlung geben wollte. Daran war ihm jedoch auf gar keinen Fall gelegen – abgesehen davon, daß niemand einen Stein von solcher Größe für echt halten würde. Von all dem ließ Leonard sich jedoch nichts anmerken, sondern wandte sich nonchalant um, befahl einem Sklavenmädchen, ihm zu trinken zu bringen und befaßte sich damit, Brandy in sein Glas zu füllen. Seine Hand zitterte nicht, da er wußte, daß sein Widersacher ihn beobachtete und nach einem Zeichen von Schwäche suchte, und wenn er Unsicherheit zeigte, mochte alles verloren sein. Doch in seinem Herzen fragte Leonard sich, was er tun sollte, wenn auch nur eine Unze mehr geboten würde.

Währenddessen schrien die Zuschauer den Konkurrenten Ermutigungen zu, und Pereira drängte Xavier, sein Angebot zu erhöhen. Eine Weile stand der Portugiese unschlüssig, starrte Juanna an, die bleich und schweigend vor der Veranda stand, den Kopf auf ihre Brust gesenkt. Jetzt wandte Leonard sich um, das Glas erhoben.

»Hattest du mehr geboten?« fragte er kühl.

»Nein, Gott verdamme dich! Nimm sie dir! Ich gebe nicht eine Unze mehr für irgendeine Frau der Welt aus!«

Leonard lächelte nur und blickte Pereira an.

»Zum ersten!« sagte dieser »– das weiße Mädchen, Juanna, an den Fremden Pierre für einhundertzwanzig Unzen Gold. Zum zweiten! Komm, Xavier, laß sie dir nicht entgehen. Wenn du das tust, wird es dir nur einmal leid tun, und das ist immer. Also, zum letzten Mal!« Er hob das Glas, das er in der Hand hielt und blickte umher.

Xavier trat einen Schritt vor und öffnete den Mund, als ob er sprechen wollte.

Leonards Herz schien stillzustehen, doch dann überlegte der Portugiese es sich anders und wandte sich ab.

»Und zum dritten!« schrie Pereira und schlug das Glas so hart auf seinen Arm, daß es zersplitterte.

13

Eine mitternächtliche Hochzeit

»Und zum dritten«, sagte Pereira noch einmal. »Und jetzt, Freund Pierre, bevor wir diese kleine Angelegenheit mit der Hilfe der heiligen Kirche ratifizieren, wirst du das Gold auf den Tisch legen. Dies ist ein Bargeschäft, wie du dich vielleicht erinnern magst.«

»Gewiß«, antwortete Leonard. »Wo steckt dieser schwarze Hund, mein Zwerg? Ah! Dort ist er. Hund, wiege das Zeug aus, und falls du nicht genug haben solltest, hier ist mehr davon.« Er schnallte seinen Gürtel ab, aus welchem er vorsorglich den Rubin herauszog, und warf ihn Otter zu.

»Und nun, Gentlemen und Freunde«, fuhr er fort, »denn ich hoffe, daß wir nach und nach ins Geschäft kommen werden, trinkt auf meine Gesundheit und die meiner Braut. Ich habe zwar recht teuer für sie bezahlt, doch was soll's? Ein Gentleman unseres Berufsstandes muß immer in der Lage sein, sich seine Wünsche zu erfüllen, denn da sein Leben wahrscheinlich ein kurzes sein wird, sollte er es nach Kräften genießen.«

»Sie wird dich dafür um so mehr schätzen«, rief eine Stimme, »und du auch sie. Auf das Wohl Kapitän Pierres und des Mädchens.« Und sie tranken, und sie lärmten in trunkener Fröhlichkeit.

Währenddessen legte Otter, der sich lautlos und unauffällig genähert hatte, Handvoll um Handvoll von Münzen und Barren auf die große Schale der Waage, die einer der Männer auf Pereiras Befehl vor diesem emporhob. Schließlich war alles Gold auf der Schale, ein hell schimmernder Haufen.

»Die Waage neigt sich nicht«, rief Xavier.« Das Mädchen gehört mir.«

»Baas«, sagte Otter leise auf holländisch, »hast du noch mehr Gold? Es reicht nicht ganz.«

Leonard blickte gleichgültig auf die Waage. Die Schale schwankte unmittelbar vor dem Punkt, wo sie sich senken würde.

»So viel du willst«, sagte er, »aber hier ist etwas, das reichen dürfte.«

Mit diesen Worten zog er seinen Siegelring vom Finger und warf ihn dazu. Abgesehen von dem Rubin war er das einzige von Wert, das er noch bei sich hatte. Jetzt erzitterte die Waage, und die Schale sank herab.

»Gut«, sagte Pereira und rieb sich die Hände angesichts seiner reichen Beute. »Bringt mir die Säure, damit ich das Zeug prüfen kann. Sei mir deshalb nicht gram, Freund Pierre, doch dies ist eine schlechte Welt, in der schon früher Messing für Gold untergeschoben worden ist.«

Die Säure wurde gebracht, und Pereira prüfte einige der Barren, die er willkürlich herausgriff, im Licht der Lampe.

»Es ist gutes Gold«, erklärte er dann. »Jetzt, Pater, bist du dran!«

Der Priester Francisco trat vor. Er war sehr blaß und schien Angst zu haben. Leonard, der ihn kühl musterte, fragte sich, was ihn in diese Gesellschaft gebracht haben mochte, denn das Gesicht des Mannes sah gut aus, sogar kultiviert.

»Dom Antonio«, sagte der Priester mit einer sanften, mädchenhaften Stimme, »ich protestiere gegen dieses Sakrileg. Das Schicksal hat mich zu Ihnen verschlagen, gegen meinen Willen, und ich bin gezwungen gewesen, viele Sünden mitansehen zu müssen, habe jedoch selbst keine begangen. Ich habe den Sterbenden Trost gespendet, ich habe die Kranken versorgt, ich habe die Unterdrückten aufgerichtet, doch habe ich nie einen Anteil an dem Blutgeld gehabt. Ich bin ein Priester unserer heiligen Kirche, und wenn ich diese beiden vor den Augen der Menschen traute, wären sie Mann und Frau bis zu ihrem Tode, und ich würde das Siegel des Segens der Kirche auf einen Akt der Schande gesetzt haben. Ich werde es nicht tun.«

»Du wirst es nicht tun, du jämmerlicher Verräter?« schrie Pereira mit vor Wut heiserer Stimme. »Willst du lieber deinem Bruder folgen? Hör zu, mein Freund, entweder du gehorchst mir und verheiratest diese beiden, oder ...« – und er zischte eine furchtbare Drohung.

»Nein, nein«, sagte Leonard, der verzweifelt nach einem Ausweg aus dieser widerlichen Komödie suchte. »Laß ihn in Ruhe! Was interessieren uns die Gebete dieses Pfaffen? Das Mädchen und ich kommen auch ohne sie zurecht.«

»Ich sage dir, Fremder, daß du dieses Mädchen heiraten wirst, und daß dieser Jämmerling euch trauen muß. Falls du es nicht tust, werde ich euch beide hierbehalten, und das Gold dazu. Und was jenen betrifft, hat er die Wahl. He, Sklaven! Bringt meine Nilpferdpeitsche!«

Franciscos feine Gesichtszüge röteten sich. »Ich bin kein Held, der so etwas ertragen kann«, sagte er. »Ich will tun, was Sie mir befehlen, Dom Antonio, und möge Gott mir meine Sünde vergeben! Sie, Pierre, und Juanna, werde ich jetzt zu Mann und Frau machen, euch durch ein Sakrament verbinden, das nicht weniger heilig und unauflöslich ist, weil es unter sehr furchtbaren Umständen gefeiert wird. Ich sage Ihnen, Pierre: Verlassen Sie den Weg der Sünde und lieben und verehren Sie diese Frau, damit nicht ein Fluch des Himmels auf Sie falle. Und ich sage Ihnen, Juanna, legen Sie Ihr Vertrauen in Gott, den Gott der Vaterlosen und Unterdrückten, welcher das Unrecht sühnen wird, das Sie erlitten haben – und vergeben Sie mir. Bringt mir Wasser, damit ich es heiligen kann – Wasser und einen Ring!«

»Hier, nimm diesen!« sagte Pereira und nahm Leonards Siegelring von dem Goldhaufen. »Ich gebe ihn ihm als Glückspfennig zurück.«

Und er warf den Ring dem Priester zu.

Es wurde Wasser in einer Schüssel gebracht, und der Pater heiligte es.

Dann forderte er Leonard auf, sich neben das Mädchen zu stellen und bedeutete den anderen, zurückzutreten und ihnen Platz zu machen. Während der ganzen Zeit hatte Leonard Juanna beobachtet. Sie hatte kein einziges Wort gesprochen, und ihr Gesicht war ruhig, doch ihre Augen verrieten ihm den Schrecken und die Verwirrung, die ihr Herz zerrissen.

Ein paarmal führte sie ihre geballte Faust zum Mund, ließ sie jedoch wieder sinken, ohne ihn zu berühren. Leonard wußte nur zu gut, was für eine Tat sie in Erwägung zog. Er wußte auch, wie tödlich die Droge war, die sie in ihrer Hand hielt. Wenn sie ihre Lippen berührte ... Die Anspannung war furchtbar. Er konnte sie nicht länger ertragen, selbst auf die Gefahr hin, entlarvt zu werden, mußte er mit ihr sprechen.

Der Anweisung des Priesters folgend trat er lachend an ihre Seite, lachend schob er ihr langes Haar zur Seite, wie um in ihr Gesicht zu blicken, und beugte sich dann nieder, als ob er sie küssen wollte.

Sie stand bleich und starr, und wieder hob sie ihre Hand zu ihrem Mund.

»Halt!« flüsterte er auf englisch in ihr Ohr, »ich bin gekommen, um Sie zu retten. Lassen Sie diese Farce über sich ergehen, sie hat nichts zu bedeuten. Dann, wenn ich es sage, laufen Sie zur Zugbrücke im Sklavenlager.«

Als sie seine Worte hörte, hellte ihr Gesicht sich auf, und sie ließ ihre Hand sinken.

»Hör auf damit, Freund Pierre«, sagte Pereira mißtrauisch. »Was flüsterst du mit ihr?«

»Ich habe meiner Braut gesagt, wie schön ich sie finde«, antwortete er leichthin.

Juanna fuhr herum und starrte ihn mit einem gut gespielten Blick von Haß und Verachtung an. Dann begann die Trauung.

Der junge Priester war mit einer sanften und wohlklingenden Stimme begnadet, und er las im Licht des Mondes das Heiratsritual auf eine so feierliche Art, daß selbst die Schurken, die sie umstanden, ihr Lachen und Höhnen einstellten und verstummten. Alles verlief in der gewohnten Ordnung, doch gab Juanna keine Antwort, als ihr die übliche Frage gestellt wurde. Pereira präsidierte mit viel falscher Höflichkeit über die Zeremonie: Ihre Hände wurden ineinandergelegt, der Ring wurde auf Juannas Finger gesteckt, der Segen wurde gesprochen, und es war vorbei.

Während der ganzen Zeit stand Leonard wie ein Mann, der

in einem Traum gefangen ist. Er hatte das Gefühl, wirklich verheiratet zu werden, und er dachte sogar, als er aufblickte und die Schönheit der falschen Braut an seiner Seite sah, daß ihm Schlimmeres passieren könnte. Doch dann erwachte er plötzlich aus seinem Träumen: Die Farce war gespielt, und jetzt mußten sie versuchen, zu entkommen.

»So, das wäre getan, Dom Antonio«, sagte er, »und ich glaube meine Frau flüstern zu hören, daß wir uns, mit deiner Erlaubnis, verabschieden sollten. Mein Kanu ...«

»Unsinn, ihr werdet heute nacht hier bleiben«, unterbrach ihn Pereira.

»Vielen Dank, doch ich möchte meine Hochzeitsnacht in der Bequemlichkeit meiner Kajüte verbringen«, antwortete Leonard. »Morgen werde ich vielleicht zurückkehren, um über ein kleines Geschäft anderer Art zu sprechen. Ich habe Kaufauftrag für fünfzig, und zu einem guten Preis für die richtige Sorte.«

Während Leonard dies sagte, blickte er nach Osten und sah weit entfernt dichte Rauchwolken emporquellen. Das feuchte Schilf war endlich in Brand gesetzt worden. Die vier Männer aus der Niederlassung hatten ihn nicht im Stich gelassen, und bald würden die Flammen entdeckt werden; er mußte fort, und sehr rasch.

»Nun, wie du willst«, antwortete Pereira, und Leonard sah, daß er fast erleichtert wirkte, als er das sagte. Er kannte den Grund dafür zu jener Zeit nicht, doch war es dieser: Juanna hatte ihm gesagt, daß der Mann, der sie kaufte, dadurch zu Tode kommen würde. Er hatte eine abergläubische Angst vor dem Mädchen und glaubte es ihr, deshalb war er froh, daß ihr Käufer fortging, damit nicht gesagt werden konnte, er habe ihn ermordet, um sowohl das Mädchen, als auch die Kaufsumme behalten zu können. Also verabschiedete er sich von ihm, und Leonard ging fort, zusammen mit Otter und Juanna, die er an der Hand hielt.

Und es wäre auch alles gut gegangen, wenn ihnen nicht ein unglücklicher Zufall in den Weg getreten wäre. Leonards Plan war, direkt zum Tor zu gehen, doch wenn es sich als notwendig erweisen sollte, wollte er plötzlich abbiegen und zur Zugbrücke laufen, wo Soa und die anderen warteten, um von dort – mit oder ohne die Leute Mavooms – über das Sambesi-Ufer zu fliehen.

Er war bereits einige Schritte gegangen, als der große Portugiese Xavier, der finster vor sich hinbrütete, plötzlich vortrat. »Zumindest einen Kuß will ich für meine Mühe«, sagte er, packte Juanna um die Taille und riß sie an sich.

In diesem Augenblick vergaß Leonard all seine Vorsicht, was bei einem Mann, dessen Nerven ohnehin zum Zerreißen angespannt waren, unter den gegebenen Umständen wahrlich nicht verwunderlich war. Er ballte die Faust und schlug sie dem Riesen mit einer solchen Wucht ins Gesicht, daß der rücklings zu Boden fiel und Juanna dabei mit sich riß. Leonard hätte besser daran getan, sie die Beleidigung hinnehmen zu lassen, doch in diesem Augenblick wurde er völlig von dem Gefühl beherrscht, ein hilfloses Mädchen beschützen zu müssen.

Juanna war sofort wieder auf den Füßen und an seiner Seite. Xavier sprang ebenfalls auf, fluchte vor Wut und riß seinen Säbel aus der Scheide.

»Folgt mir!« sagte Leonard zu Juanna und Otter. Dann lief er los.

Lautes Gelächter folgte ihm.

»Seht den tapferen Mann!« schrie der Mob. »Seht den französischen Feuerfresser! Er fällt einen Mann unvermutet an, hat aber Angst, ehrlich zu kämpfen.« Und sie beließen es nicht bei Worten. Jeder von ihnen war neidisch auf den Fremden und hätte ihn nur zu gern tot gesehen.

»Haltet ihn!« schrien sie, und viele von ihnen liefen hinter ihm her, wie Hunde hinter einem Hasen.

Dennoch mochte es Leonard gelungen sein, zu entkommen, denn er war schnell und kräftig. Doch weder Otter, noch Juanna konnten so schnell laufen wie er, und er mußte sich ihrem Tempo anpassen. Bevor er hundert Yards weit gelaufen war, wurde er von einem Dutzend oder mehr der Sklavenhändler eingeholt, und einige von ihnen hielten Messer in ihren Händen.

»Bleib stehen, du Feigling, und kämpfe!« schrien sie auf portugiesisch und arabisch und fuchtelten mit ihren Klingen.

»Mit Vergnügen«, sagte Leonard, als er herumfuhr und sie anstarrte.

Nur noch dreißig Yards wären es bis zur Zugbrücke des Sklavenlagers gewesen, und er glaubte, sie erzittern gesehen zu haben, als ob sie gleich herabfallen würde. Neben ihm standen Otter und Juanna, und vor sich sah er den riesigen Portugiesen, die häßliche Visage mit Blut verschmiert, der mit über den Kopf geschwungenem Säbel und Flüche brüllend auf ihn zugestürzt kam.

»Otter«, sagte Leonard rasch, während er seinen Säbel zog, »halte mir den Rücken frei, denn wenn ich diesen getötet habe, laufen die anderen davon. Und Sie, junge Dame, sehen Sie zu, daß Sie die Brücke erreichen. Soa und ein paar Ihrer Leute warten dort auf Sie.«

Jetzt war Xavier heran und schlug mit all seiner Wut zu. Leonard wich dem Hieb aus und sprang zurück, außer Reichweite. Noch zweimal ließ Xavier zornig seine Klinge herabfahren, doch jedes Mal wich Leonard dem Schlag aus und sprang ein Stück zurück, näher zur Zugbrücke, die inzwischen nur noch zwanzig Yards entfernt war. Ein viertes Mal drang der Portugiese auf ihn ein, und jetzt konnte der Engländer seine Finte nicht wiederholen, da der Mob ihm den Weg verstellt hatte. Mit aller Kraft schlug Xavier zu; Leonard sah die Klinge im Mondlicht aufblitzen und riß seinen Säbel empor, um sie abzuwehren. Die Klinge fuhr herab; Funken sprühten, und Stahlfragmente klirrten zu Boden. Sein Säbel war zerbrochen.

»Kämpf weiter, Baas!« rief Otter. »Kämpf weiter! Beide Säbel sind hin!«

Leonard blickte auf. Es stimmte; der Portugiese schleuderte den Rest seiner zerbrochenen Waffe beiseite und riß sein Messer aus dem Gürtel. Leonard hatte kein Messer, und an seinen Revolver dachte er in diesem Augenblick nicht. Doch er hielt noch immer den Korb seines Säbels in der Hand. Er riß ihn empor, während er auf Xavier zustürzte, der ebenfalls losstürmte.

Sie prallten aufeinander wie zwei wütende Bullen. Leonard landete einen Schlag mit seinem Säbelkorb, warf ihn dann zur Seite, da er nutzlos war. Doch der Schlag zeigte

Wirkung. Er hatte den rechten Unterarm des Portugiesen getroffen für einen Augenblick seine Hand gelähmt, so daß er das Messer fallen ließ. Dann packten sie einander, und jeder versuchte, den Gegner durch reine Körperkraft zu besiegen. Zweimal gelang es dem Portugiesen, den Engländer von den Füßen zu reißen, und zweimal versuchte er, unter den anfeuernden Rufen des Mobs, ihn zu Boden zu schmettern, und beide Male gelang es ihm nicht. Nicht umsonst hatte Leonard als Junge Ringen gelernt und seine Muskeln durch jahrelange harte Arbeit gestählt. Xavier mochte gute sechzehn Stone* wiegen, und Leonard nur dreizehn, doch seine Arme waren wie Stahl, und er kämpfte um sein Leben.

Er kämpfte zurückhaltend, ließ den Portugiesen sich erschöpfen bei seinen Versuchen, ihn zu Boden zu werfen. Dann packte er plötzlich fest zu und legte seine ganze Kraft in seinen Griff. Er wußte, daß er den Mann nicht hochreißen konnte, doch er konnte ihn zu Boden werfen. Er stieß sein rechtes Bein vor und hakte es hinter Xaviers Wade. Dann warf er sich mit aller Kraft und seinem ganzen Gewicht gegen die Brust des Mannes.

Xavier taumelte, fing sich, taumelte wieder und versuchte, sein Bein zu befreien. Leonard spürte die Bewegung und warf sich noch einmal gegen den Riesen. Xavier verlor das Gleichgewicht, sank langsam rücklings um, wie ein fallender Baum, und krachte zu Boden. Es war ein fabelhafter Wurf, und selbst die zuschauenden Sklavenhändler konnten sich des Beifalls nicht enthalten. Leonard lag jetzt auf der Brust des Mannes, der ihn im Fallen mitgerissen hatte.

Für einen Augenblick lag sein Feind reglos und rang keuchend nach Luft, denn der Schock des Aufpralls war schwer gewesen. Leonard blickte rasch umher. Dort, nur etwa acht Fuß entfernt, lag das Messer, und der, dem es gelang, die Waffe an sich zu bringen, würde Sieger dieses tödlichen Kampfes werden. Aber wie konnte er es erreichen? Xavier, dessen Kräfte wieder zurückkehrten, hielt ihn noch immer mit seinen mächtigen Armen umklammert; auch er hatte das Messer gesehen und war entschlossen, es an sich zu bringen.

---

* 1 Stone = 6.35 kg – *Anm. d. Übers.*

Blitzschnell, fast rein instinktiv, maß Leonard die Entfernung mit seinem Blick ab. Es gab nur eine Möglichkeit: hinüberzurollen. Die erste Rolle würde ihn unter Xavier bringen, doch der Dolch war dann noch immer außerhalb dessen Reichweite. Wenn es Leonard dann gelang, ihn wieder auf den Rükken zu zwingen, würde erneut er oben liegen und konnte vielleicht das Messer mit seiner freien Hand packen. Es war ein entsetzliches Risiko, doch mußte Leonard es eingehen.

Er lag eine Weile reglos, um Kräfte zu sammeln, und der Portugiese wand sich unter ihm; er konnte das Anschwellen der mächtigen Muskeln spüren, als Xavier versuchte, ihn abzuschütteln. Schließlich gab Leonard nach, und sie rollten zur Seite. Jetzt lag Xavier oben, und die Umstehenden schrien triumphierend, da sie glaubten, daß die Kraft des Fremden gebrochen sei.

»Das Messer, das Messer!« keuchte Xavier, und einer der Männer sprang vor, um es ihm zu geben. Doch Otter, der den Kampf genau verfolgt hatte, drängte sich vor, den Säbel in der Hand; sein hartes, häßliches Gesicht zuckte vor Erregung, seine schwarzen Augen glänzten, und seine gewaltigen Schultern schoben sich vor und zurück. Juanna, die dem furchtbaren Kampf fasziniert zusah, erschien er wie ein schwarzer Gnom, ein Wesen übernatürlicher Macht, halb Kröte, halb Mensch.

»Jeder, der es wagt, das Messer anzurühren, stirbt!« sagte er in gutturalem Arabisch und streckte seinen langen Arm und den Säbel darüber. »Laßt diese Hähne ihren Kampf alleine führen, edle Herren.«

Der Mann wich zurück; auch er hatte Angst vor Otter und fand ihn unheimlich, und die anderen mischten sich nicht ein.

Jetzt kam der Augenblick von Sieg oder Tod. Da Xavier das Messer nicht erreichen konnte, riß er mit einer plötzlichen Bewegung seine rechte Hand los und packte den Engländer bei der Kehle. Doch dazu mußte er den Druck auf dessen Brust mindern. Leonard wußte, daß das Ende nahe war, und dieses Wissen verlieh ihm neue Kräfte. Zweimal wand er sich wie eine Schlange, preßte mit den Muskeln seines Rückens und seiner Beine gegen den Boden; dann warf er seinen Körper nach rechts spannte alle seine Muskeln und und siehe! Xavier rollte wie ein Baumstamm herum und Leonard lag wieder auf seiner Brust.

Leonard lag auf der Brust seines Feindes, und sein rechter Arm war frei, und das Messer lag in Reichweite. Doch der Würgegriff des Riesen um seine Kehle war grausam; das Blut rauschte in seinen Ohren und seine Sinne begannen ihm zu schwinden. Nein, er würde nicht auf diese Art sterben und das Mädchen schutzlos zurücklassen. Wo war das Messer? Er war blind, er konnte nichts anderes sehen, als ihr blasses Gesicht. Er mußte sich befreien – ah, und er wußte auch, wie.

Sie dachten, daß er erledigt sei; siehe! Sein Kopf sank herab; doch plötzlich schnellte er sich hoch und riß seinen Arm empor.

Krachend sauste die Faust auf Xaviers Stirn und schlug seinen Hinterkopf gegen den steinigen Boden. Der Griff lokkerte sich. Krach! Wieder ein mächtiger, verzweifelter Schlag. Leonards Kehle war frei, und Luft strömte in seine brennenden Lungen. Jetzt konnte er wieder sehen und das Messer ergreifen, doch war das nicht mehr nötig. Der riesige Mann, der unter ihm lag, warf seine Arme zur Seite, zuckte ein paarmal, und lag dann still.

Jetzt war es, als die Männer, noch voller Erstaunen über die gewaltigen Schläge, auf den gefällten Riesen hinstarrten, daß Juanna sich an den Befehl ihres Retters erinnerte und ungehindert zum Ufer des Kanals gegenüber der Zugbrücke lief.

Otter trabte heran und riß Leonard auf die Füße. »*Wo!*« schrie er. »Ein guter Kampf und ein guter Schlag! Tot, beim Geiste meiner Mutter, tot, und ohne eine Berührung durch Stahl. Wach auf, mein Vater, wach auf! Denn der Keiler mag zwar am Boden liegen, doch die Säue sind noch auf den Beinen!«

Leonard hörte diese Worte wie durch einen dicken Nebel, erfaßte jedoch sofort ihre Bedeutung. Er riß sich mit aller Kraft zusammen und stützte sich auf den Zwerg, so wie jemand sich auf einen stabilen Pfosten stützen mag. Er kam wieder zu Atem, und sein Kopf wurde klar. Er blickte zurück und sah Juanna bei der Zugbrücke stehen wie eine, die unschlüssig ist, ob sie fliehen oder bleiben soll.

»Gentlemen«, keuchte Leonard, »ich habe gekämpft, und ich habe gesiegt. Laßt jetzt mich und das Mädchen in Frieden gehen. Lebt der Mann?«

Ein Kreis von Männern umringte Xavier, und in ihrer Mitte kniete der Priester Francisco. In diesem Augenblick erhob er sich und sagte: »Es wäre sinnlos, ihm Trost zu spenden. Er ist tot.«

Die Sklavenhändler sahen Leonard mit einem Anflug von Bewunderung an. Wer hatte jemals so etwas gesehen, daß einer, dessen Kraft im ganzen Lande berühmt war, mit der bloßen Faust getötet wurde? Sie vergaßen, daß es nicht schwierig ist, einen Mann zu erschlagen, dessen Kopf auf Stein liegt.

Doch dann verwandelte ihre Verwunderung sich in Wut. Xavier war ein Freund von ihnen gewesen, und sie wollten nicht zulassen, daß sein Tod ungerächt bliebe. Also drängten sie sich um Leonard, verfluchten ihn und starrten ihn drohend an.

»Macht Platz!« sagte er. »Und laßt mich gehen! Ich habe euren Freund in ehrlichem Kampf besiegt; wenn ich mir einen unfairen Vorteil hätte verschaffen wollen, hätte ich dann nicht dies benutzt?« Er erinnerte sich zum erstenmal an seinen Colt und zog ihn, und sein Anblick kühlte den Eifer der Männer ein wenig ab, und sie wichen zurück. »Würden Sie mir bitte Ihren Arm reichen, Padre?« wandte Leonard sich an den Priester, der neben ihm stand. »Ich bin ein wenig schwach auf den Beinen.«

Francisco tat es, und sie gingen auf Juanna zu. Otter deckte ihnen mit Säbel und Revolver den Rücken. Doch bevor sie zehn Yards gegangen waren, kam Pereira, nach einer hastigen Konsultation mit einem seiner Unterführer, hinter ihnen her gewatschelt.

»Ergreift den Mann!« schrie er. »Er hat den würdigen Dom Xavier ermordet. Nachdem er ihn erst beleidigte, hat er ihn getötet, und er muß sich dafür verantworten.«

Ein Dutzend der Schurken sprangen sofort vor, um den Befehl auszuführen, sahen sich jedoch sofort Revolver und Säbel Otters gegenüber, mit denen sie auf keinen Fall nähere Bekanntschaft machen wollten. Leonard erkannte sofort, daß die Situation sehr ernst war, und ihm kam ein Gedanke.

»Wollen Sie von hier fliehen, Padre?« fragte er den Priester rasch.

»Ja«, antwortete Francisco, »dieser Ort ist eine Hölle.«

»Dann führen Sie mich so schnell Sie es können, zu der Brücke; ich bin verletzt und geschwächt, doch dort ist Rettung.«

Während er sprach, fiel die Zugbrücke, die nur noch knapp zehn Yards entfernt war, krachend herab.

»Laufen Sie hinüber, Juanna Rodd!« rief er auf englisch.

Sie zögerte, doch dann tat sie, was er sie geheißen hatte. Leonard war es, als ob der Ausdruck ihres Gesichts gesagt hätte: ›Wie kann ich Sie jetzt verlassen?‹

»Und jetzt, Padre, laufen Sie, so schnell Sie können!« Und auf die Schulter des Priesters gelehnt, stolperte er auf die Brücke zu. Doch er hätte sie nie erreicht, wenn Otter nicht gewesen wäre.

»Verrat!« brüllte Pereira. »Haltet ihn! Wer hat die Zugbrücke heruntergelassen?«

Ein Mann wollte sich auf Leonard stürzen – es war jener junge Unterführer, der Leonard vor der Auktion zum Kampf herausgefordert hatte. Er hatte bereits das Messer hochgerissen, um es in Leonards Rücken zu stoßen, als Otters Säbel aufblitzte, und der Mann zu Boden stürzte.

»Nehmt die Brücke und haltet sie!« schrie Pereira.

»Zieht sie hoch, zieht sie hoch!« rief Otter, der den Mob mit Säbel und Revolver in Schach hielt.

Die Leute auf der anderen Seite des Kanals warfen sich sofort mit einer solchen Macht in die Kurbel, daß Leonard und der Priester die rasch steiler werdende Schräge herabrollten.

»Otter!« schrie Leonard. »Guter Gott! Sie werden ihn töten!«

Statt einer Antwort feuerte Otter die letzte Patrone seines Revolvers. Dann sprang er mit einem gellenden Schrei, bevor seine Feinde herankommen konnten, wie eine Wildkatze an die herabhängenden Eisenketten der Zugbrücke, die dazu verwendet wurden, sie festzumachen, wenn dies notwendig sein sollte. Sie hingen jetzt vier Fuß oder mehr über seinem Kopf, doch er packte sie und schrie Soa zu, weiterzukurbeln.

Einer versuchte, seine Füße zu packen, doch Otter trat ihm

ins Gesicht, und der Mann stürzte ins Wasser. Im nächsten Moment war er außer Reichweite und wurde rasch emporgezogen. Ein paar der Männer warfen Messer nach ihm, andere feuerten mit Revolvern, doch weder Stahl noch Kugel trafen ihn.

»Ah! Gelber Teufel!« schrie der Zwerg, als er an seinen Ketten schwang. »Blick hinter dich; da ist ein anderer Teufel, gelber und feuriger als du!« Pereira wandte sich um, und alle anderen mit ihm, und in diesem Augenblick schoß eine gewaltige Feuerwand fauchend und brüllend aus dem Sumpf empor. Das Schilf war endlich richtig aufgeflammt, und der auffrischende Wind trieb die Feuerwand auf sie zu.

14

Rache

»Verrat! Verrat!« kreischte Pereira. »Sie haben das Schilf in Brand gesteckt, und diese Hexe hat uns verraten!«

»Ha! ha! ha!« schrie Otter aus seiner luftigen Höhe. »Verrat! Verrat! Und was wäre, wenn die Sklaven losgelassen sind? Und was, wenn das Tor verrammelt ist?«

Bis jetzt war der Mob vor Angst und Verwirrung stumm gewesen. Die Männer, hundert oder mehr, standen in dichten Haufen und starrten mal Otter an, mal die näherrückenden Flammen. Doch jetzt löste sich ihre Erstarrung.

»Er ist ein Teufel! Tötet ihn! Stürmt das Sklavenlager! Zum Tor!« schrien sie in dieser und jener Sprache.

Für viele von ihnen waren das die letzten Worte, die sie auf Erden sprechen sollten, denn in diesem Augenblick zuckte eine Feuerzunge durch die Nacht, gefolgt von dem Krachen eines Kanonenschusses, und sechs Pfund Kartätschen fetzten durch die Menge. Sie fegten durch sie hindurch und hinterließen eine breite Bahn Toter und Sterbender, und ein solcher Schrei hallte zum Himmel empor, wie man ihn selbst an diesem Ort der Qualen noch nie vernommen hatte.

Dann stoben alle, die noch auf den Füßen standen, in allen Richtungen auseinander, und schrien und fluchten, während sie davonhetzten.

Als Leonard und der Priester von der emporschwingenden Brücke hinabgerollt waren, fanden sie Juanna neben der Wach-Hütte stehen, umringt von mehreren Männern der Niederlassung.

»An die Kanone!« rief er. »An die Kanone! Feuert in sie hinein! Ich komme gleich nach.«

Dies war der Augenblick, in dem er sah, daß Otter auf dem anderen Ufer zurückgeblieben und dem Tode ausgeliefert war. Doch Otter konnte sich retten, wie bereits geschildert wurde, und kam jetzt heil und gesund an den Ketten herabgeklettert.

Auf Otter und den Priester gestützt, und gefolgt von Juanna, torkelte Leonard den Erdwall entlang zu der Plattform, auf welcher die Kanone montiert war. Und noch bevor er den ersten Schritt getan hatte, sah er die stolze Gestalt Soas im Feuerschein des Abschusses an der Kanone stehen, um sie herum mehrere der befreiten Männer von der Niederlassung. als er sie erblickte, riß sie gerade die Abzugsleine durch. Dann kamen die Feuerzunge, das Dröhnen des Schusses und das Schreien der Getroffenen.

»*Wow!*« sagte Otter. »Die alte Frau hat nicht die Hände in den Schoß gelegt. Sie ist so schlau wie ein Mann, diese da.«

Kurz darauf halfen sie dabei, die Kanone neu zu laden, das heißt, alle außer Soa, die auf den Knien lag und Juannas Hände küßte.

»Kommt, laßt das!« sagte Leonard und ließ sich zu Boden sinken, da er völlig erschöpft war. »Diese Teufel holen jetzt ihre Waffen. Sie werden bald zurück sein und versuchen, die Kanone zu erstürmen. Ist sie neu geladen, Peter? Dann richte sie wieder; und du, Soa, kurble die Mündung tiefer.« Dann befahl er den befreiten Sklaven, sich mit Knüppeln zu bewaffnen, oder was sie sonst finden könnten, da sie nur vier Gewehre besaßen, von denen sie zwei in der Wachhütte gefunden hatten.

Wenig später kamen die Sklavenhändler laut brüllend herangestürmt, einige von ihnen mit langen Planken, auf denen sie auf die andere Seite des Kanals zu gelangen hofften.

»Vorsicht!« rief Leonard, »sie werden gleich das Feuer eröffnen. Hinter den Erdwall, alle!« Er packte Juanna, die in seiner Nähe stand, und zog sie in Deckung.

Und nicht einen Augenblick zu früh, denn in der nächsten Sekunde fegte ein Hagel von Kugeln über sie hinweg. Die meisten der Männer hatten seine Warnung verstanden und waren in Deckung gegangen, doch ein paar von ihnen waren zu dumm oder zu langsam. Von diesen wurden einer getötet und zwei verwundet. Soa und Peter standen bei ihrer Kanone, ohne sich um die Warnung zu kümmern, doch blieben sie unverletzt. Dort stand diese Frau, während die Kugeln an ihr vorbeipfiffen, und richtete die Kanone so ruhig und kaltblütig, als ob sie bei der königlichen Artillerie gedient hätte, assistiert von dem Vormann Peter. Peters Hüfttuch wurde von einer Kugel aufgerissen, und eine andere fuhr durch Soas graues Haar, doch keiner der beiden schien es zu bemerken.

»Sie sind verrückt, Baas!« schrie Otter, der die Feinde über die Krone des Erdwalles hinweg beobachtete. »Sieh! Sie kommen über offenes Land!«

Leonard blickte über die Dammkrone hinweg. Der Zwerg hatte recht. In ihrer Wut und ihrer Eile kamen die Sklavenhändler, halb verborgen in der von ihrem eigenen, heftigen Gewehrfeuer erzeugten Rauchwolke, über den freien Platz gerannt, anstatt am Flußufer entlangzukriechen, und die Notwendigkeit, Planken mitzuschleppen, zwang sie dazu, in Gruppen vorzugehen. Soa korrigierte noch einmal die Höheneinstellung des Rohres, dann wartete sie, die Abzugsleine in der Hand. Eine Kugel zerriß sie in zwei Teile. Ohne zusammenzuzucken ergriff sie das verbliebene kurze Ende der Leine.

»Jetzt!« rief Leonard, als die ersten Gruppen in ihren Feuerbereich eindrangen.

Soa sprang mit einem kleinen Schrei zurück. Wieder donnerte die Kanone, wieder fetzten Kartätschen durch die Luft. Sie fegten eine blutige Gasse durch die heranrückenden Linien, prallten dann von dem felsigen Boden ab und hielten auch unter denen, die folgten, reichliche Ernte. Ganze Gruppen wurden von dieser einen Ladung hinweggefegt, deren Wirkung doppelt so groß war wie die des ersten Schusses, da die Schrapnells auf diese größere Entfernung eine breitere Streuung erzielten. Und auch die Querschläger, die nach allen Seiten fuhren, mähten viele der Männer nieder. In Haufen fielen sie zu Boden, und mit ihnen die Planken, die sie trugen. Die Überlebenden verspürten nicht mehr den Ehrgeiz, das Sklavenlager zu stürmen: Sie wurden nur noch von einem Wunsch beherrscht: sich in Sicherheit zu bringen, und so stoben sie in alle Richtungen davon, brüllend vor Angst und Wut.

»Nachladen, nachladen!« rief Otter und hob eine Pulverladung auf. »Sie werden jetzt versuchen, das Tor aufzubrechen und hinauszukommen, und dann sind wir hier abgeschnitten.«

Während er das sagte, sahen sie viele Männer vom Versteigerungsschuppen zum Tor laufen. Doch konnten sie es nicht öffnen. Der Schlüssel war verschwunden, und die massiven Riegel und Bolzen waren nicht leicht zu zerbrechen. Also brachten sie Hämmer und einen Baumstamm, der die Wachhütte beim Tor auf einer Seite abgestützt hatte, heran, und begannen, das Tor damit zu rammen. Zwei Minuten lang widerstand es der Gewalt, dann begann es nachzugeben.

»Schnell, schnell!« rief Otter wieder, als er die Kanone herumwuchtete, »oder alles ist verloren!«

»Ochsen darf man nicht hetzen, Schwarzer«, sagte Soa, als sie unter Mithilfe Peters die Kanone richtete.

Ein Schrei schallte vom Tor. Es begann zu brechen, wurde jedoch noch immer durch die oberen Scharniere gehalten. Noch ein paar Stöße, dann würde es fallen. Doch diese Stöße erfolgten nie. Wieder sprang Soa zurück, und das Dröhnen der Kanone wurde von Schreien der Sklavenhändler beantwortet, als das Schrapnell zwischen sie fuhr.

Von denen, die übriggeblieben waren, flohen die meisten in die Deckung des Auktionsschuppens und zu dem Nest selbst. Andere liefen zum Arsenal, schienen es jedoch nicht öffnen zu können, denn kurz darauf sah man sie wieder zurückhetzen, während etwa ein Dutzend der Mutigsten beim Tor verblieb und versuchte, das Zerstörungswerk zu vollenden. Auf diese eröffneten Leonard und Otter das Feuer aus ihren Gewehren, doch erst nachdem drei oder vier von ihnen gefallen waren, flohen die anderen ebenfalls in die Deckung der Schuppen.

»Oh! Seht, seht!« rief Juanna und deutete nach Osten.

Es war wirklich ein Anblick, den man nicht vergessen konnte.

Das dichte Schilfdickicht, zwölf bis fünfzehn Fuß hoch, war weit östlich vom Nest in Brand gesteckt worden, und als der Wind zum Sturm anwuchs und das Feuer festen Halt gefunden hatte, rollte es als qualmende Flammenwand auf das dem Untergang geweihte Lager zu, ein Feuermeer, aus dem manchmal Lohen zum Himmel emporschossen, und das manchmal rasch über den Boden dahinlief.

Die Schilfrohre krachten wie Musketenfeuer, als sie vom Feuer verschlungen wurden, und sandten dichte graue Rauchwolken in die Luft. Anfangs waren sie über die Köpfe der Zuschauer auf dem Erdwall hinweggezogen, jetzt wurden sie ihnen ins Gesicht geweht, erstickten sie beinahe und verdunkelten den Himmel, und ein Schauer von Funken und Splittern brennender Schilfhalme regnete auf sie herab.

»Das Haus und die Schuppen werden bald Feuer fangen«, sagte Leonard, »dann müssen sie auf die offenen Flächen hinaus, wo wir sie erledigen können.« Er deutete mit einem Kopfnicken auf die Kanone.

Während er das sagte, schossen Feuerzungen in die Luft, zuerst von dem Schilfdach des Schuppens, dann aus dem des Nestes. Beide standen in Flammen.

»Wir müssen auf der Hut sein, Baas«, sagte Otter, »oder die Sklavenschuppen hinter uns werden auch verbrennen, mit allen, die darin sind.«

»Mein Gott! Daran habe ich nicht gedacht«, rief Leonard entsetzt. »Hören Sie, Peter, wenn Sie ein gutes Werk tun wollen, dann nehmen Sie einige dieser Männer mit sich und holen ein paar von den Eimern, aus denen sie die Sklaven füttern. Stellen sie drei oder vier Männer auf jedes Dach; sie sollen jeden Funken löschen, der darauf fallen mag, und weisen sie die anderen an, ihnen Wasser aus dem Kanal zu bringen.«

Der Priester sprang auf und nahm seine Aufgabe in Angriff, an der er zwei Stunden lang angestrengt arbeitete. Wenn es nicht um ihn gewesen wäre, hätten die Sklaven in den Schuppen elend verbrennen müssen, denn die Funken regneten in dichten Schauern auf die trockenen Schilfdächer nieder, die immer wieder Feuer fingen.

Der Anblick und die Laute wurden immer entsetzlicher. Halb wahnsinnig vor Angst stürzten die Sklavenhändler und ihre Diener aus den brennenden Gebäuden, um den Flammen zu entrinnen. Einige von ihnen warfen sich in ihrer Verzweiflung in die Aloen und Kakteen des inneren Erdwalls, erkletterten die Palisaden und entkamen ins Moor, während die anderen auf die freien Plätze strömten, und auf diese wurde von Zeit zu Zeit das Rohr der Kanone gerichtet, wenn der Qualm sich für eine Weile hob. Eine Gruppe von ihnen kam zum Erdwall des Sklavenlagers gelaufen und bettelte um Gnade; sie wurden von Otter erschossen, der seiner Arbeit der Rache niemals müde wurde. Hinter ihnen ertönte das furchtbare Geschrei der vor Angst halb wahnsinnigen Sklaven, die glaubten, daß sie lebendig verbrannt würden und verzweifelt an ihren Ketten rissen.

»Oh! Dies ist wie die Hölle!« sagte Juanna zu Leonard, und sie barg ihr Gesicht im Gras, da sie den Anblick nicht länger ertragen konnte, und um nicht von dem Rauch erstickt zu werden.

Die Zeit verging. Eins nach dem anderen brachen die brennenden Dächer der Häuser zusammen, Flammenzungen schossen in die Luft, um als Funkenregen wieder herabzufallen. Doch endlich hörte das Schreien auf, denn selbst die Sklaven konnten nicht mehr schreien; die Feuer sanken in sich zusammen, und der Wind erstarb. Die Sonne erhob sich über einer Szene der Verwüstung. Der Morast war in einer Tiefe von fast einer Meile kahlgebrannt, das Lager eine rauchende Trümmerstätte, die mit Toten übersät war. Die Mauern des Nestes standen jedoch noch, und da und dort war auch ein verkohlter Pfosten erhalten geblieben. Alles andere war verbrannt, mit Ausnahme des Arsenals, das den Flammen entronnen war, da seine Mauern aus Ziegeln und Steinen bestanden, und sein Dach aus Blech.

Die Abenteurer blickten schweigend in die Runde, sahen

dann einander an. Was für ein Anblick, der sich ihnen hier in dem klaren Licht des frühen Morgens bot, als sie neben der Kanone standen, die ihnen so ausgezeichnete Dienste geleistet hatte. Alle waren sie schwarz von Rauch und Pulverqualm, und ihre Kleidung war von den herabregnenden Funken angesengt. Leonards Hals war schrundig und angeschwollen, seine Hände und sein Gesicht bluteten, und er fühlte sich so steif, daß er sich kaum bewegen konnte. Soas graue Haare waren angesengt und gestutzt von der Kugel, die ihr den Kopf rasiert hatte; die Robe des Priesters hing in versengten Fetzen um seinen Körper, und seine Hände waren von Brandblasen verschwollen: Juannas bestickte arabische Robe, die von Pereira auf seine so brutale Weise aufgerissen worden war, zeigte kaum noch eine Spur von Weiß, und ihre langen Locken waren strähnig und mit winzigen Stücken verkohlten Schilfs gesprenkelt. Alle waren sie völlig erschöpft, das heißt, alle mit Ausnahme von Otter, welcher auf Leonard zutrat, rußvermiert, und mit nacktem Oberkörper, doch munter und grimmig wie immer.

»Was ist, Otter?« fragte Leonard.

»Wird der Baas mich diese Männer nehmen lassen« – er deutete mit einem Kopfnicken auf die befreiten Sklaven der Niederlassung – »damit ich mich im Lager ein wenig umsehen kann? Viele der Teufel sind noch am Leben, und verwundete Schlangen stoßen am härtesten zu.«

»Wie du willst«, sagte Leonard. »Bewaffne sie mit allem, was du finden kannst, und durchsuche das Lager sehr gründlich. Aber sei vorsichtig!«

Zehn Minuten später brachen Otter und die Männer auf. Leonard und die anderen holten Wasser aus dem Kanal und wuschen sich, so gut es ihnen unter diesen Umständen möglich war. Die Wachhütte war Juanna und Soa überlassen worden, die ihre Toilette mit Hilfe eines Kammes vollendeten, den sie dort fanden. Sie entdeckten dort auch einigen Proviant – die Rationen für die Posten, von dem sie mit solchem Appetit aßen, wie er ihnen unter diesen Umständen vergönnt war, und einen großen Vorrat von Mais für die Sklaven.

Als sie ihr Frühstück beendeten, kehrte Otter heil und gesund zurück, doch von den Männern, die ihn begleitet hatten, fehlten fünf. Er brachte zwei jener vier mit, welche in der vergangenen Nacht das Feuer im Schilf gelegt hatten. Sie waren völlig erschöpft, denn ihre Aufgabe war nicht leicht gewesen, und zum Glück für Leonard, war es ihnen erst nach einer langen Verzögerung gelungen, ihre Aufgabe zu erfüllen. Ihre beiden Begleiter waren tot; einen hatte ein Krokodil geholt, der andere war in den Morast gefallen und dort, da er sich vorher an einem Baumstamm den Kopf angeschlagen hatte, ertrunken.

»Es ist vorbei«, sagte Leonard zu dem Zwerg.

Otter nickte. »Die einen sind tot, die anderen sind geflohen, doch von den letzteren haben wir nichts zu befürchten, da sie glauben, daß eine ganze Armee über sie hergefallen sei. Trotzdem ist die Geschichte noch nicht zu Ende erzählt, Baas. Wir haben einen von ihnen lebend gefangen. Komm und sieh ihn dir an, Baas!«

Leonard kletterte die Stufen der Böschung hinauf, gefolgt von den anderen. Ein Stück entfernt stand die Gruppe der Männer aus der Niederlassung, die von dem Durchkämmen des Lagers zurückgekehrt waren, hagere und abgezehrte Burschen, von den Sklavenfesseln zernarbt, doch mit finsteren, wilden Gesichtern. In ihrer Mitte hockte ein weißer Mann am Boden, und er stöhnte vor Angst und Elend. Gerade als Leonard auf ihn zutrat, hob er das Gesicht, und er war der Gelbe Teufel selbst. Dort saß er nun, dieses alte Unrecht, diese weißhaarige Schande, endlich in seiner eigenen Schlinge gefangen.

»Wo habt ihr ihn erwischt, Otter?« fragte Leonard, als sie über die Zugbrücke gingen.

»Im Magazin, Baas, und er hatte dein Gold bei sich, und auch viele Gewehre und Pulver. Er hatte sich dort eingeschlossen, aber er fand nicht den Mut, das Pulver zu entzünden und ein Ende zu machen.«

Pereira schien sie noch nicht bemerkt zu haben, doch hob er den Kopf und bat um Wasser.

»Gebt ihm Blut!« sagte einer der Männer finster. »Er hat es sein ganzes Leben lang getrunken, also soll es auch sein letzter Trank sein.«

Leonard gab Francisco ein Zeichen, Wasser zu bringen, und dann sah Pereira sie und begann, um Gnade zu flehen.

»Antonio Pereira«, antwortete Leonard ernst, »gestern abend haben ich und zwei Begleiter, eine Frau und ein Zwerg, uns eine Aufgabe gestellt: Diese Feste, die du dir geschaffen hast, einzunehmen und ein weißes Mädchen zu befreien, das du zur Sklaverei verdammt hattest. Es schien kaum möglich, das zu schaffen, doch zwischen Sonnenuntergang und Sonnenaufgang haben wir es zuwege gebracht. Wer hat uns dabei geholfen, das Unmögliche zu vollbringen? Ich werde es dir sagen: Gott hat uns beigestanden, so wie Er diesem Mädchen beigestanden hat, als es Ihn darum anflehte. Wende dich also an Gott, damit Er das tue, was noch unmöglicher ist: dir zu helfen. Von mir erhältst du nur Gerechtigkeit, und nicht mehr.«

Für einen Moment hörte Pereira auf zu jammern, und ein Ausdruck seiner alten Verschlagenheit trat in seine Augen.

»Ach, mein Freund«, murmelte er, »wenn ich es doch nur gewußt hätte!« dann wandte er sich Juanna zu und sagte: »Mein Täubchen, bin ich nicht immer nett zu dir gewesen? Willst du denn nicht ein gutes Wort für mich einlegen, jetzt, da meine Feinde mich in ihrer Gewalt haben?«

Als Antwort blickte Juanna zunächst auf das menschliche Reptil, das vor ihr kauerte, und dann auf den Ausschnitt ihrer zerfetzten Robe, den sie mit Aloenstacheln zusammengesteckt hatte. Dann wandte sie sich ab und ging fort.

»Baas«, sagte Otter, »darf ich reden?«

»Rede!« antwortete Leonard.

»Höre, Gelber Teufel!« sagte der Zwerg. »Vor zehn Jahren hast du mich gefangen, und ich habe als Sklave in diesem Lager geschmachtet; ja, in jenem Schuppen dort. Hier sind noch die Spuren der Eisen – deines persönlichen Siegels. Ah! – Du scheinst den schwarzen Zwerg vergessen zu haben, oder du hast ihn überhaupt nicht bemerkt; doch er erinnert sich. Wer könnte auch dich vergessen, Gelber Teufel, wenn er einmal unter deinem Dache geschlafen hat? Ich konnte entfliehen, doch während ich entfloh, schwor ich, mich an dir zu rächen. Die Jahre vergingen, und jetzt, endlich, ist die Stunde gekommen. Ich war es, der den Baas zu diesem Ort geführt hat. Ich habe dich an diesem Morgen gefunden, Gelber Teufel, und noch haben wir uns nicht voneinander verabschiedet. Wessen hast du dich doch gestern nacht gerühmt? Daß du zwanzigtausend von uns schwarzen Menschen in die Sklaverei verkauft hast? Ja, und für jeden, den du verkauftest, hast du fünf getötet: alte Männer, weiß von Jahren, schwangere Frauen, kleine Kinder an der Brust ihrer Mütter, du hast sie alle ermordet. Ah! – Ja, ich habe dich lachen sehen, als du sie vor den Augen ihrer Mütter tötetest, so wie du in der vergangenen Nacht das Kätzchen getötet hast.

Doch jetzt hat deine Stunde endlich geschlagen, Gelber Teufel, und ich, Otter, der Zwerg, werde dir deine eigene Medizin zu trinken geben. Was! Du winselst um Gnade, du, der du nicht einmal in deinem Traum Gnade gewährt hast? Ich sage dir, wenn mein Herr dort mir befehlen würde, dich laufen zu lassen, würde ich ihm nicht gehorchen, selbst wenn er mich zu zwingen versuchte, ich, der ich sonst eher sterben würde, als mich seinem Worte zu widersetzen.

Sieh dir jetzt diese Männer an!« Er deutete auf die Leute von der Niederlassung, die hungrig auf den am Boden kauernden Jämmerling hinabstarrten, so wie Jagdhunde einen Fuchs anstarren mochten, der von den Jägern gestellt worden ist. »Sieh sie dir an! Siehst du Gnade in ihren Augen? In den Augen derer, deren Väter und Mütter du ermordet, deren Kinder du zu Tode getrampelt hast? *Wow!* Gelber Teufel, die Weißen erzählen uns von der Hölle, einem Ort, an dem die Toten gequält werden. Wir wissen nichts davon, der Ort ist für die Weißen, und sie können ihn auch gerne für sich behalten. Aber du, Gelber Teufel, wirst jetzt einen Vorgeschmack dieser eurer Hölle bekommen; nur einen kleinen Vorgeschmack, Gelber Teufel.

Baas Leonard, ich verlange, daß dieser Mann vor unser Gericht gestellt und nach unserem Brauch verurteilt wird, denn gegen uns Schwarze hat er gesündigt, und wir verlangen sein Blut in Sühne für das unsere.«

»Was!« schrie Pereira. »Soll ich diesen schwarzen Hunden überantwortet werden? Gnade, Gnade? Francisco, bitte für mich. Rette mich! Ich weiß, daß ich deinen Bruder getötet habe, doch es blieb mir keine andere Wahl. Bitte für mich!«

Und er rollte sich im Staub, versuchte, Leonards Füße zu umklammern.

»Ich kann Sie nicht retten«, sagte der Priester erschauernd, »doch werde ich für Ihr Seelenheil beten.«

Jetzt stürzten sich die rachedurstigen Eingeborenen auf Pereira, um ihn fortzuschleppen, doch Leonard stieß sie zur Seite und sagte: »Ich dulde keine von euren barbarischen Grausamkeiten hier. Erschießt diesen Mann, wenn ihr das wollt, aber nicht mehr!«

Doch war es Pereira nicht bestimmt, durch Menschenhand zu sterben, denn als Otter ihn packte, lief sein gelbes Gesicht dunkelrot an. Er warf die Arme empor, stöhnte und fiel zu Boden.

Leonard blickte auf ihn hinab; er war tot, gestorben aus Angst vor dem Tode, denn nur die Angst hatte dem Schlagen seines sündigen Herzens Einhalt geboten.

»Die Schäferin hat wahr prophezeit«, sagte Otter, »denn der Himmel über uns hat uns unserer Rache beraubt. *Wow!* Das ist schlimm, doch zumindest wird dieser kein Übel mehr anrichten.«

»Tragt ihn fort!« sagte Leonard erschauernd, denn das Gesicht des toten Mannes war ein entsetzlicher Anblick.

Dann wandte er sich an Otter, als ob nichts geschehen wäre, und sagte: »Otter, nimm diese Männer und befreie alle anderen Sklaven, dann hol alle Gewehre, Munition, und was du sonst noch finden magst, aus dem Arsenal und bring alles zum Tor. Wir müssen so schnell wie möglich von hier weg, sonst haben wir die entkommenen Sklavenhändler und die Besatzungen der Dhaus auf dem Hals.«

So also fand das Schicksal endlich Antonio Pereira, den Gelben Teufel.

15
Enttäuschung

Wieder war es Morgen, und die Reisenden lagerten auf der Landzunge, auf der die großen Boote versteckt lagen, die sie von der Insel aus in die Strömung des Flusses gestoßen hatten. Von Tagesanbruch an hatte Leonard das Übersetzen von Hunderten der von ihnen befreiten Sklaven über den Fluß beaufsichtigt. Am anderen Ufer wurden sie von Männern der Niederlassung übernommen, mit einer Ration gekochtem Mais versorgt, und dann sich selbst überlassen, da es sich als unmöglich herausstellte, sie weiter mitzunehmen.

»So, sie sind fort«, sagte Otter, als die letzte Bootsladung unter der Leitung von Peter übergesetzt worden war. »Nun, laß sie laufen, diese dummen Schafe. Das bedeutet weniger Arbeit für uns, denn obwohl wir eine Schäferin bei uns haben, können wir doch keine so große Herde weiden. So, wir haben also die Missie aus dem Sklavennest geholt, und der Gelbe Teufel – ah! Wie gut haben wir uns mit ihm und allen seinen Leuten unterhalten. Und jetzt? Werden wir weiter versuchen, Gold zu finden, den wirklichen Gelben Teufel, Baas?«

»Ich denke schon, Otter«, antwortete Leonard, »das heißt, wenn Soa ihr Wort hält. Doch geht es dann nicht um Gold, sondern um Rubine. Vorher aber müssen wir zu der Niederlassung unterhalb von Sena, um diese Männer dorthin zurückzubringen und zu sehen, ob wir irgend etwas über Mavoom erfahren können.«

»Ja«, sagte Otter nach einer kurzen Pause. »Die Schäferin, wie die Leute aus der Niederlassung sie nennen, will natürlich ihren Vater wiederfinden. Sag, Baas, sie ist wirklich stolz, findest du nicht auch? Sie sieht über unsere Köpfe hinweg und spricht sehr wenig.«

»Ja, Otter, sie ist stolz.«

»Und sie ist schön; noch nie hat es eine Frau gegeben, die so schön ist.«

»Ja, Otter, sie ist schön.«

»Und sie ist kühl, Baas; sie hat sich noch nicht einmal richtig bedankt für alles, das du für sie getan hast.«

»Vielleicht denkt sie um so mehr daran, Otter.«

»Vielleicht denkt sie um so mehr daran. Trotzdem hätte sie doch ›danke‹ zu dir sagen können, Baas, der du ihr – Ehemann bist.«

»Was meinst du damit?«

»Ich meine damit, daß du sie zuerst gekauft hast, wie es unser Brauch ist, und sie dann geheiratet hast, wie es euer Brauch ist, und wenn das sie nicht zu deiner Frau macht, kann nichts es tun.«

»Hör auf, dummes Zeug zu reden«, sagte Leonard wütend, »und laß mich niemals hören, daß du diesen Unsinn wiederholst! Das war doch alles nur ein Spiel, das wir spielen mußten.«

»Wie der Baas es wünscht. Ich spreche doch nur aus, was ich denke, wenn ich sage, daß sie deine Frau ist, und mancher mag denken, daß das gar nicht so schlecht ist, denn sie ist schön und klug. Wird der Baas jetzt aufstehen und im Fluß baden, damit seine Schmerzen ihn verlassen?«

Leonard nahm den Vorschlag an, und kehrte als neuer Mensch vom Bade zurück, denn die Ruhe und das kühle Wasser hatten Wunder gewirkt. Er war zwar noch immer ein wenig steif, und ein Bein blieb sogar zehn Tage lang lahm, doch mit Ausnahme der Schmerzen im Hals, den Xavier gewürgt hatte, waren keine anderen Beschwerden zurückgeblieben. Unter der Beute aus dem Sklavenlager befand sich auch eine reichliche Menge von Bekleidungsstücken: Flanellhemden, Cordanzüge und Hüte. Leonard warf die zerfetzten Reste der portugiesischen Uniform fort, mit der er sich verkleidet hatte, zog einige dieser Sachen an und wirkte jetzt wie ein gewöhnlicher englischer Siedler.

Inzwischen hatte Juanna ebenfalls Toilette gemacht, unter Mithilfe von Soa, die diese Gelegenheit dazu benutzte, ihrer Herrin die Geschichte ihrer Begegnung mit Leonard Outram zu erzählen. Doch ob in voller Absicht, oder weil sie nicht daran dachte, erwähnte sie zu diesem Zeitpunkt nichts von dem Übereinkommen, das sie beide getroffen hatten. Bis dahin hatte Soa ihrer Herrin noch nie etwas von ihrem früheren

Leben berichtet, von dem geheimnisvollen Nebelvolk, von dem sie abstammte, obwohl sie Juanna deren Sprache gelehrt hatte. Und vielleicht war sie aus irgendwelchen Gründen der Meinung, daß dies nicht der richtige Zeitpunkt sei, diese Geschichte zu erzählen.

Als Soa zu Ende gesprochen hatte, wurde Juanna sehr nachdenklich. Ihr fiel ein, daß sie Mr. Outram noch mit keinem Wort für seine heroische Rettungstat gedankt hatte. Doch in ihrem Herzen verspürte sie eine tiefe Dankbarkeit. Wenn er nicht gewesen wäre, würde sie jetzt tot sein, hätten die Tore der Welt des Lichts und der Liebe sich für immer hinter ihr geschlossen. Doch vermischt mit ihrer Dankbarkeit und ihrer ehrlichen Bewunderung seiner heldenhaften Tat, welche er ihretwegen vollbracht hatte, war ein anderes Gefühl – ein Gefühl des Unwillens und der Angst. Dieser Fremde, dieser dunkelhaarige, scharfäugige, resolute Mann, hatte sie als Sklavin gekauft; mehr noch: er hatte das Ritual einer Eheschließung mit ihr vollzogen, die keineswegs nur ein bloßes Ritual gewesen war, da sie feierlich von einem Priester vorgenommen worden war, und hier, an ihrem Finger, befand sich die Erinnerung daran. Natürlich hatte das nichts zu bedeuten, doch der Gedanke daran ärgerte sie und verletzte ihren Stolz.

Wie alle anderen Frauen war Juanna Rodd nicht zwanzig Jahre alt geworden, ohne an Liebe zu denken, und, so seltsam es klingen mag, hatte ihre Phantasie sich immer einen Mann wie Leonard Outram als Helden ihrer Träume vorgestellt. Doch daß dieser Held auf eine so heroische Art Wirklichkeit werden sollte, daß er sie mit Gold kaufen und innerhalb einer halben Stunde nach ihrem Kennenlernen auf so besondere Art heiraten sollte – das war in ihren Träumen nicht vorgesehen. Doch war es nun einmal Tatsache: Diese Vermählung war eine vollzogene Tatsache, obwohl sie rechtlich gesehen ungültig sein mochte, und der weibliche Verstand hat einen großen Respekt vor vollzogenen Tatsachen. Für eine Frau von Juannas etwas hochmütiger Veranlagung war dies überaus verletzend. Sie hatte bereits das Gefühl, daß dem wirklich so wäre, und je weiter die Zeit fortschritt, desto stärker scheuerten sie die Ketten des Erinnerns daran, ein Umstand, der zu einem großen Teil für ihr späteres Verhalten verantwortlich war.

In Gedanken wie diese versunken, ging Juanna langsam über einen schmalen Pfad im Schilf zum Lager zurück und sah sich plötzlich Leonard gegenüber. Sie war in ein langes arabisches Gewand gekleidet – Teil der Beute –, das sie mit einem bestickten Tuch um ihre schlanke Taille befestigt hatte. Sie war barhäuptig, und ihr üppiges, dunkles Haar war im Nacken zu einem Knoten gewunden, der im Sonnenlicht glänzte. In der Hand hielt sie ein Büschel roter Lilien, die sie gepflückt hatte, und die sich als Farbtupfer vom Weiß ihres Kleides abhoben. Der ängstliche, gehetzte Ausdruck war von ihrem Gesicht verschwunden, das durch den Schlaf seine Schönheit wiedergewonnen hatte; ihre Augen blickten klar unter ihren langen Wimpern hervor, und sie bewegte sich mit der Grazie eines Fohlens.

Wenn man sie so in diesem klaren, perlfarbenen Licht sah, vor dem Hintergrund des gefiederten Schilfs, konnte es keinen schöneren und liebenswerteren Anblick geben als dieses Mädchen, dieses Kind des Waldes und des Flusses, das in sich die Mischung der Schönheit von Angelsachsen und Iberern trug, in der Sonne Afrikas gereift und durch eine lange Gemeinschaft mit der Natur aufgeblüht. Es lag eine Grazie in ihren Bewegungen, eine Reinheit in ihrem Gesicht, ein Mysterium in ihren großen Augen und ihren geschwungenen, lächelnden Lippen, wie sie Leonard noch nie in seinem Leben gesehen hatte, und von denen er völlig überwältigt wurde. Wie wandelbar ist doch das menschliche Herz! Von diesem Augenblick an begann das Bild Jane Beachs, seiner Jugendliebe, der Traum seiner einsamen Jahre des Umherziehens, zu verblassen, um schließlich ganz zu verschwinden. Doch obwohl dem so war, wollte er es sich selbst gegenüber nicht zugeben; genauer gesagt: er merkte es nicht einmal.

Juanna blickte auf und sah ihn vor sich stehen, stolz und gut aussehend, einen Ausdruck von Autorität auf seinem nachdenklichen Gesicht, muskulös, bärtig, ernergiegeladen, ein Mann unter Männern. Sie sah den Ausdruck von Bewunderung in seinen Augen und errötete, da sie wußte, daß er, sie mochte tun, was sie wollte, ihre eigene Bewunderung spiegelte. Sie erinnerte sich an alles, was dieser Fremde für sie getan hatte, daß er hundert Male sein Leben für sie eingesetzt hatte, daß sie jetzt tot und verwest läge, wenn seine mutigen Taten nicht gewesen wären, und irgend etwas rührte sich in ihrem Herzen. War es Dankbarkeit, die sie so bewegte? Sie wußte es nicht; doch, was immer es sein mochte, sie wandte den Kopf ab, damit er es nicht in ihrem Gesicht lesen mochte. Und dann streckte sie ihm ihre Hand entgegen und lächelte ihn freundlich an.

»Guten Morgen«, sagte sie. »Ich hoffe, daß Sie gut geschlafen haben und daß Sie keine schlechten Nachrichten bringen.«

»Ich habe acht Stunden im Zustand einer Art Bewußtlosigkeit verbracht«, antwortete er lachend, »und es gibt keinerlei Nachrichten, die der Rede wert wären, abgesehen davon, daß die Sklaven fort sind, die armen Teufel. Was unsere Freunde, die Sklavenhändler, betrifft, so glaube ich, daß sie von unserer Gesellschaft genug haben und uns sicher nicht folgen werden.«

Juanna wurde eine Spur blasser und sagte: »Das hoffe ich sehr. Ich zumindest habe genug von ihnen. Übrigens, Mr. Outram, ich – ich habe Ihnen für sehr viel zu danken.« Sie blickte unwillkürlich auf den Ring, der am dritten Finger ihrer linken Hand steckte. »Dieser Ring gehört Ihnen, ich möchte ihn zurückgeben.«

»Miß Rodd«, sagte er ernst, »wir haben gemeinsam ein sehr seltsames Abenteuer erlebt, möchten Sie den Ring nicht als Erinnerung daran behalten?«

Ihr erster Impuls war, sein Anerbieten abzulehnen. Solange sie seinen Ring trug, würde sie immer die Erinnerung an jene elende Versteigerung verfolgen, und an die noch widerlichere Farce einer erzwungenen Trauung. Und doch, als sie die Worte der Ablehnung schon auf der Zunge hatte, ließ ein Gefühl, ein Instinkt, eine abergläubische Regung, sie unausgesprochen bleiben.

»Sie sind sehr freundlich«, sagte sie, »aber dies ist Ihr Siegelring – so nennt man das wohl, nicht wahr? Sie können ihn doch nicht jemandem geben, den Sie nur durch einen Zufall kennengelernt haben.«

»Ja, es ist mein Siegelring, und wenn Sie sich das Wappen und das Motto ansehen, werden Sie erkennen, daß sie für diese Situation nicht unpassend sind. Und ich würde ihn nicht einer Zufallsbekanntschaft geben, Miß Rodd.«

»Ich habe ihn mir angesehen«, sagte sie und blickte wieder auf den Ring. Er war aus Gold, hatte eine einfache, wenn auch etwas zu massig wirkende Form, und seine tiefe Gravur zeigte das Wappen der Outrams, eine Faust, die ein Schwert hielt, und darunter das Motto. »Wie lautet das letzte Wort?« fragte sie; »es ist so abgeschliffen, daß ich es nicht lesen kann – ›Für Heimat, Ehre ...‹«

»›Und Herz‹«, sagte Leonard.

Juanna errötete, obwohl sie nicht wußte, warum das Wort ›Herz‹ sie erröten lassen sollte.

»Gut, ich werde den Ring tragen, wenn Sie es wünschen, Mr. Outram – in Erinnerung an unser Abenteuer –, das heißt, bis Sie ihn von mir zurückfordern«, setzte sie verwirrt hinzu, und sagte dann, in einem veränderten Tonfall: »Es gibt einen Punkt unseres Abenteuers, über den wir bitte nicht mehr sprechen wollen, wenn es sich vermeiden läßt, da die Erinnerung daran für mich zu peinlich ist, wahrscheinlich sogar noch mehr als für Sie.«

»Ich nehme an, daß Sie die Trauungszeremonie meinen, Miß Rodd.«

»Ich meine die sündhafte und abscheuliche Farce, an welcher teilzunehmen wir gezwungen wurden«, sagte sie leidenschaftlich. »Die meisten Zeugen jener schmachvollen Szene sind tot und können nicht mehr über sie sprechen, und wenn Sie Ihren Zwerg dazu bringen können, darüber zu schweigen, werde ich dasselbe bei Pater Francisco tun. Wir wollen es beide vergessen.«

»Gewiß, Miß Rodd«, sagte Leonard, »das heißt, falls man etwas so Seltsames wirklich vergessen kann. Und jetzt: mögen Sie zum Frühstück gehen?«

Sie neigte zustimmend den Kopf und trat an ihm vorbei, die roten Lilien in der Hand.

Ich frage mich, was für eine Gewalt sie über den Priester hat, daß sie davon redet, ihn zum Schweigen veranlassen zu können, überlegte Leonard. Übrigens muß ich ihn fragen, ob wir weiterhin das Vergnügen seiner Gesellschaft haben werden. Ich würde mich ohne ihn wohler fühlen. Ein seltsames Mädchen! Ihre Schönheit ist leicht erklärlich, die hat sie geerbt; aber es ist sehr schwer, ihr Verhalten zu verstehen. Von rechts wegen sollte sie ein halbwildes Gör sein, doch habe ich noch nie eine englische Dame gesehen, die so viel Grazie und Würde besaß. Vielleicht habe ich es vergessen; es ist so lange her, seit ich mit Damen zu tun gehabt habe, und vielleicht ist auch das bei ihr eine natürliche Veranlagung, wie ihre Schönheit. Schließlich scheint Ihr Vater von Geburt ein Gentleman zu sein, und Menschen, die in freier Natur leben, mögen alle möglichen Fehler haben, doch sind sie niemals vulgär. Vulgarität ist Geschenk der Zivilisation.

Als er das Lager erreichte, sah er Juanna in ernsthaftem Gespräch mit Pater Francisco.

»Ach, was ich Sie fragen wollte, Pater«, sagte er etwas brüsk, »wie Sie sehen, bin ich die befreiten Sklaven losgeworden. Es war unmöglich, sie weiter bei uns zu behalten, und sie müssen sehen, wie sie allein zurechtkommen. Auf jeden Fall sind sie jetzt besser dran als vorher. Was sind Ihre Pläne? Sie haben sich uns gegenüber entgegenkommend verhalten, doch kann ich nicht vergessen, in welcher Gesellschaft wir Sie gefunden haben. Vielleicht wollen Sie zu ihr zurückkehren, und in dem Falle führt Ihr Weg nach Osten.« Er nickte in die Richtung, in der das Nest lag.

»Ihr Mißtrauen verwundert mich nicht, Senhor«, sagte Francisco, und sein bleiches, mädchenhaftes Gesicht lief ein wenig rot an, als er das sagte, »denn es gibt vieles, das gegen mich spricht. Doch kann ich Ihnen versichern, daß ich zwar aus freiem Willen in die Gesellschaft von Antonio Pereira geriet, jedoch keinerlei böse Absichten damit verbunden waren. Um es kurz zu machen, Senhor: Ich hatte einen Bruder, der wegen eines Verbrechens, das er begangen hatte, von Portugal hierhergeflohen war und sich Pereiras Bande angeschlossen hatte. Mit viel Mühe habe ich seine Spur gefunden und wurde im Nest willkommen geheißen, weil ich Priester bin und die Kranken versorgen und den Sterbenden Trost spenden kann, denn die Sünde gibt keinem Menschen Trost, wenn seine Stunde gekommen ist, Senhor. Ich konnte meinen Bruder dazu überreden, mit mir zu fliehen. Aber Pereiras Ohren waren lang; wir wurden verraten, und mein Bruder wurde gehängt. Mir blieb der Strick nur wegen meines geistlichen Kleides erspart. Danach wurde ich wie ein Gefangener gehalten und gezwungen, die Bande bei ihren Expeditionen zu begleiten. Das ist die ganze Geschichte. Und, mit Ihrer Erlaubnis, möchte ich mich Ihnen gerne anschließen, denn ich habe kein Geld und weiß nicht, wohin ich mich in dieser Wildnis wenden sollte, obwohl ich fürchte, daß ich nicht kräftig genug bin, um Ihnen eine Hilfe zu sein, und da Sie einem anderen Glauben angehören, benötigen Sie auch meine priesterlichen Dienste nicht.«

»Gut, Padre«, erwiderte Leonard kühl, »doch vergessen Sie nicht, daß wir nach wie vor von vielen Gefahren umgeben sind, die uns im Falle von Verrat leicht zum Verhängnis werden könnten. Deshalb warne ich Sie: Sollte ich irgend etwas in dieser Richtung entdecken, wird meine Antwort darauf schnell und hart sein.«

»Ich glaube nicht, daß Sie den Pater verdächtigen müssen, Mr. Outram«, sagte Juanna empört. »Ich verdanke ihm sehr viel. Wenn nicht seine Hilfsbereitschaft und sein Rat gewesen wären, würde ich heute nicht mehr leben. Ich bin ihm zutiefst dankbar.«

»Wenn Sie sich für ihn verbürgen, Miß Rodd, so reicht mir das. Sie kennen ihn erheblich länger als ich«, sagte Leonard ernst und wunderte sich über den Unterschied ihrer Art, die Verdienste des Priesters anzuerkennen, und die seinen.

Von dieser Stunde an, bis zu einem gewissen Gespräch, das ihm die Augen öffnete, empfand Leonard eine tiefe Abneigung gegen Francisco, so sehr er sich auch gegen sie wehren mochte. Er besaß den typisch britischen Widerwillen gegen diesen Berufsstand, und Juannas spürbare Zuneigung zu diesem Vertreter dieses Standes war nicht dazu angetan, ihn zu mindern. Vorurteil ist ein sehr beherrschendes Gefühl, und wenn es durch Mißtrauen und Eifersucht verstärkt wird, besonders durch eine Eifersucht der unbewußten Art, kann es erschreckende Formen annehmen für den, der von ihm betroffen ist, und auch für den, gegen den es sich richtet.

Nachdem sie gefrühstückt hatten, fuhren sie mit den Booten, die sie den Sklavenhändlern auf der Insel abgenommen hatten, flußaufwärts. Die Boote wurden von den kräftigsten der befreiten Männer der Niederlassung gerudert; es waren ihrer etwa sechzig Seelen, zusammen mit Frauen und Kindern. Gegen Abend passierten sie die Insel, auf der sie die Gruppe von Sklavenhändlern zurückgelassen hatten, konnten dort jedoch kein Zeichen von Leben entdecken und erfuhren nie, ob diese Männer gestorben waren oder entkommen konnten.

Eine Stunde später lagerten sie am Ufer des Flusses, und als sie nach dem Essen um das Feuer saßen, erzählte Juanna Leonard von den Schrecken, die sie während ihres Trecks mit der Sklavenkarawane erlebt hatte. Sie berichtete ihm auch, wie sie Seiten aus der Bibel, die sie durch Zufall bei sich hatte, herausgerissen und auf Schilfhalme gespießt hatte, wenn immer sich eine Gelegenheit dazu bot, in der Hoffnung, daß sie ihrem Vater als Hinweis dienen würden, wenn dieser zurückkehren und sich auf ihre Spur setzen würde, um sie zu retten.

»Es ist alles wie ein Alptraum«, sagte sie, »genau wie diese schreckliche Farce der Trauung, mit der er endete; ich kann es kaum ertragen, daran zu denken.«

Nun sprach Francisco zum erstenmal, der bisher schweigend zugehört hatte.

»Sie sprechen, Senhora«, sagte er mit seiner leisen Stimme, »von jener ›schrecklichen Farce der Trauung‹, und ich nehme an, daß Sie damit die Zeremonie meinen, die ich mit Ihnen und Mr. Outram vollzog, da ich durch Pereira dazu gezwungen wurde. Es ist meine Pflicht, Ihnen beiden zu erklären, daß diese Trauung, so irregulär sie auch gewesen sein mag, auf keinen Fall eine Farce war. Sie beide sind nach dem Gesetz Mann und Frau, bis der Tod euch scheidet, falls nicht der Papst diese Vereinigung anullieren sollte, wozu allein er die Macht hat.«

»Unsinn, Unsinn«, erklärte Leonard, »Sie vergessen, daß keine Willenserklärung vorlag, daß wir verschiedener Religion sind, und daß diese Formalität für unseren Plan erforderlich war.«

»Die Kirche kümmert die Gründe nicht, welche zu einer

Ehe führen«, antwortete Francisco milde. »Sie sind vielfältiger Natur, und manche von ihnen vertragen sicher keine genauere Untersuchung. Sie sind jedoch ohne offenen Protest Ihrerseits getraut worden, auf portugiesischem Boden, nach portugiesischem Brauch, und durch einen geweihten Priester. Der Umstand, daß Sie Protestant sind und nach katholischem Ritus getraut wurden, spielt überhaupt keine Rolle. Sie haben diesen Ritus akzeptiert, wie es üblich ist, wenn ein Protestant eine Katholikin heiratet. Es tut mir sehr leid, Ihnen dies sagen zu müssen, aber es bleibt die Wahrheit: Sie beide sind Mann und Frau, vor dem Himmel und vor den Menschen.«*

Juanna sprang erregt auf, und selbst bei dem matten Licht des Feuers konnte Leonard sehen, daß ihr Busen wogte und ihre Augen vor Zorn funkelten.

»Es ist für mich unerträglich, mir solche Lügen anhören zu müssen«, sagte sie erregt, »und falls Sie sie noch einmal in meiner Gegenwart wiederholen sollten, Pater Francisco, werde ich nie wieder ein Wort mit Ihnen sprechen. Bevor die Zeremonie begann, hat Mr. Outram mir zugeflüstert, daß ich die ›Farce‹ über mich ergehen lassen solle, und es war eine Farce. Würde ich etwas anderes vermutet haben, hätte ich das Gift genommen. Falls irgend etwas Wahres an dem sein sollte, was der Pater eben gesagt hat, so bin ich betrogen und hintergangen worden.«

»Verzeihung, Senhora«, sagte der Priester, »aber Sie sollten keine solchen Worte gebrauchen. Der Senhor Outram und ich haben lediglich getan, was man uns zu tun gezwungen hatte.«

»Angenommen, daß Pater Francisco recht haben sollte – was ich nicht glaube«, sagte Leonard sarkastisch, »glauben Sie, Miß Rodd, daß eine solche, plötzliche Eröffnung mir nicht genauso unangenehm wäre wie Ihnen? Hören Sie, wenn es in meiner Absicht gelegen hätte, Sie ›zu betrügen und zu hintergehen‹, wäre mir das nicht möglich gewesen, ohne auch mich darin zu verwickeln, da eine Ehe, wenn sie bindend ist, für beide Partner bindend ist und selbst ein so

* Der Verfasser dieses Buches fühlt sich nicht verantwortlich für Pater Franciscos Ansichten über kirchliche Ehegesetze.

bescheidener Mann, wie ich einer bin, keine zur Frau nimmt, die er erst seit fünf Minuten kennt. Um ehrlich zu sein: Ich habe Ihre Rettung mit einem ganz anderen Ziele unternommen, als dem des Ehestandes.«

»Darf ich fragen, was dieses Ziel ist?« fragte Juanna nicht minder heftig.

»Gewiß, Miß Rodd. Aber zuerst muß ich Ihnen sagen, daß ich kein rettender Engel bin. Ich bin ein fast mittelloser Abenteurer, der aus persönlichen Gründen zu einem Vermögen zu kommen hofft. Deshalb habe ich, als jene Frau dort ...« – er deutete auf Soa, die schweigend außerhalb des Lichtkreises saß und sie beobachtete – »mir von einem unermeßlichen Schatz an Rubinen berichtete, zu dem sie mich führen wolle, wenn ich vorher die kleine Angelegenheit Ihrer Befreiung durchführen würde, und mir sogar ein Muster dieser Steine als Anzahlung übergab, und da ich gerade nichts anderes zu tun hatte und auch nicht wußte, wohin ich gehen sollte, mich also, kurz gesagt, in einer verzweifelten Lage befand, habe ich ihr Angebot angenommen. Ich habe sogar ein Weiteres getan; ich habe die Vorsichtsmaßnahme getroffen, dies alles schriftlich festzuhalten, mit mir als einer der Vertragsparteien, und mit Soa, in ihrem eigenen Namen und als Ihre Bevollmächtigte, als der anderen.«

»Ich habe keine Ahnung, worauf Sie anspielen, und ich habe Soa auch niemals Vollmacht erteilt, irgendwelche Dokumente in meinem Namen zu unterzeichnen. Darf ich dieses Schriftstück mal sehen?«

»Gewiß«, antwortete Leonard, stand auf und trat zu dem Gepäckstapel, von dem er kurz darauf zurückkam, mit einer Laterne und dem Gebetbuch.

Juanna stellte die Laterne neben sich und öffnete das Gebetbuch. Das erste, worauf ihr Auge fiel, war ein Name auf dem Vorsatzblatt; ›Jane Beach‹, und darunter eine Widmung, die offensichtlich in größter Eile geschrieben worden war: ›Meinem geliebten Leonard, von Jane‹.

»Blättern Sie um!« sagte er hastig. »Der Vertrag steht auf der anderen Seite.«

Sie bemerkte natürlich sofort, welche Verwirrung ihr Lesen der Inschrift bei Leonard hervorgerufen hatte. Wer war Jane

Beach? fragte sie sich, und warum nannte sie Outram ihren ›geliebten Leonard‹? Von einer Sekunde zur anderen – so seltsam sind die Herzen der Frauen – fühlte Juanna eine starke Abneigung gegen sie, wer immer sie auch sein mochte. Doch sie schlug das Blatt um und las die Übereinkunft. Es war ein hübscher Anblick, sie im Lichtkreis der Laterne über die kleine Schrift gebeugt zu sehen, und als sie sie gelesen hatte und aufblickte, stand ein Lächeln auf ihrem Gesicht, das jedoch eher verächtlich als freundlich war.

»Komm her, Soa«, sagte sie, »und erzähle mir, was all dieser Unsinn über Rubine und dieses Nebelvolk bedeuten soll.«

»Schäferin«, antwortete Soa und hockte sich vor ihr auf den Boden, »es ist kein Unsinn. Die Sprache, die ich dich lehrte, als du noch sehr klein warst, ist die Sprache dieses Volkes. Es ist eine wahre Geschichte, wenngleich ich sie bisher vor dir und deinem Vater, Mavoom, verborgengehalten habe, weil Mavoom sonst vielleicht versuchen würde, diese wertvollen Steine zu finden und durch sie womöglich den Tod fände. Hör mir zu, Schäferin!« sagte sie und begann ihr die Geschichte zu erzählen, mit der Leonard bereits vertraut war.

»Ich habe dies alles dem weißen Mann erzählt«, schloß sie, »weil ich sah, daß er gierig war, wie es die Art seiner Rasse ist, und weil meine Lage verzweifelt war. Aus diesem Grunde habe ich ihn mit dem roten Stein bestochen, und mit dem Versprechen, daß ich ihn ins Land des Nebelvolks führen würde, denn hätte ich dies nicht getan, dann hätte er niemals seine Klugheit und seine Kraft dafür eingesetzt, dich aus den Klauen des Gelben Teufels zu befreien. Das war auch der Grund dafür, weshalb ich in meinem und in deinem Namen mein Zeichen unter dieses Papier setzte, obwohl mir durchaus bewußt war, daß ich kein Recht hatte, in deinem Namen zu sprechen, und daß du dich weigern mochtest, dich daran zu halten, obwohl ich daran gebunden bin.«

Ehrlich ist sie zumindest, dachte Leonard. Was für einen großartigen Rechtsanwalt sie abgegeben hätte.

»Sag mir, Soa«, fragte Juanna, »ist es nötig, um in den Besitz dieser Steine zu gelangen, daß ich deinen Leuten irgendeine Rolle vorspiele?«

»Ich sehe keine andere Möglichkeit«, antwortete sie. »Doch was soll's? Du bist frei, und was ich in deinem Namen versprochen habe, hat keine Gültigkeit. Laß den weißen Mann ohne seinen Lohn bleiben, das erspart ihm eine sehr lange Reise.«

»Wie ein Staatsanwalt!« murmelte Leonard bewundernd. »General-Staatsanwalt sollte sie sein!«

»*Wow!* Diese alte Betrügerin!« warf Otter ein. »Wenn ich tun könnte, was ich wollte, würde ich ihr den Hals umdrehen, auch wenn sie so gut mit der großen Kanone umgehen kann.«

Juanna nahm von diesen Bemerkungen keinerlei Notiz. Eine Weile blickte sie nachdenklich in die Flammen, dann hob sie den Kopf und lächelte.

»Wirklich«, sagte sie, »dies ist ein kapitales Rechtsdokument. Aber – oh! – Mr. Outram, warum haben Sie meine Illusionen zerstört? Sehen Sie, ich habe eine so schöne romantische Geschichte aus unserem Abenteuer gemacht. Sie waren der strahlende Ritter, und ich die christliche Jungfrau in den Klauen des Unholds, und als Sie von meinem Los hörten, haben Sie sofort Ihre Rüstung angelegt und sind zu meiner Rettung aufgebrochen. Und jetzt reißen Sie mich mit einem Ruck ins neunzehnte Jahrhundert zurück.

Nicht Ritterlichkeit war es, sondern eine kommerzielle Transaktion: Ich befinde mich in Schwierigkeiten, doch glauben Sie, daß ich, wenn ich eine gewisse, noch nicht festgelegte Rolle spielen würde, Ihnen dabei helfen könnte, einen Schatz zu erringen; deshalb erklären Sie sich bereit, das Risiko auf sich zu nehmen. Ich habe keine Ahnung, was man von mir erwartet, da mich bisher niemand darüber aufgeklärt hat, doch brauchen Sie nichts zu fürchten. Ich werde das Abkommen nicht brechen, wie es Soa mit so großer Offenheit vorgeschlagen hat. Seien Sie versichert, daß ich mein Bestes tun werde, um Ihnen bei diesem Geschäft zu helfen, wenn mir das möglich ist, denn Sie haben harte Arbeit geleistet und Ihr Leben riskiert, Mr. Outram, und Ihr Geld ehrlich verdient, oder vielmehr, die Aussicht darauf. Wirklich, dies alles ist sehr amüsant.« Sie lachte fröhlich.

»Ich bin froh, daß Sie mich endlich im richtigen Licht sehen, Miß Rodd«, sagte er. »Das vereinfacht die Dinge. Ich bin diesen Vertrag eingegangen, weil er mir eine, wenn auch geringe, Chance bot, mein Ziel zu erreichen, das schlicht und einfach Reichtum ist. Das soll jedoch nicht heißen, daß ich Ihre Rettung nicht versucht haben würde, wenn es diesen Vertrag nicht gegeben hätte; aber natürlich kann ich nicht erwarten, daß Sie mir das glauben.«

»Ich versichere Ihnen, Mr. Outram, daß ich Ihnen für Ihre Vorsicht sehr verbunden bin. Sie hat ein großes Gewicht von meiner Seele genommen, denn wenn ich Ihnen auf irgendeine Weise dabei behilflich sein kann, die Schätze des Nebelvolks in Ihren Besitz zu bringen, werde ich mich damit einer Schuld entledigt haben, die mich gegenwärtig niederdrückt.«

»Wir müssen morgen sehr zeitig aufbrechen, also werde ich mich, mit Ihrer Erlaubnis, jetzt zurückziehen«, sagte Leonard und sprang auf.

Juanna blickte mit unschuldigen Augen zu ihm auf, und als er durch den Lichtkreis des Feuers ging, sah sie, daß sein Gesicht wie eine Gewitterwolke aussah.

Ich habe ihn wütend gemacht, dachte sie, und das freut mich. Wie konnte er es wagen, *mich* für Geld zu retten? Aber er ist ein seltsamer Mann, und ich glaube nicht, daß ich ihn wirklich verstehe. Wer wohl diese Jane Beach sein mag? Wahrscheinlich will sie das Geld. Frauen wollen fast immer Geld, jedenfalls die in Durban.

Dann sagte sie: »Soa, komm mit mir, und während ich mich entkleide, wirst du mir alles über dein Treffen mit Mr. Outram erzählen, und alles, was er gesagt hat, und nichts auslassen. Du hast mich mit deinen Worten beschämt, Soa, und das werde ich dir niemals vergeben. Und dann sage mir auch, wie *ich* dabei helfen kann, den Schatz des Nebelvolks zu erringen!«

16

Mißverständnisse

Für einige Tage nach diesem scharfen Meinungsaustausch, der eben berichtet wurde, war das Verhältnis zwischen Leonard und Juanna nicht nur ein wenig angespannt, obwohl die Anforderungen des Reisens ein ständiges Zusammensein mit sich brachten. Beide hatten das Gefühl, gute Gründe dafür zu haben, dem anderen Vorwürfe machen zu können, und beide waren etwas beschämt über die Rolle, die sie selbst gespielt hatten. Leonard bedauerte, jemals diesen Vertrag mit Soa abgeschlossen zu haben, und als Juanna sich ein wenig abgekühlt hatte, tat es ihr leid, so über dieses Thema gesprochen zu haben, wie sie es getan hatte. Ihr Stolz war zwar verletzt worden; aber schließlich, wie hatte er das wissen können? Außerdem war er ein Abenteurer, und da war es nur natürlich, daß er Bedingungen gestellt hatte. Zweifellos hatte sein Bestreben, ein Vermögen zu erlangen, etwas mit dieser Frau zu tun, deren Name in dem Gebetbuch stand.

Vielleicht war diese Frau auch nur eine jüngferliche Tante, doch Juanna fühlte den brennenden Wunsch, etwas über sie in Erfahrung zu bringen, und wenn ein solcher Wunsch das Herz einer Frau ergreift, findet sie gemeinhin Mittel und Wege, ihn zu befriedigen. Da es sonst niemanden gab, den sie befragen konnte, lotete sie Otter danach aus, mit dem sie sich recht gut verstand, erfuhr jedoch nicht mehr, als daß das Thema Jane Beach den Zwerg nicht interessierte. Er gab lediglich seiner Vermutung Ausdruck, daß sie zweifellos eine der Frauen des Baas gewesen sei, als er in dem großen Kraal jenseits des Wassers gelebt hatte.

Diese Auskunft fand Juanna recht unbefriedigend, doch die Andeutung der Existenz eines ›großen Kraals‹ weckte ihre Neugier, von der sie eine gehörige Portion besaß, und sie fragte den Zwerg äußerst geschickt danach aus. Er schluckte den Köder ohne zu zögern und eröffnete ihr, daß sein Baas einst einer der größten Männer der Welt gewesen sei, und einer der reichsten, jedoch durch die bösen Zaubermächte von

Feinden all seinen Reichtum verloren habe und nun in dieses Land gekommen sei, um neuen zu suchen.

Otter erging sich in maßlosen Übertreibungen zu diesem Thema, und da er bestrebt war, den Wert seines geliebten Baas in den Augen der Schäferin herauszustreichen, darf man sagen, daß er seiner Phantasie freien Lauf ließ. Leonard, erklärte er, habe soviel Ländereien besessen, wie sie ein schnelles Pferd in vollem Galopp an einem Tage durchmessen konnte; außerdem habe er zweihundert Stammeskrieger gehabt, Führer von Sippen, die er mit dem Fleisch von Ochsen ernährt habe, welche eigens für sie getötet worden seien – zwanzig Ochsen pro Woche; und zehn Hauptfrauen hätten ihn ihren Ehemann genannt. Juanna fragte nach den Namen dieser Frauen, woraufhin der unermüdliche Otter ihnen allen Kaffernnamen verlieh, und auch nicht vergaß, ihre Abstammung zu schildern, ihre persönlichen Reize, und Anzahl und Geschlecht der von ihnen geborenen Kinder zu nennen. Für die Erzählung dieser Geschichte benötigte er etwa zwei Stunden, während derer Juanna eine große Achtung vor Otters dichterischer Begabung entwickelte, jedoch klar erkannte, daß sie sich zur Erlangung zuverlässiger Informationen an Leonard selbst wenden mußte.

Erst am letzten Tag der Reise fand Juanna die Gelegenheit, die sie suchte. Die Reise war überaus glücklich verlaufen, und sie rechneten damit, die abgebrannte Niederlassung am folgenden Tage zu erreichen, wenngleich es sehr ungewiß war, ob sie Mr. Rodd dort antreffen würden. Tag für Tag waren sie den großen Fluß hinauf gerudert und gesegelt, hatten an seinem Ufer gelagert, was recht angenehm hätte sein können, wären die Moskitos nicht gewesen. Während dieser ganzen Zeit sahen Leonard und Juanna einander nur sehr selten, obwohl sie ständig beisammen waren. Bei dieser besonderen Gelegenheit brachte es der Zufall jedoch mit sich, daß sie allein in einem Boot waren – mit Ausnahme der Ruderer.

Wahrscheinlich hatte Juanna es so eingerichtet, denn normalerweise hatte Leonard es immer – um der Gesellschaft dieser unangenehmen jungen Person zu entgehen – so gehalten, daß er mit Otter im ersten Boot fuhr, und Juanna, begleitet von Soa und Francisco im zweiten. Dem Priester gegenüber zeigte sie sich überaus freundlich und zuvorkommend, vielleicht um Leonard zu demonstrieren, wie charmant sie sein konnte, wenn sie es nur wollte. Sie unterhielt sich stundenlang mit ihm, als ob er eine Freundin wäre, und seine melancholischen Augen strahlten dabei vor Freude. Francisco hatte tatsächlich einen femininen Einschlag, seine Freundlichkeit war feminin, und seine zierliche Figur, seine zarten Hände und feinen Gesichtszüge verstärkten diesen Eindruck. Sein Gesicht war dem Juannas nicht unähnlich, und im Laufe der Tage wurde diese Ähnlichkeit immer frappanter. Hätte man ihn in Frauenkleider gesteckt, man hätte sie leicht miteinander verwechseln können, obwohl sie größer war als er.

Der Umstand, daß Francisco Geistlicher war, erlaubte es Juanna, ihm eine Vertraulichkeit zu gestatten, die sie keinem anderen Mann gewährt hätte. Sie vergaß – oder verstand nicht – daß sie ein gefährliches Spiel spielte, daß er trotz allem ein Mann war, und daß unter seiner Soutane das Herz eines Mannes schlug. Niemand konnte liebenswürdiger und geistreicher sein als Juanna, doch Tag um Tag hatte sie nicht die geringsten Hemmungen, alle diese Vorzüge vor dem unglücklichen Priester auszubreiten, die sie, zuzüglich ihrer Schönheit, Francisco unwiderstehlich machen mußten, zumindest an den Ufern des Sambesi. Freundschaftsgefühle und Unwissenheit waren sicher die Grundlagen dieses abscheulichen Verhaltens, doch war es auch durchaus möglich, daß eine unbewußte Verärgerung dabei eine Rolle spielte. Sie war entschlossen, Leonard zu zeigen, daß sie nicht immer eine unangenehme Person war, der man besser aus dem Wege ging, oder zumindest, daß andere sie nicht dafür hielten. Daß all ihre Liebenswürdigkeit und ihr Charme eine tragische Wirkung auf Francisco haben mochten, kam ihr nicht in den Sinn, bis es zu spät war.

Nun, zum ersten Mal war die gewohnte Ordnung gebrochen: Leonard und Juanna saßen Seite an Seite im ersten Boot. Es war ein wunderbarer Abend, sie glitten gemächlich an dem schilfbestandenen Ufer entlang, beobachteten die langen Schatten auf dem Wasser des stillen Flusses, lauschten auf das Rauschen der Schwingen zahlloser Wasservögel, die über sie hinwegzogen, und zählten die Köpfe der Herden verschiedener Wildarten, die über die jenseits des Ufers gelegene Ebene zogen.

Eine ganze Weile sprach keiner von ihnen ein persönliches Wort. Hin und wieder lenkte Juanna die Aufmerksamkeit ihres Reisegefährten auf irgendeine Wasserblume oder auf einen Fisch, der, von den Rudern erschreckt, aus dem Wasser schnellte, und er antwortete mit einem einsilbigen Wort oder einem Nicken. Sein Herz zürnte diesem Mädchen, wie Otter es ausgedrückt haben würde, und er fragte sich, aus welchem Grund sie sich entschlossen hatte, in seinem Boot zu fahren. Vielleicht weil sie der Gesellschaft des Priesters müde geworden war. Er wünschte, sie würde nicht in seiner Nähe sein, und doch wäre er sehr traurig gewesen, wenn sie es nicht gewesen wäre.

Was Juanna betraf, so wollte sie ihn zum Reden bringen, wußte jedoch nicht, wie sie sein finsteres Schweigen durchbrechen sollte. Plötzlich lehnte sie sich zurück und begann mit ihrer weichen Altstimme zu singen. Er hatte sie noch nie singen gehört, er hatte seit vielen Jahren keine gute Stimme mehr gehört, um ehrlich zu sein, und er liebte Gesang. Das Lied, das sie sang, war ein portugiesisches Liebeslied, sehr zart und sehr leidenschaftlich, die Klage eines Mannes, der um seine tote Geliebte trauert, und sie legte sehr viel Ausdruck hinein. Als sie aufhörte zu singen, sah er, daß Tränen in ihren Augen standen. Also besaß sie doch Gefühl!

»Das ist zu traurig«, sagte sie und brach sofort in einen Rudergesang der Kaffern aus, in den die Eingeborenen aus der Niederlassung, glücklich über die Aussicht, bald wieder zu Hause zu sein, sofort fröhlich einstimmten. Doch dann brach sie das Lied ab. »Ich langweile Sie«, sagte sie, »ich glaube, daß Sie sich nichts aus Gesang machen.«

»Im Gegenteil, Miß Rodd, ich liebe ihn sehr. Ihre Stimme ist wirklich gut, wenn ich mir diese Bemerkung erlauben darf, und sie ist ausgebildet. Ich begreife nicht, wo Sie Gelegenheit gefunden haben, so vieles zu lernen; Musik, zum Beispiel.«

»Ich habe den Eindruck, Mr. Outram, daß Sie mich für eine Art Wilde halten; doch habe ich, ungeachtet der Tatsache, daß ich am Sambesi aufgewachsen bin, einige Chancen gehabt. Es ist immer ein gewisser Verkehr auf dem Fluß, durch den es uns oft möglich war, Bücher und andere Dinge zu kaufen, und gelegentlich kamen wir dadurch auch in Verbindung mit europäischen Händlern, Reisenden und Missionaren. Außerdem ist mein Vater ein sehr gebildeter Mann, und aus guter Familie, wenn auch die Lebensumstände ihn gezwungen haben, in die Wildnis zu ziehen. Er war zu seiner Zeit Wissenschaftler und hat mich sehr viel gelehrt; und das andere habe ich mir durch Lesen angeeignet. Außerdem war ich drei Jahre lang auf einer guten Schule in Durban und habe dort mein Bestes getan, um mich weiterzubilden. Ich wollte nicht als Wilde aufwachsen, nur weil ich unter Wilden lebte.«

»Das erklärt das Wunder wirklich. Und haben Sie gerne unter Wilden gelebt?«

»Bis jetzt eigentlich ja, doch dieses letzte Erlebnis hat mich davon kuriert. Oh, es war entsetzlich! Wenn ich nicht eine so starke Natur gehabt hätte, wäre ich nicht mit dem Leben davongekommen; eine nervlich labile Frau wäre zum Wahnsinn getrieben worden. Ja, ich habe gern in der Wildnis gelebt; ich habe es immer als eine Vorbereitung auf das Leben angesehen. Ich glaube, daß die Gesellschaft der Natur die beste Vorbildung für die Gesellschaft der Menschen ist, denn wenn man die eine nicht begreift und sich mit ihr nicht in Einklang bringen kann, wird man nie in der Lage sein, die andere zu verstehen. Jetzt aber möchte ich nach Europa gehen und die Welt und ihre Zivilisation kennenlernen, denn ich weiß, aus welchem Stoff sie gemacht ist. Aber vielleicht wird das ein Wunschtraum bleiben; auf jeden Fall muß ich zuerst einmal meinen Vater wiederfinden«, seufzte sie.

Leonard antwortete nicht, er dachte nach.

»Und Sie, Mr. Outram, *mögen* Sie Ihr Leben?«

»Ich!« rief er verbittert. »Genau wie Sie, Miß Rodd, wurde ich ein Opfer widriger Umstände und muß versuchen, das Beste aus ihm zu machen. Wie ich Ihnen bereits sagte, bin ich ein mittelloser Abenteurer, der irgendwo sein Glück zu machen versucht. Natürlich könnte ich auch in England mein Brot verdienen, doch hätte das keinen Sinn für mich; ich muß Reichtum erwerben, und einen ziemlich großen.«

»Wozu?« sagte sie. »Liegt irgendein Sinn darin, sein Leben daran zu vergeuden, Reichtümer anzuhäufen?«

»Das kommt darauf an. Ich habe ein Ziel, das zu erreichen ich geschworen habe.«

Sie blickte ihn fragend an.

»Miß Rodd, ich will es Ihnen sagen. Mein Bruder, der vor einigen Wochen am Fieber gestorben ist, und ich waren die einzigen männlichen Nachkommen einer sehr alten Familie. Wir hatten von Geburt an eine große Zukunft vor uns, zumindest jedoch er; durch die Schuld unseres Vaters ging jedoch alles verloren, und unser altes Heim, das seit Jahrhunderten im Besitz unserer Familie war, kam unter den Hammer. Das war vor sieben Jahren, als ich ein junger Mann von dreiundzwanzig war. Wir schworen, daß wir unser Vermögen wiedergewinnen würden – nicht so sehr für uns, sondern um unserer Familie willen – und kamen nach Afrika, um eben das zu tun. Mein Bruder ist tot, doch ich habe diesen Eid von ihm geerbt und werde weiter unserem Ziel zustreben, selbst wenn es noch so hoffnungslos erscheinen mag. Jetzt werden Sie vielleicht verstehen, warum ich ein gewisses Dokument unterzeichnet habe.«

»Ja«, sagte sie, »jetzt verstehe ich es. Es ist eine seltsame Geschichte. Aber sagen Sie mir: Haben Sie sonst keine Anverwandten?«

»Doch, eine jungfräuliche Tante, glaube ich, die Schwester meiner Mutter.«

»Ist ihr Name Jane Beach?« fragte Juanna rasch. »Entschuldigen Sie, aber diesen Namen habe ich in dem Gebetbuch gelesen.«

»Nein«, sagte er, »er ist nicht Jane Beach.«

Juanna zögerte, doch dann gewannen Neugier, oder auch andere Gefühle, die Überhand, und sie fragte geradeheraus: »Wer ist dann Jane Beach?«

Leonard blickte Juanna an und erinnerte sich an alles, das er durch sie erlitten hatte. Es war eine Unverschämtheit von ihr, ihm eine solche Frage zu stellen, doch da sie sich entschlossen hatte, es zu tun, sollte sie die passende Antwort darauf bekommen. Offenbar nahm sie an, daß er sich in sie verliebt hatte, offenbar hatte sie dieses Gespräch so eingefädelt, daß sie ihm jede Hoffnung rauben konnte. Er würde ihr zeigen, daß es noch andere Frauen auf der Welt gab, und daß zumindest eine von ihnen nicht gerade schlecht von ihm gedacht hatte. Es war albern, das wußte er, doch neigen Männer, die unter unverdienter Zurückweisung, Vernachlässigung und Spott durch die Frau leiden, die sie verehren, nun einmal dazu, ihr gesundes Urteilsvermögen einzubüßen und Torheiten zu begehen.

Also antwortete er: »Jane Beach ist das Mädchen, mit dem ich verlobt war.«

»Das ahnte ich«, sagte sie mit einem Lächeln und einem leichten Frösteln. »Ich ahnte es, als ich sah, daß Sie immer dieses Gebetbuch bei sich trugen.«

»Sie vergessen, Miß Rodd, daß dieses Gebetbuch einen Vertrag enhält, welcher sehr wertvoll werden mag.«

Juanna überhörte seinen Sarkasmus, ihr Interesse war auf andere Dinge gerichtet.

»Sind Sie noch immer mit ihr verlobt?«

»Nein, ich glaube nicht. Ihr Vater hat ihr jede Verbindung mit mir verboten, als wir unser Vermögen verloren.«

»Sie war sicher sehr traurig darüber.«

»Ja, sie war sehr traurig.«

»Wie interessant! Sie dürfen mich nicht für neugierig halten, Mr. Outram, aber ich habe noch nie von einer solchen Liebesgeschichte gehört – wie aus einem Roman. Natürlich schreibt sie Ihnen oft?«

»Ich habe nie mehr von ihr gehört, seit ich England verließ.«

»Wirklich! Sicherlich hätte sie Ihnen schreiben oder Ihnen zumindest eine Nachricht zukommen lassen können?«

»Ich nehme an, daß ihr Vater das verhindert hat«, antwortete Leonard, doch in seinem Herzen stimmte er ihr zu, daß Jane ihm wirklich schreiben oder irgendwie eine Nachricht hätte schicken können, und er konnte sich denken, warum sie es nicht getan hatte.

»Ah! Ihr Vater. Sagen Sie mir: war sie sehr schön?«

»Sie war die schönste Frau, die ich jemals gesehen habe« – außer der, die jetzt neben mir sitzt, setzte er in Gedanken hinzu.

»Und Sie lieben sie sehr?«

»Ja, ich habe sie sehr geliebt.«

Falls Juanna den Wechsel der Zeitform bemerkt haben sollte, so ließ sie sich davon nichts anmerken: es war eine solche Kleinigkeit, nur die Umstellung von ein paar Worten. Und doch, was für eine Kluft liegt zwischen *lieben* und *geliebt haben!* Sie ist unergründlich. Und trotzdem haben die meisten Menschen sie im Laufe ihres Lebens überquert, manche von ihnen sogar mehr als einmal. Er hatte ihr nichts als die Wahrheit gesagt, doch hatte sie die weibliche Form der Wahrheit hinzugefügt. Er hatte ihr gesagt, daß er Jane Beach geliebt hatte, deshalb zweifelte sie nicht daran, daß er sie immer noch mehr denn je liebte. Wie konnte sie auch wissen, daß das Bild jener fernen und abtrünnigen Jane in seiner Erinnerung verblaßte, um von dem einer gewissen, anwesenden Juanna eingenommen zu werden? Sie nahm alles als gegeben hin und füllte die Einzelheiten mit großzügiger Hand und in hellen Farben aus.

Ja, Juanna nahm alles als gegeben hin. Wieder erschauerte sie, und ihre Lippen wurden grau vor Schmerz. Jetzt begriff sie, daß sie ihn seit ihrer ersten Begegnung im Sklavenlager geliebt hatte. Es war ihre Liebe, bis jetzt unerkannt, die sie verändert und sie dazu gebracht hatte, sich so unmöglich zu benehmen. Es war ihr entsetzlich gewesen, daran zu denken, daß sie diesem Manne in einer Trauungs-Farce ausgeliefert worden war; und noch schlimmer war es, zu wissen, daß er ihre Rettung nicht um ihretwillen unternommen hatte, sondern in der Hoffnung, durch sie zu Reichtum zu kommen. Im Augenblick ihres Verlustes erfuhr Juanna zum ersten Male, was sie gewonnen hatte. Sie hatte gespielt und verloren, und nie wieder würde sie die Würfel so werfen können. Das Spiel war gelaufen und zu Ende.

So dachte und fühlte Juanna. Ein wenig mehr weltliche Erfahrung mochte ihr etwas anderes gesagt haben. Doch sie hatte keine Erfahrung, und in den Romanen, die sie gelesen hatte, vergaß der Held niemals die Treue zu seiner ersten Liebe oder wandte sich der *anderen* zu. Ah! Wenn alle die Heldinnen sich an diese goldene Regel halten würden, wie entsetzlich langweilig wäre diese Welt!

Juanna raffte alle ihre Kräfte zusammen und sagte mit leiser, ruhiger Stimme: »Mr. Outram, ich bin Ihnen sehr verbunden, daß Sie mir dies alles erzählt haben. Es war für mich überaus interessant, und ich hoffe, daß Soas Bericht von verborgenen Schätzen sich als wahr erweisen wird, und daß Sie sie, mit meiner Hilfe, erringen mögen. Es wäre eine kleine Entschädigung für all das, was Sie für mich getan haben. Ja, ich hoffe, daß Sie sie erringen mögen, damit Sie Ihr Heim zurückkaufen und nach all den Jahren der Arbeit und der Gefahren dort leben können, in Ehren und Glück – ja, und in Liebe, wie Sie es verdienen. Und jetzt möchte ich Sie um Verzeihung für mein Benehmen bitten, für meine Unhöflichkeit, meine bitteren Worte. Es war schandbar, ich weiß, doch vielleicht können Sie eine Entschuldigung dafür finden, wenn Sie bedenken, was ich in letzter Zeit durchgemacht habe. Meine Nerven waren zerrüttet, ich war nicht ich selbst – ich habe reagiert wie ein halbwilder Luchs. So, das ist alles.«

Während sie sprach, hatte Juanna begonnen, den Siegelring von ihrer linken Hand zu ziehen. Doch zog sie ihn nicht ganz herunter. Es war sein Geschenk an sie, das einzige äußere Zeichen der Zusammengehörigkeit zwischen ihr und dem Mann, den sie verloren hatte. Warum sollte sie sich von ihm trennen? Der Ring erinnerte sie an so vieles. Sie wußte jetzt, daß die falsche Trauung, auf eine gewisse Weise, eine echte gewesen war – jedenfalls so weit es sie betraf, denn von jenem Augenblick an hatte sie wahrlich ihre Seele in seine Hände gelegt – nicht alles von sich, doch den besten Teil ihres Selbst, und ihre Liebe; und jene feierlichen Worte, welche an dem furchtbaren Ort über sie gesprochen worden waren, hatten diesen Ring geheiligt. Er war nichts, er bedeutete nichts, doch für sie war er eine Bindung, wenn auch nicht für ihn. Ja, ihr ganzes Leben lang würde sie ihm geistig und körperlich treu bleiben, als ob sie in jener Nacht der Angst tatsächlich seine Frau geworden wäre. Das zu tun würde das einzige Glück ihres Lebens sein, dachte sie, obwohl es seltsam war, daß sie sich in ihrem Kummer ausgerechnet bei diesem Ereignis Trost suchen sollte, dessen bloße Erwähnung in ihr bisher nur Verachtung und Bitterkeit hervorgerufen hatte.

Doch es war nun einmal so, und sie konnte es nicht ändern.

Leonard sah den Ausdruck auf ihrem Gesicht; er hatte noch nie einen bemerkt, der ihm gleichkam. Mit Erstaunen hörte er ihre sanften Worte, und irgend etwas, das in ihrem Gesichtsausdruck und in ihren Worten lag, rührte ihn an, auf jeden Fall begriff er, daß sie litt. Sie hatte sich vor seinen Augen gewandelt, er hatte kein bitteres Gefühl mehr ihr gegenüber. Er liebte sie; konnte es nicht sein, daß auch sie ihn liebte, und daß dort der Schlüssel zu all ihrem seltsamen Verhalten läge? Ein und für allemal wollte er diese Angelegenheit klären: er würde ihr sagen, daß Jane Beach seit langer Zeit für ihn nicht mehr war als eine zarte Erinnerung, und daß sie ihm alles bedeute.

»Juanna«, sagte er und sprach sie zum erstenmal mit ihrem Vornamen an.

Doch mit diesem Wort, so war es bestimmt, begann und endete der Satz, denn in diesem Augenblick schoß ein Kanu heran, und Franciscos Stimme hallte aus dem Nebel.

»Peter sagt, daß Sie zu weit gefahren sind, Senhora. Er hat Sie nicht gestoppt, da er glaubte, daß Sie die Stelle, wo wir heute lagern wollen, gut kennen würden.«

»Es lag an dem Nebel, Pater«, sagte Juanna mit einem kleinen Lachen, »wir haben uns im Nebel verirrt.«

Wenige Minuten darauf waren sie am Ufer, und Leonards Erklärung blieb ungesagt. Und er machte auch keinen Versuch, eine neue Gelegenheit herbeizuführen. Ihm schien, daß Juanna eine Mauer zwischen ihnen errichtet hatte, die er nicht übersteigen konnte. Von jenem Abend an wurde ihre ganze Einstellung zu ihm anders. Sie verletzte ihn nicht mehr mit scharfen Bemerkungen; im Gegenteil, sie war die Freundlichkeit selbst, und nichts konnte liebenswürdiger und herzlicher sein, als ihr Verhalten, doch damit begann und endete es. Zwei- oder dreimal unternahm er einen kleinen Versuch, ihr näherzukommen, mit dem Ergebnis, daß sie sofort zu erstarren schien, so hart und kalt zu werden schien wie Marmor. Er konnte sie nicht begreifen, er fürchtete sie irgendwie, und sein Stolz war verletzt. Zumindest konnte er seine Gefühle für sich behalten, er hatte es nicht nötig, sie diesem unbegreiflichen Mädchen zu offenbaren und sie darauf herumtrampeln zu lassen.

Obwohl es ihnen bestimmt war, auf Monate Seite an Seite zu leben, nur selten den Blicken und den Gedanken des anderen entkommen zu können, ging er seinen Weg, und sie den ihren. Doch hatten die Vergangenheit und der geheime Kummer an beiden ihre Spuren hinterlassen. Leonard wurde ernster, schweigsamer, wachsamer und mißtrauisch. Juanna wurde plötzlich vom Mädchen zu einer Frau von starker Präsenz und großer natürlicher Würde. Sie lachte nur selten während all dieser Monate, wie sie es sonst oft getan hatte, sie lächelte nur, und oft war es ein trauriges Lächeln. Ihre Gedanken verboten ihr jedes Lachen, denn sie kreisten darum, wie ihr Leben sein könnte, wenn es keine Frau namens Jane Beach gäbe, und wie es sein mußte, wegen Jane Beach. Tatsächlich wurde diese unbekannte Jane Beach zu einem beherrschenden Faktor ihres Denkens, der sie bei Tag und bei Nacht verfolgte. Juanna stellte sie sich in verschiedenen Formen der Schönheit vor, mit zahlreichen, unterschiedlichen Reizen bedacht, und sie haßte jedes dieser Phantome mehr als die vorangegangenen.

Trotzdem stellte sie sich jedes Phantom für eine Weile als Rivalin vor und versuchte, seine besonderen, imaginären Reize und Werte zu übertreffen; eine eigenartige Form der Eifersucht, die schließlich Otter dazu veranlaßte, Leonard gegenüber festzustellen, daß die Schäferin nicht seine Frau sei, sondern zwanzig Frauen, und deshalb eine Hexe, der man möglichst aus dem Wege gehen sollte. Doch wurde sie nur hin und wieder von solchen Anfällen ergriffen. Zumeist gab sie sich als ernste und zurückhaltende junge Dame, frisch und reizend anzusehen, für ihre weißen Gefährten ein Geheimnis, und für die Eingeborenen fast eine Göttin.

Doch wo immer Juanna ging, gingen zwei Schatten mit ihr, ihre geheime Leidenschaft und das veränderliche Bild eines unbekannten englischen Mädchens, das sie der Früchte dieser Leidenschaft beraubt hatte.

17

Der Tod Mavooms

Am nächsten Tage erreichten sie die ausgebrannte Niederlassung, deren Zustand sich nicht viel verändert hatte, seit sie von den Arabern vor einigen Wochen verwüstet zurückgelassen worden war. Glücklicherweise waren die Zerstörungen nicht so stark, wie sie auf den ersten Blick wirkten. Die Häuser waren zwar völlig ausgebrannt, doch waren ihre Mauern stehengeblieben, und viele der Eingeborenenhütten waren noch intakt.

Boten, die bei Morgengrauen vorausgeschickt worden waren, hatten die Kunde von der Rettung und der Rückkehr der Schäferin unter den Bewohnern benachbarter Kraals verbreitet, die zu Dutzenden zur Anlegestelle strömten, zusammen mit mindestens hundert von Mr. Rodds Leuten, die den Klauen der Sklavenhändler entkommen waren, durch Verstecken, durch Abwesenheit, durch verschiedene andere Zufälligkeiten, und die jetzt zusammenströmten, um seine Tochter und ihre Angehörigen willkommen zu heißen, so wie sie Tote begrüßt haben würden, die aus dem Grabe auferstanden waren. Das Willkommen, das Juanna bereitet wurde, war wahrlich äußerst rührend. Männer, Frauen und Kinder liefen auf sie zu, die Männer grüßten sie mit gutturalen Stimmen und erhobenen Armen, die Frauen und Kinder lachten, schwatzten, gestikulierten, küßten ihre Hände und den Saum ihrer Robe.

Juanna winkte sie ungeduldig beiseite und fragte, ob sie irgend etwas von ihrem Vater gehört hätten. Sie antworteten: »Nein.« Einige von ihnen seien noch an selben Tage, an dem sie verschleppt worden war, den Fluß hinaufgefahren, seien jedoch noch nicht zurückgekehrt, und man habe weder von ihnen, noch von ihm etwas gehört.

»Machen Sie sich keine Gedanken«, sagte Leonard, als er die Sorge und Beunruhigung auf ihrem Gesicht erkannte, »zweifellos ist er weiter hinaufgefahren, als er es vorgehabt hatte, und die Männer haben ihn nicht finden können.«

»Ich habe Angst, daß ihm etwas zugestoßen sein könnte«, antwortete sie. »Er sollte längst zurück sein; er hatte versprochen, daß er nicht länger als zwei Wochen fortbleiben würde.«

Inzwischen hatte sich die Geschichte von der Eroberung und Zerstörung des Sklavenlagers herumgesprochen, und die Aufregung war groß. Otter, der eine gute Gelegenheit sah, den Ruhm seines Herrn zu singen, stolzierte in der Menge hin und her, schüttelte seinen Speer und verkündete Leonards Taten nach Zulu-Art.

»*Wow!*« rief er. »Wow! Blickt ihn an, ihr Menschen, und erbebt vor Staunen!

Blickt ihn an, den weißen Elefanten, und vernehmt seine Taten.

In der Nacht ist er über sie hergefallen.

Er ist über sie hergefallen, über bewaffnete Männer in einem gesicherten Ort.

Allein hat er das getan; niemand half ihm dabei, als ein schwarzer Affe und eine Frau mit einer zitternden Hand.

Er hat sie mit honigsüßer Zunge getäuscht, und sie mit einem Speer aus Eisen getötet.

Er hat die Schäferin aus ihrer Mitte geholt, um ihm eine Frau zu sein.

Er hat dem Gelben Teufel für sie bezahlt; mit gelbem Eisen hat er ihm bezahlt.

Der Gebets-Mann hat über sie gebetet, und dann brach der Kampf los.

Ihr mächtigster Krieger gab ihm eine Schlacht, und mit seiner bloßen Faust hat er ihn erschlagen.

Nun spielte der Affe seine Streiche, und die zitternde Hand machte großen Lärm, den Lärm des Donners.

Sie sanken tot zu Boden, in großen Haufen sanken sie tot zu Boden.

Das Feuer brüllte hinter ihnen, und vor ihnen sangen die Kugeln.

Sie schrien wie Weiber, doch das Feuer ließ sich nicht davon erweichen, es fraß sich weiter, es fraß ihre Kraft auf.

Asche war alles, was von ihnen übrig blieb; sie sind tot, die bewaffneten Männer.

Nie wieder werden sie Elend über euch bringen; die Tage der Sklaverei sind vorbei.

Und wer hat das alles getan? Er war es, der brüllende Löwe, der schwarzmähnige Löwe mit dem weißen Gesicht.

Er war es, der die Sklavenhändler dem Schwerte übergab; er war es, der ihren Herrscher zum Tode verdammte.

Er war es, der die Eisen der Gefangenen zerbrach, damit sie wieder das Brot der Freiheit essen konnten.

Preiset ihn, ihr Menschen, den Mann, der die Kraft des Unterdrückers brach!

Preiset ihn, den Schäfer der Schäferin, der sie aus dem Haus der Bösen führte!

Preiset ihn, ihr Kinder Mavooms, in dessen Hand Tod und Leben lagen!

Noch nie zuvor ist eine solche Geschichte in diesem Land erzählt worden. Preiset ihn, den Erlöser, der euch eure Kinder zurückgegeben hat!«

»Ja, preiset ihn!« rief Juanna, die in seiner Nähe stand. »Preiset ihn, Kinder meines Vaters, da ohne ihn keiner von uns heute das Licht der Sonne sehen würde!«

In diesem Augenblick erschien Leonard auf dem Landeplatz, gerade rechtzeitig, um Juannas Worte zu hören. Alle Menschen der Niederlassung begannen ihm zuzujubeln, und hunderte andere Eingeborene stimmten in ihre begeisterten Schreie ein. Sie liefen auf ihn zu und riefen: »Gepriesen seiest du, Schäfer der Schäferin! Gepriesen seiest du, Erlöser!«

Leonard packte Otter wütend beim Genick und schwor, ihm auf der Stelle den Hals umzudrehen, und das Lärmen verstummte. Doch von jenem Tage an wurde Leonard von den Eingeborenen ›der Erlöser‹ genannt, und bei keinem anderen Namen.

An diesem Abend, als Leonard, Juanna und der Priester zwischen den angekohlten Wänden von Mr. Rodds Haus beim Essen saßen, die Beute aus dem Sklavenlager um sich gehäuft, und mit großer Sorge über das Schicksal von Juannas Vater sprachen und sich fragten, ob irgend etwas getan werden konnte, um ihn zu finden, hörten sie plötzlich Unruhe und

Geschrei unter den Eingeborenen, und dann kam Otter hereingestürzt und rief: »Mavoom ist da!«

Sofort sprangen sie alle auf und liefen hinaus, angeführt von Juanna. Dort, auf den Schultern von sechs erschöpften Männern, schwankte eine Bahre, darauf ein Mann, der in Decken gehüllt war.

»Oh! Er ist tot!« rief Juanna, blieb plötzlich stehen und preßte beide Hände auf ihr Herz.

Im ersten Moment glaubte Leonard, daß sie recht hätte. Doch bevor er etwas sagen konnte, hörte er eine schwache Stimme den Trägern zurufen, sie sollte sich etwas vorsichtiger bewegen, und dann sprang Juanna auf ihn zu: »Vater! Vater!«

Die Träger brachten ihre Last ins Haus und stellten sie auf dem Boden auf. Leonard blickte auf die Bahre hinab und sah einen hochgewachsenen und gut aussehenden Mann von etwa fünfzig Jahren, doch erkannte er auch an vielen untrüglichen Zeichen, daß er kurz vor dem Tode war.

»Juanna«, sagte der Mann keuchend. »Bist du es? Dann hast du ihnen also entkommen können. Gott sei gedankt! Jetzt kann ich glücklich sterben.«

Es wäre wenig sinnvoll, das nun folgende, recht zerfahrene Gespräch in allen Einzelheiten wiederzugeben, doch erfuhr Leonard aus ihm nach und nach, was geschehen war. Es hatte den Anschein, daß Mr. Rodds Bemühungen, den Posten Elfenbein zu kaufen, dessentwegen er stromaufwärts gefahren war, vergeblich gewesen waren, und da er nicht mit leeren Händen zurückkehren wollte, hatte er seine Reise fortgesetzt, in der Hoffnung, am oberen Teil des Flusses etwas zu finden. Aber auch dort war er enttäuscht worden, und er hatte gerade die Rückreise angetreten, als er auf die Leute der Niederlassung stieß, die von Soa ausgeschickt worden waren, und von denen er die furchtbare Nachricht von der Entführung seiner Tochter durch Pereira erhielt. Es war bereits Nacht, als diese Boten eintrafen, und zu dunkel zum Reisen.

Eine ganze Weile saß Mr. Rodd schweigend, tief in Gedanken über dieses furchtbare Unglück, vielleicht das furchtbarste, das einem Vater widerfahren konnte; dann tat er das, wozu er schon immer neigte: er suchte Zuflucht bei der Flasche.

Als er so viel getrunken hatte, daß er nicht mehr folgerichtig denken konnte, erhob er sich und bestand darauf, den Marsch durch die pechschwarze Nacht fortzusetzen. Vergebens versuchten seine Männer, ihn davon abzuhalten, indem sie ihn darauf hinwiesen, daß der Weg voller Felsschründe und gefährlich sei. Er ließ nicht mit sich reden; er drohte sogar, jeden von ihnen zu erschießen, der sich weigerte, mitzukommen. Also brachen sie auf; Mr. Rodd schritt voran, und seine Männer stolperten ihm zwischen Bäumen und über Felsen nach, so gut es ihnen möglich war.

Dieser Marsch dauerte jedoch nicht lange, denn schon bald hörten sie einen Fluch und ein Krachen, und ihr Herr war verschwunden, und sie fanden ihn erst wieder, als die Morgendämmerung ihnen genügend Licht gab. Dann entdeckten sie, daß sie sich am Rande einer kleinen, steilen Klippe befanden, und daß Mavoom tief unter ihnen in der Schlucht lag – nicht tot, doch bewußtlos, mit drei gebrochenen Rippen und gebrochenem rechten Knöchel. Mehrere Tage lang versorgten sie ihn dort, bis er schließlich befahl, ihn auf einer Bahre weiterzubringen. Also trugen sie ihn, trotz sehr starker Schmerzen, in kurzen Etappen heimwärts, bis sie endlich die Niederlassung erreichten.

Leonard untersuchte Mr. Rodds Verletzungen und stellte fest, daß sie tödlich waren; in der Region der gebrochenen Rippen hatte bereits Wundbrand eingesetzt. Trotzdem lebte Rodds noch eine Weile.

Am folgenden Morgen ließ der Sterbende Leonard zu sich rufen. Als dieser den Raum betrat, sah er Mr. Rodd auf dem Boden liegen, den Kopf auf dem Schoß seiner Tochter, während der Priester Francisco neben ihm betete. Er litt jetzt keine Schmerzen mehr, denn wenn der Wundbrand einsetzt, verliert sich der Schmerz, und sein Verstand war völlig klar.

»Mr. Outram«, sagte er, »ich habe die ganze Geschichte von der Vernichtung des Sklavenlagers und der Befreiung meiner Tochter gehört. Es war die mutigste Tat, die mir jemals berichtet wurde, und ich wünschte nur, ich wäre dabei gewesen, um Ihnen zu helfen.«

»Reden Sie nicht davon!« sagte Leonard. »Vielleicht haben Sie auch gehört, daß ich es um eines eigenen Vorteils willen getan habe.«

»Ja, das hat man mir auch berichtet, und niemand kann Ihnen einen Vorwurf daraus machen. Wenn diese alte Hexe Soa mich in das Geheimnis dieser Rubine eingeweiht hätte, dann hätte ich schon vor Jahren versucht, sie mir zu holen, was zweifellos jetzt Sie tun werden, wenn ich gestorben bin. Nun, ich hoffe, daß es Ihnen gelingt. Aber ich habe jetzt keine Zeit mehr, um von Rubinen zu sprechen, denn der Tod hat mich endlich erwischt, und durch meine eigene Schuld, wie es auch bei allen anderen Dingen war. Falls Sie auch trinken sollten, Outram, lassen Sie sich von mir warnen und geben Sie es auf; aber Sie sehen nicht so aus, als ob Sie trinken würden; Sie sehen so aus, wie ich einmal ausgesehen habe, bevor ich mir angewöhnte, eine Flasche Rum mit einem Zug zu leeren.

Jetzt hören Sie mir zu, mein Freund. Ich sitze in der Klemme. Nicht meinetwegen – das mußte ja früher oder später kommen, und was kommt es darauf an, wenn die Welt einen nutzlosen Burschen wie mich los wird? Doch was wird mit meinem Mädchen? Ich besitze keinen roten Penny mehr; die verdammten Sklavenhändler haben mich völlig ausgeplündert, und sie hat keine Freunde. Woher sollte sie die auch haben, wenn ich seit dreißig Jahren von England fort bin?

Hören Sie, ich werde das einzige tun, was mir zu tun übrig bleibt: ich übergebe meine Tochter Ihrer Obhut, und ich weiß, daß es eine schwere Aufgabe für Sie sein wird, doch so wie Sie sie behandeln, mag der Himmel einst Sie behandeln! Wie ich hörte, hat es da eine Art Trauungszeremonie zwischen Ihnen und ihr gegeben. Ich weiß nicht, wie Sie dazu stehen, und wie sie dazu steht, und wie diese Sache weitergehen wird, wenn ich tot bin. Aber wenn sie überhaupt weitergehen sollte, verlasse ich mich auf Ihre Ehre als englischer Gentleman, daß Sie diese Zeremonie wiederholen, sowie Sie in ein zivilisiertes Land kommen. Wenn Sie jedoch nichts füreinander übrig haben, muß Juanna eben sehen, daß sie allein weiterkommt, wie andere alleinstehende Frauen auch, die armen Dinger. Aber sie kann schon für sich sorgen, und ihr

Aussehen wird ihr dabei helfen, irgendwann einen Ehemann zu finden. Und noch etwas: Obwohl sie nicht ein einziges Pfund besitzt, ist sie das beste Mädchen, das jemals auf Erden schritt, und aus sehr guter Familie. Es gibt keine ältere als die Rodds in Lincolnshire, und sie ist die letzte davon, so weit ich weiß; und auch ihre Mutter kam aus gutem Hause, wenngleich sie Portugiesin war.

Und jetzt frage ich Sie: Wollen Sie diese Aufgabe auf sich nehmen?«

»Ich würde es liebend gerne tun«, antwortete Leonard, »aber wie kann ich das? Ich habe vor, jenen Rubinen nachzujagen. Wäre es da nicht besser, wenn Pater Francisco Ihre Tochter an die Küste brächte? Ich habe ein wenig Geld, über das sie verfügen kann.«

»Nein«, antwortete der Sterbende energisch. »Nur Ihnen will ich sie anvertrauen. Wenn Sie sich die Rubine holen wollen – und Sie wären ein Narr, wenn Sie es nicht täten – muß sie Sie eben begleiten, das ist alles. Ich weiß, daß Sie sich um sie kümmern werden, und wenn es zum Schlimmsten kommen sollte, so hat sie eine Medizin bei sich, mit der sie sich schützen kann, dieselbe, die sie im Sklavenlager beinahe genommen hätte. Nun, was sagen Sie?«

Leonard überlegte eine Weile; der sterbende Mann blickte ihn erwartungsvoll an.

»Es ist eine schwere Verantwortung«, sagte er dann, »und die Umstände machen sie auch zu einer schwierigen. Aber ich werde sie übernehmen. Ich werde für sie sorgen, als ob sie meine Frau wäre – oder meine Tochter.«

»Ich danke Ihnen dafür«, sagte Rodd. »Ich vertraue Ihnen, und was Ihre Beziehungen zueinander betrifft, so werden Sie das sicher selbst regeln. Und jetzt: leben Sie wohl. Ich mag Sie. Ich wünschte, wir hätten einander früher kennengelernt, bevor ich zu Hause in Schwierigkeiten geriet und zum Sambesi-Händler wurde – und zum Trinker.«

Leonard drückte die Hand, die Mr. Rodd mit sichtbarer Anstrengung hob, und die, als er sie losließ, kraftlos herabfiel, wie die Hand eines Toten. Als er sich abwandte, um zu gehen, blickte er Juanna an, doch konnte er in ihrem Gesicht nichts lesen, da es wie das Gesicht einer Sphinx war.

Das Mädchen saß, den Rücken an die Wand gelehnt, auf dem Boden, den Kopf ihres sterbenden Vaters auf ihre Knie gebettet, reglos wie eine Statue. Sie starrte geradeaus, die Augen geweitet, die Lippen ein wenig geöffnet, als ob sie etwas hätte sagen wollen und plötzlich zum Schweigen gebracht worden wäre. So reglos saß sie, daß Leonard kaum eine Bewegung ihrer Brust wahrnahm. Selbst ihre Augenlider zuckten nicht, und die Blässe ihrer Wangen schien auf ihnen fixiert zu sein wie die einer wächsernen Puppe. Er fragte sich, was sie denken mochte; doch selbst wenn sie willens gewesen wäre, ihm ihre Gedanken zu offenbaren, war es zweifelhaft, ob sie imstande gewesen wäre, sie in einer für ihn verständlichen Form auszudrücken. Ihr Verstand war verwirrt, doch zwei Empfindungen lagen im Streit miteinander: das Gefühl des Verlusts, und das Gefühl der Beschämung.

Der Vater, den sie trotz seiner Fehler liebte, der ihr Partner gewesen war, ihr Lehrer, ihr Spielgefährte und ihr Freund, der liebste Mensch auf der Welt, starb hier vor ihren Augen, und mit seinem letzten Atemzug hatte er sie dem Manne anvertraut, den sie liebte, und von dem sie, wie sie glaubte, für immer getrennt worden war. Sollte es denn kein Ende der Verpflichtungen geben, die sie gegenüber diesem Fremden hatte, der plötzlich ihr Leben in seine Hände genommen hatte? Und welches Schicksal stand ihr bevor, daß sie auf diese Weise in eine Lage gedrängt wurde, aus der es kein Entkommen gab?

Wollte sie ihr überhaupt entkommen? Juanna wußte es nicht; doch als sie so mit sphinxartig verschlossenem Gesicht auf dem Boden saß, ergriffen Kummer und Zweifel und viele weitere Ängste und Gefühle so völlig von ihr Besitz, daß ihr Verstand schließlich, von seinem eigenen Aufruhr verwirrt, seinen Halt an der Realität verlor und Zuflucht in Träumen suchte, die sie nicht entwirren konnte. Es war also kein Wunder, daß Leonard ihre Gedanken nicht erraten konnte, als er das Totenbett ihres Vaters verließ.

Mr. Rodd starb an diesem Abend, friedlich und ohne Schmerzen, und am folgenden Nachmittag begruben sie ihn, wobei Francisco die kirchliche Aussegnung vornahm. Drei Tage vergingen, bevor Leonard irgendeinen Kontakt mit Juanna hatte, die sich bleich, verschlossen und schweigend durch die Niederlassung bewegte. Und er hätte auch jetzt nicht mit ihr gesprochen, wenn nicht sie die Initiative ergriffen hätte.

»Mr. Outram«, sagte sie, »wann haben Sie vor, zu dieser Reise aufzubrechen?«

»Das kann ich Ihnen wirklich nicht sagen. Ich bin mir nicht einmal sicher, ob ich sie überhaupt unternehmen werde. Das hängt von Ihnen ab. Sie wissen, daß ich jetzt für Sie verantwortlich bin, und da kann ich es kaum mit meinem Gewissen vereinbaren, Sie auf eine solche Irrfahrt mitzunehmen.«

»Bitte, reden Sie nicht solchen Unsinn«, antwortete sie. »Wenn es die Dinge vereinfacht, möchte ich Ihnen klar und deutlich sagen, daß ich fest entschlossen bin, diese Reise zu unternehmen.«

»Das können Sie nicht, wenn ich es nicht auch tue«, antwortete er lächelnd.

»Da irren Sie sich«, sagte Juanna trotzig. »Ich werde losziehen, und Soa wird mich führen. Sie sind es, der ohne mich nichts tun kann, falls Soa die Wahrheit gesagt hat.

Zum Guten oder zum Schlechten sind wir in dieser Sache zusammengespannt, Mr. Outram, also ist es völlig sinnlos, wenn einer von uns versucht, in eine andere Richtung zu ziehen. Bevor mein lieber Vater starb, hat er Ihnen seine Ansichten doch sehr deutlich dargelegt, und selbst wenn es keine anderen Verbindlichkeiten gäbe, wie zum Beispiel den Vertrag – denn, was immer Sie glauben mögen, Mr. Outram, auch Frauen haben ein Ehrgefühl –, würde ich seine Wünsche niemals ignorieren. Außerdem: was sonst könnten wir tun? Jetzt sind wir beide Abenteurer, und beide mittellos, oder doch fast. Wenn wir diesen Schatz finden sollten und er groß genug ist, würden Sie vielleicht die Großzügigkeit besitzen, mir einen kleinen Anteil daran zu gewähren, sagen wir fünf Prozent, von dem ich in meinem Alter zehren kann.« Sie wandte sich um und ließ ihn stehen.

»Beginnt schon wieder Trotz zu entwickeln«, murmelte Leonard. »Ich werde Francisco fragen, was er davon hält.«

In letzter Zeit hatte sich das Verhältnis zwischen Leonard und dem Priester gebessert, wenngleich ersterer dem letzteren noch immer nicht völlig vertraute. Doch hatte er inzwischen begriffen, daß Francisco ein Mann ehrlichen Herzens und freundlicher Gefühle war, und es war nur natürlich, daß er sich in seinem Dilemma an seinen einzigen weißen Gefährten um Rat wandte. Francisco hörte schweigend zu, als er ihm die Geschichte erzählte, die ihm zu einem großen Teil bereits bekannt war.

»Nun«, sagte er, als Leonard zu Ende gesprochen hatte, »dann werden Sie wohl gehen müssen. Die Senhora Juanna ist keine Frau, die einen einmal gefaßten Vorsatz wieder ändert, und wenn Sie sich weigern sollten, mit ihr zu gehen – glauben Sie mir –, würde sie diese Expedition allein durchführen, oder es zumindest versuchen. Was diese Geschichte um den Schatz betrifft, und die Möglichkeit, ihn zu erbeuten, so kann ich dazu nur sagen, daß sie seltsam genug klingt, um wahr sein zu können, und daß dieses Unternehmen so undurchführbar erscheint, daß es wahrscheinlich erfolgreich durchgeführt werden kann!«

»Hmmm«, sagte Leonard, »das klingt zwar ein wenig paradox, doch nach der Sache im Sklavenlager bin ich genau wie Sie geneigt, an Paradoxa zu glauben. Und was, Padre, werden Sie tun?«

»Ich? Sie begleiten, selbstverständlich – wenn Sie mir das gestatten. Ich bin Priester und werde die Rolle der Anstandsdame spielen, wenn ich schon nichts anderes sollte tun können.«

Leonard pfiff leise durch die Zähne und fragte: »Warum, um alles in der Welt, wollen Sie sich in ein so zweifelhaftes Unternehmen verstricken? Sie haben doch Ihr ganzes Leben noch vor sich? Sie sind ein fähiger Mann und können bei Ihrer Kirche Karriere machen; bei dieser Reise gibt es für Sie nichts zu holen, im Gegenteil, Sie könnte Ihnen den Tod bringen – oder ...«, setzte er bedeutungsvoll hinzu, »ein Leid, das nicht vergessen werden kann.«

»Mein Leben und Sterben liegen in Gottes Hand«, antwortete der Priester demütig. »Er hat den Beginn meines Lebens festgesetzt, und Er wird auch sein Ende bestimmen. Und was das Leid betrifft, das nicht vergessen werden kann, was wäre, wenn es mich schon heimsuchte?« Er legte seufzend die Hand auf die Brust und sah zu ihm auf.

Die Blicke der beiden Männer trafen sich, und sie verstanden einander.

»Warum gehen Sie nicht fort und versuchen, sie zu vergessen?« fragte Leonard.

Das war sehr direkt, doch Francisco störte das nicht.

»Ich gehe nicht fort«, antwortete er, »weil es sinnlos wäre. So weit es mich betrifft, ist der Schaden bereits angerichtet; für sie steht keiner zu befürchten. Solange ich bleibe, wäre es mir möglich, ihr vielleicht einen Dienst zu erweisen, so schwach ich auch sein mag. Ich habe eine große Sünde begangen, doch weiß sie nichts davon und wird es auch niemals erfahren, solange ich lebe. Was bin ich denn für sie? Ich bin ein Priester – kein Mann. Ich bin für sie wie eine Freundin, und als solche mag sie mich. Ja, ich habe gegen den Himmel gesündigt, gegen mich, gegen sie, und gegen Sie. Doch wer konnte etwas dagegen tun? Sie war wie ein Engel in jenem Inferno, so freundlich, so liebreizend, so schön – und das Herz des Menschen ist sündig.«

»Warum haben Sie gesagt, daß Sie auch gegen mich gesündigt hätten, Francisco? Was die Gesetze der Kirche angeht, so habe ich meine eigenen Ansichten über sie. Trotzdem, es gibt sie nun einmal, und vielleicht drücken sie auf Ihr Gewissen. Aber welchen Schaden haben Sie mir getan?«

»Am zweiten Abend nach dem Niederbrennen des Sklavenlagers«, antwortete er, »habe ich Ihnen gesagt, daß Sie beide nach dem Gesetz meiner Kirche Mann und Frau sind. Habe ich deshalb nicht doppelt gesündigt, wenn ich eine Frau verehre, die verheiratet ist? Trotzdem bete ich darum, daß Sie, so wie Sie vor dem Himmel und den Menschen eins sind, dieses auch in Ihren Herzen und durch Ihre Taten werden mögen. Und wenn es dazu kommt, wovon ich überzeugt bin, tragen Sie sie auf Händen, Outram, denn es gibt keine zweite Frau wie sie auf dieser Welt, und für Sie wird sie die Erde in den Himmel verwandeln.«

»Sie können sie auch in jenen anderen Ort verwandeln«, sagte Leonard finster, »so etwas kommt vor.« Dann streckte er seinen Arm auf und umfaßte die zierliche Hand des Priesters. »Sie sind ein wahrer Gentleman«, sagte er, »und ich bin ein Narr. Ich habe ein wenig von dieser Angelegenheit bemerkt und Sie verdächtigt. Was die Heirat betrifft, so hat es keine gegeben, und die Dame macht sich nichts aus mir; wenn sie überhaupt ein Gefühl für mich hat, so ist es Abneigung, und das ist auch kein Wunder, das würden die meisten Frauen unter den gegebenen Umständen empfinden. Doch was immer auch geschehen mag, ich achte Sie und werde Sie immer achten. Ich muß diese Reise unternehmen, es ist mir auferlegt, das zu tun, und sie besteht darauf, mehr aus Trotz als aus irgendeinem anderen Grund, wie ich annehme. Also werden Sie auch dabei sein; gut, wir werden unser Bestes tun, um sie zu beschützen, wir beide, und die Zukunft muß sich um sich selbst kümmern.«

»Ich danke Ihnen für diese Worte«, antwortete Francisco leise und wandte sich ab, da er verstand, daß Leonard sich für seinen Leidensgenossen hielt.

Als der Priester gegangen war, blieb Leonard eine Weile in Gedanken versunken stehen und betrachtete das seltsam verwirrte Netz, in dem er sich gefangen hatte. Hier war er nun, verpflichtet, ein eigenartiges und verzweifeltes Unternehmen anzutreten. Und das war längst nicht alles, denn um ihn herum türmten sich weitere Komplikationen auf, von völlig anderer Natur als jene, die sich aus diesem beinahe höfischen Abenteuer ergeben mochten, Komplikationen, die, obwohl sie im zivilisierten Leben der Menschen durchaus nicht unüblich waren, sicherlich nicht in der Wildnis Afrikas und unter Wilden erwartet wurden. Unter seinen Gefährten befand sich sein Mündel, das zufällig auch die Frau war, die er liebte und zu heiraten begehrte, die jedoch, wie er annahm, nichts für ihn empfand; und ein Priester, der in platonischer Liebe zu derselben Frau entbrannt war und dennoch in einem Gefühl ungewöhnlicher Selbstaufopferung wünschte, sie mit einem anderen Mann zu vereinen. Hier war reichlich Material für einen Roman, selbst wenn man die Reise und die angeblich vorhandenen Schätze weglassen würde; nur sollte dann sein Schauplatz an einen anderen Ort verlegt werden.

Leonard lachte auf, als er an diese Dinge dachte; es war so unglaublich, daß all dies ihm auf einmal aufgeladen werden sollte, so unkünstlerisch, und doch so lebensnah, da im Leben die großen Ereignisse häufig ohne jede Rücksicht auf Entfernung und Proportion zusammengedrängt werden.

Doch noch während er lachte, erinnerte er sich daran, daß dies für keinen der Beteiligten ein Spaß war, außer vielleicht für Juanna. Ach! – sie bedeutete ihm schon jetzt mehr als alle Schätze der Welt zusammen, und war, wie er glaubte, noch unerreichbarer als diese. Gut, so lagen die Dinge nun einmal, und er akzeptierte sie, wie sie waren. Sie war in sein Leben getreten – ob zum Guten oder zum Schlechten, blieb abzuwarten. Er hatte kein Verlangen, das Erlebnis seiner Jugend zu wiederholen: sein Herz zu zermartern und sich selbst zu erschöpfen in dem Bemühen, Glück zu erlangen, das sich schließlich auf seinen Lippen in Wermut verwandeln mochte. Dieses Mal sollten die Dinge sich entwickeln, wie sie wollten. Das Leben war ihm verblieben, und er würde seinem Wege folgen, denn das ist die Aufgabe des Menschen. Sein Glück mußte sich um sich selbst kümmern, denn das ist eine Gabe des Himmels, das man nicht suchen und nicht erkämpfen kann.

Bei diesen Überlegungen fand er auch noch Zeit, Francisco zu bedauern, den Priester mit dem edlen Herzen.

18

Soa zeigt die Zähne

Drei Monate waren seit jenem Tage vergangen, als Juanna ihren unumstößlichen Entschluß verkündet hatte, Leonard auf seiner Jagd nach den Schätzen des Nebelvolks zu begleiten.

Es war Abend, und die Gruppe der Reisenden lagerte am Ufer eines Flusses, der sich durch eine riesige, öde Ebene wand. Es war nur eine kleine Gruppe: drei weiße Menschen, nämlich Leonard, Francisco und Juanna, und fünfzehn Männer aus der Niederlassung unter der Führung von Peter – jenes Vormanns, den sie aus dem Sklavenlager befreit hatten – der Zwerg, Otter, und Juannas altes Kindermädchen, Soa.

Zwölf Wochen lang waren sie fast ohne Pause gereist, mit Soa als Führerin, immer nach Nordwesten. Zunächst waren sie dem Lauf des Flusses in Kanus gefolgt, zehn Tage lang oder mehr, dann hatte sie den großen Fluß verlassen und waren drei Wochen lang einen seiner Nebenflüsse hinaufgepaddelt, der Mavua genannt wurde, und der eine große Strecke einer gewaltigen Gebirgskette entlang verlief, die Mang-anya hieß. Hier kamen sie nur langsam voran, wegen der vielen Stromschnellen, bei denen die Kanus über Land getragen werden mußten, über hügeliges Land und über große Entfernungen. Schließlich erreichten sie eine Stromschnelle, die so gewaltig und so lang war, daß sie mit großem Bedauern ihre Kanus ganz zurücklassen und zu Fuß weiterziehen mußten.

Der Gefahren ihrer Flußreise waren viele gewesen, doch waren sie nichts im Vergleich zu denen, von welchen sie jetzt umgeben waren, und neben diesen Gefahren mußten sie Tag für Tag die furchtbaren Strapazen langer Märsche durch unbekanntes Land auf sich nehmen, beladen mit Waffen und anderen lebensnotwendigen Dingen. Das Land, durch das sie jetzt zogen, hieß Marengi, ein Land, das von Menschen leer war, die Heimat unübersehbarer Wildherden.

Weiter zogen sie, nordwärts und immer höher, durch eine unübersehbare Einöde; Ebene folgte auf Ebene, in endloser Monotonie, eine Weite machte der anderen Weite Platz, und immer wieder lag die nächste vor ihnen.

Nach und nach wurde es kühler; sie überquerten einen Teil jenes unerforschten Plateaus, welches das südliche vom zentralen Afrika trennt. Seine Ödnis war bedrückend, und die Träger begannen zu murren, daß sie das Ende der Welt erreicht hätten und jetzt über seinen Rand gingen. Sie hatten ja auch nur zwei Annehmlichkeiten bei diesem Teil des Unternehmens: Das Land lag so hoch, daß keiner von ihnen durch Fieber niedergeworfen wurde, und sie konnten nicht den Weg verfehlen, der, wenn man Soa glauben konnte, entlang dem Ufer dieses Flusses verlief, der seine Quelle im Land des Nebelvolks hatte.

Die Abenteuer, die sie bestehen mußten, waren zahlreich, doch ist nicht beabsichtigt, sie in allen Einzelheiten zu beschreiben. Einmal hungerten sie drei Tage lang, da sie kein Wild finden konnten. Bei einer anderen Gelegenheit stießen sie auf einen Stamm von Buschmännern, die sie mit Giftpfeilen beschossen und zwei ihrer besten Männer töteten, und nur durch ihre Angst vor den Feuerwaffen, die sie für Zaubermittel hielten, daran gehindert wurden, die ganze Gruppe abzuschlachten.

Nachdem sie den Buschmännern entkommen waren, gelangten sie in ein Dschungelgebiet, in dem es von Wild wimmelte, aber auch von Löwen, vor denen sie sich Nacht für Nacht schützen mußten, so weit es in ihren Kräften stand. Dann kam ein mehrere Tage dauernder Marsch über eine mit scharfen Steinen übersäte Ebene, auf der die meisten Mitglieder der Gruppe sich die Fußsohlen aufrissen, und danach achtzig oder hundert Meilen monotonen, hügeligen Veldts, mit hohem Gras bewachsen, das jetzt braun vom Winterfrost war und ihre Füße bei jedem Schritt festhielt.

Jetzt endlich lagerten sie an der Grenze des Landes, in dem das Nebelvolk lebte. Dort, vor ihnen, nicht weiter als eine Meile entfernt, erhob sich eine riesige Klippe oder Felswand, die sich quer über die ganze Ebene erstreckte, so weit das Auge reichte, wie eine gigantische Stufe, und deren Höhe zwischen siebenhundert und tausend Fuß schwankte. Über den Rand dieser Klippe hinweg ergossen sich die Wasser des Flusses in einer Reihe wunderbarer Kaskaden.

Bevor sie ihr Abendessen von Wildbret beendet hatten, war der Mond aufgegangen, und bei seinem Licht starrten die drei weißen Menschen hoffnungslos auf diese finstere, natürliche Festungsmauer, fragten sich, wie sie sie erklimmen sollten, und auch, welche Schrecken sie auf der anderen Seite erwarten mochten. Sie waren sehr schweigsam in jener Nacht, da sie von einer großen Müdigkeit überwältigt wurden, und, wenn die Wahrheit gesagt werden soll, so bedauerten sie alle drei, sich jemals auf dieses wahnsinnige Abenteuer eingelassen zu haben.

Leonard warf einen Blick nach rechts, wo, in einer Entfernung von etwa fünfzig Schritten, die Männer der Niederlassung um ihr Feuer hockten. Auch sie waren sehr schweigsam, und es war leicht zu erkennen, daß ihr Mut sie verlassen hatte.

»Will nicht endlich jemand irgend etwas sagen?« sagte Juanna schließlich mit einem kläglichen Versuch zur Heiterkeit. Wie konnte sie auch guten Mutes sein, wenn ihre Füße wund waren, und der Kopf sie schmerzte, und sie sich wünschte, tot zu sein – wenigstens fast.

»Ja«, antwortete Leonard, »ich möchte sagen, daß ich Ihren Mut bewundere. Ich hätte es nie für möglich gehalten, daß eine junge Dame das ertragen könnte, was Sie während der letzten zwei Monate durchgemacht haben, und auch noch mit einem Lächeln.«

»Oh! Ich bin recht glücklich. Machen Sie sich keine Sorgen um mich«, sagte sie und lachte, als ob es auf der ganzen Welt keine wunden Füße und keine Kopfschmerzen gäbe.

»Wirklich?« sagte Leonard, »dann beneide ich Sie. Da kommt Soa, mit Otter in ihrem Gefolge. Ich frage mich, was jetzt passiert sein mag. Bestimmt etwas Unangenehmes.«

Soa hockte sich vor sie auf den Boden, und ihre hochgewachsene, hagere Gestalt und ihr immer irgendwie finster wirkendes Gesicht sahen im Licht des Mondes noch beeindruckender aus. Otter war neben ihr, und obwohl sie saß und er stand, waren ihre Köpfe auf gleicher Höhe.

»Was gibt es, Soa?« fragte Leonard zerstreut.

»Erlöser«, sagte sie, denn alle Eingeborenen nannten ihn bei diesem Namen, »vor einigen Monaten, als du an dem Ort der Gräber nach dem gelben Eisen gegraben hast, habe ich mit dir einen Vertrag abgeschlossen, und wir haben ihn auf ein Papier niedergeschrieben. In jenem Papier versprach ich dir, daß ich, wenn du meine Herrin befreien würdest, dich in ein Land führen würde, in dem wertvolle Steine zu holen seien, und habe dir einen davon als Anzahlung gegeben. Du hast meine Herrin befreit, Mavoom, ihr Vater, ist gestorben, und es kam die Zeit, wo ich mein Versprechen einlösen mußte. Soweit es mich betraf, hätte ich es nicht erfüllt, da ich das Versprechen nur abgegeben hatte, um dich zu ködern, doch meine Herrin wollte nicht auf mich hören.

›Nein‹, sagte sie, ›das, was du in meinem Namen und in

dem deinen geschworen hast, muß erfüllt werden. Und wenn du es nicht erfüllen willst, dann geh, Soa, denn dann habe ich nichts mehr mit dir zu tun!‹

Dann, Erlöser, da ich mich nicht von jener trennen wollte, die ich von der Wiege an großgezogen habe, und die ich liebe, habe ich nachgegeben. Und jetzt stehst du an der Grenze des Landes, in dem mein Volk lebt. Sag, bist du entschlossen, sie zu überschreiten, Erlöser?«

»Wozu sonst wäre ich denn hergekommen, Soa?« fragte er.

»Das weiß ich nicht. Vielleicht bist du aus der Torheit deines Herzens heraus hergekommen. Höre, die Geschichte, die ich dir erzählte, ist wahr, und doch habe ich dir nicht die ganze Wahrheit gesagt. Jenseits dieser Klippen lebt ein Volk von gewaltiger Größe und sehr wildem Charakter, ein Volk, dessen Brauch es ist, Fremde ihrem Gott als Opfer darzubringen. Geh in jenes Land, und man wird dich auf diese Weise töten.«

»Was willst du damit sagen, Frau?«

»Ich will damit sagen, daß du, wenn dir an deinem Leben liegt, und an dem ihren« – sie deutete auf Juanna –, »du beim ersten Licht des Tages umkehren und dorthin zurückkehren solltest, woher du gekommen bist. Es ist wahr, daß die Steine dort sind, doch der Tod ist der Lohn dessen, der versuchen sollte, sie zu stehlen.«

»Ich muß sagen, daß dies nicht sehr ermutigend klingt«, sagte Leonard. »Was hast du dann mit all diesem Gerede gemeint, daß du einen Plan hättest, auf welche Weise wir uns den Schatz dieses Volkes holen könnten? Bist du eine Lügnerin, Soa?«

»Ich habe gesagt, daß alles, was ich erzählt habe, der Wahrheit entspricht«, antwortete sie widerwillig.

»Also gut, ich bin einige hundert Meilen weit gekommen, um dich beim Wort zu nehmen, und ich denke nicht daran, jetzt zurückzugehen. Ihr könnt mich meinetwegen jetzt im Stich lassen, alle, der eine wie der andere, aber ich werde weitermachen. Ich denke nicht daran, mich auf diese Weise zum Narren halten zu lassen.«

»Niemand von uns hat den Wunsch, sich zum Narren halten zu lassen, Mr. Outram«, sagte Juanna sanft, »und wenn ich für mich sprechen darf, so würde ich lieber auf der Stelle sterben, als zurückzureisen. Also, Soa, wirst du jetzt vielleicht aufhören zu quaken und uns geradeheraus sagen, was wir zu tun haben, um deine reizenden Landsleute zu besänftigen, die zu berauben wir von so weit hergekommen sind? Aber denk daran«, setzte sie mit einem Aufblitzen ihrer großen grauen Augen hinzu, »daß ich nicht mit mir spielen lasse, Soa. In diesem Falle sind die Interessen des Erlösers auch meine Interessen, und sein Ziel ist mein Ziel. Zusammen werden wir stehen oder fallen, zusammen werden wir leben oder sterben, und es wird eine sehr unglückselige Stunde für dich sein, Soa, in der du versuchen solltest, uns zu verlassen oder zu verraten.«

»Es ist gut, Schäferin«, antwortete sie, »dein Wille ist mein Wille, denn nur dich liebe ich auf dieser Welt, und alle anderen hasse ich.« Sie starrte Leonard und Otter an. »Du bist mein Vater, und meine Mutter, und mein Kind, und dort, wo du bist, im Leben oder im Tode, dort ist mein Zuhause. Also lasse uns zu diesem, meinem Volke gehen, um dort elend zu sterben, damit der Erlöser versuchen kann, sich mit Reichtum vollzustopfen.

Hör zu! Dieses ist das Gesetz meines Volkes, oder war zumindest das Gesetz meines Volkes, als ich es vor vierzig Jahren verließ: daß jeder Fremde, der durch seine Tore hereintritt, Aca, der Mutter, als Opfer dargebracht werden muß, wenn die Zeit seines Kommens in den Sommer fällt, und Jâl, dem Sohn, wenn die Zeit seines Kommens in den Winter fällt, denn die Menschen des Nebels mögen keine Fremden. Es gibt jedoch eine Prophezeiung bei meinem Volk, die besagt, daß einmal, wenn viele Generationen vergangen sind, Aca, die Mutter, und Jâl, der Sohn, in das Land zurückkehren werden, über das sie einst herrschten, in das Fleisch von Menschen gekleidet. Und die Gestalt Acas soll so sein, wie die deine, Schäferin, und die Gestalt Jâls soll so sein wie die dieses schwarzen Hundes von einem Zwerg, den ich, als ich ihn zum ersten Mal sah, in meiner Torheit für unsterblich und göttlich hielt. Dann werden die Mutter und der Sohn über das Land herrschen, und die Könige werden nicht mehr Könige sein, und die Priester der Schlange sollen ihnen dienen, und mit ihnen sollen Frieden und Wohlstand kommen, die niemals vergehen werden.

Schäferin, du kennst die Sprache des Nebelvolkes, denn als du klein warst, habe ich sie dich gelehrt, weil sie für mich die schönste aller Sprachen ist. Du kennst auch das Lied, das Lied vom Wiederauferstehen, das auf den Lippen Acas sein soll, wenn sie wiederkehrt, und das ich, die ich die Tochter eines Hohepriesters bin, zusammen mit vielen anderen Geheimnissen gelernt habe, bevor ich dazu verdammt wurde, die Braut der Schlange zu werden und floh. Nun komme beiseite mit mir, Schäferin, und auch du, Schwarzer, damit ich euch eure Lektionen lehre und ihr wißt, was ihr zu tun habt, wenn wir auf die Massen des Nebelvolks treffen.«

Juanna erhob sich, um ihrer Aufforderung nachzukommen, gefolgt von dem murrenden Otter, denn dieser haßte die alte Frau genauso sehr, wie sie ihn haßte, und außerdem hielt er gar nichts davon, hier den Gott zu spielen, und noch weniger gefiel ihm die Aussicht auf einen längeren Aufenthalt unter seinen ergebenen, jedoch nach allen Angaben recht gewalttätigen Anbetern.

Bevor sie sich zurückzogen, sagte Leonard: »Ich habe deine Worte gehört, Soa, und sie gefallen mir nicht, da sie zeigen, daß dein Herz grausam und böse ist. Ja, obwohl du die Schäferin liebst, ist dein Herz böse. Hör mich jetzt an! Solltest du es wagen, uns zu verraten, kannst du, was immer auch geschehen mag, sicher sein, daß du sterben wirst. Geh!«

»Spar dir deine Drohungen, Erlöser!« sagte sie hochmütig. »Ich werde dich nicht verraten, da ich, wenn ich das täte, auch die Schäferin verraten würde. Aber du bist ein Narr, wenn du glaubst, ich würde mich vor dem Tod durch deine Hand fürchten, die ich morgen euch alle mit einem einzigen Wort den Opferern überantworten könnte? Bete darum, Erlöser, daß nicht die Stunde nahe sein mag, wo du dich danach sehnst, durch die Kugel zu sterben, mit der du mich jetzt bedrohst, um durch sie Schlimmerem zu entgehen!« Damit wandte sie sich ab und ging fort.

»Ich bin nicht nervös«, sagte Leonard zu Francisco, »aber diese Teufelin macht mir Angst. Wenn es nicht um Juanna wäre, würde sie uns bei der ersten sich bietenden Gelegenheit töten lassen, wenn sie glaubt, damit ihre Sicherheit erkaufen zu können, mag sie es womöglich trotzdem tun.«

»Und ich behaupte, daß diese Frau eine Hexe ist, Outram«, erklärte der Priester mit Nachdruck, »eine Dienerin des Bösen, von denen in der Schrift berichtet wird. In der vergangenen Nacht sah ich sie zu ihren Göttern beten; sie wußte nicht, daß ich in der Nähe war, denn die Stelle war einsam, doch ich sah sie, und nie wieder will ich etwas so Entsetzliches sehen. Ich will Ihnen sagen, warum sie uns alle so sehr haßt, Outram. Sie ist eifersüchtig, weil die Senhora uns nicht haßt. Das Herz dieser Frau ist böse, und die Bosheit ist ihr angeboren, doch da kein Mensch ganz böse sein kann, besitzt sie eine Tugend, und das ist ihre Liebe zu der Senhora. Sie hat keinen Mann und ist kinderlos, denn selbst die Schwarzen haben sie immer gefürchtet, wie ich von den Leuten der Niederlassung erfuhr, und sind vor ihr zurückgeschreckt, obwohl sie einst sehr schön war. Deshalb hat sich alles, das in ihr gut ist, in der Liebe konzentriert, die sie für diese Frau empfindet, die sie von Geburt an umsorgt hat. Es war ihre Wildheit, die Rodd veranlaßt hatte, sie als Kindermädchen seiner kleinen Tochter zu erwählen, und seine treffliche Erkenntnis, daß ihr Herz nach einem Kind hungerte, weil er wußte, daß sie eher sterben würde, als zuzulassen, daß ihr ein Leid geschähe.«

»Da hat er gute Menschenkenntnis bewiesen«, sagte Leonard. »Wenn Soa nicht gewesen wäre, würde Juanna jetzt eine Sklavin sein, oder tot.«

»Das stimmt, Outram, aber ob wir gute Menschenkenntnis besaßen, als wir unsere Leben ihrer Gnade anvertrauten, bleibt abzuwarten. Sagen Sie, Freund, halten Sie es für richtig, mit dieser Sache weiterzumachen?«

»Ach, verdammt!« sagte Leonard irritiert. »Wie können wir denn jetzt umkehren? Denken Sie doch nur an den langen Weg, und wie lächerlich wir uns machen würden. Außerdem hat keiner von uns etwas, von dem er leben könnte; fast das ganze Gold, das ich besaß, habe ich dafür aufwenden müssen, Peter und seine Männer dazu zu bewegen, uns zu begleiten. Es könnte durchaus sein, daß wir alle getötet werden – es ist sogar sehr wahrscheinlich –, doch was mich betrifft, so wäre ich darüber nicht einmal traurig. Ich habe das Leben satt, Francisco, es ist doch nichts anderes als ein ewiger Kampf, ein ewiges Elend, und ich beginne einzusehen, daß Friede alles ist, das zu erringen ich hoffen darf. Ich habe auf Erden mein Bestes getan, soweit mir das bei meinen Gaben möglich war, so daß ich nicht wüßte, warum ich Angst vor dem Jenseits haben sollte, besonders da es mir im Augenblick ziemlich nahe gekommen zu sein scheint, obwohl ich mich natürlich *doch* davor fürchte, wie jeder Mensch. Das einzige, was mich bedrückt, ist der Zweifel, ob es richtig ist, Juanna zu einem Ort wie diesem mitzunehmen. Doch weiß ich nicht, ob es weniger gefährlich wäre, zurückzumarschieren, als weiterzumachen; jene Gentlemen mit den Giftpfeilen könnten sich inzwischen von ihrer Scheu vor Feuerwaffen erholt haben.«

»Ich wünschte, wir hätten nichts Schlimmeres zu fürchten als das Jenseits«, sagte Francisco seufzend. »Es ist die Reise dorthin, die so schrecklich ist. Was unsere Expedition angeht, so haben wir sie nun einmal angefangen, und deshalb halte ich es für besser, jetzt weiterzumachen, besonders da die Senhora es wünscht und sie nur sehr schwer von einem Entschluß abzubringen ist. Und schließlich liegt unser aller Leben in den Händen des Allmächtigen, und deshalb sind wir bei dem Nebelvolk genau so sicher oder unsicher wie in einer europäischen Stadt. Solche von uns, denen zu leben bestimmt ist, werden leben, und solche, deren Stunde gekommen ist, werden sterben müssen. Und jetzt gute Nacht, ich gehe schlafen.«

Am nächsten Morgen, kurz nach Anbruch der Dämmerung wurde Leonard von einem Lärmen der Eingeborenen geweckt, und als er die Decke zurückwarf, sah er, daß einige von ihnen, die zum Fluß gegangen waren, um Wasser zu holen, zwei Buschmänner gefangen hatten, Angehörige eines nomadisierenden Stammes, der sich vom Speeren von Fischen ernährte. Diese armen Kreaturen, die trotz der Kälte nur mit einem Lendenschutz aus Baumrinde bekleidet waren, schrien vor Angst, und erst nachdem Leonard ihnen ein paar Glasperlen und leere Patronenhülsen aus Messing geschenkt hatte, ließen sie sich soweit beruhigen, daß sie sprechen konnten.

Als endlich eine Art Vertrauensbasis hergestellt war, begann Otter, sie über das Land auszufragen, das jenseits der Felsklippe lag, und über die Menschen, die dort wohnten, wobei einer der Männer aus der Niederlassung, der eine Sprache sprach, die der ihren einigermaßen ähnlich war, als Dolmetscher fungierte. Sie antworteten, daß sie noch nie in jenem Land gewesen seien, da sie nicht wagten, dorthin zu gehen, jedoch von anderen einiges darüber gehört hätten.

Das Land sei sehr kalt und nebelig, sagten sie, so nebelig, daß die Menschen einander oft mehrere Tage lang nicht sehen könnten, und daß dort eine Rasse sehr großer Menschen lebe, die am ganzen Körper von Haaren bedeckt seien, die alle Fremden einer Schlange opferten, die sie anbeteten, und die ihre schönsten Jungfrauen einem Gott zur Frau gäben. Das sei alles, was sie von jenem Lande wüßten, und von seinen großen Männern, denn nur wenige, die dort gewesen waren, seien wieder zurückgekehrt, um etwas darüber zu berichten. Es sei bestimmt ein Geisterland.

Nachdem Leonard erkannt hatte, daß nichts mehr aus ihnen herauszuholen war, ließ er sie gehen, was sie auch eiligst taten, und befahl dann den Männern der Niederlassung, sich marschbereit zu machen. Doch nun ergab sich eine neue Schwierigkeit. Der Dolmetscher hatte alles, was die beiden Buschmänner gesagt hatte, sofort den anderen weitererzählt, bei denen es, wie man sich unschwer denken kann, eine starke Wirkung hervorrief. Deshalb folgten die Träger Leonards Befehl nicht, und anstatt das kleine Zelt abzubauen, in dem Juanna schlief, und ihre Lasten vorzubereiten, wie sonst, hielten sie eine kurze Besprechung ab und traten dann geschlossen auf Leonard zu.

»Was gibt es, Peter?« fragte er den Vormann.

»Dieses, Erlöser: Wir sind drei volle Monde lang mit dir und der Schäferin gereist, haben viele Strapazen erlitten und große Gefahren überstanden. Jetzt haben wir erfahren, daß dort vor uns ein Land der Kälte und der Dunkelheit liegt, bewohnt von Teufeln, die einen Teufel anbeten. Erlöser, wir sind dir gute Diener gewesen, und wir sind keine Feiglinge, wie du weißt, doch ist es wahr, daß wir jenes Land fürchten.«

»Was wollt ihr dann tun, Peter?« fragte Leonard.

»Dorthin zurückkehren, woher wir gekommen sind, Erlöser. Wir haben das Geld, das du uns gegeben hast, bevor wir aufgebrochen sind, fast verdient, und wir werden kein Geld von dir nehmen, wenn wir dafür über jene Mauer steigen müssen.«

»Der Weg zurück ist lang, Peter«, antwortete Leonard, »und du kennst seine Gefahren. Wie viele von euch, glaubst du, werden ihr Heim lebend erreichen, wenn ich nicht dabei bin, um euch zu führen? Denn wisse, Peter: ich werde nicht umkehren. Verlaßt mich, wenn ihr das wollt, von mir aus alle, ich werde trotzdem in dieses Land gehen, allein, oder nur mit Otter. Allein haben wir das Sklavenlager genommen, und allein werden wir auch das Volk des Nebels besuchen.«

»Deine Worte sind wahr, Erlöser«, sagte Peter, »der Heimweg ist lang und seiner Gefahren sind viele: vielleicht werden nur wenige von uns leben, um ihre Hütten wiederzusehen, denn dies ist eine unglückliche Reise. Aber wenn wir dorthin gehen« – er deutete auf die gewaltige Felsmauer –, »werden alle von uns bestimmt sterben und von Teufeln dem Teufel geopfert werden.«

Leonard strich nachdenklich seinen Bart und sagte: »Es scheint, daß es nicht mehr zu sagen gibt, Peter, außer: leb wohl.«

Der Vormann hob grüßend die Hand und wandte sich, einen beschämten Ausdruck auf seinem Gesicht, ab, als Juanna ihn aufhielt. Gemeinsam mit Otter und den anderen hatte sie dem Gespräch schweigend zugehört und sprach jetzt zum ersten Mal.

»Peter«, sagte sie sanft, »als du und deine Gefährten in der Hand des Gelben Teufels waren und ihr als Sklaven verkauft werden solltet, wer war es, der euch befreit hat?«

»Der Erlöser, Schäferin.«

»Ja, Peter. Und haben meine Ohren mich eben getäuscht, oder habe ich dich wirklich sagen hören, daß du und deine Brüder, die mit vielen weiteren vom Erlöser vor einem Leben der Schande und des Frons errettet wurden, ihn jetzt, in *seiner* Stunde der Gefahr, im Stich lassen wollen?«

»Du hast recht gehört, Schäferin«, antwortete der Mann beschämt.

»Es ist gut, Peter. Geht, Kinder Mavooms, meines Vaters, die ihr es fertigbringt, mich in der Not zu verlassen! !Denn wisse, Peter, daß dort, wohin zu gehen ihr euch fürchtet, ich, eine weiße Frau, allein mit dem Erlöser gehen werde. Geht, Kinder meines Vaters, und möge der Friede mit euch gehen! Doch wie ihr wißt, bin ich, die den Tod des Gelben Teufels voraussagte, eine wahre Prophetin, und ich sage euch dieses: Nur sehr wenige von euch werden leben und ihre Kraals wiedersehen, und du wirst nicht zu diesen gehören, Peter. Und was jene betrifft, die nach Hause zurückkehren, so werden ihre Namen ein Hohn sein, die kleinen Kinder werden sie Feiglinge und Verräter und Schakale nennen, und einer nach dem anderen sollen sie ihr Herz aufessen und sterben, weil sie ihn verließen, der sie vor der Sklaverei und der Peitsche errettete. Lebt wohl, Kinder meines Vaters! Möge der Friede mit euch gehen, und möge sein Geist nicht euren Schlaf stören!« Nach einem verachtungsvollen Blick wandte sie sich ab.

»Brüder«, sagte Peter nach einer kleinen Pause, »ist es zu ertragen, daß die Schäferin unserer so spottet und den Strick der Schande um unseren Hals legt?«

»Nein«, antwortete sie, »das können wir nicht ertragen.«

Dann berieten sie sich wieder eine Weile untereinander, und schließlich trat Peter vor und sagte: »Erlöser, wir werden dich und die Schäferin in das Land der Teufel begleiten, und du brauchst nicht zu fürchten, daß wir euch verlassen oder verraten werden. Wir wissen, daß wir in den Tod gehen, jeder einzelne von uns, doch ist das immer noch besser, als mit der Schande so bitterer Worte leben zu müssen, wie sie eben von den Lippen der Schäferin gekommen sind.«

»Gut«, sagte Leonard. »Packt eure Lasten zusammen und laßt uns aufbrechen!«

»Ja, es ist wirklich gut«, sagte Otter mit einem verächtlichen Schnauben. »Ich will dir dieses sagen, Peter: Bevor ihr von hier fortgekommen wärt, hätten die Worte der Schäferin sich erfüllt, an dir und an zwei oder drei anderen, denn ich hätte gegen euch gekämpft und getötet, bis ich getötet worden wäre, und wenn ich auch nur wenig Verstand besitze, so weiß ich doch zu kämpfen.«

Leonard lächelte über die Wut des Zwerges, doch das Herz war ihm schwer in seiner Brust. Er wußte, daß diese Männer die Vernunft auf ihrer Seite hatten, und befürchtete, daß ihre bösen Vorahnungen sich erfüllen mochten und sie alle für seine Unbesonnenheit mit ihrem Leben bezahlen müßten.

Doch jetzt war es zu spät zur Umkehr; die Dinge mußten so geschehen, wie sie vom Schicksal bestimmt waren.

19

Das Ende der Reise

Eine Stunde später begannen sie den Aufstieg an der Felswand, der sich sogar als noch schwieriger herausstellte, als sie es angenommen hatten. Es gab keinen Pfad, denn jene, die jenseits dieser natürlichen Barriere lebten, kamen niemals herab, und nur wenige Bewohner der Ebene waren jemals hinaufgestiegen. Es war jedoch zu schaffen, denn Soa war in lange zurückliegenden Jahren selbst an dieser Stelle herabgestiegen, doch das war alles, was dazu gesagt werden konnte.

In Ermangelung einer besseren Möglichkeit folgten sie dem Lauf des Flusses, dessen Wasser in vier gewaltigen Kaskaden, zwischen denen dunkle Teiche lagen, die im Laufe der Jahrtausende aus dem Fels gewaschen worden waren, die Felswand herabstürzten. Der zweite dieser riesigen Absätze erwies sich als so unüberwindlich, daß Leonard schon aufgeben und am Fuß des Felsens entlanggehen wollte, bis sich eine leichtere Route entdecken ließe. Doch schließlich gelang es Otter, der wie eine Katze klettern konnte, die gefährlichste Stelle unter Einsatz seines Lebens zu überwinden, wobei er ein Seil mitnahm, an dem die anderen Mitglieder der Gruppe und die Traglasten einzeln heraufgezogen wurden. Es war Abend geworden, als sie die Felswand erstiegen hatten; auf ihrem Kamm machten sie ihr Lager und aßen ein dürftiges Mahl aus getrocknetem Fleisch, das sie mitgebracht hatten.

Jene Nacht verbrachten sie äußerst unangenehm, denn es

war zur Mitte des Winters, und in dieser Höhe war es bitter kalt. Eisige Winde fegten über die weite Ebene, die vor ihnen lag, und all die Kleidung und die Decken, die sie besaßen, reichten nicht aus, die Kälte fernzuhalten. Besonders die Männer aus der Niederlassung und Francisco, der in einem südlichen Klima aufgewachsen war, litten erbärmlich. Und es wurde auch nicht besser, als sie bei Tagesanbruch aus ihrem unruhigen Schlaf erwachten und sahen, daß die Ebene von einer dicken Nebelschicht bedeckt war. Sie standen auf, machten ein Feuer aus Schilf und Knüppelholz, das sie am Ufer des Flusses gesammelt hatten, aßen und warteten darauf, daß der Nebel sich höbe.

Doch er hob sich nicht, also setzten sie gegen neun Uhr unter Soas Führung ihren Marsch fort und, folgten dem Fluß entlang seinem östlichen Ufer nordwärts. Der Weg erwies sich als leicht und angenehm, da die Ebene, mit Ausnahme einiger isolierter, verwitterter Granitblöcke völlig eben und mit dichtem, kurzem Gras bedeckt war, das so fein war wie das der nördlichen Länder.

Den ganzen Tag lang gingen sie nordwärts, zogen wie Geister durch den dichten Nebel und orientierten sich allein an dem Rauschen des Flusses. Sie begegneten keinem Menschen, doch ein paarmal donnerten gewaltige Herden langbehaarter Tiere an ihnen vorbei. Leonard feuerte mit seinem Expreß-Gewehr in eine dieser Herden hinein, da sie Fleisch brauchten, und ein wütendes Schnauben und Brüllen verriet ihm, daß der Schuß getroffen hatte. Als er in die Richtung lief, aus der das Geräusch gekommen war, fand er einen riesigen, weißen Bullen, der im Todeskampf um sich stieß. Das Tier war mit langen, weißen Zotten behängt wie eine Art des britischen Wildrindes, und mindestens siebzehn Handbreiten groß. In einem Halbkreis standen weitere dieser Tiere, die vor Erregung und Verwirrung schnaubten, und als sie Leonards ansichtig wurden, senkten sie drohend die Köpfe und rissen mit ihren gewaltigen Hörnern Grassoden aus dem Boden. Er schrie sie an und feuerte noch einen Schuß ab, worauf sie sich herumwarfen und im Nebel verschwanden.

Dies geschah kurz vor Einbruch der Nacht, also beschlossen sie, an Ort und Stelle zu lagern, doch während sie dabei waren, den Bullen abzuhäuten, geschah etwas, das nicht dazu angetan war, ihre Zuversicht zu heben. Gegen Sonnenuntergang klarte es ein wenig auf, so daß man wenigstens den roten Schein der sinkenden Sonne durch den Nebel erkennen konnte, wie bei einem Londoner Nebel des dritten Dichtegrades. Vor diesem roten Sonnenball, in einer Entfernung von etwa einem Dutzend Yards, erschien plötzlich die riesenhafte Gestalt eines Mannes, der, wenn sie nicht durch den Nebel getäuscht wurden, zwischen sechs und sieben Fuß groß und entsprechend breitschultrig war. Sein Gesicht konnten sie nicht erkennen, doch er war in Ziegenfelle gekleidet, trug einen langen Speer in der Hand und einen Bogen auf dem Rücken.

Juanna war die erste, die ihn sah und machte Leonard mit etwas zitteriger Stimme auf den Mann aufmerksam, der sie schweigend beobachtete. Einem plötzlichen Impuls folgend, trat Leonard auf ihn zu, das Gewehr schußbereit in der Hand, doch bevor er ihn erreichte, war er verschwunden.

Er ging zu Juanna zurück. »Ich glaube, wir haben so viel von Riesen gehört, daß wir sie schon zu sehen glauben«, sagte er lachend.

Während er das sagte, zischte etwas an ihnen vorbei durch die Luft und fuhr ein Stück hinter ihnen in den Boden. Sie traten darauf zu. Es war ein langer Pfeil mit einer Widerhakenspitze und roter Befiederung.

»Dies zumindest ist eine sehr greifbare Phantasievorstellung«, antwortete Juanna und zog den Pfeil aus dem Boden. »Das ist noch einmal gut gegangen.«

Leonard sagte nichts, sondern hob sein Gewehr und feuerte auf gut Glück in die Richtung, aus der der Pfeil gekommen war. Dann brachte er seine kleine Truppe eilig in eine Abwehrformation. Doch wie es sich herausstellte, hätte er sich diese Mühe sparen können, denn es geschah nichts weiter, und die einzige sichtbare und spürbare Konsequenz dieser mysteriösen Erscheinung war, daß sie wieder eine sehr unangenehme Nacht verbrachten, in dichtem Nebel und durchnäßt – denn inzwischen hatte es auch zu regnen begonnen, oder vielmehr zu nieseln – in Erwartung eines Feindes, der sich jedoch, zu ihrer großen Erleichterung, nicht sehen ließ.

Die geistigen und seelischen Folgen waren jedoch erheblich nachhaltiger, denn jetzt wußten sie, daß Soa die Wahrheit gesagt hatte, und daß die Legende der Buschmänner von ›großen Männern, die am ganzen Körper mit Haar bedeckt sind‹, nicht nur eine Erfindung von Wilden war.

Endlich kam der Morgen. Er war klamm und ungemütlich, und sie alle waren steif vor Kälte und niedergedrückt vor Furcht. Ein paar der Männer von der Niederlassung waren in einem Zustand, daß sie offen drüber jammerten, zugelassen zu haben, daß ihr Schamgefühl und ihre Loyalität ihren Entschluß zur Rückkehr besiegte. Jetzt war es zu spät dazu, denn die wenigen Unzufriedenen unter ihnen wagten nicht, allein zurückzugehen, außerdem sagte Leonard ihnen jetzt, daß er den ersten Mann, der sich aufsässig zeigte, erschießen würde.

Bis auf die Haut durchnäßt, zitternd und elend, setzten sie ihren Marsch über die unbekannte Ebene fort. Soa, die jetzt, wo sie in ihrem eigenen Lande war, von Stunde zu Stunde finsterer wurde, ging ihnen als Führer ein Stück voraus. Wenn sie gingen, fühlten sie sich ein wenig wärmer, als wenn sie stillsaßen, und in einer Beziehung wurde ihr Los etwas verbessert, denn eine leichte Brise, die den Nebel hin und wieder aufrührte, ließ die Strahlen einer wässerigen Sonne hindurchdringen. Den ganzen Tag über zogen sie weiter, ohne den Mann wiederzusehen, der den Pfeil auf sie abgeschossen hatte, oder einen seiner Landsleute, bis es schließlich wieder zu dunkeln begann.

Sie hielten, und Leonard und Otter marschierten hin und her, um einen geeigneten Platz für ihr Lager und die Errichtung ihres einsamen Zeltes zu suchen. Nach kurzer Zeit hörte Leonhard einen lauten Ruf Otters. Leonard lief zu ihm und sah ihn durch den Nebel auf einen Schatten starren, der sich etwa hundert Yards entfernt durch die Schwaden abzeichnete.

»Sieh, Baas!« sagte er. »Dort ist ein Haus, ein Haus aus Stein, und Gras wächst auf seinem Dach.«

»Unsinn«, sagte Leonard, »es muß irgendein Felsblock sein. Aber wir können ja nachsehen.«

Sie schlichen vorsichtig auf den Schatten zu, der, wie sich bald erwies, tatsächlich ein Haus war, oder jedenfalls eine Art Haus, aus großen, unbehauenen Steinen errichtet, mit einer Bedachung aus dünnen Baumstämmen, darauf eine dicke Schicht von Soden, aus der grünes Gras wucherte. Dieses Gebäude mochte vierzig Fuß lang und zwanzig Fuß breit gewesen sein, und seine Höhe vom Boden bis zum oberen Mauerrand schätzte Leonard auf siebzehn Fuß. Es hatte eine Tür von beachtlicher Höhe und zwei Fenster, doch alle drei Öffnungen waren unverschlossen und lediglich mit Vorhängen aus Fellen verdeckt. Leonard rief nach Soa und fragte sie, was dieses Haus sei.

»Sicher die Wohnung eines Hirten«, antwortete sie, »der hierhergeschickt wurde, um die Rinder des Königs zu bewachen, oder die der Priester. Es wäre sogar möglich, daß es die Behausung des Mannes ist, der gestern den Pfeil auf uns abgeschossen hat.«

Nachdem sie festgestellt hatten, daß es sich um das Quartier eines Menschen handelte, blieb noch zu erkunden, ob es bewohnt war. Nachdem sie eine Weile gewartet hatten, um zu sehen, ob jemand hineingehen oder herauskommen würde, übernahm Otter diese Aufgabe. Auf Händen und Knien kroch er zur Mauer des Hauses, dann an ihr entlang zur Tür, und nachdem er dort eine Weile gelauscht hatte, hob er eine Ecke des Fellvorhangs an und warf einen Blick ins Innere des Hauses.

»In Ordnung, Baas, es ist leer!« rief er.

Anschließend traten sie beide hinein und untersuchten die Wohnstatt voller Neugier. Sie war wirklich sehr dürftig. Die Wände waren ungemörtelt und Feuchtigkeit rann in dicken Tropfen an ihnen herab: Der Boden bestand aus festgetretenem Flußschlamm, und ein Loch im Dach diente als Rauchabzug: Doch zum Ausgleich dazu war der Innenraum in zwei Sektionen unterteilt, von denen eine als Wohnraum diente, die andere als Schlafkammer. Es war deutlich zu erkennen, daß das Haus noch nicht lange verlassen war, denn auf dem Herd war noch Glut. Mehrere irdene Kochgefäße standen um den Herd herum, und im Schlafraum befand sich ein rohes Bettgestell, auf dem Decken aus Rinder- und Ziegenfellen lagen. Als sie alles betrachtet hatten, was es zu sehen gab, gingen sie zu den anderen zurück, um ihnen von ihrer Entdeckung zu berichten, und just in diesem Augenblick setzte der Regen wieder ein, noch heftiger als zuvor.

»Ein Haus!« sagte Juanna. »Dann laßt uns um des Himmels willen sofort hineingehen. Wir sind halbtot vor Kälte und Nässe.«

»Ja«, sagte Leonard, »ich denke, daß wir es in Besitz nehmen sollten, obwohl es etwas peinlich werden mag, wenn seine rechtmäßigen Bewohner zurückkommen sollten.«

Das beste, was von dieser Nacht gesagt werden kann, die sie in diesem Steinschuppen verbrachten, ungestört durch einen Besuch seines rechtmäßigen Bewohners, ist, daß sie es eine Spur bequemer hatten, als wenn sie sie im Freien verbracht hätten. Sie lagen im Trockenen, wenn auch die Wände feucht waren, und sie hatten ein Feuer. Trotzdem ist es nicht gerade erholsam, wenn man es nicht gewöhnt ist, in der Gesellschaft von etwa zwanzig Schwarzen und einiger tausend Flöhe zu nächtigen, in eine stinkende Rauchwolke eingehüllt, wie es auch bei unseren nordischen Vorfahren üblich war.

Juanna zog sich bald in die Schlafkammer zurück, legte sich auf das große Bett und fragte sich, wer es wohl zuletzt benutzt haben mochte. Ein Hirte, vermutete sie, wie Soa gesagt hatte, denn in der Ecke des Raums stand ein roh zurechtgehauener Hüteknüppel. Doch es war immerhin ein Bett, und sie schlief darin so fest, wie die zahllosen Insekten, die darin lebten, es zuließen. Die anderen waren nicht so glücklich dran: Insekten hatten sie zwar auch, aber kein Bett.

Wieder kam ein Morgen, feucht, düster und nebelig, und durch den Nebel und den Regen setzten sie ihren Marsch fort, wohin der führte, das wußten sie nicht. Den ganzen Tag zogen sie am Flußufer entlang, und als es Nacht wurde, lagerten sie wieder, dieses Mal jedoch ohne ein Dach über dem Kopf zu haben. Ihre Stimmung war jetzt auf den absoluten Tiefpunkt gesunken, denn sie hatten kaum noch etwas zu essen und konnten kein Brennmaterial finden, um ein Feuer zu machen. Leonard nahm Soa beiseite, um ihr ein paar Fragen zu stellen, da er klar erkannte, daß noch zwei Tage solchen Leidens für sie alle das Ende bedeuten würden.

»Du hast gesagt, daß dieses dein Volk eine Stadt besitzt, Soa?«

»Es besitzt eine Stadt, Erlöser«, antwortete sie, »aber ob man dir erlauben wird, sie zu betreten – es sei denn als Opfer für den Altar –, ist eine andere Frage.«

»Keiner von uns wird sie betreten, wenn wir nicht bald ein Obdach finden«, antwortete er. »Wie weit ist es noch bis zu der Stadt?«

»Einen Tagesmarsch würde ich sagen, Erlöser. Wenn der Nebel nicht wäre, könntest du sie jetzt schon sehen. Die Stadt liegt am Fuß hoher Berge, wie es keine höheren gibt, doch der Nebel deckt alles zu. Morgen, falls er sich heben sollte, wirst du sehen können, daß ich die Wahrheit gesagt habe.«

»Gibt es hier in der Nähe irgendwelche Häuser, in denen wir Unterschlupf finden könnten?«

»Woher soll ich das wissen?« antwortete sie. »Es ist vierzig Jahre her, seit ich diesen Weg gegangen bin, und hier, wo das Land kahl ist, wohnt niemand außer ein paar Hirten. Vielleicht ist ein Haus ganz in der Nähe, vielleicht gibt es keins im Umkreis von vielen Meilen. Wer kann das sagen?«

Da Leonard erkannte, daß er von Soa nichts erfahren konnte, trat er wieder zu den anderen; sie hockten sich auf den feuchten Boden nieder, eng zusammengedrängt, um sich gegenseitig zu wärmen, und so saßen sie Stunde um Stunde, ohne auch nur den Versuch zu machen, einzuschlafen. Die Männer von der Niederlassung waren halb betäubt vor Kälte, und auch Juanna war, zum ersten Mal, am Ende ihrer Kraft, wenngleich sie ständig versuchte, zuversichtlich zu erscheinen. Francisco und Leonard drängten ihr ihre Decken auf, unter dem Vorwand, daß es Reservedecken seien, doch waren sie völlig durchnäßt und konnten die Kälte nicht lindern. Allein Soa schien nicht zu leiden, vielleicht weil sie in diesem Klima aufgewachsen war, und Otter war, wie immer, bester Stimmung, da ihm weder Hitze noch Kälte, noch Hunger etwas schienen anhaben zu können.

»Solange mein Herz warm ist, ist auch mir warm«, sagte er fröhlich, als Leonard ihn fragte, wie er sich fühle. Leonard selbst saß schweigend, lauschte auf das Stöhnen der Männer aus der Niederlassung und dachte, daß weitere vierundzwanzig Stunden die meisten von ihnen all ihrer Sorgen entheben würden. Ohne Nahrung und Obdach würden nur wenige von denen, die heute lebten, einen zweiten Sonnenaufgang sehen.

Endlich wurde es hell, und zu ihrer Überraschung und übergroßen Freude stellten sie fest, daß der Regen aufgehört hatte und der Nebel sich auflöste.

Endlich sahen sie das Angesicht der Sonne wieder und genossen ihre Wärme, wie es nur solche genießen können, die über Tage und Nächte im Halbdunkel gelebt haben, bis auf die Haut durchnäßt und bis aufs Mark durchgefroren.

Der größte Teil des Nebels hatte sich verzogen, doch erst nachdem sie gefrühstückt hatten, von dem Fleisch eines Bokkes, den Leonard im Schilf des Flußufers erlegt hatte, hoben sich auch die restlichen Schwaden von der weiter entfernt liegenden Landschaft. Und endlich waren sie ganz verschwunden, und zum ersten Mal sahen die Wanderer das Land, durch das sie zogen. Sie befanden sich auf einer riesigen Hochebene, die in kaum spürbarer Steigung aufwärts führte, bis sie am Fuße einer mächtigen Kette schneebedeckter Berge endete, die, wie sie später erfuhren, die Bina-Berge genannt wurden.

Die Bergkette hatte die Form eines Halbmondes, oder eines gespannten Bogens, und der nächste Punkt dieses Bogens, der von einem gewaltigen, schneebedeckten Berg gebildet wurde, lag ihnen genau gegenüber, und dem Anschein nach nicht weiter als fünfundzwanzig Meilen entfernt. Zu beiden Seiten dieses Riesen erstreckte sich eine ungebrochene Kette kleinerer Berggipfel, soweit das Auge reichte. Die Ebene, auf der sie standen, war kahl und auf ihrer ganzen Weite mit großen Granitblöcken übersät, zwischen denen Herden von Wildrindern umherzogen, untermischt mit Gruppen von Antilopen; doch die unteren Hänge des Gebirgszuges waren mit dichten Nadelwäldern bedeckt, in denen sich da und dort Lichtungen befanden, vermutlich von kultiviertem Land. Otter suchte die Landschaft mit den Augen ab, die so scharf wie die eines Habichts waren.

»Sieh dort, Baas!« sagte er dann ruhig. »Die alte Hexe hat

uns nicht belogen. Dort ist tatsächlich die Stadt des Nebelvolks.«

Als Leonard in die Richtung blickte, in die der ausgestreckte Arm des Zwerges deutete, sah er etwas, das ihm bisher entgangen war. In einer weiten Einbuchtung am Fuße des großen Berges direkt vor ihnen stand ein dichtes Gewirr von Häusern, aus grauem Stein erbaut und mit Dächern aus Grassoden. Wenn Otter nicht seine Aufmerksamkeit auf sie gerichtet hätte, er hätte die Stadt vielleicht nicht bemerkt, oder doch erst, wenn er fast vor ihren Mauern gestanden hätte, denn die Materialien, aus denen sie erbaut war, wiesen große Ähnlichkeit mit den Steinblöcken auf, die zu Tausenden um sie herum lagen, und das saftiggrüne Gras auf seinen Dächern verlieh ihr das Aussehen einer entfernten Wiesenlandschaft.

»Ja, dort ist der Kraal der Großen Menschen«, sagte Otter, »und es ist ein starker Kraal. Sieh, Baas! Sie wissen sich zu verteidigen. Hinter ihnen liegt der Berg, den niemand ersteigen kann, und entlang all der Mauern verlaufen zwei Arme des Flusses, die sich jenseits der Stadt, in der Ebene, vereinigen. Schlecht würde es dem *Impi* gehen, das versuchte, diesen Kraal zu erstürmen.«

Eine Weile standen sie schweigend und starrten verblüfft hinüber. Es kam ihnen eigenartig vor, daß sie diese geheimnisvolle Stadt wirklich erreicht haben sollten; und jetzt, wo sie sie vor sich sahen, fragten sie sich, wie man sie innerhalb ihrer Mauern empfangen würde. Dies war die Frage, die jeden von ihnen bewegte. Und es gab nur einen Weg, das festzustellen: Sie mußten hingehen und sehen, was geschehen würde. Ein Rückzug war jetzt nicht mehr möglich, das wußten selbst die Männer aus der Niederlassung. »Es ist besser, durch die Hände der Großen Menschen zu sterben«, überlegte einer von ihnen laut, »als elend in Nebel und Kälte umzukommen.«

»Halt den Kopf hoch!« sagte Leonard. »Noch bist du nicht tot. Die Sonne scheint endlich wieder. Das ist ein gutes Omen.«

Als sie sich ausgeruht und ihre Kleider in der Sonnenwärme getrocknet hatten, marschierten sie weiter, mit einem gewissen Gefühl der Erleichterung. Dort vor ihnen lag das Ziel, das zu erreichen sie so weit gereist waren; bald würden sie das Schlimmste erfahren, das ihnen geschehen mochte, und alles war besser als diese lange Ungewißheit.

Gegen Mittag hatten sie etwa fünfzehn Meilen zurückgelegt und konnten die Stadt inzwischen klar und deutlich vor sich sehen. Es war eine gewaltige Stadt, eingeschlossen von Zyklopenmauern aus Felsblöcken, um die herum der Fluß strömte und so einen natürlichen Burggraben bildete. Die Häuser innerhalb der Mauern schienen nach Straßenzügen geordnet und nach dem Muster jenes Hauses erbaut zu sein, in dem sie vor zwei Nächten geschlafen hatten; die grasbewachsenen Dächer gaben der Stadt das Aussehen einer großen Fläche grasbewachsener Hügel, die von Felsen getragen wurden.

Die Stadt lag an einem Hang, und an ihrem oberen Ende, unmittelbar vor den steilen Felswänden des Berges, standen zwei Bauwerke, die um ein Vielfaches größer waren als die unterhalb davon gelegenen Häuser. Eines von ihnen ähnelte in seiner Bauweise den anderen Häusern, nur daß es von einem eigenen Mauerring umschlossen war, das zweite jedoch, das auf einer Erhebung stand, soweit sie es auf diese Entfernung erkennen konnten, war dachlos und besaß alle Charakteristika eines römischen Amphitheaters. Auf der gegenüberliegenden Seite dieses Amphitheaters erhob sich eine gigantische Masse polierten Steins, die eine groteske Ähnlichkeit mit der Gestalt eines Mannes aufwies.

»Was sind diese beiden Gebäude, Soa?« fragte Leonard.

»Das untere ist das Haus des Königs, weißer Mann, und jenes darüber ist der Tempel des Tiefen Wassers, wo der Fluß aus den Eingeweiden des Berges quillt.«

»Und was ist der schwarze Stein jenseits des Tempels?«

»Der, weißer Mann, ist die Statue des Gottes, welche dort auf ewig sitzt und über diese Stadt und ihre Menschen wacht.«

»Er muß ein großer Gott sein«, sagte Leonard mit einer Anspielung auf die Ausmaße der Statue.

»Er *ist* groß«, antwortete sie, »und mein Herz verzagt bei seinem Anblick.«

Nachdem sie zwei Stunden geruht hatten, marschierten sie weiter, und bald wurde ihnen bewußt, daß ihre Bewegungen beobachtet wurden. Der Weg, dem sie folgten – wenn eine Spur, die von den Füßen von Menschen und Rindern getreten war, ein Weg genannt werden konnte – wand sich wie eine Schlange zwischen riesigen Felsblöcken hindurch, und da und dort standen in Ziegenfelle gekleidete Männer auf diesen Felsblöcken, von denen jeder einen Speer, einen Bogen und ein Horn trug. Sobald sie sich einem dieser Männer auf fünf- oder sechshundert Yards genähert hatten, schoß er einen Pfeil in ihre Richtung, der, wie sich bei Untersuchung herausstellte, eine Spitze mit Widerhaken aufwies und eine rote Befiederung, so wie der erste dieser Art, den sie gesehen hatten.

Dann blies der Posten in sein Horn, entweder als Signal, oder als Zeichen der Herausforderung, dessen schrille Töne von den Bergen als vielfaches Echo zurückgeworfen wurden, und verschwand sofort wieder.

Das wirkte natürlich nicht gerade ermutigend, doch sollte es noch schlimmer kommen. Jetzt, da sie sich der Stadt näherten, entdeckten sie große Trupps bewaffneter Männer, die in Booten und auf Flößen über den Fluß setzten, der die Stadt umschloß, und sich auf seinem diesseitigen Ufer sammelten. Als sie alle herübergebracht worden waren – und es schienen mindestens tausend Mann zu sein –, traten sie in einem nach vorne offenen Karree an und kamen im Laufschritt auf sie zu.

Die Krise war da.

20

Das Kommen Acas

Leonard blickte sich zu seinen Gefährten um, und es stand ein Ausdruck von Unsicherheit in seinem Gesicht.

»Was müssen wir jetzt tun?« fragte er.

»Wir müssen warten, bis sie nähergekommen sind«, antwortete Juanna, »dann werden Otter und ich ihnen allein entgegentreten, und ich werde dabei das Lied singen, das Soa mich gelehrt hat. Haben Sie keine Angst, ich habe meine Schularbeiten gemacht, und wenn alles gut geht, werden sie glauben, daß wir ihre verlorenen Götter sind – jedenfalls hat Soa das gesagt.«

»Ja, *wenn* alles gut geht. Und wenn nicht?«

»Dann heißt es, Lebewohl zu sagen«, antwortete Juanna mit einen Achselzucken. »Aber ich muß mich jetzt auf meine Rolle vorbereiten. Komm, Soa, bring mein Bündel zu diesem Felsen dort drüben – schnell! Einen Augenblick, Mr. Outram, ich vergaß: Sie müssen mir den Rubin leihen.

Vielleicht werde ich ihn brauchen.«

Leonard übergab ihr den Rubin und überlegte dabei, daß er ihn wahrscheinlich nie wiedersehen würde, denn er war fast sicher, daß einer der Großen Menschen ihn ihr abnehmen würde. Doch im Augenblick dachte er an etwas, das weit höher stand, als alle Rubine, nämlich, was sie tun konnten, um mit dem Leben davonzukommen.

Sobald Juanna den Stein in ihren Händen hatte, lief sie zu einer kleinen Gruppe von Felsen, wie sie über die ganze Ebene verstreut waren, etwa fünfzig Schritte von ihnen entfernt, dicht gefolgt von Soa, die ein Bündel auf ihrem Kopf trug.

Zehn Minuten vergingen, dann trat Soa hinter den Steinen hervor und winkte ihnen, zu kommen. Als sie sich ihr näherten, bot sich ihnen ein sehr seltsamer Anblick. In der Mitte des Ringes von Felsen stand Juanna – jedoch eine völlig veränderte Juanna. Sie war in eine lange, weiße Robe gekleidet, die sowohl am Hals, als auch im Rücken tief ausgeschnitten war; es war das arabische Gewand, in dem sie aus dem Sklavenlager entkommen war und, das Soa in weiser Voraussicht auf diesen Augenblick der Prüfung mitgebracht hatte. Und das war noch nicht alles: denn Juanna hatte ihr dunkles Haar gelöst – welches von ungewöhnlicher Länge und Schönheit war – so daß es fast bis zu ihren Knien herabhing, und auf ihrer Stirn saß, wie ein rotes Auge strahlend, der große Rubin, von Soa mit äußerstem Geschick so in einem Stirnband befestigt, daß dessen Öffnung genau der Größe des Steins entsprach.

»Seht die Göttin und betet sie an!« sagte Juanna mit gespieltem Ernst, doch Leonard sah, daß sie vor Aufregung zitterte.

»Ich weiß zwar nicht, was Sie vorhaben, doch sehen Sie Ihrer Rolle sehr angemessen aus«, sagte er knapp. Und bis zu diesem Moment hatte er wahrlich nicht gewußt, *wie* schön sie war.

Juanna errötete ein wenig, als sie die offenkundige Bewunderung in seinen Augen erkannte, dann wandte sie sich an den Zwerg und sagte: »Und jetzt, Otter, mußt auch du dich bereit machen. Und erinnere dich an alles, was Soa dir gesagt hat: Was immer du auch sehen oder hören magst, du wirst nicht deinen Mund aufmachen. Du wirst Seite an Seite mit mir gehen und das tun, was ich tue, und nicht mehr.«

Otter grunzte etwas, das wie eine Zustimmung klang, und begann ›sich vorzubereiten.‹ Dieser Prozeß bestand vor allem darin, seine alte Jacke und die ausgefranste Hose auszuziehen – beides abgelegte Sachen Leonards, die sehr großzügig gekürzt worden waren. Bis auf sein *Moocha**, das er seinem Stammesbrauch gemäß unter seiner Kleidung trug, war er nackt.

»Was hat dies alles zu bedeuten?« fragte der Vormann Peter, der, wie die anderen Männer von der Niederlassung, vor Angst zitterte.

»Es bedeutet«, sagte Juanna, »daß Otter und ich versuchen werden, die Götter dieses Volkes darzustellen, Peter. Wenn sie uns als Götter akzeptieren, ist alles in Ordnung; wenn

---

* Lendentuch – *Anm. d. Übers.*

nicht, ist es das Ende. Seid vorsichtig, falls man uns als Götter empfängt, damit keiner von euch den Betrug verrät. Seid klug, verhaltet euch still und tut, was wir euch von Zeit zu Zeit sagen werden, wenn ihr weiterleben wollt, um die Sonne zu sehen.«

Peter wich überrascht zurück; Leonard und Francisco wandten ihre Aufmerksamkeit den näherkommenden Kriegern des Nebelvolkes zu.

Sie kamen schweigend im Laufschritt herangetrabt, und die Erde erzitterte unter der Wucht ihrer Tritte. Und dann hielten sie, etwa einhundertfünfzig Yards entfernt plötzlich inne. Sie boten einen erschreckenden Anblick für die kleine Gruppe von Menschen, die zwischen den riesigen Felsblökken stand. So weit Leonard es erkennen konnte, war nicht ein einziger Mann unter ihnen, der weniger als sechs Fuß groß war, und die Proportionen ihrer Körper waren entsprechend: gewaltige Erscheinungen. Insgesamt gesehen waren sie weder gut aussehend, noch häßlich; sie hatten große Augen und dichtes Haar – zwischen schwarz und braun in der Färbung – und ernste Gesichter, in denen ein Ausdruck furchterregender Gelassenheit lag, gleich der Gelassenheit einer archaischen Statue. Außerdem schienen sie sehr diszipliniert zu sein. Jede Gruppe stand unter dem Kommando eines Anführers, der außer seinen Waffen auch ein Signalhorn trug, das aus dem Horn eines Wildrindes gefertigt war.

Das *Impi* stand schweigend; die Männer starrten die Fremden an, oder vielmehr die Felsblöcke, hinter denen sie sich verbargen. In der Mitte ihres offenen Karrees stand eine kleine Gruppe von Männern, einer davon noch jung, und groß selbst im Vergleich mit seinen Gefährten. Dieser Mann schien, nach Leonards Ansicht, der Häuptling oder König zu sein. Hinter ihm standen Bedienstete und Berater, und vor ihm drei alte Männer von würdiger Erscheinung, und mit einem Ausdruck kalter Grausamkeit auf ihren Gesichtern. Diese drei Männer hatten nackte Oberkörper und waren unbewaffnet, mit Ausnahme eines Messers, das an ihrem Gürtel hing. Auf der breiten Brust trugen sie blaue Tätowierungen einer riesigen Schlange, die gut die Hälfte der Hautfläche bedeckte. Offensichtlich waren sie die Medizinmänner oder Priester.

Nun gab der König oder Häuptling seinen Begleitern einen Befehl, und vier Männer liefen sofort zu den Ecken des offenen Karrees, wo sie ihn mit lauter Stimme wiederholten. Dann hob er seinen gewaltigen Speer, und alle Führer der Gruppen stießen in ihre Hörner, was einen ohrenbetäubenden Lärm machte.

Dann war wieder Stille, und die Männer starrten die Felsblöcke an, und die drei Medizinmänner traten zu dem König und sprachen mit ihm, als ob sie darüber debattierten, was nun geschehen solle.

»Dies ist unsere Chance«, sagte Juanna aufgeregt. »Sowie sie angreifen, ist alles vorbei; eine einzige Salve von Pfeilen würde uns alle töten. Komm, Otter!«

»Nein!« sagte Leonard. »Ich kann es nicht zulassen, daß Sie unter diese Wilden gehen. Die Gefahr ist zu groß.«

»Gefahr! Könnte die Gefahr dort größer sein als hier? In einer Minute könnten wir alle tot sein. Unsinn! Ich gehe! Ich weiß, was ich zu tun habe, und bin entschlossen, es zu tun. Haben Sie keine Angst um mich. Sie wissen ja, wenn es zum Schlimmsten kommen sollte, habe ich die Möglichkeit, mich zu schützen. Du hast doch keine Angst, mit mir zu gehen, nicht wahr, Otter?«

»Nein, Schäferin«, sagte der Zwerg. »Hier sind alle Wege gleich.«

Leonard dachte nach und machte sich bittere Vorwürfe, selbst die Ursache dafür zu sein, daß sein Mündel in eine solche Lage geraten war. Doch konnte dem jetzt nicht mehr abgeholfen werden – sie mußte gehen. Und schließlich war es auch egal, ob sie in fünf Minuten getötet oder gefangengenommen werden würde, oder eine halbe Stunde später. Francisco jedoch, der sich zu einer solchen philosophischen Einstellung nicht durchringen konnte, flehte sie an, sich nicht diesen furchtbaren Wilden in die Hand zu geben.

»Gehen Sie, wenn Sie es wollen, Juanna«, sagte Leonard, ohne sich um Francisco zu kümmern. »Wenn irgend etwas passieren sollte, werde ich versuchen, Sie zu rächen, bevor ich Ihnen folge. Gehen Sie, und vergeben Sie mir!«

»Was hätte ich Ihnen zu vergeben?« sagte sie und sah ihn mit glänzenden Augen an. »Haben Sie nicht einst um meinetwillen größere Gefahren auf sich genommen?«

»Ja, geh, Schäferin«, sagte Soa, die bis jetzt die drei alten Männer angestarrt hatte, die in der Mitte des offenen Karrees standen; »es besteht keinerlei Gefahr, solange dieser Narr von einem Zwerg den Mund hält. Ich kenne mein Volk, und ich sage dir, wenn du jenes Lied singst und die Worte sprichst, die ich dich gelehrt habe, werden du und der Schwarze zu den Göttern des Landes erklärt werden. Aber mach schnell, denn die Krieger werden gleich schießen.«

Während Soa sprach, war die Besprechung in der Mitte des Karrees zu Ende gegangen. Die Melder riefen den Führern der Truppen Befehle zu, die diese an ihre Krieger weitergaben, und man hörte das Rasseln von Köchern. Und in der nächsten Sekunde fiel das Sonnenlicht auf viele Hunderte von Pfeilspitzen, die alle auf die kleine Gruppe von Fremden gerichtet waren.

Juanna sah es, sprang auf einen Felsen und stand dort im strahlenden Licht der Sonne. Sofort erhob sich ein erregtes Gemurmel; eine Stimme rief ein Kommando, die Pfeilspitzen funkelten wie unzählige Sterne und senkten sich.

Jetzt sprang Otter, nackt bis auf seine *Moocha,* neben Juanna auf den Felsen, und das Gemurmel der Krieger der Großen Menschen wurde zu einem heiseren Geschrei des Staunens und der Furcht, obwohl kein Außenstehender hätte erklären könnten, weshalb diese Masse von Kriegern sich vor einem schönen Mädchen und einem Zwerg fürchten sollte.

Fast eine Minute lang stand dieses seltsame Paar auf dem Felsen, dann sprang Juanna herab, und Otter folgte ihr. Zwanzig Yards oder so ging sie schweigend auf das Karree der Krieger zu und hielt Otter dabei an der Hand. Dann stimmte sie plötzlich ein Lied an, das zugleich wild und süß klang. Dies war der Refrain des geheimen Gesanges, den sie in der Sprache des Nebelvolks sang, die Soa sie als Kind gelehrt hatte.

Ich habe nur geschlafen.
Habt ihr eine Weile um mich geweint?
Still! Ich habe nur geschlafen.
Ich bin erwacht, mein Volk!
Ich bin nicht tot, die ich niemals sterben kann.
Sehet! Ich habe nur geschlafen.
Sehet! Ich komme zurück, schöner denn je.
Habt ihr mich nicht in den Gesichtern der Kinder gesehen?
Blickt mich an, die erwachte Schläferin.
Blickt mich an, die wanderte, und deren Namen Morgendämmerung ist!
Warum habt ihr mich betrauert, die erwachte Schläferin?

So sang sie, mit süßer und lauter Stimme, und es klang wie der Gesang eines Vogels im Winter. Still waren die Reihen der Großen Männer, während sie mit langsamen, gleitenden Schritten auf sie zuging – still vor Angst und Verwunderung, als ob ihr Erscheinen eine Erinnerung weckte oder ein Versprechen erfüllte.

Nun hatte sie ihre vordersten Reihen erreicht, blieb dort stehen und war eine Weile stumm. Dann sang sie wieder, in einem anderen Stil:

Warum begrüßt ihr mich nicht, ihr Kinder meiner Kinder?
Habt ihr das Versprechen der Toten vergessen?
Soll ich zurückgehen in das Traumland, in dem ich wanderte?
Weist ihr mich zurück, mich, die Mutter der Schlange?

Die Krieger blickten einander an und murmelten unter sich. Jetzt erkannte sie, daß sie die Bedeutung ihrer Worte begriffen hatten und von ihnen in panische Angst gestürzt wurden. Eine Weile später traten die drei Medizinmänner oder Priester vor, und mit ihnen der Häuptling oder König, und sie blieben wenige Schritte vor ihr stehen.

Dann sprach der älteste von ihnen, ein Mann, der neunzig Sommer gesehen haben mochte, in die plötzliche Stille, und zu Juannas Freude verstand sie seine Worte, so wie man die ihren verstanden hatte, denn dieses war die Sprache, die Soa sie vor vielen Jahren gelehrt hatte, und in der sie, um der

Übung willen, während der letzten zwei Monate oft miteinander gesprochen hatten.

»Bist du Frau oder Geist?« fragte der alte Priester.

»Ich bin sowohl Frau, als auch Geist«, antwortete sie.

»Und er, der mit dir ist, den wir kennen« – fuhr der Priester fort und deutete mit einem zitternden Finger auf Otter – »ist er Gott oder Mann?«

»Er ist sowohl Gott, als auch Mann«, antwortete sie.

»Und jene dort hinten; wer sind sie?«

»Sie sind unsere Berater und Diener, weiße für die Weiße, und schwarze für den Schwarzen, die Gefährten unserer Wanderung, Menschen, und keine Geister.«

Die drei Priester berieten heftig, aber leise miteinander, während der Häuptling die Schönheit Juannas mit seinen Augen verschlang. Dann sprach der älteste von ihnen wieder.

»Du berichtest uns in unserer eigenen Sprache von Dingen, welche zwar seit langem verborgen sind, doch immer noch in der Erinnerung leben könnten. Entweder, o Schöne, hast du von diesen Dingen erfahren und lügst uns an, dann seid ihr alle Futter für die Schlange, gegen die du dich versündigst, oder ihr seid wahrlich Götter und sollt als Götter angebetet werden. Nenne uns deinen Namen, und den Namen jenes Zwerges, die uns beide bekannt sind.«

»Ich werde von den Menschen die Schäferin des Himmels genannt. Jener heißt Otter, der Bewohner des Wassers, unter den Menschen. Doch einst hatten wir andere Namen.«

»Nenne uns diese anderen Namen, o Schäferin.«

»Einst, in der lange zurückliegenden Vergangenheit, wurde ich Helligkeit genannt, wurde ich Morgendämmerung genannt, wurde ich Tageslicht genannt. Einst, in der lange zurückliegenden Vergangenheit, wurde er Stille genannt, wurde er Schrecken genannt, wurde er Dunkelheit genannt. Am Anbeginn jedoch hatten wir noch weitere Namen. Sind sie euch bekannt. Priester der Schlange?«

»Vielleicht sind sie uns bekannt, du, die du Schäferin des Himmels genannt wirst, du, die du Helligkeit genannt wurdest, und Morgendämmerung, und Tageslicht; und du, der du Bewohner des Wassers genannt wirst, der du Stille genannt wurdest, und Schrecken, und Dunkelheit! Vielleicht sind sie uns bekannt, obwohl sie nur wenigen bekannt sind und niemals ausgesprochen werden, außer bei völliger Dunkelheit und mit verhülltem Kopf. Doch kennst du sie, jene Namen des Anbeginns? Denn wenn du sie nicht kennst, o Schöne, so lügst du und versündigst dich und bist Futter für die Schlange.«

»Nur selten sind jene Namen während all der Jahre gesprochen worden, ausgenommen in völliger Dunkelheit und mit verhülltem Kopf«, antwortete Juanna kühn, »doch ist jetzt die Stunde, die Stunde des Kommens, und jetzt sollen sie laut in das Licht des Tages gerufen werden, mit offenen Lippen und erhobenen Augen. Hört, Kinder der Schlange, dieses waren die Namen, die zu Anbeginn bekannt waren: *Aca* ist der meine, der Mutter der Schlange, und *Jâl* wird er genannt, der die Schlange ist. Sagt, erkennt ihr uns jetzt?«

Als diese Worte von ihren Lippen flossen, erklang ein Stöhnen der Furcht aus der Brust eines jeden, der sie hörte. Dann rief der alte Priester laut: »Werft euch auf das Gesicht, ihr Kinder der Schlange; betet sie an, alle ihr Männer des Speeres, Bewohner des Nebels! Aca, die unsterbliche Königin, ist heimgekehrt; Jâl, der Gott, hat das Fleisch des Menschen angezogen. Olfan, lege dein Königtum nieder, es ist das seine! Ihr Priester, reißt die Tore der Tempel auf, sie gehören ihnen! Betet die Mutter an und verehrt den Gott!«

Die Menge gehorchte und warf sich zu Boden wie ein Mann, und jeder von ihnen rief mit dröhnender Stimme:

»Aca, die Königin des Lebens ist gekommen; Jâl, der Gott des Verderbens, ist Fleisch geworden. Betet die Mutter an, und verehrt den Gott!«

Es war, als ob die ganze Armee plötzlich vom Tode zu Boden gestreckt worden wäre, und von all den Hunderten blieben allein Juanna und Otter auf den Füßen. Es gab jedoch eine Ausnahme, und die war Olfan, der König, welcher stehen blieb und dem es gar nicht zu passen schien, auf eine so brüske Weise zur Abdankung aufgefordert worden zu sein, und auch noch zu Gunsten eines Zwerges, ob er nun Mensch oder Gott sein mochte.

Otter, völlig verwirrt, da er nicht ein einziges Wort dessen, was gesprochen worden war, verstanden hatte, und die Bedeutung dieses eigenartigen Benehmens nicht begriff, deutete mit seinem Speer auf den Häuptling, um Juanna darauf aufmerksam zu machen, daß er noch aufrecht stand. Doch der hochgewachsene Mann deutete diese Geste anders; offenbar dachte er, daß der neu angekommene Gott auf diese Weise seine Vernichtung beschwören wolle. Sein Stolz wich der Angst seines Aberglaubens, und er warf sich ebenfalls zu Boden.

Als das Sprechen und Rufen der Anbetung abgeklungen war, wandte Juanna sich wieder an den alten Priester.

»Genug! Ihr wißt nun, daß die alte Prophezeiung heute erfüllt worden ist. Jetzt wünschen wir, in unsere Stadt einzuziehen, um für eine Weile bei euch zu verweilen und das Gesetz des Endens zu verkünden. Dort, in unserer Stadt, laßt ein Haus für uns bereitmachen, ein Haus, das von den anderen getrennt steht, doch nahe einem Tempel, und laßt Nahrung zu diesem Hause bringen, damit meine Diener essen mögen. Vor den Toren der Stadt sollen Männer bereitstehen, um uns in Sänften zu jenem Haus zu tragen. Tragt Sorge, daß niemand uns belauscht, auf daß kein böses Schicksal auf euch alle falle; und laßt niemanden ungehorsam sein, damit wir euch nicht verlassen und in das Land des Todes und der Träume zurückkehren. Vielleicht werden wir nicht für lange hier verweilen, vielleicht sind wir nur gekommen, um euch einen Segen zu erteilen, und werden bald wieder fortgehen. Deshalb seid darauf bedacht, unsere Befehle auszuführen, und genau. Für jetzt: lebt wohl, meine Diener!«

Nachdem sie so gesprochen hatte, und mit großer Würde, trat Juanna langsam und feierlich, begleitet von Otter, dessen Hand sie hielt, wie zuvor, rückwärts gehend in den Kreis der Felsblöcke zurück, und sie sang dabei.

21

Die Torheit Otters

Juanna und Otter erreichten den kleinen Kreis von Felsblökken, von dem die kleine Gruppe den ganzen Vorgang verwirrt und verblüfft beobachtet hatte: das heißt, alle außer Soa, die finster vor sich hinblickend von den anderen getrennt saß, die Arme vor der Brust verschränkt. Alles war so geschehen, wie sie es vorausgesehen hatte, wie es geschehen mußte, solange Juanna nicht ihre Lektionen vergaß oder Angst zeigte, oder der Zwerg nicht irgendeine Dummheit machte. Doch war sich Soa sehr wohl bewußt, daß dies erst der Beginn des Kampfes war, und daß es zwar für Juanna und Otter relativ leicht sein würde, in die Stadt zu gelangen und sich diesen abergläubischen Menschen als Reinkarnationen ihrer sagenhaften Götter aufzubinden, doch war die Aufrechterhaltung dieser Hochstapelei eine andere Sache. Außerdem war ihr klar, daß im Falle einer Entlarvung eine Flucht unmöglich war, oder zumindest überaus schwierig sein würde. Das war der Grund dafür, daß sie allein saß und vor sich hinbrütete, denn trotz ihres derzeitigen Triumphs lag eine Ahnung künftigen Unheils in ihrem Herzen.

Die Reaktion der anderen war jedoch anders: Sie hatten das Singen gehört, sie hatten gesehen, wie diese Heerschar großer Männer sich vor Juanna und Otter niederwarf, und sie hatten die Laute der Anbetung gehört, die wie Donner in ihre Ohren gedrungen waren; das Warum und Weshalb dessen konnten sie jedoch nur erraten.

»Was ist geschehen?« fragte Leonard begierig. »Ihre Einführung scheint gut verlaufen zu sein.«

»Befehlen Sie den Männern, außer Hörweite zu gehen, dann will ich es Ihnen sagen«, antwortete Juanna.

Leonard tat es, doch anstatt zu sprechen, brach sie in hysterisches Lachen aus. Ihre Nerven waren überbeansprucht worden und suchten sich auf diese Art Erleichterung.

»Sie alle müssen sich jetzt Otter und mir gegenüber äußerst respektvoll benehmen«, sagte sie schließlich, »denn wir sind tatsächlich Götter – sehen Sie mich nicht so schockiert an, Francisco, doch allmählich beginne ich selbst daran zu glauben. Wir haben es zwar eben erst festgestellt, doch kann ich Ihnen versichern, daß dem so ist. Sie haben uns in Bausch und Bogen akzeptiert, und das nach nur knapp fünf Minuten des Kreuzverhörs. Hört zu!« Und sie berichtete ihnen, was geschehen war.

Während sie sprach, setzte das *Impi* sich in Bewegung, nicht mehr in Karree-Formation, sondern nach Gruppen geordnet. Eine Gruppe nach der anderen trabte an ihnen vorbei, und die Erde erzitterte unter ihren Schritten, und sie hoben salutierend ihre Speere hoch in die Luft und schrien: »Ehre der Mutter! Ehre der Schlange!« und liefen dann auf die Stadt zu.

Schließlich war es vorbei, und das *Impi* war verschwunden.

»Also«, sagte Leonard, »so weit, so gut, Juanna, Sie sind das klügste und das tapferste Mädchen auf der ganzen Welt. Die meisten jungen Frauen hätten in einer solchen Situation alles vergessen und hysterische Anfälle bekommen.«

»Ich habe sie mir für danach aufgehoben«, antwortete sie bescheiden. »Was meine Klugheit und Tapferkeit betrifft, so habe ich lediglich wie ein Papagei nachgeplappert, was Soa mir beigebracht hat; Sie müssen eins wissen: Mir war völlig klar, daß ich getötet werden würde, falls ich auch nur einen einzigen Fehler machte, und so ein Wissen schärft den Verstand. Und ich kann nur eins sagen: Wenn die Schlange, von der sie so viel reden, irgendeine Ähnlichkeit mit der hat, die auf die Brust jener Priester tätowiert ist, habe ich nicht das geringste Verlangen, nähere Bekanntschaft mit ihr zu schließen. Ich hasse Schlangen. Also reden Sie nicht mehr davon« – denn Leonard und auch Francisco wollten gerade in neue Lobreden ausbrechen –, »und falls Sie das Bedürfnis haben, irgend jemandem danken zu müssen, so danken Sie Soa.«

»Und das tue ich auch«, sagte Leonard, denn seine Stimmung hatte sich auf eine höchst wunderbare Weise gehoben. »Soa, du hast uns die Wahrheit gesagt, und du hast alles gut und richtig getan. Ich danke dir.«

»Hattest du mich für eine Lügnerin gehalten?« fragte die alte Frau und richtete den Blick ihrer finsteren Augen auf

Leonard. »Ich habe dir die Wahrheit gesagt, Erlöser, als ich dir erklärte, daß mein Volk die Schäferin und deinen schwarzen Hund als ihre Götter willkommen heißen würden. Aber habe ich dir nicht auch gesagt, daß das Leben von uns allen davon abhängt? Falls ich es nicht getan haben sollte, so will ich es jetzt tun: *Du* bist nicht zum Gott ernannt worden, Erlöser, und auch nicht jener Glatzkopf« – so nannten die Eingeborenen Francisco, wegen seiner Tonsur –, »und dein schwarzer Hund wird dich durch sein Kläffen verraten. Wenn du in den Rachen der Schlange blickst, erinnere dich daran, daß Soa dir die Wahrheit gesagt hat, Erlöser. Vielleicht wirst du die roten Steine, die du begehrst, in ihrem Bauch finden, weißer Mann.«

»Schweig!« sagte Juanna scharf, und Soa kroch in sich zusammen wie ein geprügelter Hund.

»Diese verdammte alte Frau!« sagte Leonard mit einem Erschauern. »Sie ist ein schwarzer Jonas, und falls ich in diese Schlange eintreten muß, so hoffe ich, daß ich ihr höflicherweise den Vortritt lassen darf.«

»Ich weiß wirklich nicht, was mit Soa los ist«, sagte Juanna. »Ihre heimatliche Luft hat einen sehr ungünstigen Einfluß auf ihre Stimmung.«

»Nun, die Zukunft mag sich um sich selbst kümmern«, sagte Leonard, »Schlange oder nicht Schlange. Jetzt müssen wir erst einmal unserem Glück folgen. Otter, hör mir jetzt gut zu! Begreifst du, daß du ein Gott bist, der Gott dieses Volkes?«

»Ein Gott, Baas? Was ist ein Gott?«

»Habe ich dir das nicht gesagt, du Holzkopf? Du bist jetzt kein Mensch mehr, sondern du bist ein Geist. Vor langer Zeit, scheint es, hast du einmal über dieses Volk geherrscht, und jetzt wirst du wieder herrschen. Du und die Schäferin, ihr seid beide Götter. Sie ist deine Mutter, und du bist ihr Kind.«

»Ja, Baas, sicher. Doch früher hatte ich eine andere Mutter, und die war viel häßlicher.«

»Otter, hör endlich auf, Unsinn zu reden! Sonst werde ich dich, wenn du kein Gott mehr bist, verprügeln. Jetzt aber bist du ein Gott, und wir alle sind deine Diener, alle außer der Schäferin. Wenn du zu uns sprichst, mußt du das von oben herab tun, wie ein mächtiger Häuptling zu den Geringsten seines Stammes, uns Sklaven und Hunde nennen. Falls du mich jemals in der Öffentlichkeit ›Baas‹ nennen solltest, werde ich dich privatim verprügeln, sobald du nicht mehr ein Gott bist. Du wirst dein Möglichstes tun, so wenig wie möglich, oder am besten überhaupt nicht, zu sprechen, so daß niemand deine Worte hört, die immer töricht sind.«

»Wenn du sagst, daß ich ein Gott bin, Baas, ist das genug, denn sicherlich hast du Götter kennengelernt und weißt, wie sie sich benehmen, obwohl es seltsam ist, daß noch niemand mir davon berichtet hat. Sie müssen eine häßliche Bande sein, diese Götter! Aber wie werden die Leute von der Niederlassung es aufnehmen, wenn sie hören, daß ich jetzt ein großer Geist bin? Sie werden sagen: ›Bedient ein Geist einen Mann und nennt ihn Häuptling? Reinigt ein Geist die Gewehre eines Menschen und kocht ihm sein Essen?‹ Sie werden viele solcher Fragen stellen, und die Großen Menschen werden sie hören. Und werden sie dann glauben, daß ich ein Gott bin? Nein, sie werden wissen, daß ich ein Lügner bin und uns alle töten.«

»Das ist wahr«, sagte Leonard. Dann rief er Peter und die Männer aus der Niederlassung und sprach zu ihnen. Er sagte ihnen, daß ihr Vorhaben geglückt sei, und daß Otter und die Schäferin nun Götter des Nebelvolks seien. Und allein aus eben diesen Gründen würden sie am Leben gelassen und in Ehren gehalten werden, sonst wären sie alle jetzt tot, durchlöchert von den Pfeilen der Großen Menschen. Er erklärte ihnen zum zweiten Mal, daß es um ihrer aller Sicherheit notwendig sei, den Anschein der Göttlichkeit Otters und der Schäferin aufrechtzuerhalten, da sie alle, wenn auch nur der geringste Verdacht eines Betruges bei den Großen Menschen auftauchen sollte, als Betrüger geopfert werden würden.

Dieses sei die Mär, welche sie erzählen müßten: Daß sie alle mit ihm, Soa und Francisco in einem fremden Land nach Wild gejagt hätten, als sie plötzlich einen Gesang vernommen und im Licht des Mondes die Schäferin und den Zwerg Otter hätten auf sich zukommen sehen. Dann hätten die Schäferin und der Zwerg Otter ihnen befohlen, ihre Diener zu sein und mit ihnen in ein fernes Land zu reisen, und sie hätten ihnen gehorcht, sowohl die Weißen als auch die Schwarzen, da sie erkannt hätten, daß ihre neuen Herren mehr waren als Sterbliche. – Dieses sei die Geschichte, die sie überall erzählen müßten, und außerdem müßten sie ihre Worte durch entsprechendes Verhalten unterstützen, wenn sie noch länger die Sonne sehen wollten.

Als die erste Überraschung vorüber war, fanden die Männer aus der Niederlassung, die über einen raschen Verstand verfügten, sich mit der neuen Situation sofort zurecht, doch Peter befahl ihnen, die Geschichte zu wiederholen, damit er sicher war, daß sie sie in allen Einzelheiten verstanden hatten.

Dann brachen sie zu ihrem Marsch in die Stadt am Fuß des Berges auf. Die beiden weißen Männer führten, gefolgt von Otter und Juanna, hinter denen Soa ging, und den Schluß bildeten die Männer aus der Niederlassung. Ein Marsch von einer Stunde brachte sie zum Ufer des Flusses, der die Stadt umspannte, um sich unterhalb von ihr, nahe dem Weg, dem sie gefolgt waren, zu vereinigen. Hier lagen Kanus bereit, um sie auf die Insel, oder vielmehr Halbinsel, zu bringen, auf der sie erbaut worden war. Auf der anderen Seite des Flusses, vor dem großen Stadttor, warteten Priester mit zwei Sänften, die für Juanna und Otter bereitgestellt worden waren. Und dieses andere Ufer des Flusses war von Tausenden von Menschen gesäumt, die sich, als das göttliche Paar die Füße auf seinen Boden setzte, niederwarfen und in Rufe des Willkommens ausbrachen.

Juanna und Otter kümmerten sich nicht darum. Mit soviel Würde, wie sie aufbringen konnten – und bei Otter war das nicht sehr viel –, stiegen sie in die Sänften, zogen die Fellvorhänge vor die Fensteröffnungen und wurden davongetragen. Ihnen folgten Leonard, Francisco und die anderen zu Fuß, danach fast die gesamte Bevölkerung der Stadt, ernst und schweigend.

Inzwischen war es Abend geworden, doch war es noch hell genug, um erkennen zu können, in welch einer fremdartigen Stadt und unter welch fremdartigen Menschen sie sich befanden. Die Stadt bestand aus Häusern, die auf die gleiche primitive Art erbaut waren, wie das Haus auf der Ebene, das bereits beschrieben wurde. Doch waren die Straßen auf eine rohe Art gepflastert, jedes Haus stand von den anderen getrennt in einem Garten, und die Türen waren aus Holzplanken, die mit primitiven Eisenbolzen verbunden waren. Es gab Getränkeläden, oder vielmehr Buden, und einen großen Marktplatz, den sie überquerten, als sie den Hügel hinaufstiegen, und auf dem, wie sie später erfuhren, die Menschen ihren Handel trieben, falls es Handel genannt werden konnte, da sie kein Geld besaßen und, wie alle anderen Wilden, nur das Prinzip des Tauschhandels kannten.

Während sie durch die Stadt gingen, registrierte Leonard alle diese Dinge sehr genau, und er erkannte, daß die Bewohner dieser Stadt die degenerierten Erben irgendeiner uralten und vergessenen Zivilisation sein mußten. Darauf deuteten die Verteidigungsanlagen, die aus Stein erbauten Häuser, die Getränkeläden und Märkte hin, genauso ihr simples theologisches System mit seinen Gottheiten des Lichts und des Dunkels, oder den Prinzipien des Lebens und des Todes, deren jedes aus dem anderen erwuchs, in einem ständigen Kampf mit dem anderen lag, und die doch eins waren, wahrscheinlich das Überbleibsel eines weiterentwickelten Naturmythos der frühen Welt.

Nichts jedoch beeindruckte ihn so wie das Aussehen dieser Menschen. Von der Größe her waren sie fast Riesen, und das galt auch für die Frauen, von denen einige gute sechs Fuß maßen. Genau wie bei anderen unzivilisierten Rassen trugen die Frauen zumeist nicht mehr als eine Schamverhüllung und einen Umhang aus Ziegenfell, der lose auf ihren Schultern lag und auf eine recht freizügige Art ihre hervorragend gewachsenen Körper erkennen ließen. Sie sahen sehr viel besser aus als die Männer, hatten sehr schöne Augen, auffallend weiße Zähne und bewegten sich mit vollendeter Grazie. Ihre Gesichter wirkten jedoch genauso düster wie die ihrer Ehemänner und Brüder, und sie schwatzten nicht, wie es die Art ihres Geschlechts ist, sondern beschrieben ihren Kindern oder einander die Besonderheiten der Fremden mit ein paar kurzen Worten.

Nachdem sie den Marktplatz überquert hatten, gingen sie eine leicht ansteigende Straße entlang, die vor der Mauer endete, welche das untere der beiden großen Gebäude umschloß, die sie von der Ebene aus gesehen hatten. Sie gingen durch das Tor, und die Sänften wurden vor der Tür des ersten dieser Gebäude abgestellt. Hier standen Priester mit Fackeln bereit – zumindest hielten sie sie für Priester, da sie das Schlangensymbol auf ihrer nackten Brust trugen –, um sie zu ihren Unterkünften zu geleiten. Kurz darauf fanden sie sich innerhalb der Mauern eines großen Hauses, das auf die hier übliche Art aus rohen Steinquadern erbaut war, jedoch U-förmig, und umschlossen von seinen Flügeln lag ein Hof, in dessen Mitte ein Springbrunnen plätscherte. Die Möbel im Haus waren primitiv, doch auf eine groteske Art reich mit Schnitzereien versehen, und im Hof stand ein Thron, von einem Dach aus Grassoden geschützt, und aus schwarzem Holz und Elfenbein hergestellt, mit Füßen, die denen von Menschen nachgebildet waren. Dieses Gebäude war, wie sie später erfuhren, der Palast des Königs Olfan, der von den Priestern ausquartiert worden war, um den Neuankömmlingen Platz zu machen.

Hier, in diesem seltsamen Gebäude, wurden ihnen von dem dafür bestimmten Priester ihre Quartiere angewiesen, den Männern aus der Niederlassung in einem Seitenflügel, Leonard, Francisco und Soa in dem anderen, und Juanna und Otter in zwei abgeschlossenen Suiten im Mitteltrakt des Gebäudes. Dieses Arrangement bedeutete natürlich eine Teilung der kleinen Gruppe, doch da es schwierig war, Einwände dagegen zu erheben, waren sie gezwungen, sich damit abzufinden. Wenig später erschienen mehrere Frauen, die Essen brachten, gekochten Mais, Schüsseln mit Milch und eine üppige Menge gebratenen Fleisches, und Leonard und Francisco aßen in Dankbarkeit.

Bevor sie schlafen gingen, trat Leonard auf den Hof hinaus und stellte zu seiner Bestürzung fest, daß Posten vor den Türen der drei Trakte standen, und vor der, die zu den Räumen Juannas und Otters führten, zusätzlich eine Gruppe von Priestern, die brennende Fackeln in den Händen hielten. Er versuchte, zwischen diesen Wachen hindurch zu treten, um Juanna zu besuchen, doch sie hoben wortlos ihre mächtigen Speere, und er mußte sein Vorhaben aufgeben.

»Warum stehen die Wachen und Priester vor der Tür der Schäferin?« fragte er Soa.

»Sie bewachen die Wohnstatt der Götter«, antwortete sie. »Niemand darf sie betreten, wenn die Götter es nicht ausdrücklich befehlen.«

»Sage, Soa«, fragte Leonard wieder, »hast du keine Angst, in deinem Lande zu sein?«

»Sehr große Angst sogar, Erlöser, denn wenn man mich erkennt, muß ich sterben. Doch sind viele Jahre vergangen, seit ich von hier geflohen bin, nur noch wenige derer leben, die mich kannten, und vielleicht kann sich von denen keiner an mich erinnern. Außerdem trage ich mein Haar nicht nach dem Brauch meines Volkes und könnte schon deshalb der Entdeckung entgehen, falls nicht die Priester mich durch ihre Magie überführen. Und jetzt möchte ich schlafen.«

Am folgenden Morgen erhob Leonard sich bei Anbruch der Dämmerung und trat, begleitet von Francisco, auf den Hof hinaus. Dieses Mal versuchten die Krieger nicht, sie aufzuhalten, doch die Priester standen noch immer vor Juannas Tür und sahen aus wie Spektren in dem grauen Nebel. Sie traten auf sie zu und machten ihnen durch Gesten verständlich, daß sie die Königin anbeten wollten, wurden jedoch mit Worten, die sie nicht verstanden, energisch zurückgewiesen, die ihnen jedoch später von Soa, welche zugehört hatte, übersetzt wurden.

»Die Mutter ist zu ihrem Heim zurückgekehrt«, sagte der Sprecher der Priester, »und darf nicht durch die Blicke der Vulgären entweiht werden. Die Schlange ist ebenfalls in ihrem Heim, und niemand darf ihn ansehen.«

Als alle Argumente nichts fruchteten, versuchte Leonard, seinen Weg zu erzwingen, was jedoch nur dazu führte, daß er die Spitze eines mächtigen Speers auf seine Kehle gerichtet sah. Wie diese Konfrontation ausgegangen wäre, ist schwer zu sagen, da in diesem Augenblick Juanna heraustrat. Als die Krieger und Priester ihrer ansichtig wurden, warfen sie sich zu Boden, und Leonard besaß genug Geistesgegenwart, ihrem Beispiel zu folgen, wobei er Francisco neben sich zu Boden zog.

»Was hat dieser Lärm zu bedeuten?« fragte sie die Wachen in ihrer Sprache.

»Ich werde Ihnen sagen, um was es geht, Juanna«, sagte Leonard, während er seine Stirn auf den Boden stieß, auf englisch. »Falls Sie diese Burschen nicht zur Vernunft bringen können, werden Sie bald von jeder Verbindung mit uns abgeschnitten sein, und vor allem werden wir auch auf eine andere Weise voneinander getrennt werden. Würden Sie also die Güte haben, einen Befehl zu geben, daß wir eingelassen werden, wann immer wir es verlangen?«

Juanna wandte sich den Priestern zu und sagte scharf: »Wer von euch hat meinen Dienern verboten, vor mich zu treten, um mich anzubeten? Mein Wille geschehe! Und es ist mein Wille, daß diese weißen Männer und jene schwarze Frau zu mir kommen, wann immer es ihnen beliebt.«

»Dein Wille ist unser Wille, Mutter«, sagten die Priester demütig.

Also traten sie ein, und die Vorhänge aus Ziegenfellen wurden hinter ihnen geschlossen.

»Ich bin so froh, Sie zu sehen«, sagte Juanna. »Sie ahnen ja nicht, wie furchtbar einsam es in diesem großen Raum während der ganzen Nacht war, und ich habe Angst vor diesen Priestern mit ihren ernsten Augen, die vor der Tür stehen. Und die Frauen, die mir gestern abend zu essen brachten, sind auf allen vieren gekrochen. Es war entsetzlich!«

»Es tut mir leid, daß Sie alleingelassen worden sind«, sagte Leonard, »doch müssen Sie versuchen, weitere Arrangements zu treffen. Zumindest Soa könnte bei Ihnen schlafen. Wo ist Otter? Wir wollen ihn besuchen. Ich möchte sehen, wie der Gott sich macht.«

Juanna trat zur Tür und erklärte den Priestern, daß sie vor das Angesicht der Schlange geführt zu werden wünsche, gemeinsam mit ihren Dienern. Sie murrten ein wenig, traten dann jedoch aus dem Weg, und alle vier wurden zuerst in den Hof geführt, in dem kein menschliches Wesen zu erblikken war, und von dort in eine Kammer, in welcher ein seltsamer Anblick ihrer harrte: auf einem riesigen Stuhl, der auf einem Podium stand, saß Otter, mit einem wütenden und auf gar keinen Fall göttlichen Gesichtsausdruck, und vor ihm auf dem Boden lagen vier Priester, die unaufhörlich murmelten.

»Willkommen, Baas!« rief er freudestrahlend, als er Leonards ansichtig wurde. »Willkommen, Schäferin!«

»Idiot!« sagte Leonard auf Holländisch, jedoch in einem sehr ergebenen Tonfall und auf die Knie sinkend, »wenn du verdammt noch mal, nicht daran denkst, daß du ein Gott bist, werde ich es dir heimzahlen, sobald wir allein sind: Befehle diesen Burschen, zu verschwinden, die Schäferin wird es übersetzen!«

»Geht, Hunde!« sagte Otter, der den Wink verstand. »Geht und bringt meinen Diener zu mir, welcher Baas genannt wird, und mit ihm meine Mutter!«

»Dieses sind die Worte der Schlange, die er in einer heiligen Zunge spricht«, sagte Juanna und übersetzte sie.

Die vier Priester erhoben sich, verneigten sich bis zur Erde und krochen rückwärts hinaus. Sowie sie fort waren, sprang Otter von seinem Thron, mit einem so wütenden Fluch, daß die anderen laut auflachten.

»Lache nur, Baas, lache nur!« sagte der Zwerg, »denn du bist noch nie ein Gott gewesen und weißt nicht, wie das ist. Was glaubst du wohl, Baas: Die ganze Nacht über habe ich auf diesem Stuhl gesessen, während diese verdammten Hunde stinkendes Zeug unter meiner Nase verbrannten und Unsinn brabbelten. Noch eine Stunde mehr, und ich wäre über sie hergefallen und hätte sie erschlagen, denn ich habe nichts zu essen gehabt, und der Hunger treibt mich zum Wahnsinn.«

»Still!« sagte Leonard. »Ich höre Schritte! Auf deinen Thron, Otter! Rasch, Juanna, stellen Sie sich neben ihn! Wir anderen werden knien!«

Sie hatten kaum genug Zeit, die Anweisungen auszuführen, als die Vorhänge zur Seite gezogen wurden und ein Priester eintrat, der eine mit einem Tuch verdeckte Holzschüssel trug. Langsam schlich er auf den Thron zu, den Kopf fast bis auf die Knie gesenkt; dann richtete er sich plötzlich auf und rief: »Wir bringen dir Nahrung, o Schlange. Iß und sei zufrieden!«

Otter nahm die Holzschüssel, hob das Tuch an und blickte

hungrig auf ihren Inhalt, doch wurde sein Gesichtsausdruck zunehmend enttäuschter.

»Sohn eines Hundes!« rief er in seiner Stammessprache, »ist dies Nahrung, die man einem Menschen vorsetzt?« Und er hielt die Schüsel ein wenig schräg, so daß ihr Inhalt zu sehen war.

Er bestand aus verschiedenen Gemüsen und Wasserkresse – von sehr geringer Qualität, da es Winter war, und alles roh. In der Mitte dieses Futters – vielleicht in Befolgung irgendeiner religiösen Tradition, oder zur Zierde, oder vielleicht, um den Verdauungsprozeß des Gottes zu fördern, so wie ein zweizölliger Nagel angeblich den eines Straußes fördern soll –, lag ein wunderbarer Rubin, nicht so groß wie jener, den Soa Leonard gegeben hatte, jedoch immer noch von annehmbarer Größe und entsprechendem Wert. Leonard sah ihn mit Vergnügen, nicht jedoch der Zwerg, dessen Magenknurren ihn vergessen ließ, daß sein Herr eine weite Reise unternommen hatte, um solche Steine zu suchen. In der Wut seines enttäuschten Appetits sprang er auf die Fußbank seines Thrones, packte den Rubin und warf ihn dem Priester ins Gesicht, genau zwischen die Augen.

»Bin ich ein Aal«, brüllte er, »daß ich von Wassergras und roten Kieseln leben soll?«

Der Priester, entsetzt über das Benehmen dieser seltsamen Gottheit, klaubte hastig den Rubin auf – den er für die Ursache des Wutausbruches hielt – und floh hinaus.

Juanna und Francisco wurden von einem unbeherrschbaren Lachanfall geschüttelt, und selbst Soa lächelte. Leonard aber lächelte nicht.

»Oh, du letzter Abkömmling vieler Generationen von Eseln!« sagte er verbittert. »Du Esel mit vier Ohren und einem zehnfachen Schrei! Was hast du getan? Du hast den wertvollen Stein jenem an den Kopf geworfen, der ihn brachte, und jetzt wird er keinen mehr bringen. Wenn es nicht um deine Dämlichkeit gewesen wäre, hätte man zweifellos mit jeder Mahlzeit einen solchen Stein gebracht, und obwohl du bei dieser Diät dünn geworden wärst, hätte sie uns alle reich gemacht, und das ohne Schwierigkeiten, Risiken oder Gewaltanwendung.«

»Verzeih mir, Baas«, lamentierte Otter, »aber meine Wut hat mir den Verstand genommen, und ich habe es vergessen. Siehst du jetzt, was es bedeutet, ein Gott zu sein? Es bedeutet, daß man mit einem Zeug gefüttert wird, das selbst einen Ochsen krank machen würde. Oh, Baas, ich wünschte, diese Wilden hätten dich zum Gott gemacht und mich deinen Diener sein lassen!« Er blickte angewidert auf die Wasserkresse und die lederigen Gemüse, die Futterrüben sehr ähnelten.

»Du solltest es lieber essen, Otter«, sagte Juanna, die noch immer lachte. »Wenn du es nicht tust, magst du mehrere Tage lang nichts mehr kriegen. Offensichtlich glaubt man hier, daß Götter nur geringen Appetit haben.«

Nun fiel Otter, getrieben von seinem wütenden Hunger, über die rohen Rüben her und kaute sie widerwillig, wobei Leonard ihm weiterhin Vorwürfe wegen seiner Dummheit machte.

Kaum hatte er sein karges Mahl beendet, als sich draußen wieder etwas rührte, und dann traten mehrere Priester herein, dieses Mal geführt von dem Alten, der am Vortag als ihr Sprecher fungiert hatte und der, wie sie erfahren hatten, Nam hieß. Das heißt, er hatte noch eine ganze Reihe anderer, weitaus längerer Namen, doch da dieser der kürzeste von ihnen war, benutzten sie ihn.

Leonard stand gerade neben Soa, und als dieser Priester hereintrat, den sie jetzt zum ersten Mal aus der Nähe sah, zuckte sie zusammen, begann zu zittern und trat dann rasch in den Schatten des Thrones zurück.

Anscheinend ein Freund aus der Jugendzeit der alten Dame, dachte Leonard. Ich hoffe nur, daß er sie nicht wiedererkennt.

Nam verneigte sich ehrfürchtig vor den Göttern und hielt dann eine Rede, deren Inhalt Juanna von Zeit zu Zeit übersetzte. Bitterlich bedaure er, daß man der Schlange eine solche Beleidigung angetan habe, wie es durch das Anbieten des roten Steines in seiner Nahrung geschehen sei, jenes roten Steines, den man das Blut Acas nenne. Der Priester, der sich dieser Torheit schuldig gemacht habe, sei zum Tode verdammt worden, falls er nicht bereits tot sei. Sehr gut könnten sie den Unmut des Gottes verstehen, da Mutter und Schlange sich wieder versöhnt hätten und das Anbieten dessen, das Jâl an eine lange zurückliegende Untat erinnere, eine Sünde sei, die einen Fluch über das Land bringen mochte. Die Schlange möge besänftigt sein. Es sei sofort befohlen worden, daß alle diese Steine von jenem Priester, der das Verbrechen begangen hatte, an einem geheimen Ort für immer verborgen werden sollten, und wenn dieser Mann lebend von jenem Ort zurückkehrte, würde er, wie bereits gesagt, getötet werden. Doch würde er nicht lebend zurückkehren, da es den Tod bedeute, an jenen Ort zu gehen, so wie es in Zukunft den Tod bedeute, diese Steine auch nur zu erwähnen, von denen im ganzen Lande nur noch einer gesehen werden sollte, nämlich jener, den die Mutter zur Erinnerung an die Vergangenheit auf ihrer Stirn trug.

»O Otter, mein Freund«, murmelte Leonard unhörbar, »wenn ich dich dafür nicht teuer bezahlen lasse, ist mein Name nicht mehr Leonard Outram.«

Doch genug von Steinen, fuhr Nam fort. Er sei wegen einer weitaus wichtigeren Angelegenheit gekommen. In dieser Nacht würde im großen Tempel, eine Stunde vor Mondaufgang, eine Versammlung des ganzen Stammes abgehalten werden, damit die Mutter und die Schlange vor dem Angesicht allen Volkes ihre Herrschaft anträten. Zur gegebenen Stunde würden er, Nam und die anderen Priester hierher kommen, um sie und ihre Diener zum Tempel zu geleiten. Sei es den Göttern so recht?

Juanna neigte zustimmend den Kopf, und der Priester zog sich unter vielen Verneigungen zurück, doch bevor er den Raum verließ, fragte er, ob alles so wäre, wie es den Göttern genehm sei.

»Nicht ganz, mein Diener«, antwortete Juanna. »Es ist unser Wille, daß diese, unsere anderen Diener, jederzeit und ohne Fragen Zutritt zu uns haben. Außerdem ist es unser Wille, daß ihre Nahrung ihnen zusammen mit der unseren gebracht werde. Außerdem ist es der Wille der Schlange, daß ihm kein Gras mehr zu essen gegeben werde; denn da er das Fleisch des Menschen angelegt hat, braucht er etwas, das dieses Fleisch erhält. Und noch etwas, mein Diener: Die

Schlange vergibt die Beleidigung, die ihm angetan wurde, und ich befehle, daß mehrere der größten dieser heiligen Steine zu mir gebracht werden, damit ich das Blut ansehe, das ich vor so langer Zeit vergossen habe.«

»Oh! Das kann nicht sein, Mutter«, antwortete der Priester bedauernd. »Alle diese Steine, sowohl die roten, als auch die blauen, sind in Lederbeutel verpackt an einen Ort geworfen worden, von dem sie nie wieder zurückgeholt werden können, zusammen mit jenem, der die Schlange beleidigt hat. Und es können zu dieser Jahreszeit auch keine anderen gesammelt werden, da der Ort, an dem sie vergraben liegen, jetzt von tiefem Schnee bedeckt ist. Im Sommer, wenn die Sonne den Schnee geschmolzen hat, können mehr davon gesucht werden, wenn deinem Auge dann noch immer nach ihrem Anblick verlangt.«

Juanna antwortete nicht, und der Priester ging hinaus.

»Das ist wirklich eine schöne Geschichte«, sagte Leonard. »Dieser Idiot Otter hat uns alles verdorben. Wir hätten Millionäre werden können, ohne mehr dafür tun zu müssen, als nach diesen Dingern zu fragen, und jetzt müssen wir monatelang warten, bevor wir einen Rubin oder einen Saphir auch nur zu sehen kriegen.«

Niemand antwortete ihm. Die ganze Gesellschaft war konsterniert über die fatalen Folgen dieses Zwischenfalls. Und Otter weinte fast vor Verzweiflung, als er begriff, was er angerichtet hatte.

»Wer hätte das aber auch ahnen können, Baas«, stöhnte er. »Es war der Anblick von diesem ungekochten Fraß, der mich so in Wut gebracht hat, da ich den Geschmack von Gras von jeher gehaßt habe. Und jetzt hat meine Torheit alles verdorben, und es scheint, daß ich nun viele Monate lang ein Gott bleiben muß, falls sie mir nicht vorher auf die Schliche kommen sollten.«

»Laß nur, Otter«, sagte Leonard, von der ehrlichen Zerknirschung des Zwerges gerührt. »Du hast die Steine verloren, und du wirst irgendeinen Weg finden müssen, sie wiederzubeschaffen. Übrigens, Soa, warum bist du so zusammengezuckt, als dieser Priester hereintrat?

»Weil er mein Vater ist, Erlöser«, antwortete sie.

Leonard stieß einen leisen Pfiff aus. Hier war eine weitere Komplikation. Was würde geschehen, wenn Nam sie erkannte?

22

Der Tempel des Jâl

Leonard war ziemlich durcheinander, als er sich von Juanna verabschiedete, mit dem Versprechen, bald wiederzukommen, und zu den Leuten von der Niederlassung ging, die er seit dem Vorabend nicht mehr gesehen hatte.

Er fand sie recht wohl, was ihren Komfort betraf, denn sie waren reichlich mit Essen versorgt, und ihr Quartier war warm. Dieses konnte jedoch nicht von ihrem seelischen Zustand gesagt werden, denn sie befanden sich in panischer Angst ob der vielen Priester und Krieger, die sie ständig beobachteten, so wie Katzen Mäuse beobachten. Sie hockten sich niedergeschlagen um Leonard herum und flehten ihn an, sie nicht zu verlassen, da sie ständig erwarteten, getötet zu werden. Er beruhigte sie, so gut es ihm möglich war, und verließ sie mit der Versicherung, bald wieder zurückzukehren, nachdem er sie vorher ermahnt hatte, daß ihr aller Leben von der Aufrechterhaltung des Schwindels der Göttlichkeit Otters und der Schäferin abhinge.

Der Rest dieses Tages verging recht schwer. Nachdem sich die erste Aufregung über ihre seltsame Position gelegt hatte, setzte die Reaktion ein, und alle fühlten sich niedergedrückt. Während die Stunden verstrichen, breitete sich der Nebel, der gegen zehn Uhr ein wenig gewichen war, wieder in dichten Schwaden über das Land, so daß der Raum, in welchem sie saßen, in trübes Dunkel getaucht wurde. In einer solchen Atmosphäre quälten sich Gespräche nur mühselig voran, erstarben zeitweilig ganz, und die einzigen Laute, die man hörte, waren die monotonen Stimmen der Priester, die außerhalb der Vorhänge standen und ununterbrochen Gebete murmelten. Schließlich konnte Leonard es nicht länger ertragen; er stand auf und erklärte, daß er hinausgehen wolle, um zu sehen, was immer es zu sehen gäbe. Juanna machte einen zaghaften Versuch, es ihm auszureden, und Otter wollte ihn begleiten, was natürlich unmöglich war. Das Ende davon war, daß er schließlich allein hinausging.

Als erstes suchte er wieder die Männer der Niederlassung auf und versuchte sie aufzuheitern, was sie auch sehr nötig hatten. Dann trat er zu dem großen Tor des Palasthofes und blickte hinaus. Der Nebel hatte sich ein wenig gelichtet, und in einer Entfernung von etwa hundert Schritten sah er das Tor des Tempels, zu dessen beiden Seiten sich zyklopische Mauern von fünfzig oder mehr Fuß Höhe erstreckten. Es war ersichtlich, daß Vorbereitungen für irgendeine Zeremonie getroffen wurden, und eine Zeremonie großen Stils, denn eine Menschenmenge war vor dem Tor versammelt, durch das Priester und Bewaffnete ständig ein und aus gingen. Mehr konnte er nicht erfahren, denn das Tor des Palasthofes war versperrt und bewacht, und die Posten ließen ihn nicht durch. Er stand neben ihnen und beobachtete, bis die Sonne unterging, dann kehrte er zu den anderen zurück und berichtete, was er gesehen hatte.

Eine weitere Stunde verging, dann wurden plötzlich die Vorhänge beiseite gezogen und eine Gruppe von Priestern trat herein, es waren zwölf, die große Kerzen aus Rindertalg in den Händen hielten, und angeführt wurden von ihrem Hohepriester, Nam. Sie warfen sich vor Juanna und Otter nieder und verharrten so schweigend.

»Sprecht!« forderte Juanna sie schließlich auf.

»Wir sind gekommen, o Mutter, und o Schlange«, sagte der Priester Nam, »um euch zum Tempel zu führen, damit das Volk seine Götter erkenne.«

»Es ist gut, führe uns!« antwortete Juanna.

»Vorher mußt du bekleidet werden, Mutter«, erklärte Nam, »denn außerhalb des Tempels darf niemand deine Göttlichkeit erblicken, ausgenommen deine Priester.«

Während er das sagte, erhob er sich und zog ein schwarzes Kleidungsstück aus einer Grastasche, die von einem Diener getragen wurde. Das Kleidungsstück war äußerst seltsam. Es hatte vorn aus Horn gefertigte Knöpfe, bestand aus einem einzigen Stück und war aus weichstem Vlies schwarzhaariger Ziegen gewebt. Die Ärmel waren so lang, daß die Finger seines Trägers gerade noch daraus hervorlugten, und unterhalb einer Kapuze saß eine Art Gesichtsmaske mit zwei Schlitzen für die Augen, und einem Schlitz für den Mund.

Juanna zog sich zurück, um dieses gräßliche Ding über ihre weiße Robe zu ziehen, und als sie kurz darauf zurückkam, sah sie aus wie der düstere Geist eines mittelalterlichen Mönches. Dann überreichten die Priester ihr zwei Blumen, eine weiße Lilie und eine rote, die sie jeweils in einer Hand tragen sollte, und damit war ihre Bekleidung anscheinend vollendet. Nun traten die Priester zu Otter und banden rote Haarfransen an seine Stirn, und auf eine Weise, daß sie fast seine Augen verdeckten; gleichzeitig drückten sie ihm ein Zepter aus Elfenbein in die Hand, das offenbar sehr alt war und die Form einer aufgerichteten Schlange hatte.

»Alles ist bereit«, verkündete Nam.

»Dann führe uns!« sagte Juanna. »Doch laß unsere Diener mit uns kommen, sowohl jene, welche hier sind, als auch die anderen, mit Ausnahme der Frau, die hierbleiben soll, um alles für unsere Rückkehr vorzubereiten.«

Dies sagte Juanna, da Soa den Wunsch geäußert hatte, zurückgelassen zu werden, wenn sie zum Tempel gingen. Juanna hatte mit Leonard über dieses Thema gesprochen, und der hatte ihr versichert, daß Soa sehr gute Gründe dafür habe, diesen Wunsch zu äußern. Außerdem hatte er ihr klargemacht, daß Soa ihnen im Falle auftretender Schwierigkeiten kaum helfen können und eher eine Belastung sein würde.

»Sie warten«, antwortete Nam; »und es ist auch alles für *sie* vorbereitet.« Dabei flackerte ein sardonisches Lächeln über sein Gesicht, und Leonard fühlte sich dabei sehr unbehaglich. Was war vorbereitet? fragte er sich.

Sie traten durch die Vorhänge in den Hof, wo Krieger, in Umhänge aus Ziegenfellen gekleidet, mit zwei Sänften bereit standen. Hier standen auch die Männer aus der Niederlassung, zwar bewaffnet, doch von Angst gebeutelt, denn sie wurden von etwa fünfzig der Großen Menschen bewacht, die ebenfalls bewaffnet waren.

Juanna und Otter setzten sich in die Sänften, hinter denen Leonard seine kleine Truppe ordnete, mit sich und Francisco in Führung, beide mit einem Gewehr in der Hand und einem Revolver im Gürtel, welche man ihnen nicht abzunehmen versucht hatte, da offenbar niemand wußte, um was es sich dabei handelte.

Dann marschierten sie los, umgeben von den barbrüstigen Priestern, mit Vor- und Nachhuten von finster blickenden Kriegern, deren Speere im Licht der Fackeln drohend funkelten. Bei ihrem Herannahen wurde das Tor des Palasthofes aufgestoßen. Sie schritten hindurch und über den hinter ihm liegenden freien Platz, bis sie das Tor des Tempels erreichten, das vor ihnen geöffnet wurde.

Hier stiegen Otter und Juanna aus ihren Sänften, und alle Fackeln wurden gelöscht, so daß sie im Dunkeln zurückblieben.

Leonard spürte, daß jemand seine Hand nahm und ihn weiterführte, wohin, konnte er nicht einmal ahnen, denn das nebelige Dunkel war erdrückend. Er konnte kaum das Gesicht des Priesters sehen, der ihn führte, erkannte jedoch an verschiedenen Geräuschen, daß die anderen Mitglieder ihrer Gruppe auf eine gleiche Art geführt wurden. Ein paarmal hörte er die Stimme eines Mannes aus der Niederlassung, der in einem Tonfall der Angst oder der Klage sprach, doch folgte solchen Demonstrationen sofort das Geräusch eines dumpfen Schlages, ausgeteilt, zweifellos, von dem Priester oder Krieger, das für das betreffende Individuum verantwortlich war. Offensichtlich wurde erwartet, daß alle absolutes Stillschweigen bewahrten. Plötzlich wurde Leonard sich gewahr, daß sie den offenen Platz verlassen hatten, über den sie gegangen waren, denn die Luft wurde dumpf, und ihre Schritte klangen hohl auf dem felsigen Boden.

»Ich glaube, daß wir uns in einem Tunnel befinden«, flüsterte Franscisco.

»Schweig, du Hund!« zischte ein Priester in sein Ohr. »Schweig, denn dieser Ort ist heilig!«

Sie verstanden die Bedeutung der Worte in jenem Moment nicht, doch der Ton, in welchem sie gesprochen wurden, machte sie ihnen glasklar. Leonard begriff sie und packte sein

Gewehr fester. Er begann Angst um ihre Sicherheit zu empfinden. Wohin wurden sie geführt? In ein Verlies? Aber das würde sich bald herausstellen, und was auch immer geschehen mochte, zumindest würden diese Barbaren Juanna nichts tun. Sie folgten jenem Tunnel, oder was immer es sein mochte, etwa einhundertfünfzig Schritte. Anfangs führte er in leichter Neigung abwärts, dann wurde er eben, und schließlich begannen sie, eine Treppe hinaufzusteigen. Es waren einundsechzig Steinstufen in dieser Treppe – Leonard zählte sie ab – jede von ihnen etwa zehn Zoll hoch, und als sie sie alle erstiegen hatten, gingen sie elf Schritte durch einen Tunnel, in dem ihre Schritte ein seltsames Echo hervorriefen, und der so niedrig war, daß sie ihre Köpfe einziehen mußten. Als sie diesen Tunnel durch eine enge Öffnung verlassen hatten, befanden sie sich auf einer Plattform, ebenfalls aus Stein, und wieder fuhr die kalte Nachtluft in ihre Gesichter.

So tief war die Finsternis, daß Leonard nichts von dem Ort erkennen konnte, an dem sie sich befanden, doch unterhalb von sich hörte er ein Rauschen, wie von Wasser, und vermischt damit ein anderes Geräusch, ein leises Gemurmel, als ob Tausende von Menschen miteinander flüsterten. Und von Zeit zu Zeit hörte er ein Rascheln, wie von den Kleidern unzähliger Frauen.

Das Gefühl der Präsenz verborgenen Wassers und einer großen unsichtbaren Menschenmenge war extrem seltsam und furchterregend. Es war, als ob, ohne sie eigentlich wahrzunehmen, ihre Sinne plötzlich der Geister von zahllosen Toten gewahr werden würden, die sich unter ihnen drängten, sie beobachteten, sie verfolgten: Ganz nahe, und doch unberührbar; sprechend ohne Worte, berührend ohne Hände.

Leonard hätte beinahe laut aufgeschrien, so stark war die Belastung seiner Nerven, die normalerweise recht zäh waren, und er war nicht allein bei diesem Wunsch. Kurz darauf erhob sich ein Schrei unterhalb von ihm, wie von einem Menschen, der von Hysterie gepackt wird, und er hörte einen Priester mit scharfer Stimme Ruhe fordern. Das Schluchzen und Lachen dauerte an, bis es in einem schrillen Schrei endete. Dem Schrei folgte das dumpfe Geräusch eines schweren

Schlages, eines genau so schweren Falles, eines Stöhnens, und wieder flüsterte und raschelte die Menge.

»Irgend jemand ist getötet worden«, murmelte Francisco Leonard ins Ohr, »aber wer?«

Leonard erschauerte, antwortete jedoch nicht, denn eine breite Hand legte sich warnend auf seinen Mund.

Endlich wurde die lastende Stille gebrochen von der Stimme des Priesters Nam. In der Lautlosigkeit konnte jedes Wort, das er sprach, deutlich vernommen werden, doch kam seine Stimme aus der Ferne, und sie klang leise und undeutlich. Dies war es, was er sagte, wie Juanna den anderen nach der Zeremonie erklärte:

»Hört mich, ihr Kinder der Schlange, ihr Menschen vom uralten Volke des Nebels! Hört mich, Nam, den Priester der Schlange! Vor vielen Generationen, als die Zeit begann, so lautet die Legende, stieg die Mutter-Göttin, die wir von alters her anbeteten, vom Himmel herab und kam hierher, zu uns, und mit ihr kam die Schlange, ihr Kind. Während sie in diesem Lande weilte, geschah das Verbrechen aller Verbrechen, die Dunkelheit tötete das Tageslicht, und sie ging fort, wir wissen nicht wie oder wohin, und von der Stunde an war dieses Land ein Land des Nebels, und seine Menschen wandelten im Nebel, denn er, dessen Name Dunkelheit ist, herrschte über sie und beantwortete ihre Gebete mit dem Tode. Doch war der Schlange dieses Verhängnis bestimmt: Als Sühne für seine Untat mußte er das Fleisch der Menschen ablegen und zum heiligen Ort der Wasser hinabsteigen, wo, wie wir und unsere Vorväter wissen, sein Symbol auf ewig wohnt, und Tribut in Form geopferter Leben von Menschen entgegennimmt.

Doch bevor das Verbrechen begangen wurde, gab die Mutter ihrem Volke ein Versprechen. ›Jetzt werde ich sterben durch die Hand dessen, den ich gebar, denn so ist es vom Schicksal bestimmt‹, sagte sie. ›Doch nicht für immer werde ich von euch gehen, und nicht für immer soll die Schlange damit bestraft sein, das Fleisch des Menschen abzulegen. Doch müssen viele Generationen vergehen, bis wir zurückkehren und wieder über euch herrschen werden, und dann soll der Schleier des Nebels von eurem Lande gelüftet werden, und ihr sollt groß sein auf Erden. Bis dahin wählt euch Könige und laßt sie über euch herrschen; doch vergeßt nicht meine Anbetung, und sorgt dafür, daß durch die Jahrhunderte der Altar der Schlange stets feucht von Opferblut ist und es ihm niemals an der Nahrung mangelt, die er bevorzugt. Und ich will euch ein Zeichen geben, an welchem wir erkannt werden können, wenn das Schicksal schließlich seinen Lauf genommen hat und die Stunde der Vergebung gekommen ist.

Als schöne Jungfrau werde ich wiederkehren, als eine Jungfrau schön von Angesicht und weiß von Haut, doch wird die Schlange wegen seiner Sünde in der Gestalt dessen erscheinen, das in eurem Tempel sitzt, und sein Angesicht soll häßlich sein und seine Haut schwarz. Aus der Erde werden wir uns erheben, und wir werden euch rufen, und ihr werdet uns erkennen, und wir werden euch unsere heiligen Namen nennen, welche von dieser Stunde an bis zur Stunde unseres Kommens nie wieder laut gesprochen werden dürfen. Doch hütet euch, daß ihr nicht betrogen werdet und falsche Götter über euch herrschen, denn dann wird das letzte Übel über euch kommen, und die Sonne wird ihr Antlitz vor euch verbergen.‹

So, Kinder des Nebels, sprach die Mutter zu jenem, der vor unendlich langer Zeit ihr Hohepriester war, und er grub ihre Worte mit Eisen in den Stein dessen, worauf ich jetzt stehe, doch kann niemand diese Schrift lesen, denn ihr Geheimnis ist uns verloren gegangen, obwohl das Wissen um die Prophezeiung geblieben ist. Und nun ist die Zeit abgelaufen, und es ist mir, seinem Nachfolger, vergönnt, in meinem hohen Alter die Erfüllung dieser Prophezeiung zu erleben.

Die Zeit ist abgelaufen, und in dieser Nacht wird das Versprechen der Vergangenheit erfüllt, denn, Menschen des Nebels, die unsterblichen Götter, deren Namen heilig sind, haben zu ihren Kindern zurückgefunden, um wieder über sie zu herrschen. Gestern sind sie gekommen, ihr habt sie gesehen, und in eure Ohren haben sie laut die heiligen Namen gerufen. Als eine Jungfrau, schön und weiß, und als ein Zwerg, häßlich und schwarz, sind sie gekommen, und *Aca* ist der Name der Jungfrau, und *Jâl* ist der Name des Zwerges.«

Er schwieg, und seine Stimme erstarb in den Echos des weiten Platzes. Wieder herrschte Stille, nur gebrochen von dem Rauschen von Wasser und dem unverständlichen Gemurmel einer unsichtbaren Menschenmenge unterhalb von ihnen.

Leonard stand eine Weile still, dann trat er vorsichtig, mit winzigen Schritten, ein Stück vor, da er feststellen wollte, wo und auf was sie hier standen. Die Befriedigung seiner Neugier erfolgte durch einen Schock, denn er hatte sich kaum einen Yard bewegt, als sein rechter Fuß plötzlich ins Leere trat und er sich nur unter Aufbietung aller Kraft davor bewahren konnte, nicht in eine Tiefe zu stürzen, die bodenlos sein mochte.

Als er sein Gleichgewicht wiedererlangt hatte, wich er behutsam zurück und flüsterte Francisco ins Ohr, sich nicht von der Stelle zu rühren, wenn ihm sein Leben lieb sei. Während er sprach, bemerkte er, daß die Schwärze der Nacht vom Licht des noch nicht aufgegangenen Mondes grau gefärbt wurde. Seine Strahlen, die aufwärts gerichtet waren, erhellten bereits den Himmel und die schneebedeckten Gipfel der Bergkette, und von diesen fiel ein fahler Widerschein auf das Land, der stärker und stärker wurde.

Jetzt konnte Leonard erkennen, daß unmittelbar links von ihm eine schwarze Masse aufragte, und daß unterhalb von ihm etwas schimmerte, das wie der Schaum eines aufgewühlten Wassers aussah. Er starrte eine Weile auf dieses Wasser, oder was es sonst sein mochte, hinab, bis ein unterdrückter Ausruf Franciscos ihn wieder aufblicken ließ. Gerade schob der obere Rand des Mondes sich über die Tempelmauer, und Leonard bot sich ein phantastischer Anblick. Doch erst als der Mond in voller Größe sichtbar war, konnte er alle Einzelheiten erkennen, und es wäre schwierig, alles so zu beschreiben, wie er es entdeckte, Stück für Stück, während das Licht stärker wurde. Dies aber ist es, was Leonard schließlich sah:

Vor ihm und unterhalb von ihm lag ein riesiges, dachloses Bauwerk, das nach Osten hin offen war und gute zwei Acres einnahm, umgeben von einer titanischen Mauer, deren Höhe fünfzig Fuß oder mehr betrug. Dieses Bauwerk war wie ein römisches Amphitheater angelegt und mit Ausnahme einer kleinen Fläche direkt unterhalb von ihm, mit Steinbänken gefüllt, und auch auf den umgebenden Rängen erhoben sich Reihen um Reihen von Steinbänken. Diese waren mit Männern und Frauen besetzt, es waren Hunderte und Hunderte von ihnen, und kaum ein Platz war frei. Am westlichen Ende dieses Tempels ragte eine Statue auf, die eine Höhe von siebzig oder achtzig Fuß aufwies, allem Anschein nach aus einem einzigen, riesigen Felsen herausgeschlagen. Hinter diesem Koloß, nicht mehr als hundert Schritte von ihm entfernt, ragte der Berg empor, eine steile Felswand über der anderen, bis hinauf zu seinem weißen, von ewigem Schnee bedeckten Gipfel. Es war der Gipfel, den sie von der Ebene aus gesehen hatten, als die Nebelschwaden verweht worden waren, und die Statue war die schwarze Masse am Fuße des Berges, die ihre Neugier erweckt hatte.

Dieser gewaltige Koloß war in der Gestalt eines Zwerges mit einem grauenhaft häßlichen Gesicht geschaffen worden, der die Arme mit nach oben gekehrten Handflächen vor sich hielt, als ob er das Gewicht des Himmels trüge. Diese Statue stand – oder saß vielmehr – auf einem Felssockel, und nicht mehr als vier Schritte von seiner vorderen Kante entfernt, unterhalb des Kopfes und der vorgestreckten Arme, befand sich ein rundes Becken, das einen Durchmesser von dreißig Fuß haben mochte, in dem Wasser rauschte und schäumte. Woher es kam, und wohin es abfloß, war nicht zu erkennen, doch fand Leonard später heraus, daß sich hier die Quelle des Flusses befand, dessen Lauf sie so viele Tage lang gefolgt waren. Er verließ den Berg durch zwei unterirdische Tunnel, die er sich im Laufe der Jahrtausende durch den gewachsenen Fels gegraben hatte, und umfaßte mit seinen zwei Armen die Mauern der Stadt, die sich hinter ihr, auf der Ebene, vereinigten. Auf welche Weise das Bassin selbst gefüllt wurde, sollte Leonard erst später erfahren.

Zwischen den glatten, polierten Wänden des Felsbassins und des Sockels der Statue befand sich ein Altar, oder – besser gesagt – ein Opferstein. Auf diesem Felssims, der nicht größer war als ein kleiner Raum, und direkt vor dem Altar stand ein gefesselter Mann, in dem Leonard Olfan, den König erkannte, und links und rechts von ihm sah er Priester, mit nacktem Oberkörper, und mit Messern bewaffnet. Hinter dieser Gruppe standen die Männer aus der Niederlassung, die vor Angst zitterten. Und diese Angst war durchaus nicht grundlos, denn einer von ihnen lag tot am Boden. Dies war der Mann, dessen Nerven nachgegeben hatten, der im Dunkel laut aufgeschrien hatte und dafür zu ewiger Stille niedergeschlagen worden war.

All dies hatte Leonard nach und nach erblickt, doch ist das erste, worauf seine Augen fielen, noch nicht genannt worden. Lange bevor die Strahlen des Mondes in das Amphitheater fielen, erleuchteten sie den riesigen Kopf des Zwergen-Idols, und dort, in dieser schwindelnden Höhe, etwa siebzig Fuß über dem Boden, und hundert über dem schäumenden Wasser, saß Juanna auf einem Elfenbeinthron. Man hatte ihr den schwarzen Umhang abgenommen, und sie trug eine Robe aus weißem Leinen, mit einem tiefen Ausschnitt, und um die Taille einen Gürtel. Ihr Haar floß lose über ihre Schultern; in ihren Händen hielt sie die beiden Lilien, eine rote und eine weiße, und auf ihrer Stirn glühte der Rubin wie ein blutroter Stern. Sie saß reglos, die Augen vor Entsetzen geweitet; als erstes hatte das Mondlicht auf dem an ihre Stirn gebundenen Juwel geschimmert, dann hatte es das bleiche schöne Gesicht darunter erhellt, dann ihre schneeigen Arme und den Busen, dann die weiße Robe und schließlich das häßliche Gesicht des Dämons, auf dessen Kopf ihr Thron befestigt war.

Kein Geist hätte schöner aussehen können als diese Frau, die dort so hoch über jenen dunklen Ort des Blutes und der Furcht gesetzt worden war. In dem unirdischen Licht sah sie auch tatsächlich wie ein Geist aus, wie der Geist der Schönheit, der über die Häßlichkeit der Hölle triumphiert, der Engel des Lichts, der den Teufel und seine Werke zertritt.

Es war kein Wunder, daß diese grausamen und barbarischen Menschen wie Schilfhalme im Wind seufzten, als ihre Schönheit ihnen enthüllt wurde, ein durch das Mondlicht ätherisch wirkender Anblick, oder daß Leonard von nun an nicht mehr so an sie denken konnte, wie er an irgendeine andere Frau dachte. Unter den hier gegebenen Umständen würden die meisten von der Natur gut bedachten Frauen schön ausgesehen haben; Juanna jedoch war mehr als das: sie sah göttlich aus.

Während das Licht des aufgehenden Mondes tiefer und tiefer herabfiel und die Schatten schwächer wurden, folgte Leonard ihm mit seinen Blicken und entdeckte schließlich Otter. Der Zwerg, nackt bis auf sein Lendentuch und den roten Haarfransen an seiner Stirn, saß ebenfalls auf einem Thron, doch auf einem Thron aus Ebenholz, der auf den Knien des Kolosses stand, etwa vierzig Fuß unterhalb von Juanna.

Dann wandte Leonard den Kopf, um seine Position und die Franciscos zu erkennen, und er stellte fest, daß die alles andere als angenehm war. Der Moment, in dem er sie entdeckte, wäre sogar um ein Haar sein letzter gewesen. In Begleitung zweier Priester der Schlange standen sie auf der ausgestreckten rechten Handfläche des Idols, die eine Plattform von etwa sechs mal sechs Fuß bildete, auf die sie im Dunkel durch einen Tunnel gelangt waren, der in den steinernen Arm geschlagen war. Dort standen sie nun völlig ungeschützt durch ein Geländer oder einen anderen Halt, und zu beiden Seiten ihres Standortes war nichts zwischen ihnen und dem neunzig Fuß unter ihnen schäumenden Wasser und dem fünfzig Fuß unter ihnen befindlichen Fels des Sockels.

Als Leonard dies sah, wurde ihm für einen Moment schwindelig; er stemmte den Kolben des Gewehrs auf den Boden und lehnte sich auf dessen Lauf, bis sein Kopf wieder klar wurde. Es war ein Glück, daß ihm erst jetzt bewußt geworden war, wo er sich befand, denn wenn er es schon gewußt hätte, als er mit einem Fuß über den Rand getreten war, würde er vielleicht die Besinnung verloren haben.

Plötzlich erinnerte er sich Franciscos und öffnete die Augen, die er bei dem Anblick der gähnenden Tiefe unterhalb seines Standortes geschlossen hatte. Der Priester hatte die Situation ebenfalls erkannt, und seine Sinne verließen ihn; noch während Leonard sich nach ihm umwandte, gaben seine Knie nach, und er sank vornüber.

Blitzschnell schoß Leonards rechte Hand vor, er packte Francisco bei seiner Kutte und änderte, auf sein Gewehr gestützt, die Fallrichtung des Priesters so, daß er seitwärts auf die Plattform sank, und nicht vorwärts ins Leere stürzte. Dann zerrte Leonard ihn zurück und stieß ihn in die Mündung des Tunnels, durch den sie diese schreckliche Plattform erreicht hatten, und dort blieb er reglos liegen, sicher und in gesegneter Bewußtlosigkeit.

All dies geschah innerhalb weniger Sekunden. Die beiden Priester der Schlange, die so ruhig bei ihnen standen, als ob ihre Füße festen Boden unter sich hätten, sahen alles, rührten sich jedoch nicht. Doch glaubte er, den Anflug eines finsteren Lächelns auf ihren Gesichtern zu sehen, und eine entsetzliche Furcht krampfte sein Herz zusammen. Was war, wenn sie nur auf ein Zeichen warteten, um ihn hinabzustürzen? Das mochte sehr wohl so sein. Er hatte bereits genügend ihrer Riten kennengelernt, um zu erahnen, daß ihre Religion eine des Blutes und der Menschenopfer war.

Er erschauerte, und wieder wurde ihm schwindelig, so stark, daß er es nicht wagte, auf den Füßen zu bleiben, sondern niedersank und sich auf den Boden setzte, seinen Rükken gegen den aufgerichteten Daumen des Idols gelehnt.

23

Wie Juanna Nam besiegte

Und noch immer dauerte die Stille an, und noch immer wurde das Mondlicht heller und heller, senkte sich weiter und weiter herab, bis es in die Tiefe des Bassins fiel, auf sein schäumendes Wasser, und das ganze Amphitheater, mit Ausnahmen der Schatten unmittelbar hinter den Mauern, davon erfüllt war.

Nun sprach wieder die Stimme Nams aus der Ferne, und Leonard versuchte, ihn zu entdecken, und er sah ihn. Nam hockte, zusammen mit drei Priestern, wie ein Adler auf der linken Handfläche des Kolosses und sprach von diesem Horst aus zu der Menge. Wenn Leonard an der mächtigen Brust der Statue vorbeiblickte, konnte er gerade die ausgestreckten Arme und das grimmige Gesicht des Hohepriesters sehen.

»Hört, ihr Bewohner des Nebels, ihr Kinder der Schlange! Ihr habt unsere uralten Götter erblickt, euren Vater und eure Mutter, welche zurückgekehrt sind, um über euch zu herrschen, euch durch Krieg und Frieden zu Reichtum, Macht und Ruhm zu führen. Ihr seht sie jetzt bei jenem Licht und an jenem Ort, wo allein ihr sie nach dem Gesetz anblicken dürft. Sagt, glaubt ihr jetzt und nehmt ihr ihre Herrschaft auf euch? Antwortet, jeder einzelne von euch, antwortet mit eurer Stimme!«

Nun erschallte ein mächtiger Ruf aus der nach tausenden zählenden Menge, ein gewaltiger Schrei, der sich zu diesen Worten formte:

»Wir glauben, und wir nehmen sie auf uns!«

»Es ist gut«, sagte Nam, nachdem der Tumult sich wieder gelegt hatte. »Hört mich, ihr hohen Götter! O Aca und o Jâl! Beugt eure Ohren herab und hört die Stimme eures Priesters und Dieners, welcher im Namen eurer Kinder spricht, der Menschen des Nebels. Seid Könige und herrscht über uns! Nehmt die Macht entgegen und die Opfer, und sitzt auf dem Thron der Könige. Wir geben euch die Herrschaft über das ganze Land; das Leben eines jeden Bewohners dieses Landes gehört euch; euer sind seine Rinder und seine Ziegen, seine Stadt und seine Heerscharen. Für euch sollen die Altäre im Blut schwimmen, und die Schreie der Opfer sollen Musik in euren Ohren sein. Ihr sollt jenen ansehen, den ihr vor langer Zeit dazu ernannt habt, Wächter jenes geheimen, schrecklichen Ortes zu sein, und er soll euch zu Füßen kriechen. So wie ihr über unsere Väter geherrscht habt, herrscht auch über uns, nach dem alten Brauch, welchen ihr auf ewig niedergelegt habt. Ehre sei dir, o Aca, und dir, o Jâl! Euch unsterblichen, ewigen Königen!«

Und mit einem Schrei, der den Himmel erbeben ließ, rief die Menschenmenge: »Ehre sei dir, o Aca, und dir, o Jâl, euch unsterblichen, ewigen Königen!«

Dann sprach Nam wieder, und er sagte: »Bringt die Jungfrau herbei, jene Schöne, die für die Schlange bestimmt ist, damit er sie ansehe und als seine Frau akzeptiere. Und bringt auch jene herbei, die vor zwölf Monaten der Gestalt aus Stein anvermählt wurde, damit sie sich von ihrem Herrn verabschieden mag.«

Während er so sprach, entstand Bewegung hinter dem Idol, und kurz darauf wurde von beiden Seiten, durch je zwei Priester, eine Frau auf den kleinen Raum zwischen seinen Füßen geführt, und an die Kante des Sockels, vor der der Abgrund gähnte, die eine zur linken Seite des Altars, die andere auf seine rechte. Beide Frauen waren hochgewachsen und schön, von der dunklen und manchmal furchterregenden Schönheit der Menschen des Nebels, doch damit endete die Ähnlichkeit zwischen den beiden. Jene, die rechts vom Altar stand, war nackt, bis auf ein Hüfttuch aus Schlangenhaut und die Bedeckung durch ihr üppiges schwarzes Haar, welches von einem Kranz roter Lilien gekrönt war, ähnlich der Blume, die die Priester Juanna gegeben hatten. Die zur Linken war dagegen in eine schwarze Robe gehüllt, auf welche die Form einer blutroten Schlange gestickt war, deren Kopf an ihrem Busen ruhte. Leonard bemerkte, daß diese Frau sich in einem Zustand tödlicher Angst befand, sich loszureißen versuchte und zitterte, während die blumengeschmückte Braut triumphierend wirkte, sogar hochmütig.

Eine Weile standen die beiden Frauen so, während die Menschen zu ihnen hinaufstarrten. Denn wurde jene, die den Kranz aus Blumen trug, auf ein Zeichen von Nam vor den Altar geführt, und sie machte dreimal einen Fußfall vor dem Idol, oder vielmehr vor Otter, der auf dessen Knien saß. Nun waren aller Augen auf den Zwerg gerichtet, der auf das Mädchen herabstarrte, jedoch kein Zeichen gab, was nicht verwunderlich war, da er ja keine Ahnung von der Bedeutung dieser Zeremonie hatte. Wie es sich herausstellte, hätte er jedoch nicht weiser handeln können, zumindest nicht, was die Interessen der Braut betraf, denn hier, wie auch anderenorts, galt Schweigen als ein Zeichen der Zustimmung.

»Sehet, der Gott nimmt sie an!« rief Nam. »Die Schönheit der Jungfrau findet Gnade vor seinen Augen. Tritt zurück, Saga, du Gesegnete, auf daß die Menschen dich anblicken und erkennen mögen. Heil dir, Frau der Schlange!«

Triumphierend lächelnd trat das Mädchen auf seinen Platz

neben dem Altar zurück und wandte ihr stolzes Gesicht der Menge zu. Und die Menschen schrien: »Heil dir, Frau der Schlange! Heil dir, du Gesegnete, du Auserwählte des Gottes!«

Während dieses Lärmen noch andauerte, wurde die Frau, die in eine schwarze Robe gekleidet war, vor den Altar geführt, und als es abgeklungen war, fiel auch sie dreimal vor dem Idol auf die Knie.

»Fort mit ihr, damit sie ihren Gott in seinem eigenen Heim aufsuche!« rief Nam.

»Fort mit ihr, ihr Tag ist vorbei!« rief die Menschenmenge. Dann, bevor Juanna eingreifen konnte, bevor sie auch nur ein Wort zu sagen vermochte – es sei hier daran erinnert, daß sie allein verstand, was gesprochen wurde –, rissen die beiden Priester, welche die zum Tode verdammte Frau hielten, ihr mit einem Ruck die Robe herunter und schleuderten sie mit einem Schwung ihrer kräftigen Arme rücklings in das schäumende Wasser des Bassins.

Sie fiel mit einem gellenden Schrei in die Tiefe und lag im hellen Licht des Mondes auf der Oberfläche des Wassers, von den Wirbeln nach da und nach dort geworfen. Alle Menschen in dem riesigen Amphitheater sprangen auf und reckten die Hälse, um ihr Ende mitanzusehen, und auch Leonard, von einer grausigen Faszination überwältigt, warf sich auf den Boden, streckte den Hals über den Steinrand der Hand des Idols, und starrte auf die Gestalt des im Wasser kämpfenden Mädchens, fast direkt unter sich. Eine Minute später würde er auf die Hoffnung, den Schatz, den zu suchen er so weit gekommen war, gerne verzichtet haben.

Denn als er so hinabstarrte, wurde das Wasser des Bassins zu Füßen des Idols plötzlich aufgewirbelt, wie das Wasser eines Teiches bei dem Vorschnellen eines Hechts, der nach seiner Beute stößt. Dann schimmerte das Mondlicht auf einer riesigen Masse, und plötzlich fuhr der Kopf eines Krokodils aus dem Wasser. Ja, es war der Kopf eines Krokodils, doch eines Krokodils, wie er es noch niemals gesehen hatte, selbst nicht in einem Traum, denn sein Kopf war breiter als die Brust des kräftigsten Mannes, seine matt glänzenden Augen hatten die Größe einer Männerfaust, seine gelben Zähne waren wie die eines Löwen, und von seinem Unterkiefer hingen Fransen weißen Fleisches herab, welche auf diese Entfernung aussahen, als ob es einen Bart hätte wie eine Ziege. Und die Haut dieses riesigen Reptils, das nicht weniger als fünfzig Fuß lang und vier Fuß hoch sein konnte, war hier und dort mit rostig wirkenden Auswüchsen bedeckt, als ob irgendwelche Pilze oder Flechten dort wucherten, wie graues Moos an einer alten Mauer. Sein Aussehen ließ auch auf ein sagenhaftes Alter schließen.*

Als das Reptil die Aufstörung des Wassers spürte, kam es aus seiner Höhle unter den Füßen des Idols heraus, um sein gewohntes Futter in Empfang zu nehmen, das aus den Opfern bestand, die in bestimmten Abständen ins Bassin geworfen wurden. Es streckte seinen furchtbaren Kopf aus dem Wasser und blickte umher, und dann verschwanden das Monster und sein Opfer plötzlich in der Tiefe.

Bleich vor Entsetzen kroch Leonard zurück, setzte sich wieder auf und blickte zu Juanna hinauf. Sie saß zusammengesunken auf ihrem Elfenbeinthron, und ihre Augen waren geschlossen, entweder vor Übelkeit, oder um den furchtbaren Anblick auszuschließen. Dann blickte er Otter an. Der Zwerg, der wie gebannt auf das Wasser hinabstarrte, hockte so reglos wie sein steinernes Idol, auf dem er saß. Augenscheinlich hatte er in seinem langen, wechselvollen Leben noch nie so etwas wie dies gesehen.

»Die Schlange hat das Opfer angenommen«, rief Nam. »Die Schlange hat sich jene genommen, welche seine Braut sein soll, damit sie auf immer in seinem heiligen Hause bei

---

* Krokodile sind von sprichwörtlicher Langlebigkeit, jedoch gelang es Leonard nie, das Alter speziell dieses Reptils festzustellen. Durch Befragungen konnte er herausfinden, daß es schon vor dreihundert Jahren hier gewesen sei, und die Legenden des Nebelvolks behaupteten, daß es von jeher bei ihnen gelebt hätte, ›seit Anbeginn der Zeit‹. Zumindest aber war es sehr alt und unter dem Namen ›Schlange‹ seit vielen Generationen Gegenstand der Anbetung gewesen. Wie es zu den Menschen des Nebels gekommen sein mag, ist schwer zu sagen, da augenscheinlich kein zweites Exemplar dieser Gattung in ihrem Lande lebte. Vielleicht war es in lange zurückliegender Zeit gefangen und von den Priestern in die Höhle gesetzt worden, um als eine Inkarnation der Schlange zu fungieren, welche der Gegenstand ihrer Religion war.

ihm wohne. Laßt uns die Opferung jetzt zu Ende bringen, denn dieses war nur ihre erste Frucht. Ergreift Olfan, der einst König war, und opfert ihn! Werft die weißen Diener der Mutter hinab und opfert sie! Packt die Sklaven, die auf der Ebene vor ihr standen, und opfert sie! Schleppt die Gefangenen herbei und opfert sie! Laßt die Opferungen zur Krönung von Königen darbringen, wie es dem Brauch entspricht, auf daß der Weise Gott, dessen Name Jâl ist, befriedigt werde, damit er auf das Flehen der Mutter höre, daß die Sonne auf uns herabscheine, daß Fruchtbarkeit das Land fülle und Frieden herrsche in seinen Mauern!«

So rief er, und Leonard spürte, wie sein Blut zu Eis wurde und sein Haar sich sträubte, denn wenn er auch die Worte nicht verstand, so ahnte er doch ihre Bedeutung, und sein Instinkt verriet ihm, daß er sich in großer Gefahr befand. Er blickte die beiden Priester an, die hinter ihm standen, und sie antworteten seinem Blick mit einem hungrigen Starren. Jetzt fand er seinen Mut wieder; zumindest hatte er ein Gewehr und konnte um sein Leben kämpfen. Es müßten wirklich sehr unglückliche Umstände eintreten, wenn es ihm nicht gelingen sollte, einem oder beiden eine Kugel zu verpassen, bevor sie ihn packen konnten.

Währenddessen hatten die Priester König Olfan ergriffen und schleppten ihn zum Opferstein. Doch plötzlich, zum ersten Mal, sprach Juanna, und eine tiefe Stille senkte sich über den Tempel und alle, die in ihm waren.

»Hört mich an, Menschen des Nebels, und auch ihr, Priester der Schlange! Aca ist zurückgekehrt, und Jâl ist zurückgekehrt, und ihr habt ihnen nach vielen Generationen die Herrschaft über euch zurückgegeben, und in ihren Händen liegt jetzt das Leben jedes einzelnen von euch. Wie die alte Tradition es euch lehrte, so sind sie, die Mutter und das Kind, die eine weiß und in Schönheit gekleidet, das Symbol des Lebens und der fruchtbaren Erde, der andere schwarz und häßlich, das Symbol des Todes und des Bösen, das auf Erden wandelt. Und ihr wollt Jâl Opfer darbringen, damit er nach dem alten Gesetz befriedigt werde und auf das Flehen der Mutter höre, auf daß Fruchtbarkeit das Land füllen möge. Doch nicht auf solche Art kann Jâl befriedigt werden, und nicht für die Opferungen von Menschen wird Aca ihn anflehen, daß Reichtum in diesem Lande herrsche.

Hört mich! Das alte Gesetz gilt nicht mehr, und wir werden euch ein neues geben. Dies ist die Stunde der Versöhnung, und Leben und Tod wandeln Hand in Hand, und die Herzen von Aca und Jâl sind im Laufe langer Zeiträume milde geworden; es verlangt sie nicht mehr nach dem Blute von Menschen als Opfer ihrer Majestät. Von nun an werdet ihr ihnen Früchte und Blumen darbringen, und nicht Leben von Menschen. Seht, meine Hände halten die Blüten von Winterlilien, rot und weiß, rot wie das Blut, und weiß wie der Schnee. Die rote Blüte, das Symbol von Opferung und Tötung, werde ich jetzt zerdrücken und fortwerfen, doch die weiße Blüte der Liebe und des Friedens stecke ich an meine Brust. Es ist so geschehen, seht! Zerbrochen ist das alte Gesetz. Seht! Es fällt in den Teich der Schlange, sein Heim; doch das neue Gesetz blüht an meinem Herzen und in ihm. Soll es nicht so sein, meine Kinder, ihr Menschen des Nebels? Wollt ihr meine Gnade und meine Liebe nicht annehmen?«

Die Menge sah, wie die rote Blüte, zerdrückt und zerbrochen, durch Licht und Schatten langsam herabfiel, in das schäumende Wasser des Bassins: dann blickten sie wieder empor und sahen die weiße Lilie an Juannas noch weißerer Brust. Sie sahen es, und wie von einem gemeinsamen Impuls bewegt, sprangen sie auf und riefen: »Vorbei ist der Tag von Blut und Opferung, gekommen ist der Tag des Friedens! Wir danken dir, Mutter, und wir nehmen deine Gnade und deine Liebe an!«

Dann war wieder Stille, und die Tausende von Menschen setzten sich wieder auf ihre Bänke aus Stein.

Nun sprach Nam – mit der Stimme der Wut, die wie Hornklang durch die Stille tönte.

»Was ist es, das meine Ohren hören?« schrie er. »Seid ihr vom Wahnsinn gepackt, ihr Bewohner des Nebels? Oder spricht die Mutter mit verzauberter Stimme? Soll das uralte Gesetz der Anbetung innerhalb einer Minute abgeändert werden? Nein, nicht einmal die Götter selbst können ihre Anbetung abändern! Tötet, ihr Priester, tötet, oder ihr selbst sollt einen furchtbaren Tod erleiden!«

Die Priester auf dem Sockel des Standbildes hörten, packten den sich wehrenden König und warfen ihn auf den Opferstein.

»Leonard, Leonard!« rief Juanna auf englisch und sprach ihn zum ersten Mal bei seinem Vornamen an, was er selbst in dieser Lage bemerkte, jedoch ohne ihn anzusehen, damit niemand merken sollte, zu wem sie sprach. »Diese Priester werden Sie und alle anderen von uns töten, ausgenommen Otter und mich. Wenn Sie mich mit meiner Hand auf den Priester deuten sehen, der den König opfern will, erschießen Sie ihn! Nicht antworten!«

Leonard hörte und verstand. Er lehnte seinen Rücken fester gegen den Daumen der Statue und veränderte seine Position ein wenig, so daß die Gruppe unter ihm in sein Blickfeld kam, und wartete, seinen Blick auf Juanna gerichtet, die jetzt wieder in der Sprache des Nebelvolkes redete.

»Dieses verspreche ich euch, ihr Priester des Blutes«, sagte sie, »wenn ihr mir nicht gehorcht, werdet ihr wahrhaftig einen furchtbaren Tod erleiden, den unbekannten Tod. Höre, mein Diener, der du Erlöser genannt wirst« – sie blickte zu Leonard hinab – »und folge meinem Befehl! Wenn einer von jenen es wagen sollte, seine Hand gegen diesen Mann zu erheben, töte ihn auf der Stelle, so wie du es verstehst!«

»Opfert ihn!« schrie Nam. »Opfert ihn, fürchtet euch nicht!«

Die meisten der Priester zogen sich zurück, doch ein besonderer Schurke riß sein Messer empor, und im gleichen Moment deutete Juanna mit der Hand auf ihn. Leonard beugte sich vor und richtete die Mündung seines Gewehrs auf die breite Brust des Mannes. Unbewußt der Gefahr, in welcher er schwebte, murmelte der Priester eine Beschwörungsformel. Und in der Sekunde, als die Klinge in die Kehle Olfans herabzufahren drohte, schossen oberhalb von ihm Flammen und Rauch aus dem Dunkel, der Schuß krachte, und der ins Herz getroffene Priester sprang in die Luft und fiel tot zu Boden.

»Die Götter sprechen mit Blitz und Donner«, rief einer, »und Tod ist in der Flamme.«

»Schweigt, ihr Hunde!« schrie Nam, »ihr seid verhext. Ho! Ihr, die ihr da oben steht, werft den Zauberer herab, welcher der Erlöser genannt wird, damit wir sehen, wer ihn von dem Tod auf dem Fels erlösen wird!«

Einer der beiden Priester, die ihn bewachten, machte eine Bewegung, um Leonard zu ergreifen und hinabzuwerfen, doch der andere war so von Angst gepackt, daß er sich nicht rühren konnte. Der erste Mann stieß seinen Arm vor, doch bevor er Leonard berühren konnte, war er tot, denn da Leonard wußte, was er vorhatte, riß er sein Gewehr empor, und wieder krachte ein Schuß. Der Priester warf die Arme empor, taumelte rückwärts, stürzte über den Rand des Podestes auf den Felsboden tief unter ihnen, wo er reglos liegen blieb, Kopf und Hände ins Bassin hängend.

Jetzt, zum ersten Mal, wurden Otters Gefühle stärker als all seine Vorsicht. Er sprang auf, schüttelte sein Elfenbeinzepter, deutete mit ihm auf den toten Priester und rief dabei mit Stentorstimme: »Gut gemacht, Baas! Gut gemacht! Und jetzt schieß den Alten von seiner Stange herunter, da ich seines Geheuls müde bin!«

Diese Worte Otters zeigten eine noch größere Wirkung – so das möglich sein sollte – als der unerklärliche Tod der beiden Priester. Daß er, dessen Name Stille war, so laut schreien sollte, und noch dazu in einer fremden Zunge, von der sie kein einziges Wort verstanden, war ein furchtbares und unglückverheißendes Zeichen, das seine ganze, tiefe Wut enthüllte. Leonard nahm jedoch keine Notiz davon, da er damit beschäftigt war, den zweiten Priester vor die Mündung seines Repetiergewehrs zu bringen. Dieser Mann jedoch sehnte sich nicht nach einem so unheimlichen Tod. Er warf sich vor Leonard auf die Knie und flehte ihn in einem sehr unterwürfigen Tonfall und mit Gesten, die deutlicher waren als Worte, an, ihn zu verschonen.

Juanna nutzte diese Pause und rief laut: »Ihr seht, Menschen des Nebels, daß ich keine leeren Drohungen ausspreche. Wo sind sie jetzt, die Ungehorsamen? Die Flammenzunge hat sie beleckt, und sie sind tot, und so wie sie verdorben sind, sollen alle verderben, die es wagen, sich gegen meinen Willen zu stellen, oder gegen den Willen Jâls. Ihr habt uns als Götter erkannt und uns zu Königen gekrönt, und Götter und Könige sind wir wahrlich. Doch fürchtet euch nicht, denn allein auf die Rebellierenden soll unser Zorn fallen. Antworte jetzt, Nam, willst du unseren Befehlen gehorchen? Oder willst du auch sterben, wie deine Diener gestorben sind?«

Nam blickte verzweifelt um sich. Er starrte in die Volksmenge hinab und fand dort keine Hilfe. Zu lange hatten diese Menschen vor ihm im Staub gelegen; jetzt war neue Hoffnung in ihrer Brust aufgekeimt, und in der Gegenwart einer Macht, die größer war als die seine, zerbrachen sie sein Joch und das Joch ihres blutigen Aberglaubens, und sei es auch nur für eine Weile. Er blickte die Priester an; der Mut war ihnen genommen, sie drängten sich zusammen wie verängstigte Schafe und starrten immer wieder scheu auf die Leichen ihrer beiden toten Gefährten. Doch dann fiel ihm Otter ein; dort zumindest, bei dem Gott des Blutes und des Bösen, würde er Zuflucht finden, und er schrie: »Die Mutter hat gesprochen, doch die Mutter ist nicht das Kind. Sage, o Jâl, was ist dein Wille?«

Otter antwortete nicht, da er kein Wort verstanden hatte, doch Juanna sagte rasch: »Ich bin der Mund Jâls, so wie Jâl meine Hand ist. Wenn ich spreche, spreche ich die Worte Jâls. Gehorche seinem Willen und dem meinen, oder stirb, du ungehorsamer Diener!«

Das war das Ende dieser Sache. Nam war geschlagen; zum ersten Mal in seinem Leben mußte er Herren über sich dulden, und diese Herren waren die Götter, welche er selbst entdeckt und ernannt hatte.

»So sei es«, sagte er düster. »Das alte Gesetz geht, das neue kommt. So sei es! Euer Wille geschehe, o Aca und o Jâl. Ich habe um euren Ruhm gekämpft, ich habe eure Altäre gemästet, und ihr bedroht mich mit dem Tode und verachtet meine Gaben. Priester, gebt den Mann frei, der euer König war! Menschen, habt euren Willen, vergeßt eure uralten Gesetze, pflückt die weise Blume des Friedens – und sterbt! Ich habe gesprochen.«

So sprach er von seinem hohen Stand aus, schüttelte die Fäuste über dem Kopf und war verschwunden. Die Henkersknechte banden den Ex-König los, und er erhob sich von dem Stein des Todes.

»Olfan!« rief Juanna zu ihm herab. »Du warst der König hier, und wir, die wir dein Königtum übernommen haben, geben dir Leben und Freiheit und Ehre zurück; sieh, daß du uns in Vergeltung dafür treu dienst, damit du nicht erneut auf einem Bett von Stein liegst. Schwörst du uns Treue?«

»Für immer und ewig, das schwöre ich bei euren heiligen Häuptern«, rief Olfan.

»Es ist gut. Da du wieder unter uns stehst, geben wir dir das Kommando über die Heerscharen dieses Volkes, unserer Kinder. Ruf ihre Führer und ihre Krieger zusammen. Befehle jenen, die uns herbrachten, uns wieder an den Ort zurückzubringen, von dem wir kamen, und stell dort Wachen auf, auf daß niemand uns störe! Euch, mein Volk, entbiete ich jetzt unser Lebewohl. Geht in Frieden und lebt in Frieden im Schatten unserer Macht!«

24

Olfan berichtet von den Rubinen

Es war um diese Zeit, daß Francisco wieder zu Sinnen kam. »Oh!« stöhnte er und setzte sich auf, »ist es vorbei, bin ich tot?«

»Nein, nein, Sie leben und sind in Sicherheit«, antwortete Leonard. »Bleiben Sie, wo Sie sind und blicken Sie nicht über den Rand, sonst werden Sie wieder ohnmächtig! Hier, nehmen Sie meine Hand! Und du, Bestie, wirst uns führen«, wandte er sich an den überlebenden Priester und gab ihm unmißverständlich zu verstehen, daß er von ihm verlangte, den Weg zurückgeführt zu werden, den sie gekommen waren, wobei er bedeutsam auf den Kolben seines Gewehrs klopfte.

Der Mann verstand sofort und trat in den dunklen Tunnel, als ob er es gerne täte. Leonard hielt ihn mit einer Hand an seiner Robe gepackt und drückte ihm mit der anderen die Mündung seines entsicherten Gewehrs in den Nacken. Francisco folgte, auf Leonards Schulter gestützt, da er nicht allein gehen konnte.

So wie sie gekommen waren, kehrten sie zurück. Sie stiegen die Stufen hinab, die in dem Leib des Kolosses ausgeschlagen waren, durchquerten den langen, unterirdischen Tunnel, und standen endlich, zu ihrer großen Erleichterung, wieder auf festem Boden und in freier Luft. Jetzt hing der Mond hoch am Himmel, der Nebel, der die Nacht getrübt hatte, war zerschmolzen, und sie konnten ihre Umgebung erkennen. Sie waren auf eine große Felsplattform hinausgetreten, eine Bogenschußweite von dem großen Tor des Palastes entfernt, von der aus sie in eine geheime, unterirdische Passage gelangt waren, die von den Priestern benutzt wurde, und deren Zugang raffiniert durch das Fundament des Tempels verdeckt war.

»Ich möchte wissen, wo die anderen sind«, sagte Leonard besorgt zu Francisco.

Während er das sagte, erschien Juanna, wieder in ihren dunklen Umhang gekleidet, offenbar aus der Felsenwand, und mit ihr Otter, die Männer aus der Niederlassung, die ihren toten Kameraden mitbrachten, und eine große Anzahl von Priestern, unter welcher sich Nam jedoch nicht befand.

»Sind Sie es, Leonard?« fragte Juanna auf englisch und mit furchtbebender Stimme. »Ich danke Gott, daß Sie in Sicherheit sind.«

»Ich danke Gott, daß wir alle in Sicherheit sind«, antwortete er. »Kommen Sie, lassen Sie uns weitergehen! Nein, wir gehen auf unseren eigenen Füßen, vielen Dank.« Damit winkte er die Priester zur Seite, die mit den Sänften hervortraten, die sie im Schatten der Mauer verborgen gehalten hatten.

Die Männer wichen zurück, und sie gingen weiter. Beim Tor des Palastes bot sich ihnen ein willkommener Anblick, denn dort stand Olfan, und bei ihm mindestens hundert Krieger, die ihre Speere hoben, als sie sich ihnen näherten.

»Olfan, höre unseren Befehl!« sagte Juanna. »Laß keinen Priester der Schlange durch dieses Tor eintreten. Wir geben dir absolute Gewalt über sie. Gewalt bis zum Tode. Stell Wachen an allen Türen auf und komme mit uns!«

Der Exkönig neigte den Kopf und rief ein paar Befehle, in Befolgung derer die finsteren Priester murrend zurückwichen. Dann traten sie alle durch das Tor, überquerten den Hof und gelangten schließlich in den von Fackeln erleuchteten Thronraum, in welchem Juanna in der vergangenen Nacht geschlafen hatte. Hier stand Essen für sie bereit, das von Soa gekocht worden war, die sie prüfend anblickte, besonders Leonard und Francisco, als ob sie nicht erwartet hätte, sie wiederzusehen.

»Höre, Olfan!« sagte Juanna. »Wir haben heute nacht dein Leben gerettet, und du hast uns Treue geschworen, ist dem nicht so?«

»Dem ist so, Königin«, anwortete der Krieger. »Und ich werde meinen Eid halten. Dieses Herz, das, wenn du nicht wärst, längst kalt wäre, schlägt für dich allein. Das Leben, das du mir zurückgegeben hast, gehört dir, für dich will ich leben und sterben.«

Während er diese Worte sprach, blickte er Juanna mit einem Ausdruck an, in welchem sich, wie es ihr erschien, menschliches Fühlen mit übernatürlicher Ehrfurcht mischten. War es denkbar, fragte sie sich mit einer von Erschauern durchmischten Furcht, daß dieser Barbarenkönig seine Anbetung der Göttin mit seiner Bewunderung der Frau durcheinander brachte? Begann er etwa zu vermuten, daß sie gar keine Göttin war? Die Zeit würde es zeigen, doch der Ausdruck seiner Augen beunruhigte sie.

»Hab keine Furcht!« fuhr er fort. »Tausend Männer werden euch Tag und Nacht bewachen. Die Macht Nams ist für eine Weile gebrochen, und ihr könnt in Frieden schlafen.«

»Es ist gut, Olfan. Morgen, nachdem wir gegessen haben, werden wir wieder mit dir sprechen, denn wir haben dir vieles zu sagen. Bis dahin: wache!«

Der große Mann verneigte sich und ging, und sie waren endlich allein.

»Laßt uns essen«, sagte Leonard. »Was ist denn dies? Alkohol! Oder doch zumindest eine recht gute Nachahmung davon, und ich habe ein Glas Brandy noch nie so nötig gehabt wie jetzt.«

Als sie ihr Mahl beendet hatten, übersetzte Juanna auf Verlangen Leonards alles, was im Tempel gesagt worden war, und unter ihren Zuhörern war niemand so daran interessiert wie Soa.

»Sage, Soa«, wandte Leonard sich an sie, als Juanna zu Ende gesprochen hatte, »du hast nicht erwartet, einen von uns lebend zurückkehren zu sehen, nicht wahr? Ist das der Grund dafür, weshalb du nicht mit uns gekommen bist?«

»Ja, Erlöser«, antwortete sie. »Ich fürchtete, daß ihr getötet werden würdet, jeder von euch. Und das wäre auch geschehen, wenn die Schäferin nicht eingegriffen hätte. Außerdem bin ich fortgeblieben, weil solche, welche die Schlange einmal gesehen haben, keine Sehnsucht spüren, sie ein zweitesmal zu erblicken. Vor vielen Jahren, Erlöser, war *ich* die Braut der Schlange, und wenn ich nicht geflohen wäre, würde mein Schicksal wie das jener gewesen sein, die heute abend gestorben ist.«

»Es wundert uns nicht, daß du geflohen bist«, erklärte Leonard.

»Oh, Baas«, sagte Otter, »warum hast du den alten Medizinmann nicht erschossen, wie ich es dir gesagt habe? Es wäre doch so leicht gewesen, wo du schon einmal dabei warst, Baas, und jetzt wäre er zerbrochen wie eine Eierschale, die man von einem Hausdach hinabgeworfen hat, und nicht voller Leben, und voller Fleisch, und voller Bösartigkeit. Er ist wahnsinnig vor Wut und Machthunger, und ich sage dir, daß er uns alle töten wird, wenn er es kann.«

»Ich wünschte wirklich, daß ich es getan hätte«, antwortete Leonard und zupfte an seinem Bart. »Ich habe daran gedacht, aber ich konnte schließlich nicht alles tun, und in Zukunft, Otter, erinnere dich bitte daran, daß dein Name Stille ist. Es ist wirklich ein Glück, daß diese Menschen dich nicht verstehen; denn wenn sie es könnten, wäre es das Ende für uns alle. – Was ist, Soa?«

»Nichts, Erlöser«, antwortete sie, »ich dachte nur daran, daß Nam mein Vater ist, und deshalb bin ich froh, daß du ihn nicht erschossen hast, wie es dieser schwarze Hund, den man zum Gott gemacht hat, wollte.«

»Von Göttern verstehe ich nichts, du alte Kuh«, erwiderte Otter wütend, »das sind sehr fernstehende Leute, wenngleich ich jetzt einer von ihnen zu sein scheine; auf jeden Fall zähle ich sie zu den Narren, deine Verwandten. Doch von den Hunden kann ich dir etwas sagen, und das ist, daß sie beißen!«

»Ja, und Kühe werfen Hunde auf den Rücken«, sagte Soa und zeigte die Zähne.

Hier haben wir noch eine Komplikation, dachte Leonard; eines Tages wird diese Frau sich mit ihrem verehrten Vater versöhnen und uns verraten, und wo stehen wir dann? Aber, was soll's? Unter so vielen Gefahren kommt es auf eine mehr oder weniger wirklich nicht an.

»Ich muß jetzt schlafen«, sagte Juanna müde, »mein Kopf schwimmt. Ich kann die Schrecken nicht vergessen, die ich von jenem schwindelerregenden Ort aus gesehen habe. Als mir zum erstenmal bewußt wurde, wo ich mich befand, bin ich beinahe ohnmächtig geworden und hinuntergestürzt, doch nach einer Weile hatte ich mich ein wenig daran gewöhnt. Ja, als ich zu den Menschen sprach, vergaß ich meine Angst, und die Höhe schien mich zu beflügeln. Was für ein Anblick das war! Wenn einmal alles gesagt und getan sein wird, war es großartig, so etwas erlebt zu haben. Ich frage mich, ob schon irgend jemand so etwas erlebt haben mag.«

»Sie sind eine wunderbare Frau«, sagte Leonard bewundernd. »Wir verdanken unser Leben Ihrer Klugheit und Ihrem Mut.«

»Sie sehen also ein, daß ich recht hatte, als ich darauf bestand, mit Ihnen zu kommen«, sagte sie ziemlich aggressiv.

»Was uns betrifft, so ist das bestimmt der Fall; was Sie angeht, bin ich nicht so sicher. Um Ihnen die Wahrheit zu sagen, glaube ich jetzt, daß wir besser daran getan hätten, diese Expedition nie anzutreten. Doch sehen die Dinge heute ein wenig besser aus, auch wenn wir nach wie vor mit Nam und Genossen rechnen müssen, und wir den Rubinen noch nicht einen Schritt näher gekommen zu sein scheinen, die ja unser Hauptziel sind.«

»Nein«, sgte Juanna, »die sind fort, und wir können von Glück reden, wenn wir ihnen nicht in das Heim jener greulichen Schlange folgen müssen. Gute Nacht.«

»Francisco«, sagte Leonard, als er sich in seine Decke wikkelte, »Sie waren heute wahrlich dem Tode nahe; wenn ich Sie nicht gerade noch rechtzeitig erwischt hätte ...«

»Ja, Outram, es war ein Glück für mich, daß Ihr Arm stark ist, und Ihre Reaktion schnell. Ah, ich bin ein schrecklicher Feigling, und ich kann diesen furchtbaren Ort selbst jetzt noch vor mir sehen«, sagte er erschauernd. »Seit ich ein Kind war, habe ich geglaubt, daß ich einmal durch einen Fall aus großer Höhe sterben würde, und heute dachte ich, daß meine Stunde gekommen sei. Anfangs habe ich das nicht begriffen, da ich das Gesicht der Senhorita im Mondlicht bewunderte, das mir wie das eines Engels erschien, doch dann sah ich – und meine Sinne schwanden mir ... Es war, als ob Hände sich aus dem Dunkel zu mir emporreckten, um mich hinabzuziehen – ja, ich sah jene Hände. Doch Sie haben mich gerettet, Outram, obwohl es nichts nützen wird, da ich schließlich doch auf so eine Art sterben werde. Sei's drum. Es ist wohl am besten, daß ich sterbe, der ich die Sünde meines Herzens nicht besiegen kann.«

»Unsinn, mein Freund«, sagte Leonard, »reden Sie doch nicht vom Sterben. Keiner von uns kann es sich im Moment leisten, abzutreten – das heißt, falls wir nicht dazu gezwungen werden sollten. Ihre Nerven sind angegriffen, und das ist wahrlich kein Wunder! Und was die ›Sünde Ihres Herzens‹ betrifft, so wünschte ich, daß die meisten Menschen eine so geringe zu tragen haben, weil dann die Welt besser aussähe. Kommen Sie, Francisco, schlafen Sie, morgen werden Sie sich besser fühlen!«

Francisco lächelte betrübt und schüttelte den Kopf, dann kniete er nieder und begann zu beten. Das letzte, das Leonard sah, bevor ihm die Augen zufielen, war das verzückte, mädchenhafte Gesicht des Priesters, das vom Licht der Fackel umstrahlt wurde wie von einem Heiligenschein, während seine blassen Lippen unermüdlich Gebete murmelten.

Es war schon neun Uhr, als Leonard am nächsten Morgen erwachte – sie waren ja erst gegen vier schlafen gegangen – doch fand er Francisco schon auf den Beinen, angezogen, und, wie üblich, im Gebet versunken. Als Leonard bereit war, gingen sie in Juannas Räume, wo ein Frühstück für sie bereit stand. Hier trafen sie Otter, der irgendwie verstört wirkte.

»Baas, Baas«, sagte er, »sie sind gekommen, und sie wollen nicht wieder gehen!«

»Wer?« fragte Leonard.

»Die Frau, Baas, sie, welche mir geschenkt wurde, und viele andere Frauen – ihre Dienerinnen. Mehr als zwanzig davon stehen jetzt draußen, und alle schrecklich groß. Was soll ich mit ihr anfangen, Baas? Ich bin hergekommen, um dir zu dienen, und um nach roten Steinen zu suchen, die du haben willst, aber nicht, um eine Frau zu kriegen, die so groß ist, daß sie meine Großmutter sein könnte.«

»Das weiß ich nicht, und es interessiert mich auch nicht«, antwortete Leonard. »Wenn du ein Gott sein willst, mußt du eben auch die Konsequenzen auf dich nehmen. Nur hüte dich vor einem, Otter: Versiegle deine Zunge, denn diese Frau wird versuchen, dich ihre Sprache zu lehren, und sie könnte eine Spionin sein.«

»Ja, Baas, dafür werde ich sorgen. Ist nicht mein Name Stille, und soll es einer Frau gelingen, mich zum Reden zu bringen, mich, der ich Frauen von jeher gehaßt habe? Aber möchte der Baas sie nicht vielleicht selbst heiraten? Ich bin ein Gott, wie du sagst, obwohl nicht du es warst, der mich zu einem gemacht hat, Baas, und auch nicht ich, doch mein Herz ist groß; ich schenke sie dir, Baas.«

»Bestimmt nicht«, sagte Leonard entschieden. »Sieh, daß das Frühstück auf den Tisch kommt. Nein, ich vergaß, daß du ein Gott bist, also klettere auf deinen Thron und versuche, wie einer auszusehen, falls dir das möglich sein sollte.«

Während er sprach, trat Juanna aus ihrem Zimmer – sie wirkte ein wenig blaß – und sie setzten sich zum Frühstück nieder. Bevor sie fertig waren, trat Soa herein und verkündete, daß Olfan draußen warte. Juanna befahl, ihn vorzulassen, und kurz darauf trat er herein.

»Steht alles gut, Olfan?« fragte Juanna.

»Alles steht gut, Königin«, antwortete er. »Nam und dreihundert seiner Gefolgsleute haben beim Morgengrauen im Hause der Priester eine Beratung abgehalten. Es gibt viel Gerede und Aufregung in der Stadt, doch die Herzen der Menschen sind leicht, weil ihre alten Götter zu ihnen zurückgekehrt sind und Frieden mit sich gebracht haben.«

»Gut«, sagte Juanna. Dann begann sie ihn geschickt nach verschiedenen Dingen auszufragen, und nach und nach erfuhren sie mehr über die Menschen des Nebels.

Wie Leonard angenommen hatte, waren sie eine sehr alte Rasse, welche seit ungezählten Generationen auf dieser nebeligen Hochebene gelebt hatte. Jedoch waren sie nicht völlig isoliert gewesen, denn hin und wieder hatten sie Kriege gegen andere Barbarenstämme geführt. Doch waren sie niemals Mischehen mit solchen Stämmen eingegangen, und die Gefangenen, die sie während der Kriege gemacht hatten, waren ausnahmslos bei religiösen Festen geopfert worden. Die wirkliche Regierungsgewalt über das Volk lag in den Händen der Gesellschaft der Priester der Schlange, deren Angehörige durch Erbfolge zu ihrem Amt kamen; Außenseiter wurden nur unter ganz besonderen Umständen in ihre Reihen aufgenommen. Der Rat dieser Gesellschaft wählte auch die Könige, und wenn sie ihrer überdrüssig wurden, opferten sie sie und wählten neue, entweder unter seinen Nachkommen oder aus anderen Kreisen. Durch diesen Brauch waren die Beziehungen zwischen Kirche und Staat, wie man sich vorstellen kann, äußerst gespannt, doch hatte die Kirche, wie Olfan mit unterdrückter Wut feststellte, bisher immer die Oberhand behalten.

Genau genommen war der König nichts weiter als das derzeitige Sprachrohr, oder der jederzeit abberufbare Statthalter der Gesellschaft der Priester. Er war es zwar, der die Heerscharen anführte, doch die abergläubischen Ängste der Menschen – sogar der Krieger selbst – verhinderten, daß er wirkliche Macht besaß; und falls er nicht eines natürlichen Todes starb, war sein Ende fast stets das gleiche; auf den Opferstein geworfen zu werden, wenn die Ernte schlecht war, oder wenn ›Jâl zornig wurde‹.

Das Land war groß, jedoch nur dünn bevölkert, an Kriegern gab es nicht mehr als viertausend, von denen etwa die Hälfte in der großen Stadt lebte, die anderen in Dörfern, die verstreut auf den Berghängen lagen. In der Regel lebten diese

Menschen monogam, mit Ausnahme der Priester. Es war der Brauch der Menschenopfer, der die Bevölkerungszahl so niedrig hielt, die Macht der Priester unumschränkt werden ließ, und ihren Reichtum größer machte als den der ganzen anderen Bevölkerung zusammengenommen, denn sie wählten die Opfer aus, die sich gegen Jâl oder gegen die Muttergöttin versündigt hatten, und beschlagnahmten deren Besitz ›zugunsten des Tempels‹. Also gehörten die großen Herden halbwilder Rinder, die die Reisenden auf der Ebene gesehen hatten, den Priestern, und die Priester nahmen sich auch den vierten Teil aller Produkte von Feldern und Gärten – das heißt, falls sie nicht alles nahmen, und das Leben des Besitzers gleich mit.

Zweimal in jedem Jahr wurden große Feste im Tempel des Jâl abgehalten, bei Frühlingsbeginn, und im Herbst, nach dem Einbringen der Ernte. Bei jedem dieser Feste wurden viele Menschen zum Opfer gebracht, von denen manche auf dem Stein abgeschlachtet und weitere in das schäumende Bassin geworfen wurden, um dort von der Schlange gefressen oder aber in den geheimen Lauf des unterirdischen Flusses gerissen zu werden. Das im Frühjahr gefeierte Fest war Jâl gewidmet, das im Herbst der Mutter-Göttin. Doch gab es einen Unterschied zwischen den beiden: bei der Frühlingszeremonie wurden allein Jâl weibliche Opfer dargebracht, um ihn zu besänftigen und seinen bösen Einfluß abzuwenden, während bei der Herbstzeremonie der Mutter-Göttin allein männliche Opfer dargebracht wurden, als Zeichen der Dankbarkeit für ihre üppigen Gaben. Gelegentlich wurden der Schlange auch Verbrecher vorgeworfen, um ihren Hunger zu stillen. Die Priester hätten andere Riten, setzte Olfan hinzu, und diese mitzuerleben sollten sie bald Gelegenheit haben, wenn das Frühlingsfest, das in zwei Tagen begangen werden würde, nach dem üblichen Ritus verlaufen sollte.

»Es wird nicht so verlaufen«, sagte Juanna beinahe aggressiv.

Jetzt stellte Leonard, der bis jetzt geschwiegen hatte, durch Juanna eine Frage. »Wie kommt es«, sagte er, »daß Nam und seine Clique, die doch schon die absolute Macht besaßen, so bereit waren, die Götter Aca und Jâl zu akzeptieren, da es ihnen doch klar sein mußte, daß sie von nun an gehorchen mußten, anstatt zu herrschen?«

»Aus zwei Gründen, Herr«, antwortete Olfan; »erstens: weil Götter Götter sind und ihre Diener sie kennen, und zweitens, weil Nam in letzter Zeit Gefahr lief, seine Autorität zu verlieren. Von allen Hohepriestern, von denen wir gehört haben, ist Nam der grausamste und gierigste. Vor drei Jahren hat er die Anzahl der Opfer verdoppelt, und wenngleich die Menschen den Anblick des Todes lieben, murren sie jetzt, da niemand weiß, ob das Messer nicht ihn treffen wird. Aus diesem Grunde war er glücklich, die zurückkehrenden Götter willkommen heißen zu können, da sie seine Macht bestätigen und ihn noch höher setzen würden als zuvor. Jetzt ist er verwundert, daß sie den Frieden verkünden und von Menschenopfern nichts mehr wissen wollen, denn Nam liebt solche freundlichen Götter nicht.«

»Und doch wird er ihnen gehorchen«, sagte Otter, der zum erstenmal sprach, durch den Mund Juannas, die während der ganzen Zeit als Dolmetscherin fungierte; »oder er wird seine eigene Medizin schlucken müssen, denn ich werde ihn mir selbst opfern.«

Als Juanna die blutdürstige Drohung des Zwerges übersetzt hatte, verbeugte Olfan sich demütig und lächelte; offensichtlich würde ihn das Ende Nams nicht besonders traurig stimmen. Es war ein seltsamer Anblick, wie dieser stattliche Kriegerhäuptling seinen Stolz vor dem mißgestalteten, kartoffelnasigen Kaffern verneigte.

»Sag, Olfan«, fragte Leonard, »wer hat diese riesige Statue, auf der wir gestern abend saßen, aus dem Fels gehauen? Und was ist das für ein Reptil, das wir sahen, als die Frau in das aufgewühlte Wasser geworfen wurde?«

»Frag den Bewohner des Wassers nach dem Bewohner des Wassers, die Schlange nach der Schlange, und den Zwerg nach seinem Standbild«, antwortete Olfan und deutete mit einer Kopfbewegung auf Otter. »Wie kann ich, der ich nur ein Mensch bin, dir solche Dinge erklären, Herr? Ich weiß nur, daß diese Statue in lange zurückliegender Vergangenheit geschaffen wurde, als wir, die wir nur noch ein kleiner Rest davon sind, ein großes Volk waren. Und was die

Schlange betrifft, so hat sie von je her an jenem heiligen Ort gelebt. Die Großväter unserer Großväter haben sie bereits gekannt, und seit jenem Tage hat sie sich nicht verändert.«

»Ein naturgeschichtlich sehr interessanter Fall«, sagte Leonard. »Ich wünschte, ich könnte das Biest lebend in einen unserer zoologischen Gärten schaffen.«

Dann stellte er eine andere Frage. »Sag mir, Olfan, was ist aus dem roten Stein geworden, und dem, der ihn gestern jenem Gotte opferte?«

»Die meisten dieser Steine sind in das Wasserbassin geworfen worden, Herr, um dort für immer verborgen zu sein. Es waren drei Lederbeutel voll.«

»Oh, Himmel«, stöhnte Leonard, als Juanna es ihm übersetzt hatte. »Otter, du weißt, was dich erwartet ...«

»Die allerbesten, jedoch«, fuhr Olfan fort, »wurden in einen kleineren Lederbeutel gepackt und um den Hals eines Mannes gebunden, der gesündigt hatte. Es waren ihrer nicht viele, doch befanden sich darunter die größten Steine, die bis gestern in den Augen des Idols gefunkelt haben, blaue und rote Steine zusammen. Außerdem war auch jener wie ein Menschenherz geformte Stein darunter, der bisher von dem Hohepriester allein an Tagen der Opferung getragen wurde, und jener, der eine Darstellung des Zwerges ist, und die des Bewohners des Wassers, aus einem einzigen, blauen Stein gefertigt, und weitere, kleinere Steine, die nach ihrer Schönheit ausgewählt wurden, und auch, weil sie so lange im Lande bekannt waren. Denn obwohl viele dieser Kiesel dort gefunden wurden, wo die Priester nach ihnen gruben, waren nur wenige von ihnen groß und perfekt, und die Kunst, sie zu schleifen, ist verlorengegangen.«

»Und was ist aus jenem Manne geworden?« fragte Leonard so ruhig, wie es ihm möglich war in seiner Erregung.

»Das weiß ich nicht«, antwortete Olfan. »Ich habe nur gesehen, daß er an Seilen in das Heim der Schlange hinabgelassen wurde, und daß er jenen heiligen Ort erreicht hat, denn mir wurde berichtet, daß er Seil nachzog, vielleicht, als er vor der Schlange floh.

Nun gibt es ein Versprechen, daß ein Mann, dem es gelingt, einen Beutel Steine in das Heim der Schlange zu legen, damit die Schlange ihn für immer bewache, seiner Sünden ledig sei, wenn es dem Bewohner des Wassers gefiele, ihn zu verschonen, und daß er wieder emporgezogen werden sollte. Dies hat Nam ihm jedenfalls geschworen, doch hat er seinen Eid nicht gehalten, denn als jener Mann in die Höhle eingetreten war, befahl er dem, der die Seile festhielt, sie fahren zu lassen, und ich kann mir vorstellen, was ihm passiert ist: sicher ist er Futter für die Schlange geworden. Niemand, der diesen heiligen Ort erblickt, darf leben, um die Sonne wiederzusehen.«

»Ich hoffe, daß das Biest nicht auch die Rubine mit verschluckt hat«, sagte Leonard zu Juanna; »obwohl wir wohl kaum eine Chance haben, sie zu kriegen.«

Dann ging Olfan, und er kam erst am Nachmittag zurück, als er verkündete, daß Nam und zwei weitere führende Priester draußen warteten, um mit den Göttern zu sprechen. Juanna befahl, sie hereinzulassen, und kurz darauf traten sie herein. Ihre Haltung war unterwürfig, und ihre Köpfe waren gesenkt; doch sah Leonard Wut in ihren düsteren Augen glänzen und wurde von ihrer Maske der Unterwürfigkeit nicht getäuscht.

»Wir sind gekommen, o ihr Götter«, sagte Nam zu Juanna und Otter, die nebeneinander auf thronartigen Stühlen saßen, »wir sind gekommen, um nach eurem Willen zu fragen, denn ihr habt ein neues Gesetz niedergelegt, das wir nicht verstehen. Am übermorgigen Tag ist das Fest des Jâl, und fünfzig Frauen sind dazu bestimmt, ihm geopfert zu werden, damit sein Zorn mit ihrem Blute befriedigt und die Zahl der Geister unter seinen Dienern erhöht werde, auf daß er seinen Zorn vom Volke des Nebels fernhalte und ihm eine gute Ernte gebe. Dies ist seit vielen Generationen der Brauch des Landes gewesen, und wann immer dieser Brauch gebrochen wurde, hat die Sonne nicht geschienen, ist das Korn nicht gewachsen, noch haben sich die Rinder und Ziegen so vermehrt, wie es ihre Art ist. Jetzt jedoch, o ihr Götter, habt ihr ein neues Gesetz verkündet, und ich, der ich euer Diener bin, komme her, um euren Willen zu erfragen. Wie soll das Fest vonstatten gehen, und welche Opfer sollen euch dargeboten werden?«

»Das Fest soll so vonstatten gehen«, antwortete Juanna. »Ihr sollt uns in der Tat Opfer darbringen: für jeden von uns sollt ihr einen Ochsen und eine Ziege opfern, und die Ziegen sollen der Schlange gegeben werden, um sie zu ernähren, doch nicht das Fleisch von Menschen; außerdem soll das Fest zu Mittag abgehalten werden, und nicht zur Nachtzeit.«

»Einen Ochsen und eine Ziege – für jeden einen Ochsen und eine Ziege!« sagte Nam unterwürfig, doch mit einer Stimme voll bitterstem Sarkasmus. »Wie ihr es wollt, so soll es geschehen, o ihr freundlich gesonnenen Götter. Und das Fest soll um die Mittagszeit abgehalten werden, und nicht bei Nacht, wie es von altersher der Brauch war. Wie ihr wollt, o ihr Königsgötter. Euer Wille ist mein Gesetz, o Aca, o Jâl.« Der alte Mann verneigte sich bis zum Boden und ging rückwärts hinaus, gefolgt von seinen Anhängern.

»Dieser Teufelspriester läßt mir das Blut in den Adern gerinnen«, sagte Juanna, nachdem sie seine Worte übersetzt hatte.

»O Baas, Baas«, sagte Otter, »warum hast du ihn nicht erschossen, als du die Gelegenheit dazu hattest? Jetzt wird er bestimmt am Leben bleiben und uns der Schlange zum Fraß vorwerfen.«

Während er sprach, war Soa hinter dem Thron hervorgetreten, wo sie sich versteckt hatte, als Nam eingetreten war.

»Es tut einem Hund, der sich als Gott ausgibt, nicht gut, das Leben eines zu bedrohen, den er hereingelegt hat«, sagte sie mit Nachdruck. »Vielleicht wird die Stunde kommen, wo der echte Gott sich an dem falschen rächen wird, und zwar durch die Hand seines ergebenen Dieners, den du töten willst, du niedrig geborener Zwerg.« Und bevor irgend jemand ihr antworten konnte, ging sie hinaus, nicht ohne Otter noch einen haßerfüllten Blick zuzuwerfen.

»Und diese, Ihre Dienerin läßt *mir* das Blut in den Adern gerinnen, Juanna«, sagte Leonard. »Eines jedoch ist mir klar: wir dürfen nicht mehr zulassen, daß sie irgendwelche unserer Pläne belauscht; sie weiß ohnehin schon viel zuviel davon.«

»Ich kann wirklich nicht begreifen, was mit Soa geschehen ist«, sagte Juanna, »sie ist völlig verändert.«

»Diese Feststellung haben Sie schon einmal getroffen, Juanna. Was mich betrifft, so glaube ich jedoch nicht, daß sie sich verändert hat. Der Anblick ihres liebenswürdigen Herrn Vaters hat ihre verborgenen Tugenden hervorgebracht, das ist alles.«

25

Die Opferung nach dem neuen Gesetz

Der dritte Tag war gekommen, der Tag der Opferung nach dem neuen Gesetz. In der Zwischenzeit war nichts Erhebliches geschehen. Leonard und Francisco hatten ausgedehnte Spaziergänge durch die Stadt unternommen, wobei sie Peter und die Männer aus der Niederlassung als Eskorte mitgenommen hatten, das war alles.

Sie hatten dabei nicht viel zu sehen bekommen, mit Ausnahme der Außenwände der Häuser, die aus Stein gemauert und mit Grassoden bedacht waren, denn das kalte, neugierige Starren, mit denen Hunderte von Augen sie verfolgten, gab ihnen ein Gefühl der Unruhe, welches sie daran hinderte, sich diese Häuser näher anzusehen. Einmal, als sie den Marktplatz überquerten, auf dem alle Geschäfte der Stadt abgewickelt wurden, und auf dem sich eine große Menschenmenge drängte, hörte alle Aktivität plötzlich auf, und Käufer und Verkäufer, Hirten und überwachende Priester drängten sich um sie herum und starrten sie an, halb angstvoll und halb neugierig, denn sie hatten noch nie zuvor weiße Menschen gesehen. Dieses Angestarrtwerden konnten die beiden nicht ertragen, also kehrten sie zum Palast zurück.

Natürlich waren Juanna und Otter, die ja göttlich waren, solche Zerstreuungen nicht gestattet. Sie waren Götter und mußten sich entsprechend benehmen. Einen Tag lang hielt Otter es aus, am zweiten suchte er, allen Warnungen Leonards zum Trotz, Zuflucht in der Gesellschaft seiner Frau Saga. Und dies war der Anfang vom Unglück, denn wenn kein Mann in den Augen seines *valet de chambre* ein Held ist, um wieviel weniger kann er in den Augen einer neugierigen Frau ein Gott bleiben. Hier, wie in vielen anderen Fällen, gebiert Vertraulichkeit Verachtung.

Leonard erkannte diese Gefahr und machte dem Zwerg ernsthafte Vorhaltungen zu diesem Thema. Trotzdem konnte er sich nicht der Erkenntnis entziehen, daß Otters Situation – ganz abgesehen von dem Problem seines *ennui,* das sein Verhalten absolut natürlich machte, zumindest bei einem Wilden – eine recht schwierige war. Also zuckte Leonard die Achseln und tröstete sich, so weit es ihm möglich war, mit der Überlegung, daß diese Frau Otter zumindest etwas von ihrer Sprache beibringen würde, welche er übrigens seit einiger Zeit unter der Anleitung von Juanna und Soa studierte.

Zur Mittagszeit zogen sie zum Tempel, eskortiert von einer Gruppe von Priestern und Kriegern, denn in Befolgung von Juannas Befehl sollte das Fest während des Tages stattfinden, und nicht in der Nacht. Wie zuvor war das riesige Amphitheater bis auf den letzten Platz gefüllt, doch waren jetzt etwas andere Arrangements getroffen worden.

Juanna und Otter hatten sich geweigert, wieder ihre hohen Thronsessel zu besteigen, und saßen zu Füßen des riesigen, häßlichen Idols, fast am Rande des Bassins, Nam stand vor ihnen, und Francisco, Leonard und die Männer aus der Niederlassung hatten sich zu beiden Seiten von ihnen aufgestellt. Der Tag war kühl und feucht, und von Zeit zu Zeit fielen große Schneeflocken von einem grauen Himmel.

Dann sprach Nam zu der Menge.

»Menschen des Nebels«, rief er, »ihr habt euch hier versammelt, um nach altem Brauch das Fest Jâls zu feiern, doch die alten Götter sind zu euch zurückgekehrt, wie ihr wißt, und die Götter haben in ihrer Weisheit entschieden, den Brauch zu ändern. Fünfzig Frauen waren für die Opferung vorbereitet worden, und heute morgen sind sie jubelnd erwacht, da sie glaubten, für die Schlange bestimmt zu sein, doch jetzt ist ihr Jubel zu Kummer geworden, da die Götter sie nicht akzeptieren wollen und sich andere Opfer gewünscht haben. Bringt sie heraus!«

Auf seinen Befehl hin erscheinen ein paar Burschen, die zwei magere Bullen und zwei Ziegenböcke vor sich hertrieben.

Ob es Zufall war oder Absicht, jedenfalls trieben sie sie so ungeschickt, daß die Tiere auf der Felsenplattform verstört hin und her liefen, bis sie schließlich durch Keulen- und Axtschläge getötet wurden, das heißt, alle bis auf eines, einen Ziegenbock, der seinen Verfolgern entkam, durch das Amphitheater lief, von einer Sitzreihe zur anderen durch die Zuschauermenge sprang und dabei ununterbrochen meckerte. Die Szene war so komisch, daß selbst diese düsteren und schweigsamen Menschen zu lachen begannen, da sie daran gewöhnt waren, bei diesen Gelegenheiten die grausame und eindrucksvolle Zeremonie einer mitternächtlichen Opferung zu sehen.

Dieses althergebrachte Fest war damit ein Fiasko, das war eine Tatsache, die sich nicht länger verhehlen ließ.

»Geht nach Hause, ihr Menschen des Nebels!« rief Nam kurz darauf und deutete auf die drei toten Tiere. »Das Opfer ist vollbracht, das Fest Jâls vorbei. Möge die Mutter die Schlange anflehen, daß die Sonne weiterhin scheine und Fruchtbarkeit das Land segne.«

Nun waren kaum zehn Minuten seit Beginn der Zeremonie vergangen, die normalerweise fast die ganze Nacht andauerte, da es üblich war, alle Opfer einzeln mit entsprechendem Ritual zu töten. Ein Murmeln der Enttäuschung erhob sich vom Ende des Amphitheaters, das rasch zu einem Brüllen anschwoll. Die Menschen waren dankbar gewesen, Juannas Botschaft des Friedens zu hören, doch brutalisiert durch den ständigen Anblick von Menschenopfern, waren sie nicht bereit, auf ihren Karneval von Tötungen zu verzichten. (Eine Menge römischer Zirkusbesucher, die sich versammelt hat, um einen Gladiatorenkampf zu sehen, und plötzlich feststellen muß, daß sie statt dessen mit einem Eselsrennen oder einem Hahnenkampf abgespeist wird, hätte kaum enttäuschter reagieren können.)

»Bringt die Weiber heraus! Opfert sie Jâl, wie es von alters her üblich war!« schrie die Menge in ihrer Wut, und es dauerte zehn Minuten, bevor sie wieder zum Schweigen gebracht werden konnte.

Dann sprach Nam auf eine hinterhältige Weise zu ihnen.

»Volk des Nebels«, rief er, »die Götter haben uns ein neues

Gesetz gegeben, ein Gesetz der Opferung von Ochsen und Ziegen anstelle von Männern und Jungfrauen, und ihr selbst habt dieses neue Gesetz willkommen geheißen. Nie wieder soll das Blut von Opfern unter den bleichen Strahlen des Mondes für Jâl fließen, während der Gesang seiner Diener zum Himmel emporsteigt. Nein, von jetzt an soll diese heilige Stelle ein Schlachtort für Kühe sein. Doch so sei es, meine Kinder; in meinen alten Jahren höre ich die Götter mit anderer Stimme sprechen, und ich gehorche ihnen. Mir, der ich bald sterben werde, bedeutet es nichts, doch sage ich euch, daß ich lieber selbst auf jenen uralten Stein gestreckt werden würde, als mit ansehen zu müssen, wie unsere heiligen Zeremonien zu einem solchen Gespött gemacht werden. Das Opfer ist vollbracht, nun mag die Mutter sich bei der Schlange dafür verwenden, daß Segen auf dieses Land komme!« Und mit einem Lächeln wandte er sich ab.

Solche, die nahe genug saßen, um seine Worte verstehen zu können, wandten sich um und riefen sie den hinter ihnen Sitzenden zu, und als alle es gehört hatten, kam es zu einer Szene unbeschreiblichen Tumults.

»Blut! Gib uns Blut!« schrie die Menge, und die finsteren Gesichter glänzten vor Wut. »Sollen wir beim Gottesopfer zum Narren gehalten werden? Will man uns mit dem Opfern von Ziegen abspeisen? Opfere die Diener dieser falschen Götter! Gib uns Blut! Bringt die Opfer her!«

Inmitten dieses Aufruhrs erhob sich Juanna, in ihre weiße Robe gekleidet und den roten Stein auf ihre Stirn gebunden, von ihrem Thronsessel.

»Ruhe!« rief Nam, »hört die Stimme Acas!«, und allmählich nahm das Lärmen ab.

»Wagt ihr es, die Götter auf eine solche Art zu beleidigen?« rief sie. »Ich warne euch, auf daß wir nicht Tod und Hungersnot über euch alle bringen. Menschen sollen uns nie wieder geopfert werden! Ich habe gesprochen!«

Eine Weile war Stille, dann brach der Tumult erneut los, mit doppelter Lautstärke, und ein Teil der Menge stürmte um den Rand des Bassins herum auf die Felsplattform zu, von den Kriegern auf eine recht halbherzige Art zurückgehalten.

»Ich denke«, sagte Olfan, »daß diese eure Diener lieber gehen sollten«, und er deute auf Leonard, Francisco und die Männer von der Niederlassung. »Die Götter sind zweifellos in der Lage, sich zu verteidigen, doch wenn die anderen nicht fliegen können, wird man sie in Stücke reißen, soviel ist sicher.«

»Laßt uns alle gehen«, sagte Juanna, deren Nerven zu versagen begannen, und sie beließ es nicht bei Worten, sondern schritt auf den Felsentunnel zu, gefolgt von den anderen.

Es war ihnen jedoch nicht beschieden, ihn unbelästigt zu erreichen, denn eine Gruppe aus der Menge, von zwei Priestern angeführt, wie Leonard feststellte, erzwang sich ihren Weg durch die Reihe der Wachen und fiel über die letzten ihres kleinen Trupps her, die sie bedrohten und schlugen. Dieses geschah, als die gerade in den Zugang des Tunnels eindrangen, der hinter der Statue lag, wo das Dunkel am tiefsten war.

Der Tunneleingang war durch eine Tür geschützt, die Olfan und Leonard, sobald alle hindurch waren, sofort schlossen und verriegelten, so daß die heulende Meute draußen blieb. Dann eilten sie zum Palast, den sie auch sicher erreichten. Olfan blieb jedoch zurück, um die Menge im Auge zu behalten.

»Oh, warum hast du ihnen nicht gestattet, nach ihrem sündigen Brauch zu opfern, Schäferin?« fragte Otter. »Was schert es uns, wenn sie einander umbringen? Dann gibt es doch bloß weniger davon. Jetzt wird es so ausgehen, daß die Teufel uns aufspüren und ermorden werden.«

»Nein, nein«, sagte Francisco, »die Senhorita hat recht. Wir wollen der Vorsehung vertrauen und uns rein halten von solcher Grausamkeit.«

Während er sprach, veränderte sich der Ton des aus der Ferne hereindringenden Gebrülls der Menge: Aus dem Brüllen der Wut wurde ein Schrei des Triumphes. Und dann wurde es still.

»Was hat das zu bedeuten?« fragte Juanna tonlos. In diesem Augenblick riß Olfan den Vorhang beiseite und trat herein, und sein Gesicht war düster.

»Sprich, Olfan!« sagte Juanna.

»Die Menschen opfern wie früher, Königin«, antwortete er.

»Alle von uns sind nicht durch die Tür gelangt. Zwei eurer schwarzen Diener waren unter die Menschenmenge geraten, und die werden jetzt Jâl geopfert, zusammen mit anderen.«

Leonard lief in den Hof und zählte die Männer von der Niederlassung, die in ihrer Angst eng zusammengedrängt am Boden hockten und durch die Gatter des Tores zum Tempel hinüberstarrten. Zwei von ihnen fehlten.

Als Leonard zurückging, begegnete er Olfan, der heraustrat.

»Wohin geht er?« fragte er Juanna.

»Er will das Tor bewachen. Er sagte, daß er sich auf seine Männer nicht verlassen könne. Stimmt es, was er von den beiden Leuten aus der Niederlassung berichtet hat?«

»Ja, leider. Zwei von ihnen fehlen.«

»Diese armen Menschen!« sagte sie mit erstickter Stimme. »Warum haben wir sie nur hierhergebracht? O Leonard, gibt es denn kein Entkommen aus diesem Land der Dämonen?«

»Ich hoffe es«, antwortete er und setzte dann hinzu: »Kommen Sie, Juanna! Sie dürfen jetzt nicht die Nerven verlieren! Die Lage sieht so schlecht aus, daß sie sich nur bessern kann.«

»Das ist auch bitter nötig«, schluchzte sie.

Diesen Abend und während der ganzen Nacht hielten sie abwechselnd Wache, da sie zu jeder Sekunde erwarteten, fortgeschleppt und geopfert zu werden, doch erfolgte kein Angriff. Am Morgen erfuhren sie von Olfan, daß die Menge sich nach der Opferung von etwa zwanzig Menschen zerstreut hätte und in der Stadt wieder alles ruhig sei.

Nun begann die schrecklichste ihrer Prüfungen, und die längste, denn sie dauerte über fünf Wochen. Wie bereits erwähnt, ist das Klima auf der riesigen Hochebene, im Schatten schneebedeckter Berge, die die Heimat des Nebelvolkes ist, während des Winters kalt, teilweise sogar bitter kalt. Während einer bestimmten Periode des Winters jedoch, fast immer innerhalb weniger Tage nach dem Fest des Jâl, verschwinden Frost und Nebel, und das warme Wetter beginnt mit wolkenlosem Himmel und hellem Sonnenschein.

Dies ist die Jahreszeit der Aussaat, und von den klimatischen Bedingungen der folgenden Wochen hängt der Ertrag der Ernte ab. Wenn der Frühlingsbeginn auch nur um eine Woche oder zwei verzögert ist, fällt der Ernteertrag knapp aus, wenn er sich jedoch um einen Monat verzögert, so bedeutet das für den darauffolgenden Winter eine Hungersnot. Denn obwohl diese Menschen auf einer Hochebene leben, bauen sie dieselben Getreidearten an, die in diesen Breiten üblich sind, nämlich Mais und verschiedene Sorten von Kaffernkorn, da sie Weizen oder andere kälteunempfindlichen Getreidearten nicht kennen. Deshalb ist es für sie äußerst wichtig, daß die Saat früh zum Keimen kommt, denn wenn die Halme von den ersten Herbstfrösten getroffen werden, bevor sie geerntet werden können, wird ein großer Teil der Körner durch die Kälte geschwärzt und verdorben.

Diese landwirtschaftlichen Details hatten keinen geringen Einfluß auf das Schicksal unserer Abenteurer. Das Fest des Jâl wurde gefeiert, um ein gutes Saatbett und eine gute Keimzeit für das Getreide zu sichern. Juanna und Otter hatten die abscheulichen Zeremonien dieses Festes abgeschafft, und die Menschen des Nebels erwarteten mit düsteren, abergläubischen Blicken die Folgen. Wenn die Jahreszeit sich mehr als durchschnittlich gut entwickeln würde, mochte alles gut ausgehen, doch wenn sie zufällig schlecht sein sollte ...

Und, wie zu erwarten war, da so viel davon abhing, erwies sich dieses Frühjahr als das schlechteste, an das irgendein Mensch in jenem Lande sich erinnern konnte. Tag um Tag war die Sonne hinter dichten Nebeln verborgen, die sich nur auflösten, wenn nächtens die bitter kalten Winde von den Bergen herabwehten, so daß zu einer Zeit, da der Frühling bereits einen Monat alt sein sollte, die Temperatur noch immer mitt-winterlich war und die Saat überhaupt nicht keimen wollte.

Leonard und Juanna erkannten sehr bald, was dies für sie bedeutete, und noch nie ist das Wetter Tag für Tag genauer beobachtet worden als von diesen beiden. Doch ihr Hoffen war vergebens; an jedem Morgen senkte sich eine Decke eiskalten Nebels wie eine Wolkenbank herab und verdeckte den Hintergrund des Gebirgsmassivs, und in jeder Nacht fuhr ein eisiger Wind von seinen Schneefeldern herab, der sie vor Kälte zittern ließ.

Und dieser Stand der Dinge – so niederdrückend er auch sein mochte – war nur ein kleiner Teil ihres Elends. Otter und Juanna wurden nach wie vor als Götter behandelt, und auch Leonard und Francisco genossen großen Respekt, das heißt, innerhalb der Mauern ihres Palastes. Wenn sie jedoch, von der Monotonie ihres Daseins getrieben, hinausgingen, was sie zweimal während dieser fünf Wochen taten, lagen die Dinge anders. Dann sahen sie sich von einem Mob von Männern, Frauen und Kindern verfolgt, die sie wütend anstarrten und mit lauter Stimme verfluchten, sie fragten, was sie und ihre Götter mit dem Sonnenschein getan hätten.

Bei ihrem zweiten Ausflug sahen sie sich sogar genötigt, um ihr Leben zu fliehen, und danach gaben sie ihre Versuche auf, sich draußen zu ergehen, und saßen gemeinsam mit Juanna und Otter, für die es natürlich unmöglich war, hinauszugehen, im Palast.

Es war ein entsetzliches Leben; sie hatten nichts zu tun, nichts zu lesen, und zum Denken nichts als Sorgen. Den größten Teil des Tages verbrachten Leonard und Juanna im Gespräch, zumeist der Übung wegen, in der Sprache des Nebelvolks. Wenn ihr Gesprächsstoff erschöpft war, erzählten sie einander von Abenteuern vergangener Jahre, oder aber sie erfanden Geschichten, wie Kinder und Gefangene es tun; und sie waren ja auch Gefangene – Gefangene, die wie sie befürchteten, zum Tode verurteilt worden waren.

Sie lernten einander sehr gut kennen während dieser fünf Wochen, so gut, daß sie fast die Gedanken des anderen erraten konnten; doch kam nie ein zärtliches Wort über ihre Lippen. Zu diesem Thema war ihre Zunge versiegelt, was immer ihre Herzen auch fühlen mochten, und in ihrer seltsamen Perversität sah jeder seine Hauptaufgabe darin, die Wahrheit vor dem anderen zu verbergen. Außerdem vergaß Leonard nicht für einen Augenblick, daß Juanna sein Mündel war, eine Tatsache, die für sich selbst genug war, alle zärtlichen Empfindungen, die er für sie fühlen mochte, zu unterdrücken.

So lebten sie also nebeneinander her, Liebende im Herzen, jedoch in Worten und Taten wie Bruder und Schwester, und dennoch trotz aller Belastungen einigermaßen glücklich, weil sie beisammen waren.

Soa aber war nicht glücklich. Sie spürte, daß ihre Herrin ihr nicht mehr traute, und konnte sich den Grund dafür recht gut denken. Tag um Tag stand sie hinter ihnen wie eine Mumie bei einem ägyptischen Bankett und beobachtete Leonard mit einer ständig wachsenden Eifersucht.

Francisco machte keinen Versuch, seine Ängste zu verbergen. Er war überzeugt, daß sie zum Sterben verdammt waren und suchte Trost in der ständigen Praktizierung seiner Religion, was zwar tugendhaft sein mochte, jedoch nicht gerade dazu beitrug, die Stimmung zu heben. Was Otter betraf, so glaubte auch er, daß die Stunde seines Todes bald schlagen würde, da er jedoch Fatalist war, beunruhigte ihn das nicht besonders. Im Gegenteil: Er begann, trotz Leonards Ermahnungen, sein Leben zu genießen und bediente sich freizügig aus dem Biertopf. Wenn Leonard ihm deswegen Vorwürfe machte, wurde er mürrisch.

»Heute bin ich ein Gott«, antwortete er, »morgen mag ich ein Stück Aas sein. Solange ich ein Gott bin, laß mich also fröhlich sein und trinken. Außerdem haben Frauen mich mein ganzes Leben lang verhöhnt, weil ich häßlich bin, meine Frau aber hält mich jetzt für wunderbar und schön. Und was würde es uns helfen, ein finsteres Gesicht zu machen und trübe Gedanken zu denken; das Ende wird früh genug kommen. Nam wetzt bereits das Messer, mit dem er unsere Herzen herausschneiden will. Komm und sei mit mir fröhlich, Baas, wenn die Schäferin dich läßt!«

»Hältst du mich für so ein Schwein, wie du eins bist?« sagte Leonard wütend. »Gut, geh also deinen Weg, dumm wie du bist, doch hüte dich vor Bier und Schnaps! Du hast jetzt ein wenig von der Sprache gelernt, und wenn du betrunken bist, sprichst du Unsinn; und glaubst du etwa, daß keine Spione hier sind? Dieses Mädchen, Saga, ist die Großnichte Nams, und du bist verrückt nach ihr. Sei vorsichtig, damit du nicht uns allen den Tod bringst!«

»Der wird so und so zu uns kommen, also laß uns lachen, bevor wir weinen, Baas«, antwortete Otter düster. »Soll ich denn hier sitzen und nichts tun, bis ich sterbe?«

Leonard zuckte die Achseln und ließ ihn in Ruhe. Er konnte dem Zwerg keine Vorwürfe machen, da er schließlich ein Wilder war und die Dinge so sah, wie ein Wilder sie sehen mußte, trotz aller ernsthaften Versuche Franciscos, ihn zu bekehren. Und Leonards Depression war so unerträglich, daß er manchmal wünschte, auch ein Wilder zu sein und dasselbe tun zu können.

Doch die schlimmste ihrer Prüfungen stand ihnen noch bevor. Während der ersten Woche blieben die Männer von der Niederlassung im Palast, da ihre Angst und die Gerüchte, die sie über das furchtbare Schicksal ihrer beiden Gefährten gehört hatten, sie ruhig hielten. Nach und nach ließ diese Angst jedoch nach, und eines Nachmittags, der Eintönigkeit ihres Lebens müde, gaben sie den Einflüsterungen einiger Männer nach, die sie durch die Gitter des großen Tores ansprachen, und gingen geschlossen hinaus, ohne vorher Leonards Erlaubnis eingeholt zu haben. In jener Nacht kehrten sie betrunken zurück, das heißt, zehn von ihnen kehrten zurück, zwei waren verschwunden. Als die Männer wieder nüchtern waren, fragte Leonard sie, wo ihre beiden Gefährten geblieben seien, doch konnten sie ihm keine zufriedenstellende Antwort darauf geben. Sie seien in mehreren Häusern der Stadt gewesen, sagten sie, wo die Menschen ihnen Bier spendiert hätten, an alles weitere könnten sie sich nicht mehr erinnern.

Die beiden verschwundenen Männer tauchten nie wieder auf, doch die anderen zehn, die daraufhin richtig von Angst gebeutelt wurden, gehorchten jetzt strikt Leonards Befehl und blieben im Palast, obwohl immer wieder Lockvögel zum Tor kamen und sie riefen. Sie verbrachten ihre Tage damit, ruhelos hin und her zu wandern und ihre Ängste in Bier zu ertränken, und während der Nächte krochen sie zusammen, um einander vor einem unsichtbaren Feind zu schützen, der grausamer und listiger war als der Leopard auf ihren heimischen Felsen. Doch alle diese Vorsichtsmaßnahmen erwiesen sich als unzureichend.

Eines Morgens hörte Leonard aufgeregtes Schreien aus ihrem Quartier und lief hinüber, um zu sehen, was es gäbe. Drei weitere der Männer von der Niederlassung waren während der Nacht verschwunden und niemand konnte sagen, wann oder wie; sie waren einfach fort, obwohl die Türen verbarrikadiert und bewacht gewesen waren. Dort, wo sie geschlafen hatten, lagen noch ihre Gewehre und ihre wenigen Habseligkeiten, doch die Männer selbst waren verschwunden, ohne eine Spur zu hinterlassen. Als Leonard Olfan über diese Angelegenheit befragte, machte der ein sehr ernstes Gesicht, konnte sie jedoch auch nicht aufhellen, außer den Hinweis zu geben, daß es im ganzen Palast viele Geheimgänge gäbe, deren Zugänge allein den Priestern bekannt seien, und daß die Männer vielleicht in einen von diesen hinabgelassen worden waren – eine sehr schlimme Information für Menschen in ihrer Lage.

26

Die letzten Männer der Niederlassung

An jenem Tag, an dem die drei Männer aus der Niederlassung verschwunden waren, stattete Nam seinen wöchentlichen Besuch ›zur Ehrung der Götter‹ ab, und Leonard, der sich inzwischen in der Sprache des Nebelvolks verständigen konnte, befragte ihn in energischem Tonfall nach dem Schicksal ihrer drei verschwundenen Diener.

Als er zu Ende gesprochen hatte, antwortete der Priester mit einem grausamen Lächeln, daß er nichts von der Sache wüßte. »Zweifellos«, sagte er spöttisch, »wissen die Götter etwas über das Schicksal ihrer eigenen Diener – es ist nicht meine Angelegenheit, solche zu suchen, welche die Götter zu töten beschlossen haben.«

Dann kam er auf den eigentlichen Zweck seines Besuchs zu sprechen und fragte, wann es der Mutter gefallen würde, die Schlange anzuflehen, die Sonne wieder scheinen und das Korn keimen zu lassen, da das Volk murre und Angst vor einer Hungersnot im Lande umginge.

Natürlich war Juanna nicht in der Lage, auf die Frage des

Priesters eine befriedigende Antwort zu geben, und danach wurden die Männer von der Niederlassung in einem anderen Quartier untergebracht, und für zwei Nächte schliefen die Überlebenden von ihnen in Sicherheit. Während der dritten Nacht verschwanden jedoch wieder zwei auf die gleiche mysteriöse Weise, und einer der Zurückgebliebenen schwor, daß er, als er ein Geräusch hörte, aufgewacht sei und gesehen habe, wie der Boden sich öffnete und riesige Arme seine schlafenden Gefährten in das Loch gezogen hätten, das sich danach sofort wieder geschlossen habe. Leonard lief sofort zu der Stelle und untersuchte die Felsquadern des Bodens, konnte jedoch keinen noch so kleinen Spalt in ihnen finden. Aber selbst wenn der Mann geträumt haben sollte, wie war das Geheimnis zu lüften?

Nach diesem Vorfall war es keinem der anderen mehr möglich, richtig zu schlafen, aus Furcht vor einem unsichtbaren Feind, der lautlos und im Dunkel zuschlug und seine Opfer zu einem schrecklichen Ende brachte – das heißt, alle bis auf Otter, der des Endes gewiß war, das ihn erwartete, und sich nicht darum kümmerte, wann und auf welche Weise es kommen mochte. Leonard und Francisco bewachten einander gegenseitig, wenn der andere schlief, und verbrachten ihre Nächte außerhalb der Vorhänge von Juannas Schlafraum. Was die Überlebenden der Männer von der Niederlassung betraf, so läßt sich ihr seelischer Zustand kaum beschreiben. Sie folgten Leonard auf Schritt und Tritt, machten ihm bittere Vorwürfe darüber, sie in dieses üble Land geführt zu haben, und verfluchten die Stunde, da sie zum ersten Mal sein Gesicht gesehen hatten. Es wäre besser gewesen, sagten sie, wenn er sie in dem Sklavenlager ihrem Schicksal überlassen hätte, anstatt sie hier herauszubringen, um zu sterben; der Gelbe Teufel sei zumindest ein Mensch gewesen, diese Leute jedoch seien Zauberer und verlorene Geister in Menschengestalt.

Doch damit hatte der Schrecken noch immer nicht sein Ende erreicht, denn schließlich wurde Peter, der Vormann, den sie alle achteten und mochten, vor Angst verrückt, lief auf dem Palasthof hin und her, von den Wachen und Frauen neugierig beobachtet, und stieß Flüche auf Juanna und Leonard aus. Diese schockierende Vorstellung dauerte mehrere Stunden, denn seine Gefährten wagten nicht, ihn zu beruhigen, da sie glaubten, daß er von einem Geist besessen sei, bis er ihr selbst ein Ende machte, indem er plötzlich Selbstmord beging. Vergebens ermahnte Leonard die Überlebenden, klaren Verstand zu bewahren und nachts Wache zu halten. Sie versuchten ihre Angst in Bier zu ertränken, mit dem sie reichlich versorgt wurden, und tranken, bis sie bewußtlos waren. Und dennoch verschwanden sie, einer nach dem anderen, auf eine mysteriöse Art, bis schließlich alle fort waren.

Niemals würde Leonard seine Gefühle vergessen, als er eines Tages, bei Anbruch der Morgendämmerung, in der fünften Woche ihrer Einkerkerung, wie immer in die Kammer eilte, in der die letzten beiden dieser Unglücklichen schliefen, und sie dort nicht vorfand. Dort waren ihre Decken, dort waren ihre Schlafplätze, und auf einem von ihnen, von unbekannter Hand sorgfältig in Form eines Andreas-Kreuzes gelegt, glänzten zwei Opfermesser, wie sie die Priester an ihren Gürteln trugen.

Vor Angst von Übelkeit und Schwindel gepackt, stolperte er in den Thronraum zurück.

»Oh! Was ist passiert?« fragte Juanna, die zu so früher Stunde bereits aufgestanden war, und ihre Augen waren vor Angst geweitet, und ihre Lippen zitterten, als sie ihn ansah.

»Die letzten beiden sind geholt worden«, antwortete er mit belegter Stimme. »Und hier ist, was an ihrer Statt zurückgelassen wurde.« Damit warf er die beiden Messer auf den Boden.

Nun versagten Juanna endgültig die Nerven. »Oh! Leonard, Leonard«, sagte sie, bitterlich weinend, »sie waren die Diener meines Vaters, die ich seit meiner Kindheit gekannt habe, und ich habe sie zu einem so grausamen Ende gebracht. Fällt Ihnen denn keine Möglichkeit ein, diesem Ort zu enfliehen? Wenn nicht, werde ich vor Angst sterben. Ich kann nicht mehr schlafen. Ich habe das Gefühl, nachts beobachtet zu werden, obwohl ich nicht sagen kann, von wem. Gestern nacht glaubte ich, jemanden bei den Vorhängen zu hören, vor denen Sie und Francisco liegen, obwohl Soa behauptet, daß ich mich geirrt haben müsse.«

»Es ist auch unmöglich«, sagte Leonard, »Francisco hat gewacht. Ah, da kommt er gerade.«

Während er dies sagte, trat Francisco herein, einen Ausdruck von Verwirrung auf seinem Gesicht.

»Outram«, sagte er atemlos, »gestern nacht muß jemand im Thronsaal gewesen sein, in dem wir schliefen. Alle Gewehre sind fort, die unseren, und auch die der Leute von der Niederlassung.«

»Guter Gott!« rief Leonard. »Aber Sie haben doch gewacht!«

»Ich vermute, daß ich für ein paar Minuten eingenickt bin«, sagte der Priester niedergeschlagen, »es ist furchtbar; sie sind fort und wir sind waffenlos.«

»Oh! Können wir nicht fliehen?« stöhnte Juanna.

»Darauf besteht keinerlei Hoffnung«, sagte Leonard düster. »Wir haben keine Freunde hier, mit Ausnahme von Olfan, und der hat kaum noch wirkliche Macht, da die Priester die Unterführer und die Krieger auf ihre Seite gezogen haben, die sie fürchten. Wie also sollten wir aus dieser Stadt entkommen? Und selbst, wenn es uns gelänge, was sollen wir anfangen, unbewaffnet und erledigt? Alles, das zu tun uns übrig bleibt, ist, den Kopf oben zu behalten und auf das Glück zu hoffen. Natürlich haben jene recht, die da sagen, daß nichts Gutes daraus kommen kann, wenn man Reichtum sucht, obwohl ich glaube, daß wir leben werden, um ihn zu erlangen.«

»Was, Erlöser?« sagte eine spöttische Stimme hinter ihnen. »Verlangt dich noch immer nach den roten Steinen, dich, dessen Herzblut bald einen gewissen anderen Stein röten wird? Wahrlich: die Gier des weißen Mannes ist unermeßlich.«

Leonard wandte sich um; es war Soa, die so gesprochen hatte. Sie hatte ihrem Gespräch zugehört und starrte ihn mit einem Ausdruck unbeugsamen Hasses in ihren düsteren Augen an. Ihm kam ein Gedanke. Sollte es nicht möglich sein, daß diese Frau etwas mit all den mysteriösen Zwischenfällen zu tun hatte? Wie kam es, daß die anderen genommen worden waren, und sie nicht?

»Wer hat dir die Erlaubnis erteilt, Soa«, sagte er und blickte ihr hart in die Augen, »unser Gespräch zu belauschen und sich einzumischen?«

»Bisher bist du über meinen Rat immer sehr froh gewesen, weißer Mann«, antwortete sie wütend. »Wer hat dir denn die Geschichte von diesem Volk erzählt? Und wer hat dich in sein Land geführt? War das ich – oder wer sonst?«

»Du, wie ich leider zugeben muß«, antwortete Leonard kühl.

»Ja, weißer Mann, ich habe dich hierhergeführt, damit du den Schatz meines Volkes stehlen kannst wie ein Dieb. Ich habe es getan, weil die Schäferin, meine Herrin, mich zu dieser Tat gezwungen hat, und in jenen Tagen war ihr Wille mein Gesetz. Für sie und für dich bin ich hergekommen, zu meinem Tode, und was ist mein Lohn? Man hat mich von ihr getrennt, sie hat kein freundliches Wort mehr für mich, du bist ständig um sie herum, du gibst ihr Rat, doch mir gegenüber ist ihr Herz eine verschlossene Tür, die ich nicht mehr öffnen kann. Ja, du hast ihr Herz gegen mich vergiftet, du und das schwarze Schwein, das man einen Gott nennt!

Außerdem: weil sie gelernt hat, dich zu lieben, weißer Dieb, Wanderer ohne Kraal, hat sie auf deinen Befehl auch noch gelernt, mich zu hassen. Hüte dich, weißer Mann! Ich bin von diesem Volke und kenne sein Herz; es ist nicht sanftmütig; wenn diese Menschen hassen, finden sie auch einen Weg, Rache zu nehmen.« Sie schwieg, atemlos vor Wut.

In der Tat hätte Soa in diesem Moment ein gutes Modell für die Furien der griechischen Mythologie abgegeben.

Juanna versuchte sich einzumischen, doch Leonard winkte sie zurück.

»Also«, sagte er, »wie ich angenommen hatte, bist du für alles verantwortlich, was hier geschehen ist. Vielleicht bist du nun auch so nett, uns zu sagen, was aus unseren Freunden, den Männern von der Niederlassung, geworden ist, oder zumindest, falls du in diesem Punkt Hemmungen haben solltest, wie es kam, daß du allein entkommen bist, während sie alle verschwanden?«

»Ich weiß nichts von den Männern von der Niederlassung«, antwortete die Furie, »außer, daß sie genommen und geopfert worden sind, wie es ihnen bestimmt war, und bis jetzt habe ich weder eine Hand gegen dich erhoben, noch ein Wort gegen dich gesagt, obwohl ein Atemzug von mir euch alle ins Verderben stürzen würde. Bis jetzt bin ich dem Schicksal aus dem gleichen Grunde entronnen wie du und dieser Glatzkopf: weil wir die Leibdiener jener falschen Götter sind und dafür aufgehoben werden, mit ihnen zu sterben, wenn die Lüge aufgedeckt wird! Oder man mag uns auch für eine Weile am Leben lassen, in Käfigen auf dem Marktplatz ausgestellt, um von den Vorübergehenden verspottet und angespuckt zu werden und solchen als Warnung zu dienen, deren Affenherzen es wagen, die Göttlichkeit von Aca und Jâl zu lästern.

Und jetzt, Schäferin, triff deine Wahl! Wie du sehr wohl weißt, habe ich dich von Kindesbeinen an geliebt und ich liebe dich noch immer, obwohl du mich um dieses Mannes willen zurückstößt. Triff jetzt deine Wahl, Schäferin, sage ich: Gehöre mir an und vertraue mir, und überantworte den Erlöser den Priestern, so will ich dich erretten! Gehöre ihm an, und ich werde Schande und Tod über euch alle bringen, denn dann wird meine Liebe sich in Haß verwandeln!«

Leonard zog seinen Revolver, was jedoch niemand bemerkte, ausgenommen Francisco. Denn nun war Juanna fast so wütend wie Soa.

»Wie kannst du es wagen, so zu mir zu sprechen?« rief sie und stampfte mit ihrem Fuß auf. »Du, die ich von Kindheit auf geliebt und der ich vertraut habe? Was hast du gesagt? Daß ich den, der mich vor Schlimmerem als dem Tod errettet hat, dem Tod überantworten soll, damit du dir damit meine Liebe zurückkaufen und mich beschützen kannst? Du böses Weib, ich sage dir, daß ich eher sterben würde, so wie ich in dem Sklavenlager gestorben wäre.« Sie sprach nicht weiter, da ihre Empörung zu groß war, um sie in Worte fassen zu können.

»Also sei es so, Schäferin«, sagte Soa ernst. »Ich habe deine Worte gehört. Es stand zu erwarten, daß du ihn, den du liebst, jener vorziehen würdest, die dich liebt. Und dennoch, Schäferin, war es nicht ich, die dich aus jenem Sklavenlager befreite? Wahrscheinlich träume ich, doch scheint es mir, als ob ich allein, als alle jene Männer, die jetzt tot sind, dich verlassen hatten und in ihrer Angst nach hierhin und dorthin flohen – und, Schäferin, es ist dieserhalb, daß ich über ihren Tod froh bin und keine Hand hob, sie zu retten – *ich* allein dir gefolgt bin. Es scheint mir, daß *ich allein*, nachdem ich dir so lange gefolgt war, bis ich vor Erschöpfung und Hunger nicht mehr weiter konnte, meinen Verstand gebrauchte und einen gewissen weißen Mann bestach, der von jener Art ist, die für Geld selbst ihre Schwestern verkaufen und ihre Mütter verkuppeln würden, um deine Rettung zu bewerkstelligen!

Ich habe ihn mit einem sehr wertvollen Juwel gekauft – dieses Juwel allein würde sie alle gekauft haben – und mit diesem Juwel verkaufte ich das Geheimnis des Schatzes, der sich hier befindet. Er nahm diese Bestechung an, und da er tapfer und verzweifelt war, zog er dich aus den Klauen des Gelben Teufels, wenngleich dabei auch *ich* eine gewisse Rolle spielte; und dann hast du ihn geliebt, Schäferin. Ah! Wenn ich es nur hätte voraussehen können, hätte ich dich in jenem Sklavenlager gelassen, denn dann wärst du mich liebend gestorben, die du mich jetzt hassest und mich wegwerfen willst, für diese Schlange eines weißen Diebes.«

Leonard konnte es nicht länger anhören, und im Interesse ihrer aller Sicherheit kam er zu einem verzweifelten Entschluß. Mit einem lauten Ausruf hob er den Revolver und richtete ihn auf Soa. Sowohl Francisco als auch Juanna sahen es und sprangen auf ihn zu, und Juanna rief entsetzt: »Oh! Was haben Sie vor?«

»Ich habe vor, diese Frau zu töten, bevor sie uns tötet, das ist alles«, antwortete er kühl.

»Nein! Nein!« rief Juanna. »Sie hat mir über viele Jahre die Treue gehalten. Ich kann nicht dulden, daß sie erschossen wird.«

»Laß diesen Schlächter ruhig sein Werk tun«, sagte Soa spöttisch. »Wahrscheinlich ist er wütend, weil ich ihm die Wahrheit ins Gesicht gesagt habe.« Und sie verschränkte die Arme vor ihrer Brust, in Erwartung der Kugel. »Was kann ich denn anderes tun?« sagte Leonard völlig verzweifelt. »Wenn ich sie nicht erschieße, wird sie uns doch mit Sicherheit verraten.«

»Dann soll sie uns verraten«, sagte Francisco, »es steht geschrieben: du sollst nicht töten!«

»Falls du dich fürchten solltest, eine Frau zu erschießen, weißer Mann«, höhnte Soa, »dann ruf doch deinen schwarzen Hund. Er wollte meinen Vater töten, also dürfte diese Aufgabe ihm gefallen.«

»Ich kann es nicht tun. Holen Sie einen Strick und fesseln Sie sie, Francisco!« sagte Leonard. »Wir müssen sie Tag und Nacht bewachen; das wird eine hübsche Zusatzbeschäftigung für uns. Aber schließlich gehen wir nur ein weiteres Risiko ein, was ist das schon bei so vielen? Außerdem glaube ich, daß das Spiel ohnehin bald zu Ende gespielt ist.«

Francisco ging hinaus, um den Strick zu holen und kam wenig später zurück, begleitet von Otter. Ein Monat wütender Ausschweifungen hatte selbst auf dem stählernen Körper des Zwerges seine Spuren hinterlassen. Seine glänzendschwarzen Augen waren blutunterlaufen und unruhig, seine Hände zitterten, und er ging nicht sehr sicher.

»Du hast schon wieder getrunken, du Ferkel«, sagte Leonard. »Geh zurück zu deinem Bier! Wir haben große Sorgen und können keinen Betrunkenen bei uns brauchen. Also, Francisco: geben Sie mir den Strick!«

»Ja, Baas, ich habe getrunken«, antwortete der Zwerg demütig. »Es ist gut, zu trinken, bevor man stirbt, da wir hinterher vielleicht nicht mehr trinken dürfen, und ich glaube, daß die Stunde des Todes nahe ist. Oh! Schäferin des Himmels; unten in der Niederlassung haben die Leute gesagt, daß du eine große Regenmacherin seist. Aber wenn du den Regen fallen lassen könntest, weshalb sei es dir dann nicht auch möglich, die Sonne scheinen zu lassen? Wind und Wasser sind ja auch recht gut, sagen sie, doch davon hätten sie schon viel zuviel.«

»Höre«, sagte Leonard. »Während du Orgien gefeiert hast, sind auch die letzten beiden von Mavooms Männern verschwunden, und dies hat man an ihrer Statt zurückgelassen.« Er deutete auf die beiden Messer.

»Wirklich, Baas?« antwortete Otter mit einem leichten Rülpsen. »Nun, die waren ohnehin nicht viel wert, und wir werden sie nicht vermissen. Dennoch wünschte ich, daß ich wieder ein Mann wäre und meine Hände um den Hals dieses Zauberers Nam legen könnte. *Wow!* Würde ich den zudrükken.«

»Es ist dein Hals, der bald zugedrückt werden wird, Otter«, sagte Leonard. »Hör mal her: Gott oder nicht, sorge dafür, daß du schleunigst nüchtern wirst, oder ich werde dich verprügeln!«

»Ich bin nüchtern, Baas, wirklich. Gestern abend war ich betrunken, aber heute ist davon nichts mehr übrig als ein Schmerz hier.« Er tippte an seinen dicken Schädel. »Warum schnürst du diese kalte Kuh zusammen, Baas?« fragte er und deutete auf Soa.

»Weil die Kuh uns damit droht, ihre Hörner zu benutzen, Otter. Sie sagt, daß sie uns alle verraten wird.«

»Wirklich, Baas? Nun, ich denke, daß sie uns bereits verraten hat. Warum tötest du sie nicht, damit die Sache erledigt ist?«

»Weil die Schäferin es nicht haben will«, antwortete Leonard, »und weil ich es nicht tun könnte.«

»Ich mache das schon, wenn du willst«, sagte Otter mit einem erneuten Rülpsen. »Sie ist böse, also soll sie sterben.«

»Ich habe dir doch gesagt, daß die Schäferin es nicht will! Hör zu! Wir müssen diese Frau bewachen; wir werden sie während des Tages im Auge behalten, und du wirst während der Nacht auf sie aufpassen, das wird dich am Trinken hindern.«

»Ja, Baas, ich passe schon auf sie auf, aber es wäre besser, sie zu töten, weil wir uns dadurch viel Mühe und Ärger ersparen könnten.«

Nachdem sie Soa fest gebunden hatten, setzten sie sie in eine Ecke des Thronsaals, und während des ganzen Tages bewachten Leonard und Francisco sie abwechselnd. Sie widersetzte sich nicht und sprach kein Wort; es schien sogar, als ob ihrem Wutausbruch eine Phase der Lethargie gefolgt wäre, denn sie lehnte den Kopf zurück und schlief – oder gab wenigstens vor, zu schlafen.

Der Tag verlief ereignislos. Olfan suchte sie wie gewöhnlich auf und berichtete ihnen, daß die Erregung in der Stadt ständig wüchse. Die noch nie erlebte lange Dauer des kalten

Wetters triebe die Menschen in eine Art abergläubische Wut, die sich bald in irgendeiner Form von Gewalttätigkeit entladen müßte, und die Priester täten ihr Möglichstes, die Wut der Menschen noch mehr anzuheizen. Aber noch bestünde keine unmittelbare Gefahr.

Nach Sonnenuntergang traten Leonard und Francisco auf den Hof hinaus, wie sie es jeden Abend taten, um das Wetter zu inspizieren. Es zeigte keinerlei Veränderung; der Wind blies so eisig wie immer von den Bergen herab, der Himmel war grau, und die gelegentlich sichtbar werdenden Sterne schienen weit entfernt und kalt.

»Wird es sich denn niemals ändern?« fragte Leonard mit einem Seufzen und ging wieder hinein, gefolgt von Francisco.

Nachdem sie Otter streng angewiesen hatten, Soa gut zu bewachen, wickelten sie sich in ihre Decken, um etwas Ruhe zu finden, die sie beide dringend brauchten. Juanna hatte sich bereits zurückgezogen und schlief unmittelbar auf der anderen Seite des Vorhangs, da sie Angst vor dem Alleinsein hatte; man konnte ihre Fingerspitzen unter dem Rand des Vorhanges hervorlugen sehen.

Kurz darauf waren sie eingeschlafen, denn selbst Furcht und Schrecken müssen schließlich den Bedürfnissen des Körpers nachgeben, und eine drückende Stille lastete über dem Palast, die nur von den Schritten der Posten vor dem Tor unterbrochen wurde.

Einmal, als Leonard ein Geräusch hörte, öffnete er die Augen und streckte seine Hand nach Juanna aus, um sich zu vergewissern, daß sie in Sicherheit war. Sie war da, und im Schlaf schlossen ihre Finger sich instinktiv um die seinen. Dann wandte er den Kopf und erkannte, was ihn aus dem Schlaf gestört hatte. In der Tür des Raumes stand die Frau der Schlange, Saga, eine brennende Fackel in der einen Hand, und eine Kalebasse in der anderen, und die hochgewachsene junge Frau sah sehr schön aus, als sie so im Schein der Fackel stand.

»Was gibt es?« fragte Leonard.

»Es ist in Ordnung, Baas«, antwortete Otter. »Die alte Frau hier ist so sicher wie die Steinstatue draußen, und auch so still. Saga bringt mir einen Topf Wasser, das ist alles. Ich habe es ihr befohlen, wegen des Feuers, das in mir brennt, und wegen der Schmerzen in meinem Kopf. Fürchte nichts, Baas, ich trinke kein Bier, wenn ich auf Wache bin.«

»Bier oder Wasser, ich wünsche, daß du diese Frau fortschickst«, sagte Leonard. »Los, sag ihr, daß sie verschwinden soll!«

Dann blickte er auf seine Uhr, deren Zeiger er im Licht der Fackel erkennen konnte, und schlief wieder ein. Dies geschah zehn Minuten nach elf Uhr. Als er wieder erwachte, begann es gerade zu dämmern, und Otter rief ihn mit lauter, heiserer Stimme.

»Baas!« rief er. »Komm her, Baas!«

Leonard sprang auf und lief zu ihm. Der Zwerg stand da und starrte auf die Stelle der Wand, an der Soa gesessen hatte. Sie war verschwunden, und auf dem Boden lagen die Stricke, mit denen sie gefesselt gewesen war.

Leonard sprang auf Otter zu und packte ihn bei den Schultern.

»Du Hund!« rief er. »Du hast geschlafen! Jetzt ist sie entkommen, und wir sind verloren!«

»Ja, Baas, ich muß geschlafen haben. Töte mich, wenn du es willst, denn ich habe es verdient. Und doch, Baas, war ich noch niemals in meinem Leben wacher, als nachdem ich das Wasser getrunken hatte. Ich habe nicht die Gewohnheit, auf Wache zu schlafen, Baas.«

»Otter«, sagte Leonard, »deine Frau hat dir eine Droge gegeben.«

»Dem mag so sein, Baas. Auf jeden Fall ist die Frau verschwunden, aber – wohin ist sie verschwunden?«

»Zu Nam, ihrem Vater«, antwortete Leonard.

27

Vater und Tochter

Während Leonard und Otter so verwundert miteinander sprachen, fand etwa dreihundert Yards vom Palast entfernt ein anderes, noch interessanteres Gespräch statt. Sein Schauplatz war eine geheime Kammer, die in die Tempelmauer gehauen war, und die *dramatis personae* bestanden aus Nam, dem Hohepriester, Soa, Juannas Dienerin, und Saga, der Frau der Schlange.

Nam war früh aufgestanden, vielleicht weil sein Gewissen ihn nicht schlafen ließ, oder vielleicht weil er an diesem Tag wichtige Angelegenheiten zu regeln hatte; auf jeden Fall war er an dem fraglichen Morgen schon lange vor Anbruch der Dämmerung in dem kleinen Raum und saß tief in Gedanken versunken; und seine Gedanken waren überaus düster. Wie bereits gesagt, war er ein sehr alter Mann und, was immer sonst seine Fehler sein mochten, ernsthaft darum bemüht, die Anbetung der Götter nach den strengen Vorschriften der Bräuche durchzuführen, die ihnen von ihren Vorvätern übergeben worden waren, und die er sein ganzes Leben lang befolgt hatte. Genaugenommen war es auf seine Beschäftigung mit ihnen zurückzuführen, auf ihre Attribute und die diese betreffenden Traditionen, daß Nam an die tatsächliche Existenz dieser Götter glaubte, obwohl dieser Glaube recht halbherzig war. Oder, um es etwas milder auszudrücken: Nam hatte seinem Verstand niemals gestattet, irgendeinen Zweifel über diese Geistigen Wesen zu hegen, deren irdische Anbetung ein so machtvoller Faktor seiner eigenen materiellen Herrschaft und Wohlfahrt darstellte, und der seiner ganzen Klasse. In seinen Ergebnissen war dieser sein Halb-Glaube ausreichend real gewesen, um ihn zu veranlassen, Otter und Juanna zu akzeptieren, als sie auf so geheimnisvolle Weise in diesem Lande aufgetaucht waren.

Es war prophezeit worden, daß sie auf solche Art ankommen sollten – das war eine Tatsache; und ihre äußere Erscheinung entsprach jedem Detail dieser Prophezeiung – das war eine zweite Tatsache; und diese beiden Tatsachen zusammengenommen schienen auf eine so unwiderlegliche Schlußfolgerung hinzuweisen, daß Nam, so schlau und gerissen er auch sein mochte, sich nicht dazu bereitfinden konnte, sie dem reinen Zufall zuzuschreiben. Deshalb hatte er in einem ersten Ansturm von religiösem Enthusiasmus den Inkarnationen der Götter, denen er achtzig Jahre lang gedient und die er als geistige Mächte angebetet hatte, ein herzliches Willkommen gewährt.

Doch obwohl frommer Eifer sehr viel mit diesem Handeln zu tun hatte, war es doch, wie Olfan Juanna berichtet hatte, nicht frei von selbstsüchtigen Motiven. Er wollte den Ruhm des Mannes einheimsen, der die Götter entdeckt hatte, und er wollte auch die Konsolidierung seiner Macht, die von seinen Grausamkeiten erschüttert worden war, die ihr Kommen mit sich bringen mußte.

All dies war schön und gut, doch wäre es ihm selbst im Traum nicht eingefallen, daß diese neugeborenen Gottheiten als erstes die alten Zeremonien abschaffen würden, ohne die sein Amt eine reine Pfründe und seine Macht ein Mythos sein mußten. Auf der anderen Seite konnte er nichts besonders Göttliches an ihren Erscheinungen erkennen, und sie hatten sogar offen ihre Feindseligkeit ihm gegenüber erklärt.

Waren sie also Götter, oder waren sie es nicht? Dies war die Frage, die seinen Verstand bedrängte. Wenn Wahrheit in Prophezeiungen lag, mußten sie Götter sein. Andererseits konnte er an ihren äußeren Erscheinungen, ihren Charakteren und Eigenschaften nichts Göttliches feststellen, das heißt, nichts hinreichend Göttliches, um Nam selbst überzeugen zu können, ganz gleich, welchen Eindruck sie auf das gewöhnliche Volk machen mochten. Diese Juanna mochte nicht mehr sein als eine sehr schöne Frau von weißer Hautfarbe, und Otter nur das, was er von seinen Spionen erfahren hatte: ein ziemlich liederlicher schwarzer Zwerg.

Daß sie über nicht viel Macht verfügten, war offensichtlich, da er, Nam, ohne himmlischen Zorn auf sich zu ziehen, ihre Gesetze verwerfen und später in aller Ruhe die Mehrzahl ihrer Diener hatte opfern können. Ein weiterer Faktor, der gegen ihren himmlischen Ursprung sprach, war die Tatsache, daß nicht Friede und Wohlstand über das Land gekommen waren, wie es sofort nach ihrer Ankunft hätte geschehen müssen, sondern daß die diesjährige Zeit der Aussaat die schlimmste seit Menschengedenken war, daß das Volk sich im kommenden Winter einer Hungersnot gegenübersehen würde.

Und dennoch: Wenn sie keine Götter waren, was waren sie dann? Würden irgendwelche Menschen, die einigermaßen bei Sinnen waren, zu einem Volk wie den Kindern des Nebels kommen, nur um ihnen eine Komödie vorzuspielen, deren Finale für sie tödlich ausgehen mußte? Diese Vorstellung war lächerlich, da sie dadurch nichts erreichen konnten – denn Nam, das sollte hier angemerkt werden, wußte nichts vom Wert von Rubinen, die für ihn lediglich Symbole waren, die bei den Zeremonien Verwendung fanden. Er mochte nachdenken so viel er wollte, es gelang ihm nicht, zu einer korrekten Schlußfolgerung zu gelangen. Eins jedoch war sicher: Es war sehr in seinem eigenen Interesse, ihren nichthimmlischen Ursprung nachzuweisen, obwohl er, um das zu tun, sich selbst erniedrigen und eingestehen mußte, daß sein Urteil nicht unfehlbar war. Andererseits jedoch, wenn die ›Götter‹ es schaffen sollten, ihre Macht zu etablieren, mochten er und seine Autorität recht plötzlich sein Ende zwischen den Kiefern jenes Monsters finden, das sein Orden seit so vielen Generationen ernährt hatte.

So überlegte Nam in der Verwirrung seiner Seele und wünschte, daß er sein Amt niedergelegt hätte, bevor es ihn dazu zwang, über so schwierige und gefährliche Fragen zu entscheiden.

»Ich muß Geduld haben«, murmelte er schließlich, »die Zeit wird die Wahrheit erweisen, oder, falls das Wetter sich nicht sehr bald ändert, wird das Volk diese Angelegenheit für mich lösen.«

Wie es sich erwies, brauchte er nicht lange auf eine Antwort zu warten, denn in diesem Augenblick klopfte es an die Tür.

»Herein!« sagte er und ordnete die Ziegenfellrobe um seine breiten Schultern.

Ein Priester trat herein, der eine Fackel in der Hand hielt, da die Kammer keine Fenster aufwies, und bei ihm waren zwei Frauen.

»Wer ist diese?« fragte Nam und deutete auf die zweite der Frauen.

»Sie ist die Dienerin Acas«, sagte der Priester.

»Wie kommt sie hierher? Ich habe keinen Befehl gegeben, daß sie gefangengenommen werden soll.«

»Sie kommt aus freiem Willen, Vater, da sie etwas zu berichten hat.«

»Narr, wie kann sie mit mir sprechen, wenn sie unsere Zunge nicht beherscht? Doch lassen wir sie für den Moment. Führ sie nach draußen und behalte sie im Auge! Und jetzt, Saga, dein Bericht. Als erstes: Was ist mit dem Wetter?«

»Es ist grau und erbarmungslos, Vater. Der Nebel ist dicht, und man kann die Sonne nicht sehen.«

»Das dachte ich mir, wegen der Kälte.« Er zog seine Robe fester um seinen Körper. »Noch ein paar Tage wie diese, dann ...« Er unterbrach sich und fuhr dann fort: »Erzähl mir von Jâl, deinem Herrn.«

»Jâl ist so, wie Jâl immer ist, fröhlich und etwas betrunken. Er spricht unsere Sprache sehr schlecht, doch als er letztlich zu viel getrunken hatte, sang er ein Lied, das von Taten berichtete, die er und jener, den sie ›den Erlöser‹ nennen, gemeinsam im Süden vollbracht und wie sie die Göttin Aca von Menschen gerettet hätten, welche sie gefangen hatten. Zumindest habe ich das Lied so verstanden.«

»Vielleicht hast du es falsch verstanden«, antwortete Nam. »Sag, Nichte, liebst du diesen Gott noch immer?«

»Ich liebe den Gott Jâl, doch den Mann, den Bewohner des Wassers, hasse ich«, erklärte sie leidenschaftlich.

»Was? Wie kommt denn das? Noch vor zwei Tagen hast du mir erklärt, daß du ihn liebst, und daß es keinen so guten Gott gäbe wie diesen Mann, und keinen so guten Mann wie diesen Gott.«

»Dem war so, Vater, doch inzwischen hat er mich beiseite gestoßen und mir erklärt, daß ich ihn langweile, und er stellt einer meiner eigenen Dienerinnen nach. Deshalb verlange ich das Leben dieser Dienerin.«

Nam lächelte grimmig. »Vielleicht verlangst du auch das Leben des Gottes?«

»Ja«, antwortete sie, ohne zu zögern, »ich möchte ihn tot sehen, wenn das möglich ist.«

Wieder lächelte Nam. »Wahrlich, Nichte, dein Temperament ist das meiner Schwester, deiner Großmutter, welche drei Männer zum Opferstein geschickt hat, weil sie auf sie eifersüchtig wurde. Aber, wer kann es wissen? Wir leben in einer seltsamen Zeit, und du magst deinen Wunsch durch den Tod des Gottes befriedigt sehen. Doch jetzt zu der Frau! Wie kommt es, daß sie bei dir ist?«

»Sie wurde auf Befehl Acas gefesselt, Vater, und Jâl hatte sie zu bewachen; doch ich habe Jâl einen gewissen Trunk gegeben, ihre Fesseln gelöst und sie durch den Geheimgang geführt, da sie mit dir zu sprechen wünscht.«

»Wie kann sie das, Nichte, da ich ihre Sprache nicht kenne?«

»Sie spricht unsere Sprache. Sie könnte sie nicht besser sprechen, wenn sie in diesem Lande aufgewachsen wäre.«

Nam blickte sie erstaunt an, dann ging er zur Tür und rief dem draußen wartenden Priester zu, die Fremde hereinzubringen.

»Du hast Worte, die du mir sagen willst?« fragte er.

»Ja, Herr, doch nicht vor diesen. Das, was ich dir zu sagen habe, ist ein Geheimnis.«

Nam zögerte.

»Fürchte nichts, Herr«, sagte Soa, die seine Gedanken erriet, »ich bin unbewaffnet.«

Dann befahl er den beiden anderen, zu gehen, und als sich die Tür hinter ihnen geschlossen hatte, blickte er sie fragend an.

»Sage mir, Herr, wer bin ich?« sagte Soa, warf den Umhang zurück und drehte ihr Gesicht in das helle Licht der Fackel.

»Woher soll ich wissen, wer du bist, Frau? Doch wenn ich dich zufällig gesehen hätte, würde ich sagen, daß du unseres Blutes bist.«

»So ist es, Herr, ich bin eures Blutes. Denk einmal zurück und versuche, dich einer gewissen Tochter zu erinnern, die du vor vielen Jahren liebtest, die jedoch durch die Ränke deiner Feinde zur Braut der Schlange erwählt wurde.« Sie verstummte.

»Sprich weiter!« sagte Nam leise.

»Vielleicht kannst du dich daran erinnern, Herr, daß du in der Nacht der Opferung von Liebe und Mitleid bewegt, jener Tochter halfst, den Zähnen der Schlange zu entrinnen.«

»Ich scheine mich vage an so etwas zu erinnern«, sagte er vorsichtig, »doch wurde mir zugetragen, daß jene Frau, von der du sprichst, von der Rache des Gottes eingeholt wurde und auf der Reise gestorben ist.«

»Dem war nicht so, Herr. Ich bin deine Tochter, und du bist kein anderer als mein Vater. Ich habe dich sofort wiedererkannt, als ich zum erstenmal dein Gesicht sah, obwohl du mich nicht erkanntest.«

»Beweise es, und hüte dich zu lügen«, sagte er. »Zeig mir das geheime Zeichen und flüstere das geheime Wort in mein Ohr.«

Soa blickte mißtrauisch hinter sich, trat dann auf ihn zu und machte im Schatten des Tisches einige Bewegungen mit ihren Händen. Dann beugte sie sich vor und flüsterte eine Weile in sein Ohr. Als sie gesprochen hatte, blickte ihr Vater auf, und sie sah Tränen in seinen Augen.

»Willkommen, Tochter«, sagte er. »Ich glaubte, allein zu sein, daß niemand meines Samens mehr auf der Erde lebe. Willkommen! Dein Leben ist zwar der Schlange verfallen, doch will ich meinen Eid vergessen und dich beschützen, ja, selbst unter Gefahr für mein eigenes Leben.«

Dann umarmten die beiden einander mit allen Zeichen der Zärtlichkeit, eine Geste, die jeder, der mit den Charakteren der beiden vertraut war, sowohl seltsam als auch interessant gefunden hätte.

Schließlich verließ Nam die Kammer, entließ den Priester und seine Großnichte Saga, die draußen warteten, kehrte zu seiner Tochter zurück und bat sie, ihm zu erklären, wie sie in das Gefolge Acas geraten sei.

»Zuerst mußt du mir einen Eid schwören, mein Vater«, sagte Soa, »denn wenn du ihn nicht schwörst, werde ich dir kein einziges Wort meiner Geschichte erzählen. Du wirst mir beim Blute Acas schwören, daß du nichts gegen das Leben der Königin tun wirst, mit der ich hierher gereist bin. Was die anderen betrifft, so kannst du mit ihnen machen, was dir gefällt, doch ihr darfst du kein Leid zufügen!«

»Warum soll ich dir das schwören, Tochter?« fragte er.

»Du sollst es mir schwören, weil ich, die du liebst, sie liebe, und auch, weil du auf diese Weise zu größeren Ehren gelangen wirst.«

»Wer bin ich, daß ich meine Hand gegen die Götter erheben sollte, Tochter? Ich schwöre es bei dem Blutes Acas, und wenn ich meinen Eid breche, so mag Jâl mit mir tun, was er einst mit Aca tat.«

Nun sprach Soa frei, denn sie wußte, daß dies ein Eid war, der nicht gebrochen werden durfte. Von Anfang an berichtete sie ihm alles, was geschehen war, seit sie vor vierzig Jahren aus dem Lande des Nebelvolks geflohen war, kam dann jedoch rasch zu dem Teil, der mit der Verschleppung und Befreiung Juannas aus den Händen der Sklavenhändler zu tun hatte, und mit dem Versprechen, das sie Leonard zum Lohn für seine Hilfe gegeben hatte. Dieses Versprechen, erklärte sie ausdrücklich, habe sie nicht erfüllen wollen, sei jedoch durch Juanna dazu gezwungen worden. Dann gab sie ihm eine genaue Schilderung von Zweck und Verlauf ihrer Reise, bis zu dem letzten Streit, den sie mit Leonard und ihrer Herrin am vergangenen Tag gehabt hatte.

Um zu sagen, daß der alte Priester von diesen außergewöhnlichen Eröffnungen wie vom Donner gerührt gewesen sei, wäre eine zu milde Beschreibung; er war überwältigt – so überwältigt, daß er kaum sprechen konnte.

»Es ist ein Glück für diese deine jämmerliche Herrin, die es wagt, unsere Göttin zu verhöhnen, damit sie ihren Reichtum stehlen kann, daß ich geschworen habe, sie vor jeder Unbill zu bewahren, Tochter«, keuchte er schließlich, »denn sonst wäre sie gestorben, und zwar sehr schnell! Doch zumindest verbleiben mir die anderen.« Er sprang auf.

»Warte!« sagte Soa und hielt ihn an seinem Umhang fest. »Was ist dein Plan?«

»Mein Plan? Sie zum Tempel zu schleppen und sie als Betrüger zu entlarven. Was denn sonst?«

»Um dich dabei selbst zu entlarven, der du sie zu Göttern erklärt hast. Ich glaube, daß ich einen besseren Plan habe.«

»Dann sag ihn mir, Tochter!«

»Es ist dieser: Du wirst heute vor die Götter treten, untertänig mit ihnen sprechen und sie anflehen, daß sie das Angesicht des Himmels verändern mögen, damit die Sonne wieder scheine; und du wirst ihnen sagen, daß dir eine seltsame Geschichte zu Ohren gekommen sei, durch den Mund Sagas und der anderen Frau, über Worte, welche von dem Gott Jâl gesprochen worden seien, und die zu beweisen scheinen, daß er kein Gott ist, daß du aber kein Wort davon glaubtest. Dann sage ihnen, wenn das Angesicht des Himmels morgen grau bliebe, würdest du wissen, daß dieses Gerede wahr ist, und daß sie in den Tempel gebracht und dort nach dem Willen des Volkes verurteilt und bestraft werden sollten, das diese Gerüchte ebenfalls gehört habe.«

»Und was ist, wenn das Wetter sich morgen ändern sollte, Tochter?«

»Es wird sich für eine Weile nicht ändern; doch wenn es sich ändern sollte, müssen wir eben einen anderen Plan machen.«

»Gerade habe ich dir geschworen, daß ich ihr, die du liebst, nichts tun werde, doch wenn ihr angesichts der Masse des Volkes nachgewiesen wird, daß sie keine Göttin ist, wie kann sie ihrer Strafe entgehen, denn dann muß ihr Ende rasch und schrecklich sein.«

»Sie wird ihr entgehen, weil sie nicht dort sein wird, Vater. Du hast den weißen Mann gesehen, der bei ihr ist – nicht den Erlöser, den anderen. Wenn dieser Mann in die Roben Acas gekleidet würde und man ihn hoch oben auf den Kopf der Statue setzte, wo das Licht schwach ist, wer könnte sagen, daß er nicht Aca ist?«

»Dann willst du also alle anderen dem Tod überantworten, Tochter?«

»Nein, den Erlöser möchte ich am Leben erhalten, für eine Weile zumindest.«

»Und warum? Du bist zu spitzfindig für mich.«

»Aus diesem Grunde, Vater: Er liebt jene, die Aca genannt wird, und hofft, sie zu heiraten, nach dem Brauch seines Volkes; deshalb möchte ich, daß er zusehen muß, wie sie einem anderen gegeben wird.«

»Einem anderen? Aber wem?«

»Olfan, dem König, der sie ebenfalls liebt.«

Nun hob Nam verstört beide Hände und sagte: »Oh, meine Tochter, drück dich klarer aus, ich bitte dich, denn ich kann deinen Rat nicht verstehen! Wäre es nicht besser, diesen Leuten die roten Steine zu geben, nach denen es sie so verlangt, sie heimlich außer Landes zu bringen und zu behaupten, daß sie wieder in die Tiefe der Erde verschwunden seien, denn mir scheint, daß wir uns auf diese Weise viel Schande und eine Menge Schwierigkeiten ersparen würden.«

»Hör zu, mein Vater! Ich möchte dir den Grund dafür sagen. Wenn sie, die ich liebe, dieses Land verlassen sollte, würde ich ihr Antlitz nie wiedersehen, und meine Liebe zu ihr hat mich so verrückt gemacht, daß ich nicht leben kann, ohne sie zu sehen. Außerdem, wie könnten diese Menschen den Gefahren der Reise entrinnen? Nur vier von ihnen sind noch am Leben geblieben, und selbst wenn sie außerhalb unserer Grenzen gelangten, müßten sie noch drei Monde marschieren, bis sie zu irgendeinem Ort gelangen, wo weiße Menschen leben, durch Sümpfe und Wüsten und die Stammesgebiete von wilden Menschen. Dieses ist ihnen kaum gelungen, trotz der Waffen, mit denen der Erlöser die Priester tötete, und jetzt sind ihre Waffen fort, und du allein weißt wohin, mein Vater.«

»Die Geräte, von denen du sprichst, liegen im tiefen Wasser des Tempel-Bassins, denn dorthin ließ ich sie werfen.«

»Ihre Waffen sind verloren«, sagte Soa, »sie sind allein; also müssen sie hier leben oder sterben. Drei von ihnen will ich dem Tode überantworten, und die vierte will ich zur Frau des Königs machen, da ich erkenne, daß nichts Besseres für sie getan werden kann. Laß sie für eine Weile verstecken, dann soll Olfan sie sich nehmen. Und was die Geschichte angeht, die wir für die Ohren des Volkes erfinden müssen, so wird die Zeit uns Rat finden lassen. Ich sage dir, daß Olfan sie liebt und um einen hohen Preis kaufen wird, und dieser Preis, den du von ihm verlangst, soll sein, daß er dir von nun an in allen Dingen gehorchen muß.«

»Der Plan ist gut, Tochter; oder zumindest habe ich angesichts meines Eides keinen besseren, obwohl ich, wenn es nicht um diesen Eid wäre, gern alle vier töten oder freilassen würde. Aber wer kann sagen, ob er Erfolg haben wird? Es liegt in den Händen des Schicksals, also mag es kommen, wie das Schicksal es will. Doch nun folge mir, damit ich dir zeige, wo du von nun an wohnen sollst, und dann, nachdem wir gegessen haben, werde ich mit jenen Göttern sprechen, die du auf uns losgelassen hast, Tochter.«

Der Vormittag schleppte sich dahin für die vier elenden Gefangenen des Palastes. Einige Stunden lang saßen sie im Thronsaal, fast ohne ein Wort zu sprechen, da sie zu niedergedrückt waren vor Angst und Kummer; das Schicksal zog seine Falle zu, und sie wußten es und konnten doch keinen Finger rühren, um sich zu retten.

Francisco kniete am Boden und betete unablässig, Leonard und Juanna saßen Hand in Hand und hörten ihm zu, und Otter wanderte auf und ab wie ein unruhiger Geist, verfluchte Soa und Saga und alle anderen Frauen in vielen Sprachen und einem Wortschatz und einer Ausdruckskraft, wie sie seine Zuhörer noch nie erlebt hatten. Schließlich verschwand er durch die Vorhänge – um sich zu betrinken, vermutete Leonard.

Doch den Zwerg dürstete es nicht nach Alkohol, sondern nach Rache. Wenig später hörte Leonard Schreien vom Hof, und als er hinauslief, wurde er Zeuge einer sehr seltsamen Szene. Am Boden, umstanden von einer Gruppe anderer Frauen, die sich über ihre mißliche Lage köstlich amüsierten, lag die stattliche Saga, die Frau der Schlange. Über ihr stand ihr Herr und Gebieter, der Gott Jâl, die linke Hand in ihr langes Haar gekrallt, während er ihr mit der rechten, in welcher er einen Lederriemen hielt, trotz ihres Schreiens und Flehens die kräftigste und, das sollte hinzugefügt werden, wohlverdienteste Tracht Prügel verabfolgte, die eine unfolgsame Frau jemals erhalten hat.

»Was tust du da?« rief Leonard.

»Ich lehre diese meine Frau, daß es nicht ratsam ist, einem Gott Drogen zu geben, Baas«, sagte Otter keuchend, und mit einem letzten, heftigen Hieb setzte er hinzu: »So, und jetzt verschwinde, du Hexe, und laß mich deine häßliche Visage nie wieder sehen!«

Die Frau stand auf und ging, fluchend und schluchzend, während der Zwerg Leonard in den Thronsaal folgte.

»Jetzt hast du es wirklich geschafft, Otter«, sagte Leonard. »Aber darauf kommt es auch nicht mehr an. Zumindest hoffe ich, daß sie für immer gegangen ist.«

»Ja, Baas, sie ist gegangen, und ziemlich mühsam«, antwortete Otter mit einem schwachen Grinsen.

In diesem Augenblick trat ein Bote ein, der verkündete, daß Nam draußen warte und um eine Audienz ersuche.

»Laßt ihn eintreten!« sagte Juanna seufzend und setzte sich auf einen der Thronsessel; Otter kletterte auf den anderen.

Kaum hatten sie ihre Plätze eingenommen, als die Vorhänge zurückgerissen wurden und der alte Priester hereintrat, gefolgt von etwa zwanzig seiner Genossen. Er verneigte sich demütig vor Juanna und dem Zwerg.

»Oh, ihr Götter«, sagte er, »ich komme im Namen der Menschen des Nebels, um Rat von euch zu erbitten. Warum dem so ist, wissen wir nicht, doch stehen die Dinge in letzter Zeit sehr schlecht in diesem Land; die Sonne scheint nicht wie in den vergangenen Jahren, vor eurem Kommen, um uns zu segnen, und auch das Korn keimt nicht. Deshalb ist euer Volk von einer Hungersnot bedroht, und es fleht euch an, daß ihr ihm aus dem Überreichtum eurer Weisheit heraus Trost spenden möget.«

»Und wenn wir ihnen keinen Trost zu spenden vermögen, Nam?«

»Dann, Königin, ersucht das Volk euch, morgen bei Mondaufgang, wenn die Nacht eine Stunde alt ist, vor es hinzutreten, damit es dort mit euch sprechen kann, durch meinen Mund, den Mund eures Dieners.«

»Und wenn wir eures Tempels müde sind und nicht kommen, Nam?« fragte Juanna.

»Dann ist es der Befehl des Volkes, o Aca, daß wir euch dorthin bringen, und es ist ein Befehl, dem gehorcht werden muß«, antwortete der Hohepriester langsam.

»Hüte dich, Nam!« sagte Juanna. »Seltsame Dinge sind

hier geschehen, die Rache fordern. Unsere Diener sind wie Schatten verschwunden, und an ihrer Stelle fanden wir solche Waffen, wie ihr sie tragt.« Sie deutete auf die Opfermesser der Priester. »Wir werden morgen bei Mondaufgang zum Tempel kommen, doch noch einmal sage ich dir: Hüte dich, denn unsere Gnade ist jetzt wie ein zerfranstes Seil, und es wäre gut für euch alle, wenn es nicht reißt.«

»Du weißt am besten, wohin eure Diener gegangen sind, o Aca«, sagte der Priester in einem Tonfall, dessen Demut kaum seine Unverschämtheit verhehlte, »denn wahre Götter wie ihr sind in der Lage, ihre Diener zu bewachen. Wir danken euch für eure Worte, o ihr Götter, und flehen euch an, uns gnädig zu sein, denn die Drohungen wahrer Götter sind sehr schrecklich. Sie, die der Schlange zur Frau gegeben war, meine Nichte Saga, ist von irgendeinem Übeltäter hier im Palast grausam geschlagen worden, wie ich erfahren habe, denn ich sah sie gerade eben voller Striemen und weinend. Ich bitte euch, daß ihr diesen Übeltäter findet und ihn mit dem Tode bestraft. Lebt wohl, o ihr hohen Götter.«

Leonard blickte den Priester an, der sich ergeben vor den beiden Thronsesseln verneigte, und in sein Herz schlich sich das Verlangen, Otters Rat zu befolgen und ihn zu töten, denn er wußte, daß er nur gekommen war, um sie vor Gericht zu schleppen, und vielleicht zu töten. Er besaß noch immer seinen Revolver, und es würde ein leichtes sein, ihn zu erschießen, denn Nams Brust war ein Ziel, das man kaum verfehlen konnte. Aber dennoch: Was konnte es ihnen helfen, sein Blut zu vergießen? Es gab viele, die seinen Platz einnehmen konnten, wenn er starb, und Gewalt würde auf jeden Fall mit Gewalt beantwortet werden. Nein, er würde ihn am Leben lassen; und sie mußten ihr Schicksal erwarten.

28
Juanna macht Ausflüchte

Der Tag näherte sich dem Abend zu. Genau wie alle anderen war auch dieser Tag nebelig und trüb gewesen und unterschied sich von seinen Vorgängern nur dadurch, daß mehrere harte Graupelschauer niedergingen. Jetzt, wo der Nachmittag sich seinem Ende zuneigte, begann der Himmel auf die gewohnte Weise aufzuklaren, doch der eisige Wind, der von den Bergen herabfuhr, wies nicht auf eine Wetterbesserung hin. Gegen Sonnenuntergang ging Leonard zum Palasttor und blickte zum Tempel hinüber, vor dessen Mauern sich bereits die ersten Menschen versammelten, wie in Erwartung eines großen Ereignisses. Sie erblickten ihn, näherten sich dem Palasttor so weit, wie sie es wagten, schrien Flüche und schüttelten die erhobenen Fäuste.

»Dies ist ein kleiner Vorgeschmack dessen, was wir heute nacht zu erwarten haben«, sagte Leonard zu Francisco, der ihm gefolgt war, als sie wieder zurückgingen. »Wir stecken in Schwierigkeiten, mein Freund. Es geht mir dabei gar nicht so sehr um mich, doch es bricht mir das Herz, wenn ich an Juanna denke. Wie wird das Ende aussehen, frage ich mich.«

»Für mich, Outram, ist das Ende der Tod, dessen bin ich sicher. Gut, ich habe ihn seit langem erwartet, und ich bin bereit, zu sterben. Was Ihr Schicksal sein wird, kann ich nicht sagen; doch was die Senhora angeht, so trösten Sie sich – seit vielen Wochen habe ich eine Vorahnung, daß sie bestimmt entkommen wird.«

»In diesem Falle bin ich bereit, zu sterben«, antwortete Leonard. »Das Leben ist mir genauso lieb wie jedem anderen Menschen, doch sage ich Ihnen ehrlich, Francisco, daß ich das meine heute nacht gerne als den Preis für ihre Rettung hingeben würde.«

»Das weiß ich, Outram; das geht uns beiden so, und bevor viele Stunden vergangen sind, mögen wir aufgerufen sein, das zu tun, was wir eben sagten.«

Inzwischen hatten sie den Thronsaal erreicht, wo Otter, der

während der letzten vierundzwanzig Stunden völlig nüchtern geblieben war, vor seinem Thron auf dem Boden hockte, ein Bild reuigen Elends, während Juanna mit raschen Schritten auf und ab ging, tief in Gedanken versunken.

»Irgend etwas Neues, Leonard?« fragte sie, als die beiden Männer hereintraten.

»Nichts, außer daß dort drüben« – er wies mit einem Kopfnicken in Richtung Tempel – »große Vorbereitungen im Gange sind, und daß ein Mob vor dem Tor heult.«

»Oh«, stöhnte Otter, an Juanna gewandt, »kannst nicht du, die du die Schäferin des Himmels genannt wirst, den Leuten prophezeien, daß das Wetter umschlagen wird, und uns so vor der Schlange bewahren?«

»Ich kann es prophezeien«, antwortete sie, »doch glaube ich nicht, daß es sich heute nacht ändern wird, und auch nicht morgen, denke ich. Aber ich will es versuchen.«

Es folgte Stille. Niemand schien irgend etwas zu sagen zu haben. Sie wurde gebrochen durch den Eintritt Olfans, dessen Gesicht Verstörung widerspiegelte.

»Was gibt es, Olfan?« fragte Juanna.

»Königin«, antwortete er bedrückt, »Schlimmes steht bevor. Die Menschen schreien nach eurem Blut, nach dem Blut ihrer Götter. Nam hat euch gesagt, daß ihr heute nacht zum Tempel gerufen seid, um mit dem Volke zu sprechen. Doch dem ist nicht so. In dieser Nacht wird der Rat der Ältesten über euch zu Gericht sitzen.«

»Das haben wir bereits erraten, Olfan. Und wenn der Urteilsspruch gegen uns lautet, was dann?«

»Muß ich das sagen? Dann, Königin, werdet ihr, jeder von euch, in das Bassin der Schlange geworfen, um Futter für die Schlange zu sein.«

»Kannst du uns nicht beschützen, Olfan?«

»Das kann ich nicht, Königin, außer mit meinem eigenen Leben. Die Soldaten stehen zwar unter meinem Kommando, das ist wahr, doch werden sie mir in diesem Falle nicht gehorchen, da die Priester ihnen ins Ohr geflüstert haben, und wenn die Sonne nicht scheint, müssen sie im nächsten Winter hungern. Doch verzeih mir, Königin, wenn ihr Götter seid, wie kommt es, daß ihr bei mir Hilfe sucht, der ich nur ein Mensch bin? Können die Götter sich denn nicht selbst schützen und Rache nehmen an ihren Feinden?«

Juanna blickte hilfesuchend Leonard an, der neben ihr saß und an seinem Bart zupfte, wie er es immer tat, wenn er gründlich nachdachte.

»Ich glaube, es ist besser, wenn Sie es ihm erzählen«, sagte er auf englisch. »Unsere Situation ist verzweifelt. In ein paar Stunden wird er uns wahrscheinlich als Hochstapler angeprangert sehen; er ahnt es bereits. Es ist besser, wenn er die Wahrheit aus unserem Munde erfährt. Der Mann ist ehrlich, und außerdem verdankt er uns sein Leben, obwohl es natürlich richtig ist, daß er ohne unser Erscheinen nicht in Lebensgefahr geraten wäre. Jetzt müssen wir ihm vertrauen und es darauf ankommen lassen; falls wir einen Fehler begehen, so spielt das auch keine große Rolle mehr – wir haben schon zu viele begangen.«

Juanna senkte den Kopf und dachte eine Weile nach; dann hob sie ihn wieder und sprach.

»Olfan«, sagte sie, »sind wir allein? Das, was ich dir zu sagen habe, darf von niemandem gehört werden.«

»Wir sind allein, Königin«, antwortete er, nachdem er umhergeblickt hatte, »doch diese Wände haben Ohren.«

»Olfan, komm näher!«

Er tat es, und sie beugte sich vor und sprach fast flüsternd, während die anderen sich näherdrängten, um ihre Worte zu hören.

»Du darfst mich nicht mehr Königin nennen«, sagte sie mit einer vor Beschämung zitternden Stimme. »Ich bin keine Göttin, ich bin nur eine sterbliche Frau, und dieser Mann« – sie deutete auf Otter – »ist kein Gott, sondern nur ein schwarzer Zwerg.«

Sie machte eine Pause und wartete auf die Wirkung ihrer Worte. Ein Ausdruck der Verwunderung zog über das Gesicht des Königs, doch war es eher die kühne Offenheit ihrer Worte, weniger ihr Inhalt, die ihn hervorrief. Dann lächelte er.

»Vielleicht habe ich es bereits vermutet«, antwortete er. »Und dennoch muß ich dich nach wie vor mit diesem Titel anreden, da du die Königin aller Frauen bist, denn wo gäbe es eine andere, die so schön, so mutig und so groß ist? Hier auf jeden Fall gibt es keine.« Und er verneigte sich mit einer Geste ritterlicher Höflichkeit vor ihr, die jedem europäischen Gentleman wohl angestanden hätte.

Jetzt war Leonard an der Reihe, verwundert dreinzublikken. Es war nichts in den Worten des Königs, an dem er Anstoß nehmen könnte, doch mißfiel ihm ihr Ton; er war zu sehr voller Bewunderung. Außerdem schien es ihm, als ob der König nicht im geringsten enttäuscht wäre, als er erfuhr, daß Juanna nur eine Frau war – eine Vermutung, die durch seine nächsten Worte ihre volle Bestätigung fand.

»Ich bin froh, von deinen eigenen Lippen zu erfahren, Königin, daß du keine Göttin bist, sondern eine sterbliche Frau, da Göttinnen uns weit entfernt stehen und wir Männer sie nur anbeten dürfen, während wir Frauen – lieben dürfen.« Und wieder verneigte er sich.

»Also wirklich!« murmelte Leonard unhörbar, »dieser König stellt sich zu meinem Rivalen auf. Ich wünschte fast, daß ich klarere Verhältnisse geschaffen hätte; aber das ist natürlich absurd. Arme Juanna!«

Was Juanna selbst betraf, so zuckte sie zusammen und errötete; hier kam eine neue Schwierigkeit auf sie zu, doch so unangenehm sie auch sein mochte, jetzt war nicht der richtige Zeitpunkt, um Verstimmung zu zeigen.

»Höre, Olfan!« sagte sie. »Dies ist nicht die Stunde für schöne Worte, die ohne jede Bedeutung sind, denn so wie es aussieht, könnten wir alle, bevor der neue Tag graut, tot sein und jenseits aller Liebe und Anbetung. Dies ist unsere Geschichte: Wir sind in euer Land gekommen, um Abenteuer zu suchen, doch auch, um jene roten Steine zu erbeuten, die ihr das Blut Acas nennt, da diese bei den weißen Menschen als Schmuck für ihre Frauen sehr begehrt sind. Das ist der Grund dafür, weshalb ich, da ich eine Frau bin, den Erlöser dazu überredete, diese Reise zu unternehmen, und es ist aufgrund dieser meiner Torheit, daß wir alle jetzt in Lebensgefahr sind.«

»Ich bitte um Verzeihung, Königin«, unterbrach Olfan, »doch möchte ich eine Frage stellen, bevor du mir das Ende deiner Geschichte erzählst. Wie stehst du zu diesem weißen Mann?«

Jetzt saß Juanna in der Zwickmühle; wenn sie sagte, daß Leonard ihr nichts bedeute, mochte es vielleicht besser für ihn sein, obwohl sie bezweifelte, daß Olfan es glauben würde. Wenn sie andererseits sagen würde, daß er ihr Ehemann sei, konnte es für sie besser sein und sie vor den Nachstellungen dieses höflichen Wilden schützen; natürlich sträubte alles in ihr sich gegen diese Möglichkeit. Hatte sie nicht immer empört die Gültigkeit dieser erzwungenen Ehe abgestritten, und obwohl sie ihn jetzt liebte, standen Leonard und sie sich nicht auf gewisse Weise mit gezückten Dolchen gegenüber? Trotzdem: Sie mußte sich entscheiden, und ihre Vernunft sagte ihr, daß unter den gegebenen Umständen ihr Stolz nachgeben mußte.

»Er ist mein Ehemann«, sagte sie mit fester Stimme.

Olfans Gesicht wurde lang; dann trat ein Ausdruck von Zweifel darauf, denn Juannas Lebensstil, der ihm in allen Einzelheiten bekannt war, schien dieser Behauptung eindeutig zu widersprechen.

Juanna erkannte, daß er ihr nicht glaubte, und trat noch tiefer in den Morast der Selbstverleugnung.

»Er ist mein Ehemann«, wiederholte sie. »Dieser Mann« – sie deutete auf Francisco –, »der bei uns ein Priester ist, hat uns vor sechs Monaten nach den Regeln unseres Glaubens verheiratet, und Otter war Zeuge dieser Heirat.«

»Ist dem so?« fragte Olfan.

»Dem ist so, König«, antwortete Francisco. »Ich habe sie verheiratet, und sie sind Mann und Frau.«

»Ja, ja, so ist es«, mischte sich Otter ein, »denn ich sah, wie es getan wurde, und wir haben danach ein großes Opfer zu Ehren dieser Hochzeit gefeiert. Ich wollte, wir hätten so etwas heute nacht hier.«

»Keine Angst, Zwerg«, sagte Olfan mit einem Anflug von Verärgerung, »du wirst noch genug Opferungen sehen, bevor alles vorbei ist.« Dann kam ihm ein neuer Gedanke, und er setzte hinzu: »Du sagst, daß der Erlöser dein Ehemann ist, Königin, und diese beiden Männer bezeugen es, nur dein Ehemann selbst schweigt dazu! Nun sag mir noch eins: Liebst du ihn, und wärest du traurig, wenn er stürbe?«

Juannas Stirn brannte so rot wie der Rubin, der an ihr befestigt war, denn sie war bereits angekleidet, um zum Tempel zu gehen, nur die schwarze Robe hatte sie noch nicht umgelegt. Doch sie kam nicht darum herum: Sie mußte eine klare Antwort geben, selbst wenn es sie noch so beschämte, damit Olfan ihr Schweigen nicht für einen Wink hielte, und den ›Ehemann‹, den sie so verleugnete, für immer aus ihrem Leben entfernte.

»Du hast kein Recht, mir eine solche Frage zu stellen, König, doch will ich sie trotzdem beantworten. Ja, ich liebe ihn, und wenn er sterben sollte, werde auch ich sterben.«

Leonard unterdrückte einen überraschten Ausruf, denn hier zeigte Juanna sich in einem völlig neuen Licht.

»Du hast mir geantwortet, Königin«, sagte Olfan in einem Tonfall tiefer Niedergeschlagenheit. »Würdest du nun deine Geschichte zu Ende erzählen?«

»Da ist nicht mehr viel zu erzählen«, antwortete Juanna und einem Seufzer der Erleichterung, denn dieses Kreuzverhör über ihr exaktes Verhältnis zu Leonard war recht anstrengend gewesen. »Die Frau Soa, meine Dienerin, ist von deinem Volke; sie ist sogar die Tochter Nams, des Priesters, die vor vierzig Jahren aus diesem Lande entfloh, weil sie für die Schlange bestimmt war.«

»Wo ist sie jetzt?« fragte Olfan und blickte suchend umher.

»Das wissen wir nicht; gestern nacht ist sie verschwunden, so wie unsere anderen Diener verschwanden.«

»Vielleicht weiß Nam, wo sie ist, und dann magst du sie bald wiedersehen. Fahr fort, Königin!«

»Nachdem der Erlöser und ich verheiratet waren, berichtete uns Soa, die seit vielen Jahren mein Kindermädchen und meine Dienerin war, von den Großen Menschen, ihren Brüdern und Schwestern, bei denen sie sterben wolle.«

»Möge ihr Wunsch erfüllt werden«, murmelte Otter.

»Und sie sagte, wenn wir sie hierher begleiten würden, könnten wir viele solche Steine kaufen wie jenen, den ich jetzt an meiner Stirn trage, und welchen sie aus diesem Lande mitgebracht und mir gegeben hatte. Damals geschah es, daß ich, die ich mehr von diesen Spielzeugen begehrte, auf meinen Mann eindrang, bis er sich schließlich bereit erklärte, mich hierher zu bringen, obwohl sein Herz dagegen sprach. So sind wir also hergekommen, und die Reise war lang und schrecklich, doch schließlich erreichten wir die hohen Klippen, welche die Grenze des Nebellandes ist, und erst jetzt, da es zu spät war, umzukehren, erzählte Soa uns die Geschichte der Götter deines Volkes und erklärte uns, daß wir entweder ein Sakrileg begehen und behaupten müßten, daß wir jene Götter seien, die zurückgekehrt wären, wie es die alte Prophezeiung verheiße, oder aber elend umkommen würden. Ja, dies hatte sie von Anfang an vorgehabt: falsche Götter über euch zu stellen, um dann das Geheimnis den Priestern zu verraten, damit sie bei ihnen Ehre gewönne und ihr der Schlange verfallenes Leben rette.

Und das, Olfan, ist die ganze Geschichte. Wir haben ihr Spiel gespielt, und wir haben verloren, oder so scheint es zumindest – falls du uns nicht hilfst.« Und sie faltete ihre Hände und blickte ihn flehend an.

Der König senkte den Blick, als ob er es nicht mehr ertrüge, die Schönheit Juannas anzusehen, die, wie er nun erfahren hatte, dem weißen Fremden gehörte, der neben ihr saß.

»Habe ich nicht gesagt, daß meine Macht gering ist, Königin?« antwortete er ein wenig mürrisch. »Und aus welchem Grund sollte ich Leuten helfen, die in dieses Land kamen, um uns zu hintergehen, und die den Zorn der Götter auf ihre Kinder herabbeschworen haben?«

»Weil wir dir das Leben gerettet haben, Olfan, und weil du uns Treue geschworen hast.«

»Wäre es nicht um dich gewesen, Königin, würde mein Leben nie in Gefahr gekommen sein; außerdem habe ich Göttern die Treue geschworen, und jetzt sind diese Götter Sterbliche, an denen die wahren Götter sich rächen werden. Warum also sollte ich euch helfen?«

»Weil wir Freunde sind, Olfan. Du wirst uns um meinetwillen helfen.«

»Um deinetwillen, Königin«, sagte er bitter, »um deinetwillen, die du mir jetzt sagst, daß du die Frau eines anderen Mannes bist, und daß du ihn bis in den Tod liebst? Nein, das ist zuviel verlangt. Wäre es anders gewesen, wärest du unverheiratet und willens, mich, den König dieses Landes, mit Wohlwollen anzusehen, würde ich für dich sogar in den Tod gegangen sein, wenn das nötig gewesen wäre. Aber jetzt! – Hast du also keinen besseren Grund dafür, daß ich mein Leben für dich und für diese drei Männer riskieren soll?«

»Ich habe zwei weitere Gründe, König, und wenn sie dir auch nicht reichen sollten, so überlaß uns unserem Schicksal, und laß uns, die sich auf den Tod vorbereiten müssen, keinen weiteren Atem auf Worte verschwenden. Der erste Grund ist, daß wir deine Freunde sind und dir vertraut haben, daß wir dein Leben unter Risiko unseres eigenen gerettet und dir diese Geschichte aus freien Stücken erzählt haben. Deshalb fordern wir im Namen unserer Freundschaft von dir, der du kein gewöhnlicher Mann bist, sondern ein König, und in dessen Hände wir unser Leben gelegt haben, deine Hilfe, im Wissen, daß du ein edler Mensch bist und uns nicht verraten wirst.

Der zweite Grund ist, daß unser Interesse auch dein Interesse ist. Wir kämpfen gegen Nam und seine Priester, und das tust auch du. Wenn Nam uns heute besiegen sollte, bist morgen du an der Reihe, und die Schlange, deren Zähne wir fühlen müssen, wird eines Tages auch dich zermalmen. Dies ist die Schicksalsstunde für dich und deine Nachkommen; halte zu uns und zerbrich das Joch Nams und der Priester, oder laß uns im Stich und beuge dich unter das Joch deines Verhängnisses. Ich habe gesprochen: wähle!«

Olfan dachte eine Weile nach, dann antwortete er: »Wahrlich, dein Verstand ist groß, Königin, und er sieht weit in das Dunkel von Dingen, von denen unsere Frauen nichts verstehen. Du solltest über dieses Land herrschen, und nicht ich, denn dann würde Nam, der mein Herr ist, jetzt sein täglich Brot am Tor deines Palastes erbetteln, und die Priester, seine Diener, würden dein Holz schlagen und Wasser tragen. Doch will ich nicht über Politik mit dir sprechen, da die Zeit kurz ist. Nein, ich will jetzt über deinen ersten Grund sprechen, und über ihn allein.

Du hast im Namen der Freundschaft und meines Eides an mich appelliert, und unter Berufung auf einen geleisteten Dienst – und nicht vergebens. Ich bin von einer anderen Menschenrasse als ihr es seid, ein wilder Häuptling eines wilden Stammes, der über wenig Weisheit verfügt; doch habe ich dies gelernt: Niemals ein Versprechen zu brechen, niemals einen Freund im Stich zu lassen, niemals einen Dienst zu vergessen. Deshalb, weil ich dir Treue geschworen habe, weil du mein Freund bist, weil du mir das Leben gerettet hast, werde ich dich bis zum letzten schützen, obwohl es sein mag, Königin, daß ich nichts anderes tun kann, als für dich zu sterben. Denn, Königin, obwohl du mir nichts sein kannst, solange jener Mann dort lebt, bin ich trotzdem bereit, mein Leben für dich herzugeben. Was jedoch die anderen betrifft, so will ich nur sagen, daß ich sie nicht verraten werde.

Jetzt muß ich gewisse Große meines Stammes sprechen, welche meine Freunde sind und die Priester hassen, so daß, wenn diese Sache vor Gericht kommt, sie ihre Stimme erheben und für euch sprechen können, denn auf keine Weise kann irgend etwas erreicht werden, als durch politische Manöver – jedenfalls nicht jetzt. Ich werde bald zurückkehren und euch zum Tempel führen. Bis dahin: leb wohl!« Er verneigte sich und ging.

Als der Vorhang hinter Olfan zugefallen war, ließ Juanna sich auf ihren Sessel zurücksinken und seufzte, doch Leonard sprang auf und sagte: »Juanna, dieser Wilde hat recht. Sie sollten eine Königin sein. Ich weiß, was es Sie gekostet haben muß, das zu sagen, was Sie gerade gesagt haben.«

»Würden Sie mir bitte erklären, worauf Sie anspielen?« unterbrach sie ihn kühl.

»Ich meine, verheiratet zu sein und all das andere.«

»O ja! Sie müssen verstehen, daß es manchmal leider notwendig ist, kleine Lügen zu erzählen, und ich glaube, daß ich auf dem Gebiet heute einen Preis für hervorragende Leistungen verdient habe. Natürlich«, fügte sie hinzu und ließ den sarkastischen Ton fallen, »werden Sie nicht mißverstehen, was ich in bezug auf Sie zu sagen gezwungen war und wissen, daß diese Aussagen die größten aller Lügen waren. Ich wäre auch bereit gewesen, zu schwören, daß ich mit Otter verheiratet sei und ihn über alles liebe, oder sogar den König selbst begehre, der, übrigens, der zufriedenstellendste Wilde ist, dem ich jemals begegnet bin, kurz gesagt: ein Gentleman.«

Leonard wurde bleich vor Wut.

»Wirklich, Juanna«, sagte er. »Sie hätten wahrhaftig warten können, bis ich versuchte, unsere Freundschaft und zufällige Bekanntschaft auszunutzen, bevor Sie mich so zurechtweisen, wie Sie es eben für nötig hielten. Ihre Worte waren fast eine Beleidigung, und wenn wir in einem zivilisierten Land wären, würde ich nie wieder mit Ihnen sprechen.«

»Bitte, seien Sie mir nicht böse, Leonard«, sagte sie sanft, denn Juanna schien über jede Stimmungslage zu verfügen und sie sofort hervorholen zu können. Vielleicht war diese Gabe eins der Geheimnisse ihres Charmes, da Monotonie etwas ist, das von Frauen, die herrschen wollen, auf jeden Fall vermieden werden muß, selbst die Monotonie der Sanftmut. »Es ist sehr unfreundlich von Ihnen«, fuhr sie fort, »so hart mit mir zu sprechen, wo ich so erschöpft bin von meinem Gespräch mit jenem Wilden und wir alle in wenigen Stunden tot sein können.« Sie sah aus, als ob sie gleich weinen würde.

Leonards Verärgerung brach augenblicklich in sich zusammen, denn Juannas trauriger Stimmung konnte er am wenigsten widerstehen.

»Sie könnten mich selbst auf dem Totenbett noch in Rage bringen«, sagte er, »das heißt, wenn Sie so reden. Aber was soll's, ich kann Sie nicht ändern, also wechseln wir das Thema. Haben Sie ein wenig von Ihrem Gift übrig? Wenn ja, so sollten Sie uns allen etwas davon geben, wir könnten es brauchen, bevor dieser Abend vorbei ist.«

Juanna fuhr mit der Hand in ihr Haar und zog nach einigem Manipulieren einen winzigen Beutel aus dünnem Leder hervor, dem sie eine braune Pastille von der Größe einer Gewehrkugel entnahm.

»Ich kann es mir leisten, großzügig zu sein«, sagte sie mit einem kleinen Lachen, »es ist genug, um zwanzig Menschen zu töten.«

Leonard nahm ein Messer und spaltete drei kleine Splitter ab. Einen davon behielt er für sich, die anderen beiden bot er Francisco und Otter an. Der Priester nahm den seinen zögernd an, Otter jedoch wollte nichts davon wissen.

»Behalte es für dich, Baas!« sagte er. »Behalte es für dich.

Auf welche Art ich auch sterben mag, gewiß nicht auf diese. Ich mag keine Medizin, die einen dazu bringt, sich in Knoten zu knüpfen und einen dann grün färbt. Nein, nein, lieber will ich in den Rachen der Schlange blicken.«

Also steckte Leonard auch diese Giftportion ein.

29

Die Anklage der Götter

Juanna hatte kaum die verbliebene Menge ihrer tödlichen Medizin wieder in dem gewohnten Versteck untergebracht, als der Vorhang beiseitegerissen wurde und Nam hereintrat. Nach den üblichen Begrüßungen, die bei dieser Gelegenheit weitschweifiger ausfielen als sonst, bemerkte er sachlich, daß der Mond an einem klaren Himmel aufgegangen sei.

»Was bedeuten soll, daß es für uns Zeit zum Aufbruch ist«, sagte Leonard schroff.

Sie brachen auf, Juanna in ihrer mönchshaften Robe, und Otter mit seinen roten Stirnfransen und einem Umhang aus Ziegenfell, den zu tragen er sich ausbedungen hatte.

»Ich kann genausogut warm wie kalt sterben, Baas«, erklärte er, »denn von der Kälte werde ich noch genug kennenlernen, wenn ich tot bin.«

Am Palasttor wartete Olfan mit einer Eskorte von Kriegern, doch fanden sie keine Gelegenheit, mit ihm zu sprechen. Hier hatte sich auch eine größere Anzahl von Priestern versammelt, von denen ein Teil ihnen voranging, der andere ihnen folgte.

Nachdem die Prozession formiert war, wurden sie feierlich zu einem anderen Tor des Tempels geführt als dem, durch das sie ihn bei ihren vorherigen Besuchen betreten hatten. Bei dieser Gelegenheit wurden die geheimen Passagen vermieden, und sie gingen einen breiten Weg entlang, der durch die Mitte des Amphitheaters führte, zu Sesseln, die für sie an der Seite des Bassins bereitgestellt worden waren, das sich auf der anderen Seite des Idols befand. Wie zuvor war der Tempel mit Menschen überfüllt, und ihre Prozession durch die Menge war sehr eindrucksvoll, denn die Priester intonierten heilige Gesänge, und die Menschenmenge verharrte in unheilverkündendem Schweigen.

Anfangs war Leonard sich im unklaren, aus welchem Grund man sie auf dieser Seite des Bassins plaziert hatte, doch dann erkannte er den Grund dafür. Vor den Sesseln, die für Juanna und Otter vorgesehen waren, befand sich eine freie Felsenfläche, auf der in mehreren Reihen halbkreisförmig dreißig oder mehr Sessel und Stühle aufgestellt waren. Diese waren für die Ältesten des Volkes vorgesehen, die, wie Leonard richtig erraten hatte, zu ihren Richtern ernannt worden waren. Die Anordnung war zugunsten der Ältesten getroffen worden, damit jedes Wort, das sie sprachen, von einem großen Teil der Zuhörerschaft verstanden werden konnte.

Als Juanna und Otter ihre Plätze eingenommen hatten, und Leonard und Francisco sich auf die hinter den beiden bereitgestellten Stühle gesetzt hatten, trat Nam vor und sprach zu dem Rat der Ältesten und der im Amphitheater sitzenden Menge.

»Älteste des Nebelvolks«, sagte er, »ich habe eure Wünsche an die heiligen Götter weitergegeben, welche erst kürzlich gewogen waren, das Fleisch der Menschen anzulegen und ihr Volk aufzusuchen, nämlich, daß sie sich hier mit euch treffen und mit euch über die Sorgen sprechen, die über dieses Land gekommen sind. Die Götter haben gnädig euren Wünschen zugestimmt – und siehe! –, hier sitzen sie Angesicht zu Angesicht euch und der großen Masse ihrer Kinder gegenüber. Habt also die Güte, den Göttern bekanntzugeben, was eure Wünsche sind, auf daß sie euch antworten mögen, entweder mit ihren eigenen Lippen, oder durch mich, ihren Diener.«

Er schwieg, und nach einer Pause, während der man das wütende Murmeln der Menge hörte, stand einer der Ältesten auf.

»Wir verlangen von euch zu wissen, o Aca und o Jâl«, sagte er, »wie es kommt, daß der Sommer dieses Land verlassen hat. Unsere Lage ist jetzt sehr ernst, denn mit dem Winterschnee wird die Hungersnot zu uns kommen. Vor einer Weile, o Aca und o Jâl, habt ihr das Opfergesetz dieses Volkes abgeändert und verboten, die Opfer, die euch beim Frühlingsfest dargeboten werden sollten, zu töten, und siehe! – es gab keinen Frühling. Deshalb erbitten wir ein Wort von euch in dieser Sache, denn die Menschen haben sich untereinander beraten und sagen euch durch unsere Stimme, daß sie keine Götter haben wollen, die den Frühling töten. Sprecht, o ihr Götter, und du, Nam, sprich auch, denn wir möchten den Grund für diese Übel erfahren! Und von dir, o Nam, möchten wir wissen, wie es kommt, daß du solche zu Göttern des Landes ernannt hast, deren Atem den Sonnenschein zerstört.«

»Ihr fragt mich, Menschen des Nebels«, antwortete Juanna, »warum es ist, daß der Winter seine Hand über den Schlummer des Frühlings breitet und ihm verbietet, zu erwachen, und ich will euch in kurzen, knappen Worten antworten. Es ist wegen eures Ungehorsams und der Verhärtung eurer Herzen, o ihr rebellischen Kinder. Habt ihr nicht doch wieder Opfer dargebracht, obwohl wir euch verboten, das Blut von Menschen zu vergießen? Ja, und sind nicht unsere Diener heimlich entführt und getötet worden, um eure Lust am Blut zu befriedigen? Es ist aus diesem Grunde, wegen eures Ungehorsams, daß der Himmel sich verhärtet hat, so wie eure Herzen verhärtet sind, und er euch nicht mit Sonnenschein und fruchtbringendem Regen segnet. Ich habe euch geantwortet.«

Nun erhob sich wieder der Sprecher der Ältesten.

»Wir haben deine Worte gehört, o Aca«, sagte er, »und es sind Worte geringen Trostes, denn die Opferungen sind der Brauch dieses Landes, und bislang ist wegen dieses uralten Brauchs kein Übel über uns gekommen. Doch wenn es eine Sünde gibt, so sind nicht wir es, die gesündigt haben, sondern die Priester, in deren Händen diese Dinge liegen; und was eure Diener betrifft, so wissen wir nichts von ihnen oder von ihrem Schicksal. Also, Nam, antworte auf die Anklagen der Götter und auf die Fragen des Volkes, denn du bist der oberste ihrer Diener, und du warst es, der sie zu wahren Göttern erklärt und sie als Herrscher über uns gesetzt hast.«

So aufgefordert trat Nam vor, und sein Gesichtsausdruck war demütig und sorgenvoll, denn er sah sehr wohl, daß seine Ankläger nicht mit sich spaßen ließen, und daß sein Leben, zumindest jedoch seine Macht zusammen mit denen der Götter auf dem Spiel standen.

»Kinder des Nebelvolks«, begann er, »eure Worte sind hart, doch beklage ich mich nicht über sie, denn, wie ihr gleich erfahren werdet, habe ich einen schweren Fehler begangen. Ja, ich bin der oberste der Diener der Götter, und ich bin auch der Diener des Volkes, und nun hat es den Anschein, als ob ich sowohl die Götter als auch das Volk betrogen hätte – wenn auch nicht aus freiem Willen.

Hört! Ihr wißt von der Legende, die uns überliefert ist und welche besagt, daß Aca und Jâl wieder in unser Land zurückkommen werden, und zwar in der Gestalt einer schönen weißen Jungfrau und eines schwarzen Zwerges. Ihr wißt auch, daß sie gekommen sind, so wie es vorausgesagt war, und daß ich sie euch in diesem Tempel gezeigt habe und ihr sie erkannt habt. Ihr erinnert euch, daß sie das uralte Gesetz beiseitegeschoben, die Opferungen verboten und durch die Hand ihres Dieners, welcher der Erlöser genannt wird, zwei der Priester, zwei meiner Brüder, auf eine seltsame und unheimliche Weise getötet haben.

Da habe ich mich aufgelehnt, obwohl sie mich mit dem Tode bedrohten, doch habt ihr meine Worte überstimmt und das neue Gesetz angenommen, und von jener Stunde an ist alles schlecht gegangen. Da bin ich mit meinem eigenen Herzen zu Rate gegangen, da es mir sonderbar vorkam, daß die Götter ihre uralte Form der Anbetung wegwerfen sollten, und ich sagte zu meinem Herzen: Können diese wahre Götter sein, oder bin ich vielleicht betrogen worden? Von dieser Zeit an schwieg ich und begann zu beobachten, und jetzt, nach langer Beobachtung – ich muß es zu meiner Schande gestehen – habe ich entdeckt, daß diese keine wahren Götter sind, sondern gemeine Lügner, welche versucht haben, sich die Throne der Götter anzueignen.«

Er machte eine Pause, und ein Gebrüll der Wut und Rufe der Verwunderung erhoben sich aus der Menge.

»Jetzt ist es passiert«, flüsterte Leonard in Juannas Ohr.

»Ja, es ist passiert«, antwortete sie. »Nun, ich habe es erwartet, und jetzt müssen wir es eben durchstehen.«

Als der Tumult sich gelegt hatte, wandte der Sprecher der Ältesten sich an Nam.

»Das sind schwerwiegende Worte, o Nam, und nachdem du sie gesprochen hast, mußt du sie auch beweisen, denn bevor sie nicht bewiesen sind, sind wir nicht bereit zu glauben, daß lebende menschliche Wesen so sündhaft sein können, sich als Götter auszugeben. Als du diese Fremden zu Aca und Jâl erklärtest, haben wir sie als diese erkannt, vielleicht zu unbedacht und nach zu kurzer Prüfung. Jetzt verdammst du sie als Betrüger, doch werden wir sie nicht verdammen, die wir sie einst in Ehren empfangen haben, bis wir so sicher sind, daß jeder Irrtum ausgeschlossen ist. Es wäre möglich, Nam, daß es dir recht gut passen würde, diese beiden Götter abzuschaffen, die dich bedroht haben und dich nicht lieben.«

»Ich wäre wahrlich leichtsinnig«, antwortete Nam, »falls ich gewagt hätte, zu sagen, was ich gesagt habe, wenn mir die Beweise fehlten, eine so furchtbare Anklage wie jene, die ich gegen diese beiden Wanderer vorbringe, zu untermauern. Noch würde ich meine Schande und meine Torheit öffentlich bekennen, wenn ich nicht durch die Erkenntnis dazu gezwungen wäre, daß ein Verschweigen mich zu einem Partner ihres Verbrechens machen würde. Hört! Dies ist die Geschichte jener, die wir angebetet haben: Die schöne Frau, die, wie sie uns selbst sagte, die Schäferin des Himmels genannt wird, ist die Ehefrau des weißen Mannes, den man den Erlöser nennt, und der Zwerg, Bewohner des Wassers, ist ihr Diener, wie auch der zweite weiße Mann und die anderen.

Diese Männer und Frauen, die in einem weit entfernten Lande lebten, erfuhren durch Zufall die Geschichte unseres Volkes – auf welche Weise, werde ich euch später berichten – und auch, daß wir in unserer Erde gewisse rote und blaue Steine finden, die wir für unsere Zeremonien verwenden und welche bei den weißen Menschen einen unermeßlichen Wert besitzen. Diese beschlossen sie zu stehlen, da sie Abenteurer sind, die Reichtum suchen. Zu diesem Zweck erlernte die Schäferin unsere Sprache, und sie erlernte auch, die Rolle

Acas zu spielen, während der Zwerg, Hund, der er ist, sich erdreistete, den heiligen Namen Jâls anzunehmen. Ich will mich kurz fassen: sie vollbrachten ihre Reise, und den Rest wißt ihr. Doch, wie es sich ergab, gelangte nicht ein einziger der Steine in ihren Besitz, mit Ausnahme des einen, den die Schäferin an ihrer Stirn trägt, und den hat sie mitgebracht.

Nun, Menschen des Nebelvolks, als sich Zweifel über diese Götter in mein Herz geschlichen hatten, machte ich einen Plan. Ich schickte Spione in den Palast, und diese Spione waren die Frau, die dem Zwerg gegeben wurde, und ihre Dienerinnen. Außerdem veranlaßte ich, daß ihre schwarzen Diener ergriffen und der Schlange zum Fraß vorgeworfen wurden, jeweils zwei oder drei auf einmal, denn dessen war ich sicher: Wenn sie wahrhaft Macht besäßen, würden sie ihre Diener beschützen. Doch wie es die Schlange weiß, wurden diese Männer nicht beschützt. Währenddessen erhielt ich Berichte von den Frauen, besonders von Saga, der Enkelin meines Bruders, die Jâl zur Frau gegeben worden war. Und dieses war ihr Bericht: Daß der Zwerg sich wie ein Hund niederer Rasse aufführe, und daß er, wenn er Bier getrunken hatte, was oft der Fall war, von seinen Taten mit dem Erlöser in anderen Ländern brabbelte, obwohl sie mir nicht alles sagen konnten, was er sagte, da er selbst nur geringe Kenntnisse unserer Sprache besitzt.

Als diese Berichte zu meinen Ohren gelangten, könnt ihr euch denken, o Menschen des Nebelvolks, daß es mir, der ich schon vorher zweifelte, das Herz zerriß, aber dennoch hatte ich keinerlei Beweise. In meiner Dunkelheit betete ich zu den Göttern um Licht, und siehe! – es wurde Licht. Unter dem Gefolge dieser Wanderer war eine Frau, und gestern kam diese Frau zu mir und gestand alles. Vor vierzig Jahren war sie aus unserem Volke entflohen – ich weiß nicht, aus welchem Grunde – und hat das Wissen um unsere Geheimnisse mit sich genommen. Sie war es, die jenen von den Göttern und der Geschichte der Götter erzählte und ihnen sagte, wie sie uns betrügen und die roten Steine bekommen könnten, nach denen es sie verlangte. Jetzt jedoch bereut ihr Herz diese Missetat, und ich werde sie vor euch rufen, damit ihr euer Urteil fällen mögt zwischen mir und jenen Lügnern, die mich in diese Schande gebracht haben. Bringt die Frau herbei!«

Es herrschte Stille, und so gespannt war das Interesse, daß sich nicht ein Laut aus der Menge erhob, die auf das Erscheinen der Zeugin wartete. Nun kam Soa aus den Schatten am Fuß des Kolosses hervor und trat, flankiert von zwei Priestern, in das Zentrum des Halbkreises der Richter.

»Sprich, Frau!« sagte Nam.

Darauf sagte Soa: »Ich bin vom Volke des Nebels, wie ihr erkennen könnt, wenn ihr mich anseht und sprechen hört. Ich war die Tochter eines Priesters, und vor vierzig Jahren, als ich jung und schön war, entfloh ich aus persönlichen Gründen aus diesem Lande und reiste drei Monde lang nach Süden, bis ich zu einem Kraal an einem gewaltigen Strom gelangte, wo ich zwanzig Jahre verbrachte und meinen Lebensunterhalt als Medizinfrau verdiente. Dann kam eines Tages ein weißer Mann in diesen Kraal, dessen Frau eine Tochter gebar und dabei starb. Ich wurde die Amme jener Tochter; sie ist die Frau, die hier vor euch sitzt, und ihr Name ist Schäferin.

Wieder vergingen zwanzig Jahre, und ich wünschte, in mein eigenes Land zurückzukehren, um unter Menschen meines Volkes zu sterben. Ich berichtete der Schäferin und ihrem Ehemann, dem Erlöser, von meinem Land und von seinem Reichtum, da ich es nicht wagte, allein zu reisen. Deshalb zeigte ich ihnen in meiner Sündhaftigkeit, wie sie es anstellen mußten, um die Rollen der Götter des Nebelvolks spielen zu können, die, wie die Legende es prophezeite, zurückgekehrt seien, denn ich sah, daß der Zwerg, der Diener des Erlösers, wie die Statue Jâls gestaltet war, welcher dort über euch thront. Da sie gierig waren, nahmen sie den Plan sofort an, denn mehr als alles andere wollten sie sich in den Besitz der kostbaren Steine setzen. Doch als wir in dieses Land gelangten, besuchten die wahren Götter mich in einem Traum, so daß mein Herz schwer wurde ob des Frevels, den ich begangen hatte, und gestern bin ich zu Nam entflohen, und habe ihm all das erzählt, was ihr eben gehört habt. Das ist die Geschichte, Volk des Nebels, und jetzt erflehe ich eure Gnade und eure Vergebung.«

Soa schwieg, und Leonard, der die Menschenmenge beobachtet hatte, flüsterte Juanna zu: »Sprechen Sie rasch, wenn Ihnen irgend etwas einfällt. Sie sind jetzt still, weil die Verblüffung sie überwältigt hat, aber der Schock kann jeden Moment vorbei sein, und dann ...«

»Menschen des Nebelvolks«, rief Juanna, die verstand, was er meinte, »ihr habt die Worte Nams vernommen, und dann die Worte jener, die meine Dienerin war. Sie haben gewagt, euch zu sagen, daß wir keine Götter sind. So sei es; über diese Frage will ich nicht mit euch diskutieren, denn können Götter sich dazu herablassen, ihre Göttlichkeit zu beweisen? Wir wollen nicht diskutieren, ich sage nur dies als Warnung: Tötet uns, wenn ihr wollt – und es mag sehr wohl sein, daß wir es zulassen, getötet zu werden, da die Götter nicht wünschen, über solche zu herrschen, die sie zurückweisen, sondern es vorziehen würden, zu ihrem eigenen Ort zurückzukehren.

Doch wird es ein trauriger und unglücklicher Tag sein, wenn sich auch nur eine Hand gegen unsere Majestät erhebt, denn im Fortgehen werden wir drei Plagen hinterlassen, an die man sich immer erinnern wird. Ja, wir werden euch drei Plagen schenken: Hunger, Pestilenz und Stammeskriege, die unter euch wüten und euch dahinraffen werden, bis ihr kein Volk mehr seid. Ihr habt zugelassen, daß unsere Diener ermordet wurden und euch unseren Befehlen widersetzt, und das ist der Grund dafür, wie ich euch bereits gesagt habe, weshalb die Sonne nicht mehr scheint und der Sommer nicht kommen will. Vervollständigt eure Sündhaftigkeit, wenn ihr das wollt, und laßt die Götter jenem Pfade folgen, den ihre Diener gegangen sind. Dann, Menschen des Nebelvolks, werdet ihr ernten, was ihr gesät habt, und Tod und Elend sollen eure Ernte sein.

Und jetzt zu dieser niedrigen Sklavin, die falsches Zeugnis wider uns geredet hat. Unter den vielen Dingen, welche sie euch erzählte, hat sie eines ausgelassen: Daß sie die Tochter des Priesters Nam ist, und daß sie aus diesem Lande floh, weil sie zur Braut der Schlange erwählt worden war und deshalb eine todeswürdige Abtrünnige ist. Und noch ein Wort über Nam, ihren Vater: Wenn seine Geschichte auf Wahrheit beruhen sollte, so ist er selbst durch sie verdammt, denn zweifellos hat er sie von Anfang an gekannt, durch die Lippen seiner Tochter Soa.

Ja, in Kenntnis der Wahrheit hat er es gewagt, Götter, die er für falsch hielt, über das Land zu stellen, weil er hoffte, dadurch seine Macht und seinen Ruhm noch vergrößern zu können, und als diese Götter wegen seiner Sündhaftigkeit diese Erwartungen nicht erfüllten, hatte er keinerlei Skrupel, seine Schande laut herauszurufen. Ich habe gesprochen, Menschen des Nebelvolks. Nun urteilt zwischen uns und laßt das Schicksal dem Urteil folgen, denn wir entsagen euch.«

Sie schwieg, das Gesicht gerötet vor Zorn, und ihre Augen funkelten vor Erregung, und so groß war die Kraft ihrer Beredsamkeit und ihrer Schönheit, daß sie einen Bann des Schweigens über die Herzen ihrer grausamen und unruhigen Zuhörerschaft breitete, während Soa sich in den Schatten duckte und Nam in sich zusammensank.

»Es ist eine Lüge, o Volk«, rief er mit einer Stimme, die vor Wut und Angst zitterte. »Meine Tochter hat mir diese Geschichte zum erstenmal im Morgengrauen dieses Tages erzählt!«

Seine Worte weckten die Zuhörer aus ihrem Bann, und sofort erhob sich ein Babel von Rufen und Schreien, das den Himmel zu zerreißen schien. »Seine Tochter! Er sagt, daß sie seine Tochter ist! Nam gibt seine Verbrechen zu!« schrien einige von ihnen.

»Fort mit den falschen Göttern!« riefen andere.

»Berührt sie nicht, denn sie sind wahre Götter und werden einen Fluch über uns bringen!« antwortete eine dritte Gruppe, in der Leonard die Stimme Olfans erkannte.

Und so ging das Lärmen weiter. Volle zehn Minuten lang tobte es, bis die Erschöpfung der Leute es abklingen ließ, und Juanna, die während der ganzen Zeit reglos wie eine Marmorstatue gesessen hatte, sah, daß der Sprecher der Ältesten sich wieder anschickte, zu der Menge zu sprechen.

»Volk des Nebels«, sagte er, »seid still und hört mir zu. Wir sind zu Richtern über diese Angelegenheit ernannt worden und werden jetzt, nachdem wir uns untereinander beraten haben, unser Urteil fällen, an das ihr alle gebunden seid. Zu der Frage, ob diese Fremden, die Aca und Jâl genannt werden, echte oder falsche Götter sind, sagen wir kein Wort. Doch wenn sie falsche Götter sind, dann ist Nam mit ihnen schuldig.«

Ein Brüllen der Zustimmung ertönte aus der Menge, und Leonard, der den Hohepriester anblickte, sah, daß er zitterte.

»Dennoch«, fuhr der Sprecher fort, »haben sie uns durch den Mund derer, welche vor euch sitzt, erklärt, daß es wegen eurer Sünden ist, wenn die Sonne auf ihren Befehl hin aufgehört hat zu scheinen. Deshalb kann sie sie auch auf ihren Befehl wieder scheinen lassen. Sollen sie uns also ein Zeichen geben, oder mögen sie sterben, falls sie Sterbliche sein sollten, denn wenn sie nicht sterblich sind, können wir sie nicht töten. Und dies soll das Zeichen sein, das sie uns geben müssen: Wenn morgen bei Anbruch der Dämmerung die Nebel verschwunden sind und die Sonne rot und klar auf den Schnee jener Berge scheint, ist alles gut, und wir werden sie anbeten. Wenn jedoch der Morgen kalt und nebelschwanger ist, werden wir sie, ob wahre Götter oder nicht, vom Kopf der Statue in die Grube der Schlange werfen, wo die Schlange mit ihnen tun mag, was ihr beliebt – oder sie mit ihr, je nachdem. Dieses ist unser Urteilsspruch, Menschen des Nebelvolks, und Nam soll das Urteil vollstrecken, so es nötig werden sollte, denn er wird im Besitz seiner Macht und seines Amtes verbleiben, bis alle diese Dinge geklärt sind, und dann soll über ihn selbst das Urteil gesprochen werden, je nach Lage der Dinge.«

Nun schrien die großen Menschenmassen laut, daß dies ein weises und gerechtes Urteil sei, andere jedoch saßen schweigend, denn obwohl sie mit ihm nicht einverstanden waren, wagten sie doch nicht, dagegen zu sprechen.

Juanna erhob sich und sagte: »Wir haben deine Worte gehört und werden uns jetzt zurückziehen, um über sie nachzudenken, und bei Anbruch der Morgendämmerung werdet ihr uns auf jenem Schwarzen dort sitzen sehen. Doch ob wir die Sonne scheinen lassen werden, oder es vorziehen, über den Pfad des schäumenden Wassers zu unserem eigenen Ort zurückzukehren, wissen wir nicht, obwohl es mir scheint, daß das letztere besser wäre als das erstere, da wir eurer Gesellschaft müde werden, Menschen des Nebelvolks, und es nicht länger passend ist, daß wir euch durch unsere Gegenwart segnen. Trotzdem: falls wir jenen Pfad wählen sollten, werden all die Plagen, die ich prophezeit habe, über euch kommen. Olfan, geleite uns zum Palast!«

Der König trat vor, winkte den Kriegern der Eskorte, und die Prozession schritt feierlich und schweigend zum Palast zurück, denn niemand wagte, sich ihr in den Weg zu stellen. Sie erreichten ihn sicher um Punkt zehn, nach Leonards Uhr.

»Laßt uns jetzt essen und trinken«, sagte Leonard, als sie allein im Thronsaal standen, »denn wir werden morgen früh all unsere Kraft brauchen.«

»Ja«, antwortete Juanna mit einem traurigen Lächeln, »laßt uns essen und trinken, denn morgen früh werden wir sterben.«

30

Franciscos Sühne

Als sie ihr Mahl beendet hatten, das recht bedrückt und schweigsam verlief, wie man sich unschwer vorstellen kann, begann sie zu sprechen.

»Sehen Sie irgendeine Hoffnung?« fragte Juanna die anderen drei.

Leonard schüttelte den Kopf und antwortete: »Wenn morgen früh die Sonne nicht scheinen sollte, sind wir tot.«

»Dann sehe ich keine Hoffnung, Baas«, stöhnte Otter, »denn die Nacht ist genauso, wie alle Nächte während der letzten fünf Wochen waren. Kein Wunder, daß diese Menschen so grausam und bösartig sind, wenn sie in einem solchen Klima leben müssen.«

Juanna barg ihr Gesicht für eine Weile in ihren Händen, dann sagte sie: »Sie haben nichts davon gesagt, daß Ihnen etwas geschehen würde, Leonard, oder auch Francisco, also könnten Sie vielleicht entkommen.«

»Das bezweifle ich«, antwortete er. »Außerdem, um ganz

ehrlich zu sein: Wenn Sie sterben sollten, möchte ich lieber mit Ihnen sterben.«

»Ich danke Ihnen, Leonard«, sagte sie sanft, »doch das würde keinem von uns sehr viel helfen, nicht wahr? Was werden sie mit uns tun? Uns vom Kopf der Statue herabstürzen?« Sie erschauerte.

»Das scheint ihre freundliche Absicht zu sein, doch zumindest braucht keiner von uns das lebend über sich ergehen zu lassen. Wie lange dauert es, bis Ihre Medizin wirkt, Juanna?«

»Höchstens eine halbe Minute, denke ich, sicher weniger. Bist du sicher, daß du nichts davon nehmen willst?« wandte sie sich an Otter. »Denk daran: der andere Tod ist schrecklich.«

»Nein, Schäferin«, sagte der Zwerg, der jetzt, im Angesicht unmittelbarer Gefahr, so war wie einst, bevor er Trost im Biertopf gesucht hatte: tapfer, ernst und gesammelt. »Ich habe nicht vor, zuzulassen, daß man mich in die Grube wirft. Nein, wenn die Zeit gekommen ist, werde ich aus meinem eigenen, freien Willen hineinspringen, und wenn ich nicht getötet werde – ein Otter weiß, wie man in einen Tümpel springt –, dann werde ich mich dem großen Bewohner des Wassers, falls ich ihm nicht ausweichen kann, zum Kampf stellen. Ja, und jetzt werde ich das vorbereiten, womit ich kämpfen werde.« Damit stand er auf und verschwand in seine Schlafkammer.

Kurz darauf folgte Francisco seinem Beispiel, auf der Suche nach einem stillen Winkel, wo er beten wollte, und so blieben Juanna und Leonard allein zurück.

Einige Minuten lang blickte er sie schweigend an, die in ihrer weißen Tempelrobe neben ihm saß, ihr schönes Gesicht ernst und traurig im matten Licht der Fackel, und sein Herz wurde von Scham und Mitleid erfüllt. Das Blut dieses Mädchens würde an seinen Händen kleben, und er konnte nichts tun, um ihr zu helfen. Seine Raffgier und seine Selbstsucht hatten sie in dieses unglückselige Unternehmen hineingezogen, und jetzt stand dessen unvermeidliches Ende bevor, und er war ihr Mörder, der Mörder der Frau, die ihm alles in der Welt war und die ihr Vater mit seinem letzten Atemzug seiner Obhut anvertraut hatte.

»Vergeben Sie mir«, sagte er schließlich mit etwas wie einem Schluchzen und legte seine Hand auf die ihre.

»Was sollte ich zu vergeben haben; Leonard?« antwortete sie sanft. »Jetzt, wo alles vorbei ist und ich auf die letzten Monate zurückblicke, scheint es mir, als ob Sie es wären, der vergeben müßte, denn ich habe mich Ihnen gegenüber oft genug schlecht benommen.«

»Unsinn, Juanna, es war meine Torheit, die Sie in diese Lage gebracht hat, und jetzt sollen Sie zu Beginn Ihrer Jugend und in der Blüte Ihrer Schönheit Ihr Ende finden. Ich bin Ihr Mörder, Juanna«, und mit leiserer Stimme setzte er zögernd hinzu: »Ich will jetzt ehrlich sein, denn die Zeit ist knapp, obwohl ich mir immer wieder geschworen habe, daß nichts mich dazu bringen würde, es Ihnen zu sagen: Ich liebe Sie.«

Sie zuckte nicht zusammen, bewegte sich nicht einmal, als sie seine Worte hörte, sondern starrte wie zuvor reglos ins Halbdunkel; nur eine leichte Röte zog über die bleiche Haut ihrer Wangen und ihres Halses.

»Sie lieben mich, Leonard?« sagte sie nach einer Weile. »Sie haben – Jane Beach vergessen?«

»Es ist die volle Wahrheit, Juanna, daß ich einst Jane Beach verbunden war, und es ist auch wahr, daß ich noch heute liebevoll an sie zurückdenke, doch habe ich sie seit vielen Jahren nicht gesehen und bin sicher, daß sie mich aufgegeben und einen anderen Mann geheiratet hat. Die meisten Männer haben in ihren frühen Jahren mehrere Affären des Herzens; ich hatte nur eine, und die ist erledigt.

Ich habe Sie geliebt, seit ich Sie in jenem Sklavenlager zum ersten Male sah, Juanna, und ich habe von dem Tage an nie aufgehört, Sie zu lieben, selbst nachdem mir durch Ihre Worte und Ihr Verhalten klar wurde, daß Sie so ein Gefühl für mich nicht aufbrachten. Ich weiß, daß sich Ihre Einstellung seither nicht geändert hat, denn wenn das der Fall wäre, hätten Sie kaum die Worte gebraucht, die Sie mir heute morgen sagten, nachdem Olfan uns verlassen hatte. Offengestanden begreife ich selbst nicht ganz, warum ich Ihnen dies alles sage, da es Sie kaum interessieren dürfte und es Ihnen in Ihren letzten Stunden vielleicht sogar lästig sein mag. Ich denke, der Grund dafür ist, daß ich reinen Tisch machen will, bevor wir dorthin gehen, wo wir all unser Lieben und Hoffen verlieren.«

»Oder es gewinnen«, sagte Juanna, die immer noch starr vor sich hin blickte.

Dann trat eine Stille von zwei oder drei Minuten ein, bis Leonard, der zu glauben begann, daß er damit seine Antwort erhalten hatte, zu der Ansicht kam, daß es vielleicht gut wäre, sie für eine Weile allein zu lassen. Gerade als er sich erheben wollte, machte Juanna eine sanfte Bewegung; langsam, ganz langsam, wandte sie sich ihm zu, langsam streckte sie ihre Arme nach ihm aus und legte ihren Kopf an seine Brust.

Leonard war im ersten Moment völlig verwirrt; er konnte kaum glauben, was seine Sinne ihm verrieten. Dann faßte er sich und küßte sie zärtlich.

Kurz darauf löste Juanna sich aus seinen Armen und sagte: »Sag mir, Leonard, sind alle Männer blind, oder bist du der einzige? Ich weiß nicht warum, und ich will es auch gar nicht wissen, doch es ist wahrlich seltsam, daß etwas, das während der letzten fünf oder sechs Monate mir so schmerzlich klar war, dir unsichtbar geblieben sein sollte. Leonard, du bist nicht der einzige, der sich in jenem Sklavenlager verliebt hat. Doch hast du meine Liebe rasch gedämpft, indem du mir die Geschichte von Jane Beach erzähltest, und natürlich habe ich danach, was immer ich fühlen mochte, mein möglichstes getan, sie vor dir zu verbergen, mit größerem Erfolg, wie es scheint, als ich erwartete. Und ich weiß nicht einmal, ob es klug war, sie dir jetzt zu gestehen, denn obwohl du mir erklärst, daß Jane tot und begraben ist, kann sie doch jeden Moment wieder auferstehen. Ich kann nicht glauben, daß Männer ihre erste Liebe vergessen können, Leonard, wenngleich sie versuchen, sich vom Gegenteil zu überzeugen – solange sie weit von ihr entfernt sind.«

»Denkst du nicht, daß wir Jane in Ruhe lassen sollten, Liebes?« antwortete er ein wenig ungehalten, denn Juannas Worte brachten die Erinnerung an eine andere Liebesszene zurück, die im englischen Schnee vor mehr als zehn Jahren stattgefunden hatte.

»Ich bin jederzeit bereit, sie jetzt und für immer fallen zu lassen. Aber laß uns nicht schon wieder streiten, wo uns so wenig Zeit verbleibt. Laß uns von anderen Dingen reden. Sag mir, daß du mich liebst, mich liebst, mich liebst, denn das sind die Worte, deren Echo ich in meinen Ohren hören möchte, bevor sie für die Welt und ihre Echos taub werden, und das sind die Worte, die mich, wie ich hoffe, in wenigen Stunden in einem glücklicheren Lande begrüßen werden. Leonard, sag mir, daß du mich liebst, heute, und morgen, und immerdar.«

Er sagte es ihr, und noch viel mehr, mit ernster Stimme und voller Zärtlichkeit wie ein Mann zu der Frau sprechen mag, die er anbetet, und mit der er gleich zu jenem Ufer aufbrechen wird, von dem wir nichts wissen, obwohl wir bei Tag und bei Nacht die Wellen, die uns vorwärts tragen, an jenes Ufer branden hören. Sie sprachen lange miteinander, und während dieses Gesprächs wurde Juanna ständig sanfter und fraulicher, als die Barrieren ihres Stolzes im Feuer ihrer Leidenschaft zerschmolzen und der Schatten des Todes dunkler und dunkler auf sie fiel, und auf den Mann, den sie liebte. Schließlich war ihre Kraft völlig verbraucht, sie weinte an Leonards Brust wie ein verängstigtes Kind und sank vom Weinen in einen tiefen Schlaf oder eine Ohnmacht. Er küßte sie auf die Stirn, trug sie zu ihrem Bett und legte sie zur Ruhe nieder, zur Ruhe vor ihrem Tode. Dann ging er in den Thronsaal zurück.

Hier fand er Otter und Francisco.

»Sieh, Baas«, sagte der Zwerg und zog unter seinem Ziegenfellumhang einen Gegenstand hervor, an dessen Herstellung er während der ganzen letzten Stunde gearbeitet hatte. Es war eine mörderische Waffe, aus den beiden Opfermessern gefertigt, die von den Priestern bei der Entführung der letzten beiden Männer der Niederlassung zurückgelassen worden waren. Otter hatte die Griffe mit Fellstreifen fest miteinander verschnürt, so daß die beiden Klingen eine Waffe von zwei Fuß Länge oder mehr bildeten, deren gekrümmte Spitzen in entgegengesetzte Richtung wiesen.

»Wozu soll das gut sein?« fragte Leonard gleichgültig, da seine Gedanken mit anderen Dingen beschäftigt waren.

»Das werde ich dem Krokodil zu fressen geben, Baas; ich habe gesehen, wie seine Brüder in den Sümpfen des Sambesi mit so etwas gefangen wurden«, antwortete der Zwerg mit einem Grinsen. »Zweifellos glaubt es, mich fressen zu können, doch habe ich ein anderes Futter für das Biest bereitgemacht. Ah! Eines bin ich sicher, daß es einen guten Kampf geben wird, wenn es dort herauskommt, ganz egal, wer am Ende Sieger ist.«

Dann begann er, ein Fellseil an den Griffen der Messer zu verknoten, befestigte sein anderes Ende mit einem Laufknoten um seinen Leib und stopfte den Rest des Seils, der gut dreißig Fuß messen mochte, zusammen mit den Messern unter seinen Umhang und in seine *Moocha*.

»Jetzt bin ich wieder ein Mann, Baas«, sagte der Zwerg grimmig. »Ich habe das Trinken und andere Torheiten, denen ich in der Zeit des Nichtstuns anheimgefallen war, hinter mir gelassen, denn die Stunde des Kampfes ist gekommen. Ja, und ich werde siegen, Baas! Das Wasser ist mein Zuhause, und ich fürchte Krokodile nicht, ganz gleich, wie groß sie sein mögen – nein, nicht ein bißchen; denn, wie ich dir sagte, habe ich sie schon früher getötet. Du wirst sehen, du wirst sehen.«

»Ich fürchte, mir wird das nicht vergönnt sein, Otter«, antwortete Leonard niedergeschlagen, »doch ich wünsche dir Glück, mein Freund. Falls es dir tatsächlich gelingen sollte, aus dieser scheußlichen Situation zu entkommen, werden sie dich wahrlich für einen Gott halten, und wenn du nur soviel Verstand aufbringst, das Trinken zu lassen, könntest du hier herrschen, bis du an Altersschwäche stirbst.«

»Darin sehe ich nicht den geringsten Reiz, Baas, wenn du tot bist«, antwortete der Zwerg mit einem schweren Seufzer. »Ja, meine Torheit hat dazu beigetragen, dich in diese Lage zu bringen, doch dieses schwöre ich: Sollte ich leben – und mein Geist sagt mir, daß ich in dieser Nacht nicht sterben werde –, so nur, um dich zu rächen. Keine Sorge, Baas, wenn ich wieder ein Gott bin, werde ich sie alle töten, einen nach dem anderen, und wenn sie tot sind, töte ich mich selbst und komme, um nach dir zu suchen.«

»Das ist wirklich sehr freundlich von dir, Otter«, sagte Leonard mit einem gepreßten Lachen, und in diesem Augenblick schwang der Vorhang zur Seite, und Soa stand vor ihnen, begleitet von vier bewaffneten Priestern.

»Was willst du, Frau?« rief Leonard und ging, wie durch einen Instinkt getrieben, auf sie zu.

»Tritt zurück, Erlöser!« sagte sie in der Sisitu-Sprache, die jene, die bei ihr waren, natürlich nicht verstanden. »Ich werde bewacht, und mein Tod würde rasch von dem deinen gefolgt werden. Außerdem würde es dir wenig nützen, mich zu töten, da ich gekommen bin, um dir Hoffnung für das Leben jener zu bringen, die du liebst, und für das deine. Höre! Die Sonne wird zur Morgendämmerung nicht scheinen; schon jetzt sammelt sich der Nebel sehr dicht, und er wird bleiben, deshalb wird man die Schäferin und den Zwerg vom Kopf der Statue hinabstürzen, während du und der Glatzkopf, nachdem ihr ihr Ende mitangesehen habt, bis zur Zeit des Herbstopfers am Leben erhalten bleibt, um dann zusammen mit den anderen Opfern getötet zu werden.«

»Warum bist du hergekommen, um mir das zu sagen, Frau?« fragte Leonard. »Das wußten wir doch bereits – mit Ausnahme des Aufschubs unseres Todes, an dem mir überhaupt nicht gelegen ist. Welche Hoffnung liegt in dieser Geschichte? Falls du uns nichts Besseres zu sagen hast, so geh, Verräterin, und laß uns dein verhaßtes Gesicht nie wieder sehen!«

»Ich habe noch etwas zu sagen, Erlöser. Ich liebe die Schäferin noch immer, genauso, wie du sie liebst, und ...« – setzte sie mit Betonung hinzu – »wie jener Glatzkopf sie liebt. Nun habe ich diesen Plan: Zwei müssen am Morgen sterben, doch von diesen beiden muß nicht einer die Schäferin sein. Der Morgen wird sehr nebelig sein, die Statue des Gottes ist hoch, und nur wenige Priester werden das Opfer in seinem schwarzen Umhang sehen. Was wäre, wenn man einen Ersatz für die Schäferin fände, der ihr an Gestalt, Größe und Gesicht so sehr ähnlich ist, daß man sie in dem dämmrigen Licht und im Schatten der Kapuze nicht auseinanderhalten kann?«

Leonard zuckte zusammen. »Wer würde sich dazu hergeben?«

Soa hob langsam die Hand und deutete auf Francisco.

»Dort steht der Mann!« sagte sie. »Wenn er in den Umhang Acas gekleidet wäre, könnte niemand ihn von der Schäferin

unterscheiden. Und das Wasser und die Schlange geben nichts zurück, was sie einmal verschlungen haben.«

Falls Leonard vorher zusammengezuckt war, so fuhr er jetzt fast zurück, als die ganze Bedeutung dieses entsetzlichen Vorschlags von seinem Verstand Besitz ergriff. Er blickte Francisco an, der schweigend in ihrer Nähe stand, da er den Sisitu-Dialekt nicht verstand.

»Sag es ihm!« forderte sie ihn auf.

»Warte!« antwortete er heiser. »Angenommen, es würde so getan, was geschähe dann mit der Schäferin?«

»Sie würde in den Verliesen des Tempels verborgen werden, in seiner Bekleidung und unter seinem Namen« – und wieder deutete sie auf Francisco –, »bis eine Gelegenheit zur Flucht gefunden wird, oder zur Rückkehr an die Herrschaft über dieses Volk, ohne Zweifel und mit allen Ehren. Allein mein Vater weiß von diesem Plan und hat aus Liebe zu mir die Erlaubnis erteilt, ihn zu versuchen, so verzweifelt er auch erscheinen mag. Außerdem, denn ich will dir jetzt die volle Wahrheit sagen, befindet er selbst sich in Gefahr und hofft, mit Hilfe der Schäferin – die, wenn sie wiedererscheint, nachdem sie die Opferung überlebt hat, von den Menschen für unsterblich gehalten werden würde – sein Leben retten zu können, wenn er selbst vor Gericht gestellt wird.«

»Und du glaubst«, sagte Leonard, »daß ich sie dir anvertrauen würde, bösartig und meineidig wie du bist, und sie der Gnade deines Vaters ausliefere? Nein, es ist besser, daß sie stirbt und von allen Ängsten und Quälereien erlöst wird.«

»Das habe ich nicht von dir verlangt, Erlöser«, antwortete Soa ruhig. »Du wirst mit ihr geholt werden, und wenn sie lebt, lebst auch du. Ist das nicht genug? Diese Männer hier sind hergekommen, um dich und den Glatzkopf ins Verlies zu bringen; sie werden dich und die Schäferin ins Verlies bringen, ohne den Unterschied zu merken, das ist alles. Jetzt sprich mit ihm; vielleicht ist er mit dem Plan nicht einverstanden.«

»Francisco, kommen Sie zu mir«, sagte Leonard leise auf portugiesisch. Und dann berichtete er ihm alles, während Soa sie mit glänzenden Augen beobachtete. Als die Rede auf Soas Plan kam, wurde das Gesicht des Priesters bleich, und er begann heftig zu zittern, doch bevor Leonard zu Ende gesprochen hatte, hörte er auf zu zittern, und Leonard sah, daß ein Strahlen der Verzückung auf sein Gesicht trat.

»Ich tue es«, sagte er mit fester Stimme, »denn so wird es mir vergönnt sein, das Leben der Senhora zu retten und für meine Sünden Sühne zu leisten. Kommen Sie, ich muß mich bereit machen!«

»Francisco«, murmelte Leonard, denn seine aufwallenden Gefühle schnürten ihm die Kehle zu. »Sie sind ein Heiliger und ein Held. Ich wünschte, daß ich dies an Ihrer Stelle tun könnte, wozu ich mit Freuden bereit wäre, doch ist es leider nicht möglich.«

»Es scheint also zwei Heilige und Helden hier zu geben«, antwortete der Priester milde. »Doch wozu müssen wir viele Worte darum machen? Es ist für jeden oder beide von uns eine verschworene Pflicht, für sie zu sterben, doch ist es viel besser, wenn ich sterbe und Sie am Leben bleiben, um sie zu lieben.«

Leonard dachte einen Moment lang nach. »Ich glaube, es muß so sein«, sagte er dann, »aber, mein Himmel, was für eine entsetzliche Alternative. Wie kann ich dieser Frau, Soa, vertrauen? Und doch: Wenn ich ihr nicht vertraue, wird Juanna getötet.«

»Sie müssen das Risiko auf sich nehmen«, antwortete Francisco, »und schließlich liebt sie ihre Herrin, und nur, weil sie eifersüchtig wurde, ist sie zu Nam geflohen und hat uns verraten.«

»Da ist noch etwas: wie sollen wir Juanna von hier fortbringen? Wenn irgend jemand das Komplott durchschaut, so ist es das Ende von allem. Soa, komm her!«

Soa trat zu ihm, und er stellte ihr diese Frage, wobei er sie gleichzeitig informierte, daß Francisco mit dem Plan einverstanden sei und Juanna, die hinter dem Vorhang schliefe, jederzeit aufwachen könne.

»Ich habe etwas mitgebracht, das uns diese Schwierigkeit überwinden lassen wird, Erlöser«, antwortete Soa, »denn ich habe sie vorausgesehen. Sieh, hier ...« – sie zog eine kleine Kalebasse unter ihrem Gewand hervor –, »dies ist das gleiche Wasser, von dem Saga deinem schwarzen Hund zu trinken gab, als ich euch entkommen bin. Misch es mit ein wenig Alkohol, geh zur Schäferin, weck sie auf und befehle ihr, dies zu trinken, um ihre trüben Gedanken zu verscheuchen. Sie wird es tun, und sofort wird tiefer Schlaf sie wieder umfangen und sie sechs Stunden lang festhalten.«

»Es ist kein Gift?« fragte Leonard mißtrauisch.

»Nein, es ist kein Gift. Welchen Sinn sollte es haben, eine zu vergiften, die beim Morgengrauen sterben muß?«

Also tat Leonard, wie sie ihn geheißen hatte. Er nahm einen Becher, einer seiner wenigen verbliebenen Besitztümer, leerte den Schlaftrunk und goß soviel Brandy dazu, daß er das Wasser ein wenig färbte.

Dann trat er in Juannas Raum und fand sie in festem Schlaf auf dem Bett liegend. Er berührte sie sanft an der Schulter und sagte: »Wach auf, Geliebte!«

Sie richtete sich auf und rieb sich die Augen. »Bist du es, Leonard?« fragte sie. »Ich träumte gerade, daß ich wieder ein kleines Mädchen wäre und in Durban zur Schule ginge, und daß es an der Zeit war aufzustehen, um rechtzeitig zur Frühmesse in der Kirche zu sein. Oh! Ich erinnere mich jetzt. Ist es schon Morgen?«

»Nein, Liebling, aber bald«, antwortete er. »Hier, trinke das! Es wird dir Mut geben.«

Sie nahm den Becher und trank mechanisch.

»Wie widerlich das Zeug schmeckt«, sagte sie, dann sank sie langsam auf das Kissen zurück, und eine Minute später war sie wieder fest eingeschlafen. Der Schlaftrunk war stark und wirkte rasch.

Leonard trat zum Vorhang und winkte Soa und die anderen herein. Sie traten alle in Juannas Schlafgemach, bis auf die Priester, die zusammengedrängt bei der Tür des großen Thronsaals standen, leise miteinander sprachen und offensichtlich keine Notiz davon nahmen, was um sie herum geschah.

»Zieh deine Robe aus, Glatzkopf!« sagte Soa. »Ich werde dir eine andere geben.«

Er tat es, und während Soa damit beschäftigt war, den Körper der bewußtlosen Juanna in die Kutte des Priesters zu hüllen, zog Francisco aus der Tasche seiner Weste sein Tagebuch hervor, das er immer dort verwahrte. Eilig schrieb er ein paar Zeilen auf eine leere Seite, dann schloß er das Buch und reichte es Leonard, zusammen mit seinem Rosenkranz.

»Lassen Sie die Senhora lesen, was ich geschrieben habe, wenn ich tot bin, nicht vorher, und geben Sie ihr diesen Rosenkranz zur Erinnerung an mich. Wie oft habe ich mit ihm für sie gebetet. Vielleicht wird sie ihn tragen, wenn ich fortgegangen bin, und vielleicht auch ab und zu für mich beten.«

Leonard nahm das Tagebuch und den Rosenkranz und schob beides in eine Innentasche. Dann wandte er sich Otter zu und erklärte ihm in knappen Umrissen, was sie vorhatten.

»Ah! Baas«, sagte der Zwerg, »vertrau doch diesem Weibsteufel nicht. Und dennoch mag sie vielleicht versuchen, die Schäferin zu retten, denn sie liebt sie, wie eine Löwin ihr Junges liebt. Doch um dich habe ich Furcht, Baas, denn dich haßt sie.«

»Mach dir keine Sorgen um mich, Otter«, antwortete Leonard. »Hör zu! Sie werden uns in den Verliesen des Tempels verbergen; falls es dir gelingen sollte, zu entkommen, so suche Olfan auf und versuche, uns zu befreien. Wenn nicht, lebe wohl – und mögen wir uns an einem anderen Orte wiedersehen!«

»Oh! Baas, Baas«, sagte Otter mit einem tiefen Schluchzen, »um mich kümmere ich mich nicht, und es ist mir gleich, ob ich lebe oder sterbe, aber es ist so traurig, daran zu denken, daß du allein sterben wirst, und ich nicht bei dir sein kann. Oh! Warum nur hat Baas Tom diesen bösen Traum geträumt? Wenn es nicht um ihn gewesen wäre, würden wir heute vielleicht Transportführer in Natal sein. Ich wünschte, ich wäre dir ein besserer Diener gewesen, Baas, aber nun ist es zu spät.« Und während Otter sprach, spürte Leonard eine große Träne auf seine Hand tropfen.

»Vergiß das mit dem Diener, Otter«, antwortete er. »Du bist der beste Freund, schwarz oder weiß, den ich jemals hatte, und der Himmel möge dich dafür entlohnen. Wenn du jenem Baas dort in seiner letzten Stunde helfen kannst, dann tu es. Zumindest sorge dafür, daß er die Medizin rechtzeitig schluckt, denn er ist schwach und sanft und nicht gemacht für so einen Tod.« Damit wandte er sich ab.

Währenddessen hatte Soa den Priester Francisco in den schwarzen Umhang Acas gehüllt. Die weiße Robe, die Juanna bei den Tempelzeremonien trug, zog er nicht an, die verblieb Juanna, natürlich völlig von der priesterlichen Kutte verborgen.

»Wer könnte sie jetzt noch auseinanderhalten?« fragte Soa triumphierend; dann reichte sie Leonard den großen Rubin, den sie von Juannas Stirn gelöst hatte. »Hier, Erlöser, der gehört dir; verlier den Stein nicht, denn du hast vieles durchgestanden, um ihn zu erringen.«

Leonard nahm den Stein und war im ersten Moment versucht, ihn der alten Frau in das hämisch grinsende Gesicht zu schleudern, doch dann erkannte er die Sinnlosigkeit eines solchen Handelns und steckte ihn in die Tasche, in der sich schon der Rosenkranz befand.

»Kommt, laßt uns gehen«, sagte Soa. »Du mußt die Schäferin tragen, Erlöser; ich werde den Priestern erklären, daß der Glatzkopf vor Angst ohnmächtig geworden sei. Lebe wohl, Glatzkopf, du bist trotz allem ein tapferer Mann, und ich ehre dich für diese Tat. Halte die Kapuze immer tief ins Gesicht gezogen, und wenn du die Schäferin retten willst, sei still, antwortete mit keinem Wort, ganz gleich, wer dich ansprechen mag, und stoß keinen Schrei aus, so groß deine Furcht auch sein mag.«

Francisco trat ans Bett, auf dem Juanna lag, hob eine Hand über ihren Kopf, wie um sie zu segnen, und murmelte ein paar Worte des Gebets oder des Lebewohls. Dann wandte er sich um, schloß Leonard in die Arme, küßte ihn auf die Wangen und segnete auch ihn.

»Leben Sie wohl, Francisco«, sagte Leonard mit erstickter Stimme, »ich bin sicher, daß das Königreich des Himmels aus solchen wie Ihnen besteht.«

»Weinen Sie nicht, mein Freund«, antwortete der Priester, »denn dort, in jenem Königreich, hoffe ich Sie und sie wiederzusehen.«

Und so trennten sich diese beiden Freunde.

31

Die weiße Dämmerung

Leonard hob Juanna auf seine Arme und eilte aus der Schlafkammer in den Thronsaal, wo er zögernd stehenblieb, da er nicht wußte, was weiter geschehen würde. Soa, die ihm vorausgegangen war, stand, umgeben von den vier Priestern und mit einer Fackel in der Hand, an jene Wand des Raums gelehnt, an der sie gefesselt gelegen hatte in jener Nacht, als man Otter den Schlaftrunk verabreichte.

»Der Glatzkopf ist vor Angst ohnmächtig geworden«, sagte sie zu den Priestern und deutete auf die Last, die Leonard trug. »Öffnet die geheime Passage, damit wir weiterkommen!«

Nun trat einer der Priester vor und drückte auf einen Stein in der Wand, der zurückglitt und eine Lücke freigab, die groß genug war, daß er seine Hand hineinstrecken und mit all seiner Kraft an einem dort verborgenen Mechanismus ziehen konnte. Daraufhin schwang ein Stück der Wand nach innen, wie auf einem Drehzapfen, und man sah eine kurze Treppe, dahinter einen engen Tunnel. Soa ging als erste die Stufen hinab, die Fackel in der Hand, die sie so hielt, daß ihr Licht niemals voll auf Leonard fiel und auf die Last, die er auf seinen Armen trug. Ihr folgten zwei der Priester, gefolgt von Leonard, der Juanna auf seinen Armen trug, und den Schluß bildeten die anderen beiden Priester, die die Geheimtür hinter sich schlossen.

So also wird das gemacht, dachte Leonard, der sich umgewandt hatte und den Vorgang genau beobachtete, damit ihm auch nicht die kleinste Einzelheit entging.

Otter, der Leonard aus Juannas Schlafkammer in den Thronsaal gefolgt war, sah sie in der Wandöffnung verschwinden, denn der Zwerg konnte im Dunkeln sehen wie eine Katze. Als die Felsplatte sich wieder in ihre alte Lage zurückgedreht hatte, kehrte er zu Francisco zurück, der auf dem Bett saß, in Gebet und Gedanken versunken.

»Ich habe gesehen, wie sie ein Loch in die Wand machen

und hindurchgehen«, sagte er. »Ich bin sicher, daß unsere Freunde, die Männer von der Niederlassung, diesen Weg gegangen sind. Sag, wollen wir es versuchen?«

»Was nützt uns das, Otter?« antwortete der Priester. »Der Weg führt lediglich in die Verliese des Tempels; wenn wir überhaupt so weit gelangen sollten, würde man uns dort einfangen, und damit wäre alles entdeckt, einschließlich dieses Tricks.« Er deutete auf den Umhang Acas, den er trug.

»Das ist wahr«, sagte Otter. »Komm, dann wollen wir uns auf die Throne setzen, bis sie kommen, um uns zu holen!«

Also setzten sie sich auf die hohen Sessel und lauschten den Schritten der Wachen vor der Tür. Francisco nahm seine Gebete wieder auf, während Otter Lieder von den Taten sang, die er vollbracht hatte, besonders eine lange Ballade, die er über die Einnahme des Sklavenlagers gedichtet hatte – ›um das Herz am Leben zu halten‹ – wie er Francisco erklärte.

Eine Viertelstunde verging, dann wurde der Vorhang beiseite gezogen, und eine Gruppe Priester unter Führung von Nam trat herein, die zwei Sänften brachten.

»Jetzt keinen Ton mehr, Otter«, flüsterte Francisco und zog seine Kapuze noch tiefer ins Gesicht.

»Hier sitzen die Götter«, sagte Nam und winkte mit einer Fackel, die er trug, auf die beiden reglosen Gestalten auf ihren Thronen. »Steigt herab, ihr Götter, damit wir euch zum Tempel tragen und auf einen erhabenen Platz setzen, von dem aus ihr die Schönheit der aufgehenden Sonne bewundern könnt!«

Otter und Francisco stiegen wortlos herab und setzten sich in die Sänften. Sie spürten, daß sie sehr rasch davongetragen wurden. Als sie sich außerhalb des Palasttores befanden, lüftete Otter den Vorhang ein wenig, um zu sehen, ob das Wetter sich verändert hätte. Doch der Nebel war noch dichter als gewöhnlich, wenn er sich auch mit dem Licht des ersten Morgengrauens heller färbte. Dann waren sie bei jenem Tor des Tempels, das der Kolossalstatue am nächsten lag, und hier, am Eingang einer der zahllosen unterirdischen Gänge, halfen Wachen ihnen, aus den Sänften zu steigen.

»Lebwohl, Königin«, flüsterte die Stimme Olfans in Franciscos Ohr, »ich hätte mein Leben dafür gegeben, dich zu retten, doch es ist mir nicht gelungen. Jetzt hat mein Leben nur noch ein Ziel: Dich an Nam und all seinen Dienern zu rächen.«

Francisco antwortete nicht, sondern drängte sich eilig in den Tunnel, den Kopf tief auf die Brust gesenkt. Bald befanden sie sich im unteren Teil des Idols und begannen, von Priestern geführt, die Stufen im Innern der Statue emporzusteigen. Langsam gingen sie durch die absolute Dunkelheit, und Francisco kam diese, seine letzte Reise als die längste vor.

Schließlich traten sie auf dem Kopf des Kolosses, wo keiner von ihnen zuvor gewesen war, wieder ins Freie hinaus. Er bildete eine Plattform von etwa acht Fuß im Quadrat, die keinerlei Schutzgitter oder Geländer aufwies, und unterhalb der die glatten, leicht gekrümmten Flächen von Gesicht und Kopf lagen. Der Elfenbeinthron, auf dem Juanna gesessen hatte, war entfernt worden, statt seiner standen jetzt zwei Holzhokker direkt an der Kante der Stirn des Idols, und auf diese mußten die Opfer sich setzen. Von dieser schwindelerregenden Höhe aus sahen sie die kleine Felsenfläche zwischen den Füßen des Kolosses, und die Wände des Bassins hinab, vor dem der Opferstein stand, und durch die Schräge und die Neigung des Kopfes befand sich jemand, der darauf saß, fast direkt über den schäumenden Wassern des Bassins.

Otter und Francisco setzten sich auf die Hocker, und hinter ihnen nahmen Nam und drei weitere Priester Aufstellung, wobei Nam sich so stellte, daß keiner seiner Begleiter die schlanke Gestalt Franciscos genauer ansehen konnte, den sie für die Schäferin hielten.

»Halt mich fest, Otter!« flüsterte Francisco. »Meine Sinne schwinden mir; ich könnte fallen.«

»Schließ die Augen und beug dich zurück, dann siehst du nichts«, antwortete Otter. »Außerdem solltest du deine Medizin bereithalten, denn die Zeit ist gekommen.«

»Sie ist bereit«, antwortete er. »Möge Gott mir diese Sünde vergeben, doch ich kann es nicht ertragen, lebend der Schlange vorgeworfen zu werden.«

Otter antwortete nicht, sondern beobachtete die Szene unterhalb der Statue. Der Tempel war mit Nebel gefüllt, der aus dieser Höhe wie Rauch aussah, und durch diesen Schleier konnte er die gewaltige, unruhige Masse der Zuschauer erkennen, die in Erwartung des Abschlusses der Tragödie die ganze Nacht hindurch dort gesessen hatte, während der Ton ihrer Stimmen, ihrer gemurmelten Unterhaltung, in seinen Ohren wie das Rauschen eines weit entfernten Wassers klang. Hinter ihm standen die vier Priester oder Scharfrichter in feierlicher, schweigender Reihe, ihre Blicke auf den grauen Nebel gerichtet, während sich oberhalb von ihnen, um sie herum, und unterhalb nichts anderes als schwindelerregende Leere befand.

Es war eine grauenerregende Position, deren Schrecken noch verstärkt wurde durch jedes Entsetzen, das Mensch und Natur hervorbringen können, und selbst der unerschütterliche Zwerg, der weder Tod noch Teufel füchtete, und über den religiöse Zweifel keinerlei Gewalt hatten, begann zu spüren, wie ihr eisiger Griff sein Herz umklammerte. Was Francisco betraf, so war solches Denken, das ihm noch verblieben war, in tiefes Gebet konzentriert, so daß es durchaus möglich war, daß er nicht so sehr litt, wie man es erwarten mochte.

Fünf Minuten vergingen so, dann sprach eine Stimme aus dem Nebel unterhalb der Statue: »Sind jene, welche Aca und Jâl genannt werden, dort oben, o Priester?«

»Sie sind hier oben«, antwortete Nam.

»Ist es die Stunde der Morgendämmerung, o Priester?« sagte die Stimme wieder, und jetzt erkannte Otter sie als die des Sprechers der Ältesten.

»Noch nicht ganz«, antwortete Nam mit einem Blick auf den schneebedeckten Gipfel, der hinter und über dem Tempel Tausende von Fuß emporragte. Aller Augen in der großen Menschenmenge starrten jetzt zu dem Gipfel hinauf, obwohl seine gewaltigen Umrisse durch den Nebel nur vage erkennbar waren, so undeutlich wie die Gestalt eines Leichnams, der unter einer Decke von Schnee begraben ist. Auf diese höchsten Gipfel der Berge fiel das Licht der Sonne zuerst, und auf sie fiel es immer, da sie sich weit über die Nebelgrenze erhoben, und nach der Art des Lichtes beurteilten die Menschen das Wetter des neugeborenen Tages. Wenn der Schnee der Gipfel rosig rot leuchtete, wußten sie, daß bald die Sonne auf sie scheinen würde. Falls er jedoch kalt und weiß schimmerte, oder, noch schlimmer, grau, so war dies ein Zeichen dafür, daß der kommende Tag Nebel in die Stadt und über das Land bringen würde. Deshalb blickten zu dieser Stunde, der Stunde des Urteils über die Götter, die sie selbst über sich gesetzt hatten, aller Augen so angespannt auf die Berggipfel wie nie zuvor, um zu sehen, ob sie weiß oder rot schimmern würden.

Ganz allmählich wurde das Licht stärker, und es schien Otter, als ob der Nebel an diesem Morgen etwas dünner wäre als sonst um diese Stunde, obwohl er noch sehr dicht zwischen ihnen und den verschneiten Gipfeln hing. Er konnte die Mauern des Amphitheaters ausmachen, dann das dunkle Schimmern des Wassers unterhalb seines hohen Sitzes sehen, schließlich das Glänzen vieler Hunderter von Augäpfeln, die zu ihm heraufstarrten und an ihm vorbei. Die Stille wurde immer drückender; niemand sprach oder rührte sich, jeder wartete darauf, das erste Frühlicht auf die Schneefelder des Gipfels fallen zu sehen und fragte sich: Wird es rot sein – oder weiß? Werden die Götter am Leben bleiben, oder müssen sie sterben? So absolut und angespannt war diese Stille, ungebrochen von einem Luftzug oder dem Ruf eines Vogels, daß Otter sie nicht länger ertragen konnte, sondern plötzlich in Gesang ausbrach.

Er hatte eine tiefe, sonore Stimme, und es war ein Zulu-Kriegsgesang, den er angestimmt hatte, ein triumphierendes Lied über den Angriff erobernder Impis, interpunktiert von dem Jammern der Frauen und dem Stöhnen der Sterbenden. Lauter und lauter sang er, wobei mit seinen nackten Füßen auf den Felsen stampfte, und die Menschen blickten verwundert zu ihm auf. Wahrlich, dieser war ein Gott, dachten sie, welcher so jubelnd in einer fremden Zunge sang, während alle darauf warteten, ihn in den Rachen der Schlange geworfen zu sehen. Kein Sterblicher, der so bald und auf eine so schreckliche Art sterben mußte, würde das Herz dazu haben, zu singen, und noch viel weniger würde er so ein Lied singen, wie sie es gerade hörten.

»Er ist ein Gott!« schrie eine weit entfernte Stimme, und der Ruf hallte von allen Seiten wider, bis es plötzlich still wurde, und auch Otter hörte mit dem Singen auf, denn er hatte den Kopf gewandt und gesehen. Dort! Der Schleier des Nebels, der die Höhen der Berge verdeckte, wurde dünner – es war der Augenblick der Dämmerung, doch würde es eine rote Dämmerung werden, oder eine weiße? Er sah, wie sich die Nebelschwaden von den Gipfeln verzogen, obwohl sie auf den unteren Hängen noch immer dicht waren, und an ihrer Stelle sah man jetzt seine glatten, schimmernden Felsen, in einen Mantel von ewigem Schnee gehüllt.

Das Gottesurteil war vorüber. Keine Spur von Farbe, kein goldener Sonnenstrahl, kein rötlicher Schatten tönte die riesigen Schneeflächen, sie waren so bleich wie die Gesichter von Toten.

»Eine weiße Dämmerung! Eine weiße Dämmerung!« schrien die Menschen. »Fort mit den falschen Göttern! Werft sie zur Schlange hinab!«

»Es ist vorbei«, flüsterte Otter in Franciscos Ohr. »Nimm jetzt deine Medizin, und leb wohl, mein Freund!«

Der Priester hörte die Worte, faltete seine schmalen Hände und wandte sein zerquältes Gesicht, in dem die sanften Augen glänzten, himmelwärts. Einige Sekunden lang saß er so; dann sah Otter, der unter die Kapuze blickte, wie sein Gesicht sich veränderte, und erneut trat ein Ausdruck der Verzückung darauf, wie vor ein paar Stunden, als Francisco versprach, das zu tun, was zu tun er jetzt im Begriffe war.

Wieder herrschte absolute Stille, denn der Sprecher des Rates der Ältesten hatte sich erhoben und rief den auf dem Kopf der Statue stehenden Priestern die formelle Frage zu: »Ist das Frühlicht weiß oder rot, ihr, die ihr dort oben steht?«

Nam wandte sich um und blickte zu den schneebedeckten Gipfeln hinauf.

»Das Frühlicht ist nun voll erstrahlt, und es ist weiß!« antwortete er.

»Mach schnell!« flüsterte Otter in Franciscos Ohr.

Der Priester hob die rechte Hand an die Lippen, als ob er das Sakrament des Todes nehmen wolle.

Doch dann ließ er das Gift aufseufzend fallen und flüsterte Otter zu: »Ich kann es nicht tun, es ist eine Todsünde. Sie müssen mich töten, denn ich darf mich nicht selbst töten!«

Bevor der Zwerg antworten konnte, tat die Natur, die gnädiger war als sein Gewissen, das für Francisco, das er selbst nicht tun wollte, denn er fiel plötzlich in Ohnmacht. Sein Gesicht wurde bleich und er sank langsam zurück so daß er vom Hocker gefallen wäre, wenn nicht Nam, der sah, daß er vor Angst das Bewußtsein verloren hatte, ihn bei den Schultern gepackt und aufrecht gehalten hätte.

»Die Dämmerung ist weiß! Wir sehen es mit unseren eigenen Augen«, antwortete der Sprecher der Ältesten. »O ihr, die ihr dort oben steht, werft die falschen Götter hinab, wie es das Urteil des Nebelvolks befiehlt!«

Otter hörte es und wußte, daß jetzt der Augenblick gekommen war, wo er springen mußte, denn um Francisco brauchte er sich nicht mehr zu kümmern.

Er wandte rasch den Kopf und blickte Nam an, um zu sehen, ob er etwas durchführen konnte, das ihm gerade eingefallen war, nämlich den Hohepriester zu packen und ihn mit sich in die Tiefe zu nehmen.

Es war nicht möglich, er stand außer Reichweite; außerdem würde, wenn er Nam fortrisse, Francisco rückwärts umkippen, und die anderen mochten sehen, daß er nicht die Schäferin war. Otter stand auf, gab dem Hocker, auf dem er gesessen hatte, einen Tritt und verfolgte die Bahn seines Sturzes. Er fiel ins Wasser, ohne irgendwo den Fels zu berühren, und nun wußte der Zwerg, daß er richtig kalkuliert hatte.

Nun packten Nam und einer der Priester den bewußtlosen Körper Franciscos, und die anderen beiden traten auf Otter zu. Der Zwerg wartete, bis sie ihre Hände ausstreckten, um ihn zu packen, dann sprang er den Mann zu seiner Rechten an, packte ihn mit dem Ruf: »Du kommst mit mir!« um die Mitte, stieß sich mit aller Kraft ab und warf sich mit seiner Last ins Leere.

Der Priester begann laut zu schreien, und ein Stöhnen der Verwunderung stieg von der Menge auf, als der Zwerg und sein Opfer wie ein Stein herabfielen. Mit einem Abstand von nur einem Zoll oder zwei sausten sie an der Kante des Bassins vorbei, schlugen in das schäumende Wasser und sanken tiefer und tiefer, bis Otter glaubte, daß er nie wieder an die Oberfläche kommen würde. Doch kam er schließlich wieder nach oben. Jetzt ließ Otter den toten oder bewußtlosen Priester los, und in diesem Augenblick schlug der Körper Franciscos, von Nam hinabgestoßen, dicht neben ihm ins Wasser und verschwand für immer.

Otter pumpte Luft in seine Lungen, tauchte und schwamm mit kräftigen Stößen zur Nordseite des Bassins, denn dort, hatte er bemerkt, war die Strömung am geringsten, und dort hing der Felsrand auch ein wenig über. Er erreichte ihn, tauchte auf, hielt sich mit einer Hand an einem kleinen Vorsprung fest und drückte sich fest an den Fels, so daß er im tiefen Schatten und schäumenden Wasser von niemandem gesehen werden konnte, der von oben ins Bassin blicken mochte. Er atmete tief und bewegte Arme und Beine; alles in Ordnung, nichts verletzt. Der Priester, den er mitgenommen hatte, war schwerer als er gewesen und deshalb als erster auf das Wasser geschlagen, so daß der Aufprall für ihn selbst nach einem Sprung aus so großer Höhe gering gewesen war.

Ha! dachte Otter, bis jetzt ist mein Geist bei mir gewesen; ich könnte jetzt stundenlang hier sitzen, ohne gesehen zu werden. Aber da ist noch immer die Schlange, mit der ich fertigwerden muß.

Hastig zog er die Waffe heraus, die er sich aus den zwei Messern gefertigt hatte, und nahm sie in die rechte Hand. Dann blickte er wieder umher. Etwa zehn Fathoms* entfernt, in der Mitte des Wasserwirbels, konnte er noch immer den Körper des Priesters sehen, der von dem Strudel im Kreis herumgetrieben wurde, doch von Francisco war keine Spur zu entdecken. Nur dreißig Fuß über sich sah Otter dichte Reihen von Köpfen, die sich über den Rand des Bassins beugten und den Priester anstarrten, der herumgewirbelt wurde wie ein Strohhalm in einer Quelle.

Wenn der Vater aller Krokodile noch da und wach ist, dachte Otter, wird er sich diesen Köder sicher schnappen. Deshalb werde ich mich am besten eine Weile ruhig verhalten und abwarten, was passiert.

Während er dies überlegte, hörte er über sich ein Brüllen von der zusehenden Menge, und es war so laut, wie er es

---

* Engl. nautisches Maß, 1 fathom = 6 Fuß oder 1,83 m – *Anm. d. Übers.*

noch nie gehört hatte, so daß für ein paar Sekunden selbst das Tosen des Wassers davon übertönt wurde.

Was kann denn jetzt dort oben passiert sein, fragte sich Otter.

Und dies war der Grund für das Toben der Menge: Ein Wunder, oder etwas, das die Menschen des Nebels für ein Wunder hielten, war geschehen, denn plötzlich, zum ersten Mal seit Menschengedenken, hatte sich die weiße Dämmerung zu einer roten verwandelt. Blutrot leuchtete der Schnee auf dem Gipfel des Berges, und es sah aus, als ob er in Flammen stünde.

Im ersten Augenblick hatten alle, die Zeugen dieses Phänomens wurden, in betroffenem Schweigen emporgestarrt, dann war das Babel von Lärm losgebrochen, das in die Ohren Otters gedrungen war, der unter dem überhängenden Fels im Wasser hockte.

»Die Götter sind ungerechtfertigt geopfert worden!« schrien die Leute. »Es sind wahre Götter! Seht, das Licht ist rot!«

Die Situation war seltsam und höchst unerwartet, doch Nam, der seit mehr als fünfzig Jahren Hohepriester war, zeigte sich ihr gewachsen.

»Dies ist wahrlich ein Wunder!« schrie er, als endlich wieder etwas Ruhe eingekehrt war, »denn noch nie in unserer Geschichte ist berichtet worden, daß eine weiße Dämmerung auf den Bergen zu einer roten geworden ist. Und doch, o Volk des Nebels, sind jene, die wir für Götter hielten, nicht zu unrecht geopfert worden. Nein, dieses ist die Bedeutung des Zeichens: Jetzt sind die wahren Götter, Aca und Jâl, versöhnt, weil nun endlich jene, die es wagten, ihre Macht an sich zu reißen, ihnen geopfert wurden. Deshalb haben sie den Fluch vom Lande genommen, und das Sonnenlicht ist zurückgekehrt, um uns zu segnen.«

Als er das gesprochen hatte, brach der Tumult erneut aus, und die einen schrien dieses, die anderen jenes. Doch wurde nichts unternommen, da Nams Ausrede logisch und plausibel klang und der Geist der Menschen verwirrt war. Also löste sich die Versammlung in Unordnung auf, nur ein Teil der Menschen blieb zurück, darunter die Priester und auch Olfan, und sie drängten sich um das Bassin, um zu sehen, was dort unten passierte.

Inzwischen hatte Otter das erblickt, das ihn das Lärmen über sich vergessen ließ, wie das Sirren der Mücken des vergangenen Jahres. Als er seinen Blick über die ganze Länge der Felswände des Bassins schweifen ließ, entdeckte er die Mündung eines kreisrunden Tunnels, die einen Durchmesser von etwa acht Fuß haben mochte, direkt unter dem Sockel des Idols. Die untere Kante dieses Tunnelausgangs lag etwa sechs Zoll oberhalb des Wasserspiegels, und Wasser rann in dünnem Strahl heraus. Und in diesem Tunnelausgang, halb schwimmend, halb kriechend, war das riesige, häßliche Reptil, das der wahre Gegenstand der Anbetung des Nebelvolks war, erschienen.

So gewaltig seine Ausmaße auch waren, der Zwerg sah es nur für wenige Sekunden, so schnell bewegte es sich und verschwand dann in der Tiefe, um wenig später neben dem toten Priester aufzutauchen, der eben zu versinken begann. Der grauenhafte Kopf hob sich aus dem Wasser, wie in jener Nacht, als die Frau in das Bassin geworfen worden war; er öffnete seine riesigen Kiefer, packte den Mann um die Mitte und verschwand mit ihm in dem schäumenden Wasser. Otter behielt die Mündung des Tunnels im Auge, und nicht vergebens, denn bevor er bis zehn hätte zählen können, kroch das Monster hinein und schleppte seine Beute zu seiner Höhle.

Wieder spürte der Zwerg einen Anflug von Furcht, denn die Schlange, oder, besser gesagt, das Krokodil, wirkte aus der Nähe gesehen grauenhafter als alles, was seiner Phantasie sich vorzustellen möglich gewesen war. An die rauhe Felswand geklammert, was ihm keinerlei Schwierigkeiten bereitete – nur die Kälte des Wassers war unangenehm –, suchten Otters Augen das ganze Rund der Wände ab, um irgendwo einen Ausweg zu finden, da seine Begier auf eine persönliche Auseinandersetzung mit dem Reptil verflogen war. Doch er konnte suchen, so viel er wollte, es war nichts zu entdecken. Die Wände des Bassins waren volle dreißig Fuß hoch und leicht nach innen geneigt, wie die Seiten eines auf den Kopf gestellten Trichters. Falls es irgendwelche Ausgänge aus dem Bassin geben sollte, so waren sie unsichtbar; und trotz seiner enormen Kräfte wagte Otter nicht, in den schäumenden Strudel zu schwimmen, um nach ihnen zu suchen.

Eines jedoch bemerkte er: Unmittelbar über dem Eingang zur Höhle des Krokodiles und etwa zwanzig Fuß über der Wasseroberfläche waren zwei Löcher in den Fels geschlagen, etwa sechs Fuß voneinander entfernt und etwa zwölf Zoll im Quadrat messend. Doch diese Löcher waren unerreichbar, und selbst wenn er sie hätte erreichen können, waren sie zu klein, um hineinzukriechen, also dachte Otter nicht weiter an sie.

Jetzt begann die Kälte seinen Körper bis aufs Mark zu unterkühlen, und er hatte das Gefühl, von ihr gelähmt zu werden, wenn er noch länger im Wasser bliebe, denn das Bassin wurde von den Eis- und Schneefeldern der Berggipfel gespeist. Deshalb schien ihm nur eine Möglichkeit zu bleiben: Sich dem Wasserbewohner in seiner Höhle zu stellen – und das beschloß Otter jetzt zu tun, wenn auch mit großem Widerwillen und starken Zweifeln in seinem Herzen.

32

Wie Otter gegen den Wasserbewohner kämpfte

Otter hielt sich sorgfältig im Schatten des überhängenden Randes der Bassinwand, als er, sein doppelklingiges Messer in der rechten Hand, zum Eingang der Höhle der Schlange schwamm. Als er sich ihr näherte, spürte er an einem starken, aufwärts drückenden Schwall des Wassers, daß sich hier, in der Tiefe, der eigentliche Zufluß des Bassins befand und das Loch, in dem das Krokodil hauste, lediglich ein zusätzlicher Kanal war, durch den nur zur Zeit der Schneeschmelze größere Wassermassen strömten.

Otter erreichte die Mündung des Tunnels ohne Schwierigkeiten, wartete einen günstigen Moment ab und zog sich dann rasch hinein, da er nicht von denen, die den Rand des Bassins säumten, bemerkt werden wollte. Und er wurde auch nicht entdeckt, denn seine rote Haartolle und sein Ziegenfellumhang waren ihm beim Sprung ins Wasser vom Leibe gerissen worden, und in dem unsicheren Licht des Morgens war sein schwarzer Körper gegen den schwarzen Fels kaum auszumachen.

Jetzt war er in dem Loch und kauerte auf einem Bett von Sand, oder vielmehr zermahlenem Stein, der vom Wasser hereingeschwemmt worden war. Es war sehr dunkel in dem Tunnel, doch das Licht der weißen Dämmerung, die zur roten geworden war, sammelte sich rasch auf dem Wasser des Bassins, als die Nebel unter den Strahlen der Sonne schmolzen, und wurde von dort in den Tunnel reflektiert. So kam es, daß Otter, der die unter Wilden nicht ungewöhnliche Gabe besaß, auch bei geringstem Licht noch klar sehen zu können, seine Umgebung einigermaßen deutlich erkennen konnte. Er befand sich in einem Tunnel von nicht allzu großer Höhe und Breite, den die Kraft des Wassers durch den Fels getrieben hatte, so glatt, als ob er von Menschenhand geschaffen worden wäre; kurz gesagt, es war ein natürliches Abflußrohr, nur daß es aus Stein war, statt aus Ton.

Auf dem Boden dieses Rohres floß ein Wasserrinnsal, das an keiner Stelle mehr als sechs Zoll Tiefe aufwies, zu dessen beiden Seiten, in einer Breite von zehn Fuß oder mehr, sich ein dickes Bett von fein zermahlenen Steintrümmern befand. Wie weit sich die Höhle erstreckte, konnte er natürlich nicht erkennen, noch vermochte er seinen häßlichen Bewohner zu entdecken, obwohl die Spuren seiner Anwesenheit sehr zahlreich waren, denn der Sandboden war übersät mit seinen riesigen Fußabdrücken, und in der Luft lag ein widerlicher, durchdringender Gestank.

Wohin mag dieser böse Geist verschwunden sein? überlegte Otter; er muß in der Nähe sein, und doch kann ich nichts von ihm sehen. Vielleicht wohnt er ein Stück tiefer in der Höhle.

Er kroch weiter und starrte wieder ins Dunkel. Und jetzt

entdeckte er etwas, das ihm bisher entgangen war, nämlich, daß sich etwa acht Fuß vom Eingang der Höhle entfernt ein flacher Felsblock aus dem Boden erhob, der bis etwa sechs Fuß unter die Decke reichte und auf dieser Stelle abgeschrägt war wie eine natürliche Rampe, die vom Bachbett zu seiner Oberfläche führte. Zweifellos hatte dieser Felsblock, der aus einem härteren Material bestand als der ihn umgebende Stein, der abtragenden Kraft des strömenden Wassers widerstanden, und seine Oberfläche blieb auch bei Hochwasser trocken, wie sich an den Hochwasserspuren an den Wänden erkennen ließ, denn wenn jetzt auch nur ein Bach durch die Höhle rann, so schien dieser doch zu bestimmten Jahreszeiten zu seinem reißenden Strom zu werden.

Hier ist ein Bett, auf dem ein Krokodil schlafen mag, überlegte Otter, kroch weiter und starrte auf den massigen Felsblock und besonders auf ein dreieckiges Objekt, das auf dem oberen Ende der schrägen Fläche lag, und auf etwas, das sich darunter befand.

Wenn dieses Ding auch ein Stein ist, überlegte Otter weiter, wie kommt es, daß es nicht herunterrutscht, und was ist das, worauf es ruht? Er trat einen Schritt zur Seite, damit sein Körper auch nicht die kleinste Menge des Lichts blockierte, das mehr und mehr die Dunkelheit der Höhle verdrängte, und immer tiefer in sie eindrang.

Dann blickte er wieder hin und wäre vor Entsetzen beinahe umgefallen, den jetzt konnte er alles erkennen. Das Ding, das er für einen Stein auf dem Felsblock gehalten hatte, war der Kopf des Wasserbewohners, denn jetzt, als das Licht auf sie fiel, leuchteten zwei grauenhafte Augen in einem matten und wechselhaften Feuer. Außerdem entdeckte er, was der Gegenstand war, der unter dem Hals des Reptils lag. Es war der Leichnam jenes Priesters, den Otter mit sich gerissen hatte, als er vom Kopf der Statue gesprungen war, denn er sah seinen Kopf an einer Seite hervorragen.

Vielleicht, wenn ich ein wenig warte, wird es beginnen, ihn zu fressen, überlegte der Zwerg, der sich an die Gewohnheiten von Krokodilen erinnerte, und ich kann es angreifen, wenn es nach dem Fressen einschläft.

In Befolgung dieser Überlegung stand er stocksteif und beobachtete, wie das grüne Feuer in den Augen des Monsters pulsierte und zitterte, heller und matter wurde.

Wie lange er so stand, konnte Otter nicht sagen, doch nach einiger Zeit wurde ihm bewußt, daß diese Augen Besitz von ihm ergriffen hatten und ihn zu sich hinzogen, obwohl er nicht wußte, ob das Reptil ihn bewußt wahrgenommen hatte oder nicht. Eine Weile kämpfte er gegen diese unheilige Faszination an, dann, plötzlich, von Furcht gepackt, versuchte er zu fliehen, zurück ins Bassin, oder irgendwohin, nur außerhalb der Reichweite dieser teuflischen Augen. Aber es war zu spät. Nicht einen Schritt rückwärts konnte er machen, nicht um den Preis seines Lebens.

Nein, er mußte weitergehen. Es war, als ob der Wasserbewohner seine Gedanken gelesen hätte und seinen Feind zu sich zöge, um ihn auf die Probe zu stellen. Otter trat einen Schritt vor – lieber wäre er noch einmal vom Kopf des Idols gesprungen –, und die Augen glühten greulicher denn je zuvor, wie im Triumph.

Verzweifelt sank Otter zu Boden, barg das Gesicht in den Händen und stöhnte innerlich.

Es ist ein Teufel, gegen den zu kämpfen ich gekommen bin, ein Teufel mit Zauberei in den Augen, dachte er. Und wie kann ich, der ich nur ein gewöhnlicher, knollennasiger Zwerg bin, gegen den König der bösen Geister bestehen, der in die Gestalt eines Krokodils gekleidet ist?

Selbst jetzt, wo er die Augen nicht mehr sehen konnte, spürte er, wie sie ihn zu sich zogen. Doch da sie nicht länger sichtbar waren, begannen sein Mut und seine Verstandeskraft sich wieder ein wenig zu regen, so daß er wieder in der Lage war, klar zu denken.

Otter, sagte er zu sich, wenn du so bleibst, wird die Zauberei bald ihr Werk tun. Deine Sinne werden sich verwirren, und dieser Teufel wird dich fressen, wie eine Kobra eine Meerkatze verschlingt. Ja, er wird dich verschlingen, und sein Bauch wird dein Grab sein, und das ist kein passendes Ende für einen, der ein Gott genannt wurde! Männer, von Göttern ganz zu schweigen, sollten kämpfend sterben, sei es gegen andere Männer, gegen wilde Tiere, gegen Schlangen, oder gegen Teufel. Stell dir nur mal vor, was wäre, wenn dein

Herr, der Erlöser, dich hier so hocken sähe, wie eine Kröte vor einer Otter. Er würde laut lachen und sagen: ›Ho! Diesen Mann habe ich für tapfer gehalten? Ho! Er hat sehr laut davon gesprochen, gegen den Wasserbewohner zu kämpfen, er, der von einer langen Reihe von Kriegern abstammt; doch jetzt lache ich über ihn, denn ich sehe, daß er nichts anderes ist, als ein mischrassiger Köter und ein Feigling.‹

Ja, ja, du kannst seine Worte deutlich hören, Otter. Sag jetzt, willst du diese Schande auf dir sitzen lassen und hier herumhocken, bis du gepackt und verschlungen wirst?

So sprach der Zwerg mit sich selbst, und seinem verwirrten Verstand kam es vor, als ob die Worte, die er sich einbildete, Wirklichkeit wären, und daß Leonard tatsächlich neben ihm stünde und sich über ihn lustig machte.

Schließlich sprang er auf die Füße, und mit dem Schrei »Niemals, Baas!« dessen Echos von den Wänden der Höhle widerhallten, stürzte er sich auf den Feind, das zweiklingige Messer in der rechten Hand.

Das Krokodil, das darauf gewartet hatte, daß er bewußtlos würde, wie es bisher bei allen lebenden Opfern der Fall gewesen war, die es mit seinem unheilvollen Blick angestarrt hatte, hörte seinen Schrei und erwachte aus seiner scheinbaren Erstarrung. Es hob den Kopf, Feuer schien aus seinen stumpfen Augen zu sprühen, sein gewaltiger Körper begann sich zu regen. Höher und höher hob sich sein Kopf, und dann sprang es plötzlich auf die Schräge, glitt über sie hinab, wie es Krokodile an einem Flußbett tun, wenn sie aufgestört werden, schlug so schwer im Bachbett auf, daß die Höhle erzitterte, und stand mit gekrümmten Schwanz vor dem Zwerg.

Wieder schrie Otter, halb aus Wut und halb vor Entsetzen, und das laute Geräusch schien die Bestie noch mehr zu reizen.

Sie öffnete ihren riesigen Rachen, wie um ihn zu packen, watschelte ein paar Schritte vorwärts und blieb etwa sechs Fuß entfernt vor ihm stehen. Jetzt war die Chance des Zwerges gekommen, und er wußte es, denn mit dieser Gelegenheit kehrten all sein Mut und all sein Können zu ihm zurück. Er war es, und nicht das Krokodil, der angriff. Er sprang vor, stieß den Arm und das doppelte Messer tief in den aufklaffenden Rachen, die eine Spitze nach oben gerichtet, auf das Gehirn, die andere nach unten, auf die Zunge. Er spürte, wie die Kiefer zuschnappten, doch die Reihen gelber Zähne berührten seinen Arm nicht einmal, denn da war etwas zwischen ihnen, das sie ein Stück auseinanderhielt. Dann warf er sich zur Seite auf den Boden und ließ seine Waffe im Rachen des Reptils zurück.

En paar Sekunden lang schüttelte es wie verwundert seinen greulichen Kopf, und Otter starrte es keuchend an, denn der Gestank des Atems dieser Bestie war betäubend. Zweimal riß sie den gewaltigen Rachen auf und spuckte, und zweimal versuchte sie, die mächtigen Kiefer zu schließen. Oh! Was wäre, wenn es ihm gelänge, sich von dem Messer zu befreien, oder es durch das weiche Fleisch des Halses hinauszudrücken? Dann würde er wahrlich verloren sein! Doch dies war unmöglich, da die untere Klinge in den Kieferknochen eingedrungen war und jede Anstrengung, sich zu befreien, die scharfe Spitze des oberen Messers weiter in Richtung Gehirn drückte. Außerdem war der Stahl der Klingen so gut, und die Verschnürung der beiden Messergriffe so fest, nachdem die Fellriemen durchnäßt worden waren und sich zusammengezogen hatten, daß nichts brach oder nachgab.

Jetzt wird es mich zertrampeln oder mich mit seinem Schwanz in Stücke schlagen, überlegte Otter. Doch bis jetzt schien die Schlange noch nicht daran zu denken; in ihrer Benommenheit schien sie die Anwesenheit ihres Gegners völlig vergessen zu haben. Sie wand sich auf dem Boden der Höhle, peitschte den Fels mit ihrem gepanzerten Schwanz und keuchte dabei entsetzlich. Dann, plötzlich, schoß sie geradeaus und an Otter vorbei, und das zähe Fellseil, das Otter in seiner Moocha geknäult trug, lief aus wie die Leine über den Bug eines Walfängerbootes, nachdem die Harpune die Beute getroffen hat.

Dreimal wurde der Zwerg hart herumgerissen, dann stürzte er zu Boden und wurde in drei scharfen Rucken über den Felsboden geschleift, der zu seinem Glück glatt war. Ein vierter Ruck, und er befand sich wieder im Bassin und wurde von der Bestie in seine tiefsten Tiefen hinabgezogen.

Ich muß verrückt sein, dachte Otter, mich an einen solchen Fisch zu binden, denn er wird mich ersäufen, bevor er stirbt.

Wenn es sich um einen anderen Mann gehandelt hätte, und nicht um Otter, wäre dem zweifellos auch so gewesen. Doch war er so amphibisch, wie es ein Mensch nur sein kann, und konnte die Luft anhalten und unter Wasser schwimmen, ja, und auch sehen, wie jenes Tier, von dem er seinen Namen hatte. Und noch niemals waren diese Fähigkeiten ihm mehr zustatten gekommen, als während der Minuten dieses seltsamen Duells.

Zweimal stieß das gequälte Reptil bis zum Boden des Bassins hinab – und es war sehr tief – und riß den Zwerg mit sich, doch glücklicherweise kam es dazwischen an die Oberfläche zurück, so daß Otter Atem holen konnte. Zum drittenmal tauchte es, und Otter mußte ihm wieder folgen – diesmal zur Mündung eines der unterirdischen Abflüsse des Bassins, in den der Zwerg hineingesaugt wurde. Dann warf es sich herum und schoß wieder nach oben, mit der Geschwindigkeit eines am Haken hängenden Lachses, und Otter, der bis dahin gebetet hatte, daß die Leine reißen möge, betete jetzt darum, daß sie hielte, denn er wußte, daß selbst er nicht gegen diesen mächtigen Sog ankämpfen konnte.

Sie hielt, und wieder wurde er zur Oberfläche emporgerissen, wo das Reptil jetzt liegenblieb und in seinem Schmerz das Wasser peitschte, während Blut aus seinem Rachen und aus seinen Nüstern quoll und das Wasser färbte. Otter war sehr froh, wieder atmen zu können, denn während des letzten Ansturms in die Tiefe war er dem Ersticken nahe gewesen. Er bog den Kopf zurück und zog die Luft in tiefen Zügen in seine Lungen; und er sah, daß sich am Rande des Bassins Menschenmassen drängten, die dem Schauspiel gespannt folgten und in ihrer Aufregung schrien und johlten. Danach sah er für eine Weile nichts, denn just in diesem Augenblick schien dem Krokodil aufzugehen, daß der Mann, der mit ihm im Wasser schwamm, die Ursache seines Leidens war, jedenfalls fuhr es herum, daß das Wasser über seine Hornschuppen schäumte, und griff an. Zubeißen konnte es nicht, also schlug es mit dem gepanzerten Schwanz nach ihm.

Zweimal gelang es Otter, dem Schlag auszuweichen, indem er tauchte, doch beim dritten Mal war ihm kein Erfolg beschieden, denn das Reptil folgte ihm in die Tiefe und versetzte ihm einen mächtigen Schlag, bevor er reagieren konnte. Er spürte, wie die harten Schuppen in sein Fleisch schnitten, und hatte das Gefühl, als ob ihm jeder Knochen seines Körpers gebrochen würde, und die Augen quollen ihm aus dem Kopf. Schwächer und schwächer wurden seine Bewegungen, denn seine Sinne verließen ihn, und alles wurde schwarz.

Doch plötzlich trat eine Veränderung ein, und Otter spürte vage, daß er wieder durch das Wasser und dann über Felsen gezerrt wurde. Dann versank er wieder im Dunkel und wußte nichts mehr.

Als der Zwerg erwachte, lag er auf dem Boden der Höhle, doch nicht allein, denn neben ihm, in einer letzten, gräßlichen, krampfartigen Verschlingung, lag der Schlangengott – tot! Die obere Klinge des Doppelmessers war schließlich in sein Gehirn gedrungen, und sterbend hatte er sich Otter mit sich schleifend, in die Höhle geschleppt, in der er seit Jahrhunderten gelebt hatte, und war dort gestorben, wann und wie das geschehen war, konnte er nicht sagen. Doch der Zwerg hatte triumphiert. Vor ihm lag der uralte Schrecken des Nebelvolks, das Symbol, ja sogar der Gegenstand ihrer Anbetung, getötet durch sein Können und durch seinen Mut.

Otter sah es, und obwohl er völlig zerschlagen und benommen war, schwoll sein Herz vor Stolz, denn hatte er nicht mit eigener Hand und allein eine Tat vollbracht, wie sie in den Legenden dieses Landes noch nie berichtet worden war?

»Oh! Wenn doch der Baas dieses sehen könnte«, sagte er, während er an dem toten Reptil entlangkroch und sich dann auf seine flache, häßliche Schnauze setzte. »Aber ach! Er kann es nicht!« setzte er hinzu, »doch bete ich darum, daß mein Schutzgeist mein Leben bewahren möge, damit ich lebe, um dieses Lied vom Erschlagen des Teufels vom Nebelland singen zu können. *Wow!* Was für ein Kampf! Wann werden die Menschen wieder so einen sehen? Und außer einer Menge Beulen und der Schrammen von dem Seil um meinen Wanst bin ich nicht verletzt, denn das Wasser hat die Wucht des Schlages gebrochen, als er mich traf. Und es war doch gut, daß das Seil hielt, denn so diente es dazu, daß er mich aus dem Bassin herauszog, so wie er mich hineingezerrt hatte, denn sonst wäre ich dort ertrunken.

Doch um ein Haar wäre es zerrissen«, setzte er hinzu, packte das Ende des Seils, das aus dem Maul des Krokodils hing und zerriß es mit einem kurzen Ruck, denn mit Ausnahme einer dünnen Faser war es von seinen gelben Zähnen durchgescheuert worden.

Nachdem er sich ein wenig ausgeruht und die schlimmsten seiner Verletzungen ausgewaschen hatte, hockte er sich auf den Boden nieder und begann über seine Lage nachzudenken. Als erstes unternahm er den völlig aussichtslosen Versuch, die beiden großen Messer aus dem Rachen des Reptils herauszuziehen. Zehn Männer hätten sie nicht bewegen können, denn die obere Klinge war viele Zoll tief in Knochen und Muskeln des massigen Kopfes eingedrungen, da jede Bewegung, jedes Schnappen der gewaltigen Kiefer den Stahl tiefer hineingetrieben hatte, bis zum Heft.

Der Zwerg gab seine Bemühungen auf, kroch vorsichtig zum Ausgang der Höhle und blickte verstohlen zum gegenüberliegenden Rand des Bassins, von wo er Schreien hörte und Menschen hin und her laufen sah, offensichtlich im Zustand großer Erregung.

»Jetzt bin ich dieses Bassins müde«, murmelte er im Selbstgespräch, »und wenn ich von den Großen Menschen entdeckt werde, werden sie mit Pfeilen auf mich schießen und mich töten. Was also soll ich tun? Ich kann nicht in dieser Höhle bleiben, die nach dem toten Teufel stinkt, und jenen, die er verschlungen hat, bis ich vor Hunger sterbe. Dieses Wasser muß schließlich von irgendwoher kommen, und deshalb scheint es mir das beste, ihm eine Weile zu folgen und nach der Stelle zu suchen, wo es in die Höhle eindringt. Es wird eine recht dunkle Reise werden, doch die Wände und der Boden sind glatt, so daß ich mich nicht verletzen kann, und wenn ich keinen Ausgang finde, kann ich jederzeit zurückkehren und versuchen, bei Nacht aus dem Bassin zu entkommen.«

Nachdem er diesen Entschluß gefaßt hatte, begann Otter

ihn mit der ihm eigenen Energie in Angriff zu nehmen, und mit großer Eile, da sein langer Aufenthalt im Wasser ihn stark unterkühlt hatte, und er spürte, daß er durch den schrecklichen Kampf und die nervliche Anspannung, die er durchgemacht hatte, am Ende seiner Kräfte war.

Er wickelte das Seil um seinen Leib, der von ihm böse aufgeschürft worden war, und begann mit unsicheren Schritten vorwärtszugehen, da er doch recht schwach auf den Beinen war. Er gelangte zu dem Felsen, auf dem er den Kopf des Reptils entdeckt hatte, und nahm sich die Zeit, ihn ein wenig genauer zu betrachten. Er stieg die schräge Steinfläche hinauf – keine leichte Angelegenheit, da sie so glatt war wie Eis – und gelangte auf die tischartige Oberfläche. An ihrem vorderen Rand lag der Leichnam des Priesters, der mit ihm gemeinsam vom Kopf des Kolosses herabgestürzt war.

Dann untersuchte er die Oberfläche des Felsen, und begriff zum ersten Mal, wie uralt das Monster gewesen sein mußte, das er allein besiegt hatte. Denn dort, an der Stelle, wo sein Körper Generation um Generation gelegen hatte, oder vielleicht auch Jahrhundert um Jahrhundert, war das harte Material in einer Tiefe von zwei Fuß oder mehr abgescheuert worden, und an der Kante der Schräge, an der sein Kopf ruhte, wenn er seine ewige Wache über das Wasser des Bassins hielt, befand sich eine sogar noch tiefere Einkerbung.

Um diese Vertiefung herum, und auf dem ganzen Boden der Höhle verstreut, lagen die Überreste zahlloser Opfer, von denen eine ganze Anzahl nicht gefressen worden war. In jedem Falle aber waren die größeren Knochen gebrochen worden, woraus Otter schloß, daß dieses grausige Reptil zwar die Angewohnheit gehabt hatte, alle, die ihm vorgeworfen wurden, mit einem Biß seiner mächtigen Kiefer zu zermalmen, sein Appetit jedoch, wie der aller Tiere, seine Grenzen hatte und es nur gelegentlich fraß, was es tötete.

Der Anblick dieser Überreste menschlicher Körper war so ekelerregend und suggestiv, daß selbst Otter, den man wahrlich nicht als zimperlich bezeichnen konnte, sich beeilte, wieder von dem Felsblock herunterzuklettern. Als er um ihn herumkroch, wurde seine Aufmerksamkeit von den Resten eines Mannes angezogen, der, nach verschiedenen Merkmalen zu urteilen, noch vor einigen Wochen gelebt haben mußte. Die Knochen steckten in einem Priestergewand, das der Zwerg, der vor Kälte zitterte, sofort an sich nahm. Als er das Gewand aufhob, entdeckte er darunter einen Beutel aus gegerbtem Rindsleder, der zweifellos von dem Eigentümer dieser Robe getragen worden war.

Vielleicht hat er seine Nahrung darin mitgenommen, überlegte Otter, obwohl ich mir nicht vorstellen kann, wozu einer, der den Wasserbewohner besucht, Nahrung mitnehmen sollte. Und auf jeden Fall wird sie jetzt verdorben sein, also will ich den Beutel liegenlassen und mich auf den Weg machen. Nur ein Geier hält es lange in diesem Haus der Toten aus.

Er brach auf. Noch ein paar Yards leitete das Licht seine Schritte, doch bald wurde es völlig dunkel; trotzdem hatte er keinerlei Schwierigkeiten, denn der Fels war überall glattgeschliffen, und das Wasser war flach. Er brauchte nichts weiter zu tun, als geradeaus zu gehen und sich dabei mit der Hand an einer der Wände entlangzutasten. Genaugenommen hatte er nur zwei Dinge zu fürchten: daß er in eine Grube fallen, oder daß er plötzlich einem zweiten Krokodil gegenüberstehen könnte, denn zweifellos war der alte Teufel verheiratet, sagte sich Otter.

Doch fiel er weder in eine Grube, noch sah er ein Krokodil, denn der Wasserbewohner des Nebelvolks war Junggeselle gewesen.

Als der Zwerg mehr als eine halbe Stunde lang einen immer steiler aufwärts führenden Tunnel entlanggegangen war, sah er zu seiner großen Freude Licht vor sich und eilte darauf zu. Wenig später erreichte er das andere Ende der Höhle, das fast völlig von Eisblöcken versperrt war, zwischen denen Wasser hereinrann. Als er sich durch einen Spalt zwischen den Eisblöcken hindurchgezwängt hatte, fand er sich auf dem Gipfel einer steilen, unersteigbaren Klippe im Rücken der Stadt, und vor ihm erstreckte sich ein gewaltiger Gletscher aus grünem Eis bis zum Berggipfel empor, der im strahlenden Licht der Sonne gleißte.

33

In der Falle

Man wird sich erinnern, daß wenige Stunden bevor Otter sich nach seinem Sieg über den Reptilgott wieder im Licht des Tages fand, Leonard an einen anderen Ort gelangte, nämlich durch einen Geheimgang, durch den er, von Soa geführt, die bewußtlose Juanna auf den Armen trug, ohne zu wissen, wohin.

Weiter und weiter gingen sie, durch mehrere Tunnels, deren Abzweigungen Leonard in seinem Gedächtnis festzuhalten versuchte, bis Soa sie schließlich in eine in den Fels geschlagene Zelle führte, die offensichtlich für ihren Empfang vorbereitet worden war, denn an ihrer einen Seite stand ein Bett, auf dem Felldecken lagen, und an der anderen ein Tisch, auf dem das Beste an Nahrung stand, das das Land zu bieten hatte. Auf ein Zeichen von Soa hin legte er Juanna auf das Bett, worauf die Frau sofort eine Felldecke über sie zog, um ihr Gesicht vor den Augen von Neugierigen zu verbergen: Dann, plötzlich, fühlte Leonard sich von hinten gepackt, und während seine Arme von zweien der Priester festgehalten wurden, zog ein dritter ihm den Revolver und das Jagdmesser aus dem Gürtel und brachte sie hinaus.

»Du verräterische Hexe!« sagte Leonard zu Soa. »Paß auf, daß ich dich nicht töte!«

»Mich zu töten, Erlöser, hieße dich selbst zu töten, und auch eine andere. Diese Dinge sind dir abgenommen worden, weil es nicht sicher ist, wenn du sie hast; solche Spielzeuge sind nichts für wütende Kinder. Bleib!« sagte sie zu einem vierten Priester, »und durchsuch seine Taschen!«

Der Mann tat, wie ihm befohlen, und legte alles, was Leonard bei sich hatte, wie seine Uhr, Franciscos Tagebuch und Rosenkranz, und den großen Rubin, nebeneinander auf den Tisch. Schließlich kam er auch zu der winzigen Portion Gift, die in ein ganz kleines Stück feinsten Ziegenfells gewickelt war.

Soa wickelte sie aus, und nachdem sie sie untersucht hatte,

sagte sie: »Ich sehe, du hast dir eine Medizin ausgeliehen, die dir Unglück bringen könnte, wenn du sie bei dir behältst, Erlöser.« Sie trat zu einer kleinen Öffnung in der Wand der Zelle und warf das winzige Päckchen hinaus, und dann auch ein zweites, das, wie Leonard erkannte, Juanna in ihrem Haar verborgen gehabt hatte.

»So, jetzt könnt ihr euch nichts mehr tun«, setzte sie auf portugiesisch hinzu. »Merk dir jedoch eins: solange du dich ruhig verhältst, ist alles gut, doch wenn du Gewalttaten begehen solltest, oder zu fliehen versuchst, wird man dich fesseln und allein in eine Zelle sperren, und außerdem wirst du dadurch auch den Tod der Schäferin herbeiführen. Laß dich also von mir warnen, weißer Mann, und sei freundlich, denn erinnere dich stets daran, daß mein Wunsch endlich seine Erfüllung gefunden hat, und du in meiner Gewalt bist.«

»Das ist mir durchaus klar, verehrte Freundin«, antwortete Leonard, der seine Wut unterdrückte, so gut es ihm möglich war. »Um deinetwillen hoffe ich jedoch, daß niemals die Stunde kommen möge, wo du dich in der meinen befindest, weil ich mich dann an mehr Dinge erinnern könnte, als dir lieb sein mag. Ich habe nicht die leiseste Ahnung, was du eigentlich vorhast, und es interessiert mich auch nicht besonders, solange die Schäferin beschützt wird.«

»Keine Angst, Erlöser, sie wird beschützt. Wie du sehr wohl weißt, hasse ich dich, und doch halte ich dich am Leben, da sie ohne dich womöglich sterben wollte; deshalb sei auf der Hut, um ihretwillen! Versuch keine Gewaltanwendung gegen mich oder meinen Vater, wenn wir euch allein aufsuchen, denn das müssen wir tun, damit sie nicht erkannt wird, weil der Augenblick, in dem du die Hand gegen uns erhebst, der Anfang ihres Endes wäre. Und jetzt muß ich dich für eine Weile verlassen, da im Tempel etwas geschieht, das ich sehen will. Wenn sie erwachen sollte, bevor ich zurück bin, sei vorsichtig, daß du sie nicht erschrecktst. Lebwohl!«

Dann ging Soa hinaus und nahm die Priester mit sich, und die schwere Holztür wurde verriegelt.

Nachdem Leonard seine Habe wieder in seinen Taschen verstaut hatte, hob er vorsichtig die Felldecke auf und blickte Juanna an, die in einen tiefen, glücklichen Schlaf versunken zu sein schien, denn ein leichtes Lächeln umspielte ihre Lippen. Als nächstes untersuchte er die Zelle, in der sie gefangengehalten wurden. Sie wies zwei Türen auf, jene, durch die sie hereingetreten waren, und eine weitere, die genauso solide war. Die einzige andere Öffnung war der Schlitz, durch den Soa das Gift hinausgeworfen hatte. Er war wie ein umgekehrtes Guckloch geformt, dessen engeres Ende nach innen wies. Diese Öffnung erregte Leonards Interesse, sowohl wegen ihrer ungewöhnlichen Form, als auch wegen der Geräusche, die durch sie hereindrangen. Das erste und vernehmlichste war das Rauschen von Wasser. Nach einer Weile hörte er ein Brüllen, das in kurzen Abständen immer wieder anschwoll. Und jetzt wußte er, wo sie sich befanden. Sie waren in dem Felsfundament des Tempels verborgen, irgendwo in unmittelbarer Nähe des tosenden Bassins, das vor dem Koloß lag, und die Geräusche, die er hörte, waren das Toben der Menge, die der Hinrichtung Otters und Franciscos zusahen.

Diese Erkenntnis war schlimm genug, doch wenn er gewußt hätte, daß in dem Moment, als sie in sein Bewußtsein trat, der Körper seines Freundes, der Paters, auf seiner letzten Reise nur wenige Fuß von seinen Augen entfernt vorbeigeschwemmt wurde, wäre er noch niedergeschlagener gewesen, als er sich ohnehin fühlte.

Als Soa gegangen war, hatte sie eine kleine Tonlampe mit Ziegenfett auf dem Boden stehenlassen, doch sehr bald war das Fett verbraucht, und sie blieben in völliger Dunkelheit zurück. Dann jedoch begann Licht durch den Spalt in ihr Verlies zu fallen, und es erschien Leonard, daß dieses Licht klarer und heller war als das, woran sie in diesem düsteren Land bisher gewöhnt waren.

Nach einer Weile setzte er sich auf einen Hocker, den er neben Junannas Bett gezogen hatte und stöhnte laut in der Verbitterung seines Herzens. Es war vorbei; Francisco, der tapfere Märtyrer, war tot, und auch Otter, sein treuer Freund und Diener. Mit Ausnahme von Soa, die sich zu seiner erbitterten Feindin entwickelt hatte, waren, so weit er es wußte, von allen Teilnehmern an der Reise in dieses teuflische Land allein Juanna und er am Leben geblieben, und auch sie würde das Schicksal früher oder später einholen. Der größte und letzte Fehlschlag seines Lebens stand unmittelbar vor seinem Abschluß, und er würde in ein namenloses Grab sinken, nachdem er so viele Jahre lang sinnlos geschuftet und gelitten hatte, einer Chimäre nachgejagt war.

Juanna schlief noch immer tief und fest unter dem Einfluß der Droge, und er war froh darüber, denn wenn sie erwachte, so zu einem größeren Elend, als sie es je zuvor erlebt hatte. Teilweise, um sich zu beschäftigen, teils, weil die natürlichen Bedürfnisse sich selbst durch seinen Kummer Gehör verschafften, trat Leonard zu dem Tisch und aß und trank, was dort angeboten wurde, wenn auch nicht ohne Furcht, daß die Nahrung mit Gift oder Drogen versetzt sein könnte. Als er sich gestärkt hatte, kehrte etwas von seiner Hoffnung und seinem Mut in sein Herz zurück, denn es liegt Wahrheit in dem Sprichwort, daß ein gefüllter Bauch einen mutigen Mann macht. Schließlich waren sie beide noch am Leben und körperlich unversehrt, und es war nicht absolut sicher, daß man sie gleich auffordern würde, ihren Geist aufzugeben. Und das war schon sehr viel.

Außerdem hatte er lange genug gelebt, um die Liebe des furchtlosen und wunderschönen Mädchens erringen zu können, das hier neben ihm schlief, und obwohl die Liebe, ganz egal, wie groß und wie leidenschaftlich sie auch sein mag, unter solchen Umständen nicht mehr die erste Stelle im Herzen eines Mannes einnimmt, fühlte er selbst jetzt, daß dies mehr war, und daß glücklichere Tage dämmern mochten, wo sie, so nicht alles, jedoch zumindest das größte sein würde.

Während er dies überlegte, sah er, wie Farbe in Juannas bleiches Gesicht stieg, dann seufzte sie, öffnete die Augen und richtete sich auf.

»Wo bin ich?« fragte sie und blickte erschrocken umher. »Dies ist nicht das Bett, auf das ich mich niedergelegt habe. Oh!« Sie fuhr zusammen. »Ist es vorbei?«

»Ruhig, Liebling, ruhig, ich bin ja bei dir«, sagte Leonard und nahm ihre Hand.

»Ja, ich kann dich sehen. Doch wo sind die anderen, und was ist dies für ein entsetzlicher Ort? Sind wir lebendig begraben worden, Leonard?«

»Nein, wir sind nur gefangen. Komm, iß und trinke etwas, und dann werde ich dir die Geschichte erzählen.«

Sie erhob sich, um seiner Aufforderung nachzukommen, und zum erstenmal fiel ihr Blick auf die Robe, die sie trug.

»Aber das ist doch Franciscos Kutte! Wo ist Francisco?«

»Iß und trink!« wiederholte er.

Sie tat es mechanisch und blickte dabei mit fragenden, angstvollen Augen in sein Gesicht.

»Jetzt«, sagte sie schließlich, »mußt du es mir sagen. Wo sind Francisco und Otter?«

»Sie sind tot, Juanna«, antwortete er ernst.

»Tot!« jammerte sie und rang die Hände. »Francisco tot! Warum sind wir dann noch am Leben?«

»Stähle dein Herz und hör mir zu, Juanna. Nachdem du im Palast eingeschlafen warst, kam Soa zu uns und berichtete uns einen Plan, den wir annahmen.«

»Was für einen Plan?« fragte sie mit belegter Stimme.

Zweimal versuchte er, es ihr zu sagen, und zweimal gelang es ihm nicht. Die Worte wollten ihm nicht über die Lippen.

»Sprich weiter! Warum quälst du mich so?«

»Es war folgender, Juanna: Francisco sollte in die Robe Acas gekleidet werden und an deiner Stelle gemeinsam mit Otter geopfert werden, während man dich verstecken würde.«

»Ist es so getan worden?« flüsterte sie.

»Ich glaube, ja«, antwortete Leonard und ließ den Kopf auf die Brust sinken. »Wir sind Gefangene in einer geheimen Zelle unterhalb der Füße der Statue. Es hat draußen eine Weile großen Lärm und Tumult gegeben, doch seit einiger Zeit ist es wieder ruhig.«

Juanna sprang auf und blickte mit flammenden Augen auf ihn herab.

»Wie konntest du so etwas tun?« fragte sie. »Wer gab dir das Recht, das zu tun? Ich dachte, du seiest ein Mann, doch jetzt sehe ich, daß du ein Feigling bist.«

»Juanna«, sagte Leonard, »wie kannst du so etwas sagen? Was immer getan wurde, geschah allein um deinetwillen, nicht um irgendeines anderen willen.«

»O ja, das sagst du, doch ich glaube, daß du ein Komplott

mit Soa geschmiedet hast, Francisco zu ermorden, um dein eigenes Leben zu retten. Ich bin mit dir fertig, ich werde nie wieder ein Wort mit dir sprechen!«

»Das steht dir völlig frei«, antwortete Leonard, der jetzt wütend geworden war, »aber ich werde mit dir sprechen. Hör zu! Du hast Worte gebraucht, die ich dir, wärest du ein Mann, heimzahlen würde. Da du jedoch eine Frau bist, kann ich sie nur beantworten und dir dann den Laufpaß geben. Wie du wissen mußt – oder wissen wirst, wenn du wieder zu Verstand gekommen bist –, hätte ich gerne Franciscos Platz eingenommen, doch war das unmöglich, denn wenn ich mich mit der Robe Aças verkleidet hätte, wäre ich sofort erkannt worden, und *du* hättest den Preis für meine Torheit bezahlen müssen. Das war uns allen bewußt, und nachdem wir uns über das Problem beraten hatten, wurde es so gelöst, wie ich es dir berichtet habe. Ich habe meine Zustimmung, daß du hierher gebracht würdest, nur unter der Bedingung gegeben, daß man mir erlaubt, dich zu begleiten, um dich zu schützen. Jetzt wünschte ich, daß ich es gelassen hätte und statt dessen mit Francisco gegangen wäre, denn dann würde ich vielleicht Frieden gefunden haben, anstatt bittere Worte und Vorwürfe. Aber habe keine Sorge; ich denke, daß ich ihm bald folgen werde. Ich weiß, daß du diesen Mann – diesen Helden – sehr gern gehabt hast, und auch, daß du ihn, ob ungewollt oder bewußt, dazu gebracht hast, mehr für dich zu empfinden, als es seinem Seelenfrieden zuträglich war, und deshalb mache ich einige Abstriche an deinem Benehmen, das jedoch, trotz all dieser Abstriche, absolut unmöglich ist.«

Er schwieg und blickte sie an. Sie hatte sich inzwischen auf den Bettrand gesetzt, biß auf ihre Unterlippe, und blickte ihn hin und wieder an, mit einem seltsamen Ausdruck auf ihrem schönen Gesicht, auf dem sich Trauer, Stolz und Zorn mischten. Doch dachte Juanna in diesem Moment nicht an Francisco und sein Opfer, sondern an den Mann, der vor ihr stand, den sie noch nie so geliebt hatte wie jetzt, als er diese bitteren Worte sprach und ihr mit gleicher Münze zurückzahlte.

»Ich kann mich, was Streit und Gewalttätigkeit betrifft, nicht mit dir messen«, sagte sie, »deshalb will ich nicht weiter mit dir streiten. Vielleicht aber wirst du, wenn *du* wieder zu Verstand gekommen bist, daran denken, daß mein Leben mir gehört, und daß ich niemandem das Recht gegeben habe, es auf Kosten des Lebens eines anderen Menschen zu retten.«

»Was getan worden ist, kann nicht mehr rückgängig gemacht werden«, antwortete Leonard nachdenklich, da seine Wut inzwischen verraucht war. »Beim nächsten Mal werde ich mich nicht gegen diesen, deinen ausdrücklichen Wunsch stellen. Ach, übrigens, unser armer Freund hat mich gebeten, dir dieses zu geben«, damit händigte er ihr den Rosenkranz und das Tagebuch aus; »er hat auf der letzten Seite etwas für dich geschrieben und sagte mir, er hoffe, daß du, wenn du am Leben bleiben solltest, dieses zur Erinnerung an ihn tragen würdest« – er berührte den Rosenkranz – »und auch, daß du ihn in deinen Gebeten nicht vergessen mögest.«

Juanna nahm das Tagebuch und schlug es auf. Das erste, was sie sah, war ihr Name, denn es enthielt, unter anderem, eine Aufzeichnung über die unglückliche Leidenschaft des Priesters seit seinem ersten Zusammentreffen mit Juanna, und auch von seinen frommen Bemühungen, sie zu überwinden. Sie blätterte die Seiten rasch um, bis sie zur letzten kam, die beschrieben war. Die Eintragung lautete:

Senhora, über die Umstände, unter denen ich diese Zeilen schreibe, werden Sie zu gegebener Zeit erfahren. Die Seiten dieses Tagebuches werden Ihnen, falls Sie sie lesen sollten, meine beschämende Schwäche enthüllen. Doch obgleich ich ein Priester bin, bin ich doch auch ein Mann – doch sehr bald werde ich weder das eine noch das andere sein, sondern, wie ich hoffe, eine unsterbliche Seele –, und der Mann in mir, der jenen Begierden des Geistes folgte, die Ausdruck im Fleische finden, hat gesündigt und Sie geliebt. Vergeben Sie mir diese Sünde, wie sie, wie ich hoffe, mir anderenorts vergeben werden wird, obwohl ich selbst mir nicht vergeben kann. Werden Sie glücklich mit dem edlen Gentleman, der Ihr Herz errungen hat und Sie so liebt, wie Sie es verdienen. Mögen Sie vor allen Gefahren beschützt werden, von denen Sie jetzt umgeben sind, was, wie ich denke, der Fall sein wird, und möge der Segen des Himmels mit Ihnen sein, bis Sie dereinst zu dem Frieden gelangen, der jenseits des Begreifens liegt. Und wenn Sie von Zeit zu Zeit an mich denken sollten, so möge Ihr Herz meinen Namen mit diesen heiligen Worten verbinden: ›Größere Liebe hat kein Mensch, als daß er sein Leben hingebe für seine Freunde.‹

Senhora, vergeben Sie mir und leben Sie wohl.

Juanna las diesen rührenden und hochherzigen Abschiedsbrief mit ständig zunehmender Verwunderung, und als sie zu Ende gekommen war, legte sie das Buch nieder und rief:

»Oh! Was habe ich getan, um eine solche Hingabe zu verdienen?« Und dann warf sie sich, mit einer seltsamen, verwirrenden Inkonsequenz, in Leonards Arme, barg den Kopf an seiner Brust und begann zu weinen.

Als sie sich ein wenig beruhigt hatte, las auch er den Brief und schloß das Tagebuch.

»Die Welt ist um einen vollkommenen Menschen ärmer geworden«, sagte er. »Francisco war zu gut für jeden von uns, Juanna.«

»Das glaube ich auch«, antwortete sie.

In diesem Augenblick hörten sie ein Geräusch vor der Tür; sie wurde geöffnet, und Nam trat herein, in Begleitung von Soa.

»Erlöser«, sagte der alte Priester, dessen Gesicht und bedrückt wirkende Augen Spuren vieler miteinander im Konflikt liegender Gefühle zeigten, »und auch du, Schäferin, ich bin gekommen, um mit euch zu sprechen. Und ihr seht, daß ich alleine bin, bis auf diese Frau, doch solltet ihr versuchen, gegen sie oder gegen mich Gewalt anzuwenden, so wäre es das Signal für euren Tod. Mit vieler Mühe und unter großen Gefahren für mich ist es mir gelungen, das Leben der Schäferin zu verschonen und den weißen Mann, euren Gefährten, an ihrer Stelle opfern zu lassen.«

»Ist die Opferung vollzogen worden?« unterbrach Leonard, der seine Begierde, zu erfahren, was geschehen war, nicht länger beherrschen konnte.

»Ich will offen zu dir sein, Erlöser«, sagte der Hohepriester, nachdem Juanna die Frage übersetzt hatte, »da die Wahrheit mir nicht schaden kann, weil wir beide zu viele Geheimnisse voneinander kennen, um unsere Zeit mit dem Austausch von

Lügen zu verschwenden. Ich weiß, zum Beispiel, daß die Schäferin und der Zwerg keine Götter sind, sondern Sterbliche wie wir; und du weißt, daß ich es gewagt habe, die wahren Götter herauszufordern, indem ich das Opfer austauschte, das sie sich erwählt hatten. Die Opferung ist vollzogen worden, doch mit vielen Zeichen und Wundern, die mich verwirrt haben; die Menschen des Nebelvolks sind ebenfalls verwirrt, so daß niemand weiß, was er denken soll. Der weiße Mann, euer Gefährte, wurde bewußtlos ins Wasser gestürzt, als das Licht der Dämmerung auf die Berge fiel und man sah, daß sie grau war; doch der Zwerg, dein Diener, wartete nicht darauf, bis man ihn hinabwarf, sondern sprang aus freien Stücken, ja, und nahm einen von uns mit sich.«

»Bravo, Otter!« rief Leonard, »ich wußte, daß du auf die harte Art sterben würdest!«

»Hart ist er tatsächlich gestorben, Erlöser«, sagte Nam mit einem tiefen Seufzer, »so hart, daß selbst jetzt noch viele schwören, er sei ein Gott gewesen, und kein Mensch. Kaum waren sie alle im Wasser des Bassins verschwunden, als ein Wunder geschah, wie es noch niemals berichtet worden ist. Erlöser, die weiße Dämmerung verwandelte sich zu einer roten, vielleicht, wie ich es dem Volke sagte, um es zu beruhigen, weil die falschen Götter ihr verdientes Ende gefunden hatten.«

»Dann müssen die wahren Götter völlig blind sein«, erklärte Juanna, »da ich, die du zur falschen Göttin erklärst, noch immer am Leben bin.«

Diese Feststellung brachte Nam für eine Weile zum Schweigen, doch faßte er sich bald wieder.

»Ja, Schäferin, du bist noch am Leben«, sagte er und legte eine besondere Betonung auf das *noch*. »Und in der Tat«, setzte er rasch hinzu, »mögt ihr beiden, wenn ihr keine Dummheiten macht, noch lange in diesem Zustand bleiben, denn mich verlangt nicht danach, euer Blut zu vergießen, der ich nur noch den Wunsch habe, meine letzten Tage in Frieden zu verbringen. Doch hört das Ende der Geschichte. Während die Menschen sich fragten, was das Omen der veränderten Dämmerung bedeuten könnte, sahen einige, daß der Zwerg, dein Diener, durch den Sturz in das Bassin nicht getötet worden war! Ja – dies wurde gesehen. Erlöser: Hin und her durch das schäumende Wasser raste der große Wasserbewohner, und ihm folgte, im gleichen Tempo, der Zwerg, welcher Otter genannt wurde. Ja, hin und her und hinab und die tiefsten Tiefen; obwohl niemand sagen kann, wie es möglich war daß ein Mensch mit der Schlange schwimmen kann.«

»Oh! Bravo, Otter!« sagte Leonard wieder und dachte an die Erklärung dieses Rätsels, die er jedoch Nam nicht enthüllte. »Und? Was war das Ende davon?«

»Das weiß niemand sicher, Erlöser«, antwortete der Priester verwundert. »Jedenfalls wurde gesehen, daß der Wasserbewohner, aus dessen Maul Blut quoll, zusammen mit dem Zwerg in die Tiefen des Bassins versank, dann wieder auftauchte und in die Höhle ging, die sein Heim ist. Ob aber der Zwerg mit ihm hineinging oder nicht, kann ich nicht sagen, denn die einen schwören dieses, die anderen jenes, und in dem Schaum und dem Schatten war es schwer zu erkennen; und niemand wird dort hineingehen, um die Wahrheit festzustellen.«

»Nun, ob tot oder lebend, er hat tapfer gekämpft«, sagte Leonard. »Und jetzt, Nam: Was willst du von uns?«

Die Frage schien den Priester ein wenig zu verwundern, denn, um die Wahrheit zu sagen, war er nicht gesonnen, den wahren Grund seines Kommens zu nennen, der war, Leonard und Juanna voneinander zu trennen, ohne Gewaltanwendung, wenn möglich.

»Ich bin hergekommen, Erlöser«, antwortete er, »um dir zu berichten, was geschehen ist.«

»Richtig«, sagte Leonard, »um mir zu sagen, daß du meinen besten Freund ermordet hast, und einen, der noch vor kurzem euer Gott gewesen ist. Ich danke dir für deine Nachrichten. Nam, und jetzt, wenn ich mir gestatten darf, danach zu fragen, was sind deine Pläne, so weit sie uns betreffen? Ich meine, bis zu dem Zeitpunkt, wo es dir als richtig erscheinen mag, uns unseren Gefährten nachzuschicken.«

»Glaube mir, Erlöser, daß mein Plan allein darin besteht, euer Leben zu retten. Wenn die anderen geopfert werden mußten, so ist das nicht meine Schuld, denn hinter mir stehen Kräfte, die ich nicht kontrollieren kann, selbst wenn ich sie lenke. Das Volk ist verwirrt, das Land voller wilder Gerüchte. Ich weiß nicht, was während der nächsten Tage geschehen mag, doch bis sich alles wieder beruhigt hat, müßt ihr verborgen bleiben. Dies ist ein recht armseliges Quartier, doch gibt es kein anderes, das sicher und geheim ist. Zumindest aber gibt es hier noch eine weitere Kammer, die ihr benutzen könnt; vielleicht habt ihr sie bereits gesehen.« Er trat zur zweiten Tür, legte seine Hand auf etwas, das ein Fallriegel zu sein schien und öffnete sie; hinter ihr lag eine Zelle gleich der, in der sie sich jetzt befanden, nur daß sie ein wenig größer war.

»Sieh, Erlöser, dies ist sie.« Er ging vor, um in die andere Zelle zu treten, wich dann zurück, wie um Leonard höflich den Vortritt zu lassen.

Zum ersten Mal verließ Leonard seine Vorsicht, da er in diesem Augenblick an andere Dinge dachte. Fast mechanisch trat er über die Schwelle. Doch kaum hatte sein Fuß sie überschritten, als er sich an den Charakter Nams erinnerte und sich rasch unwandte, um zurückzugehen.

Doch es war zu spät, denn noch während er sich umdrehte wurde die Tür hinter ihm zugeworfen, und er war gefangen.

34

Nams letztes Argument

Juanna stand wie versteinert, denn das Manöver war so schnell durchgeführt worden, daß sie noch kaum seine Folgen begriffen hatte.

»Jetzt, Schäferin«, begann Nam schmeichlerisch, »können wir ungestört miteinander sprechen, denn ich habe dir etwas zu sagen, das andere Ohren nicht hören dürfen.«

»Du Satan!« schrie sie wütend; doch dann begriff sie, daß Gewalt und Vorhaltungen sinnlos waren, und setzte hinzu: »Sprich! Ich höre.«

»Dann höre, Schäferin, und um deinetwillen bitte ich dich, deine Trauer oder Wut zu beherrschen. Ich schwöre dir, daß jener Mann nicht zu Schaden kommen wird, wenn du tust, was ich dir befehle, Schäferin, du bist durchschaut worden; ich weiß, und die Menschen wissen, daß du keine Göttin bist. Es wäre für mich sicherer gewesen, dich heute zu opfern, doch teils wegen des Flehens meiner Tochter, teils aus anderen Gründen, habe ich dafür gesorgt, daß du am Leben erhalten wirst. Nun, Schäferin, gibt es aus diesem Land des Nebels kein Entkommen; und da du nun einmal hergekommen bist, mußt du bis ans Ende deiner Tage hier bleiben, und in dieser Zelle kann ich dich nicht leben und sterben lassen. Deshalb habe ich, meiner Tochter zu Willen, nach einer Möglichkeit gesucht, dich deiner Fesseln zu entledigen und dich in diesem Land groß zu machen, ja, dich fast an seine Spitze zu setzen.« Er schwieg.

»Vielleicht würdest du endlich geruhen, zur Sache kommen«, sagte Juanna, die vor Angst und Wut zitterte.

»Es ist dies, Schäferin«, antwortete Nam mit einer Verneigung: »Obwohl du als Göttin entthront worden bist, kannst du noch immer als Königin strahlen und über uns herrschen, als die Frau unseres Königs.«

»Also wirklich!« erwiderte Juanna, plötzlich kühl und gefaßt. »Und wie soll ich, die für tot gehalten wird, als Frau wiederkehren, um euren König zu heiraten? Würden die Menschen das nicht sehr seltsam finden, Nam?«

»Nein, Schäferin, denn ich habe eine Geschichte vorbereitet, die das Wunder erklärt, und schon jetzt laufen entsprechende Gerüchte von Mund zu Mund. Man wird sagen, daß du eine Göttin warst, und deshalb unsterblich, doch um der Liebe willen deiner Göttlichkeit entsagt und einen sterblichen Körper angelegt habest, damit du für ein paar Jahre mit jenem leben kannst, den du begehrst.«

»Also wirklich!« sagte Juanna wieder. »Und was ist, wenn ich mich weigere, dieses Spiel mitzuspielen, das meiner Meinung nach nur dem Hirn einer Frau entstammen kann?« und sie deutete auf Soa.

»Du hast recht, Schäferin«, antwortete Soa, »der Plan stammt von mir; ich habe ihn erdacht, um dich zu retten, und auch«, setzte sie kühl hinzu, »um mich an jenem weißen Dieb zu rächen, der dich liebt, denn er soll leben und sehen, wie du die Frau eines anderen Mannes wirst, eines ... eines Wilden.«

»Und du hast nie daran gedacht, Soa, daß ich auf diesem Gebiet meine eigenen Wünsche haben könnte?«

»Zweifellos, doch auch die schönsten Frauen können nicht immer haben, was sie haben wollen. Wisse, Schäferin, daß dies sein muß, sowohl um deinetwillen, als auch um meines Vaters willen. Olfan liebt dich, und in dieser unruhigen Zeit ist es wichtig, daß Nam und die Priester sich seine Unterstützung sichern, die gerade eben durch das Versprechen erkauft wurde, daß du ihm noch am heutigen Tage zur Frau gegeben wirst. Es ist gut für dich, Schäferin, denn auch wenn du es vorziehen würdest, einen Mann deiner eigenen Rasse zu heiraten, wirst du doch zumindest als Königin regieren, und das ist besser, als elend zu sterben.«

»Da bin ich anderer Meinung, Soa«, antwortete Juanna ruhig, da sie eingesehen hatte, daß weder Gefühlsausbrüche, noch Flehen etwas nützen würden, »und von den beiden Möglichkeiten ziehe ich den Tod vor.« Sie fuhr mit der Hand ins Haar und zuckte zusammen, als sie feststellte, daß das Gift verschwunden war.

»Du magst den Tod vorziehen, Schäferin«, sagte Soa mit einem kalten Lächeln, »doch ist es nicht immer leicht, ihn zu finden. Ich habe dir die Medizin weggenommen, während du schliefst, und hier gibt es keine anderen Möglichkeiten, um zu Tode zu kommen.«

»Ich kann mich zu Tode hungern«, antwortete Juanna mit Würde.

»Das erfordert einige Zeit, Schäferin, doch schon heute wirst du die Frau Olfans sein. Dennoch ist es notwendig, daß du einwilligst, ihn zu heiraten, denn dieser Häuptling ist so töricht, daß er es ablehnt, dich zu seiner Frau zu machen, wenn du dich nicht selbst und in Gegenwart von Zeugen bereit erklärst, ihn zu heiraten.«

»Dann, fürchte ich, wird es keine Hochzeit zu feiern geben«, sagte Juanna mit einem bitteren Lachen, da sie sich nicht davor zurückhalten konnte, ihrem Widerwillen Ausdruck zu geben, den sie gegenüber dieser bösartigen Frau empfand, die aus ihrer egoistischen Liebe heraus ihre Herrin in die Schande verkaufte, um ihr Leben zu retten.

»Ich denke doch, Schäferin«, antwortete Soa, »denn es scheint, als ob wir eine Möglichkeit hätten, durch die wir dich dazu bringen können, die Worte zu sprechen, die Olfan hören will.«

»Es gibt keine Möglichkeit, Soa.«

»So? Gibt es keine, Schäferin? Denk doch einmal nach: Jener, den ihr den Erlöser nennt, sitzt als Gefangener hinter dieser Tür. Was wäre, wenn sein Leben von diesen Worten abhinge? Was wäre, wenn man ihn dir zeigen würde, wenn er davor stünde, einen furchtbaren Tod zu erleiden, vor dem allein du ihn bewahren könntest, indem du gewisse Worte sprichst?«

Zum ersten Mal begriff Juanna die ganze Niederträchtigkeit dieses Komplotts, durch das Soa sie dazu zwingen wollte, entweder die Frau eines Wilden zu werden, oder aber sie mit der Schuld zu beladen, den Tod des Mannes herbeigeführt zu haben, den sie liebte. Sie sank aufs Bett zurück und sagte: »Es wäre besser gewesen, wenn du mich in jenem Sklavenlager gelassen hättest, Soa.«

Nun ließ Soa den Ton erzwungener Ruhe, in dem sie bisher gesprochen hatte, fallen, und rief erbittert: »Als du in dem Sklavenlager warst, Schäferin, hast du mich geliebt, wie du mich seit deiner Kindheit liebtest, denn da gab es keinen weißen Hund, der sich zwischen uns drängte und dich dazu brachte, mich zu hassen und mir zu mißtrauen. Damals wäre ich für dich gestorben, ja, und ich würde auch heute noch für dich sterben. Doch ich will mich auch an diesem weißen Hund rächen, denn ich, die ich weder Mann noch Kinder habe, besaß nur eines, und das ist mir weggenommen worden! Du warst mir das, was Mutter, Geliebter und Kind für andere Frauen sind: mein Alles, und jetzt bin ich allein und verlassen, und ich will meine Rache an ihm, bevor ich sterbe! Aber trotzdem liebe ich dich noch immer, Schäferin, und wenn es irgendeine andere Möglichkeit gäbe, dir zu helfen, würde ich dir nicht diese Heirat aufzwingen. Doch eine andere Möglichkeit gibt es nicht, nur so allein kannst du leben und groß und glücklich werden, und nur so allein können meine Augen deinen Anblick genießen, und sei es auch von ferne.«

Sie schwieg, zitternd von der Stärke der Leidenschaften, die sie erschütterten, und denen ihre Worte nur schwachen Ausdruck gegeben hatten.

»Geht!« sagte Juanna. »Ich brauche Zeit zum Nachdenken.«

Nun sprach Nam wieder.

»Wir werden gehen, Schäferin, wie du es wünschst, doch bevor es Abend wird, kommen wir zurück, um uns deine Antwort zu holen. Versuche nicht, dir etwas anzutun, denn wisse, daß du beobachtet wirst, wenngleich du die Augen nicht sehen kannst, die dich bewachen. Falls du auch nur eine Hand gegen dein Leben erheben oder versuchen solltest, das Licht zu verstopfen, das durch jenes Loch hereinfällt, wird man dich sofort packen und fesseln, und meine Tochter wird dazu bestimmt werden, dich zu bewachen. Schäferin, lebe wohl!«

Und sie gingen hinaus, ließen Juanna allein zurück, allein und solchen Gedanken ausgeliefert, wie man sie kaum niederschreiben kann.

Mehrere Stunden lang saß sie so auf der Bettkante und erlaubte nichts von dem, was sie fühlte, auf ihrem Gesicht erkennbar werden zu lassen, da sie zu stolz war, um den Augen, die sie beobachteten, obwohl sie nicht erkennen konnte, von wo aus, den Anblick ihres Leides zu gönnen.

Als sie so in ihrer Einsamkeit saß, wurden Juanna mehrere Dinge klar, und das erste war, daß Soa wahnsinnig sein mußte. Die Liebe und der Haß, die in ihren wilden Herzen brannten, hatten ihren Verstand getrübt, sie aggressiver gemacht als eine Leopardin, der man ihr Junges geraubt hat. Von Anfang an hatte sie Leonard gehaßt und war auf ihn eifersüchtig gewesen, und unvorsichtigerweise hatte er ihr stets seine Abneigung und sein Mißtrauen gezeigt. Allmählich hatten diese Gefühle sich zum Wahnsinn verhärtet, und um die perversen Wünsche ihres verwirrten Gehirns zu befriedigen, schreckte sie vor nichts mehr zurück.

Von Soa konnte sie deshalb kein Nachgeben erwarten.

Und bei Nam waren die Aussichten auch nicht besser, denn ihr war klar, daß in seinem Falle politische Überlegungen ein genauso wichtiger Faktor waren, wie die persönlichen seiner Tochter gegenüber. Er steckte jetzt so tief in dieser Geschichte drin, hatte sich so in dieser Angelegenheit der falschen Götter verstrickt, daß er, zu Recht oder zu Unrecht, Soas Plan als den einzigen gangbaren Ausweg aus den religiösen Komplikationen sah, von denen er umgeben war, und die drohten, sein Leben und seine Macht gleichzeitig zu beenden.

Es stand deshalb außer Frage, Hilfe von dem Hohepriester zu erwarten, der sich in der Lage eines Reiters auf einem durchgehenden Pferd befand, das auf einem schmalen Grat zwischen zwei Abgründen galoppierte, falls es ihr nicht gelingen sollte, ihm einen sichereren Weg zu zeigen. Wenn ihr das nicht gelang, so würde es ihr auch nichts nützen, daß er Olfan fürchtete und haßte und nur deshalb für diese Heirat stimmte, um den König auf diese Weise dazu zu bewegen, während der zu erwartenden politischen Umwälzungen an seiner Seite zu stehen. Genaugenommen würde es Nam, wenn sie die Dinge richtig beurteilte, viel lieber sein, sie außerhalb der Grenzen seines Nebellandes zu wissen, denn sie als seine Königin begrüßen zu müssen. Das war ihr völlig klar, denn wenn sie an die Macht zurückkehren sollte, sei es die geistige oder die weltliche, konnte er kaum hoffen, daß sie das Unrecht vergessen würde, das sie durch ihn erlitten hatte. Die Heirat war nichts anderes als eine vorläufige Zwischenlösung, durch die unmittelbare Gefahren abgewehrt werden sollten, doch wenn es gelingen sollte, die Krise zu überwinden, so war es klar, daß der Kampf zwischen der falschen Göttin und dem meineidigen Priester weitergeführt werden mußte, bis er mit dem Tode eines von ihnen oder von beiden sein Ende fand. Doch lagen alle diese Dinge in der Zukunft, in einer Zukunft, die Juanna nicht erleben wollte.

Blieben Leonard und Olfan. Leonard war natürlich machtlos, zumindest im Augenblick, da er sich in eine Falle hatte locken lassen, obwohl sein Mangel an Wachsamkeit sicher keine große Rolle gespielt hatte, denn zweifellos hätte man, wenn List versagt hätte, Gewalt angewendet. Sie war es also, die Leonard retten mußte, denn er konnte nichts tun, um sie zu retten.

Je länger Juanna über die Angelegenheit nachdachte, desto mehr wurde sie in ihrer Erkenntnis bestärkt, daß ihre einzige Hoffnung in Olfan lag, der ihr Freundschaft geschworen hatte, und der gewiß kein Verräter war. Sie erinnerte sich, daß sie ihm bei ihrem Gespräch am Vortag gesagt hatte, sie könne ihm nichts sein, solange der Erlöser lebe. Wahrscheinlich hatte Nam ihm weisgemacht, daß Leonard tot sei, und erst daraufhin war er, angestachelt von seiner Leidenschaft, die, wie sie wußte, echt und stark war, den Handel mit dem Priester eingegangen. Und dies mußten die Bedingungen des Kontrakts sein: nachdem das Spiel der falschen Götter zu Ende gespielt worden war, verpflichtete sich Olfan, Nam und seine Anhänger nach besten Kräften zu unterstützen, wenn er dafür sie zur Frau erhielte, wobei er jedoch zur Bedingung machte, daß sie sich ihm aus eigenem freien Willen geben müsse.

Das aber würde sie natürlich niemals tun; deshalb gab Olfans Vorbehalt ihr ein Fluchtloch, wenngleich Juanna wußte, daß es nicht klug sein würde, sich in einer Frage, bei der Wilde sich zumeist weder als großzügig, noch als feinfühlig erwiesen, zu sehr auf die Großzügigkeit und Feinfühligkeit dieses Häuptlings zu verlassen. Darauf konnte sie sich bestenfalls als letzte Möglichkeit stützen, oder, genauer gesagt, als vorletzte. Bis dahin würde sie Schritt um Schritt gegen Nam und Soa kämpfen, und nur nachgeben wenn sie erkannte, daß jeder weitere Widerstand zu Leonards Tod führen würde. Es war möglich, ja sogar wahrscheinlich, daß alles nichts nützen würde, und in dem Falle durfte ihr allerletzter Plan nicht fehlschlagen; mit anderen Worten, obwohl man ihr das Gift genommen hatte, mußte sie einen Weg finden, sich töten zu können.

Nachdem Juanna diese Probleme soweit durchdacht hatte, wie es ihr möglich war, stand sie auf, begann in ihrer Zelle auf und ab zu gehen und überprüfte dabei unauffällig ihre Konstruktion und ihre Besonderheiten. Leonard befand sich hinter jener Tür, doch war die so massiv, daß sie nicht das leiseste Geräusch seiner Bewegungen hören konnte. Eine

Flucht war unmöglich, wie es ihr schien. Abgesehen von den Türen war der schmale Schacht die einzige Öffnung in der Felswand, die sie erkennen konnte, doch ihn konnte nicht einmal ein Kind passieren, und wenn doch, so würde es in das Bassin des tosenden Wassers stürzen.

Ob Otter seinen Kampf mit dem Schlangengott überlebt hatte? fragte sie sich. Die Aussicht war äußerst gering, doch zumindest hatte er einen Tod gefunden, der seines Namens wert war, und sie war stolz auf ihn. Und auf den anderen – Francisco. Auf den war sie sogar sehr stolz, doch für sich selbst empfand sie nur Scham, denn sie wußte, daß sie an seinem Tode schuld war, wenn auch nicht vorsätzlich. Wer hätte auch ahnen können, daß dieser zarte, schüchterne Mann sich als ein solcher Held erweisen würde, und wer wäre in der Lage gewesen, die Kraft der ungewollten und unglücklichen Liebe abzuschätzen, die es ihm ermöglichte, seine Angst vor dem Tode zu überwinden?

Es war ungerecht von ihr gewesen, Leonard dafür Vorwürfe zu machen, da sie sehr wohl wußte, daß er gerne sein Leben für das ihre hingegeben hätte, wenn es ihm möglich gewesen wäre. Ach! Es schien, als ob sie alles falsch machte, da ihr Temperament so feurig und ihre Zunge so ungezügelt war. Beide waren sie bereit gewesen, für sie zu sterben, und einer von ihnen hatte es tatsächlich getan. Doch jetzt hatte man den Spieß umgedreht, und bevor viele Stunden vergangen waren, würde sie aufgerufen sein, sich zu opfern, um das Leben ihres Geliebten zu retten. Wenn es so weit war, würde sie nicht das Beispiel Franciscos vergessen, sondern versuchen, seiner Tapferkeit bis zum Ende nachzueifern.

Der Tag verging langsam, und schließlich sagte ihr das Dunkel, das sich in der Zelle sammelte, daß die Nacht näherrückte. Bevor es jedoch soweit war, traten Nam und Soa in die Zelle, mit Kerzen in den Händen, die sie in Wandhalter steckten.

»Wir sind gekommen, Schäferin, um deine Antwort zu hören«, sagte Nam. »Bist du bereit, Olfan als deinen Mann zu nehmen, oder bist du es nicht?«

»Ich bin nicht dazu bereit«, antwortete Juanna fest.

»Überlege es dir gut, Schäferin.«

»Ich habe es mir gut überlegt. Du hast meine Antwort gehört.«

Als sie das sagte, packte Nam sie beim Arm und sagte: »Komm her, Schäferin! Ich möchte dir etwas zeigen.« Und er führte sie zu der Tür, hinter der Leonard gefangen saß. Gleichzeitig löschte Soa eine der Kerzen und nahm die andere in die Hand, als sie die Zelle verließ und die Tür hinter sich verriegelte, so daß Juanna und Nam im Dunkel standen.

»Schäferin«, sagte Nam warnend, »du wirst jetzt jenen sehen, den du den Erlöser nennst. Doch merke dir eines: Falls du schreien oder lauter als im Flüsterton sprechen solltest – stirbt er.«

Juanna antwortete nicht, obwohl sie spürte, wie ihr das Herz in der Brust schwach wurde. Fünf Minuten vergingen, dann glitt plötzlich ein Brett im oberen Teil der Tür, die die beiden Zellen verband, zur Seite, so daß Juanna hindurchblicken konnte, obwohl jene, die auf der anderen Seite der Tür standen, sie nicht sehen konnten, denn sie waren im Licht, und sie war im Dunkel.

Und dies ist, was sie sah: An der gegenüberliegenden Wand dieser zweiten Gefängniszelle standen drei Priester, die Kerzen in den Händen hielten, deren Licht auf ihre finsteren, grausamen Gesichter fiel, und auf die Schlangen, die auf ihre bloße Brust tätowiert waren. Vor dieser Reihe standen zwei weitere Priester, und zwischen ihnen Leonard, qualvoll gefesselt und geknebelt.

Auf dieser Seite der Zelle, und nicht mehr als zwei Fuß von der offenen Klappe entfernt, stand Soa, auf welche die Augen der Henkersknechte gerichtet waren, als ob sie von ihr einen Befehl erwarteten. Zwischen Soa und jenen Männern gähnte ein großes Loch in dem Felsboden.

Nachdem Juanna etwa zwanzig Sekunden lang auf diese Szene geblickt hatte, wurde die Klappe wieder zugeschoben, offenbar von Soa.

»Du hast gesehen«, sagte Nam, »daß der Erlöser gefesselt ist, und du hast auch gesehen, daß sich vor ihm im Boden des Gefängnisses ein Loch befindet. Er, der dort hinabfällt, landet in der Höhle der Schlange, die sich darunter befindet, und aus der noch kein Besucher lebend zurückgekehrt ist, denn durch dieses Loch füttern wir den Wasserbewohner zu gewissen Zeiten des Jahres, wenn keine Opferungen stattfinden. Jetzt, Schäferin, mußt du dich zwischen zwei Möglichkeiten entscheiden: Entweder du heiratest Olfan heute nacht aus eigenem, freiem Willen, oder der Erlöser wird vor deinen Augen zur Schlange hinabgeworfen, und danach verheiraten wir dich mit Olfan, ob du es willst oder nicht. Wie ist deine Antwort, Schäferin?«

Juanna ging mit sich zu Rate und kam zu der Erkenntnis, daß sie sich noch eine Weile widersetzen sollte, da sie glaubte, daß diese Szene vielleicht nur gestellt worden war, um ihre Widerstandskraft zu prüfen.

»Ich weigere mich, Olfan zu heiraten«, antwortete sie.

Nun schob Nam die Klappe wieder auf und flüsterte ein Wort in Soas Ohr, die daraufhin einen Befehl rief. Sofort warfen die beiden Henkerspriester Leonard auf den Boden, was keine große Leistung war, da seine Arme und Beine mit Stricken verschnürt waren, und zerrten ihn vorwärts, bis sein Kopf über den Rand des Loches hing. Dann hielten sie inne, als ob sie auf einen weiteren Befehl warteten. Nam zog Juanna ein paar Schritte von der Tür fort.

»Wie ist deine Antwort jetzt, Schäferin?« fragte er. »Soll dieser Mann sterben oder weiterleben? Antworte rasch!«

Juanna warf einen Blick durch die Klappe und sah, daß Leonards Kopf und Schultern jetzt in die Öffnung hingen und einer der Priester ihn nur noch an den Knöcheln festhielt und Soa anblickte, in Erwartung des Befehls, ihn loszulassen.

»Bindet ihn los!« sagte Juanna fast unhörbar. »Ich werde Olfan heiraten.«

Nam trat zur Klappe und flüsterte Soa ein paar Worte zu, die wieder einen Befehl rief. Daraufhin zogen die Priester Leonard sichtlich widerwillig aus seiner gefährlichen Lage herauf und rollten ihn zur Wand der Zelle, denn es wäre ihnen viel lieber gewesen, ihn zur Schlange hinabzuwerfen. In diesem Moment wurde die Klappe geschlossen.

»Ich habe gesagt, ihr sollt ihn *losbinden!*« schrie Juanna. »Jetzt liegt er am Boden wie ein gefällter Baum, unfähig, sich zu rühren.«

»Nein, Schäferin«, erwiderte Nam, »denn du könntest deine Ansicht wieder ändern, und dann wäre es mühsam, ihn erneut zu binden, denn er ist sehr stark und wild. Höre, Schäferin! Wenn Olfan gleich kommen wird, um dich zu bitten, seine Frau zu werden, wirst du nichts von diesem Mann sagen, da er ihn für tot hält, und in dem Augenblick, wo du von ihm sprichst, wird er auch tot sein. Hast du verstanden?«

»Ich habe verstanden«, antwortete Juanna, »aber ihr könnt ihm doch zumindest den Knebel aus dem Mund nehmen.«

»Keine Angst, Schäferin, das soll getan werden – sobald du mit Olfan gesprochen hast. Und nun: zu welcher Stunde wäre es dir genehm, ihn zu empfangen?«

»Wann du willst. Je eher diese Sache erledigt ist, desto besser.«

»Gut. Meine Tochter«, wandte er sich an Soa, die gerade die Zelle betreten hatte, »bitte mach Licht! Und dann ruf König Olfan herein, der draußen wartet!«

Soa ging wieder hinaus, und Juanna, von all dem Schrekken überwältigt, den sie nicht zu zeigen wagte, sank aufs Bett und verbarg ihr Gesicht in den Händen. Eine Weile herrschte Stille, dann öffnete sich wieder die Tür und in Begleitung Soas trat Olfan, der König, herein.

»Sieh dich vor, Schäferin«, zischte Nam, als die beiden hereinkamen, »ein Wort – und der Erlöser stirbt!«

35

Sei edel oder sei unedel

Für eine Weile herrschte Schweigen, dann hob Juanna den Kopf und blickte Olfan forschend an. In seinem Gesicht war nichts zu lesen, da es unmöglich war, die Maske feierlicher Ruhe zu durchbrechen, unter der der König, wie alle Menschen seiner Rasse, seine Gedanken verbarg. Er stand auf den Schaft seines langen Speers gelehnt, den Kopf leicht gesenkt, wie in Unterwürfigkeit, die Blicke seiner dunklen Augen auf ihr Gesicht gerichtet, unbeweglich, teilnahmslos, würdevoll in seiner Wildheit.

Juanna mußte sich eingestehen, daß sie noch niemals ein erhabeneres Exemplar des natürlichen Menschen gesehen hatte, als den Häuptling des Nebelvolkes, wie er so in ihrem Felsengefängnis vor ihr stand. Das Licht der Kerzen fiel voll auf seine Gestalt, enthüllte seinen hochgewachsenen, mächtigen Körper, neben dem der des bestentwickelten Mannes ihrer eigenen Rasse unbedeutend erschienen wäre. Es fiel auf die Elfenbeinringe, die Embleme des Königtums, die seinen Hals, seine Hand- und Fußgelenke schmückten, auf sein Gewand aus glänzendem Ziegenfell, das von seinen Schultern hing, auf die blauschwarzen Haare, die mit einem schmalen Band aus weißem Leinen zurückgebunden waren, das mit der olivfarbenen Haut seines Gesichts und seiner Brust kontrastierte.

»Sprich, Olfan!« sagte Juanna schließlich.

»Es wurde mir gesagt, Königin«, antwortete er mit seiner tiefen, sonoren Stimme, »daß du mir etwas zu sagen habest. Und auch jetzt, wie immer, beuge ich mich deinem Wunsch, Königin. Ich habe erfahren, daß dein Ehemann, jener, den du liebtest, tot ist, und glaube mir, daß mir dies für dich sehr leid tut. Es war dies eine schandbare Tat, mit der ich nichts zu tun hatte: sein Tod, und der des anderen weißen Mannes, und der des Zwerges gehen auf das Konto dieses Priesters, der schwört, daß er durch das Verlangen des Volkes dazu gezwungen wurde. Königin, sie sind alle über den Berg und durch den dahinterliegenden Himmel gegangen, und du bist allein, eine müde, weitgereiste Taube aus einem südlichen Land, eine Beute unter den Adlern der Menschen des Nebelvolks.

Noch bis vor wenigen Stunden hielt ich auch dich für tot, denn so wie alle die Tausende, die im Tempel versammelt waren, glaubte ich, daß es dein wunderbarer Körper war, den Nam von der Stirn der Statue in die Tiefe stürzte, und ich sage dir, daß ich, als ich dies sah, ich, der ich ein Krieger bin, weinte und mich verfluchte, weil ich, obwohl der König, nicht die Macht besaß, dich zu retten. Später kam dieser Mann, der Hohepriester, zu mir und sagte mir die Wahrheit, und daß er aus Eigeninteresse einen Plan gemacht habe, durch den dein Leben gerettet und du groß werden sollst unter dem Volke, und durch den auch er gerettet und meine Herrschaft über dieses Land gesichert werden würde.« Er schwieg.

»Was war das für ein Plan, Olfan?« fragte Juanna nach einer kleinen Pause.

»Königin, er bestimmt, daß du mich heiratest und vor die Menschen hintrittst, nicht mehr als Göttin, sondern als eine Frau, die um ihrer Liebe willen das Fleisch angelegt hat. Ich weiß sehr wohl, daß ich einer solchen Ehre unwürdig bin, und daß dein Herz dir schwer sein muß durch den Verlust eines, der dir teuer war, und du daher nicht den Wunsch hast, einen neuen Ehemann zu finden; auch erinnere ich mich an gewisse Worte, die zwischen uns gesprochen wurden, und an ein Versprechen, das ich ablegte. All dies habe ich Nam gesagt, doch antwortete er mir, daß diese Angelegenheit äußerst dringend sei, man dich nicht lange Zeit verstecken könne, und daß du, wenn ich dich nicht zur Frau nähme, sterben müßtest. Deshalb, weil meine Liebe zu dir groß ist, sagte ich zu ihm: ›Geh und frag sie, ob sie mir zulächeln wird, wenn ich mit solchen Worten vor sie hintrete!‹

Nam ging, doch bevor er das tat, traf er mit mir gewisse Vereinbarungen politischer Art, unter denen ich einen hohen Preis für dich zahlen muß, Königin, nämlich auf meine Rache verzichten und den alten Haß vergessen soll, und all das habe ich ihm versprochen, wenn du mir zulächeln solltest, so groß ist meine Liebe zu dir. Die Stunden vergingen, und Nam kam zu mir zurück und sagte, daß deine Antwort, nachdem du die Sache in deinem Verstand abgewägt hättest, ein Ja sei. Darauf antwortete ich ihm, daß ich ihm nicht traute und sie nur glauben würde, wenn sie von deinen eigenen Lippen käme.

Und jetzt, Königin, bin ich hier, dein Wort zu hören und mich dir anzubieten, um dir mein Leben lang zu dienen, als Ehemann und als Sklave. Ich kann dir, die du in sonnigeren Ländern aufgewachsen bist, und unter freundlicheren Menschen, nur wenig bieten. Ich bin nur der Häuptling von Menschen, deren Herzen so hart sind wie der Fels unserer Berge, und so düster wie ein Wintertag, wenn Schnee in der Luft liegt, und ich kann dir nur dies geben: mich selbst, den Dienst der Speere meiner Krieger, und den höchsten Platz unter den Kindern des Nebels.

Nun laß mich deine Antwort hören, und wie immer sie lauten mag, ich werde sie annehmen, ohne Murren und ohne Widerspruch, denn das letzte, was ich möchte, ist, mich dir zur Heirat aufzudrängen. Deshalb bitte ich dich, mir die Wahrheit zu sagen, ein für allemal, denn wenn ich dich jetzt verlieren sollte, so möchte ich es wissen, doch könnte ich es nicht ertragen, daß du, wenn du mir jetzt zulächelst, dich später von mir abwenden würdest. Nein, lieber würde ich sterben.«

Und wieder neigte er den Kopf, lehnte sich auf seinen Speer und schwieg.

Juanna überdachte rasch die Situation. Sie war hoffnungslos und grausam. Nam und Soa standen links und rechts neben ihr, die letztere in der Nähe der Tür mit der Klappe, hinter der Leonard gebunden lag, und ihr war sehr wohl bewußt, daß jedes wahre Wort, das sie Olfan sagen mochte, das Signal für den Tod ihres Geliebten sein würde. Es war möglich, daß der König sie selbst beschützen konnte, doch wenn Leonard tot war, spielte es kaum eine Rolle, was aus ihr wurde. Es gab für sie nur einen Weg: Sie mußte sich bereit erklären, die Frau Olfans zu werden. Doch kam es ihr schandbar vor, diesen ehrenhaften Mann so zu täuschen, den einzigen Freund, den sie unter den Menschen des Nebelvolks gefunden hatten. In einer Lage wie dieser gab es jedoch keinen Raum, Skrupel zu prüfen oder das Gesetz der Ehre abzuwägen.

»Olfan«, sagte sie, »ich habe dich gehört, und dies ist meine Antwort: Ich werde dich als meinen Ehemann nehmen. Du kennst meine Geschichte, du weißt, daß jener, der mein Gemahl war, erst heute gestorben ist« – hier lächelte Soa anerkennend über die Lüge – »und daß ich ihn geliebt habe. Deshalb wirst du mir in deiner Güte ein paar Wochen Frist gewähren, bevor ich zu dir komme, in welcher Zeit ich meine Witwenschaft betrauern kann. Ich will nicht mehr sagen, aber du kannst dir das Leid meines Herzens sicher vorstellen, und alles, das ich ungesagt gelassen habe.«

»Es soll so sein, wie du es wünschst, Königin«, antwortete Olfan, nahm ihre Hand und küßte sie, während sein düsteres Gesicht vor Glück strahlte. »Du sollst zu der Zeit in meine Obhut kommen, die dir recht ist, doch fürchte ich, daß eines schon jetzt, in dieser Stunde, getan werden muß.«

»Und was könnte das sein, Olfan?« fragte Juanna ängstlich.

»Nur dies, Königin: Daß die Zeremonie der Hochzeit, so wie wir sie praktizieren, abgehalten werden muß. Das ist aus vielerlei Gründen, die dir morgen klargemacht werden sollen, unbedingt notwendig. Außerdem war dies meine Abmachung mit Nam, gesiegelt durch einen Eid, der auf das Blut Acas geschworen wurde, einen Eid, den ich nicht zu brechen wage.«

»Oh, nein, nein!« rief Juanna voller Verzweiflung. »Überleg dir, Olfan, wie kann ich, deren Ehemann noch keine sechs Stunden tot ist, mich auf dem Altar seines Grabes einem anderen Manne versprechen? Gib mir ein paar Tage Zeit, ich bitte dich!«

»Das würde ich nur zu gerne tun, Königin, doch darf ich es nicht, da es gegen meinen Eid verstieße. Außerdem, was kommt es darauf an? Du kannst danach allein bleiben, so lange es dir gefällt.«

Nun ergriff Nam zum erstenmal das Wort.

»Schäferin«, sagte er, »verschwende keinen Atem an Worte, denn wisse, daß dir dieses Kleid der Demut einer frisch verwitweten Frau zwar gut ansteht, du es aber dennoch ablegen mußt. Von dieser Zeremonie hängt mehr ab, als du dir vorzustellen vermagst, das Leben von Menschen hängt von ihr ab, darunter, vielleicht, auch das deine, und vor allem das Leben eines, den ich nicht nennen will.« Nams Blick fiel wie zufällig auf die Tür zur benachbarten Zelle.

Olfan glaubte, daß er damit sein eigenes Leben meinte, doch Juanna und seine Tochter wußten, daß er von Leonard sprach, der geopfert werden würde, wenn sie ihren Widerstand gegen die sofortige Feier der Hochzeit aufrechterhalten sollte.

»Du hast seine Worte gehört, Königin«, sagte Olfan, »und

es sind gewichtige Worte. Die Zeiten sind sehr gefährlich, und wenn unser Plan Erfolg haben soll, muß ich noch vor Mitternacht vor den Führern meiner Krieger und dem Rat der Ältesten schwören, daß du von den Toten zurückgekehrt bist, um meine Frau zu werden.«

»Vielleicht«, antwortete Juanna und griff in ihrer Verzweiflung nach einem Strohhalm, »doch muß ich, die ich als Königin über dieses Volk gesetzt werden soll, in Abgeschiedenheit und heimlich verheiratet werden? Zumindest will ich Zeugen dabei haben. Laß einige deiner Unterführer, denen du vertraust, herkommen und zusehen, wie wir verheiratet werden, Olfan, sonst mag die Zeit kommen, wo man sagt, daß ich nicht wirklich deine Frau sei, und dann gibt es niemanden, dessen Wort meine Ehre wiederherstellen könnte.«

»Das steht kaum zu befürchten, Königin«, antwortete Olfan mit einem kleinen Lächeln, »doch ist dein Verlangen gerechtfertigt. Ich werde drei meiner Männer holen, denen ich absolut vertraue, und sie sollen Zeugen der Zeremonie sein.« Er wandte sich um, als ob er gehen wollte, um sie herbeizurufen.

»Laß mich bitte nicht allein«, sagte Juanna und hielt ihn am Handgelenk zurück. »Dir vertraue ich, doch jenen beiden vertraue ich nicht. Ich fürchte mich, mit ihnen alleingelassen zu werden.«

»Wir brauchen keine Zeugen«, sagte Nam mit drohender Stimme.

»Die Schäferin hat nach Zeugen verlangt und sie wird sie bekommen!« sagte Olfan grimmig. »Alter Mann, du hast lange genug dein Spiel mit mir getrieben, bis jetzt bin ich dein Diener gewesen, doch hüte dich! Von nun an bin ich dein Herr. Vor wenigen Stunden lag dein Leben in meiner Hand, da das weiße Frühlicht zu einem roten geworden war, und ich war entschlossen, es dir zu nehmen; doch dann hast du mich mit diesem Köder eingefangen.« Er deutete auf Juanna. »Nein, leg nicht die Hand auf deinen Dolch, du scheinst zu vergessen, daß ich meinen Speer bei mir habe. Deine Priester stehen draußen, ich weiß, aber auch die Führer meiner Krieger, und ich habe ihnen gesagt, wo ich bin. Falls ich verschwinden sollte, wie so viele, die hier verschwunden sind, wird man dein Leben für das meine nehmen, denn, Nam, deine Macht ist gebrochen!

Also gehorche mir! Befiehl dieser Frau, den Wächter hereinzurufen, der vor der Tür steht. Nein, rühr dich nicht von der Stelle!« Er hob den Speer, und seine blauschimmernde Spitze zuckte zur nackten Brust des Priesters. »Befiehl ihr auf der Stelle, zur Tür zu gehen und die Wache zu rufen! Ich sagte: zur Tür, doch keinen Schritt über ihre Schwelle, sonst stirbst du!«

Nam duckte sich zusammen. Sein Werkzeug war sein Herr geworden.

»Gehorche!« sagte er zu Soa.

»Gehorche, doch tu nicht mehr!« sagte Olfan.

Knurrend wie ein Wolf ging die Frau an ihnen vorbei zur Tür, zog sie einen Spaltbreit auf und stieß einen Pfiff aus.

»Verberge dich, Königin!« sagte Olfan.

Juanna zog sich in den Schatten hinter der Kerze zurück, und gleich darauf sagte eine Stimme vor der Tür: »Ich bin hier, Vater.«

»Sprich!« sagte Olfan und ließ die Spitze des Speers noch näher zu Nams Herzen zucken.

»Mein Sohn«, sagte der Priester, »geh zu dem Eingang, durch welchen der König hereingekommen ist, wo du drei Männer finden wirst, die Führer der Heerscharen sind. Bring sie zu uns!«

»Und achte darauf, daß auf dem Wege niemand zu ihnen spricht!« flüsterte Olfan.

»Und achte darauf, daß auf dem Wege niemand zu ihnen spricht«, wiederholte Nam.

»Ich höre dich, Vater«, sagte der Priester und ging fort.

Nach etwa zehn Minuten wurde die Tür wieder geöffnet.

»Die drei Männer sind hier«, flüsterte eine Stimme.

»Laß sie eintreten!« sagte Nam.

Der Befehl wurde befolgt, und drei hochgewachsene Männer, mit Speeren bewaffnet, traten in die schmale Zelle. Einer von ihnen war ein Bruder des Königis, die anderen beiden waren seine engsten Freunde. Dann wurde die Tür wieder geschlossen.

»Meine Brüder«, sagte Olfan, »ich habe euch rufen lassen,

um euch ein Geheimnis anzuvertrauen und euch zu bitten, Zeugen einer Zeremonie zu sein.

Die Göttin Aca, die an diesem Tage in das Bassin der Schlange gestürzt wurde, ist als Mensch zur Erde zurückgekehrt, um meine Frau zu werden.« Hier fuhren die drei Männer zusammen. »Nein, Brüder, stellt mir keine Fragen; es ist so, wie ich es gesagt habe, und das muß euch reichen! Priester, tu deine Pflicht!«

Was nun folgte, kam Juanna wie ein Traum vor, ein Traum, an den sie sich nie genau erinnern konnte. Sie wußte nur, daß sie Seite an Seite mit Olfan stand, während Nam Gebete und Bannsprüche murmelte und sie furchtbaren Eiden unterwarf, die sie ablegen mußten, die Götter Aca und Jâl anrief und bei dem Symbol der Schlange schwor. Alles, was darüber hinausging, war ihrem Gedächtnis entfallen, zum Teil weil ihre Gedanken zu einer anderen Hochzeitszeremonie zurückflogen, bei der sie neben Leonard im Sklavenlager gestanden hatte, und bei der Francisco, der Priester, sie zusammengeführt und sie gesegnet hatte. Es war jenes Bild, das sie sah, und nicht das, was sich vor ihren Augen abspielte, und mit dieser Vision mischten sich seltsame abstrakte Gedanken über die Ironie des Schicksals, die es mit sich gebracht hatte, daß sie in zwei solchen Dramen die Hauptrolle spielen sollte, deren erstes Leonard auf sich genommen hatte, um ihr das Leben zu retten, und deren zweites sie über sich ergehen lassen mußte, um das seine zu retten.

Schließlich war es vorbei, und wieder verneigte Olfan sich vor ihr und küßte ihre Hand.

»Sei gegrüßt, Schäferin. Heil! Königin des Nebelvolkes!« rief er, und die drei Unterführer wiederholten seine Worte.

Juanna erwachte aus ihrer Trance. Was sollte sie jetzt tun? fragte sie sich. Was *konnte* sie tun? Alles schien verloren. Dann kam ihr plötzlich eine Idee.

»Es ist wahr, daß ich jetzt die Königin bin, nicht wahr, Olfan?«

»Es ist wahr.«

»Und als Königin des Nebelvolkes besitze ich Macht, nicht wahr, Olfan?«

»Über Leben und Tod«, antwortete er ernst, »obwohl du dich, wenn du tötest, vor dem Rat der Ältesten und vor mir verantworten mußt. Dieses Land und seine Menschen stehen dir zu Diensten, und niemand darf es wagen, sich einem deiner Befehle zu widersetzen, außer in Fragen der Religion.«

»Gut«, sagte Juanna. Dann wandte sie sich den drei Unterführern zu und sagte im Befehlston: »Nehmt diesen Priester fest, welcher Nam genannt wird, und die Frau, die bei ihm ist!«

Olfan blickte sie verwundert an, und die Unterführer zögerten. Nam jedoch zögerte nicht, sondern machte einen Satz in Richtung Tür.

»Bleib noch ein wenig, Nam!« sagte Olfan und hielt ihn mit seinem Speer auf. »Bestimmt hat die Königin gute Gründe dafür, die du hören möchtest. – Nehmt sie fest, Männer, da die Königin es befiehlt!«

Nun warfen die drei Männer sich auf sie. Nam versuchte, sein Opfermesser zu ziehen, doch als ihm das nicht gelang, ergab er sich ohne jede Gegenwehr. Bei Soa war es anders. Sie stieß um sich und biß und kratzte wie eine Wildkatze, und Juanna sah, daß sie dabei versuchte, die Klappe zu erreichen, um etwas hindurchzurufen.

»Ihr bürgt mir mit eurem Leben dafür, daß sie nicht zu jener Tür gelangt!« sagte Juanna. »Ich werde euch gleich den Grund dafür erklären.«

Der Bruder des Königs schleppte Soa zum Bett, warf sie darauf und stand über sie gebeugt, die Spitze seines Speers auf ihre Kehle gerichtet.

»Dein Wille ist getan, Königin«, sagte Olfan, »und vielleicht gefällt es dir jetzt, mir eine Erklärung zu geben.«

»Höre, König, und hört, ihr Männer!« antwortete sie. »Diese Lügner haben euch gesagt, daß der Erlöser tot sei, war es nicht so? Doch er ist nicht tot, er liegt gebunden in jener Zelle, und wenn ich nur ein Wort davon zu dir gesagt hätte, hätte man ihn auf der Stelle getötet. Olfan, weißt du, auf welche Weise man mir mein Einverständnis, deine Frau zu sein, abgerungen hat? Sie haben eine Klappe in dieser Tür geöffnet und mir ihn, meinen Ehemann, gezeigt, der brutal gefesselt und geknebelt über ein Loch im Boden des Gefängnisses gehalten wurde, das wer weiß wohin führen mag.

›Erkläre dich bereit, oder er stirbt!‹ sagten sie zu mir, und um meiner Liebe willen habe ich zugestimmt. Denn dies ist ihr Komplott, Olfan: Mich an dich zu verheiraten, teils, weil jene Frau, welche mein Kindermädchen war, meinen Tod nicht wollte, und teils, damit Nam mich gebrauchen konnte, um sich vor dem Zorn des Volkes zu retten. Doch glaube ich nicht, daß du mich lange behalten hättest, Olfan, denn es war auch Teil ihres Komplotts, daß du durch geheime Mittel sterben solltest, da du zu viel wußtest.«

»Das ist eine Lüge«, sagte Nam.

»Ruhe!« gebot Juanna. »Laß diese Tür öffnen, und du wirst sehen, ob ich gelogen habe.«

»Warte einen Moment, Königin«, sagte Olfan, der völlig verwirrt war. »Wenn ich dich richtig verstehe, ist dein Ehemann am Leben, und deshalb, sagst du, sind alle Worte, die wir gesprochen haben, und alle Eide, die wir geschworen haben, bedeutungslos, denn du bist nicht meine Frau.«

»So ist es, Olfan.«

»Dann habe ich gute Lust, bösartig zu werden und ihn sterben zu lassen«, sagte der König langsam, »denn wisse dies: Ich kann dich nicht mehr aufgeben.«

Juannas Gesicht wurde totenbleich, als sie begriff, daß die Leidenschaften dieses Mannes, jetzt, wo er ihnen einmal nachgegeben hatte, jenseits seiner Kontrolle waren.

»Ich kann dich nicht mehr aufgeben«, wiederholte er. »Bin ich nicht gut zu dir gewesen? Habe ich dir nicht gesagt: ›Willige ein oder weise mich zurück, wie es dir gefallen mag, doch wenn du einwilligst, darfst du dein Wort nicht zurücknehmen‹? Was gehen mich die Gründe an, die dich dazu bewegten? Mein Herz hat deine Worte gehört und ihnen geglaubt. Königin, du bist mir anvermählt, und jene Eide, die du geschworen hast, können nicht gebrochen werden. Es ist zu spät. Jetzt gehörst du mir, und ich kann nicht zulassen, daß du zu einem anderen Manne zurückgehst, selbst wenn er vor mir dein Ehemann war.«

»Aber der Erlöser! Muß ich zur Mörderin meines Mannes werden?«

»Nein, ich werde ihn unter meinen Schutz stellen, und, sofern möglich, einen Weg finden, ihn aus diesem Lande fortzubringen.«

Juanna stand schweigend und verzweifelt da, und in diesem Augenblick brach Soa, die auf dem Bett lag, in ein schrilles, höhnisches Gelächter aus, das Juanna wie ein Wespenstich traf und sie aus ihrer Lethargie riß.

»König«, sagte sie, »ich befinde mich in deiner Gewalt, nicht durch eigenes Verschulden oder eine Torheit, sondern weil das Schicksal sein Spiel mit mir trieb. König, man hat dich übel ausgenützt, und, wie du sagtest, bist du bisher immer gut zu mir gewesen. Nun bitte ich dich, das Ende so sein zu lassen, wie es der Anfang war, damit ich dich für immer als den edelsten aller Männer in meiner Erinnerung behalte, außer einem, der heute starb, um mich zu retten. Du sagst, daß du mich liebst, König; dann sage mir dies: Wenn mein Leben von einem Wort von dir abhinge, würdest du es ungesagt lassen?

So war es bei mir der Fall. Ich sagte das Wort und habe dich eine kurze Stunde lang hintergangen. Willst du, dessen Herz so groß ist, mich mit einem solchen Eid fesseln, einem Eid, der mir abgepreßt wurde, und durch den ich meinen Geliebten vor den Klauen jener Hunde rettete? Wenn dem so sein sollte, so habe ich mich sehr in dir getäuscht, denn bis jetzt hielt ich dich für einen Mann, der eher sterben würde, bevor er sich dazu erniedrigte, eine hilflose Frau zu zwingen, seine Ehefrau zu sein, eine, deren einziges Verbrechen darin besteht, daß sie ihn belog, um ihrem Ehemann das Leben zu retten.«

Sie machte eine Pause, faltete die Hände, wie zum Gebet, und blickte mit flehenden Augen in sein Gesicht. Als er nicht antwortete, fuhr sie fort: »König, ich habe noch ein Wort zu sagen. Du bist stärker als ich und kannst mich nehmen, doch kannst du mich nicht halten, denn jene Stunde würde meine letzte sein, und du wärest um nichts reicher, als um deine zerbrochene Ehre und eine tote Frau.«

Olfan wollte ihr antworten, als Soa, die befürchtete, daß Juannas Flehen seine Leidenschaft besiegen mochte, sich einmischte und sagte: »Laß dich nicht von den schönen Worten einer Frau beschwatzen, König, oder von ihren leeren Drohungen, sich zu töten. Sie wird sich nicht töten, ich kenne sie gut; dazu liebt sie das Leben viel zusehr, und bald, wenn ihr Mann und Frau seid, wird sie auch dich lieben, denn es liegt in der Natur von uns Frauen, jene zu verehren, die uns beherrschen. Außerdem ist dieser Mann, der Erlöser, nicht ihr Ehemann, außer dem Namen nach; monatelang habe ich mit ihnen gelebt, und ich weiß es. Nimm sie dir, König, nimm sie dir jetzt, in dieser Stunde, oder trauere um ihren Verlust und um deine eigene Torheit, so lange du lebst!«

»Ich werde die Lügen dieser Sklavin nicht beantworten«, sagte Juanna und richtete sich stolz auf, »und es wäre unter deiner Würde, auf sie zu hören, König. Ich habe gesprochen, nun tu, was dir beliebt, ob es groß ist, oder klein; sei edel, oder sei unedel, wie deine Natur es dir gebietet.«

Und dann sank sie plötzlich zu Boden, barg ihr Gesicht in ihrem langen Haar und begann bitterlich zu weinen.

Zweimal blickte der König auf sie hinab, dann wandte er den Kopf, als ob er es nicht länger wagte, sie anzublicken, und sagte, den Blick auf die Wand gerichtet: »Steh auf, Königin, und trockne deine Tränen, da du von mir nichts zu befürchten hast. Jetzt, wie immer, lebe ich nur, um deinen Willen zu erfüllen, doch bitte ich dich, dein Gesicht vor mir zu verbergen, so weit es dir möglich ist, denn mein Herz ist zerbrochen vor Liebe zu dir, und ich kann es nicht ertragen, das anzublicken, was ich so rasch wieder verloren habe.«

Noch immer schluchzend, doch von Bewunderung und Staunen erfüllt, daß ein Wilder sich so edel zeigen konnte, erhob sich Juanna und begann Dankesworte zu murmeln, während die drei Unterführer sie verständnislos anstarrten und Soa sie beide verhöhnte und verfluchte.

»Danke mir nicht«, sagte Olfan leise. »Es scheint, daß du, die du die Herzen lesen kannst, das meine richtig gelesen hast, oder vielleicht hast du es so verwandelt, wie du es haben wolltest. Nachdem wir nun mit der Liebe fertig sind, wollen wir uns dem Kriege zuwenden. Frau, was ist das Geheimnis jener Tür?«

»Finde es doch selbst heraus!« giftete Soa. »Sie ist so leicht zu öffnen, wenn man weiß, wo die Feder sitzt – wie das Herz einer Frau, Olfan. Und wenn du sie nicht finden kannst, dann kannst du sie auch mit Gewalt öffnen, wie den Schoß einer Frau, Olfan. Sicherlich benötigt einer wie du, der ein solches Geschick darin hat, eine Frau zu gewinnen, nicht meinen Rat für das Öffnen einer Tür, denn als ich dir gerade eben etwas riet, wolltest du nicht auf mich hören, Olfan, sondern zerschmolzest bei dem Anblick von Tränen, die du hättest fortküssen sollen.«

Juanna hörte diese Worte und faßte in diesem Moment der Erkenntnis, daß sie mit Soa fertig war, ganz egal, was jetzt noch geschehen mochte. Und dies war wahrlich kein Wunder, denn wenige Frauen würden Soa vergeben haben, was Juanna durch sie erlitten hatte.

»Drück ihr den Speer in die Kehle, bis sie spricht, Bruder«, sagte Olfan.

Und bei der Berührung durch den Stahl hörte Soa auf, zu spotten und verriet das Geheimnis der Tür.

36

Wie Otter zurückkehrte

Nachdem Otter sich ein wenig am Fuße des Gletschers ausgeruht hatte, machte er sich daran, die Klippe zu untersuchen, auf deren Höhe er sich befand, in der Absicht, an ihr hinabzuklettern, und sich an ihrem Fuße bis zum Anbruch der Nacht zu verbergen, um dann nach einer Möglichkeit zu suchen, in die Stadt zurückzugelangen, wo er sich mit Olfan in Verbindung setzen wollte. Sehr bald stellte er jedoch fest, daß er, um das zu erreichen, den Weg zurückgehen mußte, auf dem er hergekommen war.

Offensichtlich führte der Tunnel sehr steil aufwärts, denn er stand auf dem breiten Sims einer Felswand, die in drei Stufen, die zusammengenommen eine Höhe von dreihundert Fuß haben mochten, steil abfiel, und es war völlig unmöglich, an einer dieser drei Klippen ohne Seil hinabzuklettern. Und er konnte seine Erkundungen auch nicht sehr weit ausdehnen, denn etwa vierhundert Schritte links von dem Ausgang der unterirdischen Passage – deren Lage er sich sehr genau einprägte – schob der Berg einen Gletscher vor, mit so tiefen Schrunden und Spalten, daß er sich nicht weiterwagte.

Er versuchte es auf der rechten Seite, ohne mehr Glück zu haben, denn dort verlegte ihm eine breite Felsspalte den Weg. Nun hockte sich Otter hin und dachte über seine Lage nach.

Der Tag war noch jung, und er wußte, daß es leichtsinnig wäre, vor Anbruch der Dunkelheit zu versuchen, von diesen Klippen zu entkommen. Vor ihm erhob sich der gewaltige Berg, an dessen Flanke, in einer Entfernung von etwa zwei Meilen, so weit er es beurteilen konnte, eine Art Pfad entlangzuführen schien. Ein Teil des steilen Berghangs war mit Blöcken aus grünem Eis bedeckt, doch da und dort sah er kleine Flächen von Erde, auf denen Krüppelkiefern, Büsche und sogar Gras und Blumen wuchsen. Da er sehr hungrig war, überlegte Otter, ob er vielleicht zwischen dieser dürftigen Vegetation ein paar eßbare Wurzeln finden könnte.

Mit dieser Hoffnung begann er die Bergflanke hinaufzuklettern und wurde bald durch die Entdeckung einer Art Rübe belohnt, die, wie er erkannte, die gleich war, wie sie ihm an jenem Tage angeboten worden war, als er den unglückseligen Wutausbruch bekam, der zur Folge hatte, daß alle Rubine fortgeworfen wurden.

Mit dieser armseligen Nahrung stopfte der Zwerg sich voll, und nachdem er einen abgebrochenen Ast gefunden hatte, der einen guten Wanderstab abgab, setzte er seinen Aufstieg fort, da er sehen wollte, was sich am anderen Ende des Pfades befand.

Als er es ohne große Schwierigkeiten erreicht hatte, blieb Otter verwundert stehen, obwohl er alles andere als ein Liebhaber landschaftlicher Schönheit war. Unterhalb von ihm lag die Stadt des Nebelvolks, mit ihrem schimmernden Gürtel von Flüssen, die, von den unerschöpflichen Schneefeldern der Berge genährt, in zahllosen Windungen über die riesige Ebene flossen – nun nicht länger unter Nebel verborgen –, über die sie während ihrer Reise gezogen waren. Über ihm reckte sich der mächtige Gipfel Tausende von Fuß hoch in die Luft, und seine Spitze war wie ein Finger geformt, der auf ewig himmelwärts wies. Die Szenerie unmittelbar vor ihm war sogar noch seltsamer, denn sie bestand aus Schneefeldern, durch Grate aus schwarzem Fels unterteilt, die neben- und untereinander lagen, so daß sie aussahen wie Segel, die auf dem Hang zum Trocknen ausgelegt waren.

Allmählich, je weiter der Blick den Hang hinabglitt, wurden diese Schneefelder weniger und weniger, bis sie schließlich ganz aufhörten, und zunächst Grasland, und dann, am Fuße des Berges, fruchtbaren Äckern Platz machten, die durch Gebüsch und Bäume abgeteilt wurden.

Das erste dieser Schneefelder lag weniger als fünf Furlongs* vom Standort des Zwerges entfernt, jedoch mehrere hundert Fuß unterhalb von ihm.

Zwischen dem Ende des Weges und diesem Schneefeld lag eine mächtige Schlucht, deren Seiten so steil waren, daß selbst eine Ziege keinen Halt an ihnen gefunden hätte. Doch war dieser Einschnitt nicht ohne Brücke, denn aus dem Boden der Schlucht erhob sich eine Felswand, die das Bett eines Gletschers bildete, der sie von einer Seite zur anderen überspannte. An einigen Stellen war dieser Gletscher relativ eben, an anderen zeigte er Abstürze, die so hoch waren wie ein Wasserfall. Diese Eisbrücke – deren Breite zwischen hundert Yards und wenigen Fuß schwankte – führte über den tiefen Abgrund hinweg, und gerade an der Stelle, wo sie am steilsten abfiel und am schmalsten war, schien sie ein Stück über das Nichts zu führen, wie der Bogen einer Brücke, der von einem Ufer zum anderen gespannt ist. An einer Stelle wirkte sie in dem glitzernden Sonnenlicht so dünn, daß Otter sich fragte, ob sie nicht in einer Länge von mehreren Yards durchgebrochen war.

Da der Zwerg von Natur aus neugierig war, beschloß er, sich davon zu überzeugen. Um ihn herum lagen große Steinplatten, die durch Jahrhunderte des Polierens in den eisigen Kiefern von Gletschern zur Dicke von Grabsteinen abgeschliffen worden waren. Nachdem er eine davon, die eine passende Größe aufwies, ausgewählt hatte, ging Otter auf den Anfang der Brücke zu, wobei er den Stein vor sich her über den gefrorenen Schnee schob. Das Eis war blank und

---

* *1 Furlong* = 201,17 m – *Anm. d. Übers.*

glatt, bis auf eine dünne Reifschicht, die darauf lag, da der scharfe Wind von den Bergen verhinderte, daß sich Schnee auf der Eisbrücke sammeln konnte, und wenn die Sonne stark genug war, ihre Oberfläche zum Tauen zu bringen, so gefror sie beim nächtlichen Frost wieder, wodurch sie absolut frei von jeglichen Unebenheiten und glatt wie eine Eisbahn war.

Otter versetzte der Steinplatte einen Stoß, und sie glitt davon, manchmal schnell, manchmal sehr gemächlich, je nach Neigungswinkel und Gefälle der Eisbrücke, und ließ eine grünschimmernde Bahn hinter sich, auf der sie den Rauhreif abgehobelt hatte. Ein paarmal glaubte Otter, daß sie innehalten würde, doch sie schlitterte immer weiter. Schließlich näherte sie sich dem steilsten und schmalsten Teil der Abfahrt und sauste ihn mit rasender Geschwindigkeit hinab.

Nun werde ich sehen, ob die Brücke zerbrochen ist, dachte Otter, und in diesem Moment erreichte die Steinplatte, die mit der Geschwindigkeit eines abgeschossenen Pfeils über die Bahn sauste, jenen Teil des Gletschers, wo er in einer aus dieser Entfernung nicht sicher abzuschätzenden Länge in einem nur wenige Fuß breiten Bogen frei leeren Raum überspannte. Weiter raste der Stein, schien in die Luft geschnellt zu werden, und schoß weiter, bis er den gegenüberliegenden Schneehang erreichte, den er ein Stück hinaufglitt und dann liegenblieb, und selbst Otters scharfen Augen nicht größer erschien, als ein Fliegendreck auf einem Tischtuch.

»Also, wenn ein Mann auf jenem Stein gesessen hätte, wäre er sicher und heil über die Brücke gelangt«, sagte Otter im Selbstgespräch, »doch ist das ein Transportmittel, das man nicht gerne benutzt, falls einem nicht der Tod im Nacken sitzt.«

Dann beschloß er, einen zweiten Versuch zu machen, wählte diesmal eine etwas leichtere Steinplatte und schickte sie auf die Reise. Sie folgte genau dem gleichen Kurs wie ihre Vorgängerin, doch als sie zu der schmalen Brücke gelangte, verschwand sie plötzlich.

»Es tut mir leid um den Stein«, murmelte Otter, »denn er, der so viele Jahre hindurch ganz war, ist jetzt zweifellos zu winzigen Stücken zerschlagen.«

Er wiederholte sein Experiment noch einmal und wählte dazu die schwerste Steinplatte aus, die er bewegen konnte. Dieser Sendbote flog ebenfalls bei dem schmalsten Teil der Brücke ein Stück durch die Luft, glitt weiter und erreichte sicher den gegenüberliegenden Schneehang.

»Ein seltsamer Ort«, murmelte Otter, »und ich bete, daß es mir nie bestimmt sein möge, auf einem dieser Steinpferde zu reiten.«

Dann begann er wieder hinabzusteigen, da es bereits Nachmittag geworden war. Als er den Eingang des Tunnels erreichte, stand die Sonne dicht über dem Horizont. Eine Weile hockte er vor dem Tunneleingang, blickte in das schwächer werdende Licht und kaute wieder ein paar Rüben, die er auf dem Rückweg gesammelt hatte. Dann kroch er in den Tunnel und begann seine dunkle Reise zum Heim des toten Wasserbewohners, obwohl er nicht wußte, wie es weitergehen sollte, wenn er es erreichte. Sein Marsch durch den Tunnel verlief ohne jeden Zwischenfall und wurde ihm sehr erleichtert durch den Stab, den er bei sich hatte und mit dem er sich den Weg ertastete wie ein Blinder.

Als er das Ende des Tunnels erreicht hatte, kroch er zu seiner Mündung, starrte auf das Wasser des Bassins und lauschte seinem Tosen, denn die Dunkelheit senkte sich so rasch herab, daß er von seiner Oberfläche nichts anderes sehen konnte als geisterhafte Formen von Schaum.

Wenn ich dort hineingehe, wie kann ich wieder herauskommen? überlegte Otter bedrückt. Vielleicht hätte ich zurückkommen sollen, solange es noch hell war, denn dann hätte ich mir aus meinem Stab und dem Seil eine Art Anker machen können, um daran zu dem überhängenden Rand hinaufzuklettern, doch das jetzt zu versuchen, wäre Wahnsinn. Ich werde zur Höhle zurückgehen und mich dort zusammen mit den Geistern des Gottes und seiner Toten hinsetzen, bis es hell wird, wenngleich mir diese Gesellschaft gar nicht gefällt.

Also kroch er wieder zurück und hockte sich neben den Schwanz des toten Krokodils. Nach einer Weile wurde ihm langweilig, und er versuchte, zu schlafen, was ihm jedoch nicht gelang, weil er glaubte, Augen in der Tiefe der Höhle glühen zu sehen, die ihn anstarrten, und er hörte die Toten flüstern und einander die Geschichte ihres furchtbaren Endes erzählen. Von Sekunde zu Sekunde wurde seine Angst größer, denn Otter war ein sehr abergläubischer Mensch. Manchmal glaubte er den Kopf des riesigen Reptils, von Feuer umrahmt, auf dem Rand des Felsblocks zu erkennen, so wie er ihn an diesem Morgen gesehen hatte.

Um sich Mut zu machen, begann er laut zu sprechen. »Zweifellos ist dieses Monster ein Teufel«, sagte er, »und es ist wieder zum Leben erwacht, um Rache an mir zu nehmen. *Wow!* Es war mir im Fleische lieber als jetzt, da es sich in Feuer verwandelt hat. Otter«, fuhr er noch lauter fort, »da du so vom Unglück verfolgt wirst, warum stirbst du nicht, anstatt dich von Geistern plagen zu lassen? Sicher ist dein Herr, der Baas, den allein du liebst, bereits tot und wartet auf dich, damit du ihm wieder dienen kannst. Du bist sehr müde; sag selbst, Otter, wäre es nicht besser, wenn du das Seil, das du um deine Mitte geschlungen hast, dazu verwendest, dich aufzuhängen? Dann würdest du ebenfalls ein Geist werden und könntest auf deren eigene Art gegen sie kämpfen.« Und er stöhnte laut.

Dann aber packte ihn die Angst erst richtig, daß die kurze Wolle auf seinem Kopfe sich sträubte, seine Zähne aufeinanderschlugen, und, wie er später sagte, selbst seine riesige Nase vor Schrecken zu Eis zu werden schien. Denn plötzlich hörte er eine Stimme, die aus der Luft zu ihm sprach, und es war die Stimme seines Herrn.

»Otter, Otter«, rief die Stimme.

Er antwortete nicht, weil er vor Angst keinen Ton herausbringen konnte.

»Otter, bist du es?« sagte die Stimme wieder.

Nun sagte er: »Ja, Baas, ich bin es. Ich weiß, daß du tot bist und mich zu dir rufst. Laß mir eine Minute Zeit, damit ich mein Seil abnehmen kann, dann werde ich mich aufhängen und zu dir kommen.«

»Danke, Otter«, sagte die Stimme mit einem grauenhaften Versuch, zu lachen, »aber wenn es dir recht ist, wäre es mir lieber, wenn du lebend zu mir kämst.«

»Ja, Baas, ich würde auch lieber am Leben bleiben, doch

wenn ich lebe, wie kann ich dann zu dir kommen, der du tot bist?«

»Du Narr, ich bin nicht tot«, sagte Leonard.

»Wie kommt es dann, Baas, daß du aus der Luft sprichst? Komm näher zu mir, damit ich dich berühren kann und weiß, daß du lebst!«

»Das kann ich nicht, Otter; ich bin gefesselt und liege in einem Gefängnis über dir. Da ist ein großes Loch im Boden, und wenn du ein Seil hast, wie du eben sagtest, kannst du vielleicht zu mir heraufklettern.«

Jetzt begann der Zwerg zu verstehen. Er stand auf und streckte den Stab empor, den er mit sich gebracht hatte, und zu seiner Freude konnte er die Decke der Höhle mit ihm erreichen. Und dann fand der Stab an einer Stelle keinen Widerstand.

»Ist das Loch dort, Baas?« fragte Otter.

»Ich denke schon, aber du mußt deinen Stab wie einen Speer hindurchwerfen, da ich gefesselt bin und ihn nicht festhalten kann.«

»Warte ein wenig, Baas, ich muß erst das Seil daran knoten.«

»Gut, doch mach schnell, denn ich bin in Gefahr.«

Eilig wickelte Otter das Seil von seiner Taille und knotete sein Ende fest an den Stab. Dann machte er einige Fuß unterhalb des Stabes eine Schlinge, die groß genug war, daß er seinen Fuß hineinsetzen konnte, und nachdem er noch einmal die genaue Lage der Öffnung in der Höhlendecke ertastet hatte, schleuderte er den Stab hindurch und riß an dem Seil.

»Es ist fest«, flüsterte Leonard von oben. »Jetzt komm herauf, wenn du kannst.«

Der Zwerg brauchte keine zweite Einladung. Er packte das Seil hoch über seinem Kopf und begann, sich Hand über Hand daran emporzuziehen; keine leichte Aufgabe, da das Seil aus zusammengedrehten Fellstreifen dünn war und ihm in die Hände und das rechte Bein schnitt, um welches er das Seil geschlungen hatte, damit er besseren Halt daran hatte. Wenig später jedoch konnte er seinen Fuß in die Schlinge setzen, die er vorbereitet hatte, und als sein Kopf und seine

Schultern in der Wandung des Loches steckten, konnte er, wenn er die Arme ausstreckte, den Stab packen, der quer darüber lag. Der Rest war eine Kleinigkeit, und kurz darauf saß er keuchend neben seinem Herrn.

»Hast du ein Messer, Otter?«

»Ja, Baas, aber nur ein kleines, die großen sind dort unten; diese Geschichte werde ich dir gleich erzählen.«

»Laß jetzt deine Geschichte, Otter. Meine Hände sind auf den Rücken gefesselt. Taste nach den Schnüren und schneid sie durch, dann gib mir das Messer, damit ich mich von den Fußfesseln befreien kann.«

Otter tat, wie er ihm geheißen hatte, und kurz darauf erhob sich Leonard und reckte erleichtert die Arme.

»Wo ist die Schäferin, Baas?«

»Dort, in der Nachbarzelle. Sie haben mich von ihr getrennt, und mich dann, gefesselt und geknebelt, an den Füßen über dieses Loch gehängt, um sie durch den Anblick der Gefahr, in der ich mich befand, dazu zu bringen, in irgend etwas einzuwilligen, wie ich vermute, denn zweifellos hat man dafür gesorgt, daß sie alles genau sehen konnte. Dann haben sie mich alleingelassen, und es ist mir gelungen, meinen Knebel auszuspucken, doch war es mir nicht möglich, mich auch von den Fesseln zu befreien. Ich vermute, daß sie bald wieder zurück sein werden.«

»Dann sollten wir besser fliehen, Baas. Ich habe einen Tunnel entdeckt, der in die Berge führt.«

»Wie können wir fliehen und die Schäferin hier zurücklassen, Otter? Seit man mich über dieses Loch gehalten hat, sind nur zwei Männer von Zeit zu Zeit hereingekommen, um nach mir zu sehen, da man mich für wehrlos hält. Laß uns diese beiden Männer packen, wenn sie wiederkommen und ihnen die Messer abnehmen, da wir unbewaffnet sind. Dann können wir weitersehen; außerdem haben wir dann auch ihre Schlüssel.«

»Ja, Baas, das können wir tun. Nimm du meinen Stab, er ist ziemlich kräftig.«

»Und was willst du als Waffe benutzen?« fragte Leonard.

»Keine Sorge, Baas. Haben diese Männer Licht bei sich?«

»Ja.«

»Dann werde ich mir gleich eine entsprechende Waffe machen.«

Er knotete das Seil von dem Stab los und begann daran zu arbeiten.

»Jetzt bin ich bereit, Baas«, sagte er nach einer Weile. »Wo stellen wir uns hin?«

»Hier«, antwortete Leonard und führte ihn zur Tür. »Wir werden uns zu beiden Seiten der Tür in den Schatten dukken, und wenn die Priester eingetreten sind, die Tür hinter sich geschlossen haben und sich nach mir umzusehen beginnen, fallen wir über sie her. Aber paß auf, Otter, es darf nicht schiefgehen, und vor allem: kein Geräusch!«

»Ich glaube nicht, daß es ein Geräusch geben wird, Baas; im ersten Moment werden sie zu überrascht sein, um zu schreien, und im nächsten sind sie stumm.«

»Otter«, flüsterte Leonard, als sie im Dunkel zu beiden Seiten der Tür standen, »hast du den Wasserbewohner getötet?«

»Ja, ja, Baas«, kicherte er leise. »Ich habe ihn mit dem Haken gefangen, den ich aus den beiden Messern gemacht hatte. Aber er ist nicht leicht gestorben, Baas, und wenn ich nicht so gut schwimmen könnte, hätte er mich ersäuft.«

»Ich habe von Nam etwas davon gehört«, sagte Leonard. »Du bist ein tapferer Bursche, Otter.«

»Oh, Baas, das war keine Tapferkeit; als ich seine Augen sah, bekam ich schreckliche Angst, doch dann dachte ich, wie mutig du ihn angegriffen hättest, wenn du an meiner Stelle gewesen wärst, und für was für einen Feigling du mich halten würdest, wenn du mich sehen könntest, wie ich dort zitternd wie ein kleines Mädchen vor der großen Eidechse stand, und diese Gedanken gaben mir Mut.«

»Oh, das finde ich großartig«, antwortete Leonard, und setzte dann hinzu: »Still! Mach dich bereit!«

Kaum hatte er das gesagt, wurde die Tür geöffnet, und zwei hochgewachsene Priester traten herein, von denen einer eine Kerze in der Hand hielt. Jener, der das Licht trug, wandte sich um und schloß die Tür, da er kein Mißtrauen hegte. Dann, in ein und demselben Augenblick, schlug Leonard dem ersten Priester den Stab mit aller Kraft auf den Schädel, ein Schlag, der ihn betäubte oder sogar tötete, denn er stürzte zu Boden wie ein mit der Axt gefällter Ochse, während Otter dem anderen sein Seil um den Hals warf und die vorbereitete Schlinge mit einem so scharfen Ruck zuzog, daß der Mann zu Boden gerissen wurde.

In zwanzig Sekunden war alles vorbei. Die beiden Männer – es waren dieselben, die Leonard an seinen Füßen über das Loch gehalten hatten, lagen bewußtlos oder tot am Boden, und der Zwerg und sein Herr nahmen ihnen beim Licht der Kerze, die zwar zu Boden gefallen war, jedoch glücklicherweise weiterbrannte, ihre Messer und die Schlüssel ab.

»Gut gemacht, Otter«, sagte Leonard, »und es tut mir nicht leid um diese beiden, denn sie haben mich mit den Füßen getreten, während ich gebunden lag. Jetzt haben wir Waffen und die Schlüssel. Was nun?«

In diesem Moment sprang Otter auf die Füße und rief: »Paß auf, Baas, da sind noch mehr!«

Leonard fuhr herum, und siehe! – die zweite Tür der Zelle wurde geöffnet, und durch sie traten Juanna, Olfan, Nam, Soa und drei weitere Männer herein.

Einen Moment herrschte Totenstille; dann rief einer der Unterführer: »Seht! Jâl, der Gott, ist zurückgekehrt und hat bereits seine Opfer genommen!« Dabei deutete auf die beiden am Boden liegenden Priester.

Nun folgte eine Szene gelinder Verwirrung, denn selbst Olfan und Nam waren verwundert über das, was ihnen wie ein Wunder vorkam, während Leonard und Juanna nur Augen füreinander hatten, und die drei Unterführer Otter anstarrten, als ob sie einen Geist sähen.

Ein Mensch behielt jedoch einen klaren Kopf, und dieser Mensch war Soa. Olfans Bruder, der sie bewachte, ließ ihren Arm los; lautlos drückte sie sich in den Schatten, und verschwand unbemerkt durch die offene Tür, durch die sie hereingebracht worden war. Eine Minute verging, als Otter, der glaubte, ein Geräusch an der Tür zu hören, durch das die beiden Priester hereingekommen waren, und die angelehnt gelassen worden war, zu ihr trat und sie zu öffnen versuchte. Und im gleichen Augenblick bemerkte Olfan, daß Soa verschwunden war.

»Wo ist diese Frau, Nams Tochter?« rief er.

»Es scheint, als ob sie entwischt ist und uns eingeschlossen hat«, sagte Otter ruhig.

Von den anderen gefolgt, warf sich Olfan zuerst gegen die Tür der Zelle, bei der sie standen, und lief dann in die Nachbarzelle zur Tür von Juannas Gefängnis. Es stimmte, beide waren verschlossen.

»Das ist nicht weiter schlimm, hier sind die Schlüssel«, sagte Leonard.

»Die nützen uns nichts, Erlöser«, antwortete Olfan, »denn diese Türen sind außen mit Steinriegeln gesichert, die dicker sind als mein Arm. Diese Frau ist fortgelaufen, um das Kollegium der Priester zusammenzurufen, und sie werden uns töten, wie Ratten in der Falle.«

»Rasch!« sagte Leonard. »Vergeudet keine Zeit! Wir müssen diese Türen einschlagen.«

»Ja, Erlöser«, sagte Nam höhnisch, »schlagt nur fest mit euren Fäusten dagegen, zerbrecht den Fels mit euren Speeren, sie sind ein Nichts vor eurer Kraft!«

37

›Du hast mich entlohnt, Königin‹

Die Lage war entsetzlich. Soa war entkommen. Soa wußte alles. Sie war wahnsinnig vor Haß und Rachsucht auf Leonard und Otter, und, in einem geringeren Maße, auch auf Olfan, den König. Wenn es ihnen gelungen wäre, sich dem Volk zu präsentieren, würde alles gut gegangen sein, denn die Menschen hätten Otter und Juanna dann sicherlich als wahre Götter anerkannt, die unbeschadet die Pforten des Todes passiert hatten. Doch jetzt sah es anders aus. Soa würde den Priestern die Wahrheit sagen, und wenn diese auch keine Skrupel hatten, ihren Vater in seiner Notlage im Stich zu lassen, mußten sie doch um ihrer selbst und um ihres Ordens willen, der die machtvollste Gruppierung unter den Menschen des Nebelvolkes war, und da sie keine Lust hatten, sich unter das Joch weltlicher Autorität zu beugen, sofort handeln und zuschlagen.

Ihnen allen war klar, daß es für sie keine Rettung gab und sie bald in die Hände der Priester fallen würden, die, da sie ja über alles informiert waren, nicht wagen konnten, zuzulassen, daß sie an die Krieger appellierten, oder an den Aberglauben des Volkes. Die einzige gute Karte, die sie besaßen, war, daß sie Nam in ihren Händen hielten, obwohl abzuwarten blieb, ob ihnen das etwas nützen würde.

Zunächst einmal gab es sicher einige, die nur darauf warteten, in die Schuhe des Hohepriesters schlüpfen zu können, und außerdem hatte Nam sich in der Angelegenheit der falschen Götter so bloßgestellt, daß der größere Teil seiner Bruderschaft, die er in seine Fehler mit hineingezogen hatte, nicht traurig sein würde, wenn ihn das Schicksal ereilte.

Diese Tatsachen waren Olfan und seinen Gefährten absolut klar, deren Sinne durch die Gefahr, in die sie durch Soas Findigkeit und Heimtücke gebracht worden waren, geschärft wurden. Sie wußten, daß ihr Entkommen eine Frage von Leben und Tod war, sowohl für sie selbst, als auch für die vielen Hunderte ihrer Anhänger. Wenn es ihnen nur gelänge, den Tempel zu erreichen und die wiederauferstandenen Götter dem Volke zu präsentieren, wäre alles gut, denn in dem Falle würden es den Kriegern gelingen, jede Gewalttätigkeit der Priester zu vereiteln. Wenn ihnen dies jedoch nicht gelang, so war ihr Todesurteil bereits unterzeichnet, und von keinem von ihnen würde man jemals wieder hören.

Es war also kein Wunder, daß sie sich verzweifelt gegen die Türen warfen. Eine Stunde oder länger mühten sie sich ab, doch es war alles vergebens. Die massiven Hartholzbohlen, sechs Zoll oder mehr dick, wurden von ihren Messern und Speeren kaum angekratzt, und ihren gemeinsamen Anstrengungen gelang es auch nicht, die schweren Steinriegel zu zerbrechen, die sie festhielten, und sie besaßen nichts, das sich als Rammbock verwenden ließ.

»Es ist sinnlos«, sagte Leonard schließlich und warf in Verzweiflung sein Messer zu Boden. »Dieses Holz ist so hart wie Eisen; wir würden eine ganze Woche brauchen, um uns da durchzuarbeiten.«

»Warum versuchen wir es nicht mit Feuer, Baas?« schlug Otter vor.

Also versuchten sie, die Türen niederzubrennen, mit dem Erfolg, daß sie in dem Rauch fast erstickten, das Holz jedoch kaum angesengt wurde.

Schließlich gaben sie auch diesen Versuch auf, saßen schweigend und blickten einander an, während sie auf die Geräusche lauschten, die von draußen zu ihnen hereindrangen und ihnen verrieten, daß die Feinde sich dort sammelten.

»Hat irgend jemand einen Vorschlag zu machen?« fragte Leonard schließlich. »Wenn nicht, so fürchte ich, daß dieses Spiel bald zu Ende gespielt sein wird.«

»Baas«, antwortete Otter, »ich möchte etwas sagen. Wir könnten doch alle durch das Loch hinabsteigen, durch das ich heraufgekommen bin. Der Wasserbewohner ist tot. Ich habe ihn mit eigener Hand getötet, so daß von ihm nichts zu befürchten ist. Unter jenem Loch verläuft ein Tunnel, der zum Hang des Berges hinaufführt. Am oberen Ende dieses Hanges ist eine Eisbrücke, über die man ins offene Land gelangen kann, wenn man so will.«

»Dann laßt es uns doch um des Himmels willen tun!« rief Juanna.

»Ich habe diese Brücke gesehen«, sagte Olfan, während seine drei Unterführer staunend den Mann anblickten, der die uralte Schlange besiegt hatte, »doch noch nie habe ich von einem Menschen gehört, der es gewagt hätte, seinen Fuß darauf zu setzen.«

»Es ist gefährlich, doch man kann sie überqueren«, erklärte Otter, »zumindest ist es besser, als hier zu bleiben und darauf zu warten, von den Medizinmännern ermordet zu werden.«

»Ich denke, daß wir gehen sollten, Leonard«, sagte Juanna; »wenn ich schon sterben soll, so möchte ich in der freien Luft sterben. Nur, was sollen wir mit Nam anfangen? Und vielleicht ziehen Olfan und seine drei Männer es vor, hier zu bleiben.«

»Nam bleibt bei uns, egal, wohin wir auch gehen mögen«, antwortete Leonard entschlossen; »wir haben mit diesem famosen Gentleman eine lange Rechnung zu begleichen. Was

Olfan und seine Männer angeht, so müssen sie selbst entscheiden, was sie tun wollen.«

»Was wirst du tun, Olfan?« fragte Juanna und sprach jetzt zum erstenmal nach ihrer Unterredung mit ihm.

»Es scheint mir, Königin«, antwortete er, ohne sie anzusehen, »daß ich geschworen habe, dich bis zu meinem letzten Atemzug zu verteidigen, und dies werde ich jetzt noch lieber tun als zuvor, da ich nicht mehr am Leben hänge. Und was meine Brüder betrifft, so glaube ich, daß sie, genau wie du, lieber unter freiem Himmel sterben würden, als hier darauf zu warten, von den Priestern ermordet zu werden.«

Die drei Männer nickten bestätigend. Dann machten sich alle an die Arbeit.

Zunächst packten sie das Essen zusammen, wovon sich in der Nachbarzelle ein recht guter Vorrat befand, aßen eilig ein wenig davon und steckten das andere ein, so gut es ihnen möglich war, da sie wußten, daß sie, selbst wenn ihnen die Flucht gelingen sollte, mehrere Tage lang nichts zu essen finden würden. Dann wickelte Leonard Juanna in einen Umhang aus Ziegenfell, den er einem der erschlagenen Priester abgenommen hatte, und legte sich den des anderen selbst um die Schultern, da er wußte, daß es in den Bergen bitter kalt sein würde. Schließlich banden sie Nam die Hände auf den Rücken und nahmen ihm sein Messer ab, damit der alte Mann in seiner Wut keinen von ihnen plötzlich anfallen konnte.

Nachdem so alles vorbereitet war, verknotete Otter das Seil an dem Stab und glitt daran rasch in die Tiefe. Als seine Füße den Boden berührten, begannen die Priester mit Balken oder anderen schweren Gegenständen die Türen einzurammen.

»Rasch, Juanna!« sagte Leonard drängend. »Setz dich in diese Schlinge und halte dich fest, wir lassen dich hinunter. Beeil dich! Dem Ansturm halten diese Türen nicht lange stand.«

Wenig später stand sie neben Otter, der unten wartete, die Kerze in der Hand. Dann kam Leonard herab.

»Übrigens, Otter«, sagte er, »hast du etwas von den Juwelen gesehen, die angeblich hier sein sollen?«

»Da liegt ein Lederbeutel neben dem Bett des Wasserbewohners, Baas«, antwortete der Zwerg desinteressiert, »aber ich habe mir nicht die Mühe gemacht, hineinzuschauen. Was könnten uns die roten Steine jetzt nützen?«

»Nichts, aber sie könnten uns später nützen, falls wir entkommen können.«

»Ja, Baas, *falls* wir entkommen können«, antwortete Otter, der an die Eisbrücke dachte. »Gut, wir können ihn unterwegs aufsammeln.«

In diesem Moment traf Nam ein, der von Olfan und seinen drei Männern hinabgelassen worden war, und blickte scheu umher, denn weder er, noch seine Brüder hatten es jemals gewagt, das Heim der heiligen Schlange aufzusuchen. Dann kamen die drei Unterführer, und als letzter Olfan.

»Wir haben keine Zeit zu verlieren, Erlöser«, sagte der König. »Die Tür bricht aus den Angeln.« Im gleichen Augenblick hörten sie ein lautes Krachen von oben. Otter zerrte wütend an dem Seil, bis durch einen glücklichen Zufall ein Ende des Stabes ins Loch glitt und dieser herabfiel.

»Es ist ja nicht nötig, daß wir ihnen das Seil zurücklassen, damit sie uns folgen können«, sagte er, »außerdem brauchen wir es vielleicht noch.« In diesem Augenblick schien jemand durch das Loch herabzustarren. Sie sahen die Umrisse des Kopfes eines der verfolgenden Priester. Nam sah ihn ebenfalls und nahm die Gelegenheit wahr.

»Die falschen Götter entkommen durch den Tunnel in die Berge!« schrie er, »und mit ihnen der falsche König! Verfolgt sie und habt keine Furcht, denn der Wasserbewohner ist tot! Nehmt keine Rücksicht auf mich, sondern tötet sie!«

Mit einem wütenden Ausruf hieb Otter ihm die Faust auf den Mund, so daß er rückwärts geschleudert wurde.

Doch der Schaden war bereits angerichtet, denn eine Stimme schrie: »Wir hören dich, Vater. Wir werden Seile holen und folgen.«

Dann brachen sie auf. Bei dem riesigen Kadaver des Krokodils blieben sie für einen Augenblick stehen.

»Der Zwerg ist wahrhaftig ein Gott«, rief der Bruder Olfans, »denn kein Mensch hätte eine solche Tat vollbringen können.«

»Vorwärts!« drängte Leonard. »Wir haben keine Zeit zu verlieren.«

Sie erreichten das Bett des Krokodils und die zerbrochenen Knochen seiner Opfer.

»Der Beutel, Otter, wo ist der Beutel?« fragte Leonard.

»Hier, Baas«, antwortete der Zwerg und zog ihn aus dem verwesenden Skelett jenes unglücklichen Priesters, der, nachdem er den neu gefundenen Gott beleidigt hatte, durch das Loch in die Höhle des Wasserbewohners hinabgelassen worden war und zwischen dessen Kiefern sein Ende gefunden hatte.

Leonard nahm den Beutel, zog die Fellschnur auf, mit dem er zugebunden war, und warf einen Blick hinein, während Otter die Kerze so hielt, daß er den Inhalt sehen konnte. Aus dem Beutel kam ein Schimmer roten und blauen Lichts, das wie ein mattes Feuer glühte.

»Es ist der Schatz«, sagte er mit vor Erregung zitternder Stimme. »Endlich hat das Glück sich gewendet.«

»Was wiegt der Beutel?« fragte Juanna, während sie eilig weitergingen.

»Sieben oder acht Pfund, würde ich sagen«, antwortete er strahlend. »Sieben oder acht solide Pfund an Juwelen, den besten der Welt.«

»Dann gib ihn mir«, sagte sie. »Ich habe sonst nichts zu tragen, und du magst bald beide Hände brauchen.«

»Das ist wahr«, sagte er und schlang ihr die Schnur des Beutels um den Hals.

Sie schritten rasch das ansteigende Bett des Baches entlang, ohne irgendwelchen Schwierigkeiten zu begegnen; nur die Kälte des Wassers, das um ihre Knöchel strömte, war unangenehm.

»Der Bach ist ein wenig angeschwollen, seit ich ihn heute morgen passierte, Baas«, bemerkte Otter. »Sicher hat die Wärme der heutigen Sonne den Schnee des Berges geschmolzen. Morgen würden wir diesen Weg vielleicht nicht benutzen können.«

»Sehr wahrscheinlich nicht«, antwortete Leonard. »Ich habe doch gesagt, daß unser Glück sich endlich gewendet hat.«

Nach weiteren zwanzig Minuten erreichten sie das Ende des Tunnels, traten zwischen den Eisblöcken hindurch und standen am Berghang. Doch das Gesicht des Mondes war hinter Wolken verborgen, wie es in diesem Lande zu Beginn des Frühlings oft der Fall ist, denn während im Winter die Tage fast immer nebelig und die Nächte klar sind, ist es im Frühling und Sommer häufig umgekehrt. Es war wirklich so dunkel, daß es sich als unmöglich erwies, den Aufstieg an dem Berghang zu wagen, bevor es Tag wurde, da sie sonst riskierten, sich zu verirren, oder aber sich in den zahlreichen Schluchten und Spalten den Hals zu brechen.

Nach einer kurzen Absprache machten sie sich daran, den Ausgang des Tunnels zu verstopfen, oder vielmehr die Lükken zwischen den Eisblöcken, die ihn bereits fast verschlossen. Sie verwandten dazu solche Materialien, wie sie ihnen gerade zur Hand kamen, nämlich Klumpen gefrorenen Schnees, Steine und ein paar kleinere Felsblöcke, die sie in der unmittelbaren Umgebung vorfanden, denn die Dunkelheit machte es ihnen unmöglich, sie weiter entfernt zu suchen. Während sie so beschäftigt waren, hörten sie die Stimmen der Priester von der anderen Seite ihrer recht unzureichenden Barriere und arbeitete mit doppelter Kraft weiter, da sie glaubten, daß gleich ein Angriff erfolgen würde.

Zu ihrer Verwunderung verklang das Sprechen auf der anderen Seite jedoch kurz darauf.

»Was mögen sie jetzt vorhaben?« fragte Leonard. »Wollen sie diese Klippe auf einem anderen Wege erreichen und uns den Weg abschneiden?«

»Das glaube ich nicht, Erlöser«, antwortete Olfan, »denn mir ist kein solcher Weg bekannt. Ich glaube, daß sie zurückgegangen sind, um schwere Balken zu holen, mit denen sie die Eismauer zertrümmern können.«

»Es gibt doch so einen Weg, König«, sagte einer der Unterführer, »denn ich selbst bin ihn oft hinaufgestiegen, als ich jung war, um Schneeblumen zu suchen und sie einer zu bringen, die ich damals liebte.«

»Könntest du ihn wiederfinden, Freund?« fragte Olfan eifrig.

»Ich vergesse niemals einen Weg, den meine Füße einmal

gegangen sind«, sagte der Mann, »doch ist dieser einer, dem nicht leicht zu folgen ist.«

»Was denkst du, Schäferin«, fragte Olfan, nachdem er diese Möglichkeit eine Weile überlegt hatte, »sollen wir diesen Mann als Führer nehmen und die Klippe hinab zur Stadt hinabsteigen, wo wir, falls sich das Schicksal nicht gegen uns stellt, Freunde unter den Kriegern finden und die Priester zum Kampf stellen können?«

»Nein, nein«, antwortete Juanna beinahe leidenschaftlich, »lieber würde ich sterben, als in diese entsetzliche Stadt zurückzukehren, um dort schließlich ermordet zu werden. Geh du, wenn du willst, Olfan, und überlaße uns unserem Schicksal.«

»Das kann ich nicht tun, Königin, da ich dem Dienst an dir verschworen bin«, sagte er stolz. »Doch höre, mein Freund«, wandte er sich dann an den Mann, »folge diesem Weg, wenn du das im Dunkel tun kannst, und versuch Hilfe herbeizuholen. Dann kehre so rasch wie möglich zu der Stelle zurück, wo ich und deine beiden Kameraden die Priester in Schach halten werden. Vielleicht wirst du uns nicht mehr lebend antreffen, und für diesen Fall gebe ich dir den folgenden Auftrag: Du wirst überall verbreiten, daß die Götter das Land verlassen haben, weil man sie so schlecht behandelt hat; dann rufe das Volk zum Kampf auf, fall über die Priester her und mache ein für allemal ein Ende mit ihnen, denn nur so kann dieses Land zu Frieden und Sicherheit gelangen.«

Ohne zu antworten, schüttelte der Mann Olfan und den beiden anderen die Hand, grüßte Juanna und verschwand im Dunkel. Die anderen setzten sich vor den Ausgang des Tunnels und warteten und wachten, und Juanna und Leonard waren sehr froh über die Ziegenfellumhänge, die den getöteten Priestern gehört hatten, denn als die Nacht sich dem Morgen näherte, wurde es so kalt, daß sie es kaum ertragen konnten, und immer wieder aufstanden, um sich die Füße warmzutrampeln, damit sie nicht erfroren.

»Leonard«, sagte Juanna, »du weißt nicht, was geschehen ist, nachdem Nam dich in die Falle gelockt hatte.« Und sie erzählte es ihm in allen Einzelheiten.

Als sie zu Ende gesprochen hatte, stand Leonard auf, ergriff die Hand Olfans und sagte: »König, ich danke dir. Möge das Schicksal so gut zu dir sein, wie du es zu mir und der meinen warst.«

»Sprich nicht davon, Erlöser!« antwortete Olfan hastig. »Ich habe lediglich meine Pflicht getan und meinen Eid erfüllt, wenngleich es einen Mann manchmal hart ankommt, dem Pfad der Pflicht zu folgen.« Er blickte Juanna an und seufzte.

Leonard setzte sich wieder und schwieg, doch dann und auch in späteren Jahren bewunderte er die Noblesse dieses Königs, dieses einfachen Naturmenschen, die es ihm selbst unter so grausamen Umständen erlaubte, seine Leidenschaft zu besiegen und sein Leben und seine Krone zu riskieren, um seinen Eid halten zu können, die Frau zu beschützen, die ihm so viel Schmerz zugefügt hatte, und ihn jetzt zusammen mit seinem siegreichen Rivalen für immer verließ.

Endlich begann der Berggipfel über ihnen sich im Schein der aufgehenden Sonne zu röten, und im gleichen Augenblick hörten sie auch das Geräusch vieler Stimmen im Tunnel und sahen Lichtschein durch die Öffnungen ihrer primitiven Barrikade herausdringen. Die Priester, zweifellos aufgehalten durch die Beschaffung von Balken und Bohlen, die als Rammböcke dienen konnten, und die notwendige Arbeit, sie durch den steil ansteigenden Tunnel zu schaffen, waren in voller Stärke zurückgekehrt. Wenige Minuten später verrieten dumpfe Stöße jenseits der Eismauer der kleinen Gruppe der Verteidiger, daß ihre Feinde sich an die Arbeit gemacht hatten.

»Es wird rasch hell, Erlöser«, sagte Olfan ruhig. »Ich denke, daß ihr jetzt den Berghang hinaufsteigen könnt, ohne euch zu gefährden.«

»Was sollen wir mit diesem Manne tun?« fragte Leonard und deutete auf Nam.

»Ihn töten«, sagte Otter.

»Nein, noch nicht«, antwortete Olfan. »Hier, nimm dies!« Damit übergab er Leonard den Speer des Mannes, der die Bergflanke hinabgestiegen war und ihn zurückgelassen hatte, da er ihn nur behindert hätte. »Treib ihn mit der Stahlspitze vor dir her. Falls wir überwältigt werden sollten, könntet ihr euer Leben mit dem seinen erkaufen. Sollte es uns jedoch gelingen, sie zurückzuhalten, und ihr könnt entkommen, dann tut mit ihm, was ihr wollt.«

»Ich wüßte schon, was ich mit ihm täte«, murmelte Otter und starrte den Priester finster an.

»Und nun, lebt wohl«, sagte Olfan mit der gleichen, ruhigen Stimme. »Bringt mehr Eis, meine Freunde, und Steine, wenn ihr welche finden könnt. Die Mauer bricht.«

Leonard und Otter drückten dem König schweigend die Hand, doch Juanna fiel der Abschied schwer, denn ihr Herz zerschmolz bei dem Gedanken an all seine Güte.

»Vergib mir«, murmelte sie, »daß ich soviel Leid über dich gebracht habe, und, wie ich fürchte, auch den Tod.«

»Für das Leid konntest du nichts, Königin, und sei sicher, daß ich den Tod willkommen heißen werde, wenn er zu mir kommen sollte. Geh jetzt, und das Glück gehe mit dir! Mögest du sicher entkommen mit den glitzernden Kieseln, die du haben wolltest. Mögen du und dein Ehemann, der Erlöser, viele Jahre mit der Liebe des anderen gesegnet sein, und wenn ihr gemeinsam alt werdet, so denke hin und wieder an den Wilden, der dich liebte, als du jung warst, und der gern sein Leben hingab, um das deine zu retten.«

Juanna hörte seine Worte, und Tränen traten in ihre Augen. Mit einer plötzlichen Bewegung ergriff sie die Hand des hochgewachsenen Mannes und küßte sie.

»Du hast mich entlohnt, Königin«, sagte er, »und ich hoffe, daß dein Mann nicht eifersüchtig wird. Nun gehe! Und geh rasch!«

Während er sprach, brach ein Stück der Eismauer heraus, und das finstere Gesicht eines Priesters erschien in der Öffnung. Mit einem Alarmruf riß Olfan seinen Speer empor und schleuderte ihn. Der Priester sank mit durchbohrter Kehle nieder. In diesem Augenblick kamen die beiden Männer zurück und verstopften rasch die Öffnung mit schweren Steinen.

Die drei anderen begannen eilig den Berghang emporzusteigen, wobei Otter Nam mit Schlägen und Flüchen vor sich hertrieb, bis der alte Mann zusammenbrach und stöhnend am Boden lag. Und selbst die Schläge des Zwerges, die alles andere als sanft waren, vermochten nicht, ihn wieder auf die Beine zu bringen.

»Steh auf, du verräterischer Hund!« rief Leonard und hob den Speer.

»Dann mußt du die Fesseln lösen, Erlöser«, antwortete der Priester. »Ich bin alt und schwach und kann nicht mit gebundenen Händen diesen Berg erklimmen. Sicher habt ihr von einem alten, unbewaffneten Mann nichts zu befürchten.«

»Im Moment nicht, nehme ich an«, murmelte Leonard, »obwohl wir in der zurückliegenden Zeit eine Menge von dir zu befürchten hatten.« Er zog sein Messer und zerschnitt die Fesseln.

Während er das tat, blickte Juanna zurück und sah Olfan und seine beiden Gefährten Schulter an Schulter vor der Eisbarriere stehen, und das Licht der aufgehenden Sonne wurde von den Spitzen ihrer Speere reflektiert. Unterhalb von ihnen lagen die grasbewachsenen Dächer dieser Hölle auf Erden, der Stadt des Nebelvolks, und die endlose Ebene hinter ihr, durch die sich der Fluß wand wie eine silberne Schlange. Dort war auch der hintere Teil der Tempelmauer, von unbekannten Händen in längst vergessener Zeit erbaut, und über den Rand der Klippe, über die sie hinwegblickte, erhob sich eine dunkle Masse, die, wie sie wußte, Schultern und Kopf des grauenhaften Kolosses darstellte, auf dessen schwindelerregender Höhe sie in jener unwirklichen Stunde gesessen hatte, als die Stimmen von Tausenden sie als Göttin willkommen geheißen hatten, und von wo ihr geliebter Freund, Francisco, in einen grausamen Tod gestürzt worden war.

»Oh, was habe ich an jenem Orte gelitten«, murmelte sie fast unhörbar. »Wie habe ich das alles nur überstehen können? Und dennoch habe ich etwas gewonnen« – sie blickte Leonard an, der Nam auf sie zutrieb –, »und wenn nur wir überleben und ich das Mittel bin, das ihn befähigt, seinen Eid zu erfüllen und mit diesen Juwelen sein Heim zurückzukaufen, werde ich es nicht eine Sekunde lang bedauern, all dies ertragen zu haben, um sie zu erringen. Ja, selbst wenn seine Liebe nicht mehr so heiß brennt wie jetzt, muß er mir immer dankbar sein, denn nur wenige Frauen haben für ihre Ehemänner so viel getan wie ich für ihn.«

In dem Moment stolperte Nam an ihr vorbei, starrte sie haßerfüllt an und stieß wilde Flüche zwischen blutenden Lippen hervor, während der unermüdliche Otter auf seinen Rücken einprügelte, und sie wandten Olfan und seinen Gefährten den Rücken zu und gingen weiter, ihrer Rettung entgegen, bis sie das Ende des Weges erreichten und vor sich die Eisbrücke sahen, und hinter ihr die weiten Schneefelder.

38

Der Triumph Nams

»Wie geht es jetzt weiter?« fragte Juanna. »Müssen wir in diese tiefe Schlucht hinabsteigen?«

»Nein, Schäferin«, antwortete Otter. »Sieh, vor deinen Augen liegt eine Brücke!« Er deutete auf das Band von Eis und Fels, welches die breite Schlucht überquerte.

»Eine Brücke?« rief Juanna entsetzt, »aber die ist doch so glatt wie eine Rutschbahn, und so steil wie ein Hausdach! Nicht einmal eine Fliege könnte darauf festen Halt finden.«

»Höre, Otter!« sagte Leonard. »Entweder soll das ein Witz sein, oder du bist verrückt. Wie können wir über diesen Gletscher gelangen? Wir würden in Stücke zerschlagen werden, bevor wir zehn Yards weit gekommen wären.«

»Auf diese Weise, Baas: Wir müssen uns einzeln auf einen von den flachen Steinen setzen, die hier umherliegen, und der Stein wird uns über diese Brücke tragen. Ich weiß es, denn ich habe es ausprobiert.«

»Willst du mir etwa weismachen, daß du auf einem Stein zur anderen Seite hinübergeritten bist?«

»Nein, Baas, aber ich habe drei Steine hinübergeschickt. Zwei davon sind auf der anderen Seite gelandet; ich habe sie die ganze Zeit über im Auge behalten, und einer ist in der Mitte der Brücke verschwunden. Ich glaube, daß sich dort ein Loch befindet, aber das Risiko müssen wir auf uns nehmen. Wenn der Stein schwer genug ist, springt er darüber hinweg, wenn nicht, fallen wir in das Loch und haben keine Sorgen mehr.«

»Gütiger Himmel!« rief Leonard und wischte sich mit dem Handrücken den Schweiß von der Stirn, »dies ist wahrlich die härteste Toboggan-Rennstrecke*, die ich jemals gesehen habe. Gibt es denn keinen anderen Weg?«

»Ich kann keinen entdeckten, außer für die Vögel, und ich denke, daß wir besser nicht mehr darüber reden, sondern uns bereitmachen, den die Priester sind uns auf den Fersen. Wenn du hier aufpaßt, daß niemand uns überrascht, werde ich jetzt nach Steinen suchen, die uns hinübertragen können.«

»Was ist mit diesem Mann?« fragte Leonard und deutete auf Nam, der das Gesicht in den Schnee gedrückt, am Boden lag, offenbar bewußtlos.

»Oh! Den müssen wir uns noch eine Weile erhalten, Baas, da er uns nützlich sein könnte, falls diese Priester kommen. Wenn nicht, so werde ich mich mit ihm unterhalten, bevor wir aufbrechen. Er schläft jetzt und kann nicht weglaufen.«

Nun bezog Leonard Posten an dem Ende des Pfades, das etwa zwanzig Yards weit entfernt lag, und Otter begann nach für ihre Zwecke geeigneten Steinplatten zu suchen.

Juanna wandte ihren Rücken der Eisbrücke zu, die sie nicht einmal anzusehen wagte, und setzte sich auf einen Stein. Als sie dies tat, schlug der Beutel mit den Juwelen gegen ihr Knie, und ihr fiel ein, daß sie seinen Inhalt untersuchen konnte, während sie wartete, teils, weil sie sich von dem Anblick dieser neuen und entsetzlichen Gefahr ablenken wollte, die vor ihnen lag, teils, um eine nicht unverständliche Neugier zu befriedigen.

Sie öffnete den Beutel, griff hinein, zog einige der großen Juwelen heraus, die dort angehäuft waren und reihte sie auf dem Felsen neben sich auf. In weniger als einer Minute erfreuten sich ihre Augen an dem Anblick so kostbarer Juwelen, wie sie die einer weißen Frau noch niemals zu Gesicht bekommen hatten, selbst nicht in ihren verwegensten Träumen; ehrlich gesagt, hatte Juanna bisher nicht geglaubt, daß

* Toboggan = Indianer- bzw. Rodelschlitten – *Anm. d. Übers.*

Steine von einer solchen Perfektion auf dieser Seite des Himmels existieren mochten.

Als erstes zog sie zwei große Saphire von roh quadratischer Form heraus, und zwei riesige, runde Stern-Rubine; diese hatten die Augen des Kolosses gebildet und waren am Morgen nach ihrer Ankunft entfernt worden; die Stern-Rubine waren die blutroten Pupillen gewesen. Dann war da ein herzförmiger Rubin von perfekter Färbung und ohne den geringsten Fehler, fast so groß wie ein Taubenei, welcher seit unzähligen Generationen an den Tagen der Opferung die Brust der Hohepriester des Nebelvolkes geziert hatte. Als nächstes kamen die größten Wunder des Schatzes: zwei herrliche Steine, ein Rubin und ein Saphir, die nach der Statue des Zwerges und der widerlichen Gestalt des Wasserbewohners geformt waren. Und dann waren da noch weitere – mehrere Dutzend – manche grob geschnitten und poliert, andere so, wie sie aus der Erde gekommen waren, doch ein jeder ausgewählt nach besonderer Größe und Reinheit, oder nach seiner perfekten Färbung und Schönheit.

Juanna reihte sie nebeneinander auf, blickte sie fasziniert an – welche Frau hätte das nicht getan? – und vergaß alles andere, außer der Schönheit und dem unermeßlichen Wert dieser Kleinodien, die sie für Leonard errungen hatte.

Neben den anderen Dingen, die dabei ihrer Aufmerksamkeit entgingen, war es auch die Anwesenheit Nams, der, etwa zwölf Schritte von ihr entfernt, anscheinend vor Erschöpfung bewußtlos geworden, im Schnee lag. Sie bemerkte nicht, wie er den Kopf hob und sie mit einem Ausdruck ansah, der so kalt und grausam war wie jener, den Otter auf den Gesicht des Wasserbewohners gesehen hatte, als dieser den Kopf von seinem Felsbett erhoben hatte. Sie sah nicht, wie er sich langsam über den Schnee zu ihr herüberrollte, wobei er nach jeder Umdrehung seines Körpers ein paar Sekunden lang stillag, denn sie war darauf konzentriert, die roten und blauen Steine, einen nach dem anderen, in den Lederbeutel zurückzutun.

Schließlich waren sie alle wieder dort, wohin sie gehörten, und mit einem Seufzen – denn es war traurig, den Anblick von etwas so Schönem zu verlieren – zog Juanna die Schnur des Beutels zu und wollte ihn sich wieder um den Hals hängen.

In diesem Moment fuhr eine Hand, eingetrocknet und hager vom Alter, an ihren Augen vorbei, packte, wie die Klaue eines Geiers, den Beutel und riß ihn ihr fort. Mit einem Schreckensschrei sprang sie auf und starrte Nam nach, der mit unglaublicher Geschwindigkeit davonrannte, den Beutel mit den Juwelen in der Hand.

Otter und Leonard hörten ihren Schrei, und in der Annahme, daß der Priester fliehen wollte, setzten sie ihm nach. Doch Nam dachte nicht an Flucht, jedenfalls nicht an eine solche Flucht, wie sie es vermuteten. Etwa vierzig Yards von der Stelle, an der sie ihn zurückgelassen hatten, erhob sich ein kleiner Felsgrat am Rande der steilen, tiefen Schlucht, und dieser Felsen war Nams Ziel. Er lief auf seinem Grat entlang und blieb auf seinem Ende stehen, einen Schritt vor dem tausend Fuß tiefen Abgrund. Dann wandte er sich um und blickte seine Verfolger an, die ihn inzwischen fast erreicht hatten.

»Keinen Schritt weiter!« rief er, »oder ich laß diesen Beutel dorthin fallen, wo ihr ihn nie wiederfinden werdet, denn kein Fuß kann an diesen Felswänden Halt finden, und es ist tiefes Wasser am Boden der Schlucht.«

Otter und Leonard blieben stehen, voller Furcht um das Schicksal der Juwelen.

»Höre, Erlöser!« rief Nam. »Du bist in unser Land gekommen, um diese Kiesel zu sammeln, ist es nicht so? Und jetzt hast du sie gefunden und willst mit ihnen verschwinden. Doch bevor du gehst, willst du mich töten, aus Rache dafür, daß ich dich als Betrüger entlarvt und versucht habe, dich den Göttern zu opfern, die du gelästert hast. Doch die toten Steine sind jetzt in meiner Hand, und wenn ich meine Finger öffne, sind sie für dich und die ganze Welt auf immer verloren. Sage: Wenn ich sie dir jetzt zurückgebe, schwörst du dann, mir das Leben zu geben und mich in Frieden meines Weges gehen zu lassen?«

»Ja, das schwöre ich«, antwortete Leonard atemlos, der seine Angst und seine Sorge nicht länger verhehlen konnte. »Komm zurück, Nam, und du sollst ungehindert gehen können, doch wenn du die Steine fallen läßt, folgst du ihnen in die Tiefe.«

»Du schwörst es«, sagte der Priester verächtlich; »du bist so tief gesunken, daß du um deiner Gier willen deine Rache opferst, o weißer Mann mit dem edlen Herzen! Doch werde ich dich übertreffen, denn ich, der ich nicht edel bin, werde mein Leben dafür opfern, deine Gier zu besiegen. Was soll der uralte, heilige Schatz des Nebelvolks von zwei weißen Dieben und einem schwarzen Hund gestohlen werden? Niemals! Ich hätte euch getötet, wenn mir die Zeit dazu geblieben wäre, doch darin habe ich versagt, und ich bin jetzt froh darüber, denn nun werde ich euch einen bittereren Schlag versetzen, als jede Art des Todes es sein könnte. Möge der Fluch von Aca und Jâl an euch kleben, ihr Hunde ohne Zwinger! Mögt ihr als Ausgestoßene leben und im Schmutz sterben, und mögen eure Väter und eure Mütter und eure Kinder auf eure Knochen spucken, wie ich es tue! Lebt wohl!«

Er schüttelte die Faust gegen sie und spuckte in ihre Richtung. Und dann schleuderte Nam sich mit einem plötzlichen Ruck rücklings von dem Felsen und verschwand in der Schlucht, und mit ihm der Schatz.

Eine Weile standen die drei reglos und starrten einander fassungslos an und die Felsenspitze, auf der eben die hochgewachsene Gestalt des Priesters gestanden hatte, dann sank Juanna schluchzend in den Schnee.

»Es ist meine Schuld«, jammerte sie, »nur meine Schuld. Gerade eben war ich noch so stolz darauf, daß ich dir zu Reichtum verholfen hatte, und jetzt habe ich alles verloren. Und wir haben um nichts und wieder nichts gelitten, denn du bist so arm wie zuvor. Oh! Es ist zu viel – *zu viel!*«

»Geh dorthin, Otter!« sagte Leonard mit heiserer Stimme und deutete auf den Felsen, von dem aus Nam sich in den Tod gestürzt hatte, »und sieh nach, ob es irgendeine Möglichkeit gibt, in die Schlucht hinabzusteigen.«

Der Zwerg tat es, kam kurz darauf zurück und schüttelte den Kopf.

»Es ist unmöglich, Baas«, sagte er, »die Felswände sind so steil und so glatt, als ob sie mit einem Messer geschnitten wären; außerdem ist Wasser dort unten, so wie es der Alte gesagt hat, denn ich kann es rauschen hören. Oh! Baas, Baas, warum hast du ihn nicht gleich getötet oder hast mich das tun lassen? Ich habe dir doch gesagt, daß er uns nur Unglück bringen wird. Nun, sie sind fort, und wir können sie niemals wiederfinden, also laßt uns wenigstens unser Leben retten, falls uns das möglich sein sollte, denn das ist uns sicher wertvoller als diese bunten Steine. Komm und hilf mir, Baas, denn ich habe zwei Steinplatten gefunden, die für unsere Zwecke geeignet sind, eine große für dich und die Schäferin, da sie sicher Angst hat, diese Reise allein zu machen, und eine kleinere für mich.«

Leonard folgte ihm wortlos; er war zu niedergedrückt, um sprechen zu können. Juanna kehrte zu der Stelle zurück, wo Nam sie beraubt hatte. Als sie aufblickte, sah sie Leonard und den Zwerg mühsam zwei schwere Steinplatten über den Schnee schieben.

»Komm, weine nicht, Juanna!« sagte Leonard, als sie sie erreicht hatten, und legte seine Hand auf ihre Schulter. »Sie sind fort, und daran ist nichts mehr zu ändern. Jetzt haben wir an andere Dinge zu denken.«

»Oh!« antwortete sie. »Wenn du sie nur gesehen hättest, würdest du in deinem ganzen Leben nie wieder aufhören zu weinen.«

»Dann könnte das ein sehr kurzer Anfall werden«, sagte Leonard ernst und blickte auf die grauenhafte Eisbrücke, die zwischen ihnen und der Sicherheit lag.

»Höre, Juanna! Du und ich müsssen uns auf diesen Stein legen, und der wird uns – sagt Otter – auf die andere Seite der Schlucht tragen.«

»Das kann ich nicht, das kann ich nicht«, sagte sie entsetzt. »Ich werde ohnmächtig werden und herunterfallen. Ganz sicher!«

»Aber du mußt es tun, Juanna«, antwortete Leonard. »Auf jeden Fall mußt du jetzt wählen zwischen diesem und der Rückkehr in die Stadt des Nebels.«

»Ich werde es tun«, sagte sie. »Ich weiß, daß ich dabei den Tod finden werde, doch ist das noch immer besser, als zu jenen furchtbaren Priestern zurückzugehen. Und außerdem kommt es nicht mehr darauf an, nachdem ich die Juwelen verloren habe.«

»Juwelen sind nicht alles, Juanna.«

»Höre, Schäferin!« sagte Otter. »Die Sache ist ganz einfach, auch wenn sie schwierig aussehen mag. Du brauchst nichts anderes zu tun, als die Augen zu schließen und still zu liegen, dann trägt der Stein dich auf die andere Seite hinüber. Ich habe keine Angst. Ich werde als erster gehen und euch den Weg zeigen, und wo ein schwarzer Zwerg durchkommt, könnt ihr weißen Menschen, die ihr so viel mutiger seid, leicht folgen. Doch bevor ich gehe, werde ich dich und den Erlöser mit meinem Seil zusammenbinden, damit du dich sicherer fühlst.«

Dann schob Otter beide Steine hart an den Rand des Abhangs, und nachdem er sein Seil um Juanna und Leonard geschlungen und verknotet hatte, machte er sich startbereit.

»Also, Erlöser, wenn ich auf der anderen Seite angekommen bin, braucht ihr nichts weiter zu tun, als euch flach auf den Stein zu legen, und euch mit dem Speer abzustoßen. Dann seid ihr, bevor ihr es euch verseht, bei mir auf der anderen Seite.«

»In Ordnung«, sagte Leonard zweifelnd. »Nun, dann solltest du jetzt starten; das Warten macht die Sache gewiß nicht leichter.«

»Ja, Baas, ich werde gehen. Ah! Niemals hätte ich mir träumen lassen, daß ich einmal gezwungen sein würde, einen Ritt wie diesen machen zu müssen. Nun, es ist etwas, über das ich später Lieder dichten kann.«

Otter legte sich bäuchlings auf den flachen Stein und lachte dabei, doch Leonard merkte, daß zwar sein Geist sehr tapfer sein mochte, was jedoch das Fleisch nicht daran hinderte, seine natürliche Schwäche zu zeigen, denn es zitterte erbärmlich.

»Jetzt, Baas«, sagte er und umklammerte den Rand des Steins mit seinen großen Händen, »wenn ich es dir sage, mußt du ihm einen Stoß geben, und dann kannst du sehen, wie ein schwarzer Vogel fliegen kann. Beug dich näher, Baas!«

Leonard tat es, und der Zwerg flüsterte ihm ins Ohr: »Falls

wir uns nicht wiedersehen sollten, Baas, denn Unfälle können überall passieren, möchte ich dir nur sagen, wie leid es mir tut, daß ich mich neulich wie ein Schwein benommen habe; aber es war so langweilig in diesem Loch von Palast, und der Nebel hat sich mir aufs Gemüt gelegt. Außerdem haben der Alkohol und die Weiber schon bessere Männer verdorben. Antworte nicht, Baas, sondern gib mir jetzt einen Stoß, denn ich bekomme Angst!«

Leonard legte seine Hand auf die hintere Kante der Steinplatte und schob sie an. Sie begann zu gleiten, langsam zunächst, dann schneller und immer schneller, bis sie schließlich mit einem schwirrenden Geräusch, wie er von einem Vogelschwarm erzeugt wird, über das blanke Eis sauste. Dann hatte sie das Tal der ersten Senke erreicht und glitt den sanften Anstieg auf der anderen Seite hinauf, wobei sie ihre Fahrt so verlangsamte, daß Leonard schon befürchtete, sie würde zum Stillstand kommen. Sie erreichte jedoch den Gipfelpunkt und verschwand ein paar Sekunden lang in einer weiteren Senke, wo die beiden Zuschauer sie nicht sehen konnte, tauchte dann auf dem Gipfelpunkt der längsten und steilsten Abfahrt auf. Wie ein Pfeil schoß der Stein diesen hinab, bis er die enge Taille der Eisbrücke erreichte, die etwa die Form einer auf dem Rücken liegenden toten Wespe hatte. Von der Stelle aus, an der Leonard und Juanna standen, wirkte die Eisbrücke nicht dicker als ein Silberfaden. Plötzlich sah Leonard die Steinplatte mit ihrer lebenden Last, die jetzt ihre Höchstgeschwindigkeit erreicht hatte, emporschnellen, als ob sie einen Luftsprung machte, und dann, langsamer werdend, den leicht aufwärtsführenden Hang auf der anderen Seite hinaufgleiten, bis sie schließlich liegen blieb.

Leonard blickte auf die Uhr; die für die Überquerung der Eisbrücke benötigte Zeit betrug nicht mehr als fünfzig Sekunden, und die Entfernung dürfte nicht viel weniger als eine halbe Meile betragen.

»Sieh!« rief er Juanna zu, welche die ganze Zeit über ihre Hand vor die Augen gepreßt hatte, um die grauenhafte Fahrt des Zwerges nicht mitansehen zu müssen, »er ist sicher hinübergekommen!« Er deutete auf die Gestalt, die auf dem Schneefeld einen Freudentanz zu vollführen schien.

Während er sprach, erreichte der Laut einer menschlichen Stimme ihre Ohren, denn Geräusche tragen weit in einer so totalen Stille. Es war Otter, der ihnen etwas zuschrie, und seine Worte schienen zu klingen wie: »Kommt, Baas, es ist ganz einfach!«

»Ich bin froh, daß er in Sicherheit ist«, sagte Juanna mit schwacher Stimme, »aber jetzt müssen wir ihm folgen. Nimm mein Taschentuch, Leonard, und verbinde mir die Augen, denn ich könnte es nicht ertragen, diese Abgründe zu sehen. Der Kopf des Idols war nichts im Vergleich dazu.«

Leonard tat, worum sie ihn gebeten hatte und sagte ihr, sie solle keine Angst haben.

»Oh! Aber ich habe entsetzliche Angst«, sagte sie. »Noch nie in meinem Leben hatte ich eine solche Angst, und ich ... ich habe die Juwelen verloren! Leonard, vergib mir, daß ich mich dir gegenüber oft so schlecht benommen habe. Ich weiß, ich habe mich auf vielerlei Weise an dir versündigt, war bisher aber nur zu stolz, es zuzugeben. Doch jetzt, wo ich kurz vor meinem Tode stehe, möchte ich dich um Vergebung bitten. Ich hoffe, daß du in Freundlichkeit an mich zurückdenkst, wenn ich tot bin, Leonard, denn ich liebe dich von ganzem Herzen.« Tränen quollen unter ihrer Augenbinde hervor.

»Geliebte«, antwortete er und küßte sie zärtlich, »da wir zusammengebunden sind, werde ich, falls du sterben solltest, ebenfalls sterben. Brich jetzt nicht zusammen, nachdem du so viel überstanden hast!«

»Es sind die Juwelen«, schluchzte sie, »die Juwelen; ich fühle mich, als ob ich einen Mord begangen hätte.«

»Ach, laß doch die Juwelen«, sagte Leonard. »An die können wir später denken.« Damit zog er sie auf den flachen Stein zu, und Juanna fühlte sich dabei, als ob sie zwei Opfertiere wären, die zur Schlachtbank geführt würden.

Als sie den Stein erreichten, hörte Leonard ein Geräusch hinter sich, das Geräusch rascher Schritte, die vom Schnee gedämpft wurden, und als er zurückblickte, sah er Soa auf sich zulaufen, fast nackt, eine Speerwunde in ihrer Seite, und mit dem Funkeln des Wahnsinns in ihren Augen.

»Zurück!« sagte er drohend und hob den Speer, »oder ...«

»Oh! Schäferin«, jammerte sie. »Nimm mich mit dir, Schäferin, denn ich kann ohne dich nicht leben!«

»Sag ihr, sie soll fortgehen!« sagte Juanna, die ihre Stimme erkannte. »Und daß ich sie nie wiedersehen will.«

»Hast du gehört, Soa?« antwortete Leonard. »Warte, wie ist es drüben gegangen? Sag die Wahrheit.«

»Das weiß ich nicht, Erlöser; als ich fortlief, hielten Olfan und sein Bruder noch immer den Ausgang des Tunnels; doch ihr Gefährte war tot. Ich bin an ihnen vorbeigekommen, habe aber dabei dies abgekriegt.« Sie deutete auf die Wunde in ihrer Seite.

»Wenn er noch ein wenig länger aushält, mag ihn Hilfe erreichen«, murmelte Leonard. Dann, ohne mehr Worte zu verschwenden, legte er sich bäuchlings auf die breite Steinplatte und zog Juanna neben sich.

»Jetzt, Juanna«, sagte er, »geht es los! Halt dich mit der rechten Hand fest und laß die Kante des Steins auf gar keinen Fall los, sonst fliegen wir beide herunter!«

»Oh! Nimm mich mit dir, Schäferin, nimm mich mit dir, und ich werde nie wieder schlecht zu dir sein, sondern dir dienen wie einst«, rief die schrille Stimme Soas in einem so verzweifelten Schrei, daß er von den Bergen widerhallte.

»Festhalten!« preßte Leonard zwischen den Zähnen hervor, löste seinen Arm von Juannas Taille, packte den Schaft des Speers und drückte die Spitze gegen einen kleinen Fels hinter sich. Der Stein, der hart am Rande des Abhanges lag, erzitterte unter ihnen, und dann begann er, langsam und majestätisch wie ein Schiff, das vom Stapel läuft, den vereisten Pfad hinabzugleiten.

Während der ersten Sekunden schien er sich kaum vorwärtszubewegen, dann wurde das Gleiten spürbar, und in diesem Augenblick hörte Leonard ein Geräusch hinter sich und fühlte, wie sein rechtes Fußgelenk von einer Hand umklammert wurde. Es gab einen Ruck, der ihn beinahe von dem Stein gerissen hätte, doch er krallte sich mit aller Kraft an seinem vorderen Rand fest, und obwohl er noch immer die Umklammerung der Hand an seinem Fußgelenk spürte, wurde die Belastung fast unmerklich.

39
Die Fahrt über die Eisbrücke

Leonard hob vorsichtig den Kopf, blickte über die Schulter und fand die Lösung des Rätsels. In ihrem Wahnsinn und ihrer wütenden Liebe zu ihrer Herrin, die von ihr gedemütigt und verraten worden war, hatte Soa versucht, sich zu ihnen auf den Stein zu werfen, als sie sah, daß er sich in Bewegung setzte. Doch hatte sie zu spät reagiert, und als sie spürte, daß sie den Hang hinabglitt, hatte sie verzweifelt nach irgendeinem Halt gegriffen und Leonards Fußgelenk erwischt. Und jetzt mußte Soa sie auf ihrer gefahrvollen Reise begleiten, doch während sie auf der Steinplatte dahinglitten, wurde Soa auf dem Bauch hinterhergeschleift.

Ein Funke von Mitleid zuckte durch Leonards Gehirn, als er an ihre furchtbare Lage dachte. Dann aber vergaß er sie wieder, da seine Aufmerksamkeit ganz von der Gefahr in Anspruch genommen wurde, in der Juanna und er sich befanden. Jetzt rasten sie mit ständig wachsender Geschwindigkeit den langen Hang hinab, jetzt hatte der Stein den ersten Anstieg erreicht, auf dessen oberem Teil er soviel seiner Schwungkraft verlor, daß Leonard fürchtete, sie würden liegenbleiben. Dies war der Augenblick, wo er heftig mit den Füßen austrat, um sich von dem Gewicht Soas zu befreien, die sie ins gemeinsame Verderben zu ziehen drohte. Doch sie klammerte sich an ihm fest wie eine Efeuranke an einem Baum, und er stellte seine Bemühungen ein, aus Furcht, dadurch ihren Schlitten vom Kurs abzubringen.

Auf dem Gipfelpunkt des Anstiegs kam der Stein fast zum Stehen, nahm dann langsam, zögernd wieder Fahrt auf, als sie eine kurze Senke durchfuhren, dieselbe, in welcher sie Otter aus den Augen verloren hatten, und an deren Ende ein neuerlicher, aber sanfterer Anstieg lag. Bis jetzt war ihre Reise, wenngleich sie aufregend und neuartig war, vergleichsweise harmlos gewesen, denn der Pfad war breit und das Eis völlig glatt. Doch die Schrecken lagen noch vor ihnen.

Als Leonard vorausblickte, sah er, daß sie sich am Gipfelpunkt einer Abfahrt befanden, die etwa fünfhundert Yards lang war, und so steil, daß ein Mensch selbst dann, wenn seine Füße Halt an ihr gefunden hätten, nicht aufgerichtet darauf hätte stehen können. Auch hier wies die Eiszunge noch eine Breite von etwa fünfzig Fuß auf, doch verengte sich die abschüssige Bahn zusehends, bis sie nahe der anderen Seite der Schlucht zu der Spitze einer riesigen, weißen Nadel wurde, und dann abzubrechen schien.

Inzwischen waren sie voll in Fahrt gekommen und rasten die steile Bahn aus grünem Eis hinab, mit einer Geschwindigkeit, die ein Mensch sich kaum vorzustellen vermag, und wie sie höchstens von einem Adler erreicht werden mag, der sich aus großer Höhe auf seine Beute herabstürzt. Und es ist möglich, daß die Empfindungen eines Adlers und die Leonards einander sehr ähnlich sein mochten, jedoch mit dem wesentlichen Unterschied, daß der Vogel dabei keine Todesangst aussteht, während absoluter Schrecken der einzige Begriff ist, der den geistigen Zustand des Menschen zu beschreiben vermag. So spiegelglatt war das Eis, und so steil war die Neigung, daß er das Gefühl hatte, durch den Raum zu fallen, ohne jeden Halt, denn bei dieser höllischen Geschwindigkeit war die Reibung des Steins fast nicht spürbar. Nur die Luft rauschte, als sie sie zerteilten, und Juannas langes Haar, das sich gelöst hatte, wehte hinter ihr her wie ein Schleier.

Tiefer und immer tiefer hinab rasten sie; dann lagen die Hälfte – dann zwei Drittel der Strecke hinter ihnen, dann blickte er wieder voraus und sah den Horror, der vor ihnen lag. Schon jetzt war die Eisbrücke schmal, kaum breiter als ein kleines Zimmer, doch sechzig Yards voraus verjüngte sie sich so, daß sie kaum breiter schien als ihre Felsplatte und links und rechts von ihr gähnte jene unendlich tiefe Schlucht, in die Nam sich mit den Juwelen gestürzt hatte; doch war das noch nicht alles, denn an seiner engsten Stelle *war die Eisbrücke auf eine Länge von zehn oder zwölf Fuß unterbrochen,* um auf der anderen Seite dieser Lücke und ein wenig tiefer versetzt fortgeführt zu werden, auf jenen Schneehügel zu, auf dessen Kuppe Otter hockte.

Weiter rasten sie, Eis unter sich und vor sich, und Eis in

Leonards Herzen, das vor Angst gefroren war. Sein Atem war ihm von dem Andruck der Luft aus den Lungen gepreßt worden, doch seine Sinne blieben auf eine schmerzliche Weise wach. Unwillkürlich blickte er über den Rand der Steinplatte, sah die unermeßlichen Abgründe unter sich und fragte sich, welches Naturgesetz ihren Schlitten auf diesem schmalen Eisband hielt, wo er doch so leicht nach links oder nach rechts in den Raum hinausgeschleudert werden mochte.

Jetzt lag die Lücke unmittelbar vor ihnen. »Gott möge uns beistehen!« murmelte er – oder dachte er vielmehr, da jetzt nicht die Zeit für Worte war, denn sie hoben von der Eisbrücke ab und flogen durch die Luft, als ob der Stein, der sie trug, ein lebendes Wesen wäre, das die Gefahr erkannt und seine Kräfte gesammelt hätte, und dann um sein Leben gesprungen wäre.

Was geschieht? – Leonard wußte es nicht genau, und Otter schwor, daß sein Herz ihm aus der Brust gesprungen und vor seinen Augen in der Luft gehangen habe, so daß er nichts sehen konnte. Bevor sie jenseits der Lücke wieder auf das Eis aufschlugen – während sie noch durch die Luft sausten –, hörten sie, oder richtiger gesagt, hörte Leonard, einen gräßlichen Schrei und spürte einen so harten Ruck, daß er seinen Halt an dem Stein verlor, der unter ihnen davonglitt. Dann kam ein Aufprall, weniger hart, als es zu erwarten gewesen war, und sie wirbelten über die polierte Eisfläche, während der Stein, der sie bis hierher getragen hatte, davonjagte wie ein Pferd, das seinen Reiter abgeworfen hat.

Leonard fühlte die Reibung des Eises brennen wie ein heißes Eisen, und er spürte auch, daß sein Fußgelenk frei war von der Hand, die es umklammert hatte, und dann wußte er für einige Minuten nichts mehr, da seine Sinne ihn verließen. Als sie wiederkehrten, hörte er die Stimme Otters, die rief: »Nicht bewegen, Baas! Lieg ganz still, wenn dir dein Leben lieb ist! Ich komme.«

Sofort war er hellwach, und als er vorsichtig seinen Kopf bewegte, erkannte er die Situation, in der sie sich befanden, und wünschte, er wäre bewußtlos geblieben, denn es war diese:

Die Schwungkraft ihrer rasenden Talfahrt hatte sie fast bis zu der Stelle getragen, wo das Eis aufhörte und Fels und Schnee begannen, etwa fünfzehn Fuß davor, um genau zu sein. Doch bestanden diese fünfzehn Fuß aus spiegelglattem Eis und waren sehr steil, so glatt und so steil, daß niemand sie hinaufklettern konnte. Unterhalb von ihnen setzte diese steile Eisbrücke sich für dreizehn oder vierzehn Yards fort, bis zu dem Anstieg, der zu der Lücke führte.

Auf dieser steilen Eisfläche lagen sie ausgestreckt auf dem Bauch. Ein paar Sekunden lang fragte Leonard sich, wie es kommen mochte, daß sie nicht zum Grund dieser Eissenke zurückrutschten, um dort liegenzubleiben, bis sie verhungerten, denn ohne Seile und andere Hilfsmittel, konnte niemand diese abschüssige Bahn hinaufklettern. Dann sah er, daß nur ein Zufall, den er in späteren Tagen der Vorsehung zuschrieb, dies verhinderte.

Man wird sich erinnern, daß Leonard sich zu Beginn der Fahrt mit einem Speer abgestoßen hatte, der ihm von Olfan gegeben worden war. Diesen Speer hatte er an sich gedrückt, als der Stein in Bewegung gekommen war, ihn zwischen seine Brust und den Stein gezogen, da er glaubte, er mochte ihm noch nützlich sein, wenn es ihnen gelänge, zur anderen Seite der Schlucht zu gelangen. Und als sie vom Schlitten gerutscht und jenseits der Lücke über das Eis geschleudert worden waren, war dieser Speer, dem Gesetz der Trägheit gehorchend, durch die von der rasenden Abfahrt verliehene Schwungkraft mit ihnen über das Eis gewirbelt, auf Grund seines geringeren Gewichts jedoch etwas langsamer, so wie der Stein, der schwerer war als sie, vor ihnen hergerast war.

Wie es der Zufall wollte, befand sich kurz vor dem Ende des Angstieges ein Spalt im Eis, und in eben diesem Spalt hatte die Waffe sich verklemmt, wobei die schwerere Stahlspitze abwärts wies, so daß er fast aufrecht stand. Als die bewußtlosen Körper von Leonard und Juanna den Eishang so weit hinaufgeglitten waren, wie der ihnen verliehene Schwung sie trug, begannen sie natürlich, dem Gesetz der Schwerkraft folgend, zurückzurutschen. Und nun rettete sie der in dem Eisspalt verklemmte Speer vor dem Untergang, da die Bewußtlosen zu beiden Seiten des Speers abwärts rutschten und das Seil, mit dem sie aneinander gebunden waren, sich an seinem Schaft verfing.

All die nahm Leonards Bewußtsein nach und nach in sich auf; und er sah auch, daß Juanna ohnmächtig oder tot neben ihm hing.

»Was hast du vor?« fragte er Otter, der jetzt am Rand des Eises, fünfzehn Fuß oberhalb von ihnen, stand.

»Ich werde Löcher ins Eis hacken und euch hochziehen«, verkündete er grinsend.

»Das wird nicht leicht sein«, sagte Leonard, der über seine Schulter hinweg nach unten blickte, »und wenn wir abgleiten sollten, oder das Seil reißt ...?«

»Rede nicht von abgleiten!« antwortete Otter und begann das Eis mit dem schweren Priester-Messer aufzuhacken. »Und was das Seil betrifft: Wenn es für den Wasserbewohner stark genug war, ist es auch stark genug, euch beide zu halten, obwohl es inzwischen etwas strapaziert worden ist. Ich wünschte nur, ich hätte noch so eines, dann wäre diese Sache erheblich einfacher.«

Fieberhaft arbeitend hackte Otter auf die harte Eisfläche ein. Die ersten beiden Stufen schlug er auf dem Bauch liegend von oben. Doch dann ergaben sich Schwierigkeiten, die unüberwindlich schienen, denn er konnte nicht das Eis aufschlagen, wenn er nichts hatte, woran er Halt finden konnte.

»Was jetzt?« fragte Leonard.

»Bleib ruhig, Baas! Gib mir Zeit zum Denken!« Otter hockte sich hin und schwieg.

»Ich hab's«, sagte er dann, richtete sich auf, zog seinen Ziegenfellumhang aus und schnitt ihn in Streifen von etwa zwei Zoll Breite und zwei Fuß und sechs Zoll Länge. Diese Streifen verknotete er fest miteinander, so daß ein brauchbares Seil entstand, das bis zu der Stelle hinabreichte, wo Leonard und Juanna an dem kräftigen Speerschaft hingen.

Dann nahm er seinen Stab, der ihnen schon so viele gute Dienste geleistet hatte, schlug ihm mit dem schweren Messer eine scharfe Spitze, trieb ihn am Rande des Eisgürtels tief in Schnee und Erde hinein und verknotete das Seil daran.

»Jetzt ist alles in Ordnung, Baas«, sagte er, »denn ich kann von unten beginnen.«

Ohne weiteren Kommentar ließ er sich dann herab, bis er neben ihnen hing.

»Ist die Schäferin tot, Baas?« fragte er, als er das bleiche Gesicht und die geschlossenen Augen Juannas sah, »oder schläft sie nur?«

»Ich denke, daß sie ohnmächtig geworden ist«, antwortete Leonard, »aber mach um Gottes willen schnell, Otter, da ich mich auf diesem Eis zu Tode friere. Was hast du jetzt vor?«

»Dieses, Baas: Ich werde das Ende des Seils, das ich aus dem Umhang gemacht habe, um deine Mitte binden, dann das Seil lösen, das dich und die Schäferin zusammenbindet, und wieder hinaufklettern. Von dort aus kann ich sie mit der dem Fellseil emporziehen, da es stark ist und sie leicht über das Eis gleiten wird, und dann kannst du ihr folgen.«

»Gut«, sagte Leonard.

An einer Hand hängend gelang es dem Zwerg bei solcher Mithilfe, die Leonard zu leisten imstande war, das Ende des Seils, das er aus dem Fellumhang gemacht hatte, unter Leonards Armen zu verknoten. Dann löste er das Seil, mit dem sie miteinander verbunden waren und befreite ihn so von Juanna. Jetzt begann der schwierigste Teil des Unternehmens, denn Leonard, der nur mit einer Hand an dem Speerschaft hing, mußte Juannas leblosen Körper mit der anderen halten, während Otter eilig wieder hinaufkletterte, das Ende des Fellseils zwischen den Zähnen haltend. Der Speerschaft bog sich gefährlich durch, doch Leonard wagte nicht, mehr Gewicht an das nicht sehr starke Seil aus Ziegenfell zu hängen, an dem der Zwerg sich hinaufzog, denn wenn es risse, würden sie alle in die Senke hinabgleiten, wo sie elend würden verhungern müssen. Schwach und durchfroren, wie er war, kam es ihm wie Stunden vor, bis Otter oben angelangt war und ihm zurief, Juanna loszulassen.

Leonard tat es, und der Zwerg, der sich in den Schnee setzte und seine Füße gegen die Kante des Eises stemmte, begann sie emporzuziehen. Doch so kräftig er auch war, hätte er es beinahe nicht geschafft, und wenn Juanna auf einer anderen Fläche gelegen hätte, als auf Eis, wäre es ihm nicht gelungen. Doch hatte er sie schließlich emporgezogen, und zu seiner grenzenlosen Erleichterung sah Leonard sie ausgestreckt im Schnee liegen.

Jetzt löste Otter eilig das Seil von Juannas Taille, knüpfte eine Schlinge in sein Ende und warf sie zu Leonard hinab, der den Arm hindurchstreckte und unter der Achsel festzog. Nachdem er den Speer aus dem Felsspalt gerissen hatte, begann er den Aufstieg. Die ersten Bewegungen riefen starke Schmerzen hervor, was auch kein Wunder war, denn die Wunden, die die Reibung ihm zugefügt hatte, als er über das Eis geschleudert worden war, wurden wieder aufgerissen, denn seine Beine waren durch das gerinnende Blut am Eis festgefroren, so daß er sie losreißen mußte. Der Schmerz, so stark er auch war, hatte jedoch auch sein Gutes, denn er weckte seine betäubten Energien und befähigte ihn, sich mit aller Kraft an dem Ziegenfellseil emporzuziehen, während Otters mächtige Muskeln an der zweiten Leine zogen.

Und es war ein Glück, daß der Zwerg die Vorsichtsmaßnahme getroffen hatte, dieses zweite Seil hinabzuwerfen, denn wenig später wurde Otters Stab, der in dem gefrorenen Boden nicht allzu fest verankert war, herausgezogen und er traf Leonard am Kopf, als er herabfiel und das Seil aus den Streifen des Ziegenfellumhangs mit sich in die Tiefe nahm. Der Zwerg stieß einen lauten Schrei aus und beugte sich weit nach vorn, als ob er den Halt verlieren und abstürzen würde. Doch unter Anspannung aller Kräfte gelang es ihm, sein Gleichgewicht zu bewahren und das Seil fest in den Händen zu halten, während Leonard an ihm hin und her schwang wie ein Pendel.

Nun folgten die schlimmsten Sekunden ihres Kampfes gegen die Tücken dieser gnadenlosen Eisbrücke. Der Zwerg hielt mit all seiner Kraft das Seil fest, bis Leonard das Hin- und Herschwingen aufgefangen hatte und mit ausgestreckten Armen und Beinen auf dem Eis lag.

»Jetzt, Baas, sei stark«, sagte Otter. »Wenn ich zu ziehen beginne, schlängelst du dich vorwärts.«

Er zog an dem Seil, bis die dünne Leine aus Fellen sich reckte, während Leonard mit Füßen und Knien und seiner freien Hand am Eis sich vorwärtszuziehen versuchte.

Doch er fand keinen Halt; genausogut hätte er versuchen

können, an einer Fensterscheibe, die einen Neigungswinkel von sechzig Grad aufwies, emporzuklettern.

»Ruhe dich ein wenig aus, Baas!« sagte der Zwerg, dessen Atem in keuchenden Stößen ging, »und dann versuch, die Spitze des Speers ins Eis zu stoßen und etwas von deinem Gewicht darauf zu verlagern, wenn ich wieder ziehe.«

Leonard tat dies, ohne Otter zu antworten.

»Jetzt!« rief der Zwerg, und mit Ziehen und Drücken gelangte Leonard zwei Fuß höher. Sie wiederholten die Prozedur, und jetzt konnte Leonard mit einer Hand in die unterste der beiden Stufen greifen, die Otter mit dem Messer ins Eis gehackt hatte. Wieder mußten sie eine Pause einlegen, um zu Kräften zu kommen. Dann erfolgte der dritte Aufschwung, ein Umfassen der Hände, und er lag zitternd wie ein verängstigtes Kind auf dem Rand des Gletschers.

Es war geschafft! Die Gefahr war vorüber – doch um welchen Preis! Leonards Nerven waren völlig verschlissen, er konnte sich nicht auf den Füßen halten, sein Gesicht blutete, seine Fingernägel waren gesplittert, und am rechten Knie hatte er eine tiefe Wunde, da die Reibung auf dem Eis das Fleisch abgescheuert hatte, gar nicht zu reden von dem Schock und den Prellungen, die er erlitten hatte, als er von dem Stein geschleudert worden war. Otters Zustand war ein wenig besser, doch hatte das Seil ihm die Hände aufgerissen, und er war von der körperlichen Anstrengung und der seelischen Anspannung völlig erschöpft. Genaugenommen war Juanna am besten von ihnen weggekommen, denn sie war bereits zu Beginn ihrer Fahrt über die Eisbrücke ohnmächtig geworden, und als sie von dem Stein geschleudert worden waren, war sie, als die leichtere von beiden, auf Leonard gefallen. Außerdem hatte der dicke Ziegenfellumhang, in den sie gewickelt war, sie weitgehend vor Verletzungen bewahrt, so daß sie lediglich ein paar Blutergüsse und Hautabschürfungen erlitten hatte. Von ihrer furchtbaren Lage, als sie an dem Speerschaft hingen, und von der letzten Phase ihres Abenteuers wußte sie nichts, und um ihres Seelenfriedens willen war es gut so.

»Otter«, murmelte Leonard mit zitternder Stimme, »hast du die Kalebasse mit dem Brandy verloren?«

»Nein, Baas, die ist gerettet.«

»Dem Himmel sei Dank!« sagte er. »Halt sie mir an die Lippen, wenn es dir möglich ist.«

Der Zwerg hob die Kalebasse mit zitternden Händen empor, und Leonard nahm ein paar Schlucke von dem feurigen einheimischen Branntwein.

»Das tat gut«, sagte er; »nimm du auch einen Schluck.«

»Nein, Baas, ich habe geschworen, nie wieder zu trinken«, antwortete Otter, »und außerdem werden du und die Schäferin alles brauchen. Ich habe etwas Nahrung bei mir und werde essen.«

»Was ist mit Soa passiert, Otter?«

»Ich konnte es nicht genau sehen, Baas, da ich zu viel Angst hatte, viel mehr Angst als vorher, als ich selbst auf dem Stein ritt; doch glaube ich, daß ihre Beine auf dieser Seite der Lücke gegen den Eisrand schlugen, und da ist sie wohl in die Tiefe gestürzt. Und es war ein gutes Ende für sie, diese giftige, alte Kuh«, setzte er mit einem Unterton von Befriedigung hinzu.

»Es wäre auch für uns fast das Ende geworden«, sagte Leonard, »doch haben wir es irgendwie geschafft, lebend herauszukommen. Nicht für alle Rubine der Welt würde ich diese Schlucht noch einmal überqueren.«

»Ich auch nicht, Baas. *Wow!* Es war entsetzlich. Einmal drang mir der Magen in den Kopf, und dann drang mir der Kopf in den Magen, und die Luft war rot und grün und blau, und Teufel schrien auf mich ein. Ja, und als ich zu diesem Loch kam, sah ich dort den Wasserbewohner, aus Feuer geformt, mit aufgerissenem Rachen warten, um mich zu verschlingen. Es war der Brandy, der mich all diese Dinge sehen ließ, Baas, und darum habe ich geschworen, nie wieder welchen anzurühren. Ja, während ich durch die Luft flog und den flammenden Wasserbewohner unter mir sah, habe ich das geschworen. Und jetzt, Baas, bin ich ein wenig ausgeruht, also laß uns die Schäferin aufwecken und weitergehen!«

»Ja«, sagte Leonard, »wenngleich ich keine Vorstellung davon habe, wohin wir gehen sollen. Und es darf nicht weit sein, da ich ziemlich erledigt bin.«

Sie krochen zu Juanna, die in ihren Umhang gewickelt auf

dem Schnee lag; Otter flößte ihr etwas von dem Eingeborenen-Brandy ein, während Leonard ihre Hände rieb. Kurz darauf zeigte diese Therapie ihre Wirkung, denn sie fuhr mit einem Ruck auf, und als sie das Eis vor sich sah, begann sie zu schreien und rief: »Bring mich fort von hier, Leonard! Ich kann nicht! Ich kann wirklich nicht, Leonard!«

»Beruhige dich, Liebes«, antwortete er, »du hast es ja hinter dir. Wir sind auf der anderen Seite.«

»Oh!« sagte sie, »dafür bin ich dankbar. Aber wo ist Soa? Ich hatte das Gefühl, als ob sie sich hinter uns aufs Eis geworfen hätte.«

»Soa ist tot«, antwortete er. »Sie ist in die Schlucht gestürzt und hätte uns um ein Haar mitgerissen. Ich werde dir später alles erklären, jetzt bist du noch nicht kräftig genug, um es hören zu können. Komm, Liebes, laß uns diesen verdammten Ort verlassen!«

Juanna taumelte auf die Füße.

»Ich bin so steif und wund, daß ich kaum stehen kann«, sagte sie, »doch was ist mit dir geschehen, Leonard? Du bist ja mit Blut besudelt!«

»Das werde ich dir auch später erklären«, antwortete er.

Otter sammelte ihre Sachen zusammen, die im wesentlichen aus dem Speer und dem Fellseil bestanden, und dann krochen sie den Schneehang hinauf. Etwa dreißig Yards vor ihnen und fast nebeneinander lagen die beiden Gletschersteine, auf denen sie die Eisbrücke passiert hatten, und in ihrer Nähe die beiden anderen, die Otter am Morgen vorher als Pioniere vorausgeschickt hatte. Sie blickten sie verwundert an. Wer konnte glauben, daß diese reglos liegenden Steine vor weniger als einer Stunde mit der Geschwindigkeit eines Expreßzugs über die Eisbrücke gerast waren, und sie auf ihnen?

Eins war sicher: Selbst wenn sie noch eine oder zwei Millionen Jahre unzerbrochen bleiben sollten – und das ist eine geringe Zeitspanne für einen Stein – würden sie nie wieder eine so seltsame Reise machen.

Dann mühten Leonard, Juanna und Otter sich weiter, bis zum oberen Rand des verschneiten Hangs, der etwa vierhundert Yards entfernt lag.

»Sieh, Baas!« sagte Otter, der sich umgewandt hatte, um

einen letzten Blick auf die hinter ihnen liegende Schlucht zu werfen, »da sind Leute am anderen Rand.«

Er hatte recht. Am anderen Rand der Schlucht sah Leonard eine Gruppe von Männern, die die Arme über den Köpfen schwenkten und zu schreien schienen. Aber ob es Priester waren, die nach einem Sieg über Olfan die Flüchtigen verfolgt hatten, um sie zu töten, oder Soldaten des Königs, die die Priester besiegt hatten, konnten sie auf diese Entfernung nicht erkennen. Das Schicksal Olfans und die weitere Geschichte der Menschen des Nebelvolks war von nun an ein versiegeltes Buch für sie, denn sie hörten nie wieder von ihnen, und es ist kaum anzunehmen, daß sie jemals etwas davon erfahren werden.

Nun begannen die drei den Abstieg, von einem Schneefeld zum anderen, und allein der hohe Berggipfel erinnerte sie daran, daß sie sich nahe dem Lande des Nebelvolks befanden. Einmal machten sie Rast, um von dem kleinen Vorrat, den sie bei sich hatten, zu essen, und sehr häufig rasteten sie, um wieder zu Kräften zu kommen, da ihre Reserven sehr gering waren. Wenn sie sich voranschleppten, wobei jeder der beiden Männer Juanna bei der Hand hielt, fragte Leonard sich, wie es möglich war, daß sie – ganz abgesehen von den Gefahren, denen sie entkommen waren – die Strapazen und die Schrecken, sowohl die körperlichen als auch die seelischen, der letzten achtundvierzig Stunden überstehen konnten.

Doch sie waren noch am Leben, wenn auch in einer gräßlichen Lage, und kurz vor Sonnenuntergang hatten sie die Schneegrenze hinter sich gelassen und befanden sich in einer angenehm warmen Zone.

»Ich muß mich ausruhen«, sagte Juanna, als die Sonne zu versinken begann, »ich kann mich nicht weiterschleppen.«

Leonard blickte Otter verzweifelt an.

»Dort drüben ist ein großer Baum, Baas«, sagte der Zwerg in einem gezwungenen zuversichtlichen Tonfall, »und ein Bach in seiner Nähe. Das ist ein guter Platz zum Lagern, und die Luft ist hier warm, also werden wir nicht frieren. Ja, wir haben wirklich Glück. Denk nur daran, wie wir die letzte Nacht verbracht haben.«

Sie erreichten den Baum, und Juanna sank halb bewußtlos gegen seinen Stamm. Nur mit viel gutem Zureden konnte Leonard sie dazu bewegen, ein wenig Fleisch zu essen und einen Schluck Brandy zu trinken, dann versank sie, zu seiner Erleichterung, in einen Zustand, der eher eine Bewußtlosigkeit als Schlaf war.

40

Otters Abschied

Die folgende Nacht erwies sich, wie Leonard später oft erklärte, als die schlimmste, die er jemals verbracht hatte. Ungeachtet seiner völligen Erschöpfung konnte er nicht schlafen, da seine Nerven zu angespannt waren. Wenn immer er die Augen schloß, sah er sich mit dem Kopf nach unten über dem Loch im Boden jener Zelle im Sockel des Idols hängen, oder durch die Luft über die klaffende Lücke der Eisbrücke fliegen, oder in einer anderen Situation des Schreckens, die denen ähnelte, mit denen sie kürzlich so intime Bekanntschaft geschlossen hatten. Und wenn diese Visionen von Zeit zu Zeit verblaßten, schien er die Stimme Franciscos zu hören, der ihm Lebewohl sagte, den Schrei Soas, als diese in ihren gräßlichen Tod stürzte, oder die Stimme Nams, der ihnen zum letzten Mal seine Verachtung zuschrie. Und auch seine Verletzungen, die sehr zahlreich waren, verhinderten, daß er einschlief, und obwohl das Klima hier unten milde war, ließ der Nachtwind, der von den verschneiten Bergen herabwehte, ihn frösteln, und sie besaßen nicht einmal ein Steichholz, um Feuer machen zu können, um sich zu wärmen, oder um die wilden Tiere zu verjagen, die rings um sie brüllten.

Selten haben sich Menschen in einer so entsetzlichen und verzweifelten Lage befunden, wie diese drei in jener Nacht, erschöpft, ohne Waffen, fast ohne Nahrung und Kleidung, und mit unbekanntem Ziel durch die unendliche Weite Zentralafrikas ziehend. Falls sie nicht irgendwie Hilfe fanden, dessen war Leonard sicher, würden sie entweder verhungern, oder von den Zähnen der Löwen oder den Speeren von Eingeborenen getötet werden. Es war unmöglich, daß sie auch nur eine Woche durchhalten konnten, und er überlegte, daß es besser gewesen wäre, wenn sie in der vergangenen Nacht gestorben wären und alles überstanden hätten.

Ja, das wäre gut gewesen, und noch besser, wenn er neben seinem Bruder Tom begraben worden wäre, bevor er Soas verdammte Erzählung vom Volk des Nebels und dem Rubinschatz gehört hatte. Aber dann hätte er Juanna nicht kennengelernt, denn sie wäre in dem Sklavenlager gestorben.

Dies war die Frucht seiner Torheit, den Visionen eines Sterbenden Wert beizumessen. Und doch, so seltsam es sein mochte: Er *war* beinahe zu Reichtum gelangt, und ›mit der Hilfe einer Frau‹, denn jene Rubine hätten ausgereicht, um Outram Hall zehnmal zurückzukaufen. Aber beinahe ist eben nicht ganz. Der Traum war ausgeträumt, und selbst wenn sie von hier entkommen sollten, war er noch ärmer als vorher, denn jetzt war er ein verheirateter Armer.

Schließlich verging diese Nacht, und ein neuer Tag dämmerte herauf, doch Juanna wachte erst auf, als die Sonne schon hoch am Himmel stand. Leonard, der ein Stück vom Lager fortgekrochen war – denn er konnte nicht mehr auf den Füßen stehen –, sah, daß sie sich aufsetzte, und kroch zu ihr zurück. Sie starrte ihn mit wirrem Blick an und murmelte etwas von Jane Beach. Da wußte er, daß sie im Fieberwahn sprach, doch konnte er nichts für sie tun. Was konnte man auch in der Wildnis für eine Frau tun, die im Delirium phantasierte – außer, auf ihren Tod zu warten?

Also warteten Leonard und Otter einige Stunden. Dann nahm der Zwerg, der von den dreien in der besten Verfassung war, den Speer – Olfans Geschenk – und sagte, daß er Wild jagen wolle, da sie nichts mehr zu essen hätten. Leonard nickte, obwohl er wußte, daß ein Mann, der nur mit einem Speer bewaffnet war, kaum Aussichten hatte, Wild zu erlegen. Otter ging fort.

Gegen Abend kehrte er zurück und berichtete, daß er zwar eine Menge Antilopen gesehen habe, sich ihnen jedoch nicht habe nähern können, genau wie sein Herr es erwartet hatte. In jener Nacht gingen sie hungrig schlafen und wachten abwechselnd bei Juanna, die immer noch fieberte. Gegen Morgen brach Otter wieder auf, und Leonard, der wie schon in der vergangenen Nacht keinen Schlaf gefunden hatte, blieb neben Juanna sitzen, das Gesicht in die Hände vergraben.

Kurz vor Mittag, als Leonard zufällig den Kopf hob, sah er den Zwerg auf sich zutaumeln, denn auch er war durch Nahrungsmangel geschwächt. Doch sein großer Kopf und der fast nackte Körper, durch dessen Haut die mißgestalteten Knochen zu dringen schienen, waren ein so komischer Anblick, daß sein Herr, dessen Geist vor Schwäche ein wenig verwirrt war, laut auflachte.

»Lache nicht!« keuchte der Zwerg. »Entweder bin ich verrückt, oder wir sind gerettet.«

»Dann mußt du verrückt sein, Otter, denn es braucht wahrlich viel, um uns zu retten«, antwortete Leonard matt, da er aufgehört hatte, an das Glück zu glauben. »Was gibt es?«

»Dieses, Baas: Da ist ein weißer Mann, der in diese Richtung kommt, und er hat mehr als hundert Diener bei sich. Sie ziehen den Hang herauf.«

»Du mußt wirklich verrückt sein, Otter«, antwortete Leonard. »Was, im Namen Acas und Jâls, sollte ein weißer Mann wohl hier wollen? Ich bin der einzige dieser Spezies, der so töricht war, in diese Region vorzudringen, ich und Francisco.« Er schloß die Augen und schlummerte ein.

Otter blickte ihn eine Weile an, dann tippte er mit dem Finger an seine Stirn und trottete wieder den Hang hinab. Eine Stunde später wurde Leonard durch das Gemurmel vieler Stimmen aus seinem Schlummer gerissen, und durch eine Hand, die ihn energisch an der Schulter rüttelte.

»Wach auf, Baas!« sagte der Zwerg, denn dessen Hand war es gewesen. »Ich habe den weißen Mann eingefangen und hergebracht.«

Leonard taumelte auf die Füße und sah vor sich, umgeben von Gewehrträgern und anderen Dienern, einen englischen Gentleman, etwa vierzig Jahre alt, mit einem runden, freundlichen, von der Sonne gebräunten Gesicht, der in einem

Auge ein Einglas trug, durch das er Leonard mitleidsvoll anblickte.

»Guten Tag, Sir«, sagte der Fremde mit angenehmer Stimme. »Soweit ich Ihren Diener verstanden habe, scheinen Sie ein wenig in der Klemme zu sitzen. Gütiger Himmel! Da ist ja auch eine Dame!«

»Guten Tag«, antwortete Leonard. »Wunderbarer Tropenhelm, den Sie aufhaben. Ich beneide Sie darum, aber ich bin in letzter Zeit barhäuptig gegangen.« Er fuhr mit den Fingern durch seine verfilzten Haare. »Was für ein Fabrikat ist das Gewehr? Sieht wie eine gute Waffe aus.«

»Achmet«, sagte der Fremde und wandte sich an einen Araber, der neben ihm stand, »geh zu dem ersten Tragesel und hole für diesen Gentleman eine Flasche Champagner und ein paar Bisquits; er scheint das nötig zu haben. Und sag den Trägern, sie sollen mein Zelt herbringen und es dort neben dem Bach aufstellen. Beeil dich!«

Achtundvierzig Stunden waren vergangen, und ihr Wohltäter saß auf einem Faltstuhl vor dem Eingang seines Zelts und blickte auf zwei Gestalten, die in Decken gewickelt darin lagen und fest schliefen.

»Ich nehme an, daß sie eine Weile brauchen werden«, murmelte er, ließ sein Einglas fallen und nahm die Pfeife aus dem Mund. »Das Chinin und der Champagner haben ihnen sehr gut getan; es gibt eben nichts besseres als Chinin und Champagner. Doch was für ein skrupelloser Lügner dieser Zwerg ist; es gibt nur eins, worin er noch mehr leistet, und das ist essen. Ich habe noch nie gesehen, daß ein Mensch so viel in sich hineinstopfen kann, obwohl ich zugeben muß, daß er aussieht, als brauchte er es. Aber selbst unter Berücksichtigung aller Vorbehalte ist es noch immer eine sehr merkwürdige Geschichte. Wer sind sie, und was, zum Teufel, suchen sie hier? Eines ist sicher: noch nie habe ich einen so gut aussehenden Mann oder ein so hübsches Mädchen gesehen.« Er stopfte seine Pfeife neu, klemmte das Einglas ins Auge und begann zu rauchen.

Zehn Minuten später richtete Juanna sich plötzlich auf, woraufhin der Fremde sich außer Sicht verzog. Sie blickte wild umher, und als sie Leonard auf der anderen Seite des Zeltes liegen sah, kroch sie zu ihm, begann ihn zu küssen und sagte: »Leonard! Gott sei gedankt, daß du lebst, Leonard! Mir träumte, daß wir beide tot wären. Gott sei gedankt, daß du lebst!«

Nun wachte auch der Mann auf und erwiderte ihre Zärtlichkeiten.

»Sehr, sehr rührend«, murmelte der Fremde. »Ich nehme an, daß sie verheiratet sind, und wenn nicht, so sollten sie es sein. Auf jeden Fall werde ich für eine Weile von hier verschwinden.«

Als er eine Stunde später zurückkehrte, stellte er fest, daß die beiden sich so präsentabel gemacht, wie dies mit Hilfe von Wasser und Seife und ein paar Kleidungsstücken, die er für Leonard hatte bereitlegen lassen, möglich war, und nun vor dem Zelt in der Sonne saßen. Er trat auf sie zu und lüftete seinen Tropenhelm, und sie erhoben sich, um ihn zu begrüßen.

»Es wäre wohl richtig, wenn ich mich vorstellte«, sagte er ein wenig zögernd, da er ein sehr scheuer Mann war. »Ich bin ein englischer Reisender, der auf eigene Rechnung ein wenig dieses Land erforscht, da ich sonst nichts zu tun habe, und mein Name ist Sydney Wallace.«

»Ich heiße Leonard Outram«, antwortete Leonard, »und diese junge Dame ist Miß Juanna Rodd.«

Mr. Wallace zuckte ein wenig zusammen und verneigte sich wieder. Also waren sie *nicht* verheiratet!

»Wir stehen tief in Ihrer Schuld, Sir«, fuhr Leonard fort, »denn Sie haben uns vor dem Tode errettet.«

»Aber nicht doch«, wehrte Mr. Wallace ab. »Ihrem Diener müssen Sie danken, diesem Zwerg, denn wenn er uns nicht gesehen hätte, wären wir eine Meile oder mehr links von Ihnen vorbeigezogen. Wissen Sie, ich liebe die Berge, und als ich diesen gewaltigen Gipfel vor mir sah – ich habe erfahren, daß er der höchste des Bisa-Mushinga-Gebirges ist –, dachte ich mir, daß ich versuchen sollte, hinaufzusteigen, bevor ich mich auf den Rückweg mache, über den Nyassa-See, Livingstonia, Blantyre und Quilimane. Doch vielleicht würden Sie mir erzählen, wie Sie hierhergekommen sind. Ich habe zwar schon einiges von dem Zwerg erfahren, doch kam mir seine Geschichte ein wenig zu abenteuerlich vor.«

»Ich fürchte, Sie werden die unsere für noch abenteuerlicher halten, Mr. Wallace«, sagte Leonard und begann, ihm eine kurze Zusammenfassung ihrer Erlebnisse zu geben.

Als er zur Schilderung ihrer Ankunft bei den Menschen des Nebelvolks kam und die Weihe von Juanna und Otter zu Göttern beschrieb, ließ er sein Einglas aus dem Auge fallen und blickte Leonard mit einem Ausdruck milder Verwunderung an.

»Ich habe den Eindruck, daß Sie dies alles nicht sehr interessiert«, sagte Leonard steif.

»Im Gegenteil, Mr. Outram, es interssiert mich sogar sehr. Ich mag gute Geschichten, und dies ist eine sehr gute.«

»Wie ich es mir gedacht habe; es lohnt sich wirklich nicht, fortzufahren«, sagte Leonard. »Doch es wundert mich nicht, daß Sie mir nicht glauben.«

»Leonard«, sagte Juanna ruhig, »du hast doch den Rubin; zeige ihn Mr. Wallace.«

Er tat es, ein wenig widerwillig, und dann, als er offensichtlich keine Lust hatte, weiterzusprechen, nahm Juanna den Faden auf, zeigte ihm Beweise für die Wahrheit ihrer Erzählung, wie den Speer, das ausgefranste Seil, und die zerfetzte weiße Robe, die sie in ihrer Rolle als Aca getragen hatte, und die sie noch immer unter der Kutte des armen Francisco trug, da sie nichts anderes besaß.

Mr. Wallace hörte sie an, bis sie zu Ende gesprochen hatte, ohne ein Wort zu sagen. Dann erhob er sich, erklärte, daß er etwas Wild schießen wolle, und bat sie, es sich bequem zu machen, bis er am Abend zurückkehren würde.

Kurz vor Sonnenuntergang war er wieder da und bat sie, ihm seine Ungläubigkeit zu verzeihen.

»Ich habe Ihre Spur zurückverfolgt«, erklärte er. »Ich habe die Eisbrücke und die flachen Steine gesehen, und die Stufen, die der Zwerg ins Eis geschlagen hat. Alles war genau so, wie Sie es mir geschildert haben, und mir bleibt nur übrig, Ihnen zu gratulieren, einer Serie der seltsamsten Gefahren entronnen zu sein, von denen ich jemals hörte.« Er streckte die Hand aus, die Leonard und Juanna voller Wärme schüttelten.

»Übrigens«, setzte er hinzu, »hatte ich ein paar Männer ausgeschickt, die den ganzen Rand dieser Schlucht abgesucht haben, doch berichteten sie mir, daß es nirgends eine Stelle gäbe, an der man hinabsteigen könne, deshalb fürchte ich, daß Ihre Juwelen für immer verloren sind. Ich muß zugeben, daß ich gerne in dieses Nebelland eingedrungen wäre, doch meine Nerven sind nicht stark genug für diese Eisbrücke, und außerdem gleiten Steine auch nicht bergan. Und Sie haben sicher genug von dieser Art Leben und wollen so rasch wie möglich wieder zurück in die Zivilisation. Wenn Sie sich noch zwei Tage ausgeruht haben, werden wir also nach Quilimane aufbrechen, das wir, falls wir nicht aufgehalten werden, in etwa drei Monaten erreichen sollten.«

So wurde es getan, doch mit den Einzelheiten dieses Marsches brauchen wir uns nicht zu befassen. Mit einer Ausnahme allerdings, einem Ereignis, das sich auf der Missionsstation von Blantyre zutrug. Dieses Ereignis war die Trauung von Leonard und Juanna.

Seit mehreren Wochen war zwischen ihnen kein Wort über eine Ehe gesprochen worden, und doch dachten beide ständig daran. Ja selbst wenn ihre Gefühle füreinander weniger zärtlich gewesen wäre, als sie es waren, machte es die außerordentliche Intimität, in die sie während der vergangenen Monate gedrängt worden waren, wünschenswert, daß sie Mann und Frau wurden. Leonard fühlte, daß nichts anderes als unüberwindliche Abneigung es gerechtfertigt haben würde, sich von Juanna, die ganz allein auf der Welt stand, zu trennen, und da es nicht Abneigung war, sondern Liebe, die er für sie empfand, erkannte er die Konsequenzen, die er zu ziehen hatte.

»Juanna«, sagte er am Tage ihrer Ankunft in Blantyre zu ihr, »du erinnerst dich sicher an einige Worte, die zwischen deinem Vater und mir gewechselt wurden, als er auf seinem Sterbebett lag, Worte, mit denen er seine Erwartungen ausdrückte, daß wir, wenn wir beide dies wollten, bei der ersten sich bietenden Gelegenheit noch einmal und in aller gebotenen Form heiraten sollten. Jetzt ist diese Gelegenheit da, und ich frage dich, ob du mich zum Manne nehmen willst, da ich mehr als alles andere auf der Welt möchte, daß du meine geliebte Frau wirst.«

Sie errötete und antwortete mit einer Stimme, die kaum mehr als ein Flüstern war: »Wenn du mich deiner für wert hältst, Leonard, so will ich das auch. Ich habe dich immer geliebt, ja selbst als ich mich dir gegenüber scheußlich benahm; doch ist da noch immer diese ... diese Frau: Jane Beach.«

»Ich habe es dir schon einmal gesagt«, antwortete er ein wenig gereizt, »und ich sage es dir jetzt wieder, daß Jane Beach und ich nichts mehr miteinander zu schaffen haben.«

»Das freut mich zu hören«, sagte Juanna, noch immer ein wenig zweifelnd. Der Rest dieses Gesprächs, das einen sehr privaten Charakter annahm, wird die Öffentlichkeit sicher nicht interessieren.

Doch als Leonard diese Worte sprach, konnte er nicht ahnen, auf welche Weise die alte Liebesaffäre zwischen Jane Beach und ihm zu Ende gegangen war.

Zwei Tage darauf nahm Leonard Outram Juanna Rodd zur Frau, und ihr Retter, Sydney Wallace, der inzwischen ihr guter Freund geworden war, führte Leonard seine Braut zu.

Sehr seltsam waren die Erinnerungen, die durch Juannas Gehirn zogen, als sie neben ihrem Mann in der kleinen, grasgedeckten Kapelle von Blantyre stand, denn war dies nicht das dritte Mal, daß sie verheiratet wurde, und erst jetzt aus freiem Willen? Sie dachte an die wilde Szene im Sklavenlager, an Francisco, der gestorben war, um sie zu retten, und an den Segen, den er auf sie und auf diesen Mann herabgefleht hatte; sie dachte an jene andere Szene im Felsengefängnis, als sie, um das Leben Leonards zu retten, nach den Bräuchen des Nebelvolks mit jenem edelmütigen Gentleman und Wilden, Olfan, dem König dieses Volkes, verheiratet worden war. Dann kehrten ihre Gedanken in die Gegenwart zurück, und sie seufzte glücklich in der Gewißheit, daß der Geliebte an ihrer Stelle ihr nie mehr genommen werden konnte, bis der Tod einen von ihnen holen würde.

»Wir werden entsetzlich arm sein, Leonard«, sagte sie später zu ihm. »Für dich wäre es besser gewesen, wenn ich an Stelle der Rubine in jene Schlucht gestürzt wäre.«

»Der Ansicht bin ich ganz und gar nicht, Liebste«, antwortete er, lächelnd vor Glück. »Die Rubine seien verdammt! Du bist hundertmal wertvoller als alle Steine, und kein Mensch kann sich gegen das Schicksal auflehnen. Bisher ist es mir noch immer gelungen, mir mein Brot zu verdienen, und ich zweifle nicht daran, daß ich auch für uns beide sorgen kann. Alles andere wollen wir getrost der Vorsehung überlassen. Du bedeutest mir mehr als aller Reichtum, Juanna – sogar mehr als Outram Hall.«

An diesem Abend fand Mr. Wallace Otter bedrückt auf das kleine Haus starren, in dem Leonard und Juanna wohnten.

»Bist du traurig, weil dein Herr geheiratet hat, Otter?« fragte er.

»Nein«, antwortete der Zwerg, »ich bin glücklich darüber. Seit Monaten ist er ihr nachgelaufen und hat von ihr geträumt, und endlich hat er sie nun erwischt. Von nun an muß sie von ihm träumen und ihm nachlaufen, und er wird wieder Zeit haben, an andere Leute zu denken, die ihn auch mögen.«

Ein weiterer Monat verging, während sie ohne besondere Eile in Richtung Küste treckten, und noch nie hatte ein frisch vermähltes Liebespaar schönere Flitterwochen erlebt, und auch keine unkonventionelleren, als Leonard und Juanna, obwohl Mr. Wallace und Otter es vielleicht nicht sehr unterhaltsam finden mochten, Zeugen ihrer privaten Verzückung zu sein.

Schließlich trafen sie sicher in Quilimane ein und schlugen ihr Lager auf einem flachen Hügel außerhalb der Stadt auf. Am nächsten Morgen bei Tagesanbruch ging Mr. Wallace zum Postamt, wo er Briefe vorzufinden hoffte. Leonard und Juanna begleiteten ihn nicht, sondern unternahmen einen Spaziergang, bevor es zu heiß wurde. Jetzt, während dieses Spazierganges, wurden sie sich bestimmter Tatsachen bewußt, vor allem, daß sie die Gastfreundschaft von Mr. Wallace nicht länger in Anspruch nehmen durften, und außerdem, daß sie nicht einen Penny ihr eigen nannten. Solange man langsam durch die riesige afrikanische Wildnis zieht und sich von dem im Überfluß vorhandenen Wild ernährt, sind Liebe und Küsse alles, was man sich wünscht. Doch erscheinen die Dinge in einem anderen Licht, wenn die Reise vorüber ist und die Zivilisation mit ihren Anforderungen unmittelbar vor einem liegt.

»Was wollen wir anfangen, Juanna?« fragte Leonard niedergedrückt. »Wir haben kein Geld, um Natal oder irgendeine andere Stadt zu erreichen, und keinen Kredit, den wir beanpruchen könnten.«

»Ich denke, daß wir den großen Rubin verkaufen sollten«, antwortete sie seufzend, »obwohl es mir leid täte, mich von ihm zu trennen.«

»Niemand wird einen solchen Stein kaufen, Juanna, und es mag nicht einmal ein echter Rubin sein. Doch vielleicht wird Wallace mir gegen seine Sicherheit eine kleine Summe leihen, obwohl ich es hasse, ihn darum zu bitten.«

Dann gingen sie zurück, um zu frühstücken, was sie recht schweigsam taten. Als sie fast fertig waren, kam Mr. Wallace aus der Stadt zurück.

»Ich habe gute Nachrichten«, verkündete er. »Der Postdampfer der British India Company läuft in zwei Tagen ein, also werde ich meine Männer auszahlen und mit ihm nach Aden fahren, und von dort aus nach Hause. Natürlich kommen Sie mit, denn ich glaube, daß Sie vorerst von Afrika genug haben. Hier sind auch ein paar Exemplare der Wochenausgabe der *Times;* sehen Sie sie durch, Mrs. Outram, damit Sie erfahren, was es in der Welt Neues gibt, während ich meine Briefe lese.«

Leonard ging bedrückt zur Seite und zündete seine Pfeife an. Woher sollte er das Geld nehmen, um selbst eine Passage dritter Klasse auf dem Schiff bezahlen zu können?

Juanna jedoch folgte jenem Instinkt, der eine Frau dazu bringt, in allen Lagen ihre Haltung zu bewahren, nahm eine der Zeitungen und schlug sie auf, obwohl sie durch die Tränen, die in ihren Augen standen, kaum die Buchstaben erkennen konnte. So saß sie zehn Minuten lang oder mehr, blätterte gleichgültig die Seiten von zwei oder drei Ausgaben der *Times* durch und versuchte, ihre Gedanken auf die aktuellen politischen Probleme zu konzentrieren.

Doch ist es verwunderlich, wie uninteressiert und fern solche Probleme der Leserin erschienen, nachdem sie für ein Jahr oder länger von der Welt abgeschnitten gelebt hatte, und Juanna, deren Geist so völlig mit den eigenen Sorgen beschäftigt war, wollte gerade aufgeben, als der Name *Outram* ihr in die Augen stach.

Kurz darauf hörten ihre beiden Gefährten einen überraschten Ausruf und wandten sich um.

»Was ist passiert, Mrs. Outram? Hat Frankreich Deutschland den Krieg erklärt, oder ist Premierminister Gladstone gestorben?«

»Oh! Nein, etwas viel Wichtigeres als das. Hier ist eine Anzeige. Hör zu, Leonard ...

*Wenn Leonard Outram, zweiter Sohn von Sir Thomas Outram, Bart.**, *ehemals von Outram Hall, von dem zuletzt im Gebiet nördlich von Delagoa Bay, Ostafrika, gehört wurde, oder, im Falle seines Todes, sein legitimer Erbe, sich mit den Unterzeichnern dieses in Verbindung setzt, wird er etwas für ihn äußerst Vorteilhaftes erfahren. Thomson & Turner, 2 Albert Court, London, E. C.*‹«

»Du machst Witze«, sagte Leonard nach einer Pause.

»Sieh doch selbst!« antwortete sie.

Er nahm ihr die Zeitung aus der Hand und las die Anzeige.

»Nun, eines ist sicher«, sagte er dann, »daß niemand es nötiger hatte, etwas für ihn Vorteilhaftes zu hören, als ich in diesem Augenblick, da wir, mit Ausnahme des Rubins, der vielleicht gar nicht echt ist, nicht einen Penny besitzen. Ich weiß nicht einmal, wie ich der freundlichen Einladung der Herren Thomson & Turner nachkommen soll, falls ich ihnen nicht einen Brief schreibe und wie ein Kaffer lebe, bis die Antwort eintrifft.«

»Machen Sie sich darüber bitte keine Gedanken, mein lieber Freund«, sagte Wallace. »Ich kann hier jede Menge Geld anfordern, und es steht alles zu Ihrer Verfügung.«

»Ich schäme mich, ihre Großzügigkeit weiter auszunutzen«, sagte Leonard verlegen. »Diese Anzeige mag keinerlei Bedeutung haben, oder es handelt sich vielleicht um ein Legat von fünfzig Pfund, obwohl ich mir nicht denken kann, wer selbst so eine Summe für mich hinterlasen haben mag.

* Baronet – *Anm. d. Übers.*

Und wie sollte ich Ihnen dann Ihre Auslagen zurückerstatten?«

»Unsinn!« sagte Wallace.

»Gut«, antwortete Leonard, »Bettler müssen ihren Stolz schlucken können. Wenn Sie mir zweihundert Pfund vorstrecken und diesen Stein dafür als Pfand nehmen würden, wäre ich Ihnen noch dankbarer, als ich es ohnehin schon bin, und das bedeutet sehr viel.«

Auf dieser geschäftsmäßigen Basis wurde die Angelegenheit schließlich geregelt, doch schon eine halbe Stunde später gab Wallace den großen Rubin an Juanna zurück, und forderte sie auf, darüber zu schweigen. Sie verwahrte den Rubin dort, wo sie früher das Gift verborgen hatte – in ihrem Haar.

Zwei geschäftige Tage vergingen, und am dritten Morgen kam ein Bote aus der Stadt zum Lager gelaufen und verkündete, daß das Schiff in Sicht sei. Dies war der Augenblick, wo Otter, der während der ganzen Zeit kaum ein Wort gesprochen hatte, mit feierlichem Gesichtsausdruck auf Leonard und Juanna zutrat und ihnen seine Hände entgegenstreckte.

»Was gibt es, Otter?« fragte Leonard, der damit beschäftigt war, Wallace beim Verpacken seiner Jagdtrophäen zu helfen.

»Nichts, Baas; ich bin nur gekommen, um mich von dir und der Schäferin zu verabschieden, das ist alles. Ich will jetzt gehen, bevor ich zusehen muß, wie der Dampf-Fisch euch fortträgt.«

»Gehen?« sagte Leonard. »Du willst *gehen?*«

Irgendwie war Otter so sehr Teil ihres Lebens geworden, daß selbst während ihrer Vorbereitungen für die Reise nach England keiner von ihnen auch nur daran gedacht hatte, sich von ihm zu trennen.

»Warum willst du gehen?« fragte er.

»Weil ich ein häßlicher, alter, schwarzer Hund bin, Baas, und dir dort drüben nicht mehr von Nutzen sein kann.« Er deutete mit einem Kopfnicken aufs Meer.

»Du willst damit sagen, daß du Afrika nicht verlassen willst, nicht einmal für kurze Zeit«, sagte Leonard mit kaum verhohlener Trauer und Verstimmung. »Es fällt mir sehr schwer, mich von dir zu trennen, und außerdem ist es mir sehr peinlich«, setzte er mit einem kleinen Lachen hinzu, »da ich dir für über ein Jahr den Lohn schuldig bin und kein Geld übrig habe, ihn dir zu bezahlen. Außerdem habe ich bereits die Überfahrt für dich gekauft.«

»Was sagt der Baas?« fragte Otter langsam, »daß er mir einen Platz auf dem Dampf-Fisch gekauft hat?«

Leonard nickte.

»Dann bitte ich dich um Verzeihung, Baas. Ich dachte, du wärest fertig mit mir und wolltest mich wegwerfen, wie einen abgenutzten Speer.«

»Du willst also mitkommen, Otter?«

»Ob ich mitkommen will?« fragte er kopfschüttelnd. »Bist du nicht mein Vater und meine Mutter, und ist nicht der Ort, an dem du bist, auch der meine? Weißt du, was ich vorhatte, Baas? Ich wollte auf einen hohen Baum klettern und dem Dampf-Fisch nachblicken, bis es über den Rand der Welt verschwinden würde, und dann wollte ich dieses Seil nehmen, das mir bei den Menschen des Nebelvolks so gute Dienste geleistet hat, es mir um den Hals legen und mich an jenem Baum aufhängen, denn das ist das beste Ende für alte Hunde, Baas.«

Leonard wandte sich ab, um die Tränen zu verbergen, die in seine Augen quollen, denn die Treue des Zwerges rührte ihn mehr, als er es zeigen wollte. Als Juanna das bemerkte, führte sie das Gespräch weiter, um seine Verwirrung zu verbergen.

»Ich fürchte, du wirst es dort drüben recht kalt finden, Otter«, sagte sie. »Es ist ein Land des Nebels, wie man mir sagte, und es gibt dort keine Menschen deines Volkes, und keine Frauen, und kein Kaffernbier. Außerdem könnten wir vielleicht sehr arm sein und kaum genug zum leben haben.«

»Nebel habe ich eigentlich letzthin zur Genüge gehabt, Schäferin«, antwortete der Zwerg, »und dennoch war ich glücklich in dem Nebel, weil ich bei meinem Baas war. Vom harten Leben habe ich auch einiges kennengelernt und bin trotzdem glücklich gewesen, weil ich bei meinem Baas war. Einst hatte ich eine Frau und viel Bier, mehr, als ein Mann sich wünschen konnte, doch damals war ich unglücklich, weil sie mich dem Baas entfremdeten und ich nicht mehr Otter war, sein Diener, dem er vertraute, sondern zu einem Tier geworden war. Deshalb, Schäferin, will ich von Frauen und Bier nichts mehr wissen.«

»Otter, du Idiot«, sagte Leonard grob, »hör endlich auf, Unsinn zu reden und hol dir etwas zu essen, denn dies wird die letzte Mahlzeit sein, die du für viele Tage zu sehen wünschst!«

»Der Baas hat recht«, antwortete der Zwerg. »Außerdem bin ich hungrig, denn die Trauer hat mir während der letzten beiden Tage den Hunger genommen. Jetzt werde ich mir den Bauch vollschlagen, damit ich etwas habe, das ich dem Schwarzen Wasser opfern kann, wenn es mich in seinem Zorn schüttelt.«

[illegible]
Er war [illegible]
gewartet [illegible] Schlimm [illegible]
meinen [illegible]

Ostern, am [illegible], starb Leopold [illegible]
Ungarn zu reden [illegible]
[illegible]
[illegible]

Der [illegible] hat [illegible], [illegible]
bis ich [illegible]
[illegible]
[illegible]
[illegible]
[illegible]

NACHTRAG

Das Ende des Abenteuers

Sechs Wochen etwa mochten vergangen sein, als die vierräderige Pferdedroschke vor der Tür des Hauses Nummer 2 des Albert Court, London, E. C. hielt.

Die Fahrt dieses Wagens hatte unter den jüngeren und leichtlebigeren Bewohnern der Stadt großes Interesse und viel Getuschel hervorgerufen, denn auf seinem Kutschbock saß, in eine schlecht sitzende Lakaien-Uniform gekleidet, und mit einem um mehrere Nummern zu kleinen, braunen Hut auf dem Kopf, eine höchst seltsame Gestalt, deren kohlschwarzes Gesicht, zwergenhafter Körper und enorme Nase und Schultern ihre zotigen Kommentare hervorriefen.

»Sieh dir mal den an, Bill«, sagte ein Junge zu einem anderen, »der muß doch Madame Tussauds Wachsfigurenkabinett entwischt sein. Hat sich am ganzen Körper angemalt und sich die größte falsche Nase gekauft, die man auftreiben kann.«

Doch in diesem Moment wurde er zum Schweigen gebracht, denn Otter, dem der Kutscher zu verstehen gegeben hatte, daß sie das Ziel ihrer Fahrt erreicht hätten, kletterte auf eine so originelle Weise vom Bock herab, wie sie wahrscheinlich den Ureinwohnern Zentralafrikas eigen ist, worauf der Junge schleunigst Reißaus nahm.

Leonard und Juanna stiegen aus, und Juanna wirkte viel gesünder, als während der Seereise. Sie hatte sich an Leib und Seele davon erholt und wirkte sehr elegant in einem grauen Kleid und mit einem schwarzen, mit Straußenfedern verzierten Hut. Sie betraten das Vorzimmer, und Leonard fragte, ob die Herren Thomson & Turner zu sprechen seien.

»Mr. Turner ist in seinem Büro, Sir«, antwortete ein würdiger Sekretär. »Mr. Thomson ...« – hier fiel sein Blick auf Otter, und er erstarrte plötzlich, dann fuhr er hastig fort – »ist seit hundert Jahren tot! Mr. Thomson, Sir«, erklärte er, als er seine Würde wiedererlangt hatte, doch den Blick nach wie vor starr auf Otter gerichtet hielt, »war der Gründer dieser

Kanzlei; er verstarb während der Regierungszeit George III. Dort ist sein Porträt, über der Tür – der Mann mit der Hasenscharte und der Schnupftabaksdose in seiner Hand.«

»Interessant«, sagte Leonard. »Da Mr. Thomson also nicht zur Verfügung steht, möchte ich Sie bitten, Mr. Turner zu informieren, daß ein Gentleman ihn zu sprechen wünscht.«

»Gewiß, Sir«, sagte der alte Sekretär, der noch immer wie gebannt Otter anstarrte, dessen Aussehen ihn so zu faszinieren schien, wie jener von den Augen des Wasserbewohners fasziniert gewesen war. »Haben Sie Ihren Besuch angemeldet, Sir?«

»Nein«, antwortete Leonard. »Sagen Sie ihm, daß mein Besuch sich auf eine Anzeige bezieht, die sein Büro vor einigen Monaten in die *Times* setzen ließ.«

Der Sekretär zuckte zusammen, als er sich fragte, ob dies der vermißte Mr. Outram sein mochte, jener so fieberhaft gesuchte Mensch, der, wie man erfahren hatte, in Afrika residierte, jenem Kontinent, der die Heimat von schwarzen Zwergen und anderen Merkwürdigkeiten war. Noch einmal starrte er Otter an, dann verschwand er durch eine Schwingtür.

Kurz darauf kam er zurück. »Mr. Turner läßt bitten, Sir, wenn Sie und die Dame eintreten wollen. – Wünscht dieser ... ah ... Gentleman, Sie zu begleiten?«

»Nein«, sagte Leonard. »Er wird hier warten.«

Daraufhin schob der Sekretär Otter einen hohen Hocker hin, auf den der Zwerg sich mit mürrischer Miene setzte. Dann stieß er die Schwingtür auf und geleitete Leonard und seine Frau in das Büro von Mr. Turner.

»Wen habe ich die Ehre zu sehen?« fragte ein sanfter, dicklicher Mann, der sich hinter dem mit Papieren bestreuten Schreibtisch erhob. »Bitte, setzen Sie sich!«

Leonard zog ein Exemplar der *Times* aus der Tasche und reichte es ihm.

»Ich nehme an, daß Sie dieses Inserat aufgegeben haben«, sagte er.

»Ja, das haben wir«, antwortete der Anwalt, nachdem er einen Blick darauf geworfen hatte. »Bringen Sie mir Nachricht von Mr. Leonard Outram?«

»Allerdings. Ich bin dieser Mann, und diese Dame ist meine Frau.«

Der Anwalt verneigte sich höflich. »Das ist sehr erfreulich«, sagte er; »ehrlich gesagt, hatten wir fast die Hoffnung aufgegeben. Natürlich benötige ich einige Beweise Ihrer Identität.«

»Ich glaube, daß ich diesen Wunsch zu Ihrer Zufriedenheit erfüllen kann«, antwortete Leonard. »Bis dahin jedoch bitte ich Sie, anzunehmen, daß ich der bin, für den ich mich ausgebe und mich darüber zu informieren, worauf sich dieses Inserat bezieht.«

»Gewiß«, antwortete der Anwalt, »dem steht nichts im Wege. Sir Thomas Outram, der verstorbene Baronet, hatte, wie Ihnen sicher bekannt ist, zwei Söhne, Thomas und Leonard. Leonard, sein jüngerer Sohn, war in seinen jungen Jahren verlobt – oder hatte, richtiger gesagt, eine Liebesaffäre – mit einer Dame; ihr Name ist mir leider entfallen, doch vielleicht können Sie mir aushelfen ...«

»Meinen Sie vielleicht Jane Beach?« sagte Leonard ruhig.

»Richtig, Beach war der Name. Sie müssen meine Vergeßlichkeit entschuldigen. Nun, Sir Thomas erlitt einen geschäftlichen Zusammenbruch, und Leonard Outram und sein älterer Bruder, Thomas, emigrierten nach Südafrika. Im gleichen Jahr noch heiratete Miß Beach einen unserer Klienten, Mr. Cohen, dessen Vater Outram Hall von den Konkursverwaltern gekauft hatte.«

»Wirklich!« sagte Leonard.

»Wenig später«, fuhr der Anwalt fort, »trat Mr. Cohen, oder vielmehr Sir Jonas Cohen, nach dem Tod seines Vaters dessen Erbe an. Vor zwei Jahren starb auch er und hinterließ sein gesamtes Vermögen seinem einzigen Kind, einer Tochter namens Jane. Knapp einen Monat nach seinem Tod verstarb auch dieses Kind, und neun Monate darauf folgte ihr die Mutter, Lady Cohen, geborene Beach, ins Grab.«

»Ja«, sagte Leonard mit tonloser Stimme und barg das Gesicht in seinen Händen. »Fahren Sie fort, Sir!«

»Lady Cohen hat ein etwas ungewöhnliches Testament hinterlassen. Nach den Bestimmungen dieses Testaments hinterläßt sie Outram Hall und seine Ländereien, sowie den größten Teil ihres persönlichen Vermögens, das sich auf über hunderttausend Pfund beläuft, ihrem alten Freund, Leonard Outram, oder dessen Bruder, sofern Leonard Outram nicht auffindbar sein sollte. Dieses Testament ist nicht angefochten worden, falls Sie also tatsächlich Mr. Leonard Outram sein sollten, darf ich Sie dazu beglückwünschen, wieder in den Besitz Ihres angestammten Hauses zu gelangen, und eines nicht unerheblichen Barvermögens.«

Für eine Weile war Leonard zu erregt, um sprechen zu können.

»Ich werde Ihnen beweisen«, sagte er schließlich, »daß ich dieser Mann bin. Das heißt, ich werde es *prima facie* beweisen, später können Sie sich auf die übliche Weise von der Wahrheit meiner Angaben überzeugen.« Damit machte er dem Anwalt eine Reihe von Angaben, die seine Identität bewiesen, und auf die hier nicht näher eingegangen zu werden braucht. Mr. Turner hörte ihm schweigend zu und machte sich hin und wieder Notizen.

»Ich denke«, sagte er schließlich, »daß ich, vorbehaltlich der Überprüfung Ihrer Angaben, die Sie selbst angeregt haben, und die bei einer so bedeutenden Angelegenheit selbstverständlich ist, annehmen kann, daß Sie Mr. Leonard Outram sind, oder richtiger«, setzte er sich korrigierend hinzu, »wenn, wie ich verstanden zu haben glaube, Ihr älterer Bruder verstorben ist, Sir Leonard Outram. Sie haben mich, offen gestanden, so vollkommen überzeugt, daß ich nicht zögere, Ihnen einen Brief zu übergeben, den die verstorbene Lady Cohen für Sie hinterlassen und zusammen mit ihrem Testament bei mir hinterlegt hat, obwohl ich Sie ersuchen muß, diesen Brief, nachdem Sie ihn gelesen haben, vorläufig wieder an mich zurückzugeben.

Übrigens mag es Sie interessieren«, fuhr Mr. Turner fort, während er zu dem in die Wand eingelassenen Safe ging, »daß wir seit einem Jahr oder länger nach Ihnen gesucht haben. Wir haben sogar einen Mann nach Südafrika geschickt, der Ihrer Spur bis zu einem Ort in irgendwelchen Bergen nördlich von Delagao Bay folgen konnte, wo Sie, wie er erfuhr, zusammen mit Ihrem Bruder Thomas und zwei Freunden nach Gold schürften. Er hat diesen Ort am Abend des neunten Mai letzten Jahres erreicht.«

»Das war der Tag, an dem ich ihn verlassen habe«, unterbrach Leonard.

»Und fand dort Ihr verlassenes Lager und drei Gräber. Zunächst glaubte unser Vertreter, daß Sie alle tot seien, doch dann traf er auf einen Eingeborenen, der offenbar Ihrem Dienst entlaufen war, und der ihm berichtete, daß einer der beiden Outram-Brüder im Sterben gelegen sei, als er das Lager verließ, der andere sich jedoch bester Gesundheit erfreute, konnte aber nicht sagen, wohin dieser sich gewandt haben mochte.«

»Mein Bruder starb am ersten Mai vergangenen Jahres – heute vor einem Jahr«, sagte Leonard.

»Danach war jede Spur von Ihnen verloren, doch setzte ich weiterhin Inserate in die Zeitungen, denn vermißte Personen pflegen auf wunderbare Weise wieder aufzutauchen, wenn es darum geht, ein Erbe zu beanspruchen, wie Sie ja selbst gesehen haben. Hier ist der Brief, Sir Leonard.«

Leonard nahm das Schreiben und blickte es an, während seltsame Gefühle sich in sein Bewußtsein drängten. Dies war der erste Brief, den er jemals von Jane Beach erhalten hatte, und auch der letzte, den er jemals erhalten würde.

»Bevor ich diesen Umschlag öffne, Mr. Turner«, sagte er, »möchte ich Sie bitten, die Handschrift der Schreiberin mit einer anderen Probe zu vergleichen, die sich in meinem Besitz befindet.« Er zog das zerfledderte Gebetbuch – Janes Abschiedsgeschenk – aus der Tasche, schlug das Vorsatzblatt auf, deutete auf die Widmung und hielt den Briefumschlag zum Vergleich daneben.

Mr. Turner setzte seine Lesebrille auf und betrachtete erst die eine Schrift, und dann die andere.

»Diese Worte scheinen von derselben Hand geschrieben worden zu sein«, erklärte er dann. »Lady Cohens Handschrift war sehr eigenartig und kaum zu verwechseln, würde ich meinen, obwohl ich natürlich kein Experte bin. Um Ihnen die Mühe abzunehmen, möchte ich mir erlauben, diesen Brief zu öffnen.« Er schlitzte den Umschlag mit einen Papiermesser aus Elfenbein auf, zog die Bogen heraus und reichte sie Leonard. Der Brief lautete wie folgt:

Mein liebster Leonard – denn so darf ich, die ich nicht länger eine Ehefrau bin, dich jetzt wieder ohne Scham nennen, da du meinem Herzen wirklich am nächsten stehst, ob du noch am Leben sein magst oder tot, wie mein Mann und mein Kind.

Das Testament, das ich morgen unterzeichnen werde, mag dir, falls du noch leben solltest, wie ich es hoffe und glaube, zeigen, wie stark mein Wunsch ist, daß du wieder in den Besitz des Heims deiner Familie gelangst, welches das Schicksal dir genommen hat. Es ist mir eine große Genugtuung, dir dieses Erbe auszusetzen, und ich kann es guten Gewissens tun, da mein verstorbener Ehemann mir darin absolut freie Hand gelassen hat – er selbst hatte keine nahen Angehörigen – für den Fall, daß seine Tochter, unser einziges Kind, sterben sollte, was leider geschehen ist.

Mögest du lange leben und die Ländereien und das Vermögen genießen, das ich so deiner Familie zurückgeben kann, und mögen deine Kinder und deren Nachkommen für viele Generationen in Outram Hall leben.

Doch nun wollen wir nicht länger von dieser Angelegenheit sprechen, da ich dir eine Erklärung abgeben muß und deine Verzeihung erbitten will.

Es mag sehr wohl sein, Leonard, daß du, wenn deine Augen diese Zeilen erblicken, mich vergessen hast – wie ich es nicht anders verdiene – und längst eine andere Frau gefunden hast, die dich liebt. Nein, während ich dies schreibe, fühle ich, daß dem nicht so sein kann; du wirst mich – deine erste Liebe – niemals ganz vergessen können, und keine andere Frau kann dir jemals dasselbe bedeuten, was ich dir bedeutet habe; jedenfalls glaube ich das in meiner Torheit und Eitelkeit.

Du wirst dich fragen, welche Erklärung ich dir für die Art und Weise geben könnte, mit der ich dich behandelt habe, für die Gewalt, die ich dir und meiner Liebe angetan habe. Doch will ich dir dazu sagen, was ich sagen kann.

Ich bin zu dieser Ehe gezwungen worden, Leonard, durch meinen Vater, der inzwischen verstorben ist. Er konnte sehr grausam sein, wenn ihm danach war. Dies zuzugeben ist, wie ich weiß, ein Beweis meiner Schwäche. Sei es drum; ich habe mir niemals verhehlt, daß ich schwach bin. Und doch habe ich mich widersetzt, so lange es mir möglich war. Ich habe dir sogar geschrieben, doch hat er meinen Brief abgefangen; ich habe sogar Mr. Cohen die ganze Wahrheit er-

zählt, doch zeigte er sich halsstarrig und von seiner Leidenschaft besessen und hörte nicht auf mein Flehen. Also habe ich ihn geheiratet, Leonard, und ich war auch recht glücklich mit ihm, denn er war die Güte selbst, doch begann ich von diesem Augenblick an zu sterben.

Über sechs Jahre sind jetzt seit jenem Abend vergangen, als wir im Schnee voneinander Abschied nahmen, und das Ende ist nahe. Es hat Gott gefallen, meine kleine Tochter zu sich zu holen, und dieser Schlag ist mehr, als ich ertragen kann, also werde ich jetzt zu ihr gehen und gemeinsam mit ihr warten, bis zu jenem Tag, an dem ich dein unvergessenes Gesicht wiedersehe.

Das ist alles, was ich zu sagen habe, lieber Leonard.

Verzeihe mir und – wie ich selbstsüchtigerweise hinzufügen möchte – vergiß mich nicht!

JANE

P.S.: Wie kommt es, daß ein Gefühl wie das unsere, das nicht einmal Frucht getragen hat, sich als stärker erweist als jede andere irdische Bindung? Der Himmel mag wissen, und der Himmel allein, wie leidenschaftlich ich mein Kind geliebt habe und es noch immer liebe; und doch bist du *es, an den ich jetzt, wo meine Stunde naht, am meisten denke, obwohl du weder mein Mann, noch mein Kind bist. Ich denke, daß ich dies sehr bald verstehen werde, aber, o Leonard, Leonard, Leonard, wenn, wie ich glaube, meine Seele unsterblich ist, so schwöre ich, daß eine solche Liebe wie die, die ich für dich empfinde, ganz gleich, wie entehrt und verraten sie auch sein mag, der am meisten unsterbliche Teil von ihr ist. – J.*

Leonard legte den Brief auf den Tisch und bedeckte wieder sein Gesicht mit der Hand, um seine Emotionen zu verbergen, denn seine Gefühle überwältigten ihn, als das Verstehen um die Tiefe und Reinheit der unsterblichen Liebe dieser Frau in sein Herz drang.

»Darf ich den Brief lesen, Leonard?« fragte Juanna mit ruhiger Stimme.

»Ja, sicher, wenn du magst«, antwortete er, da er es für

richtig hielt, diese Sache sofort und in aller Offenheit zu erledigen, um zukünftige Mißverständnisse zu verhindern.

Juanna nahm den Brief und las ihn zweimal, wonach sie ihn sich so fest in ihr Gedächtnis geprägt hatte, wie das Vaterunser. Dann reichte sie ihn wortlos dem Anwalt zurück.

»Wenn ich Sie richtig verstanden habe«, sagte Mr. Turner in die Stille, die drückend zu werden begann, »sind Sie in der Lage, innerhalb der nächsten Tage die erforderlichen Identitätsbeweise beizubringen, und dann kann das Erbe Ihnen in der üblichen Form übergeben werden. Bis dahin werden Sie sicher etwas Geld brauchen, das ich Ihnen gerne vorstrecken will.« Er schrieb einen Scheck über einhundert Pfund aus und reichte ihn Leonard.

Eine halbe Stunde später saßen Leonard und Juanna allein in ihrem Hotelzimmer, doch seit Verlassen der Anwaltskanzlei hatten sie kaum ein Wort miteinander gewechselt.

»Siehst du es nicht auch«, sagte Juanna jetzt, beinahe heftig, »daß du einem sehr amüsanten Irrtum verfallen bist? Die Prophezeiung deines sterbenden Bruders war wie ein delphischer Orakelspruch, der auf zweierlei Art verstanden werden konnte, und du hast natürlich die falsche Auslegung gewählt. Du hast den Gräberberg einen Tag zu früh verlassen. Mit *Jane Beachs* Hilfe solltest du Outram Hall wiedergewinnen, nicht durch die meine.« Sie lachte bitter.

»Sag doch nicht so etwas, Liebes!« antwortete Leonard mit trauriger Stimme. »Es tut mir weh.«

»Was sonst könnte ich sagen, nachdem ich diesen Brief gelesen habe?« sagte sie, »denn welche Frau kann gegen eine tote Rivalin bestehen? Und jetzt stehe auch ich mein ganzes Leben lang in ihrer Schuld. Oh! Wenn ich nur nicht die Juwelen verloren hätte – wenn ich nur nicht die Juwelen verloren hätte!«

Die Geschichte berichtet nicht darüber, wie Leonard mit dieser unerwarteten und doch so natürlichen Situation fertig wurde.

Eine Woche war vergangen, und Leonard stand wieder, mit Juanna an seiner Seite, in der großen Halle von Outram, in der er und sein Bruder in einer lange zurückliegenden Nacht ihren Eid geschworen hatten. Es war alles so wie damals, denn Jane hatte darauf geachtet, daß in dieser Halle nichts verändert worden war. Dort lag die Bibel, mit ihrer Kette am Pult befestigt, auf welcher sie ihren Eid abgelegt hatten; dort waren die Porträts seiner Vorfahren, die ruhig auf ihn herabblickten, als ob ihnen die Geschichte seines Kampfes und seines seltsamen Sieges über das Schicksal ›durch die Hilfe einer Frau‹ höchst gleichgültig wäre. Dort war das Bleiglasfenster mit dem Wappen und den stolzen Wahlsprüchen: ›Für Herz, Heim und Ehre‹, und ›*Per ardua ad astra*‹. Er hatte das Herz und das Heim errungen, seine Ehre erhalten, und seinen Eid eingelöst. Er hatte alle Mühen und Gefahren durchgestanden und die Sternenkrone errungen.

Und doch, war Leonard wirklich glücklich, als er dort stand und all diese vertrauten Dinge anblickte? Vielleicht nicht ganz, denn draußen auf dem Kirchhof war ein Grab, und in der Kirche stand eine Statue aus weißem Marmor, die einer sehr ähnlich war, die ihn einst geliebt hatte, und die er geliebt hatte, obwohl Zeit und Kummer ihr Gesicht auf eine seltsame Weise verändert hatten. Und er hatte versagt. Ja, er hatte gekämpft, bis sein Ziel erreicht war, doch nicht er hatte es errungen. Was jetzt sein war, hatte einst seinem erfolgreichen Rivalen gehört, der sich bestimmt nicht hatte träumen lassen, welcher Preis ihm durch das Schicksal abverlangt werden würde.

Und war Juanna glücklich? Sie wußte, daß Leonard sie über alles liebte, doch – oh! – Wie grausam war es, daß sie, die gemeinsam mit ihm gekämpft hatte, so um ihren Lohn betrogen wurde – daß es einer anderen, die, wenn auch nicht falsch, so doch zumindest schwach gewesen war, überlassen bleiben sollte, ihrem Mann das zu geben, worum sie so hart gekämpft hatte – und das sie gewonnen hatte – um es wieder zu verlieren. Und noch schwerer war es, daß dieses alte Haus von nun an ihr Heim sein würde, wo sie bei Tag und bei Nacht die Anwesenheit des Schattens einer Frau spüren würde, einer liebevollen, blassen Frau, die, wie sie glaubte, zwischen ihr und dem stand, was sie am meisten begehrte: den vollständigen und absoluten Besitz von Leonards Herz.

Zweifellos überschätzte sie die Situation; Männer wie

Frauen bringen nicht ihr Leben damit zu, den Erinnerungen an ihre erste Liebe nachzuhängen – denn wenn sie es täten, wäre dies eine sehr melancholische Welt. Doch für Juanna war dies eine gegebene Tatsache und blieb es auch für mehrere Jahre. Denn wenn das Herz etwas als wahr annimmt, nützt es nur wenig, daß der Verstand es als unwahr erkennt.

Kurz gesagt, erkannte Juanna in der Stunde, da ihr Traum vom Reichtum Wirklichkeit geworden war, daß das Glück niemals mit beiden Händen gibt, wie die Franzosen sagen, sondern oft mit der einen stiehlt, was es mit der anderen austeilt. Nur wenigen ist es erlaubt, absolut unglücklich, und keinem, vollkommen glücklich zu sein. Ihr Glück war auf vielerlei Art so überwältigend gewesen, daß es ans Übernatürliche gegrenzt und in ihnen Angst vor der Zukunft ausgelöst haben würde, wenn seine Vollständigkeit nicht durch diese Rückschläge beeinträchtigt worden wäre, die sie wahrscheinlich vergessen würden, wenn die Jahre vergingen, die ihnen neue Sorgen und neues Glück bringen mochten.

Ein flüchtiger Blick in die Zukunft mag uns den Rest der Geschichte von Leonard und Juanna Outram besser erzählen, als jede weitere Chronik der Ereignisse.

Es sind etwa zehn Jahre vergangen, und Sir Leonard, jetzt Mitglied des Parlaments und stellvertretender Kreisrat, tritt an diesem ersten Maiensonntag aus der Kirche, in Begleitung seiner Gemahlin, der stattlichsten Frau des ganzen Umkreises, und drei Kindern, einem Jungen und zwei Mädchen, die gesund wie hübsch sind. Nach einem Blick auf ein Grab in der Nähe der Kirchentür schreiten sie in der milden Frühlingsluft durch den Park mit seinen knospenden Bäumen heimwärts, bis sie, etwa hundert Yards vom Tor zu Outram Hall entfernt, vor einer Hütte stehen bleiben, die als ›Der Kraal‹ bekannt ist; sie hat die Form eines Bienenkorbs, ist aus Stroh und Stangen errichtet und von Otter mit eigener Hand erbaut worden.

Der Zwerg sitzt vor seiner Hütte in der Sonne und schnitzt mit einem Messer Besenstiele aus Eschenzweigen, von denen ein Bündel neben ihm auf den Boden liegt. Er ist in eine seltsame Mischung aus afrikanischer und europäischer Garderobe gekleidet, doch sonst hat die Zeit ihn kaum verändert.

»Sei gegrüßt, Baas«, sagte er, als Leonard auf ihn zutritt. »Ist Baas Wallace schon hier?«

»Nein, aber er wird rechtzeitig zum Abendessen eintreffen. Denk daran, daß du dabei bedienen sollst, Otter!«

»Ich werde mich nicht verspäten, Baas, schon gar nicht an diesem besonderen Tag.«

»Otter«, ruft ein kleines Mädchen, »du sollst am Sonntag keine Besenstiele machen, das ist eine Sünde.«

Der Zwerg grinst nur, statt ihr zu antworten, dann sagt er zu Leonard in einer Sprache, die keiner der anderen verstehen kann: »Was habe ich dir vor vielen Jahren gesagt, Baas? Habe ich dir nicht gesagt, daß du auf diese oder andere Weise Reichtum erringen wirst, und daß der große Kraal auf der anderen Seite des Wassers wieder dir gehören wird, und die Kinder von Fremden dort nicht mehr gehen werden? Sieh, es ist wahr geworden.« Er deutete auf die drei fröhlichen Kinder. »*Wow!* Ich, Otter, der ich auf so viele Art ein Narr bin, habe mich als der beste Prophet erwiesen. Doch ich will es zufrieden sein und nicht weiter prophezeien, damit ich meinen Ruf der Weisheit nicht verliere.«

Ein paar Stunden später ist das Abendessen vorüber. Alle Diener haben den Raum verlassen, mit Ausnahme von Otter, der, in einen weißen Kaftan gekleidet, hinter dem Stuhl seines Leonards steht. Der einzige Gast ist Mr. Wallace, der gerade von einer weiteren Afrika-Expedition zurückgekehrt ist und lächelnd und aufmerksam den beiden gegenübersitzt, sein Einglas ins Auge geklemmt wie in vergangenen Zeiten. Juanna trägt ein Abendkleid, und ein großer Sternrubin strahlt auf ihrer Brust.

»Warum hast du heute den roten Stein angesteckt, Mutter?« fragte ihr ältester Sohn, Thomas, der mit seinen beiden Schwestern zum Nachtisch hereingekommen ist.

»Still, Tom!« antwortete sie, als Otter auf das Pult zugeht, an das die Bibel gekettet ist, ein Glas Portwein in der Hand haltend.

»Erlöser und Schäferin«, sagt er auf Sisutu, »an diesem

Tage vor elf Jahren ist Baas Tom in der Wildnis gestorben; ich, der ich nur einmal im Jahr Wein trinke, trinke jetzt auf das Andenken von Baas Tom, und auf unser glückliches Wiedersehen mit ihm im goldenen Hause des Groß-Großen.« Er leert das Glas mit einem Zug und wirft es hinter sich, wo es auf dem Boden zerklirrt.

»Amen«, sagt Leonard. »Und jetzt bist du dran, mein Liebling.«

»Ich trinke auf das Gedächtnis von Francisco, der starb, um mein Leben zu retten«, sagt Juanna mit leiser Stimme.

»Amen«, sagt ihr Mann wieder.

Einen Augenblick lang herrscht Stille, denn Leonard bringt keinen Trinkspruch aus, dann erhebt der kleine Thomas sein Glas und ruft: »Und ich trinke auf Olfan, den König des Nebelvolks, und auf Otter, der den Schlangengott tötete, und der mir von allen der liebste ist. Mutter, darf Otter den Speer und das Seil holen und uns wieder erzählen, wie er Vater und dich auf die Eisbrücke gezogen hat?«

VERSCHOLLENES AFRIKA

Ein Nachwort von Bernhard Heere

»Blitze einer unglaublichen, unheimlichen Einbildungskraft ...«, so urteilte einmal Robert Louis Stevenson, der Verfasser der berühmten *›Schatzinsel‹* über seinen nicht weniger berühmten Zeitgenossen Henry Rider Haggard, einen der erfolgreichsten Abenteuerautoren des neunzehnten Jahrhunderts. Geboren im Jahre 1856 im englischen Bradenham, brachte Rider Haggard als junger Mann sechs Jahre lang im britischen Kolonialdienst in Südafrika zu, wo er aus eigener Anschauung jenen geheimnisvollen und fremdartigen Kontinent studieren konnte, der ihm den Stoff für seine späteren Abenteuergeschichten lieferte. Schon sein erster veröffentlichter phantastischer Roman *›König Salomons Diamanten‹* (1885, Heyne 1985, Nr. 06/4134), in dem sich eine Gruppe von Abenteurern auf die Suche nach dem legendären Schatz von König Salomon ins Innere Afrikas aufmacht, wurde über Nacht zu einem Bestseller und begründete Rider Haggards literarischen Weltruf. Hier, wie in vielen seiner späteren Afrika-Romane, zeigte sich schon die schriftstellerische Eigenart dieses Autors: die realitätsnahe Schilderung afrikanischen Lebens, episch untermalt mit phantastischen Bildern wilder Eingeborenen-Völker, unentdeckter Zivilisationen und verborgener Naturschauspiele.

Der Leser, der das eine oder andere Afrika-Abenteuer der bisher im Heyne Verlag erschienenen Rider Haggard-Bände noch im Gedächtnis hat, erinnert sich vielleicht an einzelne dieser herausragenden Szenen, die in der Tat aus dem Fundus einer unglaublichen Einbildungskraft entsprungen sein müssen. Da ist zunächst die wohl berühmteste Gestalt Rider Haggards, die betörend-schöne Priesterkönigin Ayescha, die im Roman *›Sie‹* (1887, Heyne 1984, Nr. 06/4130) zum erstenmal auftritt und auch in späteren Werken in verschiedenen

Reinkarnationen als Romanfigur wieder auftaucht. Halb ägyptische Priesterin, halb Große Hure Babylon herrscht sie in der uralten Felsenstadt Kôr, über einem Volk von Schwarzen, das sie als unsterbliche weiße Göttin ängstlich verehrt. Weitere beeindruckende Szenerien finden sich in ›*Allan Quatermain*‹ (1887, Heyne 1984, Nr. 06/4131), so etwa die unterirdische Flußfahrt vorbei an einer aus dem Boden schießenden Flammensäule, oder die Entdeckung eines rätselhaften weißen Volkes in einem von Felsen umschlossenen Hochtal Zentralafrikas. Auch der Roman ›*Die Heilige Blume*‹ (1915, Heyne 1985, Nr. 06/4135), in dem der weiße Jäger Allan Quatermain zusammen mit einem exzentrischen Orchideenliebhaber im Inneren Afrikas nach einer bisher unbekannten, riesigen Orchideenart sucht, schildert eine unentdeckte alptraumartige Eingeborenen-Welt, die von einem urweltlichen Affenmonster beherrscht wird.

Diese Art von Geschichten, in denen vor den staunenden Augen des Lesers vergessene Welten und verborgene Zivilisationen enthüllt werden, rechnet man einer Untergattung der Fantasy- bzw. Science Fiction-Literatur zu, von der man im englischen Sprachraum als ›lost race‹ oder ›lost world‹ spricht. Gemeint ist damit die Darstellung einer von der Außenwelt abgeschnittenen Kultur, die sich bisher im Verborgenen ausgebreitet hat und besonders dazu geeignet ist, von der Phantasie des Dichters mit jenem ›sense of wonder‹ ausgestattet zu werden, der die phantastische Literatur auszeichnet. Schauplatz solcher ›wunderbarer‹ Entdeckungsabenteuer ist in den Romanen Rider Haggards meistens das Zentrale Hochland von Afrika, das im 19. Jahrhundert von den Europäern noch wenig erforscht war und deshalb der Legendenbildung Vorschub leistete.

Auch bei dem vorliegenden Roman ›*Das Nebelvolk*‹ (1894) geht es um die dramatische Schatzsuche im Land eines archaisch-grausamen Eingeborenen-Volkes, das noch nie ein Weißer zu Gesicht bekommen hat. Die geographischen Angaben, die Rider Haggard zu dieser verschollenen Rasse des Nebelvolks macht, beschränken sich verständlicherweise auf Andeutungen, ist doch ein solches Volk von keiner bisher in Afrika unternommenen Expedition oder Forschungsreise jemals entdeckt worden. Bei näherer Beschäftigung mit der Geographie und der Entdeckungsgeschichte Afrikas lassen sich jedoch über jenes unwegsame, vom Nebel verhüllte Hochland, wie es Rider Haggard in seinem Roman beschrieben hat, vielleicht einige Aufschlüsse erzielen. Vor allem im Gebiet der innerafrikanischen Seen, zwischen dem Njassa-, dem Tanganjika- und dem Viktoriasee, erstreckt sich eine zerklüftete Hochebene mit mächtigen Gebirgsmassiven, die an manchen Stellen eine Höhe bis zu dreitausend Metern erreichen. Dieser Teil Afrikas wurde relativ spät erst von dem berühmten englischen Afrika-Reisenden David Livingstone in strapaziösen Einzelunternehmungen erforscht. Livingstone, der vorher schon die Viktoriafälle am oberen Sambesi entdeckt hatte, kam erst 1859 zum Schirwa- und Njassa-See und erkundete auf einer zweiten Expeditionstour das Hochland westlich des Tanganjika-Sees, wo er lange Zeit verschollen blieb und erst einige Jahre später völlig erschöpft aufgefunden wurde. Bis zum Beginn des zwanzigsten Jahrhunderts bewahrte sich dieses schwer zugängliche Bergland Ostafrikas den Ruf des Schrecklichen und Gefährlichen und ließ Spekulationen über legendäre Reiche und wilde Eingeborenenvölker entstehen, die man sich mit allen Mitteln der Phantasie ausmalen konnte.

Sicherlich hat Rider Haggard vieles davon in seinem Roman *›Das Nebelvolk‹* aufgegriffen, bei dem sich, wie so oft bei diesem Autor zu beobachten, Dichtung und Wahrheit, Phantastik und Realitätsebene auf eigentümliche Art miteinander vermischen. Zunächst hat man den Eindruck einer spannenden Abenteuergeschichte, bei der sich die Ereignisse überschlagen. Da ist die erfolglose Schatzsuche der Outram-Brüder, die von Soa in Aussicht gestellten Juwelen der Menschen des Nebelvolks, der Kampf gegen die Sklavenhändler und schließlich der Aufbruch ins ›Land des Nebels‹, mit dem sich die Geschichte weiter dramatisch zuspitzt.

Die wohl am farbigsten ausgestattete Szene ist in diesem Teil des Romans der Anschlag auf das Sklavenlager an der Mündung des Sambesi, bei dem es Leonard und seinem Hottentotten-Zwerg Otter gelingt, das Nest der Sklavenhändler auszuräuchern und Juanna samt den gefangenen schwarzen

Sklaven von ihrem traurigen Los zu befreien. Auch in seinem Roman *›Die Heilige Blume‹* hat Rider Haggard das grausame Gewerbe dieser Menschenhändler beschrieben, die bis zur Mitte des 19. Jahrhunderts die schwarze Bevölkerung Afrikas heimsuchten. Vor allem an der Westküste Afrikas, der sogenannten Sklavenküste, zwischen Niger und Volta, blühte in geheimen Schlupfwinkeln der Sklavenhandel noch lange nach der offiziellen Abschaffung der Sklaverei durch die Briten im Jahre 1807. Die Engländer, die zuvor über zwei Millionen Sklaven allein nach Amerika verschifft hatten, bekämpften von da an mit ihrer Seemacht den illegalen Sklavenhandel, was jedoch weniger einer humanen Haltung entsprang als vielmehr dem gezielten ideologischen Zweck imperialer Großmachtinteressen diente. Dem konservativ-überzeugten Kolonial-Gentleman Rider Haggard scheinen jedoch nie ernsthafte Zweifel an der rechtmäßigen Rolle gekommen zu sein, die der britische Imperialismus einmal in Afrika gespielt hat. So sind es in seinen Romanen auch meistens die Araber und Portugiesen, die als menschenschindende Sklaventreiber geschildert werden, während die Engländer sich als wohlwollende Freunde und Beschützer der Schwarzen benehmen. Auch in diesem Roman ist es der ›Gelbe Teufel‹, der portugiesische Sklavenhändler Dom Pereira, der von Rider Haggard mit allen Attributen des Unmenschlichen und Grausamen bedacht wird und der so skrupellos ist, daß er sogar die geraubte weiße Schönheit Juanna meistbietend versteigert. Daß es darauf Leonard und Otter im Alleingang gelingt, die bis an die Zähne bewaffneten Sklavenhändler vernichtend zu schlagen, das zur Festung umgebaute Sklavencamp dem Erdboden gleich zu machen, Juanna und mit ihr noch mehrere hundert Sklaven zu befreien, scheint nun doch etwas unglaubhaft zu sein und gehört zu den offensichtlichen Manieriertheiten, die dem literarischen Ruf Rider Haggards nicht gerade genützt haben.

Trotz dieser und ähnlicher Ungereimtheiten, denen man in seinen Geschichten manchmal begegnet, ist Rider Haggard jedoch immer ein fabelhafter Erzähler mit einer erstaunlichen, bis ans Horrible grenzenden Aussagekraft. Das wird besonders im zweiten Teil des Romans deutlich, als der sonderbar zusammengewürfelte Expeditionstrupp das sagenhafte Land des Nebelvolks endlich erreicht hat und ein verschollenes Volk von Primitiven antrifft, das eine gräßliche Götzenstatue anbetet und unvorstellbar blutige Rituale vollzieht. Wie in vielen Romanen Rider Haggards, in denen eine Gruppe von Fremden auf eine verborgene innerafrikanische Zivilisation stößt, kommt es auch hier zum Konflikt mit einer eifersüchtig auf ihre Macht bedachten Priesterschaft. Obwohl man sie zuerst als die zurückgekehrten Götter Aca und Jâl ausruft, werden Juanna und Otter dann durch den Obersten Priester Nam als falsche Götter entlarvt und müssen nach den grausamen Gesetzen des Landes geopfert werden. Diese Opferungsszene ist der gespenstisch-dramatische Höhepunkt des Romans, und wieder ist es der findige Zwerg Otter, der seinen weißen Baas und die schöne Juanna vor einem schlimmen Schicksal bewahrt. Ohne zu warten, bis man ihn vom Rande der Jâl-Statue ins Krokodilbecken stößt, springt er selbst hinein und erledigt das Untier – eine wahrhaft tellurische Höllenausgeburt – mit einem aus Messern zusammengebundenen Angelhaken. Auch bei dieser Szene mutet Rider Haggard der Phantasie seiner Leser einiges zu, ist es doch einigermaßen unwahrscheinlich, daß jemand mit dem Leben davonkommt, der ein mörderisches Krokodil an einem improvisierten Angelhaken hat und von diesem noch dazu mehrere Male in die Tiefe eines schäumenden Wasserinfernos gezogen wird. Bei den Abenteuern, die seine Helden in diesem Roman zu bestehen haben, verläßt Rider Haggard oft den Boden der Wahrscheinlichkeit, trotzdem – oder gerade deshalb – gelingen ihm in gerade diesen Szenen Bilder von erschreckend-faszinierender Suggestivkraft. Vor allem die troglodytische Höhlenwelt, in der der grausame Wasserbewohner haust, aber auch die von inneren Treppen, Gängen und geheimen Verliesen durchzogene Jâl-Statue sind mit allen Insignien eines grausigen Horrorkabinetts ausgestattet. Daß es schließlich den drei Helden des Romans gelingt, durch eine höchst dramatische Rutschpartie über eine zerbrochene Gletscherbrücke – einer der Höhepunkte der phantastischen Abenteuerliteratur überhaupt – aus diesem Land des blutigen Terrors zu entfliehen, scheint an ein Wunder zu grenzen, aber wie man ja inzwischen weiß, ist den Helden Rider Haggards nichts unmöglich.

Obwohl man Rider Haggard sicherlich literarisch anfechten kann, gehört er doch nicht zu Unrecht zu einem Klassiker der Fantasy-Literatur, der vor allem ›die verschollene Rasse‹ als Motiv in die phantastische Literatur eingebracht hat. Besonders im neunzehnten und zu Beginn des zwanzigsten Jahrhunderts, als unsere heute allzu bekannte Welt noch zahlreiche unentdeckte Landstriche aufwies, über die man alle möglichen Spekulationen anstellen konnte, übten diese Themen und Motive auf die utopisch-phantastische Literatur einen besonderen Reiz aus. Als einer der ersten Autoren hat ein solches Thema meines Wissens Edward Bulwer Lytton, der berühmte Autor von ›*Die letzten Tage von Pompeji*‹ in seinem Roman ›*Das kommende Geschlecht*‹ (1870) aufgegriffen. Dieser Roman, der noch in der Tradition der großen utopischen Staatsentwürfe eines Platon oder Thomas Morus steht, beschreibt eine unterirdische Zivilisation, die sich vor urdenklicher Zeit von der menschlichen Oberwelt abgespalten und unter Tage eine Art von Zukunftsstaat errichtet hat. Die Bewohner dieses Höhlenreichs, geflügelte Wesen, die sich ›Vrilya‹ nennen, verfügen über eine besondere Form von Wunderkraft, dem Vril, das man am ehesten mit unserer Atomenergie vergleichen könnte, das aber ausschließlich zu friedlichen und gemeinschaftsdienlichen Zwecken verwendet wird. Dieses unterirdische ›Utopia‹ ist frei von Krieg, Unterdrückung und Machtmißbrauch, versinkt aber gerade deshalb in ein langweiliges Einerlei gesellschaftlichen Gleichklangs. Eine ganz andere Variante dieses Motivs hat einige Jahrzehnte später der bekannte amerikanische Science Fiction-Autor John Wyndham in seinem Roman ›*Das versteckte Volk*‹ (1935, Heyne 1974, Nr. 06/3371) vorgelegt. Hier wird von einem steinzeitlichen Pygmäenvolk berichtet, das sich vor Jahrtausenden in ein riesiges Höhlensystem unterhalb der Sahara zurückgezogen hat und seither jeden Fremden, der sich zufällig dorthin verirrt hat, gefangennimmt und zu einem traurigen Höhlenschicksal verbannt. Auch der Erfinder der Detektivgestalt Sherlock Holmes, der vielseitige Autor Sir Arthur Conan Doyle, der auch phantastische Romane schrieb, hat sich mit einem ähnlichen Thema beschäftigt. In seinem Abenteuerroman *›Die vergessene Welt‹* (1912, Heyne 1969 und 1979, Nr. 06/3715) schildert er die Expedition zu einer urweltlichen Enklave, einem Felsplateau im Amazonasbecken, wo es noch vorzeitliche Saurier und Flugechsen, eine Horde von Affenmenschen und ein primitives Steinzeitvolk gibt, die sich gegenseitig die blutigsten Gemetzel liefern. Ein weiteres und ganz anderes Beispiel jener Art von phantastischer Literatur ist der Roman *›Irgendwo in Tibet‹* (1933) des englischen Diplomaten und Schriftstellers James Hilton. Hier ist der Schauplatz der Handlung ein vergessenes Hochtal irgendwo im Himalaja, in das ein britischer Kolonialbeamter zusammen mit seinen Begleitern von einem geheimnisvollen Fremden entführt wird. Im weiteren Verlauf der Handlung enthüllt sich dann vor den Augen der entführten Europäer in diesem Teil Tibets eine buddhistisch-christliche Kolonie von Auswanderern, die sich dorthin zurückgezogen haben, um ein ausschließlich von geistiger Konzentration und innerer Einkehr erfülltes Dasein zu führen.

Als ein direkter Nachfolger Rider Haggards, obwohl er dessen Qualität eigentlich nie erreicht, kann Edgar Rice Burroughs gelten, der in seinen diversen Tarzan-Romanen immer wieder die Entdeckung sagenhafter Urwaldreiche schildert. Vor allem in *›Der Schatz von Opar‹* (1916) geht es um die im Herzen Afrikas liegende vergessene Stadt Opar, und es gibt auch hier eine schöne Hohepriesterin, die über ein Volk häßlicher schwarzer Affenmenschen regiert – und natürlich auch unsterblich in den kraftstrotzenden Urwaldhelden verliebt ist. In jüngster Zeit hat das Opar-Motiv der zeitgenössische Science Fiction- und Fantasy-Autor Philip José Farmer in seinen beiden Fortsetzungsromanen *›Die Krone von Opar‹* und *›Flucht nach Opar‹* (1976) wiederentdeckt. Es sind dies zwei heroische Fantasy-Abenteuer, die in der legendären Zivilisation von Opar spielen, der ersten Zivilisation der Erde, wie ein jüngst im Burroughs Bulletin erschienener Artikel glauben machen will.

Geschichten von versunkenen Zivilisationen, verschollenen Barbaren-Völkern und wiedererstandenen Sagenhelden sind heute zu einem festen Repertoire der Fantasy-Literatur geworden. Die Güte dieser Werke ist oft recht unterschiedlich. Es gibt beeindruckende Fantasy-Epen von Autoren, die nicht zu Unrecht in diesem Genre bekannt geworden sind; es gibt aber mehr und mehr auf den Markt geschleuderte Erzeugnisse, deren Qualität mehr als zweifelhaft ist. Die Werke Rider Haggards gehören jedoch zu jener Art von phantastischer Imagination und spannender Erzählkunst, die es lohnen, neu entdeckt zu werden.